ALIEN
LA XÉNOGRAPHIE

Ouvrage publié sous la direction de Nicolas Martin & Simon Rioux

Coordination éditoriale : Zoé Laboret & Gaëlle Giroulet
Illustrations de couverture et intérieures © Zariel
Conception graphique et mise en page : Audrey Gineux - Zariel Simius Octopus
Correction : Fabienne Riccardi & Gabrielle Rodelet

ALIEN, LA XÉNOGRAPHIE **est édité par :**

515, faubourg Montmélian
73000 Chambéry
www.editions-actusf.fr

ISBN : 978-2-37686-529-2
Dépôt légal : Novembre 2022
Imprimé par L&C Printing

ALIEN

LA XÉNOGRAPHIE

3 Les Souhaits
UNE COLLECTION ACTUSF

ALIEN, LA XÉNOGRAPHIE

SOMMAIRE_

SOMMAIRE_

INTRODUCTION_

L'ŒUF_

AUTEURS

NICOLAS MARTIN_SIMON RIAUX

NM_SR_01_

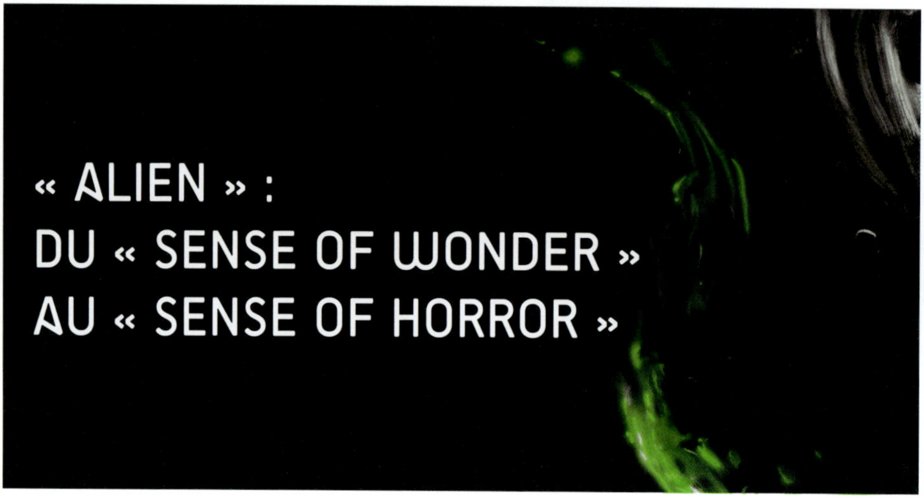

« ALIEN » : DU « SENSE OF WONDER » AU « SENSE OF HORROR »

NM_SR_01_

01 ASF-CHAP IDENTIFICATION

LE GRAND DÉPART. UNE OGIVE OBLONGUE EST TIRÉE D'UN CANON, DIRECTION LA LUNE. ON RETIENDRA L'IMAGE DU MISSILE ÉNUCLÉANT NOTRE SATELLITE ET PROVOQUANT SON IRE CÉLESTE.

On se remémore moins la jubilation des astronautes en herbe, la beauté de leur rencontre avec les Sélénites et comment Méliès filme leur découverte, immortalise une confrontation qui se solde par un glorieux retour sur Terre.

Nous sommes en 1902, *Le Voyage dans la Lune* impressionne les rétines et fonde ce qui sera pour les décennies à venir l'épopée spatiale cinématographique. Une aventure humaine positive, une nouvelle frontière que les hérauts du progrès doivent conquérir sans coup férir. Méliès est français, mais le désir d'aller au-delà, d'explorer l'outre-espace et d'y représenter une armada de valeurs sera bientôt repris par le cinéma américain. Initialement cantonnée aux excroissances filmiques du *pulp*, aux prolongements des sérials et des romans de gare, l'odyssée cosmique n'est de prime abord pas considérée avec beaucoup d'égards par les studios, ou les institutions culturelles.

Produit destiné aux adolescents, aux circuits secondaires d'exploitation, pensée comme autant de pots mielleux pour ceux qu'on n'appelait pas encore les geeks mais qu'on méprisait déjà, l'aventure extraterrestre sera le terreau de tout ce que le cinéma peut accueillir de simplismes doucereux, de plaisirs prétendument coupables, mais rarement de visions. Et pourtant, jusque dans *Plan 9 from Outer Space*, jusqu'au noyau fusionné des plus crapoteuses séries B gît une dichotomie que deux films incarnent différemment, mais à la perfection.

Planète interdite (1956), superproduction d'une industrie hollywoodienne qui ne pensait pas encore en termes de blockbusters, reprend tous les ingrédients de la production à la va-vite pour les conjuguer à l'aune d'une certaine excellence technique doublée d'une richesse artistique démesurée, qui s'exprime tant dans le filmage soigné de Fred McLeod Wilcox qu'une direction plastique sidérante, que redoublent des expérimentations sonores (les premières chapes électroniques de l'histoire du cinéma), lesquelles confèrent à cette aventure somme toute franchement épaisse une soif d'ailleurs inédite.

Presque dix ans plus tard, en 1965, Mario Bava met en scène *La Planète des vampires*, dont il n'est pas exagéré de stipuler que son synopsis comme ses décors, ainsi que sa féroce angoisse existentielle, constitueront la base évidente d'*Alien* de Ridley Scott : répondant à un signal de détresse, un équipage débarque sur une planète inconnue pour y découvrir, dans un vaisseau abandonné, les dépouilles d'extraterrestres au sort et aux desseins pour le moins mystérieux. Comme *Planète interdite*, mais en y substituant une vista indéniablement européenne, son film assume un postulat de série B, dont une horreur infiniment plus surréaliste et sophistiquée crève la surface. Que s'est-il passé entre ces deux jalons, et pourquoi tous deux annoncent-ils l'avènement du xénomorphe autant qu'ils consacrent l'incapacité de leur époque à en accoucher ?

Du maccarthysme des *fifties* à la gloire débridée des *sixties*, un paradigme simple semble régenter nos délices cosmiques. À la Terre les infamies, au cosmos la gloire de l'Amérique triomphante. Cette même Amérique qui a écrasé le nazisme en Europe, et entend présenter le communisme en son sein comme une autre forme de bubon à extirper. Ainsi va la production cinématographique hollywoodienne ou influencée par ses codes.

Sur Terre débarquent profanateurs et autres engeances squameuses portées sur la conformité et la contamination, quand les équipées célestes des astronautes portent haut le flambeau d'une frontière nouvelle, sans cesse repoussée, émancipatrice par nature.

L'espace est un nouveau Far West, la Terre le dernier bastion de nos médiocrités. Les ténèbres cosmiques n'évoquent pas tant la peur que les possibles, et le Soleil qui aveugle les terriens fait office d'illusion. La séparation est claire, naïve, rassurante de précieuse idiotie. L'alien – l'étranger nuisible, toxique, destructeur – n'existe pas, nous sommes conquérants parmi les étoiles ou chair à canon sur Terre. Séparation basique, simplicité acceptable. Et si *Star Trek* vient nuancer considérablement cette équation, le génie de Gene Roddenberry mettra des décennies à éclater aux yeux du grand public. Tandis qu'une poignée d'initiés, les futurs trekkies, se passionne pour les potentialités d'une humanité conquérante mais bienveillante, exploratrice mais pas franchement colonisatrice, le grand écart demeure. À l'espace, les merveilles à dompter ; à l'écorce terrestre, les monstres impensés.

2001, l'Odyssée de l'espace, volcan kubrickien dégorgeant de cinéma, d'un esprit de frontière incarné par les innovations technologiques autant qu'une ambition philosophique démesurée, pourrait passer pour un dépassement autant qu'une conclusion. La terreur du vide, l'altérité radicale y sont représentées, autant par les vertiges philosophiques d'Arthur C. Clarke, que transcende Stanley Kubrick, que par la figure de HAL 9000, unité centrale glaciale et pourtant trop humaine quand vient son tour de recevoir la mort qu'elle a si froidement distribuée.

Le chef-d'œuvre de Kubrick aurait pu être cette création qui abolit, réunit et hybride les genres, les concepts et les émotions, dont le maelström d'émerveillement, de terreur et d'épiphanies conceptuelles redéfinit un genre.

Cette percée du surhumain, cette tentation de l'ailleurs absolue seront soudain balayées par un surgissement qui va redéfinir tant la notion de science-fiction que la conception même de culture populaire. En 1977, *Star Wars* abat son empire sur les écrans, consacrant pour toute une génération l'espace comme une extension de la culture collective. Une planète à explorer devient un appendice du western leonien, un hub cosmogonique, une cantina codifiée, l'extraterrestre un écho de l'exotisme déclinable au gré de la culture de chaque spectateur. Et ce ne sont ni l'influence du chambara japonais (que sont les Jedi, sinon des ronins échappés du cinéma de Kurosawa ?) ni un sous-texte politique agressif (l'Alliance rebelle n'est-elle pas en définitive qu'une insurrection anti-impérialiste semblable au Viêt-cong que combattirent les États-Unis au Viêtnam ?) qui y feront quoi que ce soit. L'espace est consacré comme bac à sable, où Hollywood pourra désormais construire d'éphémères châteaux.

Parce qu'en 1979, lorsque *Alien* sort sur les écrans, ni les extraterrestres parfois hostiles de *Star Trek* ni les quelques créatures pour la plupart au second plan de *Star Wars* n'incarnent une véritable menace. Elles sont pour le mieux un décorum, ou une simple image de l'exotique. Mais à aucun moment, leur histoire, leur mythologie ne sont déclinées. Elles sont à l'espace ce que les peuples autochtones sont au western : une incarnation de l'étranger, sans jamais être véritablement étranges, au sens où elles sont toujours plus ou moins humanoïdes, et sont utilisées comme miroir déformant de notre humanité.

Et surtout, elles ne sont pas, ou peu, hostiles.

Alien va totalement retourner ce paradigme.

Bien sûr, *Alien* ne vient pas de nulle part. Le film ainsi que la créature sont en partie les héritiers d'un projet avorté, le projet d'adaptation de *Dune* d'Alejandro Jodorowsky, où se rencontreront Dan O'Bannon et H. R. Giger.

Déjà dans *Dark Star* (1974), quelques années en amont, et avant la sortie de *Star Wars*, John Carpenter et Dan O'Bannon vont tenter de retourner cette représentation de l'espace comme lieu de conquête pour en faire un endroit hostile, mais, faute de moyens et d'un scénario solide, le film ne marquera pas les esprits, laissant un sentiment d'inachevé et trouvant difficilement un antagoniste à la hauteur des enjeux cosmologiques que les deux auteurs cherchent à développer. *Dark Star*, à bien des égards, peut être vu comme un premier brouillon d'*Alien*. Il y manque cette créature centrale

qui va redéfinir complètement la place de l'humain dans l'espace, mais il y a déjà cette volonté de casser, de détruire cette perception positive, coloniale, anthropocentrée que le cinéma avait investie.

Dans ce contexte, ce qu'*Alien* propose est un renversement complet des valeurs. Il brise le rêve américain d'un espace anthropisé, il détruit cette utopie positive ou cet espace de jeu simpliste du bien contre le mal qu'ont construit, chacun de leur côté, les deux grands space operas que sont *Star Trek* et *Star Wars*.

Dans *Alien*, tous les référentiels changent. L'être humain n'est plus le conquérant, le nouveau cow-boy qui découvre, colonise et régente des mondes inconnus. Il en est la proie, la victime propitiatoire. Il est seul, abandonné, perdu dans un univers trop grand pour lui, et qui recèle des cauchemars dont il n'a aucune idée. Et plus encore.

Alien est bien entendu le film de la découverte d'une altérité absolue, destructrice, implacable. Mais il est avant tout le film qui transforme l'espace comme un lieu de découverte en un lieu de mort, de désolation et d'horreur. L'univers n'est plus cet endroit gentiment divertissant où se déroulent des aventures rocambolesques, et où se reproduisent de façon automatique les antiennes de la lutte du bien contre le mal. C'est un endroit où l'être humain est condamné à être détruit, déchiré et annihilé par des espèces plus puissantes que lui, et qui ne sont pas mues par les mêmes règles que celles qui régissent l'humanité. Par ailleurs, *Alien* vient bouleverser un autre code narratif structurant le récit spatial jusqu'alors : pour la première fois, ces êtres humains qui arpentent le cosmos ne sont pas des élites. Ils ne sont pas militaires, ils ne sont pas scientifiques en quête de connaissances, ils ne sont pas explorateurs, et encore moins des élus amenés à découvrir des pouvoirs hors normes. Non, ce sont des ouvriers, des soutiers, des anonymes. De simples êtres humains. Comme le dit si justement Ash, au moment où sa traîtrise est révélée : l'humain est un être failli, l'Alien, lui, est un être parfait. Il existe d'autres formes de vie auxquelles, non seulement nous ne comprenons rien, mais qui de surcroît peuvent nous détruire totalement, intégralement, et sans aucune possibilité d'échappatoire.

Et cette transformation de notre fantasme de l'espace n'est que la porte d'entrée de ce qu'*Alien* va changer à notre imaginaire.

Parce que, dans *Alien*, il n'y a plus de héros. Il y a des hommes, et des femmes, qui ne vont pas être transfigurés par un destin épique. Le récit héroïque est écrasé, détruit, pour être remplacé par un récit de survie. Pas de geste chevaleresque, pas de dépassement de l'humain face à la bête. L'inverse : tous et toutes meurent. Personne ne triomphe. Il ne s'agit plus de la narration classique du récit d'aventures sur le modèle arthurien, ou du récit édifiant que l'humanité connaît depuis l'Antiquité, et qui nous propose un modèle idéal, positif et vertueux de notre supériorité face à l'adversité. Dans *Alien*, l'humain est implacablement destiné, non pas seulement à mourir, mais à être détruit.

Cette destruction ne passe pas par les griffes dardées de venin de quelque prédateur d'outre-espace, tout comme la rage du xénomorphe ne sera jamais synonyme de dévoration. Cette double mâchoire érectile, qui pénètre les boîtes crâniennes et ne peut jaillir que dans un sursaut de glaire séminale, n'est pas là pour mâcher ou broyer. Comme il pénètre la gorge pour s'y nicher, l'Autre radical transperce la cage thoracique pour s'en échapper. Et de la même manière, la forme de vie impensable qui se développe alors usera de son formidable piston lingual pour achever ses proies. Cela pourrait suffire à établir la qualité sexuelle, phallique de la terreur qui contamine le *Nostromo*.

Mais non, Scott sait les hommes assez aveugles et solidaires pour renvoyer l'Alien aux confins de l'étrange, des marges. Il va confier au mâle le plus sage, à celui dont la force demeure jusqu'alors tranquille, le soin de porter le sens de la violence qui règne ici. Ash tentera froidement de violer Ripley, transformant un magazine pornographique en tube rigide, comme pour mieux nous dire que l'homme, même synthétique, déploie une violence évidemment érectile.

Bien sûr, l'un des personnages va réussir à échapper à la mort, et ce personnage est une femme, ce qui est une autre des révolutions narratives qu'opère *Alien*, et une révolution incroyablement avant-gardiste au moment où le film est produit; mais la façon dont Ripley arrive à s'échapper et à survivre n'a absolument rien d'une conclusion héroïque. C'est un pur processus de survie, qui relève presque du hasard ou de la coïncidence – contrairement à ce que James Cameron opérera dans *Aliens, le retour*, en transformant Ripley en égale du monstre et en héroïne antique au sens propre du terme, réussissant à s'enfuir du labyrinthe et à vaincre son alter ego monstrueux en rejouant un trope on ne peut plus classique de Thésée féminisé face au Minotaure.

Ridley Scott et Dan O'Bannon, eux, nous montrent que l'héroïsme masculin a vécu. Dallas, le capitaine, le héros positif traditionnel des récits de fiction, sera tué, comme tous les autres hommes, parce qu'incapable de vaincre la bête.

Mais plus encore : outre la bête dont il est quasiment impossible de triompher, le vrai monstre, celui qui pilote dans les coulisses la destruction des corps et qui se les réapproprie pour son propre intérêt... c'est l'homme, lui-même. La Compagnie, qui a pouvoir de vie et de mort sur ses employés, sur ses ouvriers, sur ces femmes et ces hommes dont l'existence n'a aucune valeur tant qu'elle arrive à ses fins.

Ce que nous raconte *Alien*, dès 1979, c'est que le véritable monstre – comme le racontait déjà une femme dès 1818, Mary Shelley, dans son *Frankenstein* –, ce n'est pas tant la créature que son maître, ou celui qui souhaite s'approprier sa puissance destructrice. L'ennemi ultime, c'est la recherche du profit, c'est cette société qui accepte de broyer les corps pour parvenir à ses fins, qui ne considère l'individu que comme vecteur de ses intérêts économiques.

Et c'est peut-être ça qui fait la singularité totale d'*Alien*. Transformer le cosmos d'un espace de divertissement en un espace politique. Et cette transformation nous paraît d'autant plus limpide aujourd'hui. *Alien* à tous points de vue est un film précurseur, même s'il a été produit par un studio hollywoodien. Prolétaires de l'espace, domination patriarcale, malveillance des corporations, recherche du profit, destruction du corps social, héroïne féminine : tout dans *Alien* préfigure les transformations sociologiques, politiques et anthropologiques des décennies à venir. Et en cela, *Alien* renoue avec ce qu'est, historiquement et ontologiquement, la littérature de science-fiction, depuis ses racines naïves en passant par ses coups de boutoir conceptuels des *sixties*, jusqu'à ses élans révolutionnaires des années 1970 et 1980. Il y a dans *Alien* des échos des idées portées par Ursula K. Le Guin, par Norman Spinrad, par Franck Herbert et par toutes les autrices et tous les auteurs de science-fiction politisés de la décennie 1960-1970. Mais, à la différence de cette littérature, *Alien* va incarner ces bouleversements dans un récit d'horreur organique, qui nous parle de domination des corps, de maternité horrifique, de viol et d'emprise des consciences. *Alien* nous met en garde contre l'horreur du capitalisme, *Alien* nous rappelle que les hommes sont des agresseurs, que les exclus sont bons à mourir, que les Noirs sont toujours en bas de l'échelle sociale, et que ce système inégalitaire, injuste et mortifère n'a pas d'issues.

Tous ces éléments font d'*Alien* un film non pas important mais essentiel, en nous rappelant que l'imaginaire a de tout temps eu une vocation allégorique, qu'il nous parle au plus proche de nos préoccupations, et que, loin d'être un simple divertissement inconséquent pour un public cible, il nous met en garde contre une société qui nous menace, individuellement et collectivement, il nous fait réfléchir à notre condition tout en nous apportant un récit intense. *Alien* croit en notre capacité d'analyse et parle tout à la fois à nos fantasmes, à notre imaginaire et à notre raison.

Voilà pourquoi, plus de quarante ans après sa sortie, *Alien* reste un film immense, et certainement inégalé.

SIMON RIAUX & NICOLAS MARTIN

AUTEUR

SERGE LEHMAN_

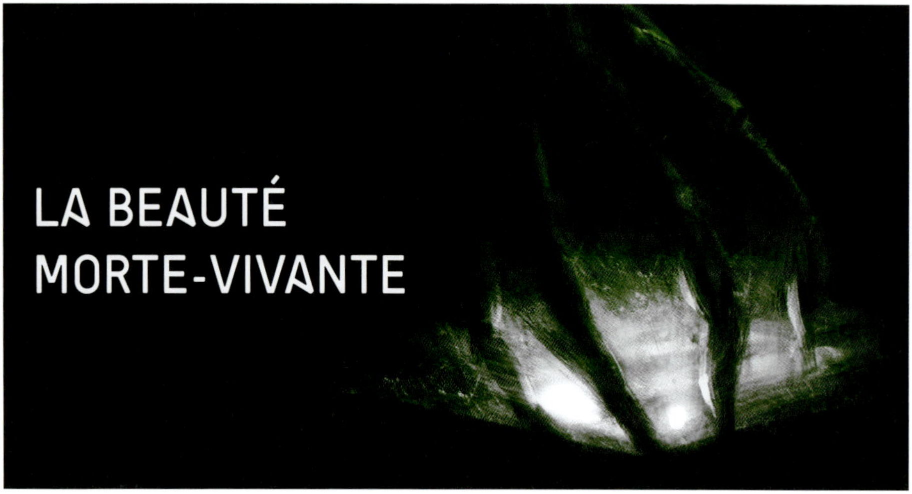

LA BEAUTÉ MORTE-VIVANTE

SL_02_

« DANS LE CORPS DU MONSTRE, ON A TENTÉ DE GARDER QUELQUE CHOSE DE LA BEAUTÉ. ELLE NE VIT PLUS, MAIS UN SECRET MÉCANISME EN ANIME LES RESTES. LE MONSTRE EST LA BEAUTÉ MORTE-VIVANTE. »

PIERRE JOURDE

Dans l'ordre des catégories esthétiques, *Alien* appartient au domaine du sublime.

Ce jugement étonnera peut-être les lecteurs français pour qui le sublime se trouve en principe du côté du beau ; dans notre langue, il en est même l'expression la plus élevée. Chez les Anglo-saxons, c'est l'inverse. Le sublime s'oppose au beau comme son antithèse.

Cette différence remonte au XVIIIe siècle et à la parution d'un essai du philosophe Edmund Burke, *A Philosophical Inquiry into the Origin of our Ideas of the Sublime and Beautiful* (1756) : *« Nul mieux que Burke ne sut justifier le terrifiant en en faisant une émotion esthétique, ni situer la nouvelle catégorie. Beau et sublime s'opposent (chez lui) rigoureusement, dans le détail et point par point. Relèvent du beau, dit-il, les objets menus aux surfaces lisses, dont les lignes ne s'écartent qu'insensiblement de la ligne droite. Le beau ne peut pas être obscur, il est léger et délicat, il se fonde sur le plaisir. Relèvent du sublime, au contraire, les objets dont les dimensions sont vastes et rappellent la notion d'infini. Leurs surfaces doivent être rugueuses, irrégulières et donner l'impression de négligé. Leurs lignes sont souvent toutes droites ou, si elles dévient, le font brusquement et totalement. Le sublime ne se conçoit qu'entouré de pénombre, il est toujours compact et massif et se fonde sur la douleur ou la crainte de la douleur. Tout ce qui évoque un danger quelconque, c'est-à-dire tout ce qui est terrifiant, est générateur de sublime*[1]. »

L'influence de la pensée de Burke sur l'invention du roman gothique est un fait bien documenté. Or, le gothique est lui-même l'une des sources de la science-fiction via le *Frankenstein* de Mary Shelley en 1818. C'est donc assez logiquement que l'on retrouve, dans *Alien*, toute la panoplie du genre transportée dans l'espace : ruines brumeuses, couloirs noirs, chaînes humides et perspectives affolantes – Ridley Scott est anglais.

Dans la science-fiction française, qui procède plutôt du conte philosophique et du voyage imaginaire, c'est-à-dire des Lumières, le registre légitime n'est pas le gothique, mais le satirique. Et peut-être faut-il, comme Baldine Saint Girons, inscrire cette différence dans un écart plus ancien et plus large : « *Les valeurs esthétiques d'une société qui se réclame de Corneille et de Racine ne sauraient être les mêmes que celles d'un monde qui fait ses délices de Milton et de Shakespeare. […] Moins tributaires du bon goût et souvent plus sensibles à l'originalité, voire à la bizarrerie, les Britanniques ont gardé dans l'usage courant l'idée d'une distinction radicale, perdue en français, entre beau et sublime*[2]. »

Il existe pourtant, de ce côté-ci de la Manche, une autre catégorie, plus familière mais tout aussi apte à décrire ce qui se passe dans *Alien* : celle du grotesque.

Née au XVIe siècle d'un emprunt à l'italien (« pittura grottesca » : peinture de grotte), cette esthétique se caractérise par le goût du bizarre et du bouffon poussé jusqu'au fantastique. Est grotesque ce qui prête à la dérision par son côté outrancier et son mauvais goût.

Un essai de Pierre Jourde me souffle cette idée mais, à vrai dire, elle n'a rien d'original. Victor Hugo l'évoquait déjà dans la préface de *Cromwell* (1827), en soulignant le rôle du grotesque dans la pensée moderne :

« *D'une part, il crée le difforme et l'horrible ; de l'autre, le comique et le bouffon.* »

Autrement dit, le grotesque recoupe partiellement le sublime quand ce terme est employé à la manière anglaise, alors qu'en français les deux s'opposent. Mais la confusion lexicale n'altère pas le duopole : d'un côté le beau, caractérisé par la lumière, la netteté, la limite et le plaisir que ces expériences procurent ; de l'autre un monde étrange, énorme et obscur, où règnent la bouffonnerie et l'horreur. La vie est à l'intersection des deux.

L'essai de Jourde s'intitule *Portrait des mouches*[3]. Il s'agit aussi d'une préface, introduisant la réédition des *Songes drolatiques de Pantagruel*, recueil de gravures « crotesques » publié pour la première fois en 1565 et d'abord attribué à Rabelais. Jourde raconte l'histoire de ce livre mystérieux dont le véritable auteur serait un couturier et vendeur d'estampes parisien appelé François Desprez. Puis, il s'intéresse aux gravures.

Il y en a cent vingt. C'est un défilé de monstres qui rappellent ceux de Jérôme Bosch : hommes-animaux, hommes-plantes, hommes-objets se contenant ou se découpant eux-mêmes, souvent en érection, créatures hybrides vêtues de capuchons et presque toujours armées, parfois entourées de mouches… Le sentiment d'étrangeté est total et donne, écrit Jourde, l'impression qu'« *on nous regarde depuis un autre monde* ».

Plus que les gravures, c'est cette phrase qui m'est revenue quand on m'a proposé d'écrire sur *Alien*. En retournant au texte de Jourde, j'ai compris pourquoi : la plupart des passages que j'avais soulignés lors de ma première lecture semblent décrire des xénomorphes. J'en donne trois :

« *Beaucoup de ces créatures sont équipées d'instruments agressifs, propres à piquer, gratter ou simplement agacer : éperons, couteaux, hameçons, baguettes, becs, cornes ou ciseaux font rarement défaut dans l'image.* [...] *Quelles régions du corps, quelles zones de la conscience sont-elles chargées de sonder ? Jusqu'où s'enfonceront-elles en nous ?* »

« *Les poissons ont des bras ou brandissent des piques, les mollusques sont armés, les lances jaillissent hors des carapaces. La ligne et le repli se conjuguent dans des courbes spiralées qui s'enroulent sur elles-mêmes tout en se hérissant de pointes et de barbes, sur le modèle quasi obsédant des éperons.* »

« *Rien, a priori, de plus consistant que ces créatures, de plus charnel, de plus épais. Elles paraissent toujours donner à voir une intériorité. Beaucoup tiennent de l'escargot, ou du mollusque à coquille, capable de se replier en lui-même. Elles montrent [...] des masses corporelles tassées dans des sacs qui sont aussi du corps, des membres repliés dans des carapaces...* »

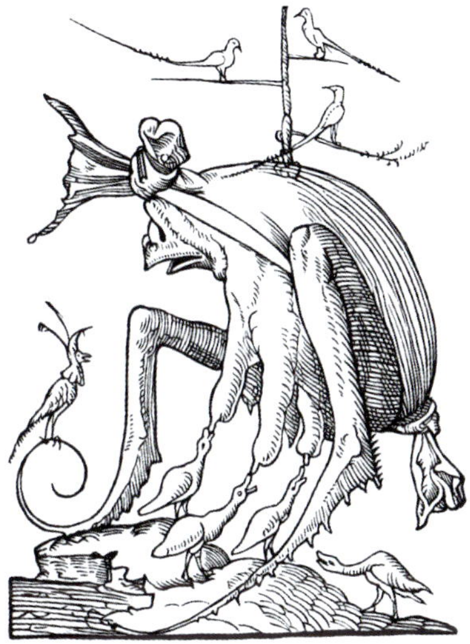

Cette résonnance entre les gravures de Desprez, les observations de Jourde et l'esthétique des xénomorphes invite à une relecture grotesque de l'univers d'*Alien*. Je laisse à d'autres plus compétents le soin de la mener à bien, mais j'y ajoute un argument supplémentaire.

La science-fiction française ignore la catégorie du sublime telle que la définit Burke, mais elle puise depuis toujours aux sources du grotesque. Les meilleurs connaisseurs du domaine, Guy Costes et Joseph Altairac, font commencer le genre avec Rabelais[4]. Des auteurs aussi décisifs qu'Alfred Jarry ou

Serge Brussolo empruntent à ce courant. Et, en ce qui concerne le cinéma, nous avons la chance de pouvoir contempler deux films authentiquement grotesques : *Delicatessen* et *La Cité des enfants perdus*.

« *Des clowns, des monstres, des rencontres nocturnes, la fantaisie qui séduit les enfants et la peur qui les fascine. Nous avons besoin de cela, de la noirceur et de la crasse...* »

Jourde écrit ces lignes à propos des *Songes drolatiques*, mais elles pourraient aussi bien évoquer le monde de Caro et Jeunet. Ce n'est donc pas un hasard si ce dernier a été invité à mettre son empreinte sur la saga du xénomorphe...

Et peut-être savait-il exactement ce qu'il faisait en consacrant la séquence d'ouverture d'*Alien, la résurrection* à une mouche-monstre.

SERGE LEHMAN

NOTES

[1] Lévy Maurice, *Le Roman « gothique » anglais*, 1764-1824, Albin Michel, 1995.

[2] Saint Girons Baldine, *Dictionnaire de la philosophie*, Encyclopedia Universalis, 2015.

[3] Jourde Pierre, *Portrait des mouches*, L'archange Minotaure, 2007.

[4] Costes Guy et Altairac Joseph, *Rétrofictions : Encyclopédie de la conjecture romanesque rationnelle francophone*, Encrage / Les Belles Lettres, 2018 (deux volumes).

CHAPITRE_02
COMPLET_100%

SUJET

CHRONOLOGIE_

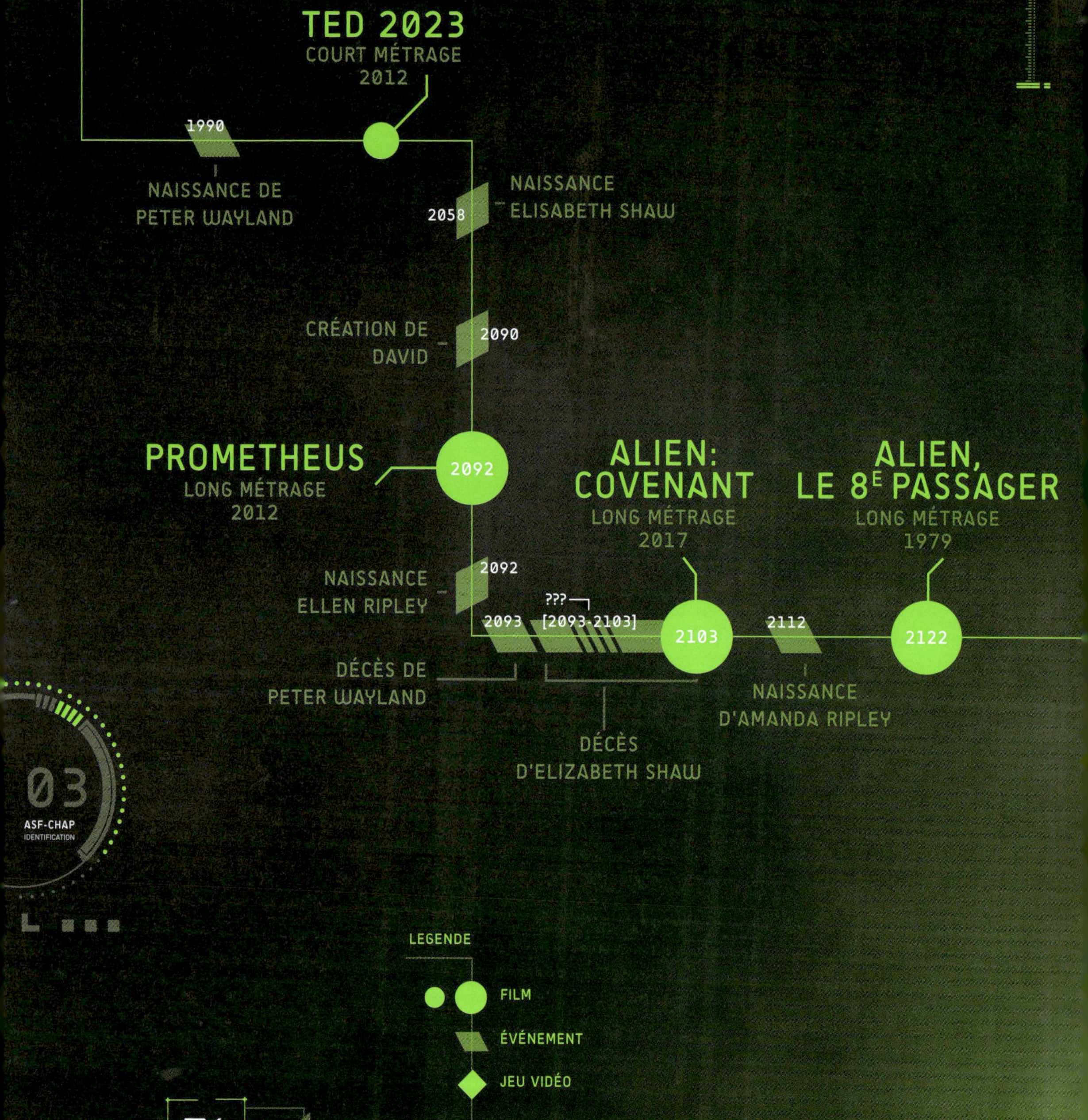

ALIENS : ISOLATION
JEU VIDÉO
2014

- 2137
- 2151 — NAISSANCE DE DWAYNE HICKS
- 2173 — NAISSANCE DE REBECCA NEWT

ALIENS, LE RETOUR
LONG MÉTRAGE
1986

- 2179
- 2179 / 2179 — DÉCÈS DE R. NEWT ET D. HICKS

ALIEN 3
LONG MÉTRAGE
1992

- 2179

ALIENS : COLONIAL MARINES
JEU VIDEO
2013

- 2179
- 2179 — MORT D'ELLEN RIPLEY
- 2379 — RÉSURRECTION D'ELLEN RIPLEY

ALIEN : LA RÉSURRECTION
LONG MÉTRAGE
1997

QUIZ

CONNAISSEZ-VOUS ALIEN ?

« UN QUIZ ALIEN ? FACILE, JE LES AI VUS 20 FOIS. »
VRAIMENT ? AIGUISEZ VOS NEURONES MÉMORIELS, ET TESTEZ VOS CONNAISSANCES RÉELLES DES SIX FILMS DE LA SAGA SUR TROIS NIVEAUX DE DIFFICULTÉ POUR VOIR SI VOUS MÉRITEZ OU NON LE TITRE DE REINE DES XÉNOMORPHES.

... RÉPONSES PAGE 34

QUESTIONS	NIVEAU
ALIEN, LE 8E PASSAGER	
1. Qui joue le rôle de l'Alien dans *Le Huitième Passager* ?	• • •
2. Quel âge avait Sigourney Weaver dans le premier film ?	• • •
3. Quel est le premier personnage qui se réveille ?	•
4. De quelle couleur est le chat ?	•
5. Comment s'appelle-t-il ?	•
6. Comment s'appelle le vaisseau ?	•
7. Brett porte toujours une casquette avec un logo. Lequel ?	• •
8. Combien de femmes l'équipage comporte-t-il ?	• •
9. Combien de membres de l'équipage descendent sur la planète et lesquels ?	• •
10. Quelle est la cause du naufrage du vaisseau retrouvé sur la planète ?	•
11. Combien le *facehugger* a-t-il de pattes ?	•
12. Dans quel ordre les personnages meurent-ils ?	• • •
13. Lors de son rapport final, Ripley liste les noms des morts. Dans quel ordre ?	• • •
14. En quelle année l'action se déroule-t-elle ?	• •
15. Quel est le numéro d'immatriculation du *Nostromo* ?	• • •
16. Quel est le code pour accéder à l'interface de Maman ?	• • •
17. De quelle couleur est le bandeau de Parker ?	•
18. Lors de l'arrivée du *Nostromo* dans le système, combien y a-t-il de planètes visibles ?	• • •
19. À combien de temps se trouvent-ils de la Terre ?	• • •
20. Après leur départ de la planète, les personnages font un briefing et partent voir l'état de Kane. Il y a une photo de voiture accrochée au mur. De quelle couleur est-elle ?	• • •
21. Lorsque l'équipage se lance à la recherche de l'Alien, deux équipes sont constituées. Quels en sont les membres ?	• •
22. Lorsque Dallas se lance à la poursuite de l'Alien dans les conduites d'aération, au niveau de quelle jonction la rencontre avec le xénomorphe se situe-t-elle ?	• • •
23. De quelle couleur les yeux de Lambert sont-ils ?	• •
24. Lors de la scène où Ash « intube » Ripley, on peut voir des photos érotiques, mais pas seulement. Que voit-on d'autre ?	• • •
25. Complétez la phrase : « Je ne mentirai pas sur vos chances de survie, mais... »	• •

SOURCE

LE CHIEN CRITIQUE_

QUESTIONS	NIVEAU
ALIEN, LE 8E PASSAGER	
26. Pour accéder au module d'autodestruction, combien de leviers Ripley doit-elle tirer ?	• •
27. Une fois le processus d'autodestruction enclenché, combien de temps reste-t-il avant l'explosion ?	• •
28. Combien de fois le *Nostromo* explose-t-il ?	• •
ALIENS, LE RETOUR	
29. Quel est le nom de la station où se réveille Ripley ?	• •
30. Combien de temps est-elle restée en hypersommeil ?	• •
31. À quel âge la fille de Ripley est-elle morte ? Quel était son nom complet ?	• •
32. Ripley lui avait promis d'être présente à son anniversaire. Quel âge devait-elle fêter ?	• •
33. Combien coûtait le *Nostromo* ?	• •
34. Combien de mondes sont habités lors du réveil de Ripley ?	• •
35. Quel est le matricule de Ripley ?	• •
36. Quelle est la sentence prononcée par la commission à l'encontre de Ripley ?	•
37. Comment s'appelle la base sur LV-426 ?	• •
38. Quelle est sa population ?	• • •
39. Que faisaient les colons sur la planète ?	•
40. Quelle est la devise de la compagnie ?	•
41. Quel est le nom que Burke donne aux androïdes ? Comment Bishop préfère-t-il qu'on les appelle ?	• •
42. Quel était le modèle d'androïde d'Ash ?	• • •
43. Quelle est la couleur du bandana de Vasquez ?	•
44. À combien de missions de simulation et sur le terrain le lieutenant William "Scott" Gorman a-t-il participé ?	• •
45. Qui pénètre en premier dans les installations ?	• •
46. Comment s'appelle la fille survivante retrouvée dans la station ?	• •
47. Quel est son surnom ?	• •
48. Ripley offre une boisson à la petite fille pour la réconforter. Laquelle ?	• •

QUESTIONS	NIVEAU
ALIENS, LE RETOUR	
49. Comment s'appelle sa poupée ?	• • •
50. De combien de sentinelles robots disposent-ils ?	• •
51. De combien de munitions disposaient-elles ?	• •
52. Combien restait-il de munitions aux sentinelles avant l'arrêt de l'assaut ?	• •
53. Quel est le prénom de Hicks ?	• •
54. À quel niveau le nid alien se trouve-t-il ?	• • •
55. Quel ascenseur Ripley et Newt prennent-elles ?	• • •
56. Comment Bishop meurt-il ?	•
ALIEN 3	
57. Quel est le nom de la planète où la capsule de secours de Ripley s'échoue ?	•
58. Cette planète est un pénitencier pour détenus ayant une particularité. Laquelle ?	•
59. Combien cette prison pouvait-elle accueillir de détenus ?	• • •
60. Combien de détenus reste-t-il ?	• • •
61. Quelle est la cause du décès de la petite fille ?	• • •
62. Pour quels faits le révérend a-t-il été condamné ?	• • •
63. Comment Murphy, le premier homme à mourir, est-il tué ?	• •
64. Quel est le signe distinctif des détenus ?	•
65. Lorsque Ripley réveille Bishop, il ne lui reste plus qu'un bras. Lequel ?	• •
66. À un moment, l'Alien s'approche, renifle Ripley et lui laisse la vie sauve. Pourquoi ?	•
67. On surnomme l'adjoint « 65 ». Pourquoi ?	•
68. Pour tenter de tuer l'Alien, ils déversent un métal liquide. Lequel ?	•
69. Qu'est-ce qui finit par le tuer ?	•
70. Comment Ripley meurt-elle ?	•
71. Bishop fait partie de l'équipe de récupération des survivants. S'agit-il d'un androïde ou d'un humain ?	• •

QUESTIONS	NIVEAU
ALIEN, LA RÉSURRECTION	
72. Combien y a-t-il de passagers dans l'*USM Auriga* ?	• • •
73. Combien de personnes en stase les pirates ramènent-ils ?	• • •
74. Combien y a-t-il d'Aliens emprisonnés ?	• •
75. Ripley porte un chiffre sur l'avant-bras. Lequel ?	•
76. Dans le niveau inondé, combien d'Aliens se lancent à la poursuite de nos valeureux aventuriers ?	• •
77. Comment le dernier Alien meurt-il ?	•
78. Quel monument voit-on sur la dernière image ?	•
79. Pourquoi les scientifiques clonent-ils Ripley ?	•
80. Lors de la formation que suit Ripley, une scientifique lui montre des images. Lesquelles ?	• • •
81. Comment accède-t-on aux salles dont l'accès est protégé ?	•
82. Que fait Call du couteau que Johner a lancé sur la jambe de Vriess ?	•
83. Lors de la rencontre entre Ripley et les pirates dans la salle de sport, quel sport Ripley fait-elle ?	•
84. Pour défendre Johner, Christie frappe Ripley. Avec quoi ?	•
85. Lorsque Call pénètre dans la cellule de Ripley, cette dernière lui plante la lame de son poignard dans l'une de ses mains. La droite ou la gauche ?	• •
86. Comment les Aliens parviennent-ils à se libérer de leur cage ?	•
87. Dans l'une des capsules d'évacuation se trouve un Alien. Comment le détruisent-ils ?	•
88. Combien de clones de Ripley sont-ils encore vivants ?	•
89. Que demande-t-il à Ripley ?	•
90. Dans le niveau inondé, qui est attrapé par un Alien ?	• •
91. Comment s'appelle l'intelligence artificielle du vaisseau ?	• •
92. Pourquoi la reine « appelle-t-elle » Ripley à ses côtés ?	•
93. Qui tue la reine ?	•
94. Combien de survivants reste-t-il à la fin ?	• •

QUESTIONS	NIVEAU
PROMETHEUS	
95. Comment s'appelle le vaisseau d'exploration scientifique ?	•
96. Combien de membres d'équipage y a-t-il à son bord ?	• • •
97. Combien y a-t-il de planètes dans le système ?	• •
98. Qu'est-ce que Dieu ne fait pas ?	•
99. Combien de louveteaux sont lancés ?	• •
100. Quels sont les deux premiers membres de l'équipage à mourir ?	• •
101. Combien le calamar (la larve de *facehugger*) qui sort du ventre a-t-il de tentacules ?	•
102. À bord du *Prometheus*, David plonge dans les souvenirs de Shaw alors qu'elle est dans son caisson et la voit petite fille. Elle porte alors un bob. De quelle couleur est-il ?	• •
103. En attendant le réveil de l'équipage, David regarde un film. Lequel ?	• •
104. Meredith Vickers est la première à sortir de sa stase. Que fait-elle juste dès son réveil ?	• •
105. LV-223 est-il une planète ?	• •
106. Combien de véhicules rejoignent la structure alien ?	•
107. Quelle est la cause de la mort du premier des Ingénieurs qu'on trouve ?	•
108. Lorsque la tempête de silice atteint le vaisseau, qui n'est pas rentré ?	• •
109. Lors de son analyse, la tête de l'Ingénieur explose. De quelle couleur est son sang ?	•
110. David communique avec Weyland, pendant qu'il est en stase. Vickers, la fille de ce dernier, lui demande ensuite de lui répéter les paroles de son père. Que répond David ?	• • •
111. À qui a appartenu le concertina (l'accordéon) du capitaine Janek ?	• • •
112. Comment Holloway a-t-il été infecté ?	•
113. Lorsque David pénètre dans la salle de pilotage du vaisseau des Ingénieurs, combien y a-t-il de couchettes de stase ?	• •
114. Quelle était la prochaine destination des Ingénieurs ?	•
115. Quelle est la cause de la mort du père d'Holloway ?	• • •
116. Quelle est la réponse de l'Ingénieur à la question que David lui traduit ?	•
117. Comment Meredith Vickers meurt-elle ?	•

QUESTIONS	NIVEAU
PROMETHEUS	
118. David, après avoir été décapité, demande de l'aide à Shaw. En échange, elle lui demande un objet. Lequel ?	• •
119. Qui sont les seuls personnages à rester sur la planète ?	•

ALIEN: COVENANT	
120. Dans la scène d'ouverture qui se déroule dans la grande pièce blanche, quels meubles voit-on ?	• •
121. Quel morceau joue David au piano ?	• •
122. Quels ont été les dégâts humains de l'éruption solaire ?	• • •
123. Le *Covenant* est à l'arrêt après avoir subi une explosion. De quel type d'explosion s'agit-il ?	• •
124. Alors qu'il doit rejoindre Origae-6, le *Covenant* se déroute vers une autre planète. Pourquoi ?	•
125. À son arrivée sur la planète, l'équipe découvre un champ de céréales. De quelle variété s'agit-il ?	• •
126. La biologiste Karine Oram et le soldat Ledward décident de quitter le groupe d'exploitation. Pourquoi ?	• •
127. Comment les deux premières personnes se font-elles infecter ?	•
128. Comment le premier Alien sort-il du corps du soldat Ledward ?	•
129. Pourquoi la navette explose-t-elle ?	• •
130. En protégeant Daniels, Walter perd une main, qui se fait dévorer par l'Alien. La droite ou la gauche ?	• •
131. Que chante David lorsqu'il se coupe les cheveux ?	• • •
132. Que faisait Rosenthal lorsqu'elle se fait attaquer par l'Alien dans la salle de bain ?	• •
133. Dans le cabinet de travail de David, Daniels compulse des dessins. Qui en est l'auteur ?	•
134. Lorsque la navette de secours arrive, combien reste-t-il de membres de l'équipe d'exploration ?	• •
135. Lors de leur retour sur le *Covenant*, l'Alien attaque deux membres de l'équipage, Ricks et Upworth. Dans quelle pièce se trouvaient-ils alors ?	• •
136. Comment l'Alien meurt-il ?	• •

QUESTIONS	NIVEAU
ALIEN: COVENANT	
137. Lors de sa mise en stase, Daniels se rend compte que l'androïde n'est pas Walter mais David. Comment le découvre-t-elle ?	•
138. Combien d'œufs aliens David recrache-t-il pour les mettre dans l'incubateur ?	• • •

SAGA	
139. Quel est le nom de la compagnie ?	•
140. Quel est le film de la saga qui a fait le plus gros score au box office ?	• •
141. Classe ces réalisateurs dans l'ordre chronologique de l'univers d'*Alien* : David Fincher – Ridley Scott – Jean-Pierre Jeunet – James Cameron	• •
142. Quel est le nom de Ripley ?	•
143. Cite les noms de tous les androïdes de la saga.	• •
144. Comment la planète LV-426 a-t-elle été rebaptisée ?	• •
145. À partir de quel film ne voit-on plus aucun personnage fumer ?	• •
146. De quel roman est tiré le film *Alien, le huitième passager* ?	•
147. Dans quels films de la saga Sigourney Weaver n'apparaît-elle pas ?	•
148. Dans quel(s) film(s) Giger n'est-il pas crédité ?	• •
149. « Dans l'espace, personne ne vous entendra crier. » De quel film provient cette punchline ?	•
150. Quelle est la première affiche française à faire apparaître l'Alien ?	• •
151. Le titre d'un seul film de la saga ne contient pas le mot « Alien ». Lequel ?	•
152. Combien de fois Ripley meurt-elle ?	• •
153. Quel est le nom du scénariste ayant participé à l'ensemble des films ?	• • •

SOURCE

LE CHIEN CRITIQUE_

RÉPONSES	TIME CODE	✔ ✖
ALIEN, LE 8^E PASSAGER		
1. Bolaji Badejo		☐ ☐
2. 29 ans : le tournage a eu lieu en 1978.		☐ ☐
3. Kane		☐ ☐
4. Roux		☐ ☐
5. Jones ou Jonesy		☐ ☐
6. Nostromo		☐ ☐
7. Le logo de la compagnie		☐ ☐
8. Deux : Ripley (lieutenante) et Lambert (navigatrice).		☐ ☐
9. Trois : le capitaine Dallas, l'officier en second Kane et la navigatrice Lambert.		☐ ☐
10. L'Alien		☐ ☐
11. 8		☐ ☐
12. Kane - Brett - Ash - Parker - Lambert - Dallas. Dallas se fait enlever mais est encore en vie dans le cocon à la fin du film. Ripley l'aide à mourir.		☐ ☐
13. Kane - Lambert - Parker - Brett - Ash - Dallas	1.47.25	☐ ☐
14. Dans le film, aucune date n'est donnée, mais l'action se déroule en 2122.		☐ ☐
15. 1809246(09)	04.03	☐ ☐
16. 2037	8.42	☐ ☐
17. Bleu		☐ ☐
18. 4	12.42	☐ ☐
19. Dix mois	51.57	☐ ☐
20. Rose	52.08	☐ ☐
21. « Équipe 1 : Ash, Lambert et Dallas. Équipe 2 : Ripley, Parler et Brett. »	57.34	☐ ☐
22. Au niveau de la troisième jonction.	01.09.00	☐ ☐
23. Bleus		☐ ☐
24. Des œufs au plat et des montres.	1.17.29	☐ ☐
25. « ... vous avez ma sympathie. »	1.21.30	☐ ☐
26. 4	1.29.19	☐ ☐
27. 10 minutes	1.30.00	☐ ☐
28. Trois fois	1.38.20	☐ ☐

RÉPONSES	TIME CODE	✔ ✖
ALIENS, LE RETOUR		
29. Station *Gateway*	5.31	☐ ☐
30. Cinquante-sept ans	6.40	☐ ☐
31. Amanda Ripley McLaren, décédée à 66 ans.	9.28	☐ ☐
32. 11 ans	10.20	☐ ☐
33. 42 millions de dollars	10.55	☐ ☐
34. 300 mondes	12.00	☐ ☐
35. 14472	13.00	☐ ☐
36. Retrait de sa licence de pilote d'appareils commerciaux.	13.14	☐ ☐
37. Hadley's Hope	14.48	☐ ☐
38. 158 habitants	14.48	☐ ☐
39. Ils terraformaient la planète.		☐ ☐
40. « Construire des mondes meilleurs »	16.37	☐ ☐
41. Les synthétiques et les hommes artificiels.	30.40	☐ ☐
42. Hyperdyne de type 120-A2	31.07	☐ ☐
43. Rouge		☐ ☐
44. 36 missions de simulation et 2 sur le terrain, dont celle qui nous intéresse.	40.30	☐ ☐
45. Vasquez	45.27	☐ ☐
46. Rebecca Jorden		☐ ☐
47. Newt	59.00	☐ ☐
48. Du chocolat chaud.	58.30	☐ ☐
49. Carole (Casey en anglais)	1.00.14	☐ ☐
50. 4	1.25.00	☐ ☐
51. 500 munitions par sentinelle	1.34.00	☐ ☐
52. 10	1.38.17	☐ ☐
53. Dwayne	2.02. 00	☐ ☐
54. Sub Level 03	02.04.00	☐ ☐
55. Gate 28	02.13.09	☐ ☐
56. La reine lui transperce le corps avec sa queue puis elle le déchire en deux.	02.18.00	☐ ☐

RÉPONSES	TIME CODE	✔ ✖
ALIEN 3		
57. Fiorina « Fury » 161	04.00	☐ ☐
58. Ils sont atteints d'une anomalie génétique : le syndrome XYY (ils ont un double chromosome Y).	04.00	☐ ☐
59. 5000	13.56	☐ ☐
60. 25	14.00	☐ ☐
61. Elle s'est noyée dans son cryotube.	15.00	☐ ☐
62. Viol et assassinat : il a pris vingt ans.	33.00	☐ ☐
63. L'Alien pousse Murphy dans le conduit d'aération qu'il est en train de nettoyer. Il tombe dans un ventilateur où il finira déchiqueté.	37.00	☐ ☐
64. Ils ont un code-barre tatoué sur la nuque.		☐ ☐
65. Le droit	54.00	☐ ☐
66. Elle l'ignore encore, mais elle a un Alien dans le ventre. Elle l'apprendra en réalisant un scanner.	01.05.00 et 1.33.00	☐ ☐
67. C'est son quotient intellectuel.	1.13.00	☐ ☐
68. Du plomb liquide.	02.04.00	☐ ☐
69. De l'eau : une petite douche après un bain de plomb liquide le fait exploser.	02.06.00	☐ ☐
70. Elle se suicide en se jetant dans du métal en fusion.	2.10.20	☐ ☐
71. Il s'agit d'un humain.		☐ ☐
ALIEN, LA RÉSURRECTION		
72. 42 appelés et 7 scientifiques.	3.19	☐ ☐
73. 8	24.00	☐ ☐
74. 12	49.00	☐ ☐
75. Le chiffre 8, car il s'agit de la huitième tentative de clonage.	55	☐ ☐
76. 2	01.08.00	☐ ☐
77. Il se décompose dans l'espace par un trou percé dans un hublot, qui provoque une décompression.		☐ ☐
78. La tour Eiffel en ruines.		☐ ☐
79. Pour récupérer l'Alien qu'elle porte dans son ventre.	04.00	☐ ☐
80. Un gant, des cerises et le visage d'une petite fille.	8.45 et 10.00	☐ ☐
81. Par la reconnaissance de l'haleine.	10.45	☐ ☐
82. Elle en casse la lame.	18.00	☐ ☐

RÉPONSES

ALIEN, LA RÉSURRECTION

RÉPONSES	TIME CODE	✔ ✖
83. Du basket.	26.00	☐ ☐
84. Un haltère.	26.50	☐ ☐
85. La droite.	34.00	☐ ☐
86. Ils tuent l'un des leurs pour que son sang acide fasse un trou dans le sol.	38.00	☐ ☐
87. Le commandant lance une grenade dans la capsule.	44.00	☐ ☐
88. Un seul, alité.	57.00	☐ ☐
89. « Tue-moi. »	57.40	☐ ☐
90. Sabra Hillard	01.09.00	☐ ☐
91. Père	1.21.40	☐ ☐
92. Elle est sur le point d'accoucher.	1.32.00	☐ ☐
93. Son enfant qui vient de naître.	1.33.00	☐ ☐
94. 4 : Call, Ripley, Vriess et Johner.	1.43.30	☐ ☐

PROMETHEUS

RÉPONSES	TIME CODE	✔ ✖
95. *Prometheus*		☐ ☐
96. Officiellement, ils sont 17. Mais on découvrira plus tard que ce n'est pas le cas.	07.47	☐ ☐
97. 6	17.52	☐ ☐
98. « Dieu ne trace pas de lignes droites. »	24.13	☐ ☐
99. On voit Fifield en lancer quatre (28.00), mais sur la maquette 3D du vaisseau, l'un des louveteaux porte le numéro 6.	28.00 et 0.30.37	☐ ☐
100. Millburn et Fifield. Du moins, c'est ce que l'on croit, mais Fifield reviendra pour un baroud d'honneur (1.02.00 et 1.22.00).		☐ ☐
101. 4	1.20.00	☐ ☐
102. Rouge	08.00	☐ ☐
103. *Lawrence d'Arabie*	10.30	☐ ☐
104. Des pompes.	12.40	☐ ☐
105. Non, c'est un satellite.	18.00	☐ ☐
106. 3 : 1 transporteur et 2 buggies.	27.00	☐ ☐
107. Il s'est fait décapiter lors de la fermeture d'une porte.	35.00	☐ ☐

SOURCE

LE CHIEN CRITIQUE_

LCC_04_

RÉPONSES	TIME CODE	✔ ✖
PROMETHEUS		
108. Holloway et Shaw, mais aussi Millburn et Fifield, qui se sont perdus dans la structure alien.	42.00	☐ ☐
109. Vert	46.30	☐ ☐
110. « Faites des efforts. »	48.00	☐ ☐
111. À Stephen Stills.	58.00	☐ ☐
112. Par David : il a versé une goutte du liquide noir dans son verre.	53.00	☐ ☐
113. Quatre	01.06.00	☐ ☐
114. La Terre.	1.1.00	☐ ☐
115. Le virus Ebola.	1.16.00	☐ ☐
116. Aucune : l'Ingénieur lui arrache la tête.	1.35.30	☐ ☐
117. Elle se fait écraser par le vaisseau des Ingénieurs.	1.43.00	☐ ☐
118. Son pendentif.		☐ ☐
119. David, Shaw et la pieuvre de l'espace.		☐ ☐

ALIEN: COVENANT		
120. Un fauteuil-trône Carlo Bugatti ; un piano à queue de concert Steinway ; *La Nativité*, peinture de Piero della Francesca ; le *David*, sculpture de Michel-Ange.		☐ ☐
121. L'*Entrée des dieux au Valhalla* de Wagner.		☐ ☐
122. La perte de 47 colons, de 16 embryons et du commandant de l'équipage.	13.50	☐ ☐
123. Une explosion de neutrinos causée par une éruption stellaire.	08.50 et 13.50	☐ ☐
124. Lors de la réparation de la voile solaire, l'équipage a reçu une transmission provenant d'une planète proche et habitable.	22.00	☐ ☐
125. Une variété de blé.	33.20	☐ ☐
126. Pour établir un diagnostic écologique.	35.00	☐ ☐
127. Par des spores aliens émises par des champignons : la première infection se produit par l'oreille, la seconde par le nez.	36.50 et 39.10	☐ ☐
128. Par le dos, en lui déchirant la colonne vertébrale.	46.10	☐ ☐
129. L'Alien s'échappe de l'infirmerie. Faris, la pilote, tente de le tuer en tirant dessus et met le feu à des produits chimiques.	48.00	

ALIEN: COVENANT

RÉPONSES	TIME CODE	✔ ✖
130. La gauche.	51.00	☐ ☐
131. *The Man Who Broke the Bank At Monte Carlo*, de Fred Gilbert.	59.00	☐ ☐
132. Elle soignait son bras blessé.	1.10.00	☐ ☐
133. David dans le film, mais il s'agit de dessins de HR Giger.	1.25.00	☐ ☐
134. 2 : Daniels et Lope	1.30.00	☐ ☐
135. Dans la salle de bain, sous la douche, en train de batifoler.	1.39.00	☐ ☐
136. Il se fait transpercer par la lame d'une machine de terraformation et se fait éjecter dans l'espace.	1.45.40	☐ ☐
137. Elle lui demande s'il l'aidera à réaliser son rêve (construire une cabane au bord d'un lac sur Origae-6) mais il ne s'en souvient pas.	1.47.40	☐ ☐
138. 2	1.49.10	☐ ☐

SAGA

RÉPONSES	TIME CODE	✔ ✖
139. Dans le premier *Alien*, elle est juste nommée « la compagnie ». Dans *Aliens, le retour*, un panneau nous indique qu'elle se nomme la Weyland-Yutani Corporation.		☐ ☐
140. *Prometheus*, avec 403 354 469 $, suivi d'*Alien Covenant*, avec 240 891 763 $. *Alien* n'arrive qu'en 3ème position, avec 203 631 801 $		☐ ☐
141. Ridley Scott – James Cameron - David Fincher – Jean-Pierre Jeunet – Ridley Scott – Ridley Scott		☐ ☐
142. Ellen		☐ ☐
143. Ash, Bishop, Call, David, Walter.		☐ ☐
144. Elle a été rebaptisée Acheron lorsque les colons ont commencé à s'y installer.		☐ ☐
145. À ce jour, chaque film montre au moins un acteur tenant une cigarette ou un cigare.		☐ ☐
146. Aucun, c'est un scénario original de Dan O'Bannon et Walter Hill.		☐ ☐
147. *Promotheus* et *Alien: Covenant*		☐ ☐
148. *Aliens, le retour*		☐ ☐
149. *Alien, le huitième passager*		☐ ☐

SOURCE
LE CHIEN CRITIQUE_

RÉPONSES	TIME CODE	✔ ✖
SAGA		
150. *Alien 3*		☐ ☐
151. *Prometheus*		☐ ☐
152. Huit fois : une première fois dans *Alien 3*, puis elle tue sept de ses clones dans *Alien, la résurrection*.		☐ ☐
153. David Giler		☐ ☐
	TOTAL	/153

RÉSULTATS

0-29 : VOUS ÊTES UN ŒUF.

On va pas se mentir : c'est pas ouf.

Juste une chose pour être bien certain : ce livre est parle d'*Alien*, pas d'Aline (pour qu'elle revienne). Conseil : repartez du début, revoyez les films, lisez ce livre de fond en comble, voire apprenez-en des passages par cœur – ça fera plaisir aux auteurs et autrices – et refaites le test. Ça devrait mieux se passer.

30-49 : VOUS ÊTES UN *FACEHUGGER*.

C'est un bon début. Mais comme votre totem, votre autonomie est limitée. Donc au lieu de courir partout de manière erratique avant d'aller vous recroqueviller dans un coin tout desséché, refaites-vous un visionnage express des films sur lesquels vous êtes le moins calé, et complétez avec une lecture approfondie de l'ouvrage que vous tenez. Et après ça, votre score devrait croître comme le petit œuf que vous avez déposé à l'intérieur de votre hôte : vite, et méchamment.

50-99 : VOUS ÊTES UN CHESTBURSTER.

Un score tout à fait respectable, vous y êtes presque. Mais comme votre totem, vous avez encore du mal à vous frayer un chemin entre l'œsophage, la plèvre et le plexus. Poussez un peu plus fort, ça va finir par passer. Et une lecture approfondie de cet ouvrage devrait vous permettre de passer à la catégorie du dessus et de devenir une grande bête bien gluante à sa maman.

100-152 : VOUS ÊTES UN XÉNOMORPHE.

Bravo ! Vous connaissez votre Alien comme Ripley dans Alien, la résurrection ! À force de la fréquenter pendant de longues années, vous êtes presque aussi monstrueux que le monstre, plus rien ne vous échappe de la bête immonde, et il serait peut-être judicieux d'essayer de vous supprimer, d'ailleurs, au lance-flammes ou au plomb fondu, avant que... AHHIEOHFAIOHECJHEkhjkhcjkqhfqjhsdhlk

153 : VOUS ÊTES LA REINE.

Ou vous avez triché.

Perso, on penche plutôt pour la deuxième réponse. Mais bravo quand même !

CHAPITRE_04
COMPLET_100%

1_

LE FACEHUGGER_ :
ALIEN, LE 8E PASSAGER_

AUTEUR

LAURENT AKNIN_

ALIEN – LE NEUVIÈME PASSAGER

LA_05_

05

ASF-CHAP

IDENTIFICATION

— MAX, DIT-IL, PARFAITEMENT SÉRIEUX, QUOI QU'IL ARRIVE, PROMETTEZ-MOI DE NE PAS ALLER CHERCHER LE CHAT DANS LE VAISSEAU.

Braïlovski, pris au dépourvu, hésita une fraction de seconde, et faillit répondre : « Je voudrais vraiment que vous n'ayez pas dit cela, Walter », mais il se retint à temps. Pas question d'exposer ainsi ses points faibles. Au lieu de quoi il répondit :

— J'aimerais connaître l'imbécile qui a mis ce film-là dans notre vidéothèque.

Arthur C. Clarke, *2010 : Odyssée deux.*

Une créature monstrueuse est sans doute tapie derrière une porte. Deux humains terrifiés décident tout de même de l'ouvrir afin de pouvoir soit la capturer, soit la détruire. Ils ont d'autant plus peur que la créature est au sens propre innommable, et meurtrière. Ils se décident et ouvrent brutalement la porte. Quelque chose en jaillit. Des cris, des hurlements, et finalement un constat fait tout autant par les personnages que par les spectateurs : ce n'est que le chat.

Cette figure classique, ce cliché même du cinéma d'épouvante, se trouve, on se le rappelle, en plein milieu du déroulement d'*Alien, le huitième passager*. La créature est déjà « née », et l'équipage la traque. Mais il ne s'agit pas ici d'un simple hommage ni d'un gag (même si le jeu avec le « genre » est explicite). Car non seulement le chat en question, nommé Jones, va jouer par la suite un rôle dramatique déterminant, mais de plus cette scène est étonnamment efficace malgré son « déjà-vu », et ce précisément parce qu'elle n'avait sans doute jamais été vue dans un tel contexte : dans un vaisseau spatial, dans le futur, dans un film de science-fiction. Il est vrai que depuis son ouverture, tout le film démontre, par son dispositif de mise en scène, qu'il tourne le dos à la science-fiction traditionnelle, celle qui irait des space opera des années 1950 et 1960 à *Star Wars*. De plus, le simple « pitch » qui le définirait comme un « film d'épouvante dans l'espace » ne suffirait pas à signifier sa singularité. Après tout, d'autres films considérés depuis comme de lointaines sources d'inspiration d'*Alien, le huitième passager* avaient déjà tenté l'expérience. Ce sont par exemple *La Fusée de l'épouvante (It! The Terror from Beyond Space)* en 1958, ou *La Planète des vampires* (*Terrore nello spazio)* de Mario Bava, deux films connus alors seulement par les cinéphiles spécialisés et finalement très éloignés de l'œuvre de Ridley Scott (le premier, réalisé par Edward Cahn, est un des nombreux petits films de science-fiction américains des années 1950, à l'esthétique fauchée si reconnaissable ; le second est un des grands délires fétichistes et nécrophiles de Mario Bava, plus proche de *Hercule contre les vampires* que d'un film de science-fiction de son temps). La singularité de la mise en scène d'*Alien, le huitième passager* commence, même dès son générique, avec ces étranges bâtonnets qui, progressivement, forment le titre tandis que défile le reste des crédits : un effet de style inédit et amplement imité depuis. On peut même remonter en amont du film en évoquant la superbe et mystérieuse affiche. Les éléments du paratexte filmique sont ici de première importance et contribuent grandement à l'effet de « seuil » (pour reprendre l'expression de Gérard Genette à propos du paratexte littéraire[1]), le seuil étant aussi un élément déterminant dans les genres du fantastique et de l'horreur. C'est le seuil qui permet d'entrer au sein de la demeure fantastique, dont le *Nostromo* est l'un des plus beaux avatars.

MÉTAMORPHOSE DE LA DEMEURE FANTASTIQUE

On ne dira jamais assez le choc, l'étonnement et l'effet de décalage que représenta, pour les premiers spectateurs du film, l'apparition à l'écran du *Nostromo*. L'étonnement était d'autant plus grand et plus fort que cette apparition intervenait de manière tout à fait classique dans la conduite du récit.

Celui-ci reprend alors dans sa mise en scène un déroulé on ne peut plus normatif. Après le générique, un plan général, de grand ensemble, de l'espace infini, dans lequel navigue le vaisseau spatial – combien de fois n'a-t-on pas vu ce plan quasiment archétypal ! Mais soudain, tout change. Il ne s'agit plus des croiseurs effilés traversant l'écran de haut en bas et en profondeur, comme dans *Star Wars*, ni du vaisseau blanc *Discovery One* à horizontalité interminable de *2001, l'Odyssée de l'espace*, et encore moins de la silhouette ô combien familière (sauf alors en France) de l'*Enterprise*, le vaisseau du capitaine Kirk dans la série *Star Trek*.

En lieu et place, une masse énorme, sombre, indistincte. Aucune symétrie, mais des reliefs, des sortes de tours. Aucune beauté, ni « design », ni recherche esthétique. Les textes qui apparaissent alors indiquent qu'il s'agit d'un vaisseau de transport minier, l'équivalent d'un cargo ou d'une péniche. Mais même cette fonction purement utilitaire et commerciale n'explique pas une telle absence de beauté. En un seul plan, le Nostromo est situé, non pas du côté des vaisseaux spatiaux, mais de celui des demeures fantastiques et terrifiantes.

Alien, le huitième passager reprend tous les éléments du château gothique, l'occurrence première de la demeure d'épouvante. C'est le château de Dracula, mais aussi le château d'Otrante, ou la maison Usher. Une bâtisse gigantesque, obscure, et isolée. C'est là un des points les plus importants, car l'absence de voisinage immédiat, et sa quasi-inaccessibilité, rend la maison fantastique encore plus redoutable puisqu'il est tout aussi impossible de la quitter... Telle est la demeure de l'épouvante que reprend Ridley Scott dans sa mise en scène. On y retrouve même les couloirs étroits et les passages secrets – ce seront les fameux conduits d'aération. Parfois même, cette reconstitution prend des allures quasiment absurdes sur le simple plan de la logique ou du vraisemblable. Le *Nostromo* semble ainsi posséder aussi bien des donjons que des basses-fosses ressemblant à s'y méprendre à d'anciennes salles de torture. C'est là que Brett (Harry Dean Stanton) va trouver la mort alors qu'il déambule dans une salle immense dans laquelle l'eau ruisselle par infiltration, et aux murs de laquelle se balancent d'immenses chaînes en acier. Nous sommes alors dans les profondeurs. Car l'architecture du *Nostromo*, et donc sa mise en scène, repose, comme dans les films de maisons maudites, sur la verticalité. Seuls les « soutiers » sont habitués à descendre dans certaines zones, tandis que les officiers (les maîtres) restent dans les niveaux supérieurs. On retrouvera d'ailleurs cette

même « verticalité » dans l'exploration du planétoïde et du vaisseau échoué, en changeant simplement d'échelle...

Toutefois, *Alien, le huitième passager* se situe à une période de l'histoire du cinéma où le topos de la maison fantastique est en pleine mutation, à l'image du genre lui-même (rappelons que ce film clôt en apothéose une incroyable décennie entamée avec *La Nuit des morts-vivants*, et qui vient de connaître le choc de *Halloween*). Du château situé à l'extérieur de la cité, on est progressivement passé à la maison de maître bâtie en ville, à la maison de campagne (*Trauma - Burnt Offerings*), à la maison ordinaire (*Amityville : La Maison du diable - The Amityville Horror*) et bientôt ce sera le pavillon de banlieue dans toute sa banalité (*Poltergeist*). Tout en suivant cette évolution, *Alien, le huitième passager* ne se contente donc pas de mettre en place une mise en scène purement verticale. S'y joint, et c'est alors quasiment une nouveauté dans le genre, un jeu sur la mise en scène « horizontale » : ce sont les couloirs sans fin qui peuvent se bloquer par des portes coulissantes, les mêmes conduits d'aération qui jouent habilement sur les deux directions en provoquant des croisements (dont l'un sera fatal au capitaine Dallas...), des galeries où l'Alien peut quasiment ramper et épier. La tradition gothique fait alors place à une nouvelle forme d'architecture de l'épouvante, dont le point ultime sera bien sûr, quelques années plus tard, l'hôtel Overlook et ses couloirs interminables, parcourus à toute vitesse par un enfant sur son tricycle... Mais rappelons que c'est Alfred Hitchcock qui, le premier, a pointé cette métamorphose de la maison de l'horreur en juxtaposant, dans *Psychose*, la demeure gothique verticale (où réside la mère, comme au cœur du *Nostromo*), et le motel, horizontal, dirigé par Norman Bates. Ridley Scott opère magistralement la synthèse de ces deux figures topographiques.

LA NUIT LOVECRAFTIENNE

Il ne fait jamais « jour » dans *Alien, le huitième passager*. Peu de films ont réussi à tenir cette gageure. Bien des années plus tard, le premier *Saw* reprendra ce principe, mais en restant entièrement en intérieur, alors qu'*Alien, le huitième passager* comporte la visite d'un planétoïde, ou d'un corps astral, mais sur lequel semble aussi régner une nuit perpétuelle.

On a souvent souligné l'influence de Lovecraft sur les thèmes et les visuels d'*Alien, le huitième passager*, d'autant plus que les artistes conceptuels qui ont œuvré sur les décors et le look de la créature (Giger en premier lieu) ont eux-mêmes revendiqué leur référence, pour ne pas dire leur révérence, au reclus de Providence. Mais ces artistes eux-mêmes ne faisaient qu'une libre interprétation de l'imaginaire lovecraftien, qui est à la fois terrifiant et imprécis. Hormis certains décors (comme les « montagnes hallucinées »), Lovecraft laisse au lecteur le soin de visualiser ce qu'il préfère nommer « l'indicible », se contentant, si l'on peut dire, d'adjectifs et de superlatifs comme « des choses impies », « innommables », « chaos rampant », etc. De sorte que bien des cinéastes se sont heurtés de plein fouet au problème consistant à représenter concrètement l'inimaginable. La tâche est rendue d'autant plus difficile que, comme chez Poe ou chez Machen, l'horreur vient également des profondeurs de l'esprit; ce n'est pas un hasard si *Alien, le huitième passager* peut se prêter à une analyse psychanalytique. Roger Corman, par exemple, s'est révélé bien moins heureux avec Lovecraft (*La Malédiction d'Arkham*) qu'avec Edgar Poe. On parlera alors de « cinéma lovecraftien » plutôt à propos de films inspirés par l'univers de l'auteur que pour les adaptations directes. Cette même année, par exemple, John Carpenter réalise son premier film « lovecraftien », *Fog*, en jouant sur les effets de brouillard comme métonymie de l'horreur[2] – et sur quelques références d'onomastique.

Les choix de mise en scène opérés par Ridley Scott pour obtenir un film comme *Alien, le huitième passager* sont, de son côté, radicaux. L'absence totale de jour naturel est à ce titre le plus exemplaire d'entre eux. Mais il faut y ajouter un autre parti pris tout aussi radical et perturbant : l'absence quasi totale de certaines couleurs. Loin de la flamboyance de certains films de science-fiction ultra-colorés (les chocs de couleurs de Mario Bava, le technicolor de *Planète interdite*, les scaphandres et le voyage astral de *2001, l'Odyssée de l'espace*...), il semble n'exister dans l'univers d'*Alien, le huitième passager* qu'une gamme restreinte : noir, bien sûr, et toutes les gammes de gris-bleuté métallique. Le vert, couleur maléfique traditionnelle, apparaît avec les « œufs » sur le planétoïde, mais on reste en permanence dans les tons froids – jamais de tons « chauds » (ocre, orange)... Jamais de rouge (sauf quelques rares boutons d'alarme et... le sang !). Le jaune ne fait son apparition que dans les séquences finales, lors du décompte d'alerte d'autodestruction du *Nostromo*, avec les lumières d'alarme. Cette scène est en fait un rappel et une transposition habile de la séquence classique, voire obligée, de l'incendie qui, à la fin de tout film fantastique, détruit la maison hantée, ne permettant que de justesse au héros ou à l'héroïne de s'échapper. L'incendie est alors figuré par quelques lampes, mais surtout par un clignotement incessant, qui provoque un effet stroboscopique particulièrement anxiogène. Le même effet sera d'ailleurs repris, de manière a priori illogique, lorsque Ripley, seule et en petite tenue, se préparera à entrer en hibernation avec Jones, le chat; une métonymie pour signifier au spectateur la présence de l'Alien avant sa découverte dans le fond de la capsule... Mais par-dessus tout, le film joue sur une nouvelle forme d'obscurité cinématographique, en poussant en permanence la pellicule à la limite de la sous-exposition. L'inverse même de tout film de science-fiction, genre qui jusqu'alors se devait d'être « lumineux ».

Serge Daney avait parfaitement exprimé cette particularité du film dans un de ses articles de la série « Les Fantômes du permanent », en constatant d'abord qu'*Alien, le huitième passager* était un film qui passait mal à la télévision (l'article date de 1988, c'est à dire avant le Blu-ray, l'UHD et le home cinema) :

« La force paradoxale d'*Alien*, c'est d'être un film *à la limite du visible*, obligeant son spectateur à s'user les yeux à force d'accommoder son regard. C'est un film qui a besoin du grand écran. C'est surtout un film qui a besoin du noir. [...] Plus la salle est noire, plus on a de temps pour devenir, très progressivement, nyctalope[3]. »

POINT DE VUE

Alien, le huitième passager serait donc un film qui transforme le spectateur lui-même en créature nocturne afin de lui permettre de percevoir « l'indicible » au sens lovecraftien. Reste encore à déterminer de quel point de vue s'opère cette perception – en se rappelant qu'en français « point de vue » peut aussi signifier « aveugle » (« pas de vue »)...

Sur un plan purement scénaristique, *Alien, le huitième passager* repose a priori sur un canevas radicalement simple, proche des *Dix petits nègres* d'Agatha Christie ou de certains *Kriminalrmonane* allemands des années 1960 inspirés d'Edgar Wallace : un huis clos, un groupe, un tueur invisible. La grande innovation du film est de ne pas donner au spectateur la moindre possibilité de deviner, non pas qui est le coupable (encore que le tueur a un complice dans la place...), mais qui va survivre. Ce pari est tenu, d'une part, dès le casting (qui est la première étape de toute vraie mise en scène). En choisissant soit des acteurs et des actrices quasiment inconnus au cinéma (Sigourney Weaver), soit des visages connus, voire familiers, mais habitués aux seconds rôles (Yaphet Kotto, Harry Dean Stanton...), Ridley Scott empêche l'identification immédiate avec une « star » qui donnerait immédiatement un repère narratif – et le « coup » de *Psychose* est depuis longtemps dépassé.

D'un autre côté, Scott évite également le principe du « groupe face au danger ». Rien de moins hawksien qu'*Alien, le huitième passager*, alors que *The Thing* ou même *Rio Bravo* auraient pu servir de référence (et c'est la principale différence d'approche, dans le cinéma de l'époque, entre, encore une fois, John Carpenter et Ridley Scott). Chez Hawks, en effet, le groupe, s'il est soudé, possède une structure hiérarchique forte. Dans *The Thing*, chacun est à sa place, du dominant au comparse (sans oublier le personnage féminin). Ne parlons pas de *Rio Bravo*, dominé par John Wayne, montré dès l'ouverture en une très forte contre-plongée. Dans *Alien, le huitième passager*, seule la hiérarchie des grades prévaut dans un premier temps, ce qui signifie que le plus haut gradé (Tom Skerritt, premier au générique) n'est pas forcément « le » héros – ce que sa disparition confirmera.

Mais se pose alors un autre et pur problème de mise en scène, résolu d'autant plus brillamment par Ridley Scott qu'il est quasiment invisible au premier visionnage. Il s'agit de déterminer de quel, ou de quels, point de vue est suivie l'action, et ce afin de ne pas permettre au spectateur d'anticiper qui sera victime ni de deviner qui survivra (selon la règle qui veut que si on suit le récit du point de vue unique d'un des protagonistes, il « tiendra » jusqu'au bout).

C'est ainsi que lors de la scène du « réveil », le premier membre de l'équipage à sortir de sa capsule d'hibernation est Kane (John Hurt), qui, paradoxalement si on s'en tient à une structure classique, sera la première victime. La scène du petit déjeuner qui suit, fondamentale car elle met en scène l'ensemble des personnages, est une leçon de découpage technique. Elle parvient à caractériser les sept membres de l'équipage sans qu'aucun ne soit désigné comme « personnage principal ». Le groupe est filmé, en cercle, en un long travelling circulaire. À l'analyse, on remarque en fait que Ripley, tout au long de cette scène, est comme en retrait. Elle apparaît d'abord de trois quarts dos, puis en arrière-plan, souriante en compagnie du chat, mais n'a pas une ligne de dialogue. Son « émergence » progressive sera d'autant plus forte. Elle aura lieu lors de son refus de laisser entrer le groupe avec la créature, puis lors de son face-à-face avec Ash, au cours duquel on comprend qu'elle est troisième dans l'ordre hiérarchique du vaisseau : « seulement » troisième ou « quand même » troisième, selon le point de vue que l'on veut alors adopter...

Scott et son scénariste ont également pris soin de « diviser », de séparer les membres de l'équipage au cours de l'action (lors de la séquence d'exploration, durant la traque de l'Alien...) de sorte que durant la plus grande partie du film, le point de vue soit toujours lui-même morcelé – et ce même quand le groupe est réduit à trois personnages. Par la force des choses, ce n'est bien sûr que lorsque Ripley se retrouve seule que le point de vue se limite au sien. On notera surtout que, durant tout le film, Scott évite la figure classique de la caméra subjective, celle qui prend la place supposée des yeux ou du regard de la créature (ou du tueur inconnu dans le *giallo* ou les *slashers*). Celle-ci reste ainsi totalement « étrangère », externe, exogène, alors qu'on a droit à une brève scène du point de vue de Jones, le chat. La réduction progressive de la vision de l'action au seul point de vue de Ripley s'accompagne logiquement d'un rétrécissement de l'espace, selon le même principe que celui utilisé peu de temps auparavant par John Carpenter (encore lui !) dans *Halloween*. On y passait d'une ville à une rue, à une maison, et finalement à un placard. Comme Jamie Lee Curtis, Sigourney Weaver passe de l'immense vaisseau de l'espace à quelques couloirs, puis à une navette individuelle... et à un placard.

Tout le film est ainsi fondé sur la capacité ou l'incapacité de *voir*, autant pour le spectateur que pour les protagonistes. Il débute par un réveil, il se clôt logiquement par un endormissement.

LE DIXIÈME PASSAGER ?

Tout est affaire de chiffres. L'équipage du *Nostromo* est composé de sept membres, chiffre éminemment symbolique et parfait (de même que Ripley est hiérarchiquement le numéro trois, autre chiffre important). Pour la distribution en France, la 20th Century Fox, sans doute gênée par ce terme intraduisible et pourtant remarquablement efficace d'« Alien », a ajouté le célèbre sous-titre : *le huitième passager*. Le huit désigne donc la créature, qui rompt la perfection du sept.

À la toute fin du film, en enregistrant son dernier rapport, Ripley passe en revue, en les nommant, tous les membres de l'équipage. À aucun moment cependant elle ne cite le chat, qui pourtant possède un véritable nom (Jones), et qui est présent depuis le début, ou plus exactement depuis le réveil de l'équipage – il entre en hibernation avec Ripley. Considérons donc qu'il s'agit bien d'un neuvième passager – et après tout, les chats sont liés au neuf, qui est supposément leur nombre de vies...

Mais il reste alors une énigme, celle de la scène d'ouverture, celle située tout de suite après le générique et le classique carton de présentation du vaisseau. Il est donné à voir au spectateur l'intérieur du *Nostromo* endormi. De lents mouvements parcourent les couloirs. Tout est vide. Les écrans sont éteints. Seuls des indices (un petit mobile, des feuilles de papier qui bougent) témoignent que de l'air circule et que le vaisseau est donc « vivant ». Mais si tout dort, équipage, chat et moniteurs, de quel point de vue découvre-t-on ainsi le vaisseau ?

Du nôtre, bien évidemment, c'est-à-dire du point de vue du spectateur. Si l'effet de terreur d'*Alien, le huitième passager* est à ce point efficace, c'est qu'avant de pouvoir nous identifier à tel ou tel personnage, qui risque à tout moment de mourir de la plus horrible des manières, nous sommes nous-mêmes invités à devenir un passager du *Nostromo*, à devenir cette créature nocturne contrainte d'ouvrir grand les yeux pour tenter de voir l'inimaginable, tapi dans l'obscurité. De la même manière que nous étions autorisés à franchir les grilles de Xanadu, nous entrons dans le *Nostromo* grâce à la toute-puissance, impersonnelle et omniprésente de l'instance d'énonciation du film. C'est ce que l'on appelle : la mise en scène.

LAURENT AKNIN

NOTES

[1] Gérard Genette, *Seuils*, Paris, Seuil, 1987, 400 p.

[2] John Carpenter poursuivra cette idée avec *Prince des ténèbres*, dans lequel le principe du mal est figuré par un simple liquide dans une cuve, mais régi par une physique et une géométrie aberrante. *Fog* cite également Arthur Machen (c'est le nom du conteur qui ouvre le film).

[3] Dans un article intitulé *Alien que pourra*. Édité dans le volume : *Devant la recrudescence des vols de sacs à main...*, Aléas Editeur, Lyon, 1991.

WALTER HILL : « UNE BONNE HISTOIRE S'ACHÈVE DANS LES LARMES. »

WH_SR_06_

WALTER HILL EST PRODUCTEUR, RÉALISATEUR ET SCÉNARISTE. IL A CO-ÉCRIT LES SCÉNARIOS DES TROIS PREMIERS FILMS DE LA SAGA ALIEN, ET COPRODUIT L'INTÉGRALITÉ DE LA SÉRIE, JUSQU'À ALIEN: COVENANT.

Simon Riaux : Bonjour Walter Hill. On a souvent l'impression que vos films charrient des éléments de western auxquels vous mariez un regard sociologique ou une ironie qui les dynamisent…

WH : Je ne crois pas qu'on puisse encore faire des films comme ceux de l'âge d'or. C'était déjà impossible en 1979. Et il serait malhonnête de ne pas rendre hommage aux longs-métrages qui nous ont précédés. Il faut les garder en nous et les colorer de notre personnalité propre. Cependant ça reste un procédé créatif, et c'est donc difficile à décrire. Vous savez ce qu'on dit : « demandez à quoi ça sert, pas ce que ça veut dire. »

Mais oui, bien sûr, je mets du western partout. Ce genre m'attire parce c'est une forme d'expérience fondatrice en matière de divertissement. Un jalon, qui pose les premières règles du cinéma en tant que divertissement. Mes histoires ont tendance à ne pas avoir de trame narrative très complexe, mais plutôt un déroulé très linéaire, porté par les personnages. Quand on dit ça, beaucoup de gens pensent que ce sont des films « bavards », mais ce n'est pas mon truc. Je parle du comportement des personnages. Des regards, des attitudes, de la posture, des interactions et des rapports de force qu'ils entretiennent. Le *Nostromo* n'est fait que de ça.

Qu'est-ce qui rend les films intéressants ? Ce sont de chouettes divertissements. Mais au bout du compte, comme dans un roman, c'est la personnalité du conteur qui nous attire. À un certain niveau, ces deux arts sont très proches. Sauf que le cinéma nécessite des moyens industriels et doit servir le capitalisme pour exister.

SR : Vos personnages sont essentiellement des ouvriers. Ils n'ont pas le loisir de se questionner sur le pourquoi de leurs actions, mais doivent les accomplir initialement parce qu'elles relèvent de leur profession, puis parce que la situation les y contraint.

WH : Oui, c'est vrai. Je ne saurais pas vous dire pourquoi. Enfin, pas exactement. Adolescent, je souffrais d'une forme d'asthme sévère et je ne sortais pour ainsi dire jamais de chez mes parents. Je suivais des cours à domicile, et je passais de longues semaines alité, en compagnie de ma mère et de ma grand-mère. Mon père était à l'usine. Mais au final, c'est encore seul que je passais le plus de temps. À écouter la radio. À lire des livres. Des comics. À aller au cinéma, si j'étais en forme et que mon frère voulait bien m'accompagner.

Quand je me rappelle mon enfance, je repense à la solitude, et à combien les gestes des adultes me semblaient mystérieux et importants. Ils avaient des choses à faire. Des obligations, des corvées, mais à côté de mes journées, qui me semblaient durer sans fin, leurs vies me paraissaient beaucoup plus remplies. Et quand j'ai commencé à créer des personnages, ils ont toujours été définis d'abord par leur activité. Ce qu'ils doivent faire, comment ils organisent leur journée de travail.

SR : Les personnages d'*Alien, le huitième passager* sont des travailleurs, des ouvriers. Jusqu'à ce que leur survie soit en jeu, chacun est mû par les obligations de son poste au sein du *Nostromo*, mais aussi par son rang social vis-à-vis des autres membres de l'équipage.

WH : Ça fait partie de mes apports et de ceux de David Giler. Le fait que l'entreprise soit au centre de leur vie, qu'elle soit identifiée, qu'ils aient des griefs contre elle, a fait partie de nos ajouts dans le script. D'ailleurs, ce qui était une volonté de sortir des clichés, cette image du routier de l'espace, est devenu un archétype presque instantanément. Après *Alien, le huitième passager*, il était quasi impossible de faire un film de science-fiction sans son mécanicien à bandana ou à casquette de base-ball.

Je m'intéresse d'abord à ces personnages. Ce sont eux que je creuse, et je ne sais pas comment raconter une histoire si elle n'est pas en premier lieu l'histoire de gens qui ont initialement des motivations très simples, transparentes, qui les poussent à agir. C'est ce qui a également motivé mes réécritures sur *Extrême Préjudice*. Le script d'origine avait été écrit par John Milius.

Tout le monde s'imagine toujours que John Milius et moi avons dû passer la moitié de notre vie ensemble. Mais pas du tout. Nous nous connaissons et nous avons du respect l'un pour l'autre. On pourrait même dire que nous nous apprécions beaucoup, certains de ses films m'ont passionné et me passionnent encore, mais nous n'appréhendons pas le cinéma de la même manière.

Bref, je ne sais pas pourquoi il n'a pas mis en scène *Extrême Préjudice*, mais on m'a confié son scénario. Celui-ci était vraiment centré sur les personnages de militaires et en faisait des espèces de super-soldats. J'ai réorienté le récit vers ses deux protagonistes, un ranger fatigué et un trafiquant au bout du rouleau. Ils ont été amis, mais ils doivent faire ce qu'il y a à faire. S'intéresser aux militaires, c'était se diriger vers un final beaucoup trop gros et explosif, au détriment de l'enjeu émotionnel.

Même constat avec *Alien, le huitième passager*. On a retiré beaucoup d'éléments au début du film. Des pyramides, des hiéroglyphes, pour se concentrer sur le vaisseau. Sur l'équipage. C'est peut-être aussi dû au fait que je n'étais pas un spécialiste de la science-fiction à l'époque, ce qui ne m'inquiétait pas outre mesure. J'ai donc logiquement ajouté, avec David, ce qui me semblait rendre l'univers plus cohérent et vivant. Le drame de cette équipe d'astronautes qui ne peuvent pas tuer cette forme de vie sans se mettre en danger était déjà là. Le *chestburster* était déjà là. Mais ces personnages manquaient de vie, de mélancolie.

SR : Il y a quelque chose de mélancolique dans presque tous vos films.

WH : C'est dangereux de lire sur soi, quand on est un artiste, on risque d'y croire, ou de se faire une représentation altérée de son art. Mais un ami à moi m'a transmis, il y a quelques jours, un article où j'étais décrit comme un mélancolique fantaisiste. Je crois que c'est assez vrai. Je ne peux pas écrire trois pages sans qu'un personnage n'exprime du sarcasme, quelle que soit la difficulté de ce qu'il entreprend. Je ne parle pas d'être goguenard, hein. Mais je n'en demeure pas moins profondément mélancolique. Une bonne histoire s'achève dans les larmes. Même si elle ressemble à un happy end.

C'est très vrai dans *Alien, le huitième passager*, c'est très vrai dans *48 Heures*. Les personnages triomphent, mais il y a beaucoup d'amertume et d'échec autour d'eux. Ils sont désormais seuls, ou appelés à se séparer. Ils ont gagné, mais tout ça demeure amer.

SR : Vous évoquez souvent votre amour des *comic books*, quelle est leur influence sur vous et sur *Alien, le huitième passager* ?

WH : Tout ce qui m'a permis de créer quelque chose de dystopique. Si on me vend l'espace comme quelque chose d'autre qu'un lieu froid, dangereux, hostile et menaçant, en tant que spectateur, je résiste. Par conséquent, et depuis mon enfance, je me passionne immédiatement pour d'autres types de récits. Et notamment les *comic books*.

Ils étaient alors très différents de ce qu'on voit aujourd'hui. Disney n'aurait pas trouvé grand-chose à recycler pour les mômes dans les *comic books* que je lisais à l'époque. Il y avait beaucoup de thrillers, de récits noirs, d'enquêtes, de science-fiction. Et déjà, la manière dont une histoire nous accrochait était détournée. Jamais une couverture ne nous promettait « une super dystopie super-sombre ». Ce qu'on nous vendait c'était un graphisme, éventuellement des couleurs, qui devaient évoquer l'action et de grands conflits.

La lecture de ces comics a été très formatrice pour l'adolescent que j'étais. Cette approche s'est retrouvée dans la production des *Guerriers de la nuit*, puis d'*Alien, le huitième passager*. On ne pouvait pas dire

« venez voir mon film, vous n'avez jamais vu un truc aussi répugnant » ni « j'ai mis des routiers dans l'espace pour les massacrer ». Il ne fallait pas le dire, tout en laissant penser que quelque chose de cet ordre se profilait.

Les comics étaient vraiment bons quand j'étais gosse. Ils m'ont appris tellement de choses. C'est grâce à eux, je pense, qu'enfant, je n'ai jamais été happé par le cinéma commercial à destination des jeunes. Les trucs familiaux ou enfantins, je détestais ça. Je préférais ces récits que j'avais à portée de main, dont le ton était bien plus dur. C'étaient déjà des romans graphiques. Ils avaient cette concision que j'ai toujours cherché à reproduire au cinéma. Et au final, je me suis retrouvé à écrire trois *comic books* ces dernières années !

AUTEUR

L'ÉPAULE D'ORION_

LE XÉNOMORPHE, UN MONSTRE DE PAPIER ! AUX ORIGINES LITTÉRAIRES D'« ALIEN »

RG_07_

À LA SORTIE DU FILM *ALIEN, LE HUITIÈME PASSAGER* EN 1979, L'ÉCRIVAIN DE SCIENCE-FICTION A. E. VAN VOGT ATTAQUA EN JUSTICE LA 20TH CENTURY FOX POUR PLAGIAT.

Le scénario de Dan O'Bannon et Ronald Shusett montre en effet de grandes similitudes avec les deux nouvelles *Black Destroyer* et *Discord in Scarlet* publiées en 1939 par l'auteur dans le magazine *Astounding Science Fiction*, alors dirigé par John W. Campbell. Il n'y eut pas de procès car le litige fut réglé en dehors des tribunaux pour la modique somme de 50 000 dollars. Dan O'Bannon déclara plus tard : « *Je n'ai volé* Alien *à personne en particulier. Je l'ai volé à tout le monde.* »

Une telle déclaration est une invitation à se pencher sur la question pour les amateurs de science-fiction éclairés, et quelque peu compulsifs, que nous sommes. Quand bien même on s'en tiendrait uniquement aux sources littéraires, la quête des origines d'*Alien* est vouée à n'être que partielle et inachevée, car « tout le monde », ça fait beaucoup de monde. Cela ne nous arrêtera pas pour autant : au fin fond des bibliothèques, personne ne vous entendra crier.

Assumons d'entrée une évidence : *Alien* est le produit de son temps. Le scénario puise son inspiration dans les œuvres qui l'ont précédé et les thèmes qu'il explore sont ceux de son époque, à savoir un monde en pleine mutation sociale et économique au milieu des années 1970, sur fond de guerre froide.

LA CONQUÊTE DE L'ESPACE

En 1979, nous sommes en plein âge d'or de la conquête spatiale, portée par les ambitieux programmes américains et soviétiques. Le 19 juillet 1969, Neil Armstrong a posé le pied sur la Lune. Les grandes créations audiovisuelles du moment dans le domaine de la science-fiction sont *2001, l'Odyssée de l'espace* de Stanley Kubrick en 1968, *Star Wars* de George Lucas en 1977, et à la télévision la série *Star Trek* créée par Gene Roddenberry à partir de 1966. Ces œuvres sont pétries d'optimisme quant à la possibilité de voir un jour l'humanité parcourir les immensités interstellaires. Le ciel a toujours excité l'imagination, et depuis ses plus lointaines origines la science-fiction a flirté avec l'idée du voyage spatial. Il serait vain et fastidieux de dresser un catalogue des textes de science-fiction ayant l'espace pour décor. Permettons-nous tout de même de mentionner quelques jalons et de commencer en remontant le temps jusqu'au mythe d'Icare. Dédale, le concepteur du labyrinthe qui abrite le Minotaure, s'y retrouve enfermé par le roi Minos de Crète. Il s'en échappe avec son fils Icare grâce à des ailes faites de plumes et de cire pour prendre la voie des airs. Mais Icare monte haut, trop haut, trop près du soleil. Le mythe est une mise en garde contre la tentation des hommes de vouloir égaler le pouvoir des dieux, en conquérant les cieux. C'est à Lucien de Samosate que l'on doit le premier voyage vers la Lune dans ses *Histoires vraies* écrites au IIe siècle de notre ère. L'idée sera reprise par de nombreux auteurs dont l'astronome Johannes Kepler (1571-1630) qui décrit le voyage à travers l'espace, le vide, le froid et l'apesanteur dans *Le Songe ou l'Astronomie lunaire* (1634). Jules Verne (1828-1905) publie *De la Terre à la Lune* en 1865. L'enthousiasme grandissant, suivra la période martienne avec pour horizon la colonisation de la planète rouge. Puis celle de l'univers. L'un des romans précurseurs du space opera est *Star ou Ψ de Cassiopée* (1854) de Charlemagne Ischir Defontenay (1819-1856). L'écrivain français y raconte l'histoire d'une planète située hors de notre système solaire, de sa faune et de sa flore, des civilisations qui s'y développent, et à partir de laquelle celles-ci voyageront à travers l'espace pour former une fédération interplanétaire. Ces textes fondateurs posent les bases de tout un genre qui va véritablement exploser lors de l'âge d'or de la science-fiction américaine à partir des années 1930. L'espace devient alors le terrain d'aventures privilégié d'auteurs tels qu'Edward Elmer Smith (1890-1965), qui lance véritablement le space opera avec *La Curée des astres* (1928), ou Edmond Hamilton (1904-1977), qui écrit la série *Capitaine Futur* à partir de 1940. Mais, comme l'avait prévu Kepler, l'espace c'est grand, froid et vide. Les voyages vers d'autres horizons posent le problème des distances, et donc du temps. *Alien, le huitième passager* s'ouvre sur une scène dans laquelle l'équipage du cargo spatial le *Nostromo* est réveillé de la biostase dans laquelle il était plongé pour son voyage de retour vers la Terre. Si le sommeil artificiel est devenu un trope du space opera, il a fallu l'inventer. C'est encore à John W. Campbell et A. E. van Vogt que nous devons l'un des tout premiers textes à en faire mention. Publiée en janvier 1944 dans la revue *Astounding Science Fiction*, la nouvelle *Destination Centaure*, dont l'idée a été soufflée à van Vogt par Campbell, place en hibernation un équipage de quatre hommes pour un voyage de longue durée vers une lointaine planète... Ils découvriront sur place, qu'entre-temps, le voyage supraluminique a été inventé. La période de l'âge d'or fait preuve d'un enthousiasme sans limites pour l'expansion de l'humanité en direction des étoiles !

Sauf que... « Houston, on a un problème ». Le 14 avril 1970, cinquante-six heures après le décollage de la mission *Apollo 13* et à trois cent mille kilomètres de la Terre, un réservoir d'oxygène explose, mettant hors d'usage le module de service du vaisseau spatial à bord duquel se trouvent les astronautes Jim Lovell, Jack Swigert et Fred Haise. Le monde découvre alors que, même dans l'espace, on vous entendra encore crier. La mission *Apollo 13* constitue un tournant dans la manière de percevoir l'exploration spatiale par le grand public. Cet accident, plus que les précédents généralement survenus au sol, entraîne une prise de conscience : l'espace est un milieu inhospitalier pour l'homme. De la même manière, *Alien* marque un tournant dans la représentation de la présence humaine parmi les étoiles et emmène le space opera dans le champ de l'horreur.

La science-fiction n'est évidemment pas étrangère à l'horreur et dès sa naissance elle lie intimement la science à la peur qu'elle peut inspirer. Mary Shelley (1797-1851) publie en 1818 *Frankenstein ou le Prométhée moderne*, depuis considéré comme l'un des tout premiers textes de science-fiction à proprement parler. Dans ce roman épistolaire, la romancière britannique raconte la création

par le jeune savant Viktor Frankenstein d'une créature hideuse, assemblée à partir de morceaux de cadavres humains, et la vengeance du monstre contre celui qui lui a donné la vie. C'est le roman fondateur qui introduit en science-fiction la représentation de la figure monstrueuse, celle de la créature créée par l'homme. Mary Shelley réutilise le mythe du Titan Prométhée qui, dans la mythologie grecque, vola le feu de l'Olympe, et chez le poète latin Ovide, dans les *Métamorphoses* (écrites au début du Ier siècle), devint le créateur de l'humanité. Ce thème est incidemment celui qu'on retrouve dans les deux préquelles de Ridley Scott à la saga *Alien*, *Prometheus* (2012) et *Alien: Covenant* (2017) qui racontent la création des xénomorphes ainsi que celle de... l'humanité. La promiscuité entre science-fiction et horreur trouva de nombreuses interprétations par la suite. Le Maître de Providence, Howard Philips Lovecraft (1890-1937), fut l'un des pionniers dans cette voie, avec l'invention de créatures cosmiques venues d'ailleurs, tels des dieux d'avant le temps de l'humanité. Des textes comme *La Couleur tombée du ciel* (1927) ou *L'Appel de Cthulhu* (1928) se sont imposés comme des références du genre. Mais c'est peut-être surtout dans *Les Montagnes hallucinées* (1936) qu'on peut trouver des éléments communs avec la saga *Alien*. Tout comme dans *Prometheus*, un groupe de scientifiques se trouve confronté, lors d'une mission d'exploration, aux preuves de l'existence d'une ancienne civilisation extraterrestre qui pourrait bien être liée à l'origine de la vie sur Terre. Notons que l'origine extraterrestre de la vie est aussi le thème de la nouvelle *La Sentinelle* d'Arthur C. Clarke (1917-2008), qui servit de base au scénario du film *2001, l'Odyssée de l'espace*. Chez Lovecraft, cette découverte se fait sur le continent antarctique, quand, chez Mary Shelley, la créature est rencontrée la première fois sur les glaces de l'Arctique lors d'une mission d'exploration. Cela nous amène à parler d'un autre texte de science-fiction horrifique, *La Chose* (1938) de John W. Campbell (1910-1971), celui-là même qui publia un an plus tard les deux nouvelles d'A. E. van Vogt dans *Astounding Stories*. Ce court roman a, à l'évidence, beaucoup influencé l'écriture d'*Alien*, notamment par le biais de sa première adaptation cinématographique *La Chose d'un autre monde* (1951) de Christian Nyby, que Dan O'Bannon cite volontiers comme l'une de ses inspirations directes. Dans *La Chose*, Campbell raconte la découverte en Antarctique par une équipe de scientifiques (oui, encore une fois) d'un vaisseau spatial extraterrestre prisonnier des glaces depuis vingt millions d'années. Les malheureux libèrent une entité venue de l'espace qui va assimiler un à un les membres de l'équipe. On peut aussi citer la nouvelle horrifique *La Mission du Quedak* (1960) de Robert Sheckley, par exemple, dans laquelle un vaisseau minier, comme le *Nostromo*, ramène accidentellement une créature martienne sur Terre. Apparaissant tout d'abord sous la forme d'une sorte de gros cafard, celle-ci se donne pour mission de convertir toute forme de vie à son existence collective, de manière coercitive, voire très violente. La science-fiction est un laboratoire d'idées, les influences se croisent et nourrissent les grandes œuvres. On ne vole jamais à quelqu'un en particulier, on vole à tout le monde.

L'ÉTRANGER

Dans le domaine de la science-fiction, le voyage dans l'espace implique souvent la rencontre avec des formes de vie étrangères et les espèces extraterrestres hostiles ne manquent pas. En matière de premier contact, l'un des textes fondateurs est *La Guerre des mondes* (1898) de Herbert George Wells (1866-1946) qui raconte l'invasion de la Grande-Bretagne par des extraterrestres. Le roman fut adapté au cinéma la première fois par Byron Haskin (1953). La confrontation, plus souvent inamicale que l'inverse, avec des civilisations extraterrestres devient rapidement un trope incontournable pour les auteurs de l'âge d'or, d'autant plus que la guerre froide et l'anticommunisme imprègnent les écrits d'après-guerre aux États-Unis. Mais le xénomorphe d'*Alien* ne s'inscrit pas dans le schéma classique de la civilisation extraterrestre technologiquement développée qui vient menacer la Terre par une guerre de conquête comme chez H. G. Wells. C'est un monstre, proche de l'animal, mû par l'instinct et doté uniquement d'armes naturelles, griffes, queue et crocs. C'est un dragon. Sa conception a un lien indirect mais bien réel avec le roman *Dune* (1965) de Frank Herbert. S'il n'a pas été inspiré par le ver des sables d'Arrakis, autre dragon de science-fiction, il faut tout de même remonter à la première tentative d'adaptation de *Dune* au cinéma du roman par Alejandro Jodorowsky. Bien que ce projet ait échoué, c'est par l'intermédiaire de Jodorowsky que Dan O'Bannon fit la connaissance d'Hans Ruedi Giger, qui travaillait alors sur l'esthétique du monde Harkonnen. Impressionné par les créations de l'artiste suisse, O'Bannon fit appel à lui pour donner son apparence au xénomorphe. Nous pouvons donc affirmer que le xénomorphe est un Harkonnen et que sans *Dune*, *Alien* ne serait pas le film que nous connaissons.

Le xénomorphe existe sous trois formes qui correspondent aux différents stades de son existence : l'œuf, la larve et le bipède de deux mètres possédant deux bras et une queue effilée. Chacune de ces apparences trouve des antécédents littéraires. Quand on parle en science-fiction de premier contact, on pense inévitablement à Clifford D. Simak (1904-1988), qui s'en est fait une spécialité avec pour particularité que, dans la plupart des cas, la rencontre se passe bien. Mais pas toujours. Ainsi, dans la nouvelle *La Planète aux pièges*, publiée dans le numéro de mai 1953 de la revue *Galaxy*, un équipage d'explorateurs se pose sur une petite planète inhabitée que rien ne distingue particulièrement. Sur place, ils découvrent un vaisseau extraterrestre hâtivement abandonné par ses précédents occupants, ainsi que des tours dans lesquelles se trouvent des œufs. Ces derniers leur pompent littéralement leurs connaissances au point qu'ils ne savent plus repartir. Il s'agit là d'une inspiration reconnue par Dan O'Bannon pour la première forme sous laquelle les malheureux humains rencontrent généralement les xénomorphes, juste avant de se faire sauter au visage et de mourir la poitrine explosée.

C'est en lisant la nouvelle *La Chose* (*Who goes there?*) de John W. Campbell dans les pages du magazine *Astounding Stories* en 1938 qu'Alfred Elton van Vogt (1912-2000) se décide à écrire de la science-fiction et commence à envoyer ses textes au magazine. Il sera publié dès 1939 avec *Black Destroyer* et *Discord in Scarlet*, qui constituent les deux influences les plus évidentes de la création des xénomorphes d'*Alien*. Ces deux textes seront remaniés par souci de cohérence et regroupés avec deux autres, *M33 in Andromeda* et *War of Nerves*, pour former le roman *The Voyage of the Space Beagle* publié en 1950 et traduit en France en 1952 sous le titre *La Faune de l'espace*. Dans ce « fix-up » (roman constitué de nouvelles), A. E. Van Vogt décrit les aventures du *Fureteur*, un vaisseau spatial chargé d'une mission d'exploration de cinq ans à la découverte de mondes et de formes de vie inconnues. Lecteurs attentifs, vous aurez bien sûr reconnu dans cette lettre d'intention une autre célèbre mission : celle de l'*Enterprise* dans la série *Star Trek* de Gene Roddenberry et dont *La Faune de l'espace* est l'une des influences majeures. On vole à tout le monde, et tout le monde vous vole. *Black Destroyer*, ou le chapitre du roman qui lui correspond, narre la rencontre entre l'équipage et le Zorl, une créature féline munie de tentacules, dotée d'une intelligence vive et d'une force physique phénoménale. Elle s'introduit à l'intérieur du vaisseau et dévore les membres de l'équipage en se nourrissant de leur énergie vitale. Avant de s'en débarrasser dans l'espace, les humains devinent que cette créature est issue des expériences scientifiques menées par une civilisation disparue sur la planète où ils l'ont trouvée. Dans *Discord in Scarlet*, le même équipage se trouve confronté à l'Ixtl, une autre créature hostile, dont la particularité est qu'elle a besoin du corps d'hôtes vivants pour se reproduire en y déposant ses larves. En seulement quelques heures, les larves éclosent et dévorent de l'intérieur leurs malheureux hôtes, qui meurent dans d'atroces souffrances. Désormais, chers lecteurs, lorsqu'on vous dira que le xénomorphe est l'un des seuls monstres inventés par le cinéma, vous pourrez invoquer le Zorl et l'Ixtl, et éventuellement empocher la somme de 50 000 dollars.

LA MILITARISATION DE L'ESPACE

Aliens, le retour (1986) de James Cameron se démarque de son prédécesseur par son côté militarisé totalement absent du premier volet. C'est en effet tout un détachement de marines de l'espace qui débarque en compagnie de Ripley sur la planète coloniale LV-426 pour mater du xénomorphe. Ou c'est du moins ce qu'ils pensent. Pour trouver l'origine de ces soldats de l'espace utilisant des technologies très avancées, il faut remonter au roman *Étoiles, garde-à-vous !* (1959) de Robert A. Heinlein (1907-1988). Ce roman militariste et à l'influence énorme a été qualifié de premier ouvrage de science-fiction militaire américaine. Il raconte l'engagement de Johnny Rico dans l'armée, ses années de formation (qui ont inspiré Stanley Kubrick pour le film *Full Metal Jacket* sorti en 1987) et les guerres interstellaires auxquelles il participe contre une race extraterrestre, les Arachnides, qui a attaqué la Terre depuis Klendathu, sa planète d'origine. Dans ce roman, l'une des technologies futuristes introduites par Robert A. Heinlein qui ont particulièrement retenu l'attention est celle des exosquelettes qui équipent les unités de combat et leur permettent de décupler leur force, de réaliser des sauts de plusieurs centaines de mètres et de porter des armements lourds. Hormis les armements dont disposent les marines d'*Aliens, le retour*, on trouve une référence transparente à l'exosquelette d'Heinlein dans la scène finale du film où Ripley se munit d'un engin de levage, un exosquelette motorisé, pour affronter la reine xénomorphe qui menace Newt, la jeune fille seule survivante de la colonie sur LV-426.

LE CORPS VIOLÉ

Le xénomorphe est un monstre, il est effrayant, il tue. Mais le xénomorphe n'est qu'une créature cherchant à survivre, c'est un prédateur primaire. Le xénomorphe n'est pas le méchant de l'histoire. Le vrai méchant, c'est le système. Cet aspect est présent dès le premier opus et se développe dans la suite de la saga, lui donnant une dimension de dystopie politique et sociale. Nous quittons là l'influence de l'âge d'or pour entrer dans celle de la nouvelle vague de la science-fiction, courant littéraire qui naît au milieu des années 1960 en réaction à l'âge d'or. Pour appréhender le commentaire politique dans *Alien*, il faut reconnaître les bourreaux et les victimes. Ces dernières sont toutes des laissés pour compte, des déclassés, des prolétaires. Dans *Alien, le huitième passager*, ce sont des mineurs. Dans *Aliens, le retour*, ce sont des militaires du rang, des prolos qui vont se faire massacrer comme dans *Étoiles, garde-à-vous!*. Dans *Alien 3*, ce sont des prisonniers. Dans *Alien, la résurrection*, ce sont des trafiquants à la petite semaine. Tous sont sacrifiés aux intérêts d'une multinationale : la Weyland-Yutani Corporation, véritable vilain protéiforme de l'histoire, qui n'a de cesse de tenter de s'approprier le xénomorphe comme une machine de guerre économique. Le corps du prolétaire sert, littéralement, à la reproduction de la machine.

Philip K. Dick (1928-1982) publie en 1966 le roman *Les androïdes rêvent-ils de moutons électriques*, qui fut adapté au cinéma sous le titre *Blade Runner* en 1982 par un certain Ridley Scott. Dans le roman de Dick, d'autres créations de la science font figure de monstres. Ce sont des Réplicants, des corps artificiels créés à partir d'ADN humain pour servir d'esclaves modernes dans les colonies spatiales et dotés d'une espérance de vie de quelques années. Interdits sur Terre, ils sont abattus dès qu'ils s'y trouvent par des policiers spécialisés, les Blade Runners. Derrière tout cela se trouve une multinationale, la Rosen Corporation (renommée Tyrell Corporation dans le film). Là encore, aliénation et sacrifice des corps au nom des intérêts privés. Le parallèle avec *Alien* est pour le moins évident.

Ellen Ripley elle-même, première grande figure héroïque féminine de l'histoire du cinéma de science-fiction, n'échappe pas à l'entreprise de dépossession des corps. Dès le troisième film, Ripley porte en elle la larve d'une reine xénomorphe. Dans le quatrième, clonée de multiples fois, elle n'est alors plus qu'une possession. La saga réactualise là le thème du viol originel présent dans de nombreux mythes fondateurs, comme celui de Léda par Zeus qui prit la forme animale d'un cygne pour l'occasion. Il s'agit autant d'un viol du corps social que du corps physique. La dimension sexuelle est omniprésente dans la saga *Alien*, et l'imagerie qu'elle propose est puissamment évocatrice, au point d'avoir choqué lors de la sortie du premier film. De fait, le xénomorphe ne tue pas autant qu'il viole. C'est à d'autres auteurs de la nouvelle vague qu'on doit d'avoir fait de la sexualité un thème en science-fiction, et en premier lieu à Philip José Farmer (1918-2009) avec son roman *Les Amants étrangers* publié en 1961. Il s'agit de l'un des premiers textes de science-fiction qui non seulement fait apparaître la sexualité comme sujet, mais qui aborde aussi la sexualité entre un humain et un extraterrestre. Il est amusant de noter que ce roman fut refusé par John W. Campbell, qui le trouva écœurant. Comment ne pas évoquer aussi le roman *Crash !* (1973) de J. G. Ballard

(1930-2009), qui s'intéresse aux rapports pervers entretenus entre les hommes et les machines au cours d'accidents de voiture, et qui sera porté à l'écran par David Cronenberg en 1996. On retrouve pleinement ce mariage dérangeant du corps biologique et de la machine dans les œuvres « biomécaniques » de H. R. Giger.

Cela nous amène à parler de la figure de l'androïde, connue dans *Alien* sous le nom de « synthétique » ou de « personne artificielle », soit un humanoïde biomécanique dont le statut légal équivaut à celui d'une propriété. Les androïdes occupent plusieurs rôles au cours de la saga *Alien*, depuis celle du médecin pervers au service la Weyland-Yutani sous les traits d'Ash dans *Alien, le huitième passager*, ou la résistante Annalee Call dans *Alien, la résurrection*, jusqu'à l'ange exterminateur David dans les préquelles. L'invention de l'androïde remonte au roman *L'Ève future* (1885) d'Auguste de Villiers de L'Isle-Adam (1838-1889), qui est le premier à utiliser le terme sous la forme « andréide ». Dans ce roman, l'illustre Thomas Edison crée un être artificiel, censé représenter l'idéal féminin, autant dans le but de sauver son ami Lord Ewal de la mélancolie dans laquelle une déception amoureuse l'a plongé que de provoquer la divine indifférence en se faisant lui-même créateur. Cela n'est pas sans rappeler le pari faustien de Peter Weyland, et les derniers mots qu'il prononce dans *Prometheus*, « *There's... nothing...* », font écho au frisson ressenti par Edison face au silence des cieux dans les dernières lignes de *L'Ève future*. Une autre importante figure mécanique faite à l'image de l'homme est celle du robot dans la pièce de théâtre *R.U.R.* écrite en 1920 par Karel Čapek (1890-1938). L'auteur tchèque y raconte le soulèvement de robots (il s'agit de la première apparition du terme) contre la compagnie Rossum (on notera la proximité avec le nom Rosen utilisé par Philip K. Dick), qui les a créés tels des esclaves modernes, au moment où ils développent une conscience et le sentiment d'être supérieurs à leurs créateurs devenus obsolètes. C'est le thème qui est repris par Dick dans *Les androïdes rêvent-ils de moutons électriques*, mais aussi dans la saga *Alien*, qui évoque la rébellion des synthétiques qui mena à leur interdiction et à leur destruction. Enfin, il est important de noter que les androïdes d'*Alien* se posent en rupture avec les créatures artificielles de l'âge d'or et ne sont pas soumis aux trois lois de la robotique énoncées par Isaac Asimov sous la dictée de John W. Campbell.

En tentant d'élucider, au moins en partie, les origines littéraires d'*Alien* comme nous l'avons fait dans cet article, on masque l'essentiel, à savoir à quel point l'œuvre est fondamentalement novatrice. *Alien* reprend largement les tropes de la science-fiction et du space opera, mais redistribue les cartes en brassant les références et en les mettant en opposition dans un contexte moderne. La figure de la créature monstrueuse mise en parallèle avec celle de la multinationale dépourvue de morale devient le commentaire politique d'une époque. Les corps extraterrestres et humains ne sont que les marchandises d'une machine économique devenue folle. Le pari faustien est toujours un pari perdu, et la noirceur intrinsèque de

L'ÉPAULE D'ORION_

la saga entre en collision frontale avec les œuvres cinématographiques de science-fiction qui l'ont immédiatement précédée. *Alien* occupe un moment charnière pour la science-fiction, et *Alien, le huitième passager* préfigure l'avènement d'un autre courant qui ne tardera pas à révolutionner le milieu de la science-fiction au début des années 1980 par sa noirceur : le cyberpunk, avec la sortie de *Blade Runner* de Ridley Scott en 1982 et la publication de *Neuromancien* (1984) de William Gibson.

RENAUD GUILLEMIN - L'ÉPAULE D'ORION

MAN HAS MADE HIS MATCH
...NOW IT'S HIS PROBLEM
HARRISON FORD IS
BLADE RUNNER™
JERRY PERENCHIO AND BUD YORKIN PRESENT
A MICHAEL DEELEY-RIDLEY SCOTT PRODUCTION
STARRING HARRISON FORD
IN BLADE RUNNER™ WITH RUTGER HAUER SEAN YOUNG
EDWARD JAMES OLMOS SCREENPLAY BY HAMPTON FANCHER AND DAVID PEOPLES
EXECUTIVE PRODUCERS BRIAN KELLY AND HAMPTON FANCHER VISUAL EFFECTS BY DOUGLAS TRUMBULL
ORIGINAL MUSIC COMPOSED BY VANGELIS ASSOCIATE PRODUCER IVOR POWELL PRODUCED BY MICHAEL DEELEY DIRECTED BY RIDLEY SCOTT
ORIGINAL SOUNDTRACK ALBUM AVAILABLE ON POLYDOR RECORDS PANAVISION® TECHNICOLOR® IN SELECTED THEATRES
A LADD COMPANY RELEASE IN ASSOCIATION WITH SIR RUN RUN SHAW
THRU WARNER BROS A WARNER COMMUNICATIONS COMPANY
© 1982 The Ladd Company. All Rights Reserved
R RESTRICTED

AUTEUR

BENOIT BASIRICO_

LA MUSIQUE QUI REVEILLE LE MONSTRE

BB_08_

08 ASF-CHAP IDENTIFICATION

LES ANNÉES 1970 REPRÉSENTENT UNE DÉCENNIE CHARNIÈRE POUR LE CINÉMA, ENTRE L'ÂGE D'OR CLASSIQUE HOLLYWOODIEN ET L'AVÈNEMENT D'UNE NOUVELLE GÉNÉRATION DE CINÉASTES.

Parmi eux, les trentenaires Steven Spielberg (*Les Dents de la mer* – 1975, *Rencontres du troisième type* – 1977), et George Lucas (*Star Wars*, 1977) inventent le blockbuster autour de prototypes d'aventure, d'épouvante et de science-fiction. Pour la musique, un même compositeur se distingue, John Williams. C'est dans ce contexte qu'un réalisateur de 42 ans issu de la publicité entreprend pour son deuxième long métrage, après *Les Duellistes* (1977), de mixer les imageries en vogue. L'Anglais Ridley Scott mélange ainsi pour *Alien, le huitième passager* (1979) des éléments issus du film de monstre, de la science-fiction et du space opera. Et il fait appel pour la musique à Jerry Goldsmith, un cousin artistique de John Williams.

Effectivement, né en 1929, soit trois ans avant Williams, comme lui pianiste, débutant dans le cinéma à la fin des années 1950, apprécié des amateurs de musiques de films, il emprunte une voie similaire, mais se maintient à la marge. Son style apparaît plus expérimental, plus hybride, avec des sonorités électroniques et des instruments insolites. Ses projets sont aussi plus fous. Son collaborateur régulier est Joe Dante (*Gremlins* – 1984, son *E.T., l'extraterrestre* à lui), le pendant punk de Spielberg. On trouve même dans sa filmographie une version féminine de Superman, *Supergirl* (Jeannot Szwarc, 1984). Et en réponse à *Star Wars*, il propose sa propre formule du symphonisme spatial avec *Star Trek, le film* (Robert Wise, 1979) sur un mode plus kitsch. C'est d'ailleurs en cette même année 1979 qu'il s'attelle à *Alien, le huitième passager*, trois ans après avoir signé les chœurs sataniques d'un film d'horreur terrifiant, *La Malédiction* (Richard Donner, 1976), et les notes électroniques d'un film de science-fiction, *Logan's Run* (*L'Âge de cristal* de Michael Anderson, 1976).

ALIEN VS. STAR WARS

S'appuyant sur le plan d'ouverture de *Star Wars* (1977), avec son vaste navire solitaire dans l'espace interstellaire, *Alien* semble dialoguer avec ce film de Lucas pour en proposer une antithèse. Le récit est plus sombre. Il repose sur la menace que fait peser la présence d'une créature extraterrestre au sein d'un vaisseau spatial (baptisé « *Nostromo* »). Le film se fonde intégralement sur la terreur, sur une peur primitive liée à des choses qui peuvent surgir de l'obscurité. Avec un monstre toujours plongé dans le noir, la forme du film est plus opaque. Le huis clos dans l'espace est propice à la claustrophobie. Ridley Scott renouvelle le genre sans tomber pour autant dans les considérations métaphysiques du *2001, l'Odyssée de l'espace* (1968) de Stanley Kubrick, réalisé onze ans auparavant.

En tant que compositeur à la fois classique et expérimental, héritier de la tradition symphonique hollywoodienne (apparue avec le film de monstre sous la baguette de Max Steiner avec *King Kong* en 1933 et Franz Waxman avec *La Fiancée de Frankenstein* en 1935) et témoignant d'une certaine modernité (en s'affranchissant de la masse orchestrale et d'une illustration purement démonstrative), Jerry Goldsmith n'a cessé de repousser les limites de la musique de film jusqu'à son décès à l'âge de 75 ans, le 21 juillet 2004. Pour la partition extrêmement inventive de *La Planète des singes* (Franklin Schaffner, 1968), il invite un corniste qui souffle dans un instrument sans embouchure et un clarinettiste doigtant les notes sans souffler. Ces audaces ne l'empêchent pas dans le même temps d'être régulièrement en compétition aux Oscars (16 nominations), notamment pour *Freud, passions secrètes* de John Huston (sa première citation en 1963), *Patton, Le Vent et le Lion...* et *La Malédiction* (son unique Oscar remporté). Il aime entreprendre tous types d'expérimentations jusqu'à être un précurseur de l'électronique au cinéma avec un synthé souvent joué en direct au sein de l'orchestre. L'année 1979 marque un joli doublé avec ses œuvres les plus populaires, *Star Trek, le film* et *Alien, le huitième passager*, qui reflètent judicieusement ses deux facettes. Aux thèmes évidents et prépondérants du premier, le second privilégie à l'inverse un climat anxiogène laissant peu de prise à la mémoire musicale.

Si on entre dans les coulisses de sa fabrication, on apprend que cette partition audacieuse n'est pas que le fruit du travail du compositeur, mais le résultat d'un long processus où le cinéaste s'est impliqué, sous l'impulsion du monteur Terry Rawlings. Son implication dans le projet remonte même à avant l'arrivée de Jerry Goldsmith sur le film. Souvent, avant de convoquer l'auteur de la musique originale, les réalisateurs (et surtout les monteurs) se servent pour le montage d'une piste musicale temporaire (*temp track*). Ces musiques de référence sont ainsi posées provisoirement sur les images pour aider à trouver le bon tempo, et sont la plupart du temps destinées à être remplacées par des compositions originales. Cette pratique peut s'avérer préjudiciable à la création lorsque le chemin est trop balisé. Présentées directement montées sur le film, ces musiques fonctionnent comme un guide pour le compositeur, qui doit s'en inspirer, quitte à ne pas parvenir à faire oublier au réalisateur la piste temporaire à laquelle il s'est habitué.

RÉINITIALISATION MUSICALE

Pour *Alien, le huitième passager*, le monteur s'est servi des compositions précédentes de Goldsmith, et, quand ce dernier s'est emparé du projet, il a préféré ignorer ces placements musicaux. Il a donc bouclé l'enregistrement de sa bande originale (près d'une heure de musique) sans tenir compte des références préalables. Au moment de finaliser son travail à l'image, il découvre que Scott et Rawlings ont complètement mutilé sa partition. Ils ont supprimé ou déplacé des morceaux sans discernement tout au long du film et ont remis des bouts de la partition de Goldsmith pour *Freud, passions secrètes* qui figurait dans le *temp track*. Aussi, le générique de fin a été remplacé par un choix préexistant, la *Symphonie n° 2 en ré bémol majeur* « Romantique » op. 30 de Howard Hanson.

Dans sa longue et illustre carrière, il n'y a pas eu de conditions qui aient autant dérangé le maestro. Goldsmith a même affirmé à l'époque que Scott n'était pas capable d'estimer les besoins musicaux de ses films. Mais comme s'il n'avait pas appris la leçon, il a par la suite renouvelé sa collaboration avec le cinéaste sur *Legend* (1985), et cette fois-ci ce sont les producteurs qui ont rejeté sa partition (pour la sortie américaine du film) après une série de projections tests. Elle fut remplacée par la musique électronique de Tangerine Dream. Jusqu'en 2002, la partition originale de Goldsmith n'avait été entendue qu'avec la sortie européenne du film.

Bien que l'enjeu d'une musique de film réussie soit l'entente, la compréhension et la confiance entre deux artistes, les moments conflictuels font aussi partie de l'aventure (même pour le tandem Herrmann et Hitchcock). Cela rappelle aussi la partition rejetée de Alex North pour *2001, l'Odyssée de l'espace*, Kubrick lui préférant ses musiques de référence. La musique de film ne relève pas uniquement du travail de celui qui la compose, mais aussi de celui qui réalise l'œuvre globale. Le réalisateur lui attribue une place et un rôle. Elle dépend donc le plus souvent de la volonté du cinéaste, pouvant aller jusqu'à la manipuler lui-même. À cet effet, le succès de la musique d'*Alien, le huitième passager* est tout aussi attribuable au compositeur qu'à son réalisateur. Scott est aussi quelque part le compositeur de son film. Il a utilisé les propositions de Goldsmith comme une bibliothèque qu'il a pu organiser à sa guise.

Le réalisateur avait ses raisons. Il souhaitait éviter à tout prix un résultat trop proche du récent *Star Wars*. L'approche initiale de Goldsmith était de proposer à l'ouverture du film une dimension merveilleuse et romantique (avec un thème joué par une trompette solitaire évoquant l'immensité de l'espace), sans annoncer l'approche horrifique. Il souhaitait maintenir un ton positif, tandis que Scott voulait plonger d'emblée le film dans l'horreur. Goldsmith a certes écrit de la musique pour l'horreur pure, notamment lors des divers affrontements fatals entre l'extraterrestre et chacun des membres de l'équipage terrassés (particulièrement avec Brett – Harry Dean Stanton – tué sous le regard terrifié du chat), mais il comptait sur un équilibre entre le merveilleux et l'horreur. Scott insistait pour instaurer une tension dès le début. L'approche de Goldsmith était majestueuse, le cinéaste préférait le minimalisme. Goldsmith a donc été obligé de revoir sa copie. Il a notamment recomposé l'ouverture telle qu'on l'entend dans le montage final. La musique validée par Scott s'avère sombre et froide, chargée de l'angoisse, du doute, de l'isolement et de l'égarement des passagers pris dans un piège dont ils ne peuvent s'échapper. L'écriture repose sur un langage essentiellement contemporain, largement atmosphérique, sans franche mélodie, afin d'instaurer une tension et un climat obsessionnel.

Si le minimalisme souhaité par Ridley Scott passe par une réduction des éléments de l'instrumentation, et par le choix de privilégier un climat plutôt qu'une écriture thématique, Goldsmith a malgré tout préservé dans sa partition des motifs pour soutenir les enjeux narratifs, et a pu discrètement enrichir l'instrumentation de sonorités inédites. Il s'agit bien là d'une collaboration, où chaque artiste cherche son intégrité, pour le bien du film, et où les intuitions de chacun peuvent être différentes. La musique, dans un film, est délicate à manier puisque des notes différentes peuvent changer radicalement le sens d'une scène. Une musique peut évoquer l'étendue infinie de l'espace, porteuse de rêve et de mystère, tandis qu'une autre (sur les mêmes images) peut annoncer un danger et faire régner la terreur.

Si la couleur qui domine est de l'ordre de l'angoisse, comme souhaité par Scott, avec des textures inquiétantes, des climats incertains, Goldsmith a préservé des petits motifs au sein de l'orchestration dissonante. L'aspect instable, anarchique, sans apparente structure harmonique, laisse paraître des phrases mélodiques. De tout temps, la musique de film fait cohabiter les mélodies et les textures. L'aspect harmonieux d'un thème, qui se développe horizontalement (évoluant comme un récit parallèle, facile à identifier à l'oreille), s'associe à une construction plus verticale, empilant des couches pour une dimension plus sonore, plus insaisissable. Et Goldsmith reprend donc ce principe à son compte.

DES MOTIFS DISCRETS MAIS OBSÉDANTS

Pour éviter le côté ostensible d'un thème évident (ce que refusait Scott), il fait revenir ses motifs de manière intermittente, comme des vagues, sans nuire à l'ambiance globale. Cette partition majoritairement atonale (dans la lignée d'une musique contemporaine de Krzysztof Penderecki, György Ligeti ou Henri Dutilleux, allant même par instant vers la musique bruitiste d'un Schoenberg ou Boulez) s'évertue à maintenir une présence familière en souterrain, des éléments qui reviennent à l'identique, parfois réduits à quelques notes, rappelant les deux notes du motif des *Dents de la mer*, et convenant bien à la présence du monstre. Comme l'Alien dissimulé dans le vaisseau, les présences thématiques, impalpables, se calfeutrent au sein de l'orchestration. Un thème paraît même se construire au fur et à mesure du récit, soumis à des variations, en parallèle de la découverte de la créature.

Il s'agit de la signature musicale du film, basée sur un mouvement circulaire à la trompette associé à l'espace et au voyage. Cette géométrie du thème central rappelle *Star Trek, le film* du même compositeur, mais aussi *Le Trou noir* dont la figure circulaire et concentrique est représentée dans la partition de John Barry par un ostinato mélodique répétitif. Jerry Goldsmith prolonge ainsi une représentation musicale familière pour le contexte spatial. On peut aussi relever ce dispositif musical dans *Vertigo* dans lequel la musique de Bernard Herrmann donne littéralement le tournis, évoquant le vertige du personnage au sommet du clocher. Dans *Alien, le huitième passager*, ce motif est repris régulièrement. Il est d'abord entendu brièvement en ouverture, puis développé pleinement lors de l'atterrissage sur la planète LV-426, dans un mélange de majestuosité et de mystère, ou encore proposé dans une version nostalgique après la mort de Kane (John Hurt).

D'autres motifs apparaissent, discrets mais obsédants. Celui entendu lorsque les membres de l'équipage du *Nostromo* se réveillent lentement de leur sommeil cryogénique évoque l'inconnu et la suspension du temps dans l'espace (avec un balancement de deux notes de flûte à intervalle irrégulier). Celui, lointain et majestueux, qui relate les origines mystérieuses de l'Alien. Le motif de la menace propose une orchestration complexe, nourrie de superpositions rythmiques, de clusters, de glissandi et de vibratos. Ces motifs ne cessent de s'entrecroiser ou de se superposer, il n'est ainsi pas aisé d'identifier ce à quoi ils se rapportent. Cette confusion participe à l'humeur inquiétante et chancelante du film.

Ce procédé musical du leitmotiv (associer un thème à un personnage ou à une situation), soumis à des variations selon les situations, illustre parfaitement la dimension spectrale du monstre, représenté comme une figure fantomatique qui hante le lieu et change de forme selon le contexte. La créature se confond avec son environnement, avec les arrière-plans, elle ressemble au véhicule dans lequel elle se trouve. Cela renvoie au travail d'un compositeur de musique de film souvent décrit comme celui d'un caméléon, épousant les univers qui se dessinent face à lui, abolissant toutes les frontières de style, épousant par sa musique les formes les plus variées.

Dans cette démarche de dissimulation et d'hybridation, Goldsmith dissémine au sein de son orchestration un *instrumentarium* exotique. Il convoque ainsi discrètement des instruments rarement employés au cinéma (en tout cas atypiques pour un film hollywoodien de la fin des années 1970) : une chalemie (instrument à vent à anche double de la famille des hautbois, très répandu au Moyen Âge et à la Renaissance), un didgeridoo (instrument à vent utilisé par les aborigènes du nord de l'Australie), un serpent (très utilisé dans la musique religieuse de la fin du XVIe siècle), deux conques (des sortes de coquilles, une indienne et l'autre polynésienne). S'ajoutent des flûtes, hautbois, clarinettes, bassons, saxophones, cors, trompettes, trombones, tubas, percussions (timbales, tambours, glockenspiel, vibraphone, *steel drums*, marimba, cloches, *woodblocks*, tam-tam, gong japonais, etc.), et les cordes du National Philharmonic Orchestra placé sous la direction de Lionel Newman. Voilà pour la nomenclature instrumentale. Jerry Goldsmith parvient ainsi par ces mélanges à obtenir des sons particuliers pour représenter un monde étranger. Mais il n'arrête pas là sa recherche d'un son inédit. Bien que l'utilisation des synthétiseurs soit réduite, il traite chaque instrument électroniquement (à l'aide d'une machine appelée Echoplex – que le maestro avait déjà expérimenté sur *La Planète des singes* et *Patton*, tous deux de Franklin Schaffner) pour créer des effets d'écho. Ridley Scott serait tombé amoureux de cet effet qu'il a inséré un peu partout, et ce dès le début du film.

SONORITÉS BAVEUSES ET VISQUEUSES

Comme pour l'emploi du leitmotiv, le compositeur va représenter la présence monstrueuse à travers des sonorités baveuses et visqueuses qu'il parvient à créer à partir d'un savant mélange entre l'organique et le digital. La musique génère la sensation persistante d'être en présence d'un organisme vivant. On peut relever que Goldsmith avait initialement prévu d'inclure des voix dans sa partition (telle la voix du monstre), mais cette idée a été abandonnée. Il renouvelle la manière d'illustrer musicalement la présence extraterrestre, souvent associée, par convention, au thérémine (à la sonorité proche de la voix) – du *Jour où la Terre s'arrêta* (1951) à *Mars Attacks* (1996). Jerry Goldsmith caractérise donc la bête avec ses sonorités étranges, ainsi que l'équipage dont il adopte le comportement lorsque ses membres sont stressés ou terrorisés. À ce titre, concernant Ripley (Sigourney Weaver), sans qu'elle soit affublée trop ostensiblement d'un thème, la partition fait ressentir un soutien à sa bravoure. Les notes semblent encourager cette femme forte face à la menace redoutable. La composition aide à nous mettre de son côté, à nous soucier de son sort. On ressent le danger.

En effet, au-delà de ses expérimentations en tous genres, Jerry Goldsmith sait dans le même temps rester dans une approche classique et conventionnelle de soutien en délivrant une véritable partition de terreur, une musique qui correspond aux attentes des spectateurs avides de films d'horreur. Une atmosphère oppressante permet de générer de la tension, et la présence musicale suit jouer avec nos nerfs, s'organiser comme le calme avant la tempête, se mettant en retrait pour mieux nous attraper ensuite. Jerry Goldsmith, dans les pas d'un Bernard Herrmann (*Psychose*), a compris que la peur en musique ne vient pas toujours d'une surenchère instrumentale, mais peut aussi naître du silence. Dans le cas présent, celui-ci permet aussi de faire ressentir la solitude dans l'espace (« Dans l'espace, personne ne vous entend crier », disait le slogan accompagnant la sortie du film). Les 6 premières minutes sont sans dialogues pour mieux nous faire plonger dans le vide sidéral. Et des scènes entières, les plus tendues (tout le jeu du chat et de la souris entre Ripley et la créature), reposent sur l'absence musicale. Le retour des notes s'affirme alors comme une libération pour l'héroïne.

Même si la musique sait s'absenter, la dimension sonore est omniprésente. Le plan d'ouverture est souligné par Jerry Goldsmith (dans la version retenue) par des claquements métalliques lointains à peine audibles. La mise en scène prend son temps (un rythme audacieux pour ce type de production), elle nous accueille par petites touches, et nous invite presque à la méditation. Ceci pour mieux faire exister l'interception d'un signal par l'équipage, le déclencheur du récit. La bande-son se construit sur l'alternance entre les alertes et les moments de répit, dans un équilibre entre le silence intenable et les sons industriels ou humains (battements de cœur, respirations sous les casques).

Le réalisateur installe une banalité du quotidien (on assiste aux tâches ordinaires des résidents, à leurs échanges triviaux, à leurs repas) pour mieux nous cueillir par la suite.

AUTEUR

BENOIT BASIRICO_

Cela passe par l'existence d'un environnement sonore immersif. Quand la dimension musicale semble en retrait, les bruits (sirènes, émissions des radars, ronronnements) générés par le vaisseau, lui-même représenté comme un organisme vivant, prennent le relai. Ces bruitages, telles des pulsations cardiaques, se substituent aux percussions. Ils participent à l'action. La musique peut de son côté persister dans l'épure. Au mixage, elle est souvent reléguée au second plan pour mieux rejaillir par surprise. Jerry Goldsmith contribue imperceptiblement à la matière sonore avec des notes étouffées qui semblent épouser le point d'écoute d'un nourrisson à travers l'enveloppe corporelle de sa mère. Il participe à représenter le vaisseau comme un ventre (l'ordinateur de bord est d'ailleurs appelé « Mother ») dans lequel grandit un Alien à la forme phallique.

Malgré des déboires dans la fabrication et une rancœur qu'il garda toute sa vie[1], le compositeur a pu livrer une de ses partitions majeures, devenue indissociable du film, parvenant à augmenter les effets de peur par la soustraction (selon l'adage « *less is more* »), à préserver le mystère d'une mythologie naissante, tout en s'autorisant avec audace une richesse instrumentale inouïe. La saga se poursuivra sans lui. Dans l'idée de créer une identité propre à chaque épisode, les cinéastes impliqués déploient une forte personnalité visuelle et les chefs-opérateurs seront différents à chaque fois. Les compositeurs changent également. Mais si des registres distincts sont convoqués à partir de *Alien 3* de David Fincher grâce à Elliot Goldenthal et renforcés avec John Frizzell (*Alien, la résurrection*, Jean-Pierre Jeunet), Marc Streitenfeld (*Prometheus*, Ridley Scott) ou encore Jed Kurzel (*Alien: Covenant*, Ridley Scott), James Horner, pour le deuxième épisode (*Aliens, le retour*, James Cameron), sans reprendre néanmoins le motif central, cite explicitement la partition de Goldsmith, de quoi lui faire honneur.

BENOIT BASIRICO

NOTES

[1] Andrew P. Alderete https://youtu.be/U8bv0QDLI7M?t=676

SPECIAL ORDER 937

AUTEUR

CHRISTIAN LEHMANN_

LE PARADIS PERDU DE MILTON BACK TO THE FUTURE

CL_09_

09 ASF-CHAP IDENTIFICATION

SEPTEMBRE 1979. UN TEMPS QUE LES MOINS DE 20 ANS NE PEUVENT PAS CONNAÎTRE, COMME LE DIT LE CLICHÉ. SOYONS CLAIRS : UN TEMPS QUE LES MOINS DE 40 ANS NE PEUVENT MÊME PAS IMAGINER.

Comme il est difficile d'imaginer le choc que représenta *Alien* à l'époque. Je le sais. J'y étais. Mais avant de parler du film, de la séance elle-même, il me faut insister sur des éléments qui permettent de resituer l'époque, afin de mieux saisir à quel point *Alien* fut un ovni. Si la science-fiction se portait bien en France, avec de belles collections au format poche, aisément accessibles, le genre cinématographique était considéré comme une niche, et, nécessitant des moyens considérables pour ne pas sombrer dans le ridicule, il était réduit à peau de chagrin sur nos écrans. Tout ce qui fait aujourd'hui notre univers quotidien, en fantasy et en science-fiction, était alors extrêmement marginal, et le succès de *Star Wars, épisode IV : Un nouvel espoir*, sorti en 1977, reste à l'époque une anomalie. En 1979 la VHS est balbutiante. L'épisode IV ne sortira en vidéo que l'année suivante, en 1980, au moment où *Star Wars, épisode V : L'Empire contre-attaque* sortira en salle. Qui plus est, nous sommes dans le monde d'avant les smartphones, d'avant Internet, et d'avant les spoilers. Comme beaucoup de fans de science-fiction, j'apprends l'arrivée imminente du film de Ridley Scott par des affichettes dans les kiosques de presse. *Métal hurlant* (hors-série, 150 pages, 15 francs) annonce « *le film de science-fiction le plus terrifiant jamais réalisé* » avec une couverture noire mate sur laquelle apparaît une photo de la créature en passe d'être éjectée du *Nostromo* par Ripley. Quelques rares critiques paraissent dans la presse, dont un bon article, « Effroyables délices », dans *L'Express*. Mais quand j'entre dans la salle du Bretagne, boulevard du Montparnasse, ce mercredi 12 septembre 1979, je ne sais pas à quoi m'attendre. Au point qu'au guichet, j'ai demandé une place pour « *Le Huitième Passager* », parce qu'à l'époque les titres sont encore en majorité francisés.

Les 117 minutes qui suivent restent gravées dans ma mémoire, comme peu de films depuis. La salle est peu fréquentée, nous ne devons pas être plus d'une trentaine en ce début d'après-midi, première séance. Et pourtant, dans ce grand espace, on va nous entendre crier.

LE CHOC DU PREMIER ALIEN

Alien, aujourd'hui, c'est une franchise, une légende, un multivers, avec ses déclinaisons en bande dessinée, en romans, en fanfictions. Ses figurines en plastique, ses statues en résine, et tout un univers fascinant, hypersexué, qui ont pénétré aussi profondément et irrémédiablement nos imaginaires que la mâchoire de l'*Alien* le visage de ses proies. Mais il faut imaginer le choc de cette hyperviolence glauque dans une société qui reste encore assez pudibonde, et dans laquelle *Emmanuelle*, porno hypersoft de Just Jaeckin sorti en 1974, a électrisé les foules.

Tout est nouveau dès les premières minutes du film. L'esthétique très léchée des décors, la caméra qui nous fait découvrir des coursives au design à la fois fonctionnel et étouffant, qui pourraient rappeler *2001, l'Odyssée de l'espace* de Stanley Kubrick si seulement quelqu'un n'avait pas baissé la luminosité en mode « économie maximale d'énergie ». Ces ordinateurs de bord qui cliquettent comme des Minitel sous acide en affichant des écrans pourris en basse définition, mais qui, en 1979, alors que personne n'avait d'ordinateur personnel, ne nous semblaient pas ridicules, bien au contraire, mais pleins de mystère. Ce premier mouvement à l'écran, à la fois gracieux et perturbant, une blouse blanche déplacée par le courant d'air d'une porte qui s'ouvre, sans qu'aucun humain soit encore apparu à l'écran. Puis les *pods* où dorment les membres de l'équipe du *Nostromo*, que nous voyons bientôt s'éveiller, s'extirper du sommeil, à distance, sans pouvoir bien les distinguer. Et puis cette première séquence dans la cuisine, où nous apercevons enfin Dallas, Ripley, Kane, Ash, Brett, Lambert et Parker. Et où, comme l'immense majorité des spectateurs, je découvre des acteurs quasiment inconnus qui, à partir de ce moment, ne quitteront plus les écrans, et notre imaginaire collectif. Sans *Alien*, et au-delà de l'inoubliable personnage de Ripley sous toutes ses différentes incarnations au fur et à mesure de la franchise, Sigourney Weaver ne serait pas devenue une icône, et n'aurait pas enflammé *Ghostbusters*, entre autres. Sans *Alien*, Harry Dean Stanton serait resté cantonné à des seconds rôles de western et n'aurait pas séduit Nastassja Kinski dans *Paris, Texas*. Sans *Alien*, John Hurt ne serait pas devenu une mégastar, aussi à l'aise dans des films indépendants « arty » que dans des superproductions à gros budget, d'*Elephant Man* à *Hellboy* en passant par *Heaven's Gate* et *The Hit*, avec cette gueule incroyable, ravinée, de mort-vivant en bref sursis. Sans *Alien*, Ian Holm n'aurait pas suivi, lui non plus, le même chemin, de *Chariots of Fire* à *Lord of The Rings* en passant par *Greystoke* et *Le Cinquième Élément*. Sans *Alien*, Tom Skerritt ne nous aurait pas posé une énigme qu'aucun cinéphile n'a réussi à résoudre : comment un acteur beau gosse incarnant une sorte d'idéal du héros masculin buriné à la Harrison Ford peut-il disparaître des radars cinématographiques sans même laisser un *blip*, comme Dallas dans le réseau de conduits d'aération du *Nostromo* ?

Pendant des années, ma génération de cinéphiles et les générations suivantes se

sont écharpées : « *À quel âge peut-on laisser nos enfants visionner* Alien ? » Le niveau de violence permissible à l'écran, comme la complexité et la noirceur des intrigues, n'a cessé de croître, mais *Alien* est longtemps resté un marqueur, pour une génération qui n'aurait pu concevoir *The Human Centipede* ni même *Seven*. « *À quel âge peut-on laisser nos enfants visionner* Alien ? », parce que le film est unanimement considéré à la fois comme un chef-d'œuvre ET un film culte. Mais que pour ceux d'entre nous qui l'ont visionné, à l'époque, sans la moindre préparation, sans le moindre spoiler, sans avoir jamais vu un mème ou un dessin de presse reprenant le cycle de reproduction de l'Alien, le film constitue une succession de traumatismes majeurs. La scène où Kane se penche sur l'œuf qui vient de s'ouvrir est d'autant plus choquante que la rapidité et la furtivité de ce qui se passe à l'écran viennent clore une longue séquence extrêmement lente de découverte de l'intérieur du vaisseau abandonné, pendant laquelle nous, spectateurs, avions dans le cinéma collectivement baissé la garde, nous contentant de savourer en esthètes la magnificence des décors issus de l'imagination de Giger. Comme si, au détour d'une paisible visite au Grand Palais, nous nous étions trouvés projetés dans un manège de Grand Guignol. Je ne m'attarderai pas sur la scène du dernier repas, pendant laquelle le cinéma a retenti de nos cris d'effroi.

« ASH NE SOURIT PAS, ASH NE JOUIT PAS, ASH FAIT-SON-TRA-VAIL »

La pire scène d'*Alien*, pour moi, reste LA scène entre Ash et Ripley, quand elle le confronte, seule, après avoir découvert qu'il obéit aux ordres de la Compagnie et a pour mission de ramener l'Alien aux laboratoires de la Weyland-Yutani même si cela doit provoquer la mort de l'équipage. En septembre 1979, j'étais étudiant en médecine, et j'avais commencé mon premier stage hospitalier à l'hôpital Ambroise-Paré, à Boulogne. J'avais mis une blouse blanche pour la première fois, j'avais fait la visite pour la première fois, j'avais écouté, pour la première fois, dans le silence et la studieuse concentration, des médecins plus âgés en blouse blanche, sérieux et onctueux, comme l'était Ash. La manière dont Ash assume sa position de scientifique, de « sachant », prêt à sacrifier ceux dont il est censé avoir la charge aux ordres d'une multinationale avide, m'avait horrifié. Non seulement parce que Ian Holm arbore pendant la première partie du film la bouille indéchiffrable mais soucieuse d'un médecin semblable à ceux que je côtoyais, dont certains que j'admirais, mais parce que, déjà vaguement écœuré par la description du fonctionnement capitalistique de la Weyland-Yutani (eh oui, l'espace n'était donc pas une nouvelle frontière, un nouvel eldorado, mais l'extension du domaine de la lutte, comme le revendiquaient constamment Brett et Parker en négociant leurs primes à chaque conversation), je découvrais l'absolue duplicité des donneurs d'ordres, et par là même du médecin de bord. Lorsque Ash, plus petit, apparemment chétif, attaque Ripley, la soudaineté de ce changement de comportement et le caractère inexorable et sans pitié de ses gestes m'avaient tétanisé. On a beaucoup glosé, et à raison, sur le caractère extrêmement sexuel de l'Alien, sorte de gode ceinture huilé à pattes, et sur la possession de ses proies, soit par fellation forcée (le *facehugger*), soit par pénétration violente (la mâchoire extensible), mais rien ne m'avait préparé au viol de Ripley par Ash. Ash ne tue pas directement Ripley, pour ne pas laisser de traces. Il ne l'étouffe pas en bloquant ses voies respiratoires. Il la viole, roulant un magazine érotique pour le lui enfoncer dans la bouche et bloquer sa trachée. La méticulosité dont il fait preuve a quelque chose de proprement monstrueux, très éloigné de la jubilation d'un autre médecin monstrueux de cinéma, Hannibal Lecter, tel qu'incarné par Anthony Hopkins, avec le même visage rond, la même coupe de cheveux de bambin sage, les mêmes vêtements blancs. Ash ne sourit pas, Ash ne jouit pas, Ash fait-son-travail. Pour paraphraser Staline : « *One woman, one problem. No woman, no problem.* » Ash reste pour le moins, quarante ans plus tard, « *a perfect organism* », le véritable monstre du *Nostromo*.

CHRISTIAN LEHMANN

AUTRICE

AVA CAHEN_

CE QU'« ALIEN » A CHANGÉ À MA VIE

AC_10_

« ALIEN, LE HUITIÈME PASSAGER » : UNE INITIATION FAMILIALE BIEN PARTICULIÈRE DE MÈRE EN FILLE

10

ASF-CHAP

IDENTIFICATION

Histoire vraie : j'ai vu *Alien, le huitième passager* à la télévision avec ma mère alors que je n'avais que des dents de lait et aucune idée de qui était Ridley Scott. Elle n'a pas mis sa main sur mes yeux pour les protéger de l'horrifique spectacle, elle m'a laissée voir ce que d'ordinaire on ne montrait pas aux enfants de mon âge : des bêtes féroces sans poils ni écailles qui ne crachent pas du feu mais de l'acide, des femmes en combinaison de travail, un étrange vaisseau spatial à la place du château des contes (décor auquel j'étais naturellement habituée), des androïdes comme valets, des tripes, du sang (beaucoup) et des hurlements. Tout relevait de l'inconnu. *Alien*, pour moi, c'est donc d'abord des sensations qui me traversent le corps pour la première fois : les mains moites, des frissons, des haut-le-cœur, des nœuds dans l'estomac. Flippée comme jamais. Dès le générique d'ouverture l'angoisse surgit. Plan panoramique. La caméra flotte dans l'espace, elle avance lentement (travelling horizontal). Une forme obscure et ovale apparaît sur la droite de l'écran. Une sorte d'éclipse, nous privant du ciel noir piqué d'étoiles brillantes. Les lettres du mot « ALIEN » s'inscrivent progressivement : des formes géométriques (barres rectangulaires), disposées comme un code à décrypter. Une monumentale énigme. La musique qui accompagne le générique est à la fois planante et inquiétante, classique et expérimentale (Jerry Goldsmith et Lionel Newman à la barre). Si ce n'est pas le début d'un cauchemar, ça y ressemble. Moins on en voit, plus on y croit...

Je n'avais rien compris au film évidemment, mais il s'est accroché à moi comme un *facehugger* – un « étreigneur de visage » – s'accroche à la face des personnages, créature à la forme arachnéenne, forme souvent associée en psychanalyse à la figure de la mère, désarmante, castratrice, étouffante : « *Cet animal cristallise symboliquement l'angoisse devant le féminin* », révèle le psychanalyste Jean-Pierre Winter, auteur notamment de *Dieu, l'amour et la psychanalyse* (2011). Ses pattes évoqueraient le « *souvenir archaïque de la chevelure maternelle* », son abdomen, le visage, et la bête entière renverraient « *à une femme cannibale menaçant son enfant de le manger de baisers* ».

« Mother », c'est aussi le nom de l'unité centrale d'informations et de communication à bord du *Nostromo*, vaisseau de commerce et de malheur : une intelligence artificielle (et autoritaire) à laquelle l'équipage obéit. La petite cousine de Hal 9000, en apparence. Pourtant, ce n'est pas un hasard si, contrairement à l'ordinateur de *2001, l'Odyssée de l'espace*, le nom donné au système informatique est ici féminisé ; ce n'est pas vraiment un hasard non plus si cet ordinateur est privé de voix. Car c'est essentiellement de condition féminine qu'il est question dans cette fable fantastique où l'entité Mother réveille en douceur (et sans prononcer un mot) l'équipage de convoyeurs de leur sommeil artificiel chaque matin. Un dévouement maternel qui n'est rien d'autre qu'un trompe-l'œil puisque les convoyeurs vont devenir les cobayes d'une expérience atroce, et la bienveillance de Mother va très vite vaciller. Elle n'est en réalité qu'une machine froide contrôlée à distance par des hommes aux yeux plus gros que le ventre. Fatale ironie.

Si l'équipage compte sept membres, c'est à la trajectoire du personnage de Ripley (Sigourney Weaver) que Ridley Scott nous sensibilise. Elle est lieutenante, elle parle franc, elle est célibataire, elle aime la compagnie des chats, comme celle de Jones, qui fait le voyage avec l'équipage et qu'elle ne manque pas de câliner. Ripley, c'est l'héroïne scottienne dans toute sa splendeur, et c'est de sa cuisse que naîtront plus tard Thelma,

Louise et les autres. Une femme lucide, battante, courageuse, charismatique et empathique. Une femme immergée dans un monde très viril – les hommes du *Nostromo* agissent pour la plupart en oppresseurs.

Parlons-en du *Nostromo*, vaisseau usé et vieilli. Tout son intérieur sent la rouille et la mort lente. Sa vétuste carcasse semble ne résister à l'érosion et à l'obsolescence que grâce aux interventions répétées des techniciens Brett (Harry Dean Stanton) et Parker (Yaphet Kotto), qui s'aventurent dans ses entrailles métalliques et électroniques. Le *Nostromo*, c'est la métaphore d'un microcosme dans lequel règne un climat paranoïaque et où s'exerce de tout son poids la domination masculine. Sauf qu'on est chez tonton Ridley Scott, oncle américain qui nous veut du bien, et que les masculinistes se retrouvent coincés dans une impasse, comme en attestent les portes blindées qui bouchent les issues de secours du *Nostromo*. Métaphore d'un Hollywood muré de son archaïsme et de son sexisme ? Certainement, Scott n'a jamais sorti la brosse à reluire. « *Il s'agit d'un film d'épouvante à l'ancienne* », pouvait-on lire dans le *New York Times* à la sortie d'*Alien, le huitième passager*. C'est tout le contraire : un film de genre polysémique, dérangeant et très en avance sur son temps. Michel Dragon écrira dans *Le Monde* : « *Un film sur la névrose que la femme contemporaine doit affronter n'en est ni plus rassurant ni moins efficace.* »

Ma propre mère savait-elle seulement qu'elle était en train de me montrer, à moi, petite fille, un film absolument fondateur de ma perception du cinéma, du monde, du féminin, du sexe, du corps et de l'horreur ? Si l'on considère les quatre volets d'*Alien* dans leur ensemble, n'est-ce pas une initiation autorisant les femmes à juguler elles-mêmes leur puissance maternelle qui est en jeu ? Le portrait d'une femme indépendante qui passe à l'action pour sa survie ? Merci, maman.

GROSSESSE, GUERRE ET CONFUSION DES SEXES

Ma fascination pour ce huis clos n'a fait que grandir et c'est à l'adolescence que mon rapport à lui s'est fait plus mental, tandis que le cinéma prenait de plus en plus de place dans ma vie et que je découvrais moi-même la sexualité. Nul besoin de s'être allongé sur un divan pour percevoir les métaphores sexuelles qui inondent le film de Scott qui, si on le schématise, met en scène des hommes et des femmes terrorisés par un superprédateur sexuel qui ne peut se reproduire qu'en violant ses proies. Les mises à mort sont particulièrement éloquentes : le prédateur se jette au cou de sa victime puis verrouille sa prise sur la tête de cette dernière à l'aide de ses pattes arachnéennes et de sa queue. Fixé, le parasite peut ensuite insérer dans la gorge de sa proie un organe qui va déposer à l'intérieur du corps une petite larve qui va grandir en lui et, à maturité, surgir en explosant le thorax de l'hôte. *Last but not least*, une fois sa mue accomplie, l'Alien adulte (xénomorphe) tue ses victimes en les pénétrant – un coup de langue fulgurant.

Dans ce mythe-là, le monstre destructeur ne se préoccupe ni du genre de ses victimes, ni de leur origine ethnique, ni de leur orientation sexuelle. L'image – choc et graphique – de l'accouchement par le personnage de Kane (John Hurt, tout vêtu de blanc, comme une vierge ou une mariée) bouleverse le sens des représentations traditionnelles et bourgeoises. Cette séquence (culte) abat de la plus impertinente des manières les frontières entre les genres biologiques. L'homme devient ainsi l'égal de la femme en ce sens qu'il est désormais une proie facile, qu'il peut être fécondé et qu'il connaît soudain l'incommensurable douleur de l'accouchement. Trauma dans la civilisation – la même qui s'offusque aujourd'hui de voir des émoticônes d'hommes enceints et qui, furieuse, part en croisade contre eux. La représentation de la masculinité et de la virilité est chahutée par Scott et sa créature aux dents pointues : « *I'm going to attack [the audience] sexually... I'm going to attack the men. I am going to put in every image I can think of to make the men in the audience cross their legs* »[1], confiait O'Bannon, co-scénariste du premier volet, dans le documentaire de Brent Zacky, *La Saga Alien* (2002). Avec des hommes ou avec des femmes, une chose est sûre, c'est que l'Alien prend du plaisir – la bave acide et fumante qui s'échappe de ses lèvres et les gémissements qu'il pousse sont autant d'indices de son degré d'excitation.

À la fin du film, Ripley, seule survivante de l'équipage, s'échappe dans un vaisseau de fortune. Une fois à l'intérieur de la capsule, elle se prépare au repos et se déshabille – elle n'a plus qu'un tricot de corps et une culotte blanche sur la peau. Fondu dans le décor, le xénomorphe est monté à bord pour

se rincer l'œil. Cette séquence me hantera toute ma vie. Elle est sans conteste l'une des plus impressionnantes de toute l'histoire du cinéma : elle est à la fois obscène, charnelle, malaisante et étourdissante. Ripley, le souffle court et le visage crispé, s'est rendu compte de la présence de la bête. Au ralenti, à moitié nue donc, elle va se glisser dans une combinaison spatiale pour se protéger des regards et des effusions du colosse – la caméra prend le point de vue de l'Alien, fondant ironiquement ce point de vue à celui du spectateur. Le spectacle provoque chez la bête une érection – elle laisse sortir son phallus buccal, alors filmé en gros plan avec une précision anatomique sans équivoque.

« L'Alien renvoie à ce qui inquiète le plus l'être humain, cette part d'ombre qui se cache en nous, et qui ne devrait pas s'y trouver »

Ridley Scott, *Le Figaro*, le 12/05/2017

Oui, Ripley est cernée par les monstres, et dans l'espace « *personne ne vous entend crier* », comme il était écrit sur l'affiche du film à sa sortie en 1979. Inoubliable catchline. Dans *Alien*, les monstres ont différents visages. Il y a le monstre extraterrestre (l'Alien qui change d'apparence durant sa croissance, et, adulte, devient minotaure à tête de phallus lustré), le monstre robotique (Ash, l'officier scientifique androïde) et bien sûr la bête humaine, celle qui, hors champ, tire les ficelles. La Compagnie. C'est elle qui contrôle Ash et Mother, et qui envoie tout l'équipage du *Nostromo* à sa perte. Des monstres polymorphes partout donc. Ripley sera l'ultime survivante de cette boucherie (elle « expulse » la créature du vaisseau dans le premier volet) et restera dans les trois épisodes suivants l'antre du monstre, son ennemi le plus redoutable (*Aliens, le retour*), sa fiancée (*Alien 3*) et sa mère (*Alien, la résurrection*).

Pour moi, *Alien, le huitième passager* a toujours été le récit d'une émancipation, celui de Ripley dont on découvre le prénom

– Ellen – au début d'*Aliens, le retour* de James Cameron et la puissance de feu tout au long de la saga. Dans le film de Scott, Ripley a certes le grade de lieutenante, mais elle ne semble pas peser lourd dans la hiérarchie, se faisant souvent rappeler à l'ordre. Elle tente d'obtenir une posture sociale, une relation d'égal à égal avec le reste de l'équipage. Dure tâche qu'est cette revendication. Ripley n'est pas la seule à subir ce traitement. On demande également à Lambert (Veronica Cartwright), autre femme à bord, de rester calme et docile – impossible injonction à tenir quand on risque sa peau et qu'on assiste aux pires horreurs.

C'est avec Ash (Ian Holm) que les rapports sont les plus tendus, et ça n'a rien d'étonnant puisque Ash est un androïde conçu pour maintenir une certaine forme de domination masculine à bord du *Nostromo* (sa mission est d'assurer le retour de l'Alien aux laboratoires de Weyland-Yutani, même si cela implique la disparition de l'équipage). Il est la technologie au service du système machiste et capitaliste, impitoyable et brutal. Mais, paradoxalement, il y a quelque chose de flou chez lui, une impotence qui lui coûte. Alors il compense, et pour remplacer le pénis qui lui fait concrètement défaut, s'empare d'objets qui lui donnent le sentiment d'être tout-puissant. C'est ainsi qu'il tente d'étouffer Ripley (pour la faire taire) avec un magazine qu'il trouve en cabine et qu'il lui enfonce droit dans la gorge, comme dans les plus vulgaires des films pornos (des photos coquines traînent d'ailleurs sur un coin de table, dans la pièce où l'agression se produit). Ash n'est pas le prédateur parfait qu'il traque et veut ramener sur terre, il envie sa souveraineté, sa lubricité et sa férocité. Chacun ses modèles.

Le mien a donc été Ripley et son cuir épais. Ripley à l'épreuve des loups, des chiens et des porcs. Ripley et sa terreur de l'enfantement. Ripley en rupture avec le patriarcat et le matriarcat. Un personnage que Sigourney Weaver a nourri de son intuition, de son talent et de sa force. Sans elle, Ripley n'aurait pas été Ripley – c'était d'ailleurs Veronica Cartwright qui devait initialement tenir le rôle.

Si *Alien, le huitième passager* est encore perçu aujourd'hui comme une fable avant-gardiste et féministe, c'est à l'union Scott/Weaver qu'on le doit. Une union subversive pour un Hollywood qui, à la fin des années 1970, cherche à faire dans le sensationnel, le spectaculaire et le sexy. *Alien, le huitième passager* fait un bras d'honneur à ces mots d'ordre, et le fait en donnant naissance à un personnage féminin qui n'avait pas son pareil : Ripley, celle qu'on n'attendait pas, celle qu'on discréditait, celle qu'on a voulu objectiver et qui deviendra LE grand sujet de cette saga, volant la vedette aux Aliens, de plus en plus robustes, rapides, libidineux et agressifs à mesure des épisodes.

En 2019, à l'occasion des 40 ans de la saga *Alien*, la journaliste Imogen West-Knights, dans *The New Statesman*, posait la question suivante : « *Que peut enseigner le film* Alien *de Ridley Scott à la génération #MeToo ?* » On a en effet vu fleurir sur les réseaux sociaux des images de Ripley face à la bête en 2017, alors que le mouvement #MeToo prenait de plus en plus d'ampleur. « *Les agressions sexuelles ne se limitent pas aux corps féminins. Si* Alien *fait comprendre une chose, c'est que tout le monde, quel que soit son genre, souffre si on laisse la violence sexuelle se produire sans s'y opposer – un message qui sera apprécié en 2019 peut-être plus que jamais* », écrit la journaliste. Ridley Scott et Ellen Ripley avaient des décennies et des décennies d'avance, et, comme l'équipage du *Nostromo*, j'ai sûrement mis du temps à consciemment capter le signal lancé. J'ai beau connaître le film par cœur, il a toujours sur moi le même pouvoir, et quand vient l'heure du dernier rapport, celui que Ripley fait de l'enfer qu'elle a vécu, les yeux dans le vide, le visage sans expression, ce n'est pas un soulagement que l'on ressent, mais bien du chagrin : « *Ici Ripley, dernière survivante du* Nostromo. *Fin de transmission.* »

AVA CAHEN

NOTES

[1] *Traduction : « Je vais attaquer [le public] sexuellement... Je vais attaquer les hommes. Je vais mettre toutes les images auxquelles je peux penser pour faire croiser les gens aux hommes dans le public. »*

AUTRICE

HÉLÈNE FRAPPAT_

IL FAUT BEAUCOUP AIMER LES ALIENS

HF_11_

IL ÉTAIT UNE FOIS

ALIEN EST UN FILM-MONSTRE, QUI RACONTE UNE HISTOIRE DE MONSTRES.

Par « film-monstre », j'entends qu'il englobe toutes les parties de cet organisme-série, les quatre films de la tétralogie, réalisés successivement par Ridley Scott en 1979 (*Alien, le huitième passager)*, James Cameron en 1986 (*Aliens, le retour*), David Fincher en 1992 (*Alien* 3), et Jean-Pierre Jeunet en 1997 (*Alien, la résurrection*). *Alien* est un seul film qui a muté pour en devenir quatre, quatre films différents, quatre réalisateurs différents, quatre histoires différentes, avec deux invariants : la femme, Sigourney Weaver alias Ripley, et la créature, Alien alias Alien.

Le film-monstre s'ouvre *littéralement* sur *l'histoire qu'une mère raconte à son petit garçon.* Encore plus littéralement – la littéralité est toujours la première lecture, la plus simple, mais aussi la dernière interprétation, la plus profonde – sur *l'histoire qu'un petit garçon demande à sa maman.*

« *WHAT'S THE STORY, MOTHER?* »

Cette histoire, le spectateur la connaît déjà ; il la pressent déjà ; il la redoute déjà... Depuis la nuit des temps, en passant par les contes de Grimm, les fables et mythes du monde entier, c'est une histoire de monstres qui se cachent sous le lit des enfants, de créatures terrifiantes qui surgissent quand la lumière s'éteint.

Dans ce cauchemar, la présence la plus familière et rassurante – le visage et la voix d'une mère – se métamorphose en sorcière, en ogre, en croquemitaine.

Au début d'*Alien, le huitième passager* de Ridley Scott, l'un des sept membres de l'équipage du vaisseau *Nostromo* interroge l'ordinateur de bord, qu'il appelle « Maman ». À son réveil, après dix mois d'hibernation, il est sorti d'un lit semblable à un berceau, presque nu, emmailloté dans un tissu qui ressemble à une couche.

Le petit garçon – le bébé – a dormi ; il a rêvé ; il a hiberné dans le gros ventre blanc du vaisseau. Au réveil il a dévoré un bol de céréales autour de la table du petit déjeuner. Puis, au moment où sa journée / *his journey* – son voyage, au sens de l'odyssée homérique – commence, il a demandé une histoire à sa maman.

« *MAMAN, RACONTE-MOI UNE HISTOIRE !* »

Le petit garçon réclame le conte du soir, le récit qui est le sas, le couloir, situé entre le jour et la nuit, la veille et le rêve...

La saga-monstre d'*Alien* commence juste après, littéralement en réponse au « *What's the story, mother?* »

Alien, le huitième passager et l'intégralité du film-monstre sont-ils un voyage à travers le rêve, ou le cauchemar, d'un petit garçon ?

À moins que le film-monstre ne mette en scène le conte qu'une mère invente pour son fils ?

Alien, le huitième passager se situe-t-il dans la tête du fils ou bien, comme *Chromosome 3* de David Cronenberg sorti la même année, dans l'imaginaire perturbé et sadique d'une mère ?

ET LES PETITES FILLES, LÀ-DEDANS ?

Car les petites filles aussi font des cauchemars. Les petites filles aussi ont peur de dormir, de mourir, de rêver. Il arrive même – leçon horrifique de *Chromosome 3* – qu'un cauchemar interdise à la petite fille, qui en est captive, de le dévoiler.

Les petites filles, est-ce qu'*Alien* s'adresse aussi à elles ? Ou bien sont-elles, dès le début de la saga-monstre, bannies de l'histoire du soir, de l'aventure, du voyage, tout comme les femmes sont exclues du vaisseau carcéral d'*Alien 3*, réalisé en 1992 par David Fincher ?

LA REVANCHE DES PETITES FILLES

Ce n'est pas une question anecdotique. C'est un choix narratif qui détermine *la forme même* qu'une histoire peut prendre. Je propose donc d'ajouter un sous-titre à *Alien*, autant au premier membre du film-monstre qu'à la tétralogie entière : *La Revanche des petites filles*.

L'enjeu est théorique, donc *organique* : il engage la substance formelle de l'œuvre. Henry James l'a thématisé en 1888, dans l'article qu'il a consacré à son meilleur ami, Robert Louis Stevenson.

L'Étrange Cas du docteur Jekyll et de M. Hyde de Stevenson est l'une des sources d'*Alien*, après sa matrice originelle, *Frankenstein ou le Prométhée moderne*, dont l'autrice, une jeune fille de dix-neuf ans, Mary Shelley, se livra en 1816, après avoir perdu son premier bébé, à une stupéfiante expérience de sorcellerie littéraire destinée à ressusciter les morts, à commencer par la petite Clara, disparue après onze jours d'existence.

Dans le roman de Stevenson, Jekyll et Hyde ne sont pas deux *personnes*, mais deux *personnalités* appartenant au même individu. Ce dernier n'est pas clivé : ses deux personnalités – le membre corseté et puritain de la société victorienne ; le hors-la-loi, accro à tous les interdits de la société victorienne – communiquent et sont conscientes d'elles-mêmes. Il est déchiré entre le bien (dans une perspective victorienne : la norme), et le mal (dans une perspective victorienne : la sexualité).

Bien et mal sont les deux faces d'un même être humain, oscillant entre une norme sociale diurne qui condamne/dissimule/réprime le sexe, et une créature socialement anormale, *l'alien*, qui le visite la nuit. Pour Stevenson, *l'alien*, littéralement *l'étranger* en anglais, vient en réalité du même pays, de la même maison, du même corps que le moi.

Ce n'est pas un hasard si *L'Étrange Cas du docteur Jekyll et de M. Hyde* est, dès la première page, une histoire que se racontent des hommes, membres d'un club interdit aux femmes. Comme l'écrit Henry James :

« *Stevenson a offert au monde le romanesque de l'enfance des petits garçons comme d'autres ont créé celui de la noblesse, de la police, ou de la profession médicale. Tout cela nous ramène à sa sympathie pour la jeunesse et à cette perception de la vie qui le conduit à considérer les femmes comme autant de filles superflues dans un jeu de garçons. Elles sont presque totalement absentes de ses livres car elles n'aiment pas les bateaux, les pistolets et les batailles; elles encombrent les ponts et requièrent des appartements séparés [...]. Pourquoi un homme se marierait-il quand il peut brandir un sabre d'abordage ou partir à la recherche d'un trésor enfoui? À ses yeux, l'enfant normal est celui qui fuit le cercle familial, réellement quand il le peut, en imagination quand il ne le peut pas, déguisé en pirate. Les filles ne font pas ces choses-là et les femmes ne sont rien d'autre que des petites filles qui ont grandi*[1]. »

Une petite fille qui a grandi : on ne peut mieux définir les deux personnages féminins d'*Alien, le huitième passager*, à commencer par celui de *l'autre femme* du vaisseau, Joan Marie Lambert, dite Lambert, interprétée par l'actrice britannique Veronica Cartwright. Lambert est l'autre femme, la seule à l'exception de Ripley, la coéquipière que Ripley réprimande *parce qu'elle pleure*.

Or Lambert, sacrifiée à la fin d'*Alien, le huitième passager*, alors que Ripley survit, a un secret. Elle *est* le secret du film, son arrière-plan clandestin. En 1963, Veronica Cartwright a 14 ans quand elle interprète Cathy Brenner dans *Les Oiseaux* d'Alfred Hitchcock. C'est par cette petite fille que le cauchemar de Melanie Daniels / Tippi Hedren commence. Elle quitte San Francisco, où elle était en sécurité, pour apporter un couple de *lovebirds* (d'inséparables) en cage à Cathy, qui s'apprête à fêter ses 11 ans, entamant son *journey* de terreur et de mort jusqu'à Bodega Bay. Dans une séquence clé du *snuff movie* hitchcockien, Cathy Brenner se rue en hurlant hors de l'école, assiégée par ce terrifiant alien qu'est l'armée des mouettes. En 1933, l'une des premières blondes du cinéma américain à être sadisée par un alien, Fay Wray, avait été choisie pour son aptitude à pousser les meilleurs hurlements face à la créature King Kong.

Ripley / Sigourney Weaver, elle, a beau n'aimer ni les cris ni les pleurs, elle ne cesse d'osciller entre la petite fille qu'elle a été, et qu'elle redevient, et la petite fille dont elle est la mère. Dans la dernière séquence d'*Alien, le huitième passager*, Ripley se glisse avec son chat dans son vaisseau-chambre d'enfant, en culotte et débardeur blancs Petit Bateau, sous le regard voyeur de l'Alien – l'*alien gaze*, variante extraterrestre du *male gaze*. Ripley est aussi la « vraie » mère d'une enfant vivante mais hors champ, sa fille tenue secrète dans *Alien, le huitième passager*; puis la vraie mère d'une enfant morte plus vieille que sa mère, et enfin la « fausse » mère adoptive d'une petite orpheline dans *Aliens, le retour*.

« *Moi, quand je lis un scénario,* a dit Sigourney Weaver, *je me vois automatiquement dans le rôle de l'homme, car c'est toujours le plus intéressant et le mieux écrit.* » *Alien* raconte aussi la revanche des femmes,

ces petites filles qui ont grandi, et revendiquent de brandir un sabre d'abordage, de partir à la recherche d'un ennemi enfoui, de fuir le cercle familial, déguisées en spationaute ou en pirate.

Au début d'*Aliens, le retour*, la Revenante est retrouvée en 2179, unique survivante du *Nostromo*, à la dérive dans une navette de sauvetage depuis cinquante-sept ans. Elle va bientôt faire la rencontre de son double, une petite fille, endormie dans un cauchemar de glace depuis qu'elle a assisté au massacre de ses parents, auxquels l'Alien a arraché le visage, autrement dit l'humanité.

Aliens, le retour raconte l'adoption de la petite Rebecca, surnommée Newt – comme Newton ? Avec cette adoption, la Revenante renoue avec toutes les petites filles mortes qui survivent en elle, à commencer par celle qu'elle a perdue.

Une femme n'est-elle rien d'autre que la succession des revenantes qui font revivre toutes les générations de petites filles mortes qui lui ont donné naissance ?

LA GREFFE DU FILM D'HORREUR SUR LE FILM SPATIAL

Après *Alien, le huitième passager*, récit des cauchemars que l'histoire d'une mère engendre, *Aliens, le retour* s'ouvre sur un nouveau conte, celui de *La Belle au bois dormant*. Il se décline à travers le personnage de Ripley, littéralement *replay*, l'image qui ne cesse de revenir, la revenante. On pourrait traduire son nom, Ellen Ripley, par Hélène Revenante.

Quelle forme spécifique prend ce conte ? Celui, par nature monstrueux, d'une hybridation, d'une greffe, d'une synthèse. Avant de raconter une histoire de monstre, *Alien* EST un monstre.

En 1978, au début du tournage d'*Alien* de Ridley Scott, Hollywood est entré dans une nouvelle ère, succédant au triomphe commercial et médiatique des *Dents de la mer* de Steven Spielberg en 1975 et de *La Guerre des étoiles* de George Lucas en 1977. Ces deux films inaugurent le genre du blockbuster, littéralement un film « qui fait exploser le quartier », terme militaire renvoyant à une bombe utilisée pendant la Seconde Guerre mondiale. Le film d'horreur de Spielberg et l'odyssée spatiale de Lucas sont devenus le prototype d'un produit offensif, dont le profit, les retombées commerciales et médiatiques sont censés être proportionnels au budget colossal.

Dans ce contexte naît le projet *Alien*, après que *Les Dents de la mer* et *La Guerre des étoiles* ont prouvé aux studios hollywoodiens les profits potentiels du film d'horreur et du film de science-fiction, autrefois cantonnés à un public adolescent, donc à des budgets dérisoires. Dans la foulée de *La Guerre des étoiles*, la 20th Century Fox décide de produire un nouveau film situé dans l'espace. Le studio dispose uniquement du script d'un scénariste totalement inconnu, Dan O'Bannon qui, en tout et pour tout, a co-écrit et monté le film de fin d'études de son ami John Carpenter, *Dark Star*, sorti en 1974, dont il a également fait les décors, pour un budget total de 60 000 dollars.

Le scénario du génial Dan O'Bannon, *Alien*, invente déjà une greffe entre le *slasher*, dans l'esprit de *Massacre à la tronçonneuse* de Tobe Hooper sorti en 1974, et la science-fiction.

Alien est donc la première hybridation entre deux genres aux contenus et à la forme ontologiquement distincts : le film d'horreur et le film spatial. Du moins la première hybridation *officielle*, car on a pu dire, à juste titre, que le film de Ridley Scott était en partie plagié sur le chef-d'œuvre de Mario Bava, *Terrore nello spazio* (*Terreur dans l'espace*), en français *La Planète des vampires*, sorti en 1965.

Comment Ridley Scott et son équipe – *Alien* est moins le film d'un auteur qu'une œuvre collective – ont-ils hybridé ces deux genres, afin de déplacer les frontières tant cinématographiques qu'existentielles, séparant l'horreur de la science-fiction ? Car les deux ont chacun un unique sujet, qui non seulement diffère, mais s'oppose.

AUTRICE

HÉLÈNE FRAPPAT_

D'un côté, le film d'horreur. Quel que soit son style, son récit, son auteur, il tourne exclusivement autour du même sujet, de la même hantise : *la famille*. Les films d'horreur sont tous des documentaires sur ce qu'est *une* – sur ce qu'est *la* – famille.

De l'autre, le film spatial. Il a pour unique sujet *la solitude*, autrement dit le contraire de cette expérience de l'envahissement en laquelle toute famille consiste.

Dès lors la question philosophique et esthétique d'*Alien* devient : comment concilier la solitude – voire, on le voit avec Dan O'Bannon et son scénario de *Dark Star*, le solipsisme – du film spatial, avec l'envahissement du film d'horreur? Est-il possible de se sentir seul en étant envahi? De se sentir envahi en étant seul? Existe-t-il des expériences – comme la maternité, la grossesse? – où un être humain se sent à la fois envahi *et* isolé? Existe-t-il des lieux très peuplés – tel un vaisseau spatial, un vaisseau mère – dont les habitants crèvent de solitude?

FILM D'HORREUR : L'ENVAHISSEMENT

Commençons par le film d'horreur, et l'un des sommets du genre, *L'Exorciste*, réalisé en 1973 par William Friedkin. *L'Exorciste* est l'une des matrices d'*Alien*.

« Quelqu'un est logé en toi?
— Oui!
— Qui?
— Je ne sais pas. »

Les travellings avant sur le couloir et la porte blanche de la chambre de l'adolescente Regan, possédée par le démon, convoquent le souvenir des travellings avant sur les couloirs et les portes fermées dans *Rebecca* et *Soupçons* d'Hitchcock. La maison hitchcockienne est un vaisseau spatial colonisé par un alien : mouettes tueuses des *Oiseaux*; fantôme de l'autre femme dans *Rebecca*; menace du mari malfaisant dans *Soupçons*; cadavre de la mère morte dans *Psychose*. D'ailleurs, pour Ridley Scott, « Alien, *c'est le meurtre de* Psychose *sous la douche multiplié par cent* ».

Le monteur du film de Ridley Scott, Terry Rawlings, a travaillé avec une musique prévisionnelle, celle de *Freud, passions secrètes* de John Huston (1962). Il a convaincu Scott de conserver ces fragments musicaux presque à l'identique, contre l'avis du compositeur de la musique d'*Alien*, Jerry Goldsmith. *Freud, passions secrètes* est une symphonie nocturne, avec Montgomery Clift dans le rôle de Freud, égaré dans les rues de Vienne filmées comme des boyaux souterrains, ou les coursives d'un vaisseau spatial, ou les artères du *Nostromo* que le spectateur parcourt au son du souffle de l'Alien, comme si le spectateur habitait *dans* le corps de l'Alien.

Un an avant Ridley Scott, John Carpenter avait été le premier à plonger le spectateur d'*Halloween, la nuit des masques* dans le cœur et le corps d'un tueur sans visage, dont la respiration rythmait les longs travellings sur les allées crépusculaires de la banlieue, devenant la propre respiration du spectateur...

Freud, passions secrètes est l'un des aliens colonisant le film de Scott, avec *Halloween, la nuit des masques*, avec *L'Exorciste*, John Huston, comme Carpenter et Friedkin, détruisant toute croyance en une opposition manichéenne entre dieu et diable, ennemi *intérieur* et *extérieur*. Si le diable se logeait à l'intérieur (de l'esprit, du corps, du sexe d'une adolescente), alors l'exorcisme consisterait à déloger ce mauvais intérieur (l'étranger, l'étrange) pour y substituer le bon intérieur – Dieu, que le diable a chassé. Toute notion d'*ambivalence* disparaîtrait, au profit d'une opposition *manichéenne* entre bien et mal, intérieur et extérieur, étranger qui menace le bon propriétaire de la maison, la bonne conscience du moi.

Or le gore est le genre cinématographique qui abolit ce manichéisme, en faisant littéralement sortir à l'extérieur (du corps et de l'âme) ce qui est dissimulé dedans : le sang, les organes, les viscères, la bile verte de l'adolescente crachant sa haine, sa frustration, sa douleur et sa rage, en même temps que ses règles et ses fluides.

Le vrai sujet de *L'Exorciste*, ce n'est pas le triomphe de Jésus sur Satan, victoire amère dont Friedkin se moque complètement, mais l'adolescence d'une jeune fille, et les bouleversements monstrueux qui affectent son corps avec l'éveil de la puberté et de la sexualité. L'alien, dans *L'Exorciste*, n'est pas le diable, mais la fille adolescente, qui mute en monstre sexué dans le regard horrifié de sa mère. Le film d'horreur gore que Friedkin met en scène, c'est celui que se fait une mère, et dans lequel elle embarque le spectateur.

Dans *Aliens, le retour*, James Cameron radicalise « *l'idée d'associer le danger et le désir sexuel, d'avoir une créature hautement désirable et, en même temps, mortelle* ». C'est un vrai enjeu que celui de la sexualité dans *Alien*, qui n'est pas celui du sexe. Il y a peu de sexe dans le film. Sa première occurrence, dans *Alien, le huitième passager*, est la réaction phobique de Kane, qui succède à une blague masculine : « *Je mangerais bien autre chose. Tu vois ce que je veux dire... Toi aussi tu y as goûté.* » L'évocation d'un contact avec le sexe féminin, en l'occurrence d'un cunnilingus, provoque aussitôt une réaction phobique de Kane, à moins qu'il ne s'agisse de l'alien qui s'expulse. Pas de sexe non plus dans *Aliens, le retour*. Dans *Alien 3*, la rencontre furtive, hygiénique, entre Ripley et le médecin du vaisseau-prison, reste hors champ. Dans *Alien, la résurrection*, Jean-Pierre Jeunet filme l'accouplement de Ripley avec la mère Alien, et la jouissance de Ripley, puis son rapprochement érotisé avec l'autre androïde interprétée par Winona Ryder. Quant à l'Alien lui-même, il n'a pas de sexualité, puisque violant ses proies, il est dans le registre du meurtre.

Ce rapport phobique à la sexualité est atténué par la liberté du personnage de Ripley, dont témoigne la leçon de reproduction à sa fille adoptive dans *Aliens, le retour*. En guise de cobaye, une poupée en plastique qui ne rêve pas. La Replicant de *Blade Runner* et Ellen Ripley dans *Alien, la résurrection* n'ont d'autres souvenirs que les faux souvenirs humains qu'on leur a implantés. Elles aussi sont des poupées en plastique, sans rêves ni mémoire.

Dans *Aliens, le retour*, Ripley offre une montre à sa fille adoptive. La tétralogie *Alien* propose d'expérimenter une multiplicité de liens maternels et familiaux, centrés autour de la figure maternelle de Ripley et, en miroir, de celle de la reine mère Alien dans *Alien, la résurrection*, où la procréation se passe carrément d'hommes et advient entre une mère et sa fille. *Alien* propose donc aussi de réinventer une utopie de famille, dont les membres seraient une maman, une maman alien, un bébé alien, une petite fille et un chat.

La montre contient deux cadeaux. Le premier est une promesse, et simultanément une trahison. C'est la promesse que tous les parents font à leurs enfants, en s'efforçant d'oublier qu'ils ne la tiendront pas, la promesse de ne pas mourir. Cette promesse est une illusion, sauf, comme au début d'*Aliens, le retour*, quand l'ordre du temps est renversé, la fille mourant avant sa mère. Le deuxième cadeau est celui du temps. En offrant sa montre à Newt, la petite orpheline, Ripley lui fait cadeau du « vrai » temps humain, celui qui s'écoule dans l'ordre de la succession des générations, et non le temps renversé dans le cadre duquel elle-même vient de perdre sa fille, morte plus vieille que sa propre mère. Francis Ford Coppola a mis en scène, dans l'autobiographique *Twixt*, la signification symbolique de la perte d'un enfant : dans le cauchemar nocturne, où la figure tutélaire d'Edgar Allan Poe entraîne le personnage principal, les aiguilles d'une horloge tournent à l'envers, renversant l'ordre naturel du temps.

La temporalité extrêmement complexe, voire carrément incompréhensible de la tétralogie *Alien*, qui alterne appui sur le bouton « pause » du temps, et « replay », retour en arrière, avant de rejouer une séquence, jamais à l'identique, abrite cependant une très belle ligne continue, simple, humaine, naturelle, étonnamment vintage : celle du temps qui s'inscrit sur la peau, le visage et le corps de Sigourney Weaver. Sigourney Weaver est la seule vraie montre d'*Alien*. Sur son visage, le spectateur contemple le passage du temps, le vieux temps, période Newt/Newton, le temps d'avant la fin du monde, qui dans *Blade Runner* commence en novembre 2019.

FILM SPATIAL : LE SOLIPSISME

Pourquoi le film d'horreur a-t-il pour sujet unique la famille ? Parce que l'horreur, parce que l'enfer, c'est les autres, c'est l'autre. Or, si le sujet du film spatial est encore et toujours la solitude, comment, en l'absence des autres, y faire entrer l'horreur ?

Dans une séquence clé de *Dark Star* de John Carpenter, Dan O'Bannon, concepteur et scénariste d'*Alien*, a résumé ce vers quoi tend tout film spatial, à savoir la solitude absolue de l'être humain dans l'espace, tellement absolue qu'il pourrait en venir à douter de sa propre existence. C'est le solipsisme du film spatial.

Le dialogue philosophique entre un membre de l'équipage du *Dark Star* et une bombe programmée pour exploser – le spationaute phénoménologue cherchant à faire douter la bombe de sa propre existence – prend une résonance ironique, si l'on se souvient du modèle militaro-industriel du blockbuster, bombe censée faire exploser les limites du marché hollywoodien. « Es-tu sûre que tu existes ? », demande l'auteur du futur scénario d'*Alien* à la bombe. Le solipsisme consiste à démontrer à la bombe qu'elle n'existe pas, car elle ne peut prouver la réalité de ses contacts avec le monde extérieur qu'elle est programmée pour détruire.

AUTRICE

HÉLÈNE FRAPPAT_

La solitude effrayante, « le silence éternel de ces espaces infinis » (transposée dans *Alien*, la formule pascalienne devient : « Dans l'espace, personne ne vous entendra crier »), est le sujet de tous les films qui envoient un humain, généralement de sexe masculin, réfléchir pompeusement au destin de l'humanité depuis les grands singes, sur fond de Richard Strauss et de Ligeti (*2001, l'Odyssée de l'espace*, Stanley Kubrick, 1968) ; ou, plus prosaïquement, planter des pommes de terre dans des excréments sur la terre rouge infertile de Mars, sans jamais cesser de faire des blagues potaches avec les potes de la Nasa (*Seul sur Mars*, Ridley Scott, 2015). *Seul sur Mars* est la version grand spectacle / disco / film Disney de *Gravity* d'Alfonso Cuarón (2013), où une spationaute se retrouve totalement isolée et terrorisée dans l'espace, avec pour seule compagnie les fantômes de son bébé et de son coéquipier morts. Plus récemment, *Ad Astra* de James Gray (2019) met en scène la solitude d'un fils qui ne peut se lier à personne en l'absence du père qui l'a abandonné, l'espace devenant le décor *explicite* où transposer la solitude filiale.

Alien a copié. Le premier cinéaste qui a expérimenté l'hybridation entre horreur et espace, rage de l'envahissement et mélancolie de la solitude, c'est Mario Bava en 1965, dans *Terrore nello spazio* (*La Planète des vampires*). L'histoire est la même : les membres d'un vaisseau spatial vont être successivement éliminés et colonisés par l'alien d'une planète, inhabitée seulement en apparence.

L'ancêtre italien d'*Alien* met en scène un renversement que l'on retrouve dans le film de Ridley Scott : qui est l'humain ? Qui est l'alien ? La pire terreur n'est-elle pas de pressentir une menace étrangère, étrange, sous le visage le plus familier, le plus familial ? C'était le ressort de l'horreur dans *L'Invasion des profanateurs de sépultures* (Don Siegel, 1956). Le *body snatcher* arrache l'enveloppe d'un corps pour y glisser une créature qui le déshumanise, tout comme le *facehugger* de l'Alien s'agrippe au visage humain, et lui injecte un embryon qui jaillira de son thorax.

Chez Mario Bava, comme chez Ridley Scott, l'enjeu n'est pas : « Comment l'alien peut-il se reproduire ? » mais : « Comment l'humain peut-il se donner naissance à lui-même, en tant qu'humain ? » La dernière séquence de *La Planète des vampires* clôt le film sur un visage humain « bodysnatché ». Alors sa mélancolie exprime avec le plus de nuances la condition humaine.

TROIS RÉGIMES DE VISAGE

Qu'est-ce que l'homme ? Autrement dit, qui suis-je ? Cette énigme que l'Alien nous renvoie surgit explicitement dans le quatrième appendice, *Alien, la résurrection*.

Qui suis-je ? Qu'est-ce qui prouve à mon interlocuteur que je suis humain ? Mes souvenirs, qui n'appartiennent qu'à moi, et me définissent ? Dans une magnifique scène de *Blade Runner*, une Replicant, qui ignore qu'elle est une androïde, découvre que ses souvenirs lui ont été implantés. De même, la fausse Ripley morte d'*Alien, la résurrection* (la vraie s'est suicidée à la fin d'*Alien 3*) se croit humaine à cause d'un stock illusoire de souvenirs.

Qui suis-je ? Un visage ? La plus grande beauté d'*Alien* consiste à s'accrocher à ce résidu de l'humain, avec la même ténacité que le *facehugger* qui s'y agrippe.

Il y a trois régimes de visages dans *Alien* : le visage de Sigourney Weaver, auquel le film-monstre accorde le temps, et surtout *le droit* de vieillir, ce droit interdit aux femmes dans l'industrie hollywoodienne, où la plupart des actrices ont les traits extraterrestres, gonflés et lisses, de Sandra Bullock dans *Gravity*.

Du premier au dernier *Alien*, le visage de Sigourney Weaver se creuse, ses cheveux raccourcissent – jusqu'à disparaître dans *Alien 3* –, ses yeux se cernent, ses muscles fatiguent. Alors que l'ordre des générations ne cesse d'être renversé, au point que, dans *Aliens, le retour*, Ripley se réveille d'un sommeil de cinquante-sept ans, plus jeune que sa fille qui vient de mourir, l'odyssée du visage de Sigourney Weaver ne renverse pas l'ordre naturel du temps, comme le fait la chirurgie esthétique, ce *facehugger* qui arrache une enveloppe humaine pour la remplacer par un masque cadavérique de jeunesse.

Dans la grisaille technologique et biomécanique d'*Alien*, le visage de Sigourney Weaver semble issu du cinéma muet. Tout au long de la tétralogie, le véritable sujet est sans doute celui-ci : raconter ce qui arrive au visage de Sigourney Weaver, visage de petite fille dans le 1, avec ses joues rebondies et son front lisse ; visage de jeune femme et de jeune mère dans le 2, plus grave, plus tendre ; visage de guerrière et de femme sexuellement mûre dans le 3, dont la caméra enregistre à deux fois l'orgasme ; visage ironique, cynique même, dans le 4, et sexuellement au-delà du genre, puisque faisant couple avec la reine mère alien, et la jeune androïde Winona Ryder.

Que fait le cinéma des visages démesurément agrandis sur l'écran ? Leur greffe-t-il le masque d'Édith Scob dans *Les Yeux sans visage* (George Franju, 1960) ? Leur permet-il l'une des métamorphoses de la condition humaine, la vieillesse ? Le seul visage humain possible, c'est-à-dire autorisé à accomplir sous nos yeux de spectateurs cette traversée en forme de *journey*, est-il le visage masculin ?

Le visage de Sigourney Weaver est la « peau à rides » où Emmanuel Levinas, dans *Autrement qu'être ou au-delà de l'essence*, trouve la trace d'une altérité fondamentale, incompréhensible. Il y a, dans le visage de Sigourney Weaver, la nudité, la pauvreté, qui font dire à Levinas : « *Le visage est exposé, menacé, comme nous invitant à un acte de violence. En même temps, le visage est ce qui nous interdit de tuer.* » Le visage de Sigourney Weaver dans *Alien* est exposé, menacé, et en même temps, le visage de Sigourney Weaver dans *Alien* est ce qui nous interdit de tuer.

On a souvent associé la philosophie du visage de Levinas aux sculptures de Giacometti. Il n'y a pas de hasard au fait que Ridley Scott ait choisi un jeune Nigérian de deux mètres dix, Bolaji Badejo, issu du peuple maasaï, pour « habiter » l'Alien, car son corps lui rappelait l'*Homme qui marche* de Giacometti.

L'Alien est le deuxième régime de visage. Il concentre tous les traits de la biodiversité, greffés à ceux du fossile. C'est l'ultime hyperprédateur, « *un survivant* » dont « *la perfection structurelle n'a d'égale que l'agressivité* ». Ainsi l'androïde Ash le décrit-il avec admiration. Cette espèce prédatrice élabore des stratégies de chasse sans yeux. Sa tête allongée, phallique, abrite un centre neuromoteur et peut-être aussi un sonar, comme les dauphins et les chauves-souris qui cartographient l'espace proche au moyen d'ultrasons.

Ce visage sans yeux, par opposition aux *bug-eyed monsters*, les « monstres aux yeux exorbités » des séries B des années 1950, mais intensément expressif, au plus près de l'expression des pulsions, de la détresse, du besoin, de l'abandon, du manque, on

le doit à Hans Ruedi Giger, artiste recruté par Dan O'Bannon qui, dépossédé de son scénario, avait été chargé de réunir l'équipe responsable de la conception visuelle du film. Giger, obsédé par les pharaons de l'Égypte ancienne et la Première Guerre mondiale, dessine des corps mutants où les masques à gaz fusionnent avec les visages, où le tube devient un cordon ombilical, dans une évolution permanente qui a influencé le pilote de l'épave d'*Alien*. Il venait tout juste de publier le *Necronomicon*, un recueil d'illustrations érotiques, dans le style *Crash!* de Ballard, un manifeste « biomécanique », où, explique-t-il, « êtres humains, démons, architecture et machinerie s'interpénètrent et se développent ». Deux œuvres ont attiré l'attention de Ridley Scott : les *Necronomicon* IV et V, dont les créatures aux crânes phalliques inspirent la morphologie finale de l'Alien. Le tronc et la tête de l'Alien résultent d'un alliage de matériaux disparates, montage de débris industriels (pots d'échappement, pièces de Rolls-Royce) et d'ossements de reptiles. La tête abrite un triple mécanisme permettant successivement l'ouverture de la gueule, l'érection de la langue puis l'ouverture de la mâchoire.

De retour de Hollywood, où il était allé chercher son Oscar pour les effets spéciaux d'*Alien*, Giger a accepté la proposition de Debbie Harry de créer la pochette du prochain album de Blondie. À l'issue d'une séance d'acupuncture, il a eu l'idée de transpercer le visage de la chanteuse de quatre aiguilles, pour les quatre éléments : la terre, l'eau, le vent, le feu. Sur la pochette de *KooKoo*, le visage de Debbie Harry, cheveux noirs lissés en arrière, peau percée d'aiguilles qui ressemblent à des lances, est comme la suite fantôme d'*Alien* que Giger en personne aurait tournée.

Le troisième régime de visage, c'est celui de l'androïde Ash, *ash* comme cendre, cendre comme le verset de la Genèse promettant à l'homme qu'il redeviendra poussière, *Ashes to Ashes* dans la ballade spatiale de Bowie. L'androïde est une machine hybride, différente de la machine Maman qui pilote le vaisseau. Avec l'ordinateur *Mother*, l'interaction est simple : il suffit d'entrer dans une pièce spéciale et de taper ses requêtes sur un clavier, devant l'écran.

Maman ne parle pas ; toute communication se fait à l'écrit, à l'ancienne. Ash, lui, le traître de l'équipage, le *body snatcher* à l'apparence humaine, dont la mission consiste à ramener l'Alien sur Terre pour les profits de la Compagnie – *alien* comme *aliénation* du capitalisme –, trahit le visage, mais surtout le langage humain. Quand il meurt, assassiné par les membres de l'équipage – car l'Alien ne chasse ni le chat ni l'androïde –, il prononce cette phrase ambiguë : « *All my sympathies...* » « Toutes mes condoléances » se dit littéralement « toute ma sympathie ». Que signifie cet usage inversé, perverti, de la sympathie sur laquelle se fonde le lien humain ? La sympathie, l'empathie même, est le sentiment que l'Alien nous renvoie en miroir...

Au fait : pourquoi l'Alien épargne-t-il le chat de Ripley ? C'est dans les pupilles de ce chat que l'Alien apparaît pour la première fois. Jacques Tourneur nous a appris que la créature féline est l'autre nom de la femme, *cat people*, femme-chat, femme féline, femme diabolique qui redoute, en devenant mère, d'être grosse d'un monstre, d'engendrer une créature aussi sanguinaire que le sang de ses règles et de ses entrailles.

TOUTES LES MÈRES SONT DES ALIENS

Toutes les mères sont des aliens. « *Sigourney est avant tout une mère mais c'est une mère qui aimerait et n'aimerait pas l'être, c'est une mère contradictoire, une mère entravée par sa maternité et qui, bien ou mal, ne cesse de s'en délivrer* » (Rosenthal Olivia, *Toutes les femmes sont des aliens)*.

Cette incarnation de la maternité contrariée a d'ailleurs poursuivi Sigourney Weaver, puisque dix ans après *Alien*, en 1989, dans *Ghostbuster* 2 (S.O.S. Fantômes 2) d'Ivan Reitman, elle accouche d'un bébé en proie à toutes les menaces et à toutes les malédictions, un bébé convoité par une créature satanique qui voudrait s'y incarner, un nouveau bébé alien donc.

Toutes les figures de l'accouchement sont mises en scène dans *Alien*. La première, c'est celle du *chestburster* qui arrache le thorax de Kane, brisant la félicité d'une cène christique. Après ça ne s'arrête plus : expulsion des viscères de l'Alien par le thorax, par césarienne, expulsion d'un bébé alien dont on – pas même sa mère – ne sait s'il est mâle ou femelle, expulsion d'un Alien aussi minoritaire dans le monde des humains que les femmes le sont dans le monde des hommes qui commandent (dans l'épisode 1, personne n'obéit aux ordres pourtant sensés de Ripley) ; enfantement d'un bébé alien par Ripley qui s'accouple avec la reine mère des Aliens dans l'épisode 4 et, en couchant avec sa mère, devient « *une sorte d'instinct maternel géant* » (Rosenthal) ; devenir-monstre de Ripley en gestation du monstre, devenir-Médée de Ripley abandonnant son bébé laid, et handicapé, et anormal, à la fin de l'épisode 4, où ne restent que Ripley la mutante, et Winona Ryder la clone, deux femmes, deux survivantes, parce que dans *Alien*, ce sont les femmes qui survivent, qui s'emparent du pouvoir, qui incarnent l'avenir. Autant dire qu'*Alien* est un film de science-fiction.

Les deux visages collés de Sigourney Weaver et Winona Ryder, à la fin d'*Alien, la résurrection*, sont comme un happy end enfin offert à *Thelma et Louise*. Il finissait par le suicide de ses deux héroïnes, préférant se balancer avec leur voiture dans le Grand Canyon plutôt que régresser vers une existence privée de l'émancipation féminine que leur odyssée leur a fait gagner. *Thelma et Louise* était aussi un film spatial, et la décapotable des deux copines, un vaisseau lancé à l'abordage de la planète phallocrate contre laquelle elles finiraient par se crasher.

Il est passionnant de voir à quel point *Alien* – non la créature hostile, la tétralogie-monstre – a fini par engloutir tous ses réalisateurs, au point que Jean-Pierre Jeunet, colonisé par *Alien*, lui doit son meilleur film, suite du *Thelma et Louise* de Ridley Scott. *Alien* est un film miroir : moins l'œuvre d'un auteur qu'une odyssée collective où chaque spectateur projette sa propre odyssée, son propre alien.

L'ALIEN, MA DOULEUR

Pourtant qu'est-ce qui manque dans *Alien* ? De quoi la biomécanique des corps mutants nous retranche-t-elle, sinon sur le visage, à chaque épisode plus creusé, plus marqué, plus humain de Sigourney Weaver ? Ça manque un peu de douleur, ça manque un peu d'un accueil fait par l'humain à l'alien en lui. Ça manque un peu – sauf dans *Alien, la résurrection* – d'un renversement où l'alien, créature hostile, ennemi de l'homme, donc du spectateur, se retrouverait à vivre en lui, avec lui – l'homme, le spectateur – sans l'engloutir. Bref, c'est de la science-fiction de droite, à mes yeux de spectatrice qui pleure chaque fois qu'elle revoit *Starman*.

Dans *Starman* de John Carpenter, sorti cinq ans après *Alien*, un alien prend l'apparence du défunt mari d'une jeune veuve, qui lui enseigne à devenir humain, donc à aimer. « *Define love* », demande l'alien à cet autre alien qu'est la femme, lors d'un dialogue en forme de transmission qui semble inspiré de l'Émile ou De l'Éducation de Jean-Jacques Rousseau. Dans l'extraordinaire séquence finale de *Starman*, l'alien et la veuve partagent une tarte aux cerises (elle lui a aussi transmis la gourmandise) ; ils font l'amour, et l'alien repart dans son vaisseau, laissant sur Terre la femme, qui se croyait stérile, enceinte. *Starman* est un chef-d'œuvre humaniste où chaque créature, humaine ou non, est l'alien de l'autre ; où chaque alien ensemence autrui ; où l'alien est le nom du *lien*.

L'humanisation ultime de l'alien, *E. T., l'extra-terrestre* de Steven Spielberg (1982) l'accomplit. L'extraterrestre E. T., ce monstre dont la grosse tête et les gros yeux sont aussi disproportionnés que ceux d'un nouveau-né, *devient* le petit garçon Eliott qui l'accueille, et avec qui il partage, non seulement des initiales, mais des maladies, un corps, une âme, une humanité, une solitude. Dans le regard de Spielberg, l'alien incarne l'odyssée de douleur et de souffrance que chaque nourrisson affronte en venant sur terre, face à des adultes qui peinent à le comprendre. Quand E. T. est surpris par la mère des enfants devant le frigidaire de la cuisine dont il vient de renverser le lait, la mère est seule à ne pas s'apercevoir de sa présence, alors que toute la fratrie communique avec lui. L'alien de Spielberg n'est pas l'ennemi de l'être humain. Il est la terreur des adultes qui, en sa présence, devinent qu'ils se sont exilés de leur propre enfance, qu'ils en ont enfoui les chagrins sous un masque social.

L'alien comme incarnation de notre douleur et de notre folie, c'est aussi le sujet de *Chromosome 3*. La même année qu'*Alien, le huitième passager*, Cronenberg livre sa version diabolique, dénaturée, dégénérée par la folie maternelle de la *Madonna del Parto* (la « Madone à l'accouchement ») de Piero della Francesca, dont le manteau bleu se fend sur l'énigme de l'enfantement, ce super-pouvoir du sexe féminin. Pour Cronenberg, l'alien concrétise littéralement la douleur et la folie d'une mère. Il est la protubérance physique d'une douleur psychique, le dedans qui se fait dehors. L'alien n'est plus l'autre absolu de l'humain : il est la folie qui le menace, la douleur qui l'étreint, la haine qui détruit ses relations, mais aussi la possibilité d'une épiphanie, d'une rencontre, comme on le voit dans le magnifique *It's alive* (*Le monstre est vivant*, 1974), de Larry Cohen.

La mère qui a accouché de l'alien, du « *it* », du monstre de *It's alive* a accepté cet enfant difforme/sanguinaire/vengeur/ennemi numéro 1, alors que son père l'a rejeté, trahi, vendu comme cobaye. À l'issue du périple humaniste mis en scène par Larry Cohen, le féminin et le maternel migrent vers le masculin et le paternel. L'empathie est ce moment de grâce où l'enfant, objet d'une transaction, devient sujet d'une relation, où le père lui-même devient sujet dans la filiation, où les rôles de père et de mère cessent d'être séparés.

« *Quoi que ce soit, ça ne peut pas être défini comme un animal... C'est humain* », ressent enfin le père du « monstre ».

Le film de Larry Cohen est une symphonie en blanc et rouge, comme *Nosferatu le vampire* de Murnau était une symphonie du gris. Le blanc du lait et le rouge du sang; blanc qui se répand dans le camion du laitier, sang versé par le bébé alien dès sa naissance; blanc du « *lait de la tendresse humaine* » (Shakespeare).

Dans *La Protestation des larmes*, Stanley Cavell retrace la généalogie de la psychanalyse et du cinéma, inventés simultanément parce qu'ils offrent tous deux à l'être humain le don des larmes.

Ce que l'alien nous propose, c'est un chemin vers l'empathie, sans laquelle, pour le spectateur qui a le don des larmes, il n'y a pas d'œuvre d'art. Chez Larry Cohen, l'alien est le *it*, ce pronom, ni féminin ni masculin, qui désignait la créature de *Frankenstein* de Mary Shelley. Sa matrice intime se trouve dans son *Journal*, en date du 6 mars 1815, à la page consacrée à la mort de sa première fille Clara, la nouveau-née disparue à onze jours qu'elle nomme « *it* »

« *Je rêve que mon petit bébé est revenu à la vie, que cela a seulement eu froid et que nous l'avons frictionné devant le feu, et que cela a vécu. Je me réveille et je ne trouve pas de bébé. Je pense à la* petite chose *tout le jour.* »

L'empathie envers l'alien, c'est le visage bouleversé et bouleversant du père de *It's alive*, quand son tour vient d'accoucher du monstre, de l'enfant différent, de l'enfant non conforme au désir mignon des parents, et de la société, et de Hollywood, de l'enfant laid, douloureux, ambivalent, de l'enfant de la douleur et de la honte, de soi-même enfant, caché, par terreur et par honte, dans les profondeurs, dans les souterrains, dans les égouts de la mémoire que Montgomery Clift parcourt, sans fin, dans le *Freud* de John Huston, pour dérober à la lumière du jour et du monde son visage défiguré par un accident, de même qu'Ellen Ripley, qu'Hélène la Revenante continue à parcourir sans fin tous les couloirs, et les boyaux, et les coursives du grand vaisseau mère, aliénée par la terreur de sentir grandir en elle tous nos présages, et tous nos monstres.

HÉLÈNE FRAPPAT

NOTES

1 James Henry, *Robert Louis Stevenson*, traduit par Le Bris Michel, dans Le Bris Michel, *Une amitié littéraire*, Payot et Rivages, 1994, p. 326 à 328.

2_

LE CHESTBURSTER_:

ALIEN, LA SAGA_

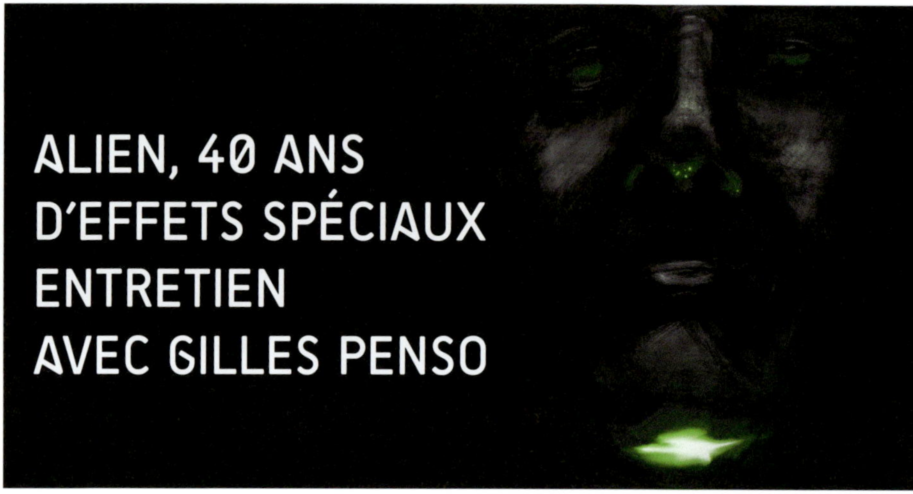

ALIEN, 40 ANS D'EFFETS SPÉCIAUX ENTRETIEN AVEC GILLES PENSO

NM_SR_12_

GILLES PENSO EST AUTEUR ET RÉALISATEUR, NOTAMMENT DES DOCUMENTAIRES *RAY HARRYHAUSEN : LE TITAN DES EFFETS SPÉCIAUX* (2011) ET *LE COMPLEXE DE FRANKENSTEIN* (2015).

Nicolas Martin et Simon Riaux : Sur le *Alien, le huitième passager*, comment décririez-vous la façon dont Ridley Scott met en scène l'espace, le vaisseau, par rapport à ce qui a été fait avant et plus précisément par rapport au genre du space opera ?

GP : Scott banalise l'espace et le futur. Deux ans auparavant est sorti *Star Wars*, qui représente une vision très clinquante, très Buck Rogers[1], même si les vaisseaux ont un aspect vieillot, même si les décors et les costumes ont déjà servi, ça reste très lumineux. C'est vraiment du space opera pur et dur.

NM : C'est de l'émerveillement ?

GP : Oui, et ce sont des personnages qui ne nous ressemblent pas vraiment. Ils sont soit des héros, soit des archétypes de conte de fées, ou de légendes arthuriennes. Dans *Alien, le huitième passager*, ce sont des ouvriers regroupés dans un vaisseau spatial ressemblant à une raffinerie. Tout est très sombre, il s'agit de types habillés en civil, et pas en astronautes, sauf lors des sorties dans l'espace. Ils parlent de leurs problèmes de salaire et d'heures supplémentaires ; on est vraiment dans la banalisation du futur et de l'espace. C'est très nouveau, parce que le scénario d'*Alien, le huitième passager* est influencé par beaucoup de films, *La Planète des vampires* de Mario Bava, *La Fusée de l'épouvante (It! The Terror from Beyond Space)* – où un alien est déjà planqué dans un vaisseau et tue les membres de l'équipage les uns après les autres. Il y a également *Dark Star, l'étoile noire*, coécrit par Dan O'Bannon, un peu frustré de voir John Carpenter devenir un grand réalisateur et pas lui, qui en revanche écrira *Alien, le huitième passager*.

En fait, l'histoire d'*Alien, le huitième passager* n'est pas vraiment originale : cette mécanique du tueur caché dans l'ombre pour massacrer des gens, c'est celle d'un *slasher*. On se trouve presque dans une maison hantée. Ridley Scott est arrivé un peu tard sur le projet, c'est Walter Hill qui devait le réaliser au départ. Ce qui est intéressant, c'est que Ridley Scott est un ultra-perfectionniste : c'est quelqu'un qui veut avoir le contrôle de tout, et en même temps, en détaillant les effets spéciaux d'*Alien*, on découvre plein de bricoles et de hasards heureux ou malheureux, de choses découvertes sur le moment, dont Scott a tiré parti pour sa mise en scène. Et, pour revenir à la question, la grande originalité d'*Alien, le huitième passager*, c'est cette vision sombre et banale de l'espace. Sans glamour. Le contexte est ultra-réaliste, cette science-fiction qui ressemble à notre quotidien d'ouvrier, d'employé d'une grande entreprise industrielle, et quand cette créature arrive, elle est d'autant plus crédible grâce à ce contexte familier, peuplé de gens qu'on pourrait connaître et croiser.

NM : Vous citez *Dark Star, l'étoile noire*, mais la fameuse adaptation monumentale et inachevée de *Dune*[2] par Alejandro Jodorowsky est également une des inspirations d'*Alien, le huitième passager*. C'est par ailleurs sur ce film que Dan O'Bannon a rencontré H. R. Giger. Mais on voit que, entre le côté complètement surréaliste et extrêmement clinquant et coloré de Jodorowsky et *Alien, le huitième passager*, une énorme transformation s'est opérée dans la direction artistique.

GP : Complètement ! Et pourtant, énormément de membres de l'équipe artistique de ce *Dune* qui n'a jamais existé, sont à la tête des départements artistiques d'*Alien, le huitième passager*. Sauf que Scott ne souhaite pas quelque chose de clinquant.

Il a détourné des artistes qui ont travaillé de manière intensive sur *Dune* pour les faire travailler sur sa version d'*Alien, le huitième passager*. *Blade Runner* est dans la continuité d'un futur sombre, réaliste, limite rétro-futuriste, comme une sorte de polar. Cette ambiance visuelle se retrouve un peu dans *Black Rain*, qui n'est un film ni futuriste ni rétro, mais ancré dans les années 1980. On y voit cette unité artistique et graphique qui lui vient probablement de son travail dans la pub, mais, à ce moment-là, il a envie de traiter le futur. D'ailleurs, *Black Rain* ressemble un peu à un film futuriste tout en se passant à notre époque, alors que *Blade Runner* est futuriste avec un côté rétro, et que *Alien, le huitième passager* est futuriste, mais ressemble à un film industriel des années 1970. On voit donc un choc des époques qui est assez surprenant dans sa manière d'aborder ces univers.

Pour le coup, *Alien, le huitième passager* ne se déroule pas dans un univers urbain, mais cela nous est rappelé par ce vaisseau aux nombreux éléments industriels. Cette idée vient de Giger – et c'est là que faire appel à lui se révèle être un coup de génie de la part de Dan O'Bannon –, sur la queue de l'Alien se trouvent des sortes de tuyaux, lui conférant un aspect biomécanique. Et ainsi, cette créature, qui n'a rien d'humain, possède quelques aspects familiers, au-delà de tout le délire psychanalytique et freudien de l'œuvre. Il y a des reprises – ce qui est très Giger – de l'anatomie humaine et surtout des parties génitales qui vont se décliner sur le xénomorphe, ou sur cette espèce de créature immense qui ressemble à un éléphant sur un siège, comme une lunette astronomique géante complètement phallique. Mais il ne s'agit pas simplement de convoquer imagerie sexuelle, mais surtout une imagerie connue et de décliner des figures familières pour les mettre dans un autre contexte. C'est ce qui fait la force de la direction artistique d'*Alien, le huitième passager*.

NM : Avant de parler de la créature et la façon dont Ridley Scott la filme, pouvez-vous nous dire un mot de ces tout premiers plans de l'ouverture d'*Alien, le huitième passager*, avec ce vaisseau spatial vide avant que l'équipage ne se réveille ?

GP : Nous avons là une autre influence, même si elle est éloignée visuellement : *2001, l'Odyssée de l'espace*. On sait que Scott a vraiment été marqué par ce titre, et que sa manière de lui rendre hommage, c'est aussi de décrire d'abord ce vaisseau vide, avant que l'équipage ne se réveille. Même si sa direction artistique est très différente, on retrouve l'influence de Kubrick dès le début. Il nous donne le contexte avant de nous décrire les personnages : à commencer par l'espace, très sombre, et les lettres *a*, *l*, *i*, *e*, *n* qui apparaissent les unes à la suite des autres. Le titre met du temps à apparaître, selon une scénographie de l'apparition des lettres – qui va rentrer dans la légende. Et puis ce vaisseau donc, ce *Nostromo*, qu'il imagine comme une raffinerie volante – une maquette, évidemment… à la fin des années 1970, il n'y a aucune image de synthèse – soutenu par quelques parties fabriquées en taille réelle.

Le public est invité à visiter l'intérieur du vaisseau, comme une maison hantée, avant que les protagonistes n'y entrent avec le fantôme. Cette mécanique revient ensuite dans le film. Et l'aspect psychanalytique évoqué plus tôt est déjà là, avec un ordinateur qui s'appelle « Maman », qui réveille ses « enfants ». Il y a également un petit peu l'imagerie du conte de fées : la mère qui réveille les enfants qui vont se faire bouffer par l'ogre planqué dans les ténèbres. Et ensuite, nous allons parler de la créature que Scott cache, parce qu'il est bien obligé.

NM : Justement cet Alien : Ridley Scott embauche un homme de 2,10 m pour le rendre un peu disproportionné, mais il n'est pas satisfait du rendu. Pourriez-vous nous raconter cela, et la façon dont ça va influencer la mise en scène et la façon de raconter cette terreur ?

GP : Scott a envie d'un Alien qui se déplace et ressemble le moins possible à un humain. Il sait en revanche qu'il va devoir utiliser un acteur en costume, parce que ça lui semble être le plus approprié pour l'époque (1979). Les images de synthèse n'existent pas encore, la stop motion lui donnerait un aspect trop peu réaliste qui n'irait pas avec sa vision, la mécanique le limiterait dans ses mouvements. Il choisit Bolaji Badejo, très fin, 2,10 m, qui a une grande élégance dans sa manière de se mouvoir. Il voulait ce côté un peu danseur, et lui donner une combinaison qui colle à la peau, composée d'une dizaine de pièces différentes. Ensuite, il rajoute des éléments mécaniques pour s'éloigner de la morphologie humaine. La queue est animée par des câbles, la tête, disproportionnée et il y a cette coque translucide sans yeux, effaçant tout repère. Sur le papier, c'est un super beau monstre ; dessiné, le costume est très impressionnant, mais une fois filmé dans ce décor sombre à la qualité un peu organique, humide, ça ne marche pas. On voit directement qu'il s'agit d'un acteur dans un costume, comme Godzilla. Finalement, Scott fait face à la même difficulté que Spielberg dans *Les Dents de la mer* : il a un requin mécanique qui ressemble à un requin mécanique et qui marche une fois sur dix.

Lui, qui voulait montrer ce requin partout pour effrayer les spectateurs, doit finalement le planquer; et parce qu'il doit le planquer, c'est dix fois plus efficace. S'il avait fait *Les Dents de la mer* dans les années 2000, avec la possibilité d'un requin en 3D, peut-être qu'il l'aurait plus exposé et que ça aurait été moins efficace. Ridley Scott se trouve dans une situation semblable avec un Alien qu'il ne peut pas montrer. Ça, c'est une contrainte technique, mais on sait bien, pour ceux qui pratiquent le cinéma d'horreur en tant que spectateurs depuis longtemps, que ce qu'on ne voit pas fait plus peur que ce qu'on voit. Les scènes les plus terrifiantes sont les scènes d'attente : d'où va-t-il arriver, va-t-il surgir? Qu'est-ce que ce truc qui bouge, est-ce une chaîne ou l'Alien? Scott le sait, ça. Il va tirer parti de cette faiblesse technique, placer son Alien dans les recoins les plus sombres du vaisseau spatial et nous montrer des petites parties de son anatomie (surtout pas les parties humaines), et notamment cette tête mécanique fabriquée par Carlo Rambaldi, qui signait déjà les petits aliens de *Rencontres du troisième type* et le King Kong un peu raté de 1976.

Là, il fait un bon boulot, mais il fait un bon boulot aussi parce qu'on distingue peu ce qu'on voit, qu'on n'est pas sûrs de tout démêler. Le point faible du film, c'est sa fin, et beaucoup ont été déçus. Au moment où le xénomorphe est éjecté dans l'espace, on se rend compte que c'est un acteur dans un costume. Depuis le début, il était difficile de bien le distinguer, et chacun se faisait sa propre idée de sa morphologie – même si de nombreux magazines, comme *Métal hurlant*, détaillaient la créature. Dans le film, il est difficile d'appréhender réellement sa morphologie. L'imagination du spectateur essaie de reconstituer ce monstre, et la fin fonctionne comme la révélation du truc d'un tour de magie. Par ailleurs, James Cameron a vu ça et a vraiment voulu éviter cette erreur.

NM : Justement, est-ce que les limites et contraintes auxquelles s'est frotté Scott, l'ont influencé? Deux choses m'avaient énormément marqué, et me marquent à chaque fois que je revois *Alien, le huitième passager* : d'une, lorsqu'on le voit se déplacer dans tout le film, l'Alien a une gestuelle extrêmement lente, et les personnages se figent face à lui. Est-ce que c'est une scénographie, une dramaturgie, qui a été pensée par rapport à ça – notamment dans la séquence avec Harry Dean Stanton, où l'Alien est plein cadre et pourtant invisible au premier coup d'œil ?

GP : Exactement ! La force de cette créature réside dans sa capacité à se fondre dans son environnement. La direction artistique de la créature ne peut pas se faire sans la direction artistique du décor. Et c'est vrai que ce xénomorphe-là, avec les éléments mécaniques mêlés à sa morphologie, est difficile à discerner du vaisseau. Est-ce sa queue qui bouge ou le vaisseau, est-ce de l'eau qui coule, sa bave ou une fuite ? Et Scott noie le poisson. Cette scène avec Stanton est super intéressante : l'Alien nous est montré directement, ce truc translucide, c'est vraiment lui. Par ailleurs, cette idée de se figer face à la créature tellement lente qu'on devrait lui échapper n'est pas présente que dans *Alien*, on la retrouve dans énormément de films d'horreur, même avant *Vendredi 13*, dans *Frankenstein* et *La Momie*. Leur lenteur est ce qui terrifie. Ce qui s'est perdu avec les zombies qui cavalent dans *L'Armée des morts* et *28 jours plus tard*. Pourquoi est-ce que ça nous fait peur ? Normalement, il devrait être possible de lui échapper, comme à la momie interprétée par Boris Karloff et Lon Chaney Jr. Mais ce sont des créatures de cauchemar et dans un cauchemar, le temps s'altère, il devient compliqué de courir. C'est ce qui fait que les scènes de la créature d'*Alien, le huitième passager* face à ses futures victimes ressemblent aux scènes de *La Momie* ou des zombies, du monstre de Frankenstein ou de Michael Myers face à sa victime.

NM : Et justement, Gilles, pour aborder le deuxième opus, quels sont les enseignements que Cameron tire de cette limitation liée aux costumes, et comment va-t-il transformer le rapport aux Aliens, et penser totalement différemment la créature finale qui est la reine ?

GP : Tout d'abord, Cameron travaille dans une catégorie différente de celle de Scott. Il veut un film d'action, avec une vision du futur distincte, industrielle, marquée par les machines, avec ce même rapport amour-haine concernant les machines que dans ses autres films. Il sait que, techniquement, il va devoir recourir à des acteurs costumés, DES parce que le film s'appelle *Aliens, le retour* et il va jouer sur la rapidité. Il se dit qu'embaucher un gars de 2,10 m n'était pas idiot mais combien existe-t-il de plan dans *Alien, le huitième passager* où la différence de taille entre l'Alien et les autres est visible ? Pas tant que ça. Autant capitaliser sur des cascadeurs et des danseurs. Donc ce qui va compter, c'est plutôt leur agilité et leur capacité à se déplacer de manière animale. Mais ce coup-ci, les équipes des effets spéciaux ne sont plus les mêmes – pour chaque film, et donc chaque réalisateur, il s'agit d'une équipe différente, avec une direction artistique différente. À chaque fois, le film qui suit essaie de ne pas ressembler au précédent, mais de ressembler à son réalisateur, presque comme une bande démo. *Aliens, le retour*, c'est ça aussi. Sauf que Cameron voit une des bestioles sans le dôme du volet précédent, alors que son équipe est en train de réaliser les costumes, et il se dit que c'est super intéressant. Il fait retirer le dôme, pour un rendu plus animal et moins biomécanique. Ce qu'ils ne justifient pas dans le scénario : il est précisé qu'il s'agit de versions mutantes, et basta.

Cameron veut également filmer ses monstres de manière plus dynamique. Il casse la lenteur ; fini le cauchemar pour un rendu plus jeu vidéo, avec un commando faisant face à des créatures à abattre pour ne pas se faire bouffer. La dynamique est complètement différente, l'univers visuel aussi, Cameron refuse de faire appel à des grosses boîtes d'effets spéciaux comme ILM[3], qui étaient les stars de l'époque pour pouvoir tout contrôler. *Control freak*, exactement comme Scott. Du coup, il fait appel à des petites sociétés et réalise tous les designs, vérifie le moindre plan, ce qui rend toute son équipe folle.

Sont donc découverts six Aliens galopant à toute vitesse, il reste des passages horrifiques mais il s'agit réellement d'un film d'action, avec, à un moment donné, le boss final, d'où les jeux vidéo. L'adversaire le plus

compliqué à vaincre est la reine des Aliens. Pour le coup, il ne peut s'agir d'un acteur dans un costume. Cameron prend alors la relève de Scott en décrivant un futur industriel réaliste. Sigourney est à bord d'une machine qui pourrait exister, et existe peut-être dans des entreprises, pour porter des charges trop lourdes. C'est donc de la mécanique pure et dure, une marionnette grandeur nature qui se bat contre Sigourney Weaver dans un véhicule chargeur – ou une miniature dans certaines scènes, très bien faite, supportée par l'image très sombre de Cameron.

NM : Oui, et, sur le combat final, le réalisateur joue sur les très gros plans pour éviter de dévoiler les câbles et pour être à l'intérieur du combat, mais également, d'une certaine manière, pour brouiller la compréhension de la façon dont cet animal insectoïde se déplace.

GP : La différence avec Scott, c'est surtout la vitesse et la dynamique du montage. Chez Cameron, ça va vite. Il transcende Sigourney Weaver en figure héroïque à la James Cameron (contrairement à la survivante du premier volet, mue par l'énergie du désespoir). Elle prend les armes, elle est plus forte que les hommes, plus forte que la reine des Aliens. Il y a une scène coupée qui aurait mérité de rester dans le montage, où on apprend qu'elle a perdu sa fille parce qu'elle est restée en hibernation, donc elle est plus jeune que sa fille désormais morte, complètement déracinée, pourvue de cet instinct maternel retrouvé lors de la découverte de la petite Newt, qu'elle va protéger. C'est typique de Cameron, qui adore montrer ces femmes héroïques qui en remontrent aux hommes en termes de force et de courage.

NM : Un mot également sur les effets spéciaux, parce qu'on parle beaucoup de la créature, mais l'autre ennemi qui parcourt la saga est la figure de l'androïde, avec une des scènes les plus gore de la tétralogie : le moment où Bishop se fait couper en deux, dans un luxe de tripailles blanchâtres séminales.

GP : Dans *Alien, le huitième passager*, la décapitation du premier androïde incarné par Ian Holm était un peu crade, mais le côté gore était contrebalancé par le fait qu'il s'agisse d'un robot, pas d'hémoglobine mais un rendu tout de même très liquide, très...

NM : ... spermeux.

GP : Et ça ira encore plus loin dans *Alien 3*, avec la créature animatronique super impressionnante créée par le studio ADI, qui est vraiment dans un sale état, mais continue à parler. L'androïde est une figure récurrente de l'univers *Alien*, malmenée dans les trois premiers. Le gore est de mieux en mieux réalisé, surtout avec l'arrivée des images de synthèse, mais la mécanique et l'animatronique ont également fait un bond en avant. La reine des Aliens n'aurait pas pu apparaître dans le premier film ; la mécanique n'était pas assez avancée, on sortait du *King Kong* de 1976, où King Kong ne pouvait rien faire, rien. Dans *Aliens, le retour*, on pousse très loin les possibilités de l'animatronique. Il y avait eu *The Thing*, qui était parti dans un délire fou, parce que Rob Bottin est un génie, mais une reine des Aliens, c'était du jamais vu. Stan Winston a réalisé ça, et c'est pour cette raison que Spielberg lui a demandé ensuite un T-rex grandeur nature, et Stan Winston lui a répondu « mais oui, bien sûr » et il l'a fait.

NM : Si on avance dans la série, on arrive effectivement au troisième opus où apparaissent les premiers mappings numériques.

GP : L'image de synthèse arrive de manière discrète dans *Alien 3*, avec toujours de très nombreux effets spéciaux de plateau, avec une créature un peu plus animale. Le design de Giger revient avec le dôme, et, par ailleurs, le marketing du film annonce que Giger est de retour, alors qu'il a juste faxé quelques dessins. Tom Woodruff Jr et Alec Gillis sont maintenant en charge des effets spéciaux. Ils étaient assistants sur *Aliens, le retour*, et vont essayer d'être le plus fidèles possible à Giger, mais cette fois-ci la créature sort d'un chien, comme dans *The Thing*, et possède des attributs canins. Cette fois, Tom Woodruff porte le costume, en grand habitué. Il est remplacé par une marionnette mécanique dans de nombreux de plans pour les gestes qu'il ne peut pas réaliser. Comme la technologie a avancé, cette marionnette est incrustée numériquement. Les effets spéciaux numériques arrivent tranquillement, notamment aussi pour placer des ombres sur la créature pour aider à les rendre crédibles, parce qu'elles sont intégrées sur fond bleu dans un décor. Il y a un petit peu d'images de synthèse également, pour la vision du scanner du corps, avec l'Alien à l'intérieur du thorax. Elles arrivent surtout en renfort d'effets réalisés en direct sur le plateau et des superbes costumes, avec une vision complètement différente, celle de David Fincher.

Le film a d'ailleurs été un enfer pour lui comme pour les producteurs – en fait personne n'aime ce film. Les producteurs n'ont pas laissé Fincher faire ce qu'il voulait. J'ai adoré ce film-là à vrai dire, il m'a mis dans un état de malaise quasi permanent, dans le bon sens du terme, avec une atmosphère très différente. Encore une fois, ce n'est pas du tout la photo de Scott ni celle de Cameron. Ce qui est culotté de la part des producteurs – comme ce qui a été tenté à plus petite échelle avec la saga *Mission impossible* –, c'est que chaque créateur va mettre son grain de sel, son style. Là, dans la franchise *Alien*, chaque épisode essaie de se différencier du précédent. Et je trouve que ce qui est identique aux autres volets, comme les créatures qui courent dans les coursives, n'est vraiment pas le plus intéressant.

Puisqu'on parle des effets spéciaux, on remarque un bond en avant avec Bishop, complètement fracassé, ou même le cadavre de Newt, qui pose d'emblée une atmosphère malsaine. Juste après, Fincher enchâinera sur *Seven*. Le costume du xénomorphe est vraiment mieux fait que dans les opus précédents, Tom Woodruff l'incarne vraiment bien, il y a un système de balancier qui fait que, quand il se déplace, sa queue bouge de manière très organique sans câbles, et c'est sans doute le costume le mieux fait et le mieux porté des trois premiers films – nous parlerons du quatrième plus tard.. Dans le premier volet, l'acteur n'a pas été casté pour son jeu, mais pour sa stature. Dans le deuxième, ce sont des cascadeurs et des danseurs qui font ça très bien, mais ils vont tellement vite qu'il est impossible d'apprécier leurs pantomimes. Là, on le voit mieux. De plus, la partie mécanique de la tête, qui avance doucement vers Sigourney Weaver avec une double mâchoire, c'est un concept complètement délirant.

Je parlais de bricolage dans le premier film, et plus on va vers le numérique moins le bricolage a sa place. Je ne sais pas si c'est une bonne chose ou pas mais, par exemple, les tendons de la bouche du premier Alien sont des préservatifs parce que c'est ce qui marchait le mieux. Quand le *Nostromo* est posé au sol, ils ont fabriqué un train d'atterrissage grandeur nature qui n'était pas assez grand, donc ils ont mis des enfants dans des costumes pour faire croire que c'étaient les astronautes. Mais plus on contrôle ce qui se passe en image avec le numérique, moins on a besoin de ça. Et moins on a d'accidents, heureux ou malheureux. Quand le *chestburster* déchire le t-shirt de John Hurt, ça n'a pas marché à la première prise. Le t-shirt ne se déchirait pas, il y avait donc une sorte de bosse sous le tissu, qui ne parvenait pas à sortir, et qui finalement gicle, mais pas du tout comme il fallait, ce qui asperge de sang Veronica Cartwright qui pousse un hurlement réel. C'est la prise qui a été gardée.

SR : Ce qui m'a le plus marqué lorsque j'ai découvert le troisième film, c'est la scène d'ouverture, où

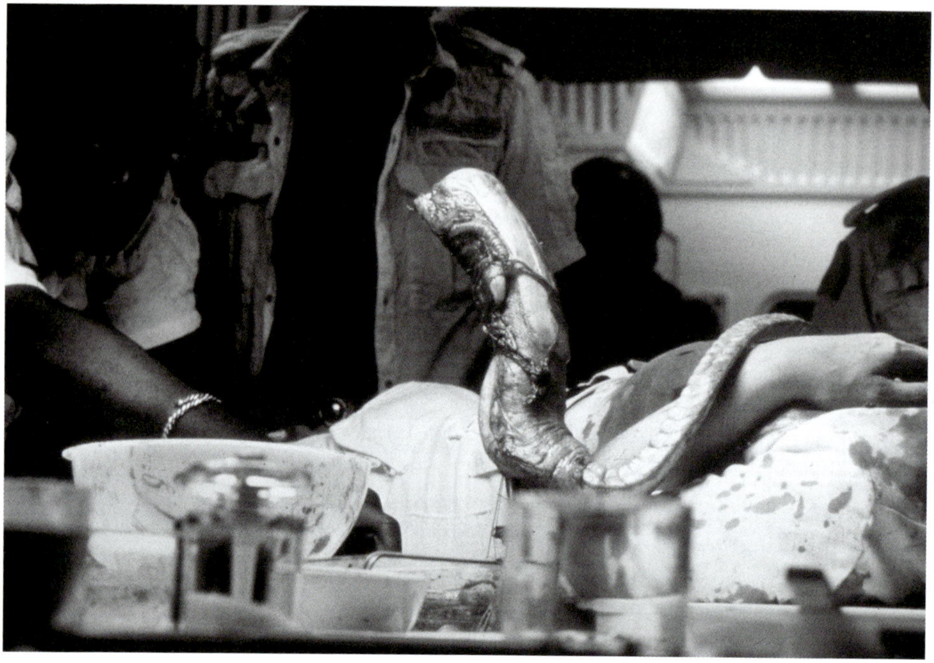

un personnage assiste au crash de la capsule de secours et va la rejoindre. Il retraverse ensuite différents espaces et décors, comme des espèces de cases de BD gigantesques qui sont entre Métal hurlant et Frazetta. J'ai l'impression qu'on n'a jamais eu ça avant dans *Alien 3* et que ça donne une ampleur à ce décor, d'abord très grandiose, puis très intime, puis très grandiose de nouveau. Je trouve qu'en termes de style et de technique, ces plans sont ahurissants.

GP : En même temps, on sait qu'*Alien 3* est le fruit de plein de compromis, le descendant d'un projet qui n'était pas originellement ça. Les décors devaient, à la base, être bien plus spectaculaires que cela. Il y a une contradiction entre le décor filmé parfois de manière épique, parfois de manière ultra-intimiste. Il est possible que David Fincher se soit retrouvé le cul entre deux chaises à un moment donné. Je ne sais pas s'il avait les *comic books* en tête quand il a fait ça. On sait que le premier film en est très imprégné. Ce sont des artistes graphiques reconnus, ayant parfois fait des BD, qui ont conçu les designs des films. C'est moins le cas sur *Alien 3*. Ici, on est dans du pur visuel. Ça me fait penser à du cinéma muet, du Eisenstein, avec pour point commun avec la BD qu'on est dans du visuel pur et dur : on n'a pas besoin du support du texte, tout a du sens et tout est impressionnant.

NM : Continuons à avancer dans la saga : le plus mal aimé dans la tétralogie est le dernier, celui de Jean-Pierre Jeunet. Les effets spéciaux et le numérique ont largement évolué, et c'est peut-être paradoxalement l'un de ceux qui a le plus mal vieilli.

GP : Moi j'ai une certaine tendresse pour ce quatrième film, je l'aime moins que les autres, mais pas pour des raisons techniques. L'atmosphère que crée Jeunet est intéressante, c'est vraiment un film de Jeunet avant d'être un film *Alien*, ce qui était aussi le cas du long métrage de Cameron. Mais c'était sacrilège de faire une suite d'*Alien*, une franchise devenue quasi sacrée.

SR : Surtout qu'à l'époque les suites ont mauvaise presse.

GP : Et c'est le scénariste de *Rambo 2* ! Que va-t-il faire ? Il va massacrer le concept ! Finalement, moi je les aime par ordre d'arrivée à l'écran, même si *Alien, la résurrection* est un cran en dessous. Mais je trouve que, pour le coup, Jeunet fait ce qu'on lui demande, c'est à dire : *La Cité des enfants perdus* dans *Alien*. Il ramène une grande partie de son équipe artistique et technique dont Pitof, le superviseur des effets visuels. Les génies de ADI, Tom Woodruff et Alec Gillis, réalisent des créatures complètement délirantes, avec encore des xénomorphes fidèles à la première version. Il y a également cette espèce de monstre horrible, avec la tête de mort, et c'est Jeunet qui a poussé les gars de ADI à construire ça. Il l'a regretté parce que tout le monde a détesté ce monstre, trop malsain, qui ressemblait peu à l'imagerie *Alien*.

SR : Du point de vue de la direction artistique comme technique, te semble-t-il juste et cohérent que le monstre ait été si mal reçu ?

GP : Moi, c'est un de mes éléments favoris parce que ça ne ressemble pas à ce qu'on a vu avant. Cet *Alien, la résurrection* comporte trop de scènes attendues, les gars dans les coursives qui se cachent pour ne pas se faire bouffer, ça, c'est du déjà vu, même si j'adore Brad Dourif grimaçant face à un Alien. Là, cette créature horrible, je la trouve hyper intéressante. Elle se rattache logiquement à la mythologie alien de manière nouvelle, inédite.

Ce qui est osé, et qui pour le coup a sollicité des images de synthèse, c'est la scène de poursuite sous l'eau. Les Aliens sont intégralement numériques, créés par Blue Sky Studio, assez avant-gardistes à l'époque. Jeunet a ramené l'équipe des Français de Duboi, très fortiches – mais eux ont réalisé tous les plans composites, plus de 200, ce qui à l'époque était beaucoup, et de la fumée, des étincelles, des grenades, etc. Le film, s'arrête presque pour nous laisser apprécier ce moment, sans faire avancer la mythologie ou autre. Mais c'était osé, et Jeunet a essayé de mettre son univers dans ce monde-là, ce qui lui a été reproché. Il ramène le côté un peu bancal de *La Cité des enfants perdus*, et, même si Caro ne coréalise pas le film avec lui, il était là sur le tournage.

Donc les passages obligatoires, je ne les trouve pas intéressants, mais les passages hors de ce qu'on a l'habitude de voir dans la mythologie me semblent notables. Ils sont rattachés à des effets spéciaux à l'ancienne : costumes, animatroniques, latex, et ça, ça ne vieillit pas finalement.

NM : Le film avait effectivement été très remarqué par cette scène de poursuite aquatique et le tour de force des effets numériques de l'époque. Mais une autre scène est pour moi le noyau dramatique de ce film, c'est la découverte des clones.

GP : Oui, complètement. La découverte des clones est une idée de *serial* : elle est morte, non en réalité, elle n'est pas morte. Il est tombé du train, non en fait il s'était raccroché à une branche. Elle est morte, non, il existe des clones pour qu'elle puisse revenir. J'ai trouvé l'idée tirée par les cheveux, mais visuellement elle fonctionne, surtout grâce à la performance de Sigourney Weaver. On a affaire à une autre Ripley, une Ripley 2.0, une nouvelle version plus forte, plus aguerrie, détachée de la réalité, et sa façon de le jouer rend ça crédible. J'ai trouvé qu'elle la jouait bien, cette Ripley qui n'est pas la Ripley originelle. Elle intègre le xénomorphe dans

12
ASF-CHAP
IDENTIFICATION

ses gènes. Et là, pour le coup, les clones sont des sculptures, dont certaines sont horribles. D'ailleurs, je suis allé dans l'atelier de Alec Gillis et Tom Woodruff, qui m'ont expliqué que pour trouver le bon design, au milieu de tous ces clones ratés, ils ont pris des photos, ils les ont mise dans la photocopieuse et ont bougé les images quand la lumière passait pour déformer les visages. C'est comme ça qu'ils ont créé leur clone. Et effectivement, à voir ces différentes versions de Ripley, notamment enfant/adulte, on y croit. Et Sigourney, face à Ron Perlman qui en impose, eh bien, elle s'en sort. Ce n'est pas la super-héroïne mère protectrice d'*Aliens, le retour*, ce n'est pas la Jeanne d'Arc d'*Alien 3*, c'est encore une autre Ripley, hybride, prenant les choses moins à cœur parce qu'elle flotte un peu au-dessus des événements, ce qui est aussi une faiblesse. On la sent moins impliquée, moins effrayée et on s'inquiète moins pour elle.

NM : Pour conclure, Ridley Scott revient avec deux préquels qui vont transformer très largement l'univers et la narration de cette première tétralogie. Comment analysez-vous ce retour dans l'univers d'*Alien* où tout est rendu possible, y compris une reconstitution de *L'Île des morts* ?

GP : C'est un peu ce que je disais plus tôt, avec le tout numérique, notamment pour la créature, plus d'accident possible, plus de place au hasard. Les réalisateurs trouvent ça génial parce qu'ils peuvent tout contrôler sans contrainte. Mais on sait que les partis pris viennent de ces contraintes même. Effectivement, là, la créature peut tout faire, et ça se voit. Pour tempérer un peu, *Prometheus* est un film qui laisse énormément de place aux effets de plateau. Ridley Scott aime malgré tout un environnement physique réel, avec ce décor fou avec cette tête géante qui existe vraiment, construite grandeur nature dans les studios Pinewood, même si le numérique est partout en renfort. La créature elle-même, superstar de cette saga est devenue numérique. Le design de la bestiole a été revu pour se détacher de tout ce qui avait été fait et se rapprocher du monde animal. Il s'inspire de créatures aquatiques, de la mante religieuse, et même d'un écorché pour ramener quelque chose d'organique. Malheureusement, à la fin de *Prometheus*, qui se raccorde à *Alien, le huitième passager*, on ne reconnaît pas du tout la créature, et surtout on voit que c'est une image de synthèse. C'est bête, mais même sans être un spécialiste des effets spéciaux, on sent inconsciemment quand c'est un effet physique, on sent que le regard de l'acteur se porte vraiment sur quelque chose, que la lumière touche vraiment l'objet. Quand il n'y en a pas du tout, on a tendance à se désolidariser, à s'impliquer moins, à rater ce phénomène du « mais comment est-ce qu'ils ont fait ce truc-là c'est incroyable ». Ça enlève un peu de l'implication du spectateur. Après, il ne faut pas être rétrograde et tomber dans le « c'était le bon vieux temps », non, ce n'était pas mieux avant, c'est super, ce qu'on arrive à faire maintenant. C'est une question de dosage. Ce n'est pas parce qu'on peut tout faire qu'il faut tout faire. Ce n'est pas parce que tu peux filmer 1000 Aliens qui courent face à la caméra qu'il faut le faire. L'ombre et le hors champ restent nécessaires, il ne faut pas que le réalisateur oublie la force de la mise en scène, et ne s'appuie que sur les effets spéciaux. Ce n'est pas parce que tu peux montrer qu'il faut montrer.

NM : Paradoxalement, cet Alien tout numérique de la fin d'*Alien: Covenant* ne ressemble plus du tout à un homme dans un costume et, grâce à ça, on arrive à être au plus près de la créature initiale de Giger, du monstre, ce qu'on n'avait jamais totalement réussi à faire jusqu'à présent.

GP : L'avantage, en effet, c'est que ça permet au réalisateur de faire exactement ce qu'il voulait faire au départ. Mais la vraie question à se poser, et je n'ai pas la réponse, c'est est-ce que ce n'est pas mieux d'avoir quelques contraintes ? Est-ce que ce n'est pas mieux, que dans *L'Empire contre-attaque*, Yoda soit une marionnette limitée ? Que quand on veut le faire avancer, on le mette dans un sac à dos sur Luke Skywalker ? George Lucas aurait préféré pouvoir faire tout ce qu'il voulait. Mais il n'a pas pu. Tout le monde préfère le Yoda des années 1980, et pas seulement par nostalgie. À un moment donné, c'est génial d'avoir le moins de limitation possible, le moins de barrière entre la vision du cinéaste et le résultat à l'écran. Mais après, il y a le pouvoir de la mise en scène et du hors champ. Dans *Jurassic Park*, les plans qui m'intéressent le plus sont ceux où je ne vois pas les dinosaures, mais où je les entends. Et je pense que ce jeu hors champ a fait la force d'*Alien, le huitième passager*. Ce n'est pas parce qu'on peut montrer l'Alien qu'il faut le montrer. Mais c'était déjà le cas lorsqu'on utilisait des marionnettes : se débarrasser de la morphologie humaine, c'est se rapprocher du design initial de Giger. Mais quand Giger réalisait ses designs, il restait encore des morceaux d'anatomie humaine, l'élément humain a toujours fait partie du design du xénomorphe. C'est peut-être ça qui le rend effrayant, malgré tout, il n'est pas totalement alien en fait, il possède des attributs un peu humains.

SR : D'ailleurs, et peut-être peut-on conclure là-dessus, vous évoquiez la part humaine de l'Alien, mais dans le design de l'Alien, on oublie souvent que dans le premier film, redécouvert avec les versions 4K, sous le dôme de l'Alien, il y a un crâne humain.

GP : Absolument ! La première fois que j'ai vu ça, c'était dans le *Métal hurlant* spécial *Alien*[4]. Il était à nu, sans le dôme, et le crâne était là. Ridley Scott en joue, parce que dans les préquels il sème le trouble ; n'y a-t-il pas une origine humaine derrière cette créature ? Quand Giger détourne la morphologie humaine, je pense qu'il ne se pose pas la question de comment ils vont le faire à l'écran. Dans la plupart des créations, il y a de l'humain, un monstre est une déformation de ce qu'on connaît déjà, et donc de nous-mêmes. Le xénomorphe serait presque un humain ayant étrangement muté. Comme les xénomorphes se reproduisent en utilisant comme hôtes notamment des corps humains, on pourrait imaginer qu'à chaque génération ils prennent certaines caractéristiques de leur hôte et deviennent plus humains – ce qu'évoque clairement la franchise. Je me demande si ce n'est pas une erreur de trop s'éloigner de la morphologie humaine via l'image de synthèse. Mais, à nouveau, cette dernière n'est qu'un outil, ils auraient pu faire une marionnette avant l'arrivée du numérique, complètement déconnectée de l'humain. Ce qui me plaît, là, c'est que son crâne ressemble à un crâne humain, comme si c'était un humain dégénéré en autre chose et effectivement, au final, ça nous ramène au crâne du premier xénomorphe.

PROPOS RECUEILLIS PAR NICOLAS MARTIN ET SIMON RIAUX

NOTES

1 Buck Rogers, personnage créé en 1928 par Philip Francis Nowlan, rendu populaire par la série télévisée *Buck Rogers au XXVe siècle*, de Glen A. Larson et Leslie Stevens, diffusée entre 1979 et 1981 sur NBC aux États-Unis, et sur TF1 en France, à partir de 1984.

2 Voir notamment *Jodorowsky's Dune*, Franck Pavich, 2013.

3 ILM : Industrial Light & Magic, société d'effets spéciaux de cinéma américaine, créée en 1975 par George Lucas.

4 *Métal hurlant*, hors-série numéro 43 bis, spécial *Alien*, septembre 1979.

AUTEUR

GEOFFREY CRÉTÉ_

POURQUOI LE MONDE A TORT DE NE PAS AIMER « ALIEN, LA RÉSURRECTION»

GC_13_

13
ASF-CHAP
IDENTIFICATION

IL Y A UNE SCÈNE DANS *ALIENS, LE RETOUR* OÙ RIPLEY COMMENCE À RÉALISER QUE BURKE EST BIEN LE GRAND POURRI DE L'HISTOIRE.

Elle le lui crache au visage en le comparant naturellement à la figure absolue du monstre : le xénomorphe.

« VOUS SAVEZ, BURKE, JE NE SAIS PAS QUELLE EST LA PIRE DES ESPÈCES. EUX AU MOINS NE S'ENTRETUENT PAS POUR UN FOUTU POURCENTAGE. »

Face aux Aliens, dont la survie repose sur le collectif, ce businessman cynique, lâche et égoïste remporte la palme de l'immonde. Entre les deux blocs (la ruche des Aliens autour de la Reine Xéno, le groupe des soldats autour de Queen Ripley), il est la vraie anomalie vivante.

Cette part de monstruosité cachée en l'humain est dans l'ADN de la saga *Alien*. C'était toujours l'autre menace, derrière les sifflements gluants des xénomorphes. Sous ses airs de simple collègue, le Ash du premier *Alien* était un androïde tueur, à la solde de Weyland-Yutani, multinationale tristement humaine. Dans la masse des crânes rasés d'*Alien 3* (version *assembly cut*), Golic idolâtrait l'Alien, dieu infernal qu'il libérait pour le laisser accomplir son destin funeste. À la fin, Ripley reculait devant l'homme ayant servi de modèle à Bishop l'androïde, et qui se révélait beaucoup moins humain que le robot à son effigie.

Dans chaque histoire, Ripley devait affronter les deux visages du monstre : la forme extérieure et littéralement étrangère, avec les Aliens ; et la forme intérieure, avec les humains désaxés. Sa grossesse cauchemardesque était le parfait point final de ce combat perdu d'avance contre soi-même.

Le quatrième *Alien* aurait pu se contenter de rejouer ce refrain familier, avec cette nouvelle entreprise à la Weyland-Yutani – option scientifiques fous menés par Brad Dourif. Mais en digne épisode de la rupture, il a essayé de renverser ces valeurs, en déplaçant les lignes. Tombée de son piédestal de super-héroïne super-humaine (une femme qui transcende son genre, une guerrière qui surpasse les guerriers, une détermination qui n'écrase jamais l'émotion), la Ripley ressuscitée devient l'impossible trait d'union entre les deux camps.

Mi-humaine mi-alien, mais ni humaine ni alien, cette Ripley bis conjugue toutes les peurs de la mythologie (l'ennemi est à l'intérieur ; l'ennemi est partout ; l'ennemi, c'est moi-même), et force la galaxie xénomorphe à se replier sur elle-même.

Ce n'est pas un hasard si la *timeline* de la saga s'est terminée avec cet épisode, condamnée par la suite à muter ou à reculer pour survivre – que ce soit avec la régression Z contre les Predators, ou la régression préquel de Ridley Scott dans *Prometheus* et *Alien: Covenant*. *Alien, la résurrection* était le point de non-retour.

C'est sûrement pour cette raison que le film a tant divisé, et a rencontré un succès très modeste en salles (notamment aux États-Unis). Mais c'est aussi pour ça qu'il demeure l'un des épisodes les plus fascinants, les plus extrêmes. Et donc, l'un des plus importants.

L'ATTAQUE DES CLONES

Alien 4 était dès le départ une histoire de clone, d'abord dans le sens industriel. Parti d'une pure obligation commerciale, le projet a été pensé comme une simple suite, qui allait avoir lieu d'une manière ou d'une autre – et potentiellement sans Sigourney Weaver.

C'est l'épisode de la saga qui correspond le plus à un film de studio, puisqu'il n'a jamais failli être autre chose, contrairement aux précédents épisodes. Ici, pas de quasi-carte blanche donnée à un artiste complet, comme James Cameron, qui s'était entièrement approprié la première suite en écrivant lui-même le scénario (et avec sa productrice Gale Anne Hurd pour le protéger). Pas de folie à la Vincent Ward, le réalisateur initial d'*Alien 3*, qui voulait confronter des moines de l'espace au xénomorphe (avant qu'il ne soit viré par les producteurs, et que son histoire de monastère ne soit transformée en prison). *Alien 4* était d'emblée un total film de studio, simple et carré, et par conséquent un film de commande pour tout le monde ; particulièrement pour le réalisateur Jean-Pierre Jeunet, et pour le scénariste Joss Whedon (au tout début du phénomène *Buffy contre les vampires*, et bien avant le chapitre *Avengers*).

En surface, c'est donc un clone plus ou moins correct des précédents films : le huis-clos spatial du premier, avec l'*Auriga* à la place du *Nostromo* ; le spectacle bruyant et multi-Aliens du deuxième, avec des soldats armés et énervés qui doivent s'enfuir ; un peu du souffle morbide du troisième, avec cette Ripley seconde génération. Le tout emballé comme une attraction bête et à peine méchante, puisque le spectacle est le premier objectif, comme pour contrebalancer après le nuage noir du troisième opus. Ainsi, le groupe qui traverse le vaisseau scientifique *Auriga* ressemble plus aux mercenaires gentiment débiles d'*Un cri dans l'océan*[1] qu'aux ouvriers blasés du *Nostromo*.

Parce qu'il y a aussi une nouveauté qui change tout : l'humour. Jusque-là plus ou moins inédit dans la saga, il remplit désormais l'air d'une odeur de série B friquée, laquelle est assumée à l'extrême par Jean-Pierre Jeunet. Voilà donc le premier *Alien* décomplexé, qui sort forcément du lot.

Alien, la résurrection est aussi une histoire de clone, puisque cette Ripley a été ramenée d'entre les morts, comme extirpée du paradis pour être renvoyée en enfer – à la manière de Buffy Summers dans la saison 6 de la série.

S'il y a bien une chose qui n'a pas été changée dans le projet, c'est l'idée d'une héroïne clonée – comme pour parfaitement incarner cette franchise alors lessivée et laissée pour morte. C'était d'abord celui de Newt, héritée de James Cameron, et trucidée dans la première minute d'*Alien 3*. Engagé notamment grâce à son solide C.V. de *script doctor*, synonyme d'une capacité à exécuter les ordres, le scénariste Joss Whedon a obéi, avec pour mot d'ordre un principe établi par le studio : les vraies stars, ce sont les xénomorphes, et non Ripley. Sigourney Weaver, elle, n'était a priori pas intéressée, puisque ravie d'avoir quitté le personnage dans la lave de Fiorina 161.

Le studio et l'actrice étaient-ils engagés dans un bras de fer ? Le scénario centré sur

Newt n'était-il qu'un levier pour les négociations ? Sigourney Weaver a-t-elle uniquement accepté pour le salaire de 11 millions (« *Ils m'ont donné beaucoup d'argent pour faire* Alien, la résurrection *! C'est ce qui s'est dit à ce moment-là, que je l'avais fait pour l'argent. Il est dommage que mes négociations salariales avec la Fox aient été rendues publiques, mais bon*[2]... ») ? Peu importe. La Fox a vite changé les plans, et demandé à Joss Whedon de remplacer Newt par Ripley. C'était la première de nombreuses versions alternatives du film. Là encore, parce que les vrais maîtres à bord étaient avant tout les producteurs.

Depuis la sortie du film en 1997, le premier père des Avengers au cinéma n'a jamais raté une occasion de cracher sa bile toxique sur *Alien, la résurrection*. Du casting de Brad Dourif et J. E. Freeman qui détruit le twist sur la nature diabolique de leurs personnages à ce fameux Newborn (« *Je ne me souviens pas avoir écrit : "Une espèce de* Pumpkinhead *ridé et flétri se frotte à Ripley"*[3] »), le scénariste pense que ce quatrième opus est « *merdique* ».

Jean-Pierre Jeunet, lui, n'a jamais caché qu'il avait remanié le scénario pour l'améliorer. Repéré grâce au succès international de *Delicatessen* et *La Cité des enfants perdus*, le réalisateur français était en train de co-écrire avec Guillaume Laurant un petit film intitulé *Le Fabuleux Destin d'Amélie Poulain* quand la Fox l'a appelé. Impossible pour lui de refuser, quitte à mettre la serveuse du *Café des 2 Moulins* en pause.

Jeunet était au moins le deuxième choix après Danny Boyle, qui avait décliné par peur d'être englouti dans une telle superproduction, construite sur tant d'effets visuels. Prudent mais joueur, il a eu (et pris) la liberté de modifier plusieurs scènes, pour ne pas tomber dans les pires pièges du blockbuster basique, présents sur le papier selon lui : « *C'était un peu bourrin, avec des combats toutes les deux pages et une fin ridicule où les Aliens volent au-dessus des falaises comme des dragons.* » Plusieurs fois, Jeunet a demandé à retirer une scène d'action, pour la remplacer par autre chose. Le budget étant un sujet délicat pour la Fox, qui souhaitait limiter au mieux les dépenses et les risques, les producteurs ont suivi en regardant leurs calculettes.

Le plus gros débat concernait la fin, qui à l'origine devait se passer sur Terre, horizon jusque-là jamais exploré dans la saga – et pourtant « teasé » au début de la promo d'*Alien 3*[4], avant d'être embrassé à pleine bouche baveuse dans *Alien vs. Predator* et *Aliens vs. Predator: Requiem*.

AUTEUR
GEOFFREY CRÉTÉ_

Le combat final devait avoir lieu dans une forêt, puis une décharge. Puis un hôpital. Puis un désert. Tout était trop cher, ou trop bête. Tout le monde a alors fait marche arrière pour laisser la Terre tranquille – l'épilogue devant un Paris dévasté a été tourné, sans passion, et coupé au montage pour la version sortie au cinéma.

Le duel final a finalement été réécrit à bord du vaisseau, dans une configuration bien plus simple, et donc moins chère. Et pour apporter sa petite touche, Jeunet a recyclé la mort initiale du général Perez, pour l'attribuer au Newborn. Ainsi, c'est lui qui a eu l'honneur d'être avalé par l'espace à travers un petit trou, dans l'une des scènes les plus marquantes du film. Laquelle est en réalité un recyclage du premier *Alien*, puisque Lambert devait mourir ainsi, avant que l'idée ne soit abandonnée pour des raisons de budget[5].

Alien, la résurrection est donc un petit miracle industriel et artistique. C'est le parfait exemple de superproduction appartenant à tout le monde et à personne à la fois, qui a été assemblée par petits bouts, au fil des concessions et sacrifices, mais qui tient debout. C'est même un cas d'école quand on sait que ce sont le studio et Sigourney Weaver qui ont insisté pour caster Dominique Pinon, et que la version sortie en salles est bien celle de Jean-Pierre Jeunet (le réalisateur considère que le film sorti au cinéma est son *director's cut*, et que la version longue est juste un cadeau fait aux fans curieux[6]). Ou comment transformer un bête clone de franchise en exception hollywoodienne.

XÉNOPORN

Au milieu de ces bricolages sur le cahier des charges, une chose est demeurée : l'ambiguïté de Ripley post-mortem, vrai cœur et trésor du film. L'âme du film était là, et Sigourney Weaver s'est battue pour la préserver, aux côtés de Jean-Pierre Jeunet.

Quand les producteurs commençaient à mettre leur nez dans le scénario pour minimiser voire retirer des scènes étranges entre Ripley et les Aliens, elle entrait en scène pour les renvoyer dans leur coin.

Avec un salaire de 11 millions, un statut d'égérie de la saga et un titre honorifique de productrice, Sigourney Weaver donnait le *la*, à tous les niveaux. Parfois pour imposer sa vision et remettre à sa place le réalisateur, quitte à forcer des réécritures et à chambouler l'organisation. Le premier jour du tournage, qui commençait par les scènes aquatiques, elle a ainsi exigé un changement de costume, parce qu'elle préférait celui de sa collègue Kim Flowers, qui interprète Hillard. Une décision qui a compliqué le plan de travail, mais incité Jeunet à réécrire la scène où le groupe plonge dans les cuisines immergées du vaisseau. C'est donc à cause de ce caprice vestimentaire de Sigourney Weaver que, dans le film, Hillard reste derrière les autres, et a droit à une petite scène où elle pleure, seule, avant de sauter dans l'eau[7].

Weaver a aussi fait changer la mise en scène de l'accouchement du Newborn, dans le nid alien, où Ripley devait à l'origine être attachée. Mais pour elle, l'héroïne ne devait pas être immobilisée.

Mais le plus souvent, Sigourney Weaver se battait en tant que précieuse alliée, pour défendre l'*Alien* de Jeunet. Car l'actrice aimait la bizarrerie du film, et du réalisateur. C'était même vraisemblablement sa seule raison d'avoir signé (avec les 11 millions d'autres arguments).

Avec sa résurrection, Ellen Ripley a embrassé malgré elle le monstrueux d'*Alien*, qu'elle affrontait depuis que le *Nostromo* avait eu la mauvaise idée d'écouter les ondes envoyées depuis LV-426. Le Newborn, hybride blanchâtre d'humain et de xénomorphe, incarne cette union impensable mais finalement pas impossible. Ce duel étrange entre la bête et Ripley, qui convoque aussi bien le grotesque que l'horreur, le rire que le malaise, le sexuel que la tendresse, est la raison d'être d'*Alien 4*. C'est même un retour aux sources pour le xénomorphe de H. R. Giger, et donc pour la saga tout entière.

Sous sa forme initiale, le Newborn exhibait sur son ventre les organes génitaux masculins et féminins[0], pour incarner la perfection de l'horreur originelle (un homme violé et fécondé par un *facehugger*, qui donne vie à l'Alien dans un accouchement monstrueux). Cet hermaphrodisme monstrueux a finalement été atténué par Jean-Pierre Jeunet, qui pensait que c'était beaucoup trop, « *même pour un Français* ». Mais l'intention traduit bien à quel point *Alien, la résurrection* était conçu comme l'ultime étape du cauchemar gigerien.

En ça, c'est un épisode majeur pour la mythologie, qui revient aux racines. Signe qui ne trompe pas : dans une lettre ouverte adressée à la Fox en 1997 (où il s'en prenait au studio à propos de son absence incompréhensible au générique), Giger expliquait que les Aliens de « l'excellent » *Resurrection* étaient plus proches de ses créations que ceux d'*Aliens, le retour* et *Alien 3*[9].

Alien, la résurrection a ainsi osé s'aventurer dans le vrai territoire des xénomorphes de Giger : celui de l'érotisme malade et monstrueux, où l'effroi le dispute au désir, et où le cauchemar passe d'abord par une étreinte violente et hautement sexuelle. Dans *Alien 4*, Ripley arrache la langue phallique d'un xénomorphe devant les (faux) mâles alpha, qu'elle a quasiment castrés avec son ballon de basket. Elle disparaît dans un tapis humide de queues et de corps de xénomorphes, comme enivrée par ces chairs frétillantes et leurs vapeurs obscènes. Elle est portée par un Alien dans ce qui ressemble presque à une parade nuptiale, surtout avec la musique lascive de John Frizzell.

Ripley semble toujours prête à tuer, à baiser (« *Avec qui il faut que je baise si je veux partir d'ici ?* »), ou les deux.

Ce quatrième volet n'a alors plus rien d'un clone. Après le cauchemar sourd et glacial du premier film, la violence guerrière et matriarcale du deuxième, et l'horreur insidieuse et nihiliste du troisième, cette résurrection raconte la vie derrière la mort – celle de Ripley, et celle de la saga.

Alien, la résurrection n'avait qu'une solution pour ne pas tomber dans le caniveau des franchises : aller très (trop ?) loin, pour avancer, et non simplement se répéter. Sous ses airs de série B canaille, c'est précisément la suite idéale d'*Alien 3*, où Ripley avait entamé sa danse intime avec les xénomorphes. Épargnée par la bête car enceinte d'une reine, elle était prisonnière d'un mariage forcé maléfique, qui continue naturellement et inexorablement dans *Alien, la résurrection*.

Avec ses mouvements reptiliens (la première rencontre sensuelle avec Call), ses regards presque enfantins (sur la mort de Hillard, happée sous l'eau), et son appétit candide pour l'aventure (la dose d'humour noir), cette nouvelle Ripley ressent plus que jamais les frissons, les désirs et les émotions, aux antipodes de la Ripley pragmatique du premier.

Et si cette Ripley était, comble de l'ironie, la plus vivante de toutes ?

La scène où elle découvre ses clones ratés, étapes abjectes de sa reconstruction non moins monstrueuse, raconte finalement tout. C'est l'illustration spectaculaire et tragique du point de non-retour pour toute la mythologie, portée par Ripley jusque dans son âme et ADN.

Des bocaux où flottent des mort-nés (comme les *facehuggers* capturés d'*Aliens, le retour*) jusqu'à la chose presque humaine qui agonise, c'est une chronologie déviante du xénomorphe. L'héroïne évolue dans ce musée de l'autohorreur comme dans un cauchemar à demi-éveillé, et c'est presque un aveu absolu : derrière chaque réussite (que ce soit cette Ripley 8, ou cet *Alien 4*), il y a quantité de brouillons et ratures douloureuses (les Ripley ratées, ou les films *Alien* empêchés). C'est la nature même d'une telle machinerie.

Ripley se retrouve finalement face à l'épreuve ultime sous forme de miroir : elle-même, à cheval entre le xénomorphe et la femme, dans la dernière étape avant sa miraculeuse vie retrouvée. C'est l'horizon ultime du monstrueux entier, avant qu'il ne soit camouflé. Sachant que Sigourney Weaver a elle-même incarné ce clone 7, la scène est vertigineuse. C'est le personnage qui se voit lui-même, mais c'est aussi l'actrice qui se regarde elle-même. Et, au fond, c'est la saga tout entière qui est confrontée à son reflet déformé par les années et les métamorphoses du business.

Ripley récupère un lance-flammes pour balayer cet historique douloureux, et faire table rase du passé, dans les mêmes flammes purificatrices qui avaient détruit le nid de la reine alien chez James Cameron. Un écho à travers les temps et les films, pour un moment de deuil ambigu, aux multiples niveaux de lecture.

Le fait qu'elle dépose finalement les armes au pied de l'ennemi (l'affreux scientifique qui a géré le clonage… et alter ego du studio qui refuse de laisser *Alien* mourir en paix ?) est une délicieuse touche finale à cette scène fantastique, qui représente l'un des sommets émotionnels de la franchise. Ici, la frontière entre l'humain et l'étranger est dépassée dans les larmes et la fureur. Ici, *Alien, la résurrection* prend tout son sens.

HUMANS AFTER ALL

Avec *Alien, la résurrection*, la saga se dédoublait pour la première fois. Sur l'affiche, il y a deux visages et deux noms : Sigourney Weaver, et Winona Ryder. Dans le film, il y a deux héroïnes : Ripley, et Call. La première est un clone et la deuxième, une androïde (une autre brique élémentaire de la mythologie). Deux créations, deux simulacres. Ce sont les deux facettes d'une même pièce inhumaine, et le point final parfait de la réflexion autour de l'Homme, dans la mythologie *Alien*.

AUTEUR
GEOFFREY CRÉTÉ_

GC_13_

La saga centrée sur Ellen Ripley, les dérivés *Aliens vs. Predator*, les préquels de Ridley Scott, ou même le jeu vidéo *Alien: Isolation* avec la fille de Ripley, et les comics ramenant Newt... la franchise est intimement liée au féminin. Mais *Alien, la résurrection* a là encore poussé le curseur plus haut en mettant Call face à Ripley. L'idée aurait pu être encore plus forte puisque Jean-Pierre Jeunet voulait caster une actrice en antagoniste – ce que le studio a refusé, par peur d'un film trop féminin.

Call est un reflet de Ripley. Elle est la deuxième femme de l'équipage du *Betty*, comme Ripley dans le premier film, à bord du *Nostromo*, avec Lambert. D'ailleurs, son allure androgyne, avec sa coupe de cheveux garçonne, rappelle le personnage de Lambert.

Tout comme Ripley au début de la saga, Call n'est pas définie par sa sexualité, et se protège derrière un rempart de froideur. C'est même comme ça qu'elle est introduite dans sa première scène, entre les avances gentiment lourdes de Vriess (qu'elle rejette, après sa blague graveleuse), et l'approche bestiale de Johner (qu'elle castre symboliquement, en cassant sa virile lame de couteau). La seule personne qui parviendra à l'approcher est Ripley, dans une première rencontre sensuelle et ambiguë, entre séduction et domination.

Call est animée par un certain idéalisme, et l'empathie guide ses pas. Et surtout, elle a également droit à une résurrection, étroitement liée à celle de Ripley. Laissée pour morte après la parenthèse aquatique et la trahison de Wren, elle revient tel le Messie, comme par magie. À l'image, elle réapparaît sur scène, derrière des portes automatiques qui rappellent celle du laboratoire où l'on a découvert la Ripley clonée, au début du film. Elle en ressort avec un trou béant dans l'abdomen, comme Ripley qui a donné naissance, dans ses derniers souffles, à la reine alien au-dessus de la lave d'*Alien 3*.

Ripley avait été vaincue par le xénomorphe, son meilleur ennemi, quasiment devenu son créateur puisqu'elle a été clonée grâce au mélange de leurs ADN. Call, elle, a été abattue par un humain, son grand point faible. Appartenant à la deuxième génération de robots – construits par des robots –, elle existe pour servir ceux qui les détestent et veulent les détruire.

Cette vision manichéenne du monde indique à Call que Ripley ne peut être qu'une ennemie, par nature. La confiance entre les deux femmes devra être gagnée et mise à l'épreuve (une scène prévue dans le scénario voyait même Ripley utiliser Call comme appât, pour insister là-dessus). Exactement comme Ripley et Bishop, dans *Aliens, le retour*.

La candeur de Call, inscrite dans ses circuits, la condamne d'emblée face à des pourris comme Wren ; tout comme Ripley, qui a appris la misanthropie pendant trois films, après avoir notamment failli passer à la casserole des *facehuggers* à cause de Burke, dans *Aliens, le retour*.

L'une des meilleures répliques d'*Alien, la résurrection* arrive justement après la résurrection de Call, quand elle explique à Ripley qu'elle a été programmée pour aider les humains. « *Tu as été programmée pour être une conne ?*[10] », lui répond l'héroïne clonée.

Derrière l'humour incisif, il y a le désespoir camouflé en cynisme. Call est évidemment un reflet déformé de l'héroïne de la saga *Alien*, comme un lointain écho de sa jeunesse presque innocente. Ripley a elle aussi essayé de croire en l'humanité, plusieurs fois. Plusieurs fois, elle a été déçue, trahie, violentée, et presque violée par les prisonniers d'*Alien 3* – xénomorphes, hommes : mêmes pulsions. Comme Call, elle était quasiment programmée pour avoir foi en l'Homme, que ce soit en tant qu'être humain, ou en tant qu'héroïne hollywoodienne.

Mais elle est passée de l'autre côté, dans le monde des non-émotions, où tout est matière à rire en gardant une distance de sécurité. Ripley sait pourtant que ce n'est qu'une façade. « *Je trouve que beaucoup de choses sont drôles ces derniers temps, mais je ne pense pas que ce soit le cas.* » Le spectacle de ses sept clones ratés le confirmera.

Du premier épisode (où Ripley est violemment giflée pour avoir plus écouté sa tête que son cœur, en refusant de laisser Kane revenir à bord), au troisième film (où elle est une double proie à cause du xénomorphe et des mâles), la saga a répété la même question. Comment être et rester humain dans un futur si noir et cauchemardesque ? Comment rester un individu parmi un groupe uniforme, où l'identité est diluée (chose particulièrement

claire dans *Aliens, le retour* et *Alien 3*, où les soldats et prisonniers sortent des mêmes moules) ?

En transformant Ripley, et donc, le modèle original, *Alien, la résurrection* tord la réponse pour qu'elle soit aussi monstrueuse que les xénomorphes : les personnages véritablement humains sont les seuls non-humains. Dans le climax, Call hurle de douleur dans ses boyaux artificiels, et la clone Ripley fond en larmes lorsqu'elle doit tuer son enfant symbolique. Vriess et Johner sont là, mais en figuration, du côté de la machinerie dans le cockpit. Les histoires de chair, de sang et de cris sont pour les monstres à l'arrière.

Dans ce monde où le sexe n'a plus aucun sens (la relation empêchée avec Hicks dans *Aliens, le retour*, la punition post-coïtale avec Clemens dans *Alien 3*), le sens même des corps est perdu, et doit être réinventé. Avec Ripley en mère vaillante et féroce, Call en fille innocente et idéaliste, et deux hommes en accessoires et opérateurs, il y a un embryon de nouvelle famille, dans un avenir réduit à néant. C'est là que la vision d'un Paris dévasté, dans la version longue, avait du sens : elle enfonçait le clou dans le cercueil de l'humanité, pour afficher que tout était bel et bien enterré, depuis fort longtemps.

ANOMALIE(N)

Néanmoins, pas besoin de sortir les dissertations et les analyses théoriques pour aimer et défendre *Alien, la résurrection*. Au premier niveau, à la surface du cauchemar, le film a une valeur claire, nette, et précieuse : c'est l'un des (trop) rares représentants d'un système hollywoodien qui tourne rond. C'est le meilleur des deux mondes, entre les impératifs commerciaux et les ambitions artistiques. En ça, c'est donc un film exceptionnel.

La saga *Alien* est l'une des très rares franchises à avoir joué le beau jeu du cinéma, en offrant plus ou moins chaque opus à un véritable réalisateur, afin de décliner la marque à chaque nouveau film. Aucun épisode ne ressemble aux autres, ce qui est devenu plus extraordinaire encore avec le recul et le poids douloureux de l'uniformisation des giga-franchises depuis. Même le chaotique *Alien 3* l'illustre bien, de la version folle de Vincent Ward (que la Fox avait été pêcher loin de Hollywood, soit un énorme risque), au choix de David Fincher, futur grand qui signait là son premier long métrage. La quête n'était jamais celle d'un yes-man, mais d'un esprit à part, avec une marge de manœuvre relativement significative.

La saga *Alien* est l'un des plus beaux représentants de cette logique, aux côtés des *Mission impossible*. Et l'évolution de la saga Tom Cruise (autrefois livrée clé en main à des cinéastes comme Brian De Palma et John Woo, et désormais dirigée par Christopher McQuarrie et Cruise lui-même sur chaque film) montre bien à quel point cette époque bénie était un cadeau. Qui a depuis été repris.

Il n'y a qu'à voir le générique de la version longue, où un insecte aux allures d'*alien* est écrasé et craché sur une vitre par un ouvrier, pour s'en convaincre. Jeunet voulait absolument arriver avec une proposition originale le premier jour, mais ne se doutait pas que la Fox allait immédiatement adorer, et que le bruit d'une telle imagination allait résonner en quelques jours à travers tout le studio. Un petit jeu devenu une affaire très sérieuse? *Alien 4, in a nutshell.*

Derrière la façade de film de commande, *Alien, la résurrection* porte ainsi la marque de Jean-Pierre Jeunet, notamment dans de merveilleux détails. C'est lui qui a apporté l'idée des portes déverrouillées grâce à l'haleine, de la langue du Newborn qui lèche Ripley, ou du général Perez qui a le temps de regarder de près sa propre cervelle à sa mort.

Comme un grand gamin venu emprunter les gros jouets d'un camarade friqué, le réalisateur a transformé le film en attraction, avec une grosse inspiration de la bande dessinée. Ici, le mouvement est continu. Les personnages doivent avancer pour continuer à vivre, et la caméra surexcitée de Jeunet ne s'arrête jamais. Que ce soit pour accompagner une grenade lancée par Perez, pour souligner le cri immense de Vriess après une petite goutte d'acide sur son oreille, ou pour assister à la naissance d'un *chestburster*, filmé depuis la gorge de sa victime : les mouvements de caméra grandiloquents et gratuits confirment que tout cela est d'abord une partie de plaisir.

C'est particulièrement évident dans la grande scène aquatique, typique de la série B avec des monstres. Pour avancer dans le labyrinthe sadique du vaisseau et trouver la sortie, le groupe passe par cette étape d'horreur providentielle. Un peu comme un enfant curieux jetant un chaton dans la piscine, *Alien, la résurrection* joue avec les xénomorphes sous l'eau, pour le simple plaisir de tester.

Un amuse-gueule pour ouvrir l'appétit, puisque le cauchemar continue avec des œufs, et quelques loopings irrésistibles dans l'attraction qu'est le film. Un *facehugger* sur Ripley, une grenade explosive, un xéno-nageur et sauteur, un combat sur une échelle, une cascade absurde, un sacrifice inattendu, sans oublier une Call tuée puis ressuscitée : pendant dix minutes, le film embrasse complètement sa nature de blockbuster, avec une générosité régressive qui détonne dans la saga.

Le futur de Jeunet (en réalité : le futur du futur, puisque situé 200 ans après *Alien 3*, et 257 ans après le premier) ne ressemble à aucun autre dans la saga. Très loin des atmosphères froides, militaires et industrielles, *Alien, la résurrection* est un monde jaune et moite, plein de fumées, de flashs lumineux, de surfaces scintillantes.

Après trois films solennels et désespérés, le temps de rire (des Aliens, mais aussi de l'état de pure franchise de tout cela) était arrivé. C'était le début de l'ère du néo-Alien, ce que confirmeront tous les films suivants, en déconstruisant la bête (simple bétail dans *Alien vs. Predator*, simple expérience hasardeuse dans *Prometheus*).

« ALIEN », LA DÉCONSTRUCTION

Alien, la résurrection marquera ainsi la fin d'une parenthèse enchantée. Les ambitions initiales de ramener Sigourney Weaver et Winona Ryder pour une suite, sur Terre, seront vite ravalées au regard du box-office. Avec le plus gros budget de la saga à l'époque (70 millions), le film a encaissé à peine plus qu'*Alien 3*, en plus de se planter royalement sur le précieux territoire nord-américain. La poule aux œufs d'or commençait à puer la mort.

Au même moment, deux visions allaient s'entrechoquer et porter un coup presque fatal aux xénomorphes d'origine. D'un côté, le monde d'hier, avec James Cameron qui souhaitait développer un *Alien 5*, en étroite collaboration avec Ridley Scott – le fantasme ultime des fans. De l'autre, celui de demain, avec la Fox qui a mis un coup de frein pour faire de l'œil à un projet nommé *Alien vs. Predator*, directement hérité des comics éponymes de Dark Horse, publiés en 1989. L'idée d'adapter ce combat en film datait du début des années 1990, notamment après que le film *Predator 2* a teasé la chose avec un crâne de xénomorphe dans le décor.

La perspective d'un tel choc des titans a scellé le destin de la franchise. James Cameron, Ridley Scott et Sigourney Weaver ont laissé les jouets aux comptables de la Fox, lesquels ont continué la belle tradition de la franchise en filant les clés de la voiture à un réalisateur et scénariste qui allait s'approprier tout ça : Paul W. S. Anderson. Un choix qui prête à rire, avec le recul, mais qui au fond respecte la tradition. Le cinéaste derrière la saga *Resident Evil* a lui aussi apporté sa pierre à l'édifice, avec un film qui – pour le meilleur, et surtout le pire – ne ressemble à aucun des précédents.

Post-résurrection, Ripley a pour ainsi dire été re-tuée trois fois. Une première fois avec *Alien vs. Predator* et sa suite *Aliens vs. Predator: Requiem*, qui ont mis de côté son histoire. Son destin était alors laissé en suspens, a priori pour toujours.

Puis, une deuxième avec les préquels de Ridley Scott, *Prometheus* et *Alien: Covenant*. Le cinéaste rêvait d'une saga complète, pour pouvoir recoller les morceaux et se reconnecter au tout premier film. Destination : les parents de Ripley, ou même Ellen elle-même, grâce à la technologie de « rajeunissement » numérique. Là encore, le chapitre a été refermé par la force du business, après le non-succès de *Covenant*.

Enfin, une troisième fois, avec le fameux *Alien 5*, par Neil Blomkamp. Ripley aurait peut-être eu droit à une résurrection au moins symbolique, puisque l'idée était de se reconnecter aux deux premiers films, et de ramener Hicks d'une manière ou d'une autre. Le projet a été enterré, et Ripley avec.

Pensé comme une simple suite et étape dans la saga, *Alien, la résurrection* est ainsi devenu, malgré lui, la destination finale. Avec deux alternatives pour l'héroïne, qui est éternellement bloquée au-dessus de la planète, enveloppée dans la lumière d'un soleil terrestre qu'elle n'avait pas vu depuis quelques centaines d'années ; ou qui attend Godot devant un Paris dévasté, en compagnie d'une androïde.

Dans les deux cas, Ellen Ripley est revenue chez elle, sur Terre, soit sa destination depuis le tout début d'*Alien, le huitième passager*. *Alien, la résurrection* a réconcilié le passé et le futur, et bouclé la boucle d'un impossible retour au bercail. Un point final doux-amer, qui achève de faire de ce quatrième film un épisode bien plus beau, naturel et indispensable qu'il n'y paraît.

GEOFFREY CRÉTÉ

AUTEUR

GEOFFREY CRÉTÉ_

NOTES

1 *Un cri dans l'océan* (1998) est un (irrésistible) film d'horreur réalisé par Stephen Sommers, avec Treat Williams et Famke Janssen, où un groupe de survivants et mercenaires essaie de s'échapper d'un paquebot, attaqué par un gigantesque monstre marin à tentacules.

2 Interview de Sigourney Weaver, *Première*, octobre 2014.

3 Interview de Joss Whedon, *In Focus*, août-septembre 2005.

4 Un premier teaser trompeur d'Alien 3 annonçait : « *In 1992, we will discover on Earth, everyone can hear you scream.* » (« *En 1992, nous découvrirons que sur Terre, tout le monde vous entend crier.* »)

5 Dans une précédente version du scénario d'*Alien*, écrit par Dan O'Bannon et Walter Hill, Lambert devait mourir aspirée à travers un trou dans la coque du *Nostromo*. Ripley devait ensuite sauver Parker du même sort. Tout cela a été coupé, car beaucoup trop cher à l'époque. (Fischer Dennis, *Science Fiction Film Directors*, 1895-1998, 2011)

6 Présentation par Jean-Pierre Jeunet de l'édition spéciale *Alien, la résurrection* dans le coffret DVD-Blu-ray de la saga.

7 Interview de Jean-Pierre Jeunet dans le podcast *La Saga*, épisode « Alien, la résurrection », mars 2022.

8 Concept arts du Newborn : « ALIEN 4 Newborn Design Concepts ALIEN RESURRECTION BTS », chaîne YouTube du StudioADI, 26 juin 2014, URL : [https://youtu.be/YBXm9ZUVano].

9 Lettre ouverte disponible sur le site officiel de Giger : « ALIENATED AGAIN », hrgiger.com, avril 1998, URL : [https://hrgiger.com/alien4-press.htm].

10 « *You're programmed to be an asshole?* » en version originale.

AUTEUR

SIMON RIAUX_

SR_14_

PROMETHEUS, ALIEN: COVENANT LA DIVINE TRAHISON DE RIDLEY SCOTT

SR_14_

LE RÊVE EN SES RACINES ÉTAIT VICIÉ. C'EST D'UNE CARCASSE SUPERBE QUE SONT NÉS LES FANTASMES DES SPECTATEURS D'*ALIEN, LE HUITIÈME PASSAGER,* DÉVERSÉS EN NOIRS BATAILLONS SUR NOTRE IMAGINAIRE.

14
ASF-CHAP
IDENTIFICATION

Quelle est donc cette charogne sur laquelle s'attarde le regard ahuri de Kane alors qu'il explore un vaisseau abandonné, formidable cadavre à la renverse, où l'ont suivi Dallas et Lambert ? Cette épave aux airs de tombeau est en soi un mystère, qui s'épaissit à la découverte de ses coursives aux courbes impossibles, sortes de boyaux industrieux qui mènent tout droit vers une énigme matricielle : la dépouille du *Space Jockey*.

Cette dépouille, comme enflée d'un souffle vague, est celle d'un humanoïde au crâne éléphantesque, immortalisé dans la posture d'un astronome des temps anciens, inquiétant De Vinci fossilisé sur son trône stellaire. Qui était-il et que faisait-il quand *quelque chose* a jailli de sa cage thoracique ?

Trente années durant, nous nous sommes interrogés sur l'origine de ce bâtiment abandonné ainsi que du pilote qui y gisait, redoutant l'ordre de mission de sa fatale cargaison. Chacun était libre de remplir les blancs d'une mythologie qui s'illustrait déjà par ses zones d'ombre, les myriades de questions qu'elle laissait en suspens. Si James Cameron, ainsi qu'en témoigne la version longue d'*Aliens, le retour*, visita lui aussi cet obsédant mausolée, il se garda bien de lever le voile sur ses mystères.

Un choix d'autant plus signifiant qu'il décida parallèlement de filmer le xénomorphe sous toutes les coutures, le départissant partiellement de sa nature abstraite d'entité biomécanique pour nous révéler une organisation sociale, lui inventer une reine mère, et faire du prédateur parfait un être social à l'organisation non moins parfaite. Mais le radeau de la méduse à bord duquel le découvrirent Ripley et ses compagnons d'infortune devait, lui, conserver tous ses secrets. Après lui, ni David Fincher ni Jean-Pierre Jeunet ne s'aventurèrent aux alentours de cette glorieuse nécropole, la consacrant comme un pur territoire spéculatif, laissé en offrande à l'imagination du public.

LA SAGA *ALIEN* : UNE POULE AUX ŒUFS D'OR ?

C'est courant 2009 que les arcanes hollywoodiens frémirent à l'idée d'exploiter ce pan abandonné du mythe. La franchise *Alien* est alors pâlotte, à tout le moins. Disney a mis la main sur la maison Marvel quelques mois plus tôt; ce qui deviendra le Marvel Cinematic Universe est encore embryonnaire, mais tout Hollywood, après une première vague de remakes horrifiques taylorisés au début des années 2000, délaisse progressivement la fabrication d'œuvres originales. Sous l'impulsion du tristement visionnaire Bob Iger, patron de Disney, tout le secteur pense désormais catalogue, marques, franchises, entités filmiques déclinables à l'envi et susceptibles d'agréger un grand public qui plébiscite ce qu'il connaît déjà.

Et en la matière, la saga *Alien* a sur le papier tout d'une poule aux œufs d'or. Populaire et cinéphile, elle est riche d'un univers que les précédents films n'ont fait qu'effleurer et offre au studio qui en détient les droits, la Fox, un terrain de jeu prometteur en diable.

Il n'en demeure pas moins que personne ne sait bien comment battre le fer *Alien*, qui n'a alors plus rien de chaud. Deux épisodes d'*Alien vs. Predator* ont rappelé aux humains dotés d'yeux qu'il vaut mieux mourir que pourrir, tandis que la Fox ne sait quoi faire de ses projets de série, d'une suite qu'elle redoute de confier à un auteur (après les réceptions glaciales des troisième et quatrième chapitres), tandis que ses actionnaires s'humectent le chéquier du terme « *reboot* », soudain à la mode.

Des années de romans, d'adaptations en comics ou en jeux vidéo ont laissé la franchise et ses personnages plus vifs que jamais dans l'imaginaire des spectateurs, tout en mettant à portée de main des exécutifs du studio pléthore d'arcs narratifs à recycler. Mais par où commencer, étant entendu que l'enjeu est de taille, que la saga jouit d'une image prestigieuse, et qu'il est économiquement impensable de la ressusciter autrement que sous une forme autorisant moult suites et épisodes. À qui confier ce chantier stellaire ?

La réponse leur tombera toute cuite dans le gosier grâce à Ridley Scott, plus désireux que jamais de reprendre les rênes d'un univers qu'il n'a jamais cessé de considérer comme le sien, et plus que partant pour le décliner au passé. Le réalisateur fantasme en outre de transposer *Le Paradis perdu* de Milton dans le cadre d'une fable de science-fiction gothique, un programme qui s'adapte parfaitement à une relecture rétro-culturiste d'*Alien, le huitième passager*.

Il en sera donc ainsi, et *Prometheus* se met en branle.

UNE DOUBLE TRAHISON

Le long métrage forme un diptyque d'une impressionnante cohérence avec sa suite mal-aimable, *Alien: Covenant* – un temps appelée *Paradise Lost*. Deux films, pour une double trahison que peu de fans pardonneront au cinéaste, quand elle constitue la plus féroce, conséquente et poétique transgression d'un mythe jamais proposée par l'industrie hollywoodienne.

Car si nous mourions de connaître les secrets du *Space Jockey*, nous n'attendions pas d'un studio qu'il éclaire nos amours décomposées. Le mystère primordial d'*Alien* est celui qui faisait de son arrière-plan une cosmogonie possible. Pas l'horreur cartographiée des Grands Anciens de Lovecraft, mais une monstruosité plus abominable encore, que nous ne devions jamais connaître.

En annonçant que *Prometheus* allait nous la dévoiler, Scott commettait une faute qui vaudrait immanquablement au long métrage d'être considéré comme une entreprise pécheresse.

Et pour cause, Ridley Scott, sur le papier, mène une radicale entreprise de désacralisation. Elle a lieu jusque dans la nomenclature du film, le *Space Jockey* n'est plus qu'un Ingénieur, fonction matérielle et programmatique s'il en est. Les xénomorphes ne sont plus cet autre absolu, mais le fruit d'une boîte de Petri stellaire, à deux doigts de l'erreur laborantine. Quant à l'humanité, on aura tôt fait de l'assimiler à un délire créationniste. Tout cela est faux, tant les feux de ce Prométhée de Celluloïd sont trompeurs.

PRAY
ALIEN
COVENANT
COMING SOON

AUTEUR

SIMON RIAUX_

Créationniste, Prometheus ? Non. Si les humains ont bien été fabriqués par d'insensibles Ingénieurs, notre nature nouvelle d'artefacts technologiques va à l'encontre de toute considération évangéliste de bas étage. Si Dieu s'est reposé le septième jour, les Ingénieurs de Scott n'en ont pas fait autant. Nous voilà désormais réduits au statut de probable expérience de laboratoire, dont plusieurs indices sous-entendent qu'elle relève soit de l'aberration, du caprice, ou d'une étape parmi tant d'autres au sein d'un vaste plan de gestion du vivant au niveau galactique. La force de cette mythologie nouvelle n'est pas tant d'expliciter les mystères de jadis, mais de nous confronter à deux options équitablement déprimantes. Entre lesquelles Scott ne tranche pas.

Les informations que dissémine *Prometheus* ne sont pas incohérentes, mais contradictoires, comme pour mieux nous rappeler cruellement qu'il n'est pas de découvertes, d'explications, qui n'engendrent pas à leur tour d'interrogations, de problèmes plus insolubles encore que ceux qui les précédaient.

Ainsi, l'ouverture du long métrage semble initialement nous montrer des Ingénieurs, inséminant notre planète en sacrifiant l'un des leurs, après ingestion de la boue mutagène au centre de leur activité, qu'on devine à mi-chemin entre la science et la quête spirituelle. L'humanité, simple plante en pot d'êtres avancés désireux de décorer la galaxie de formes de vie partiellement à leur image ? Nous voilà bien loin d'un rapport étroit avec un créateur conscient, réduits au rang de bonsaïs bavards. Mais cette introduction va voir son sens altéré, contredit, tant par les découvertes de Shaw, que par certains éléments du décor sur lesquels Scott s'attarde.

« L'HUMANITÉ EST DÈS LORS MOINS QU'UNE EXPÉRIENCE »

Nous pourrions n'être qu'un banal ingrédient, une séquence de recette, l'étape intermédiaire menant jusqu'à une création plus importante et complète. Au cours de *Prometheus*, et grâce à David, nous découvrons à intervalles réguliers ce que provoque l'étrange substance noirâtre révélée lors de la première séquence. Ses effets sont eux-mêmes peu clairs. Mais il faudrait plutôt parler de son fonctionnement, étant établi que cette boue est bien un produit manufacturé, plutôt qu'un nectar collecté on ne sait où. Son fonctionnement, donc, paraît avoir une finalité unique : engendrer un existant supérieur, le xénomorphe. Nous le devinons sur la fresque murale changeante qui orne la plus grande salle du complexe bâti par les Ingénieurs, où la créature règne en majesté. Nous le comprenons au gré des abominables mutations rencontrées au gré du récit, qui aboutissent systématiquement à des ersatz de formes connues. Ici un corps humain dont le crâne se tord jusqu'à évoquer la forme oblongue de celui d'un alien, là un *facehugger* géant (échappé d'une case de Jean Giraud) qui donnera naissance au « *decoy* » un quasi-xéno.

Non seulement l'avènement de l'Alien serait le but des travaux des Ingénieurs, mais dans cette perspective, nous ne sommes qu'un support génétique permettant à la bouture d'aboutir. Un sympathique contingent voué à être transfiguré dans la fabrication de l'Alien.

L'humanité est dès lors moins qu'une expérience, une médiocre aberration provoquée par un accident de laboratoire, celui que découvre dans *Prometheus* l'équipage de Shaw, qui a vu tout un bataillon d'Ingénieurs décimés par leur propre invention, l'étrange boue, épais liquide aux airs de vivants haillons. Et les hommes de croître de se multiplier, mus par moult interrogations existentielles, bien incapables de s'envisager comme autant de pots de pâte à modeler oubliés en milieu aqueux.

Les fans crieront au sacrilège. Point d'Alien ici, ni de connexion véritable à la quadrilogie initiale. Autant de reproches masqués derrière une nuée d'attaques contre les supposées faiblesses du métrage. Il serait empesé de seconds couteaux dispensables. Les protagonistes rivaliseraient d'idiotie, quand tout cela ne serait finalement qu'un banal *slasher* spatial, qui précipiterait l'héritage du chef d'œuvre de la *space* horreur avec l'eau du bain.

Difficile de prétendre que les héros de *Prometheus* comme *d'Alien: Covenant* ne font pas globalement honte à Darwin, ou que cette entreprise de désacralisation ne se fait a priori, pas aux dépens du xéno. Mais ces éléments pourraient bien être un des principaux intérêts des deux longs métrages, ainsi qu'une des marques de leur auteur. Et pour cause, Ridley Scott, misanthrope devant l'Éternel, dont l'*Alien, le huitième passager* préfigurait déjà le XXIe siècle comme un chaudron ultralibéral peuplé de demeurés et d'agresseurs de tout poil, pousse le bouchon plus loin encore en faisant de son personnage principal l'androïde.

Donner le premier rôle à une copie translucide de Ripley était pourtant un indice évident, au même titre que cette kyrielle de doux demeurés qui vont parfois jusqu'à singer physiquement les attributs ou attitudes des personnages d'*Alien, le huitième passager*. Leur artificialité n'est pas la conséquence d'une écriture incompétente (n'en déplaise aux contempteurs de Damon Lindelof), mais relève de la pure note d'intention.

DAVID, UNE DES RARISSIMES FIGURES D'AUTHENTIQUE HÉROS NÉGATIF

On a vu que le scénario établissait les humains comme des sous-produits industriels, et c'est précisément ce qu'ils sont. D'ailleurs, *Prometheus* fait le choix, révolutionnaire au sein de la saga, de porter notre attention, notre curiosité et in fine notre empathie, vers le synthétique David.

David n'est pas un héros. Pas non plus un anti-héros. C'est une des rarissimes figures d'authentique héros négatif. De ceux dont le programme est terrible, le triomphe monstrueux et l'avènement néanmoins juste.

Juste, car dans *Prometheus*, David est l'unique membre de l'équipage à faire preuve de conséquence. Conséquence quand il confronte les humains aux questionnements qui sont les leurs. Conséquence quand il les fait siens. Conséquence quand il décide de tuer, d'épargner. C'est là le plus beau et grand sacrilège opéré par Scott, qui retourne totalement l'équation du premier film. *Alien: Covenant* poussera le crime plus loin encore, dévoilant un projet consubstantiel de l'ADN même de la saga, et pourtant tout à fait en dehors.

L'auteur avait trahi en levant le voile sur cet espace peuplé par notre imagination, il va en 2017 récidiver en affirmant, à la faveur d'un film déguisé en *slasher*, soit le sous-genre le plus superficiel qui soit, combien la vérité était ailleurs. *Alien: Covenant* devait corriger *Prometheus*? Il en réaffirme et transcende chaque proposition, rejetant à ce point ses humains qu'il les cantonne au rôle d'évanescents figurants, chair à xénos tout juste bonne à périr dans des marées d'hémoglobine numériques.

Peu importe ce faisant que le metteur en scène soit le premier depuis 1979 à revisiter avec réussite la naissance d'un Alien, à la faveur d'une déchirure dorsale cauchemardesque, ou que l'intensité de ses mises à mort charrie une horreur brute qui avait déserté le cinéma américain depuis l'avènement goguenard de *Scream*. L'accusé Scott affirme haut et fort que l'Alien n'est plus que le hochet marketing du studio qui le laisse nous offrir un joyau ténébreux résolument unique.

Les bas du front de *Prometheus* vont ont agacé? Les bidasses d'*Alien: Covenant* vous rayeront la cornée. Le semblant d'Alien deviné en conclusion de *Prometheus* vous a frustré ? Le néomorphe se chargera d'excréter sur vos objections. Ne vous en déplaise, le code a changé, le lit semé de cailloux auquel nous sommes conviés est habité par deux androïdes plutôt qu'un.

En témoigne le fol incipit du récit, confrontation entre un Pygmalion raté et sa création aboutie, qui nous livre la clef de ce diptyque en forme d'infernale congrégation. Les humains n'ont pas seulement fait leur temps. Ils en furent indignes, et Ridley Scott de dépeindre la création des hommes, l'androïde, en dernier tenant de l'art, de la création, voué donc à faire aboutir le projet des Ingénieurs et à nous renvoyer à notre nature piteuse.

LE XÉNOMORPHE, UNE INVENTION D'UN ROBOT SOLITAIRE ?

Quand les hommes s'inquiètent de qui a bien pu les créer, l'humain de synthèse s'enquiert de créer à son tour. C'était déjà ce qui motivait l'ingénierie chaotique de David dans *Prometheus*, mais c'est ici devenu la jugulaire d'un récit dont la noirceur n'égale que la perversion. Déguisé en *slasher* régressif, *Alien: Covenant* accueille, plus qu'aucun autre long métrage de Scott, son testament plastique. Assumant désormais tout à fait (le suicide de son frère est passé par là) son dédain pour l'humain, il pose aux pieds de l'androïde les symboles du divin selon lui, à savoir la création. Dans la première séquence, David nous apparaît dans le plus célèbre fauteuil de Carlo Bugatti, face à une sculpture de... David, sur le point de jouer du piano. Quand il devra feindre le deuil de Shaw, il apparaîtra au cœur d'une reproduction de *L'Île des morts*, tableau multiple, aux nombreuses versions, synonyme tant d'accomplissement du romantisme noir que de relativité en matière d'authenticité.

Récipiendaire de nos merveilles, à David de créer la sienne, qui constituera le crime dernier du réalisateur. Le xénomorphe ne serait en définitive qu'une invention d'un robot solitaire ? Notre grand vertige ne serait-il que le prurit synaptique d'un androïde mégalo ? Oui. Notre vertige existentiel ne valait pas tripette, et c'est à l'une de nos créations manufacturées que nous devons le xénomorphe, notre plus grand vertige de terreur biomécanique. Manière de nous signifier que nos peurs sont aussi risibles que nos élans, tout en hybridant la mythologie alien à une autre.

Car l'ultime danse, macabre ou non, de la cosmogonie réinventée de *Prometheus* et d'*Alien: Covenant*, consiste à marier avec un panache vicieux les thématiques, mais aussi les personnages d'*Alien, le huitième passager* et de *Blade Runner*. Deux facettes d'une même pièce, deux bords d'une même plaie. Les pulsars phalliques de Giger et les Nexus-6 de Philip K. Dick se font écho d'une même sentence : notre médiocrité touche à sa fin.

L'édition DVD de 1999, célébrant les 20 ans d'*Alien, le huitième passager*, indiquait déjà que Dallas avait émargé pour la Tyrell Corporation, entreprise fabriquant les Nexus-6 de *Blade Runner*, mais *Alien: Covenant* enfonce le clou. Non seulement il faudrait être aveugle pour ne pas voir dans David une réécriture victorieuse de Roy Batty, mais le héros négatif d'*Alien: Covenant* va jusqu'à le citer. « *That's the spirit* » lance-t-il à Daniels lorsqu'elle le poignarde avec un crucifix. Un hommage, pour ne pas dire une fusion, qui fait de lui le prolongement de l'antagoniste de *Blade Runner*, qu'une humaine voudrait tuer en l'égorgeant avec un christ en croix. Mais c'est bien inutile, ce David Batty est bien au-delà des humains qui espèrent encore contrer ses plans. Ce seront leurs souvenirs, et non les siens, qui se perdront dans le néant, comme autant de larmes dans la pluie.

Ainsi, la réinvention de la mythologie alien opérée par Ridley Scott ne doit être comprise ni comme un affaiblissement, encore moins comme un écho misérable de la quadrilogie originelle, mais bien comme son révélateur, comme un geste terrible, qui embrasse son codex : l'humanité a failli, et à son engeance glaciale mais parfaite de lui accorder désormais sa « sympathie ».

Milton, cité approximativement par Meredith Vickers, livrait les clefs de ce paradis perdu dès la première bande-annonce de *Prometheus* : « *A king has its reign, and then he dies. It's inevitable.* »

« *Un roi règne, puis il meurt. C'est inévitable.* »

Quelques mots qui auraient dû nous suffire à embrasser le feu profane où nous étions invités à brûler notre idole.

SIMON RIAUX

AUTRICE

GUILLEMETTE ODICINO_

SIGOURNEY WEAVER : LA BELLE DE LA BÊTE

GO_15_

C'EST LA BELLE DE LA PIRE DES BÊTES. EN 1979, À 30 ANS TOUT ROND, SIGOURNEY WEAVER DEVIENT RIPLEY, LA SURVIVANTE XXL FACE À L'ALIEN, ET LA PREMIÈRE BOMBE DE SCIENCE-FICTION AU CINÉMA.

Au début était le groupe, cet équipage d'ouvriers de l'espace à bord du *Nostromo*, et puis, au fur et à mesure, reste Ripley, qui a toujours raison, prend les commandes, et reste seule à bord du vaisseau Ridley Scott. Ridley-Ripley-Sigourney : premiers Y d'une génération de cinéma qui naît à partir de 1980, se construisant en opposition à la génération précédente. À l'époque, Sigourney est à peine apparue au cinéma dans *Annie Hall* de Woody Allen, et, du jour au lendemain, la voilà star grâce à sa résistance face à une entité baveuse entre vagin asphyxiant et pénis mortellement turgescent. Du personnage de Ripley (Ridley à une lettre près), d'abord écrit pour un homme, Scott disait : « *On pense qu'elle va mourir à mi-film parce qu'elle est belle.* » Restait encore à trouver cette beauté alors que les décors et le reste du casting étaient terminés. La tension monte côté production mais le réalisateur sait comment il la veut, son héroïne : un physique agréable, évidemment, mais, surtout, il l'imagine grande, avec une intelligence et une autorité qui forcent le respect. C'est à ce moment-là, après le refus de Meryl Streep, que surgit le nom d'une débutante, remarquée dans un show off-Broadway. À peine Scott voit-il Sigourney, 1 mètre 87 avec des talons, 1 mètre 80 sans, et un air un peu snob de fille wasp qui se demande ce qu'elle fiche dans un projet de science-fiction, qu'il le sait : il tient sa Ripley.

« UNE AMAZONE AUX CHEVEUX BRUNS FRISÉS NATURELS ET DONT L'ÂGE PEUT PASSER POUR INDÉTERMINÉ »

Sigourney n'est pas qu'une géante en comparaison de bien des actrices de sa génération. Elle est hautaine, comme le veut ce prénom qu'elle a échangé contre celui plus banal de Susan, en le piochant dans *Gatsby le Magnifique* de Francis Scott Fitzgerald. C'est une amazone aux cheveux bruns frisés naturels et dont l'âge peut passer pour indéterminé : sa jeune trentaine ressemble à une mûre vingtaine. Entre une Katharine Hepburn en combi kaki et une Jane Fonda androgyne, elle pulvérise la notion de glamour pour inventer une silhouette aux confins des mondes masculins et féminins. Son profil – nez droit comme un I, pommettes coupantes, maxillaires tracés à la règle – est une planète minérale où la sueur perle avec plus de chic que sur aucun autre relief de comédienne. Même la scène culte où elle s'extirpe de sa combinaison comme on sort d'une chrysalide souillée par l'horreur et la peur pour se retrouver en marcel et petite culotte défie la pesanteur du voyeurisme habituel : la culotte a beau se placer miraculeusement au ras de la raie des fesses, ce morceau de coton, très Petit Bateau, s'impose comme une texture profondément provocante en soi sans nécessité d'être baissée.

Certes, l'actrice prétendra souvent que sa vraie popularité – celle qui pousse à baisser la tête dans la rue pour ne pas être reconnue – viendra, cinq ans plus tard, de *SOS Fantômes* d'Ivan Reitman, où c'est elle qui est paranormale. Mais Ripley lui colle à la peau, et, dans l'espace du septième art, personne ne vous entend oser crier que c'est par cynisme ou gourmandise pécuniaire qu'elle a continué sa liaison avec le xénomorphe pendant vingt ans sous les auspices de trois autres cinéastes. Chaque fois, c'est pareil : elle jure que c'est fini, et puis non, elle met sur « replay », car James Cameron, David Fincher et Jean-Pierre Jeunet projettent sur son double de cinéma une identité unique, le faisant évoluer comme aucun personnage avant (et après ?) elle.

Première image d'*Aliens, le retour* (1986) ? Sigourney en Belle… au bois dormant. Main sur le poitrail, lèvres nacrées, son sommeil en biostase est d'une élégance inégalée. Elle a dérivé pendant cinquante-sept ans mais elle est fraîche comme la rosée. Quand on vous disait que cette actrice n'avait pas d'âge… Et elle n'a rien perdu de sa morgue : qui mieux qu'elle pourrait balancer « *Le niveau de QI a chuté tant que ça depuis mon départ ?* » lors de la réunion avec la compagnie Weyland-Yutani où personne ne veut croire son récit. Dans cette suite, elle grave sa légende dans le feu d'un lance-flammes et le fer d'un exosquelette motorisé. D'autres que Sigourney seraient ridicules dans de telles postures masculinistes : elle semble à sa place. Car, quel que soit l'accessoire encombrant, et le délire d'effets spéciaux autour d'elle, elle joue : peur incarnée mais jamais hystérique, visage buté de celle qui sait que tout est perdu de toute manière. Sur le tournage, elle insiste (euphémisme) auprès de Cameron pour « *explorer et répéter les scènes* ».

Suivront deux des meilleures (autres) performances de son étrange carrière. Dans *Working Girl* de Mike Nichols, elle est tellement terrorisante en patronne à poigne que Harrison Ford lui préfère la féminité nettement moins anguleuse de Melanie Griffith. Puis elle défend des bêtes jusqu'à la mort dans le rôle de Dian Fossey de *Gorilles dans la brume* de Michael Apted, et il est probable que sa totale crédibilité se nourrisse du souvenir du spectateur, si habitué à ce qu'elle sache rester idéalement immobile quand elle est frôlée, reniflée, par une autre espèce qu'elle. Qu'aurait été son personnage suivant (une épicière, une championne olympique, une amoureuse échevelée…) si David Fincher n'avait pas décidé de se colleter à la saga culte ? En 1992, dans *Alien 3*, le futur réalisateur de *Seven* la balance sur une planète-prison pouilleuse au milieu de vingt-cinq tueurs et violeurs. Une chose fascine plus que tout autre, au milieu des vices et de la survie : comment Sigourney, 43 ans, peut-elle

être aussi belle avec la boule à zéro ? Les critiques du film, à l'époque, ne cessent de la déclarer « virilisée » mais c'est autre chose : la célébration d'un visage où rien n'est pulpeux, où tout renie les canons hollywoodiens, et où chaque ligne hurle sa perfection. Le visage de Sigourney se meut en icône que l'on rêve de briser. Comme Roman Polanski qui lui confie son premier rôle dramatique (avec sueur mais sans bave acide) dans *La Jeune Fille et la Mort*, où elle affronte son ancien tortionnaire. Sigourney est l'actrice qui n'en a jamais terminé avec la peur, la douleur et le mal. Qui, peut-être, n'en a jamais fini avec l'image de sa propre mère qu'elle adorait : la comédienne anglaise Elizabeth Inglis, qui avait dû mettre fin à sa carrière pour épouser Sylvester Weaver alors qu'elle avait joué dans... *Les 39 Marches* d'Alfred Hitchcock. La mère a à peine eu le temps de goûter à l'angoisse, la fille va en faire son miel, enchaînant avec *Copycat*, et cette séquence où elle est pendue à un filin d'acier, et dont le tournage dura une semaine car elle voulait que « *le nœud soit très serré... sans [la] pendre pour de vrai* ».

LES YEUX DE SIGOURNEY ONT TOUJOURS ÉTÉ CEUX D'UN ANIMAL... OU D'UN CYBORG

À quel âge une actrice risque-t-elle l'invisibilité ? À 50 ans. Alors Sigourney prend les devants, en ressuscitant à 48 dans *Alien, la résurrection*. Elle prétexte son admiration pour Jean-Pierre Jeunet, les journaux balancent son salaire mirobolant, mais seul compte, sûrement, cet éternel retour, cette victoire de fiction face à la mort. Clone d'elle-même et de la bête qui l'a engrossée, à la fois mère et fille, humaine et extraterrestre, elle devient la première actrice à se répliquer, et même à tuer l'un de ses propres clones, son brouillon non abouti. Dans ce labo où flottent des tentatives avortées de Ripley, Sigourney brûle tout : cette entité d'Hollywood restera seule et indivisible.

AUTRICE

GUILLEMETTE ODICINO_

Ce n'est plus un personnage, c'est le métier d'actrice au carré, au cube, et son immortalité scientifiquement assistée. Puissante au point qu'elle parvient réellement, sans trucages et à force d'entraînement, à placer un ballon de basket dans un panier, à quinze mètres de distance. Pour cette fusion digne d'une légende grecque – une Belle et une Bête dans le même corps musclé et sec comme celui d'un jeune homme –, devant la caméra de Jean-Pierre Jeunet, elle sourit, pour la première fois, ouvertement : sourire carnassier, moqueur, et regard revenu de tout d'une fascinante fixité. La vérité sort de l'œuf : les yeux d'un noir si mat, opaque, de Sigourney ont toujours été ceux d'un animal. Ou d'un cyborg. À mieux la regarder, d'ailleurs, dans beaucoup de ses films où elle fait semblant d'être une femme, c'est évident, a posteriori : en tailleur, maquillée et permanentée, elle semble déguisée. Et puisqu'elle est un miracle de la science, rien d'étonnant à ce que James Cameron lui demande en 2009, pour *Avatar*, de diriger un vertigineux programme de projection d'esprits humains dans des corps d'extraterrestres, sur une planète lointaine. Son personnage, le docteur Grace Augustine, est abattu et meurt à la fin. Mais Cameron sait que le décès n'est pas un sujet quand il s'agit de Sigourney. Dans *Avatar 2*, elle revient, à plus de 70 ans, dans la peau d'un enfant bleu. C'est drôle quand on se souvient de l'une de ses interviews où, comme chaque fois, un journaleux osait lui demander si elle s'imaginait remplaçable dans de futurs *Alien* : « *Si j'étais le studio, je remplacerais Ripley par un petit nouveau de 17 ans...* »

Mais son corps, déjà, est un répliquant. Alors qu'importe si une franchise spatio-horrifique l'a fécondée trop tôt, dévorant d'autres espaces de jeu. Quand elle avait 17 ans, sous sa photo dans le *yearbook* de sa terminale, elle avait choisi cette phrase sortie d'une comédie musicale de Broadway pour éclairer sa personnalité : « *Please, God, please, don't let me be normal.* » (« Pitié, mon Dieu, s'il te plaît, ne me laisse pas être normale. »)

Les divinités du cinéma ont exaucé son vœu. Même si l'histoire d'Ellen Ripley reste inachevée. La dernière fois qu'elle a été vue « vivante », c'était, donc, deux cents ans après son suicide, en 2379, assise sur un caillou de la pauvre planète Terre dévastée, regardant un reste de tour Eiffel. Et Sigourney tourna à... Paris dans la série *Dix pour cent* où, dans son propre rôle, elle réclamait d'avoir un homme beaucoup plus (aussi ?) jeune qu'elle comme partenaire. La prochaine fois que Sigourney se coupe, il serait peut-être judicieux de bien regarder si son sang n'est pas d'une acidité... anormale.

GUILLEMETTE ODICINO

CHAPITRE_15

COMPLET_100%

AUTEUR

ROLAND LEHOUCQ_

LES VAISSEAUX DU 8E PASSAGER

RL_16_

LE VAISSEAU SPATIAL EST L'ÉLÉMENT INCONTOURNABLE DE TOUT FILM DE SCIENCE-FICTION SPATIAL, ET LA FRANCHISE *ALIEN* NE DÉROGE PAS À LA RÈGLE.

Dans cet univers, l'humanité a commencé à s'aventurer dans notre Galaxie à partir de la deuxième moitié du XXIe siècle grâce à une technologie de propulsion bien plus puissante que celle de nos fusées actuelles. Les vaisseaux de la compagnie Weyland sont capables de voyager entre les étoiles à des vitesses dont rien n'est dit, mais que l'on imagine proches de celle de la lumière, rendant la durée d'un voyage interstellaire compatible avec la durée de vie humaine. Bien qu'allant à des vitesses considérables, ces vaisseaux disposent de caissons permettant de faire dormir l'équipage durant la plus grande partie du long voyage. Chacun des quatre vaisseaux de la saga *Alien* – le *Nostromo*, le *Sulaco*, le *Prometheus* et le *Covenant* – a des particularités que nous allons examiner tour à tour.

ALIEN, LE HUITIÈME PASSAGER (RIDLEY SCOTT, 1979)

Dès l'ouverture du film, l'*USCSS*[1] *Nostromo* est présenté par sa fiche signalétique. Il s'agit d'un vaisseau commercial piloté par sept membres d'équipage.

Il tracte une raffinerie et un chargement de 20 millions de tonnes de minerais pour le compte de la compagnie Weyland-Yutani. Rien n'est précisé sur la nature de ce minerai, mais considérant les difficultés et les dangers d'un voyage interstellaire, il doit être particulièrement précieux ou rare[2], car la masse transportée est faible au regard des quantités que l'humanité extrait chaque année des entrailles de la Terre : 3,2 milliards de tonnes de minerais en 2019, dont 94 % était du fer. La cargaison du *Nostromo* est équivalente à la masse de minerai de cuivre extraite cette année-là. Le nom du vaisseau – *Nostromo* – est un hommage au roman éponyme de l'écrivain de langue anglaise Joseph Conrad (1904). Dans cette œuvre sombre sur la condition humaine, Nostromo est le nom du personnage central de l'intrigue. Sulaco, la ville dans laquelle se déroule l'essentiel de l'histoire de Conrad, sert aussi à nommer l'*USS*[3] *Sulaco*, qui apparaît lors de la scène d'ouverture d'*Aliens, le retour* (James Cameron, 1986). Ce dernier est un vaisseau de transport de troupes en route pour la colonie d'Acheron (LV-426) afin d'enquêter sur la perte de communication avec la Terre. La géométrie du *Sulaco* indique assez clairement sa fonction guerrière : sa forme longiligne et sa proue ornée d'une forêt d'excroissances pointues (antennes, détecteurs, canons ?) le font ressembler à certaines armes de poing utilisées par les protagonistes du film. Le *Nostromo* est beaucoup plus massif que le *Sulaco*, sa raffinerie minéralière dotée de hautes tours dominant l'ensemble du vaisseau. D'après la littérature secondaire, le *Nostromo* mesure 334 mètres de long pour une masse de 60 000 tonnes. Ce sont quasiment les caractéristiques du *Wonder of the Seas*, un navire de croisière de la compagnie Royal Caribbean Cruise Line, construit à Saint-Nazaire et livré en novembre 2021. Vu les dimensions du vaisseau, il est logique qu'il soit aussi doté d'une navette qui permet aux membres de l'équipage de descendre à la surface d'une planète ou de rejoindre une éventuelle base orbitale.

Comme on s'y attend pour un vaisseau-cargo, l'intérieur du *Nostromo* est essentiellement métallique, industriel. Par endroits, il suinte de l'eau ou des liquides non identifiés. À l'exception du carré de l'équipage, c'est donc loin d'être un lieu agréable, particulièrement pour une personne claustrophobe. Dans une interview publiée en 1979 dans le magazine *Fantastic Films*, Ridley Scott affirmait avoir voulu représenter un vaisseau ayant une réalité tangible, à l'opposé des décors et des vaisseaux plus fantaisistes de *Star Wars* (George Lucas, 1977) : « *Je voulais faire une version camionneur, une version dure à cuire. C'était censé être l'antithèse de Star* Wars. *La réalité, la beauté de quelque chose de totalement fonctionnel.* »

Le *Nostromo* est aussi doté de caissons d'« hypersommeil » contrôlés par Mother, l'ordinateur de bord. Ceux-ci permettent à l'équipage d'éviter l'ennui et les inconvénients de la longue durée du voyage de retour sur Terre. À force de voyager, les humains travaillant à bord de ces vaisseaux devraient donc, petit à petit, se désynchroniser de leurs familles ou de leurs amis restés sur Terre. On retrouve aussi des caissons d'hypersommeil à bord du *Prometheus* : le voyage vers sa destination dure plus de deux ans, pendant lesquels l'androïde David 8 surveille le fonctionnement du vaisseau alors que l'équipage est plongé dans un sommeil profond. De même, le vaisseau de colonisation *USCSS Covenant* emporte à son bord un équipage d'une quinzaine de membres et plus de 2 000 colons en hibernation, tous plongés dans un sommeil artificiel.

Bien d'autres œuvres de science-fiction mettent en scène un arrêt réversible de la vie grâce à un procédé technique capable de ralentir considérablement le métabolisme d'un humain avant de le relancer ensuite. Ainsi, dans *L'Empire contre-attaque* (Irvin Kershner, 1980), Han Solo est congelé dans de la « carbonite » avant d'être « réveillé » par la princesse Leia. Les personnages de *La Planète des singes* (Franklin J. Schaffner, 1968) sont plongés dans un sommeil profond par une simple piqûre tandis que les passagers du *Venture Star* (*Avatar*, James Cameron, 2009) et de l'*Avalon* (*Passengers*, Morten Tyldum, 2016) sont eux aussi plongés en animation suspendue pendant la durée du voyage (5 ans 9 mois et 22 jours pour le *Venture Star* et 120 ans pour l'*Avalon*).

Enfin, le *Nostromo* dispose également d'un système d'autodestruction. C'est assez curieux, car on se demande ce qui pourrait motiver la destruction volontaire d'un vaisseau sans doute très coûteux. Le principe est simple : la commande d'autodestruction arrête les unités de refroidissement du réacteur de propulsion, qui est sans doute nucléaire. La surchauffe des moteurs qui en résulte provoque l'explosion du vaisseau dix minutes après le déclenchement du dispositif. Cette surchauffe est absolument à éviter lors de la mise à l'arrêt d'un réacteur nucléaire. Pour mener à bien cette opération, il faut arrêter une réaction en chaîne : la désintégration d'un noyau d'uranium produit des neutrons qui vont provoquer de nouvelles désintégrations, produisant de nouveaux neutrons, et ainsi de suite. La chaleur produite par ces réactions de fission sert à produire de la vapeur, laquelle va faire tourner une turbine électrique. Pour arrêter le réacteur, il faut stopper la réaction en chaîne, et donc capturer les neutrons grâce à l'introduction de barres dites « de contrôle ». Mais cela ne suffit pas. Une fois la réaction en chaîne arrêtée, un réacteur produit encore environ 7 % de sa puissance de fonctionnement. Si cette chaleur n'est pas évacuée, il y a de quoi endommager sérieusement les matériaux. On utilise donc un circuit d'eau pour refroidir le réacteur même après son arrêt. Si cette opération n'est pas correctement effectuée, il y a un risque que le combustible nucléaire, voire aussi la cuve qui le contient, fondent[4]. C'est ce qui s'est passé en 2011 lors de l'accident de la centrale nucléaire de Fukushima Daiichi. Après le séisme, les réacteurs se sont arrêtés correctement, mais le tsunami a noyé les installations de refroidissement, ce qui a provoqué la fonte partielle des cœurs nucléaires de trois des quatre réacteurs. Autrement dit, le procédé d'autodestruction du *Nostromo* est plausible, même si la perte de contrôle du refroidissement d'un réacteur nucléaire ne conduit pas à son explosion, mais à sa fonte.

Prometheus (Ridley Scott, 2012)

Si le *Nostromo* est un camion de l'espace, le *Prometheus* est, en revanche, un vaisseau interstellaire de luxe. Cela se traduit par un décor intérieur bien plus agréable et confortable, le sommet étant atteint par les quartiers de Meredith Vickers, la responsable de l'expédition. Conçus pour représenter son statut de cheffe de l'expédition, ils sont meublés d'objets luxueux et d'appareils techniques sophistiqués et sans doute très coûteux[5].

Le 21 décembre 2093, le *Prometheus* et ses dix-sept membres d'équipage arrivent au terme d'un voyage de $3{,}27 \times 10^{14}$ kilomètres[6] sur la lune LV-223. Cette distance est équivalente à celle que franchit la lumière en 34,56 ans à la vitesse considérable de 300 000 kilomètres par seconde. Autrement dit, le vaisseau a parcouru une distance de 34,56 années-lumière pour atteindre son objectif. Respectueux des limites de vitesse, le *Prometheus* a voyagé à une vitesse inférieure à celle de la lumière. On s'attend donc à ce que le voyage ait duré plus de 34,56 années. Et pourtant, l'androïde David 8 annonce à Meredith Vickers une durée de voyage de « *2 ans, 4 mois, 18 jours, 36 heures et 15 minutes* ». Cet écart est une conséquence de la théorie de la relativité restreinte publiée par Albert Einstein en 1905 et fondée sur deux postulats en rupture profonde avec la physique de son époque : « [...] *pour tous les systèmes de coordonnées où les équations de la mécanique sont valables, ce sont également les mêmes lois de l'optique et de l'électrodynamique qui sont valables. Nous voulons élever cette conjecture [dont le contenu sera appelé dans ce qui suit "principe de relativité"] au rang d'une hypothèse et introduire en outre la supposition, qui n'est qu'en apparence incompatible avec ce principe, que la lumière se propage toujours dans le vide à une certaine vitesse c indépendante de l'état de mouvement de la source lumineuse.* » Le premier postulat d'Einstein signifie que le déroulement d'une expérience de physique ne peut pas dévoiler le mouvement d'un système en translation à vitesse constante par rapport à un autre. C'est une généralisation du principe de relativité introduit au XVIIe siècle par Galilée en mécanique, qui écrivait : « *Le mouvement est comme rien.* » Le second postulat est véritablement révolutionnaire. Jusqu'alors, espace et temps formaient le cadre universel dans lequel se déroulent les événements, et la vitesse, quotient d'une distance par une durée, est une notion qui dérive de ce cadre. Supposer que la vitesse de la lumière est indépendante du mouvement de la source oblige le temps et l'espace à s'adapter à cette vitesse invariante : ils deviennent « relatifs » au référentiel de l'observateur. Dans son article, Einstein démontre préalablement que l'invariance de la vitesse de la lumière fait perdre « *le droit d'attribuer une signification absolue au concept de simultanéité, et que deux événements qui, du point de vue d'un système de coordonnées, sont simultanés, ne peuvent plus être considérés comme des événements simultanés lorsqu'ils sont vus d'un autre système de coordonnées en mouvement relativement au premier* ». Einstein montre ensuite que la durée qui sépare deux événements n'est pas identique pour tous les observateurs et qu'elle dépend de leurs vitesses relatives : « *Si deux horloges synchrones se trouvent en A et que l'on déplace l'une d'entre elles à vitesse constante le long d'une courbe fermée jusqu'à ce qu'elle soit revenue en A* [...], *cette horloge, à son arrivée en A, retarde* [...] *sur l'horloge qui n'a pas bougé.* » Ce phénomène de « dilatation des durées » est imperceptible aux vitesses habituelles où il se chiffre en milliardièmes de seconde. Il a néanmoins été amplement vérifié en utilisant des particules instables, comme les muons, lorsqu'elles se déplacent à des vitesses proches de celle de la lumière. Le calcul montre que la dilatation des durées est d'autant plus marquée que la vitesse relative est grande : à 10 % de la vitesse de la lumière, les durées ne diffèrent que de 0,5 %, mais elles sont 2,3 fois plus courtes à 90 % de la vitesse de la lumière, et 7,1 fois plus courtes à 99 % !

La dilatation des durées permet de comprendre pourquoi la durée du voyage mesurée par les passagers du *Prometheus* est plus courte que celle mesurée par un observateur resté sur Terre. Supposons que le *Prometheus*

ait accéléré la première moitié du voyage et décéléré l'autre moitié. Sachant qu'il a parcouru 34,56 années-lumière en une durée de 2,39 ans mesurée par les passagers, on calcule qu'il a dû accélérer puis décélérer à 4 *g*, soit 4 fois l'accélération de la pesanteur terrestre[7]. On en déduit que la vitesse maximale du *Prometheus*, atteinte au milieu du voyage, n'est inférieure à celle de la lumière que de 0,01 % ! Enfin, pour un observateur terrestre, le voyage du vaisseau a duré un peu plus de trente-cinq ans. Si Elizabeth Shaw, au lieu de partir seule à la recherche de la planète des Ingénieurs, était retournée sur Terre à la fin de la mission sur LV-223, elle y serait arrivée à peu près soixante-dix ans après son départ en temps terrestre, mais en ayant vécu un peu moins de cinq ans de son temps propre. Voilà un bon moyen de voyager dans le futur de la Terre !

Pour atteindre cette vitesse considérable, le *Prometheus* doit disposer d'une très grande quantité d'énergie. Le rôle du système de propulsion est de transformer l'énergie stockée dans le carburant en énergie de mouvement du vaisseau. Ainsi se propulse une fusée qui, éjectant du gaz à grande vitesse, subit en retour une force qui l'accélère. On peut calculer que, pour que le Prometheus atteigne sa vitesse maximale, chacun de ses kilogrammes nécessite environ 1 % de la consommation annuelle mondiale d'énergie ! Autrement dit, si la masse du *Prometheus* est de l'ordre de 100 000 tonnes (soit une masse équivalente à celle d'un gros navire type paquebot, porte-avions ou porte-conteneurs[8]), atteindre sa vitesse maximum nécessite 1 million de fois plus d'énergie que celle consommée par l'humanité en une année... Aucune source actuelle, chimique ou nucléaire, n'est capable d'une telle production. Restent deux choix très spéculatifs en l'état actuel de nos connaissances : l'annihilation entre matière et antimatière, où la totalité de la masse du combustible est convertie en énergie[9], et l'utilisation d'un mini trou noir. Le sujet est trop vaste pour être traité ici, mais on aura compris que le voyage interstellaire rapide n'est pas pour demain.

Enfin, le *Prometheus* a, pour un vaisseau interstellaire, la remarquable capacité d'effectuer un vol atmosphérique à des vitesses très nettement inférieures à celle qu'il atteint dans l'espace, se chiffrant sans doute à quelques centaines de kilomètres par heure. Pour manœuvrer dans une atmosphère, et se poser à la surface d'une planète, le pilote doit réduire, mais surtout orienter la poussée de ses quatre réacteurs. Le *Prometheus* ressemble ainsi au fameux avion Harrier britannique, mis en service en 1969, et qui fut le premier avion à décollage et à atterrissage vertical. Cette technologie aéronautique se nomme poussée vectorielle. Elle consiste à orienter le flux à la sortie du réacteur, en utilisant par exemple une tuyère orientable. Imaginée dans les années 1950 par l'ingénieur aéronautique français Michel Wibault (1897-1963), la poussée vectorielle a considérablement amélioré la manœuvrabilité des avions de chasse et des missiles qui en sont dotés.

Alien: Covenant (Ridley Scott, 2017)

Enfin, examinons le *Covenant*, un vaisseau de colonisation doté de quinze membres d'équipage. Sa destination est la planète Origae-6 et il emporte 2 000 colons placés en hypersommeil et 1 140 embryons congelés. Pour accueillir cette nombreuse population, le *Covenant* est beaucoup plus grand et longiligne que les autres vaisseaux, il doit donc aussi être beaucoup plus massif. Son bloc de propulsion, clairement visible durant plusieurs séquences du film, est plus imposant que celui du *Prometheus* : il compte trois propulseurs centraux entourés de quatre ensembles de six propulseurs. Cette puissante propulsion est nécessaire pour atteindre sa vitesse de croisière en une durée raisonnable, avec une accélération pas trop faible, donc. Comme le massif *Nostromo*, le *Covenant* est doté, pour descendre à la surface d'une planète, de navettes à poussée vectorielle.

En revanche, ce qui distingue le *Covenant* de tous les autres vaisseaux de la franchise *Alien*, ce sont ses gigantesques voiles solaires. Elles sont déployées quand l'ordinateur de bord décrète qu'il est nécessaire d'effectuer la « recharge énergétique » du vaisseau. Si l'effet visuel est spectaculaire, on peut douter de l'efficacité de la technique. En effet, dans l'espace profond, le flux lumineux reçu des étoiles lointaines est comparable à celui que l'on reçoit, sur Terre, durant une nuit bien claire. Autrement dit, il est extrêmement faible. La recharge doit plutôt se faire au voisinage d'une étoile, ce qui nécessite de détourner le vaisseau de sa trajectoire initiale. L'observation attentive de la séquence durant laquelle les voiles se déploient permet d'estimer que leur diagonale est environ trois fois supérieure à la longueur du vaisseau, dont la longueur est, d'après des sources secondaires, d'environ 1 250 mètres. L'aire des voiles est donc de l'ordre de 7 kilomètres carrés. Si ces voiles recevaient le même flux lumineux que la Terre (1 360 watts par mètre carré), elles collecteraient une puissance de l'ordre de 10 gigawatts (milliards de watts). Cette puissance est largement suffisante pour alimenter une DeLorean[10] ou une ville de 4 millions d'habitants[11], mais sûrement pas assez pour un vaisseau interstellaire dont la puissance de propulsion se chiffre, au bas mot, en térawatt[12] (mille milliards de watts).

Concluons sur le vaisseau type des Ingénieurs, trouvé abandonné sur la planète LV-426, découvert sur la planète LV-223 et retrouvé échoué sur celle où se pose le *Covenant*. Première constatation : ce vaisseau en forme de fer à cheval a une taille bien supérieure à celle du *Prometheus*, comme le montre clairement la scène où son capitaine l'utilise comme un missile pour empêcher le décollage de celui de l'Ingénieur. Seconde constatation : ce vaisseau ne possède aucun système de propulsion apparent. Faute de pouvoir le visiter en détail, nous en sommes réduits à supposer qu'il a un dispositif capable de s'opposer à la gravité. Cela fonctionne-t-il comme la cavorite, imaginée par H. G. Wells dans son roman *Les Premiers Hommes dans la Lune* (1901) ? Inventée par le docteur Cavor en « *fondant ensemble quelques métaux et diverses autres choses* », cette substance a la singulière propriété de faire écran à la gravité, à la manière dont une cage de Faraday fait écran à un champ électromagnétique. La cavorite permet ainsi de construire un appareil se déplaçant en s'opposant à la pesanteur, par antigravitation[13]. Dans son cycle des villes nomades, James Blish invoque lui aussi une machine antigravitationnelle, nommée « générateur de graviton Dillon-Wagoner ». Plus connu sous le nom de *spindizzy*, ce dispositif permet à des villes entières de quitter la Terre et de parcourir l'espace interstellaire. Quant au Landspeeder de Luke Skywalker, avec lequel il fend l'air de la désertique planète Tatooine, il lévite au-dessus du sol, semblant lui aussi se jouer de la pesanteur. La relativité générale, théorie de la gravitation publiée par Albert Einstein en 1915, est compatible avec la possibilité de se jouer de la gravité en manipulant la courbure de l'espace-temps. Le détail de la procédure dépasse largement le cadre de ce chapitre, mais inutile de vous dire que la façon de s'y prendre est très au-delà de nos moyens actuels. Le mystère du vaisseau alien reste donc entier…

ROLAND LEHOUCQ

AUTEUR

ROLAND LEHOUCQ_

NOTES

[1] Acronyme de *United States Cargo Star Ship*.

[2] Dans le film *Avatar* (James Cameron, 2009), la compagnie RDA exploite sur Pandora des gisements d'unobtainium, un minerai imaginaire qui est un supraconducteur à température ambiante. Le prix annoncé, 20 millions de dollars le kilogramme, en fait bien sûr une cible de choix pour toute compagnie minière.

[3] Acronyme de *United States Starship*.

[4] Le réacteur ne risque pas de subir une explosion nucléaire, similaire à celle de la bombe du même nom, car les neutrons d'un réacteur sont beaucoup plus lents que ceux de la réaction en chaîne d'une bombe.

[5] Meredith Vickers annonce d'ailleurs que le coût de l'expédition montée par Peter Weyland est de 1 000 milliards de dollars (*a trillion dollars*).

[6] Soit, en français, 327 000 milliards de kilomètres, distance clairement affichée à l'écran.

[7] Si rien n'est prévu, cette forte et longue accélération est *très* inconfortable pour les passagers.

[8] On a vu que le *Wonder of the Seas* a une masse de 60 000 tonnes. Le plus gros porte-avions du monde, l'USS Gerald R. Ford, a quant à lui une masse de 112 000 tonnes, à comparer à celle du porte-conteneurs CMA CGM Marco Polo, qui pèse 187 000 tonnes.

[9] En pratique, on peut montrer que l'on ne peut récupérer, au mieux, que 60 % de l'énergie de masse de la paire particule-antiparticule initiale. Cela reste tout à fait considérable quand on compare cette valeur à l'efficacité de la fusion thermonucléaire, qui n'est que de 0,7 %, elle-même au bas mot un million de fois supérieure à l'efficacité d'une réaction chimique !

[10] Rappelons que le « convecteur temporel » de la DeLorean de Doc Brown (trilogie Retour vers le futur) nécessite une puissance électrique de 2,21 gigawatts.

[11] En 2021, la consommation électrique résidentielle annuelle répartie sur le nombre de Français donne une puissance moyenne de 2 200 watts par personne.

[12] On peut calculer qu'une accélération d'un centième de g nécessite une puissance massique de l'ordre de 100 watts par kilogramme de vaisseau. Si l'on estime la masse du *Covenant* à 10 millions de tonnes, sa puissance de propulsion est d'environ 1 térawatt. Par comparaison, la puissance de l'humanité est de 18 térawatts.

[13] Ce type de matériau opaque à la gravité est interdit par la physique, car il permettrait de fabriquer une machine à mouvement perpétuel en plaçant un écran de cette matière sous la moitié d'une roue. Celle-ci se mettrait aussitôt à tourner du seul fait de l'annulation de son poids apparent du côté masqué à la pesanteur par l'écran-miracle.

CHAPITRE_16

COMPLET_100%

AUTEUR

FRANÇOIS ANGELIER_

NOTES ÉPARSES SUR « ALIEN », LÉONARD DE VINCI ET L'APOCALYPSE

FA_17_

17

ASF-CHAP
IDENTIFICATION

PARTONS DU DÉBUT, DU TOUT DÉBUT, DES INFRAMONDES EN GERMINATION ET EN CROISSANCE DE HANS RUEDI GIGER (1940-2014)[1].

Fils d'un pharmacien libéral de Coire (Suisse, canton des Grisons), amateur de momies et précoce concepteur de trains fantômes, Giger jeune est pris un jour à déambuler dans les quiètes rues locales, traînant en laisse un crâne publicitaire chipé à son père. Une photo d'époque nous montre également l'adolescent en goguette, soufflant dans un sax soprano au milieu d'une fanfare jazzy. Griffue, la main est très tôt mise à la pâte ; ce lecteur de Poe et de Lovecraft décore en effet entièrement, et de la plus singulière façon, sa « black room », un espace personnel que ses parents lui ont concédé, au-dessus de l'officine, au sein de la demeure familiale. L'enfant est donc perdu pour la succession paternelle. Le pire est à craindre, et le pire advient : très vite, dans les œuvres de jeunesse de l'étudiant des Beaux-Arts de Zürich, des vers annelés percent le sol, une créature au crâne lisse exhibe une mâchoire prognathe et toute en crocs. En 1964, on détecte dans sa production un « relief » de polystyrène gris anthracite et une encre abstraite où une giration noire se hérisse de dards et déploie ses pointes.

La guerre froide, ses mutants irradiés et sa matière chamboulée, font ensuite irruption dans l'œuvre du Kubin des Grisons, chez qui perce et s'affirme ce qui va en devenir le centre : la biomécanique, une fusion esthétique entre l'anatomie humaine et l'ingénierie technologique, la mise en place d'une érotique machinique, d'une porno-mécanique où l'homme n'use pas de l'outil en vue du plaisir mais est requis, instrumentalisé par lui. C'est désormais l'homme qui fera jouir la machine.

QUAND LA MÉCANIQUE SE RETOURNE CONTRE LE BIOLOGIQUE

« Biomécanique », le mot n'est pas nouveau, mais l'essentiel est là. Car la biomécanique gigerienne révolutionne la discipline. Loin de celle, humaniste et harmonieuse, que nous a léguée, d'Aristote et Descartes à Étienne-Jules Marey et Muybridge, la pensée occidentale, avec son arpentage méticuleux des tresses musculaires et de la cathédrale osseuse, son regard attentif porté à la mobilité, marche ou course, du sujet humain, elle s'affronte et exalte la bestialité et la noirceur contemporaines. Avec Giger, il ne s'agit plus de scruter en sa splendeur le mécanisme humain, la mécanique fait schisme et se retourne contre le biologique, entre en guerre contre une humanité qu'elle asservit et instrumentalise, la structure squelettique devient l'objet d'une forme d'érotique militariste. *Giger, c'est l'anti-Vinci*, ou plutôt le Vinci nouveau, celui d'un âge de plomb, luciférien et technocratique, machinique et létal. Et la mission essentielle, la raison d'être et de proliférer du xénomorphe sous toutes ses formes et tel que la série *Alien* nous le livre, est de mettre fin au règne de *L'Homme de Vitruve*[2], de lui arracher sa couronne de maître et possesseur de la nature. À l'opposé de ce modèle de symétrie et d'harmonie anatomique, rêvé par l'architecte romain et inscrit par Léonard dans la pureté du cercle et la rigueur d'un carré, Giger rêve, peint et façonne l'anatomie de son monstre de perfection organique, impossible à inscrire au cœur d'une quelconque matrice formelle et qui s'en va gîter, à l'affût, dans les ombres et les recoins. À l'exacte composition spatiale vitruvienne reprise par Léonard succède « la créature de Giger », assemblage xénomorphique et horrifique de fonctionnalités organiques. Mettons-les côte à côte : au soleil de bras rayonnant et au corps centré, à la face offerte, s'oppose la masse de profil et tendue vers l'arrière d'un corps où les organes sont des fonctions techniques, conçus en vue d'une prédation parfaite – dards, suçoirs, pots d'échappement, éperons. Un arsenal biomécanique que complète la tension phallique inverse, du crâne et du sexe. À se demander même ce que signifie la permanence de mains tendues en vain, qui ne savent que faire – griffer, menacer, saisir – appendices sauvages et non plus incarnation de l'*homo faber*. *L'Homme de Vitruve* rayonne d'harmonie, « la Bête de Giger » vibre d'agressivité ; l'un règne et crée, l'autre prolifère et détruit. Et c'est sans doute dans cette perspective qu'il faut entendre l'éloge qu'en fait Ash, l'androïde d'*Alien, le huitième passager* (1979), chargé de préserver et d'étudier la nouvelle créature, l'équipage dût-il être sacrifié sur l'autel du progrès technique et de la rentabilité commerciale. « *Sa pureté* [est totale]... *Sa structure est parfaite et n'a d'égal que son agressivité* » : la perfection indexée sur la puissance nocive de l'agression, telle est la manière neuve d'évaluer l'accomplissement de la créature. L'androïde, porte-parole du tout-puissant consortium qui arme le vaisseau, est persuadé qu'il y aurait moyen, après observations, d'user de cet « autre », de le faire rentrer dans le jeu du profit. Chimère ! Car la biomécanique qui est à l'œuvre dans *Alien* opère un dépassement par en haut et par en bas, comme en étau ou par un jeu de mâchoires, de l'objet technique. *Alien* n'a besoin que d'un plan rapide et de la séquence qui en découle pour établir la chose : ouverte à la pince, de la patte rigide et agriffée au visage de Kane gicle non une humeur, un liquide sanguin, mais un pus jaune, un acide qui corrode et dissout instantanément le métal du *Nostromo*. Moment essentiel, car, sans doute pour la première fois, la technique est défaite, non par elle-même, technologie contre technologie, mais par une puissance biologique. La technique, toujours vainqueur dans ces duels récurrents avec les bêtes de l'espace, se heurte à une puissance qui conjoint la ruse et la puissance animale à une complexité biologique qui neutralise l'artefact humain et l'homme lui-même, mué en couveuse sauvage.

ET SI LA RÉPONSE N'ÉTAIT PAS TECHNO-HUMAINE MAIS DIVINE ?

D'Aliens, le retour (1986), film de marines filmé au tambour, à Alien, la Résurrection (1997), avec ses Aliens sous cloche et sa Ripley clonée, on maintient vaille que vaille, face aux menées sauvages de l'entité xénomorphique, une réponse technologique. Et si la réponse n'était pas techno-humaine mais divine, non scientifique mais religieuse ? C'est la sortie que tente l'Alien 3 de Vincent Ward / David Fincher. Une double sortie d'ailleurs, car le film cumule formidablement deux catégories d'Aliens simultanées. On verra lesquelles. Premier constat, le film a (apparemment) été méticuleusement dé-Gigerisé. Plus rien du sacral noir et du pompiérisme luciférien qui se déploient dans le premier et le second opus, on est dans une usine labyrinthique et dans un cadre social baptismal et sectaire. Plus de déploiement terrifique de l'Alien, qui garde cependant son statut de Minotaure dans le labyrinthe, mais nous apparaît souvent filmé selon un angle plus prosaïque, comme un animal parmi d'autres (cf. le plan en plongée où il galope comme un chien). Si, par ailleurs, la chose est évidente dans la version courte, où la créature pulvérise le canidé vivant, elle l'est moins dans la version longue, où elle s'extrait d'une carcasse de bovin retrouvée sur la grève. Au monde clos et routinier du vaisseau-cargo convoyeur de minerais, frappé de plein fouet par l'irruption de la créature, succède une planète tout aussi close : un bagne planétaire centré autour d'une exploitation minière pénitentiaire. Nom ironique du gisement de haute sécurité peuplé d'assassins V.I.P., dotés du fameux chromosome YY[3] : Fiorina « Fury » 161. « Fiorina » étant la fleur italienne. Là, tout n'est qu'ordre (fragile), dureté (discipline à coups de barre de fer) et chasteté (ascèse imposée et sainteté proposée). Donc une utopie masculine, un phalanstère de fer pour criminels et déviants sociaux génétiquement dangereux. Une colonie pénitentiaire où l'occiput des détenus s'orne d'un code, lointain hommage au récit du même nom de Kafka. Et c'est ce petit monde fragile et impitoyable, ancien bagne devenu mine, ancienne prison dont les détenus ont accédé, selon le modèle australien, au statut d'ouvriers en service forcé, que chute la capsule de sauvetage EEV porteuse de deux morts et demi et d'un double péril. Les morts, ce sont Newt et Hicks, l'enfant et le soldat rescapés d'Aliens, le retour ; le semi-vivant n'est autre que l'androïde Bishop démantelé mais réparable. Ripley est le double péril. Double, car, véritable poupée russe, elle est d'abord femme puis mère porteuse d'un fœtus d'Alien.

RIPLEY DEVIENT L'ALIEN

L'incursion d'une femme au sein d'une population de « serial violeurs » et d'assassins déstabilise instantanément l'ordre péniblement édifié à coups de trique et de prêches millénaristes. Ripley devient l'Alien, mais un Alien visible, scrutable ; à la bête furieuse succède la bête curieuse qui réveille les désirs sous sa forme exclusive de violence criminelle. Au membre d'équipage déambulant dans les conduits du cargo et guetté par le Loup, succède la femme en visite dans le bagne et qu'attend au tournant d'une décharge une escouade de violeurs soudain débarbouillés de leur obéissance au règlement. La scène où Ripley manque de subir un viol en réunion par les détenus offre, à front renversé, le contrechamp sexuel à la cueillette des membres de l'équipage par l'Alien. Tout pourrait s'arrêter là, après la sévère correction qu'inflige aux bandeurs oublieux de la règle leur mentor spirituel. Tout, en réalité, ne fait que commencer, car la femme, et elle va l'apprendre, est grosse de la Bête, ce qui lui a valu d'être épargnée, et même de tutoyer le monstre. L'irruption rapide et dévastatrice du xénomorphe qui, comme à son habitude, mûrit dans les corps, gîte dans les recoins et cavale au plafond, va remettre les pendules à l'heure de la fin des temps. Car, face à l'évidence de l'agression qui décime les quelques membres de la colonie, la réponse ne sera pas hiérarchique, militaire et technologique, mais spirituelle : l'Apocalypse est là. Dillon, l'âme du groupe, celui qui a mué en secte millénariste et escouade eschatologique un ramassis de sadiques vicieux, impose d'emblée à l'action et à la résistance un statut mystico-apocalyptique. La guerre qui va se mener dans l'infini des corridors n'est pas une opération de police (les nervis de Weyland-Yutani qui, prévenus, sont en route pour tenter, une fois de plus, de récupérer la Bête, sont là pour ça), mais purement et simplement l'Armageddon, la bataille finale entre les phalanges de lumière et les troupes du mal. Là encore, tout pourrait se jouer ainsi, dans une clarté théologique et un credo filmique simple. Mais le jeu se corse par un ajout formidable au récit apocalyptique mis jusqu'alors sur des rails fort rectilignes. Si l'Alien est certes nommé par nos croyants des derniers temps, et de façon fort orthodoxe, « *bête* » ou « *dragon* », ce dernier, en fécondant Ripley, nous offre une relecture hérétique d'Apocalypse XII. Certes le dragon tombé du ciel et monté de la mer a bien été identifié comme tel, mais à la différence de ce qui est écrit dans les versets 2, 3 et *sq.* d'*Ap.* XII[4], le dragon ne menace pas le fruit glorieux de la femme enceinte, le Christ, mais est l'enfant même de la femme. *La femme est enceinte du dragon.* Le dragon n'a pas à se poster « *afin de dévorer l'enfant dès sa naissance* », il est l'enfant-Christ, le fruit glorieux dont il a pris la place. Triomphe du lucifèrisme gigerien et accomplissement, par ce retournement narratif et hérétique, du signe offert dans *Alien, le huitième passager* : la Bête ne naît pas, selon la nature, par le sexe de la femme, mais selon un blasphème biologique contre-nature, en perforant le thorax d'un homme. Idem pour Ripley que l'on somme de donner le jour au dragon. C'est désormais à la mère qui s'apprête à enfanter sans le désirer le contre-Christ, l'Alien, d'expier, en endossant

le statut sacrificatoire du Rédempteur : son mortel plongeon, de dos, bras en croix, dans la lingotière, vaut pour une messe rouge, un Golgotha de métal en fusion. *Alien 3* nous offre donc, redisons-le, déjà en germe dans l'opus 1, une véritable réécriture hérétique de l'Apocalypse ; si tous les signes concordent (chute du dragon du ciel sur la terre, Bête venue de la mer), l'essentiel échappe : le dragon n'est pas posté, menaçant le fruit rédempteur, l'« enfant mâle » issu des entrailles de la femme et que Dieu enlève et protège dès que né, il est l'enfant lui-même, le fruit pourri qui croît dans les flancs de la femme ; elle doit se sacrifier pour en empêcher la naissance et freiner la victoire du mal. De grossesse aberrante en parturition mystique, les trois premiers volets du cycle d'*Alien*, impulsé par la vision noire de Giger, s'avèrent sans doute moins une saga de science-fiction qu'une méditation hérétique sur l'accomplissement du Salut, la naissance du Sauveur ou comment y remédier. Un exercice de « sémioclastie », de jeu de massacre théologique, un combat à mort entre signes contraires.

FRANÇOIS ANGELIER

NOTES

1 Nous nous référons à Hirsch *Andreas J., HR Giger*, édité par Holzwarth Hans Werner, Taschen, 2021, 511 p.

2 Réalisé à la plume en 1490, sans doute le dessin le plus célèbre de Léonard de Vinci (1452-1519), symbole de l'humanisme renaissant et de la raison éclairée, il représente l'homme parfait, tracé selon les normes fournies par l'architecte Vitruve (-1 av. J.-C.) dans son traité *De l'architecture*.

3 Authentique et médicalement étudié, le syndrome XYY (double chromosome Y) détermine une taille supérieure à la moyenne, des problèmes d'apprentissage de la langue et parfois des tendances à l'agressivité. Une donnée qui lui valut d'être fréquemment utilisé au cinéma ou dans les séries TV pour caractériser des figures de criminels. *Alien 3* reprend donc là une donnée connue et habituelle des récits criminels.

4 « *2/ Elle était enceinte et criait dans le travail et les douleurs de l'enfantement – 3/ Alors un autre signe apparut dans le ciel : c'était un grand dragon rouge feu. Il avait sept têtes et dix cornes et, sur la tête, sept diadèmes – 4/ Sa queue, qui balayait le tiers des étoiles du ciel, les précipita sur la terre. Le dragon se posta devant la femme qui allait enfanter, afin de dévorer l'enfant dès sa naissance. – 5/ Elle mit au monde un fils, un enfant mâle : c'est lui qui doit mener toutes les nations avec une verge de fer. Et son enfant fut enlevé auprès de Dieu et de son trône.* »

FA_17_

AUTEUR
VICTOR BONNEFOY_

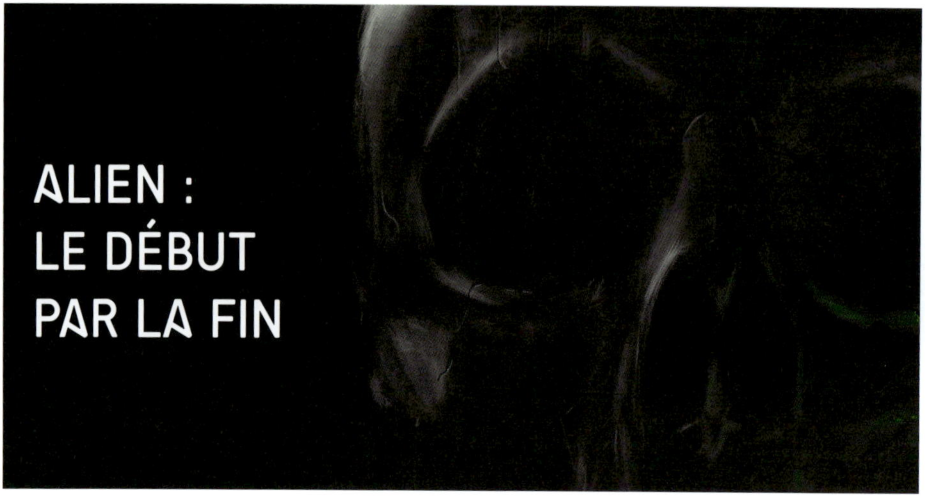

ALIEN : LE DÉBUT PAR LA FIN

VB_18_

LÀ OÙ LA SAGA *ALIEN* SEMBLE ÊTRE UN ÉLÉMENT PRIMORDIAL DU SOUVENIR COMMUN CINÉPHILE DE TOUTE UNE GÉNÉRATION, POUR LES SUIVANTES, ELLE SEMBLE ÊTRE SEULEMENT UN LOINTAIN ÉCHO DU PASSÉ, TANTÔT POUSSIÉREUX, AU MIEUX DÉPASSÉ.

Aucun mépris dans cette vision des choses, bien au contraire, car il n'est pas tant question de rejet des faits que de pur décalage d'années. Mais difficile de placarder cela en introduction sans étayer de purs faits d'époque qui se sont imposés.

Il y a ici plusieurs groupes qui s'affrontent.

Tout d'abord, il y a la génération des chanceux ayant eu le bonheur de découvrir le sens du frisson si cher à Aragon (le poète, pas le roi du Gondor) en voyant *Alien* en salles. À une époque où, deux ans plus tôt, Spielberg nous dit qu'il est possible de communiquer et d'avancer main dans la main avec les petits hommes verts venus d'ailleurs dans *Rencontres du troisième type*, le retour à la réalité est froid, glacial, d'une violence brute inouïe qui ne donne que très peu envie de se risquer à la conquête spatiale. L'horreur naît, et dans l'espace, personne n'entend le public frissonner.

VIDÉOCLUBS ET BACS À VHS

Mais le frisson parvient jusqu'aux oreilles de la génération suivante.

Un groupe qui dispose de vidéoclubs et de leurs bacs à VHS débordants de possibles expériences de transgression cinéphiliques. Alors, fébriles, ces jeunes gens louent dans le dos de leurs parents le film dont ils ont tant entendu parler, et c'est à l'abri de leurs foyers et face à des télés cathodiques bruyantes qu'ils expérimentent à nouveau la puissance du mythe entamé par Ridley Scott. Et quelle chance, une nouvelle fois, car, alors qu'ils découvrent la première pierre d'un futur édifice de science-fiction culte, les suites commencent à fleurir au cinéma. À travers elles, ils entendent parler, parfois pour la première fois, de James Cameron, dont ils n'ont peut-être pas encore vu le premier *Terminator*. Ils appréhendent le style de réalisation de David Fincher, jeune inconnu, clipeur à ses heures perdues, et qui ne dispose pas encore de l'aura de légende qui viendra par la suite. Et enfin, ils se perdent dans l'univers d'un Jean-Pierre Jeunet américanisé, dont les teintes colorimétriques portent encore les stigmates de ses travaux passés.

Il ne s'agit plus seulement de continuer à explorer l'univers *Alien*, mais aussi d'y découvrir des cinéastes, un nouveau pan de culture cinématographique.

Et puis... il y a ma génération. Celle née dans les années 1990.

Celle qui n'était même pas en projet lors de la sortie du premier film.

Celle qui n'a pas eu droit à un papa qui transmet la VHS du premier *Alien* comme un saint Graal à découvrir.

Celle qui n'est peut-être pas encore présente sur Terre lors de la sortie du deuxième volet, et sûrement pas en âge d'aller au cinéma pour le troisième et le quatrième opus.

Celle pour qui *Alien* n'est pas un sujet majeur.

Et si l'on revient à la question des cinéastes, le point de vue sur leurs filmographies est aussi totalement biaisé.

DÉCOUVRIR *ALIEN EN DÉCOUVRANT PROMETHEUS*

Pour prendre mon cas, j'ai 11 ans quand *Kingdom of Heaven* débarque en salles. Quinze quand *Avatar* révolutionne l'appréhension d'un nouvel univers de science-fiction au cinéma. Et à l'adolescence, Fincher n'existe dans mon cœur qu'à travers les notes de « Where is My Mind » à la fin de

Fight Club, et Jean-Pierre Jeunet n'a qu'un seul enfant : *Amélie Poulain*.

Pour toute une partie de ce public dont je fais partie avec fierté et poussée acnéique, *Alien* est un monument du passé.

Alien n'y est plus que produits dérivés. Jeux vidéo aux graphismes douteux, suites à l'action décérébrée avec ses « vs. Predator », une créature qu'on me dit culte mais que je ne pourrai jamais appréhender de la même manière que mes comparses cinéphiles plus âgés. Ici, notre découverte du cinéma horrifique se fait par l'arrivée des nouvelles technologies et des techniques de notre temps. On parle *found footage* avec *REC, Le Projet Blair Witch, Paranormal Activity*. On se réunit pour trembler face à des travaux d'autres comme James Wan ou Scott Derrickson. Nous avançons à travers des cinémas multiréférencés qui deviennent à leur tour nos propres références.

Et, dans la même continuité, notre découverte d'*Alien* passe bien souvent par sa suite spirituelle : *Prometheus*.

Il faut dire que tout le marketing du film tournait autour de cela. Dès le premier *trailer*, le nom de Ridley Scott revient rappeler la filiation entre ce nouveau long métrage et la saga originelle. Même la police d'écriture utilisée permet d'éveiller la curiosité du plus néophyte ayant déjà croisé l'affiche du premier film dans sa vie.

La promesse est grande, presque intenable : faire de *Prometheus* LE film *Alien* d'une génération. Le premier qu'il nous sera possible de visionner dans une salle de cinéma. Aux codes graphiques réactualisés, au casting plus familier, à l'ambiance reconnaissable et, pourtant, à la promesse d'un ailleurs compréhensible par tous : celle des origines.

Plus que de comprendre « comment nous en sommes arrivés à *Alien* », certains y fondent même l'espoir de saisir enfin pourquoi cette créature qui fait aujourd'hui pour eux office de tapisserie a pu devenir ce qu'elle est dans le cœur de tant de fans. Comprendre, une nouvelle fois, le sens du frisson. Tout cela éveille forcément l'excitation et, après visionnage pour beaucoup d'entre nous, une certaine fascination.

On y découvre ce que signifie la science-fiction pour Ridley Scott : la démesure, le sens des proportions, le nihilisme latent d'un cinéaste qui voit l'humanité courir à sa perte, ce qui, pour des ados comme moi, vient résonner avec le désespoir de nos années lycée. Cela bouleverse aussi notre appréhension des codes du genre ; exit la vision space opera de *Star Wars*, exit l'approche grand public d'*Avatar* : la violence y est pleinement assumée, l'horreur aussi, et c'est une nouvelle manière d'appréhender le vide spatial qui s'offre à nous. Et enfin, même avec peu de références, les images du passé viennent nous parler autant qu'elles nous surprennent. Le *Space Jokey*, l'Ingénieur mutant de la fin du film, tout cela donne même envie d'en voir plus, pour essayer de saisir ce qui n'a pas été saisi. Pour essayer d'appréhender ce qui nous semblait ne pas l'être.

DANS L'ADVERSITÉ, ADOPTER *PROMETHEUS*

Et pourtant, il faudrait être sourd pour ne pas l'entendre : les personnes hors de notre génération ressentent de la haine envers ce film. On les voit se plaindre, contester, parfois même conspuer un film qui, qu'on le veuille ou non, nous a plu, voire marqué en profondeur. Les arguments sont légion, attaquant la forme par son esthétique, ses longueurs ou sa construction narrative, et son fond, par la vision d'un Alien qui n'est pas celle que le public s'est forgée, par un monde qui n'existe plus dans l'esprit mais enfin concrètement sur pellicule, et pour beaucoup de manière déplaisante.

Que faire de ces informations ? Comment analyser un rejet sans connaître les raisons de la colère ? Son origine ? Alors que certains hurlent, nous sommes de ceux qui nous réjouissent, adoptant ce *Prometheus* comme une nouvelle base dont le plaisir se révèle intense dès le premier visionnage. Et n'en déplaise aux déçus, c'est grâce à ce film que naît enfin l'envie de se frotter aux quatre premiers opus.

Découvrir *Alien* premier du nom plus de trente ans après ses premiers spectateurs, et surtout après avoir navigué à travers un long métrage qui se présente comme ses « origines », c'est avoir l'impression de parcourir un souvenir encore jamais vécu. Tout semble logique car tout existe déjà dans notre tête, du *Nostromo* et ses courbes affriolantes à l'héroïne Ripley et son moteur usé (à moins que ce ne soit l'inverse...). Et surtout, la découverte d'*Alien* permet de rappeler à une génération ayant grandi dans le développement des CGI 3D que l'horreur n'est jamais plus palpable que lorsqu'elle est là, présente face à une caméra. À la revoyure, c'est comme si *Prometheus* avait déjà pris des rides dans notre esprit en seulement quelques semaines là où son aîné semble plus jeune que jamais, avec une crédibilité constante de son environnement qui frise l'arrogance.

Mais je me dois d'être honnête, et d'employer la première personne du singulier pour aborder mon propre ressenti : au premier visionnage d'*Alien*... je me suis ennuyé.

Pire, je n'ai pas réussi, à deux reprises, à dépasser la première heure du long métrage tant le faux rythme lancinant imposé par Scott me laissait en dehors. Oui, tout est là, comme une évidence, mais l'évidence passée ne parvenait pas à résonner avec mes évidences présentes. Il aura fallu quatre visionnages pour réussir à aller au bout et peut-être enfin toucher du doigt cet ailleurs que l'on m'avait tant vendu. Le sentiment de découvrir un grand film mais peut-être trop tard. Mais l'occasion en soi de pouvoir enfin voir les trois suivants.

Car, chez ceux qui m'entourent, tous pour la plupart enfants des années 1980, une phrase revenait sans cesse : « Oui, tu as un problème avec le premier, mais regarde-le rapidement, parce qu'ensuite, c'est *Aliens, le retour* et tu vas adorer. » Je ne suis pas certain d'avoir au fond de moi une préférence pour l'approche scottienne lancinante ou la cameronienne pétaradante, mais une chose est sûre : je n'ai jamais été déçu par un James Cameron. J'attaque alors *Aliens, le retour* avec dans mes bagages les frissons ressentis lors d'un *Terminator 2*, les larmes versées pendant un *Titanic* et la révolution visuelle que fut pour moi *Avatar* en 3D au cinéma. Et forcément, la découverte de ce second opus ressemble à la douce expérience d'enfiler des charentaises face à une cheminée le soir de Noël. Tout y est : du personnage féminin *badass* aux gros exosquelettes en passant par un rapport plus que douteux à l'armée et aux armes à feu, bref, je suis en terrain connu, et le moment est forcément apprécié.

ALIEN, LA RÉSURRECTION : LA SYNTHÈSE D'UN ARC

Mais apprécier ne veut pas dire... être surpris. C'est là où réside alors mon problème avec *Aliens, le retour* : c'est qu'à trop savoir ce que j'allais y trouver, je ne me sens jamais challengé par un long métrage qui m'emmène sur des rails que je connais déjà. Alors j'apprécie le moment, je ne le renie pas et, même mieux, je le recommande chaudement. Mais il est ce que je voulais qu'il soit. Et au fond, j'aime être déstabilisé, poussé dans mes retranchements... Il est bien normal que je lorgne du côté d'*Alien 3*.

Car à l'heure d'Internet, où un témoignage remplace l'autre et où les moindres faits et gestes avérés ou non de quelque production que ce soit se dévoilent avant même de s'être réellement produits, je pars avec un avantage sur la génération précédente. Je connais l'histoire derrière *Alien 3*. Je sais la rage de Fincher de ne pas avoir les moyens de faire le film dont il rêve, je sais les multiples réécritures qui ont amené le film d'une planète en bois à une prison spatiale, je sais que je m'apprête à voir un film malade. Et c'est excitant. Bien plus que d'observer « une autre suite » sans contexte autour, je me sens explorateur, déjà armé pour guetter de toutes parts ce qui pourrait provenir du cerveau du génie débutant derrière cette caméra et ce qui pourrait être une décision de producteur imposée. Je me rends rapidement compte que l'expérience que je fais d'*Alien 3* est bien plus ludique que celles des spectateurs en salles à l'époque. Car je détiens déjà une partie des clés du mystère quand eux n'avaient aucune conscience de quelque mystère que ce soit. Je prends mon pied devant le long métrage, car il n'est plus juste question de regarder un film mais de chercher en profondeur le grand film caché derrière le film parasité. Et n'est-ce pas cette expérience qui constitue le grand film ? N'est-ce pas tout ce cheminement de visionnage qui amène *Alien 3* à être mon préféré de la saga ? Possiblement.

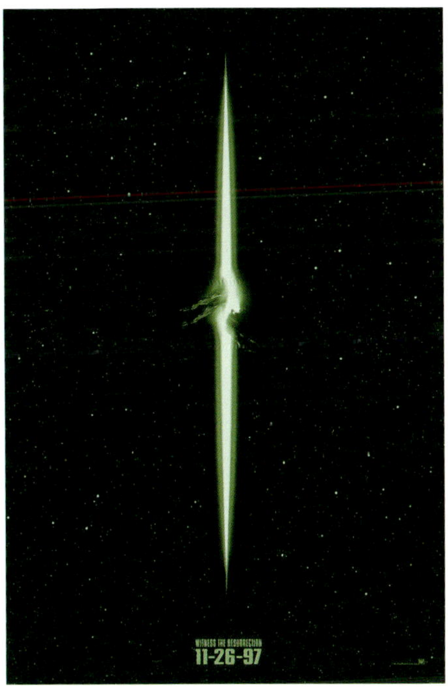

Arrivé à cette étape-là du rattrapage, je n'attends plus rien d'*Alien*. Je suis passé par l'ennui, la redécouverte, le confort, le réconfort, la surprise... J'ai vécu une vie en trois films, je vois difficilement un quatrième changer la donne. Et pourtant.

Car *Alien, la résurrection* n'est pas seulement la conclusion d'un arc, il en est pour moi la synthèse, le mélange mal formé qui ne pouvait être réussi tant il faut conjuguer de multiples registres qui ne communiquent que difficilement entre eux. J'y retrouve l'envie d'une ambiance désenchantée, froide, d'un premier volet ; l'envolée lyrique et burnée pleine d'action hors des limites du réel d'un second ; l'impossible conciliation d'une vision d'auteur remplie d'ambition avec des exigences de studios d'un troisième. *Alien, la résurrection* contient en son sein toutes les étapes qui ont constitué ma découverte d'*Alien*, son prolongement logique, mais surtout... cette œuvre est sans celle qui me donne alors le plus envie de créer.

Car j'y découvre un *Frenchie* à Hollywood tenter de développer un univers plus grand que lui.

Car j'y vois des visions plastiques cauchemardesques que le tout numérique a fini par abandonner.

Car j'y constate une candeur que je croyais impossible sur un projet d'une telle envergure.

Car, enfin, j'y observe un long métrage de ma génération.

Enfant des années 1990, j'ai fait ma cinéphilie à travers les œuvres cultes de cette décennie, et les codes du cinéma de cette époque font partie intégrante de mon éducation visuelle. J'ai grandi dans une époque en pleine mutation, où les formes ont évolué pour disparaître des pellicules et devenir précalculées par ordinateur. En découvrant enfin la saga *Alien*, ce n'est pas seulement une suite de films qui vient me subjuguer, mais littéralement l'évolution entière d'un médium qui me fascine et qui aboutira à celui qui m'est contemporain. Plus que de me raconter une histoire, elle me raconte une époque. Celle dont je ne suis pas issu mais que j'observe me tendre la main. Sans jugement, sans offense. Sans me prendre de haut en tant que spectateur.

Une main tendue qui me dit que l'on peut débuter par *Prometheus* sans que ce soit un problème.

Mais en définitive... on en revient toujours à *Alien*.

VICTOR BONNEFOY

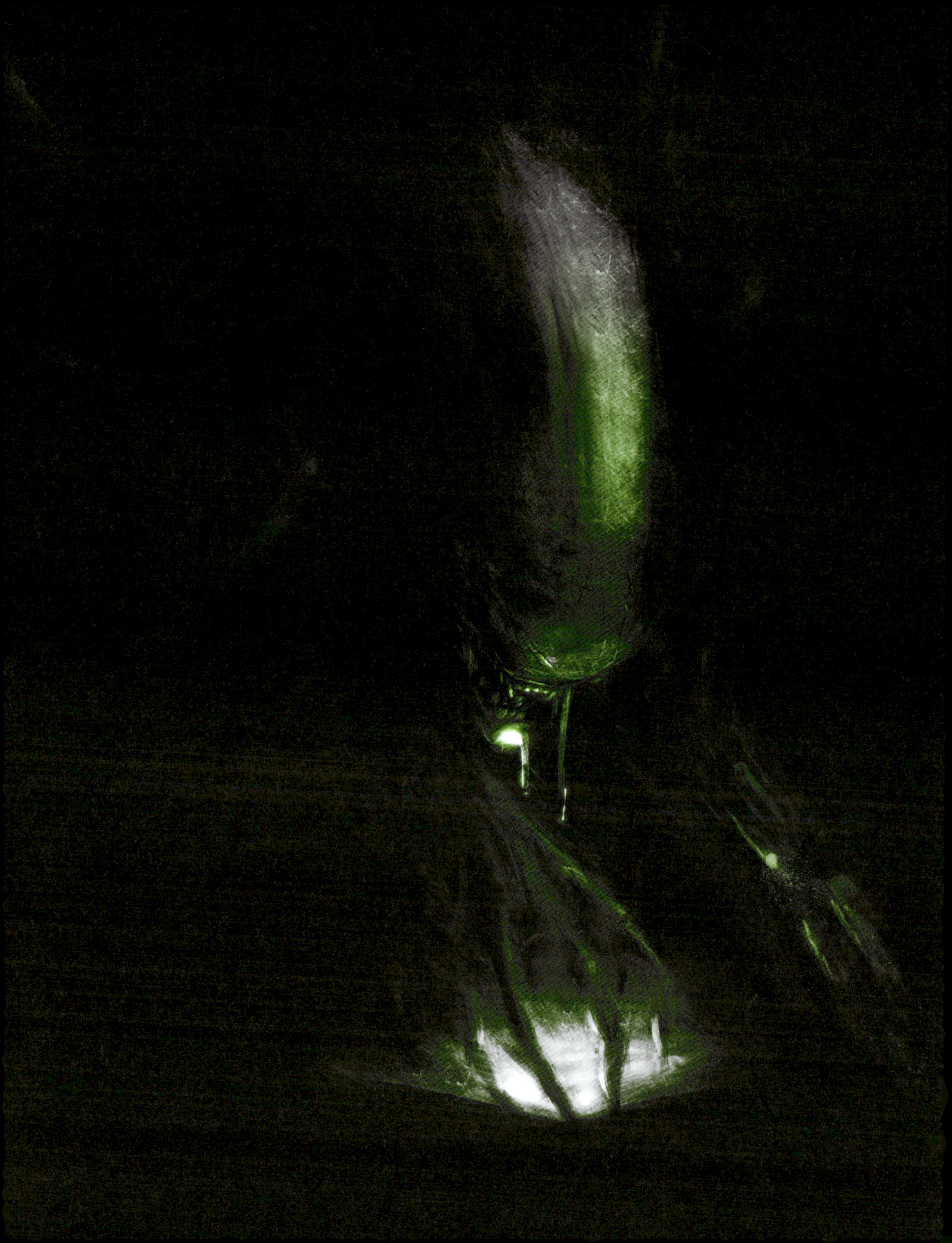

3_

LE XÉNOMORPHE_:

L'UNIVERS ÉTENDU_

AUTEURS

NICOLAS MARTIN_ SIMON RIAUX

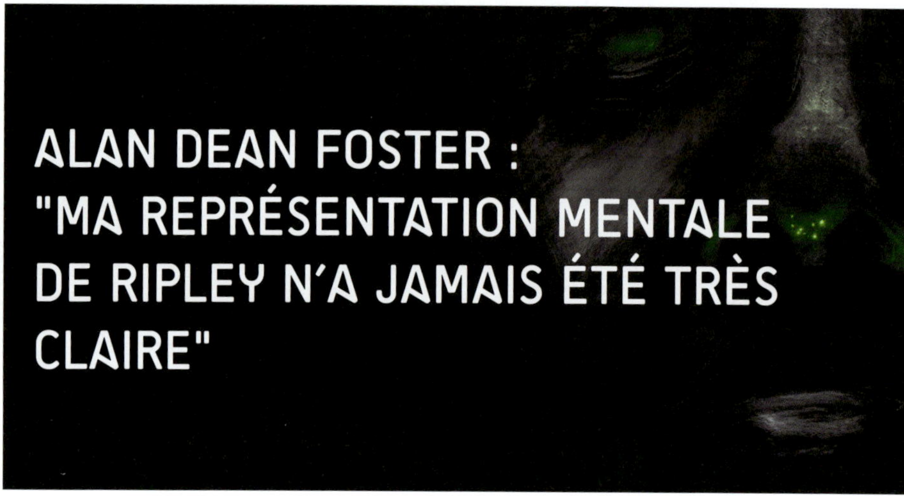

ALAN DEAN FOSTER : "MA REPRÉSENTATION MENTALE DE RIPLEY N'A JAMAIS ÉTÉ TRÈS CLAIRE"

NM_SR_19_

ALAN DEAN FOSTER EST AUTEUR DES NOVÉLISATIONS D'*ALIEN, LE HUITIÈME PASSAGER* EN 1980, *ALIENS, LE RETOUR*, EN 1986, *ALIEN 3* EN 1992, *ALIEN: COVENANT* ET *ALIEN: COVENANT ORIGINS* EN 2017.

Nicolas MARTIN & Simon RIAUX : Cher Alan Dean Foster,

Tout d'abord, merci beaucoup d'avoir accepté de participer à notre projet de monographie sur la saga *Alien*. Nous sommes ravis et honorés que vous ayez accepté de répondre à nos quelques questions à propos du passage en roman de quatre des films de la franchise.

Vous avez dit dans plusieurs autres interviews que le studio Fox ne vous avait pas montré à quoi ressemblerait un xénomorphe avant que vous ne vous mettiez à écrire... Sur quoi vous êtes-vous basé pour construire votre roman ? Comment l'avez-vous imaginé, sans même le voir ?

Alan DEAN FOSTER : Le scénario ne contenait que quelques petites suggestions sur l'apparence du xénomorphe. Je n'en ai vu ni photo ni illustration, et personne aux États-Unis ne connaissait H. R. Giger[1]. J'ai donc essayé de faire en sorte que mes descriptions restent le plus vague possible. Je me suis souvenu que H. P. Lovecraft ne précisait que rarement les descriptions de ses monstres, et j'ai essayé de faire de même. L'image mentale que nous nous créons est généralement bien plus terrifiante que tout ce que nous pourrions voir de nos propres yeux.

N. M. & S. R. : Qu'est-ce que cela vous a fait de voir pour la première fois le film et la créature à l'écran ?

A. D. F. : Le suspens était intenable, bien sûr. Je pense que le choix du directeur de la photographie de limiter l'utilisation de la couleur était très judicieux. Comme dans le travail de Giger, la palette de couleurs du film est principalement composée de gris et de noirs. Le film aurait presque pu être tourné en noir et blanc.

N. M. & S. R. : Vous avez déclaré que c'est Ridley Scott qui vous a proposé d'écrire la novélisation de son film, car aucun de vous deux n'aimiez « la science-fiction », et que vous n'étiez pas très intéressé par le script original. Qu'est-ce qui vous a décidé à vous engager sur ce projet ?

A. D. F. : Tout cela est faux. Je n'avais aucun contact avec Ridley Scott et je n'en ai pas eu depuis, même jusqu'à aujourd'hui. C'est un réalisateur incroyable, bien sûr. Je ne connais pas son opinion sur la science-fiction, mais c'est un genre que j'ai personnellement toujours lu, adoré et écrit. Pour ce qui est du scénario original, je l'ai trouvé excellent, mais accroître cet univers à l'écrit allait me demander de creuser bien plus loin dans l'esprit des personnages. En ce qui concerne ma participation à *Alien*, j'ai simplement répondu à une commande grâce à l'éditeur Warner Books.

N. M. & S. R. : Vous avez dit que le plus intéressant dans l'écriture de ces romans était de « combler les blancs » du film. Comment avez-vous abordé le travail sur le script et l'étoffement de sa mythologie ?

A. D. F. : Plus le scénario est claustrophobe, plus il est nécessaire de l'enrichir pour le roman. Ce que je préfère quand je travaille sur une novélisation, c'est l'opportunité d'entrer dans la tête des personnages. Je peux montrer ce qu'ils pensent vraiment, ce qui est très difficile à faire dans un film, où tout finit par être communiqué par le mouvement. Je peux réparer les erreurs scientifiques, détailler certaines actions, et m'étendre sur le décor (en expliquant ce qu'est tel ou tel outil que vous voyez à l'écran et ce à quoi il sert, par exemple). L'important est de maintenir la cohérence interne.

« ALIENS, LE RETOUR A BEAUCOUP PLUS D'ACTION, CE QUI EST FACILE À DÉCRIRE »

N. M. & S. R. : Étiez-vous en contact avec Dan O'Bannon et Ron Shusett[2] au sujet de l'histoire ?

A. D. F. : Non, mais j'avais déjà écrit deux scripts pour Ron Shusett quand j'étais en école de cinéma (à UCLA[3]), et il avait alors du mal à se faire connaître dans l'industrie du cinéma. L'un de mes scripts est presque monté à l'étape production, mais il était adapté d'une nouvelle de Robert Bloch (*Psychose*), et les agents de l'auteur demandaient trop d'argent pour les droits de l'histoire. Ron n'était pas au courant que c'était moi qui écrivais le roman avant que quelqu'un le mentionne lors d'une réunion pendant la production.

N. M. & S. R. : Après avoir vu le premier film, est-ce que travailler sur *Aliens, le retour* a été différent, une fois que l'univers était établi ?

A. D. F. : C'était plus simple, car je n'avais plus à imaginer l'apparence des xénomorphes (à part pour la reine), mais aussi et surtout, car le personnage de Ripley avait déjà été tellement bien introduit. C'était également plus simple, car *Aliens, le retour* a beaucoup plus d'action, ce qui est facile à décrire.

N. M. & S. R. : À quel moment vous êtes-vous rendu compte que vous participiez à la création de l'un des univers d'horreur les plus marquants du cinéma moderne, et que vous contribuiez à inventer l'un des seuls monstres jamais créés par le cinéma (les autres monstres à l'écran étant généralement adaptés de la littérature) ?

A. D. F. : Avant que le film ne soit présenté au grand public, j'ai assisté à une projection lors de la réunion annuelle de la ABA (American Booksellers Association), à Los Angeles. La salle était remplie de professeurs – des gens sophistiqués. Alors qu'ils criaient tous aux moments voulus, et restaient silencieux le reste du temps, j'ai su que le film était spécial. Je suis aussi tombé sur Giger dans le couloir, et nous avons brièvement discuté en allemand. Il était un peu timide, mais parler de Lovecraft l'a désinhibé.

« J'AI TOUJOURS VU [LES ALIENS] COMME UNE SOCIÉTÉ D'INSECTES, MAIS PLUS INTELLIGENTS »

N. M. & S. R. : Parlez-nous un peu de votre vision de ces créatures : que sont-elles ? Comment pensent-elles ? Quels sont leurs objectifs ? Qui les a créées ?

A. D. F. : Vous voulez mon avis ? Je les ai toujours vues comme une société d'insectes, mais plus intelligentes. Je ne les ai jamais envisagées comme une « création ». Les xénomorphes étaient faits pour être utilisés, par la race présentée dans le premier film, par les *Space Jockeys*[4]. Imaginez de dangereux chiens d'attaque, mais avec leur propre société fermée. Leur but est simplement de se reproduire et de créer plus de xénomorphes. À l'évidence, les films ont pris une tout autre direction.

N. M. & S. R. : À propos de Ripley : à quoi ressemblait-elle pour vous avant que vous ne voyiez Sigourney Weaver l'incarner ? Et pour les romans suivants, avez-vous changé quelque chose à votre façon d'écrire le personnage ?

A. D. F. : À partir du seul scénario, ma représentation mentale de Ripley n'a jamais été très claire. Désormais, il est totalement impossible d'imaginer qui que ce soit d'autre que Sigourney pour l'incarner. Vous vous souvenez de ce que j'ai dit tout à l'heure au sujet de la cohérence interne ? Je me suis battu pour la garder tout au long des livres. C'est l'une des raisons pour lesquelles j'ai eu du mal à la représenter dans *Alien 3*. Je ne pourrais jamais l'imaginer se suicider alors qu'elle est la dernière survivante. Elle ne le ferait pour aucune raison valable.

N. M. & S. R. : Le scénario du troisième film était originalement écrit par William Gibson, mais a beaucoup changé avant le tournage. Avez-vous eu accès à ce premier script ? Comment avez-vous travaillé sur cette suite ?

A. D. F. : Je n'ai jamais vu le script de Gibson (même aujourd'hui). Mais j'ai lu une grosse partie du travail de Bill, et je suis obligé de penser que ce script devait être meilleur que ce qui a été filmé en fin de compte. Le livre *Alien 3* a été écrit entièrement à partir de la version du scénario qui m'a été donnée. Je l'ai approché de la même manière que les autres, hormis que cela m'a demandé plus de travail.

« GARDER LA FILLE EN VIE FOURNIT AUSSI UNE MOTIVATION SUPPLÉMENTAIRE À RIPLEY POUR RESTER EN VIE »

N. M. & S. R. : Pourquoi n'avez-vous pas écrit le roman du quatrième film, et comment s'est passé votre retour dans la franchise pour *Alien: Covenant* ?

A. D. F. : Dans le roman [du quatrième film], j'ai tenté de corriger au maximum ce qui me paraissait être des erreurs dans le script. J'ai rendu le manuscrit et j'ai appris que l'un des producteurs du film, Walter Hill, avait écrit à l'éditeur (et à moi) pour nous dire qu'il fallait suivre le scénario à la lettre, car « *nous pensons qu'il n'en sera qu'un bien meilleur livre* ». Plutôt que de lui expliquer que je savais un peu comment faire mon travail, et sachant que c'était une commande, j'ai dû supprimer beaucoup de ce que j'avais écrit. Comme donner aux prisonniers un passé plus fourni, par exemple. Mais j'ai refusé de laisser Hicks et la petite fille mourir au début du film, et encore plus de décrire l'autopsie de l'enfant. J'ai corrigé cela pour qu'ils survivent sans que cela modifie l'histoire elle-même. Garder la fille en vie fournit aussi une motivation supplémentaire à Ripley pour rester en vie. Heureusement, l'éditeur a gardé ça.

Cet incident désagréable, la seule fois de ma carrière où j'ai dû repasser sur l'un de mes manuscrits pour enlever une grosse partie de ce que j'avais écrit, m'a convaincu de refuser d'écrire *Alien, la résurrection*. Je suis revenu pour *Alien: Covenant* après que l'éditeur m'a assuré qu'aucune des personnes ayant travaillé sur *Alien, la résurrection* n'était impliquée dans *Alien: Covenant*. Et puis, j'aimais

particulièrement les personnages d'*Alien: Covenant*, même si la plupart d'entre eux meurent au cours de l'histoire.

N. M. & S. R. : Après le quatrième film, avez-vous jamais discuté ou eu envie de continuer la novélisation de l'univers au-delà du film de Jeunet? Avez-vous pensé à ramener l'histoire sur Terre, avant l'atterrissage du *Prometheus*?

A. D. F. : On ne m'a jamais demandé d'aller plus loin que les événements d'*Alien: Covenant Origins*, qui se déroulent, évidemment, sur Terre.

N. M. & S. R. : Beaucoup se questionnent sur la Weyland Corporation et ses liens avec *Blade Runner*... Pouvez-vous nous parler un peu plus de cette entreprise, et du fantasme d'un univers étendu *Alien-Blade Runner*?

A. D. F. : Quand on m'a demandé de faire le préquel d'*Alien: Covenant* (le livre qui est devenu *Alien: Covenant Origins*), on m'a informé que je ne pouvais mettre aucun xénomorphe dans mon histoire. Donc... un roman *Alien*, sans Aliens. La seule chose à laquelle j'ai pensé, c'est de me concentrer sur le passé de la Weyland-Yutani. Ça m'a laissé de la place pour écrire sur la culture de l'entreprise au Japon en détail, ce qui était amusant. Mais ne culpabilisez pas les lecteurs qui, ne connaissant pas les ordres que j'avais reçus, ont critiqué l'absence de xénomorphes dans le livre. Pas ma faute.

Pour le lien avec *Blade Runner*, je pense que c'est juste totalement ridicule. Les studios feraient n'importe quoi pour étendre leur franchise. Je ne suis pas non plus fan d'*Alien vs. Predator*.

« MALHEUREUSEMENT, JE N'AVAIS LÉGALEMENT PAS LE DROIT DE PARLER DE MA PROPOSITION DE SUITE À PROMETHEUS NI D'AUTORISER QUI QUE CE SOIT À LA PUBLIER »

N. M. & S. R. : Vous faites partie des architectes les plus impliqués, et les plus secrets, de l'univers *Alien*, depuis des décennies. Si l'on vous demandait d'imaginer la suite, après *Alien, la résurrection* ou *Alien: Covenant*, quelles pistes exploreriez-vous?

A. D. F. : Au départ, on m'a d'abord demandé d'écrire la suite de *Prometheus*; cette histoire est finalement devenue *Alien: Covenant Origins*. J'ai écrit ce que je pensais être une plongée fascinante dans ce qui arrivera aux deux survivants de *Prometheus*, mais qui se concentrerait aussi sur les Ingénieurs et les variants xénomorphes. Mais les studios ont décidé qu'ils préféraient un préquel d'*Alien:*

Covenant à la place. Malheureusement, je n'avais légalement pas le droit de parler de ma proposition de suite à *Prometheus* ni d'autoriser qui que ce soit à la publier.

N. M. & S. R. : Dans quelques interviews, vous avez mentionné le film *Zoulou*[5], comme une bonne comparaison ou inspiration pour les personnages d'*Alien: Covenant*. Où cela aurait-il mené les personnages d'*Alien: Covenant Origins* après le roman ? Et le concept de *Zoulou* ne ferait-il pas un bon film *Alien* ?

A. D. F. : Ah, cette suite non publiée de *Prometheus*. Peut-être un jour…

N. M. & S. R. : Le xénomorphe est un monstre très spécifique, qui véhicule une forte symbolique psychosexuelle, dans son design de base et dans sa façon d'attaquer les humains. Comment avez-vous géré cette nature bestiale, et comment quelqu'un peut-il se projeter dans cette dimension de la créature ?

A. D. F. : Le xénomorphe reflète tous les questionnements de Giger, à la fois comme artiste et comme individu. Son œuvre est pleine de ce genre d'imagerie sexuelle. Je serais incapable de décortiquer sa pensée. On ne peut que contempler son art, s'émerveiller de sa technique, et être troublé par l'exécution de son talent. On pourrait presque l'imaginer assis à discuter de son métier avec Jérôme Bosch[6].

N. M. & S. R. : Vous êtes peut-être l'un des plus grands spécialistes de la culture et de la mythologie d'*Alien*. Pour la nouvelle génération, cet univers est lié à celui de *Predator*, à travers des films et des jeux vidéo. En tant qu'écrivain, voyez-vous du potentiel créatif à ce mélange, ou une simple orgie de fans en convention *AVP*[7] ?

A. D. F. : Une orgie de conventions. J'ai moi aussi aimé *Predator*… mais pas le mélange des deux.

N. M. & S. R. : Nous ne verrons probablement jamais à l'écran comment Ridley Scott aurait relié *Alien* et les récits d'*Alien: Prometheus* et *Alien: Covenant*. Alors comment auriez-vous réuni ces intrigues et ces personnages ?

A. D. F. : (soupir) J'en reviens encore à cette suite non publiée de *Prometheus*. Il aurait été facile de la rapprocher d'*Alien: Covenant*. *Alien: Covenant Origins* amorce ce lien. Mais je ne suis qu'un écrivain, et personne ne pense à me poser ce genre de questions.

TRADUIT DE L'ANGLAIS (AMÉRICAIN)
PAR MARIE DEMAY.

NOTES

1 Artiste et créateur des visuels du xénomorphe et du vaisseau dans *Alien, le huitième passager* (1979). Il partage l'Oscar en 1980 des meilleurs effets visuels pour ce film. [NDLT]

2 Scénaristes d'*Alien, le huitième passager*. [NDLT]

3 Université de Californie, Los Angeles. [NDLT]

4 Ou Ingénieurs. [NDLT]

5 Réalisé par Cy Endfiled en 1964. [NDLT]

6 Peintre primitif néerlandais du XVe siècle. [NDLT]

7 *Alien vs. Predator*. [NDLT]

AUTEUR

ALEXIS ROUX_

ALIEN ET PREDATOR : CHASSÉS-CROISÉS

AR_20_

20
ASF-CHAP
IDENTIFICATION

AU VU DU POTENTIEL ÉCONOMIQUE DES DEUX FRANCHISES, IL ÉTAIT ÉVIDENT QU'UN JOUR OU L'AUTRE, LE MONSTRE STAR D'*ALIEN* ALLAIT CROISER LA ROUTE DU CHASSEUR INTERGALACTIQUE DE *PREDATOR*.

Mais au-delà de l'enjeu purement commercial du projet, que nous raconte la fusion de ces deux univers ? Que met-elle en évidence ? Étude comparée de deux pierres angulaires de la pop culture, aux similitudes thématiques plus nombreuses qu'il n'y paraît.

Sorti en 1987, *Predator*, deuxième long métrage de John McTiernan, a connu peu ou prou le même destin que le chef-d'œuvre de Ridley Scott. Succès commercial planétaire, *Predator* a naturellement donné naissance à sa propre franchise (dont le dernier opus, *Prey*, est sorti à l'été 2022) et engendré un très vaste univers étendu, principalement composé de comics et de jeux vidéo.

Il ne faudra donc que peu de temps avant que le Predator ne devienne, plus encore qu'un antagoniste savoureux, un véritable emblème de la culture geek. En conséquence, le fantasme joyeusement régressif de voir un jour s'affronter, au sein du même récit, le Predator et l'Alien a rapidement germé. Un rêve devenu réalité dès l'année 1989, lorsque Randy Stradley en tire une bande dessinée en trois parties, publiée par sa maison d'édition Dark Horse Comics. Un an plus tard, c'est le mésestimé *Predator 2* de Stephen Hopkins qui déclare leur mariage pour la toute première fois sur grand écran, via un petit clin d'œil : lorsque le personnage de Danny Glover pénètre dans l'antre du Predator, il y découvre de nombreux trophées de chasse, parmi lesquels... un crâne de xénomorphe.

Il n'en fallait pas plus pour lancer la machine, et voir bientôt ce concept aguicheur à son tour décliné sous toutes les formes. Outre les comics, les deux ennemis se croiseront donc de nouveau au détour de nombreux romans, novélisations[1], adaptations vidéoludiques, et même cartes à jouer, sans oublier deux longs métrages, à la qualité plus que discutable. Mais si l'on s'éloigne un peu de la dimension divertissante et, soyons francs, très opportuniste du projet, un tel concept apparaît comme la suite logique des choses. En effet, si chaque univers a creusé son propre sillon, leurs points de convergence thématiques et esthétiques sont nombreux.

TRAJECTOIRES COMMUNES

De prime abord, le Predator, ou Yautja (c'est le nom de son espèce), se distingue par nature de son aîné baveux, réminiscence d'un imaginaire fantastique d'une grande richesse. Créé par le plasticien suisse H. R. Giger, il s'inspire en effet de plusieurs de ses œuvres préexistantes, en particulier le tableau *Necronom IV*, peint en 1976. Une illustration terrifiante et sublime des obsessions de l'artiste – la mort et la sexualité, indissociables l'une de l'autre –, et sa passion pour la littérature de H. P. Lovecraft[2].

Le Yautja, a contrario, est une pure créature de cinéma. Conçu par les scénaristes Jim et John Thomas, le Yautja a connu une genèse compliquée, changeant plusieurs fois d'apparence avant que McTiernan ne fasse appel à Stan Winston, grand génie des effets spéciaux. Malgré les yeux jaune vif, le crâne disproportionné et les mandibules repoussantes (une idée de James Cameron) du Yautja, sa carrure humanoïde l'éloigne grandement de l'anatomie de son aîné, plus proche de l'insecte. De plus, le xénomorphe est mû seulement par son instinct de chasseur et de reproducteur, là où le Yautja porte les signes d'un développement culturel, en l'occurrence d'une civilisation au sein de laquelle la traque et la mise à mort revêtent une importance rituelle. Preuve en est, l'usage qu'il fait de la technologie (concept absent chez les xénomorphes), garante de sa supériorité et nettement plus avancée que celle des êtres humains qu'il pourchasse.

AUTEUR

ALEXIS ROUX_

Pourtant, malgré leurs particularités respectives et la quasi-décennie qui les séparent (et Dieu que c'est long, dix ans à Hollywood), les deux futurs ennemis semblaient destinés à entrer en coïncidence l'un avec l'autre, et ce dès l'écriture des films. Tous deux mettent en scène une créature à la nature et aux origines ambiguës, faisant à la fois irruption dans un environnement et dans un genre qui leur sont étrangers. Le premier vient répandre une peur viscérale dans un univers de science-fiction contemplatif ; le second bouscule la formule académique de l'*actioner* grand public.

Ce parallèle s'exprime aussi et surtout dans la manière qu'ont les deux cinéastes de mettre en scène la terreur. Conscient de l'importance cruciale de la suggestion au cinéma (et peut-être aussi afin de dissimuler la piètre facture du costume), Ridley Scott place ainsi l'obstruction et la dissimulation au cœur de son dispositif filmique. Le xénomorphe est toujours montré de manière fugace, souvent en plan rapproché et fragmenté par le montage, de telle sorte qu'il ne se laisse jamais emprisonner par les bordures du cadre, comme pour affirmer sa domination. Le cinéaste britannique semble avoir bien révisé la leçon du *Halloween* de John Carpenter, sorti un an plus tôt, puisque comme lui, Scott articule sa mise en scène de manière à toujours se laisser déborder par les surgissements du monstre. De cette façon, et tout comme Michael Myers avant lui, le xénomorphe semble prendre les personnages mais aussi la caméra elle-même à rebours, comme si lui seul sentait sa présence dans le décor. D'où le malaise permanent du spectateur, toujours à l'affût du moindre mouvement, et pour qui le hors-champ devient plus que jamais le domaine de l'effroi.

Avec *Predator*, McTiernan s'inspire sans équivoque du travail de Scott, et le prolonge. Renouant avec la dimension claustrophobe d'*Alien*, le cinéaste entreprend à son tour de cacher le monstre, mais d'une manière

encore plus frontale. Grâce à son camouflage optique, le Yautja peut disparaître à sa guise, et peut donc évoluer au sein du plan, sans pourtant devenir repérable. Un avantage tactique écrasant, sur les personnages comme sur la caméra. Ce déséquilibre dans le rapport de force se traduit par l'importance accordée au flou, très dense, qui écrase les profondeurs, et par l'omniprésence de plans vides, où la caméra semble en vain chercher une trace, une ombre, une silhouette. Les plans subjectifs du chasseur entérinent sa supériorité autant que son caractère insaisissable. Dès lors, la dimension anxiogène de la mise en scène atteint son dernier degré : le territoire du monstre s'élargit du hors-champ vers le cadre lui-même. L'image est devenue mensongère, et le contenu du plan source de terreur.

MIROIR, MIROIR...

Chacun à leur manière, les deux films de Scott et de McTiernan ont fait de leur antagoniste un révélateur politique, responsable de la rupture du statu quo établi entre l'humain et sa société. Sa présence pousse dans les deux cas les personnages à renouer avec leur instinct de survie et, par ricochet, à s'engager dans une lutte pour leur indépendance. Une dimension révélatrice qui se traduit, en premier lieu, dans la direction artistique des deux films. Bien que leur rapport au monde soit initialement opposé (ce sont les humains qui foulent la planète des xénomorphes, là où le Yautja vient chercher querelle directement sur notre territoire), les deux créatures, par leur simple présence, contaminent l'espace. Présenté en ouverture comme un vaisseau ultramoderne, clinique, épuré et équipé d'une intelligence artificielle de pointe, l'*USCSS Nostromo* devient un labyrinthe obscur, usé, suintant et technologiquement dépassé, au fur et à mesure que le xénomorphe se l'approprie. Plus subtilement, *Predator* organise le même basculement : la jungle du Guatemala que Dutch (Arnold Schwarzenegger) et ses comparses belliqueux entreprennent de conquérir se recouvre, dès lors que le chasseur y prend ses marques, d'une couche de mystère. La végétation bruisse sans cesse, la verticalité vertigineuse des arbres bouche l'horizon, et la confusion géographique est totale. Au dédale de tuyaux et de conduits qu'était le *Nostromo*, McTiernan substitue une nature sauvage et millénaire, un décor considéré comme un personnage à part entière et qui se pare au fil du récit d'une dimension fantastique.

Cette transformation progressive de l'espace accompagne donc la charge politique des monstres. Dans *Alien*, l'oppression systémique d'une partie de la population se matérialise au grand jour à travers la figure du xénomorphe. Opposé à la créature, le personnage d'Ellen Ripley, lieutenante de son état, apparaît comme la victime d'une double inégalité. Elle est à la fois une femme dans un monde très majoritairement masculin et le rouage du bras armé d'un système outrageusement capitaliste. Un régime délétère que l'Alien incarne sur les deux plans. D'abord, son anatomie si particulière, toute en reliefs phalliques, tuyaux organiques et arêtes tranchantes, dessine la métaphore filée de la culture du viol et de l'oppression patriarcale. Puis, d'un point de vue plus pragmatique, le xénomorphe est un enjeu financier pour les exploitants du vaisseau, prêts à sacrifier tout l'équipage pour lui mettre le grappin dessus. C'est d'ailleurs une ironie savoureuse que d'avoir donné à l'ordinateur de bord par lequel s'exprime la volonté cynique de la société une identité féminine...

C'est à peu de choses près la même mélodie que joue *Predator*, à ceci près qu'il la renverse (c'est le masculin qui sert maintenant de point d'ancrage émotionnel au spectateur) et la distille en arrière-plan d'un film d'action classique. En effet, la liberté créative de la décennie précédente a succombé au retour en force des studios et de leurs productions calibrées. Affaibli par l'échec de *Nomads*, son premier coup d'essai, McTiernan se doit donc de suivre la recette du cinéma d'action de l'époque, du moins en apparence. Dans un pur geste de pirate, le réalisateur pousse d'emblée tous les potards dans le rouge, exposant aux yeux de tous les coutures du grand bazar reaganien pour mieux les faire sauter. Au milieu d'un casting débordant déjà de testostérone, Schwarzy apparaît comme le mâle alpha définitif du cinéma de divertissement, toujours à deux doigts de devenir sa propre caricature. Sa musculature saillante et outrancière est toujours prolongée de fusils, mitrailleuses et autres cigares dont la connotation phallique est de nouveau claire comme de l'eau de roche.

Mais plus le film progresse, plus McTiernan fragilise la carapace musculeuse de son personnage, et donc, celle de son acteur. Comme pour Ellen Ripley, c'est en se confrontant au Predator que Dutch comprend qu'il n'est que le pion d'un engrenage pour qui le sort des hommes n'a aucune espèce d'importance. Ici, la CIA, commanditaire de Dutch et de ses camarades, a menti sur la nature et surtout sur la dangerosité de leur mission. Une fois son équipe massacrée par le Yautja, Dutch devra désormais abandonner tout ce qui le caractérise comme un héros de son temps et renouer avec une forme de guerre bestiale et primitive pour espérer triompher de son adversaire d'un genre nouveau. Face à lui,

le Yautja incarne un merveilleux paradoxe : à la fois double parfait de Schwarzenegger (c'est un guerrier acharné, avec qui il partage une même morphologie) et sa dissemblance la plus radicale. Relecture horrifique de la figure de l'Étranger, le Yautja tombe à point nommé dans une Amérique qui vit un ultime soubresaut de guerre froide[3], et pour qui l'altérité a toujours porté les couleurs du communisme. De plus, son visage en forme de « vagin denté », opposé au phallus géant qu'est le xénomorphe, est une image à la portée puissamment castratrice pour le combattant viril qu'est Dutch. En l'opposant à une vision guerrière du féminin, McTiernan souligne la masculinité toxique qui prévaut dans l'imagerie d'alors.

En définitive, cet angle de vue met en exergue le relief contestataire et émancipateur des monstres. Le xénomorphe expose les inégalités profondes qui structurent notre société et dont la déconstruction peine encore aujourd'hui à se concrétiser. Le Yautja donne quant à lui à voir toute la facticité ridicule de l'idéologie conservatrice et impérialiste des États-Unis de l'époque, et met en crise son incarnation la plus flamboyante. Mais leur portée émancipatrice se heurte à la noirceur de la vision des cinéastes, débouchant dans les deux cas sur un final ambigu. Ripley a certes vaincu l'extraterrestre, mais elle se trouve condamnée à l'errance, hors d'une société où l'intégration n'est permise que par la soumission. Dutch, de son côté, pourrait d'abord sembler connaître un aboutissement victorieux. Mais le regard vide qui est le sien dans la dernière séquence prouve le contraire : Dutch a certes triomphé de son Autre, mais en détruisant au passage une part de lui-même, mettant ainsi à nu son inéluctable fragilité. Et comme Ripley, il n'a désormais plus nulle part où aller.

RENDEZ-VOUS MANQUÉ

Au vu du dialogue riche et multiple qui relie la mythologie d'*Alien* à celle de *Predator*, comment dès lors expliquer l'échec de leur première vraie rencontre cinématographique ? Sorti en 2004, *Alien vs. Predator*, réalisé par Paul W. S. Anderson, présente certes une indéniable qualité : celle de concrétiser un fantasme collectif de la manière la plus ludique et la plus spectaculaire qui soit. À défaut de se hisser au rang stratosphérique atteint par ses prédécesseurs, Anderson joue la carte de la générosité bienveillante et emballe son long métrage avec une efficacité industrielle et un certain sens du rythme. On ne peut en revanche pas en dire autant de la suite, réalisée par les frères Strause et sortie en 2007. *Aliens vs. Predator: Requiem* porte les stigmates douloureux d'une production bâclée, filmée sans panache ni talent et ne méritant pas mieux qu'un coup d'œil fugace. C'est d'autant plus dommage que le film présentait un véritable intérêt en offrant une représentation concrète de la réunion des deux univers : le « Predalien », créature hybride ô combien puissante et terrifiante, née de la fécondation d'un Yautja par un *facehugger*. Le résultat est malheureusement sans aucun intérêt, le potentiel horrifique d'une telle invention étant saccagé par l'incompétence des deux réalisateurs.

Mais plus encore qu'un manque évident de savoir-faire, ce sont les intentions initiales du projet qui le condamnent à la médiocrité. À défaut de présenter un véritable intérêt cinématographique, la duologie *AvP* s'avère un objet d'étude intéressant, en cela qu'elle anticipe de quelques années la production hollywoodienne actuelle – prise sous l'angle de son rapport stérile à la nostalgie et aux grands motifs de la pop culture. Pensés avant toute autre chose comme un moyen de truster les sommets du box-office en capitalisant sur un public conquis d'avance, les deux films restent malheureusement à la surface de leur imaginaire. La dimension politique et métaphysique des monstres est bien évidemment remisée au placard, et la terreur laissée au second plan. En évidant la substance des deux sagas pour ne conserver de leurs monstres que les signes extérieurs, la licence initiée par le réalisateur de *Resident Evil* est un simulacre dévitalisé, dont le « Predalien » devient le symptôme évident. Un fantasme devenu pur produit de consommation, dépourvu de sens et d'incarnation.

Ironie du sort, c'est au moment précis où les deux franchises se sont confondues en une seule que les deux créatures ont cessé de dialoguer l'une avec l'autre. La conséquence d'une vision de plus en plus restreinte du genre, condamné à n'exister trop souvent que pour l'effet qu'il procure au spectateur, et plus pour sa valeur discursive. Une dimension symbolique, métaphorique et quasi mystique du cinéma d'horreur, que le xénomorphe et le Yautja continuent malgré tout d'incarner fièrement.

NOTES

[1] Procédé consistant à adapter une œuvre audiovisuelle ou une bande dessinée sous forme strictement littéraire.

[2] Giger a nommé *Necronomicon* le recueil d'images dans lequel figure le tableau, référence explicite au *Livre des morts* inventé par l'auteur britannique.

[3] De 1980 jusqu'à la chute du Bloc de l'Est en 1991, la « doctrine Reagan » a consisté à soutenir, financièrement et militairement, des mouvements révolutionnaires anticommunistes afin d'étendre le libéralisme économique dans le monde.

CHAPITRE_20
COMPLET_100%

AUTEUR

ALEX NIKOLAVITCH_

ALIEN COMICS
LA TERREUR EN QUADRICHROMIE

AN_21_

21 ASF-CHAP IDENTIFICATION

LE XÉNOMORPHE EST UNE CRÉATURE NÉE PAR ET POUR LE CINÉMA.

Une bonne partie de ses caractéristiques physiques ont été pensées pour la caméra et les jeux d'éclairage, pour un clair-obscur le rendant indistinct et d'autant plus terrifiant. Le voir passer du grand écran à la page de bande dessinée peut dès lors sembler curieux, voire hérétique : le dessin encré ne véhicule pas les mêmes sensations. Il crée une forme de distance. Et pourtant, la saga *Alien* a généré une multitude d'adaptations sur papier, parfois très réussies d'ailleurs.

À la fin des années 1970, lorsque le film *Alien* sort sur les écrans, le magnétoscope n'est pas encore d'un usage courant. Prolonger l'expérience consiste parfois, à l'époque, à recourir à une adaptation dessinée. L'intérêt, pour les éditeurs, est également de développer une licence : *La Planète des singes* a eu droit à un magazine durable, le *2001, l'Odyssée de l'espace* de Kubrick a été adapté, puis prolongé par Jack Kirby en personne, et *Star Wars* s'impose très vite comme un titre stable pour Marvel, créant de nouveaux concepts et personnages.

C'est le magazine *Heavy Metal*, version américaine de *Métal Hurlant*, qui publie *Alien: The Illustrated Story*. Il y a là une logique évidente : Moebius, qui a participé à la production du film, est l'une des valeurs sûres de la maison. Pourtant, le projet est confié à deux auteurs venus des comics de super-héros, Archie Goodwin et Walt Simonson. Le tandem a déjà travaillé ensemble sur *Manhunter*, chez DC, et Simonson ne cache pas son admiration pour Druillet, autre grand auteur français de la génération *Métal*. Simonson livre ici une prestation classique, respectant notamment les designs de Ron Cobb, et donne un premier exemple des onomatopées tracées avec des outils mécanographiques, très carrées, délibérément répétitives et à contre-courant de la tradition. Elles deviendront sa marque (et celle d'Howard Chaykin, son camarade de l'Upstarts Studio) dans les années 1980.

DANS LE VIDE, PERSONNE NE VOUS ENTENDRA PUBLIER

Les années 1980, justement, ne semblent pas propices à d'autres expériences aliénisantes sur papier. Le film de 1986 de James Cameron n'est même pas adapté sous cette forme. L'époque a changé : entre les multidiffusions sur la télévision par câble et l'explosion du marché de la vidéo, il est devenu facile de revoir les films à volonté. La construction d'univers étendus, si Marvel l'a tentée pendant une centaine de numéros de *Star Wars*, n'est pas encore la règle. D'ailleurs, ce titre-là a fini par s'arrêter.

L'univers *Alien* n'en demeure pas moins pour autant une source d'inspiration pour les comics. Dans les années 1980, les sinistres Brood (ou « sleazoïdes »), créés dans *Uncanny X-Men* n° 162 par Chris Claremont et Dave Cockrum, reprennent à la fois l'allure partiellement insectoïde du xénomorphe et son habitude de pondre des œufs dans des hôtes non consentants. Ces créatures reviendront à plusieurs reprises hanter les X-Men, mais on les retrouvera infestant tout

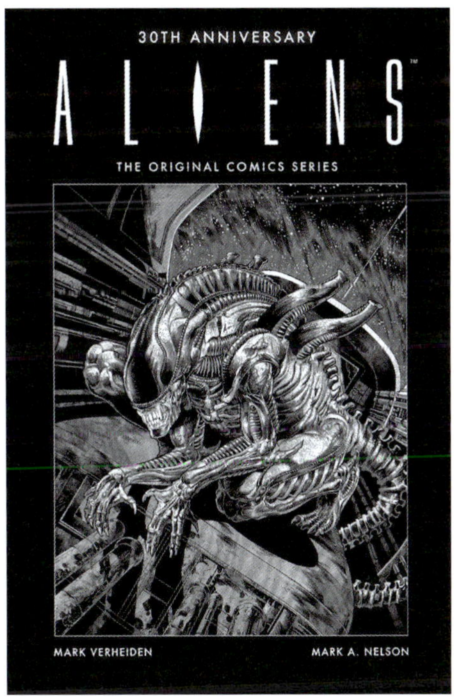

l'univers Marvel par la suite, notamment dans les pages de *The Incredible Hulk*, à l'occasion de la saga *Planet Hulk*, par Greg Pak, publiée en 2005. Un Brood en rupture de ruche y rejoint le titan vert, montrant une évolution dans le traitement de cette espèce extraterrestre montrée jusqu'alors sous un jour systématiquement négatif. De toute façon, Claremont, en instaurant une communication verbale entre Brood et autres personnages, s'était déjà éloigné de l'aspect impersonnel de la créature muette et aveugle montrée dans les films. Les codes narratifs d'un film horrifique et ceux d'un comic book de super-héros, surtout fonctionnant sur le mode du feuilleton de longue haleine, comme *X-Men*, ne sont bien évidemment pas les mêmes.

D'autres créatures, chez Marvel, vont emprunter des caractéristiques du xénomorphe, comme les Sidri, également apparus dans les pages d'*Uncanny X-Men*, et fonctionnant sur le mode de l'infestation. Noires, grouillantes, ne communiquant en aucune façon, elles sont une autre facette de l'alien, un peu moins organique.

Plus récemment, et chez d'autres éditeurs, *Nameless* (2015), de Grant Morrison et Chris Burnham, ou *Caliban* (2014), de Garth Ennis et Facundo Percio, jouent avec certains des codes de la saga *Alien* pour livrer des œuvres néanmoins personnelles, revenant tous deux, mais de façon différente, au sous-texte lovecraftien à la base du premier film.

Le premier mixe occulte et possession dans le cadre d'une mission spatiale peut-être hallucinatoire, sur un astéroïde infesté par des consciences profondément étrangères et malveillantes, et s'il emprunte aussi bien à *Armageddon* qu'aux *Montagnes hallucinées*, il emploie également une imagerie qui est celle du film de Ridley Scott, pour donner un cocktail très personnel, représentatif des obsessions de Morrison.

Le second est de facture plus classique. On retrouve le concept de vaisseau minier et de voyages interminables jusqu'à des mondes inhospitaliers, mais l'astronef percute une épave dans l'hyperespace, et fusionne avec lors de la sortie. Elle contient, bien entendu, des hibernacles destinés à préserver des formes de vie extraterrestres, mais celles-ci semblent ne pas avoir survécu au voyage.

Bien vite, l'un des membres survivants de l'équipage semble infecté par une conscience étrangère.

Cette fois, tous les codes narratifs du premier *Alien* sont là : le côté prolétaires spatiaux des occupants du vaisseau *Caliban*, l'incident de parcours, la découverte d'une épave profondément dérangeante, puis la montée en tension, alors qu'un prédateur élimine l'un après l'autre tous ceux qui s'éloignent du groupe. Bien entendu, Garth Ennis y ajoute sa propre patte, et la menace est d'une nature nettement plus insidieuse qu'un simple monstre bardé de crocs et de griffes. Le résultat constitue à la fois un bel hommage, une belle variation sur le thème, et une œuvre assez originale.

Même hors licence, *Alien* sait inspirer les auteurs.

LE MAUVAIS CHEVAL

Les adaptations et continuations officielles existent pourtant, et en quantité considérable. Il y a seulement eu un peu de retard à l'allumage : en 1988, le tout petit et tout jeune éditeur indépendant Dark Horse Comics achète à la Fox le droit de produire des comics autour de la licence *Alien*, qui ne comprend alors que deux films. Le troisième n'étant même pas encore en chantier, le scénariste Mark Verheiden (qui écrira également les premiers comics *Predator*) pense avoir les mains libres pour donner une suite aux aventures de Ripley, Newt et Hicks. Il déchante rapidement, l'actrice Sigourney Weaver refusant au départ d'apparaître dans un comic book, par souci de contrôle de son image. Newt et Hicks, survivants du film *Aliens, le retour*, poursuivront donc l'aventure seuls dans une mini-série en noir et blanc dessinée par Mark Nelson, puis une autre en couleurs par Denis Beauvais.

Les manigances de la Compagnie et de l'armée ont déclenché la catastrophe : des spécimens d'Aliens amenés sur la Terre l'ont envahie. Nos héros doivent tenter de la reconquérir malgré les manœuvres d'un général fou espérant dresser les créatures pour combattre leurs sœurs sauvages, et celles d'un *Space Jockey*, l'un de ces extraterrestres que le diptyque *Prometheus / Alien: Covenant* nommera « Ingénieurs ». Celui-ci semble bien décidé à profiter du désastre pour reterraformer la planète en vue d'y installer une colonie adaptée à son propre peuple.

Une troisième série, *Aliens: Earth War* (retitré *Aliens: The Female War* lors des rééditions), dessinée cette fois-ci par Sam Kieth (*Sandman, The Maxx*) permet de ramener Ripley (de toute façon, le style très particulier de Kieth la rend méconnaissable) et de boucler l'essentiel des lignes narratives mises en place par Verheiden.

Mais cet embryon d'univers étendu est torpillé d'un coup par la sortie d'*Alien 3*, de David Fincher. Celui-ci se débarrasse à la faveur d'un crash des personnages secondaires ayant survécu au film précédent. Seule Ripley poursuivra la saga.

Mike Richardson, le grand patron de Dark Horse Comics, mais aussi scénariste à ses heures, est amené en catastrophe à publier une mini-série en deux parties, *Aliens: Newt's Tale*, adaptant *Aliens, le retour* du point de vue de la petite fille, et servant surtout à poser l'idée que toutes les aventures vécues par la suite ne sont qu'un fantasme né de l'hypersommeil. Le dessin rapide de Jim Somerville montre que le projet est né dans une certaine précipitation. Le troisième film est également adapté, et l'éditeur se trouve face à un problème de continuité, qu'il gère tant bien que mal ; lors des rééditions ultérieures des trois premières mini-séries de Verheiden, les noms de Hicks et de Newt seront changés. Exit l'univers étendu *Alien*.

VARIATIONS ET FIGURES IMPOSÉES

Le modèle évolue donc. Chaque nouvelle mini-série (souvent en quatre épisodes) ou chaque récit complet (au format « prestige », à dos carré et plus luxueux, ou en magazine souple) seront confiés à des auteurs différents.

Sortir de la continuité des films est paradoxalement une libération : cette logique et les formats de publication permettent tous les exercices de style et toutes les variations autour du thème.

Aliens: Salvation (1993), de Dave Gibbons et Mike Mignola, suit un membre d'équipage d'un vaisseau échoué sur une planète infestée de xénomorphes. D'un naturel religieux, il se croit en enfer ou au purgatoire, harcelé par des démons, et sur la voie d'une forme de rédemption. Ce court récit se trouve dès lors thématiquement en résonance avec le film de Fincher, mais avec un traitement résolument différent. Cette approche mystique se retrouvera à plusieurs reprises, comme dans *Aliens: Sacrifice* (Peter Milligan et Paul Johnson, habitués de Vertigo, le label adulte de DC) ou *Aliens: Alchemy*, de John Arcudi et Richard Corben. En creux, elle permet de marquer le fond profondément lovecraftien de la saga *Alien* (en tout cas dans ses premières incarnations) :

l'homme se heurte à un univers trop grand pour lui, indifférent aux réalisations de l'espèce, et ne nous voyant, in fine, que comme une ressource, un bétail servant d'incubateur à la créature. Attendre le secours d'une puissance supérieure et bienveillante est courir, dans le meilleur des cas, à la déception, et dans le pire à la destruction totale.

D'autres thèmes, très différents, intéresseront les auteurs variés venus se frotter à la licence. La survie et son prix, bien sûr, les choix de chacun devant une situation intolérable, la façon dont des groupes humains peuvent s'organiser, ou non, face à la menace, et ce à quoi ils doivent renoncer en échange. D'autres tentent de creuser l'écologie du xénomorphe, d'imaginer l'environnement infiniment hostile qui a pu le faire émerger (encore une approche remise en cause plus tard par les films, *Alien: Covenant*, en l'occurrence).

À défaut de pouvoir développer un univers étendu cohérent, Dark Horse Comics offre à des scénaristes très divers la possibilité de s'amuser avec des archétypes forts. Certains reviennent plusieurs fois sur la licence, comme John Arcudi ou Ian Edginton, qui développent parfois leurs thèmes propres. Dans *Aliens: Rogue*, puis *Aliens: Purge*, ce dernier revient sur toutes les expériences de Frankenstein menées sur des spécimens de xénomorphes, en vue de les hybrider et de les contrôler, par des scientifiques aux méthodes et à l'éthique parfois... douteuses. On retrouve également cette idée de contrôle dans *Aliens: Labyrinth* (Jim Woodring et Kilian Plunkett). On se doute que ça ne se finit jamais bien : en cela, les comics ne s'écartent pas des films, l'Alien est une force de la nature qu'il est vain d'essayer de dompter. Même lorsque l'on semble y arriver, cela reste un effort prométhéen, un exploit dont les conséquences néfastes et le prix pour soi et les autres sont toujours trop élevés.

L'éditeur tente également de lancer des projets de plus longue haleine, comme des séries consacrées aux Colonial Marines, mais la première expérience tourne court, s'arrêtant au bout de dix épisodes sur les douze prévus. Le modèle de base demeure donc la mini-série en quelques numéros, soit en général 80 à 90 pages au total pour une histoire.

Si tous ces récits se lisent indépendamment les uns des autres, ça ne les empêche pas de se répondre parfois (l'idée d'une drogue dopante extraite de l'Alien, posée dans *Aliens: Genocide*, se retrouve ensuite ailleurs), et de poser un contexte propre, qui n'est plus tout à fait celui des films : à force de rencontres entre l'humanité et les xénomorphes, leur existence n'est plus un secret militaire. Il y a eu trop d'incidents, et chaque bourlingueur de l'espace sait reconnaître les signes d'une infestation. Cela instaure bien évidemment une dynamique différente : des concepts semblables à la base, comme les expériences scientifiques que l'on trouve dans le film *Alien, la résurrection* et dans le comics *Aliens: Purge* (dessiné par Phil Hester), ne sont pas traités de la même façon. De fait, les codes narratifs du cinéma et de la bande dessinée sont cousins, mais conservent leurs spécificités et leurs contraintes propres.

Néanmoins, les comics, avec leurs coûts de production bien moindres, permettent des expériences bien plus audacieuses et des variations stylistiques bien plus poussées. Il n'y a rien de commun entre l'élégance glacée du style de Mike Mignola sur *Aliens: Salvation* (juste avant qu'il ne lance *Hellboy*) et les anatomies volontiers difformes d'un Kelley Jones, sur *Aliens: Harvest*, dont le clair-obscur brouille de toute façon, délibérément, la distinction entre humains et monstres.

Certains auteurs, comme le croate Darko Macan, jouent la carte de l'exercice de style, du récit court et nerveux fondé sur un concept simple. *Aliens: 45 seconds*, par exemple, reprend les codes du thriller et du film d'action « à compte à rebours », et s'amuse à étirer le temps. *Aliens: Elder Gods*, écrit par Nancy A. Collins, reprend les tropes lovecraftiens de la secte vénérant des reliques fossilisées. Qui s'avèrent ici être celles d'une reine alien.

D'autres, comme John Byrne dans *Aliens: Earth Angel*, essaient d'étendre la mythologie *Alien*. Il met en scène une première infestation sur Terre dans les années 1950, impliquant un ancêtre de Ripley (idée qui sera reprise dans le deuxième film *AvP*, puisqu'un personnage s'appelant Dallas ne saurait être une coïncidence). Si le récit est problématique dès qu'on l'envisage dans la continuité globale de la série (mais après tout, c'est l'une des marques de fabrique de Byrne que de réécrire les continuités les mieux établies), il permet néanmoins des variations sympathiques sur les clichés de la licence.

Aliens: Music of the Spears (Chet Williamson et Tim Hamilton, 1994) raconte de son côté l'histoire d'un compositeur qui veut utiliser le son monstrueux du xénomorphe comme élément d'une musique terrifiante. Sa propre démarche l'amène aux frontières de la folie, si elle n'est pas, dès le départ, l'expression d'une folie déjà présente. Quels sacrifices Damon sera-t-il prêt à concéder pour sa symphonie ultime ?

FORTS EN THÈME

L'exploration des thèmes des films conduit parfois les auteurs à les devancer : *Aliens:*

Apocalypse – The Destroying Angels, écrit par Mark Schultz (*Xenozoic Tales*) et dessiné par Doug Wheatley, explore dès 1998 ce qui sera bien plus tard au cœur du diptyque *Prometheus / Alien: Covenant*. Une opération de secours envoyée vers une épave semblable à celle du premier film, et sur laquelle une petite fondation a une équipe de chercheurs, permet de revenir sur les origines de la vie sur Terre. L'un des scientifiques émet une théorie selon laquelle les *Space Jockeys* ont été l'une des premières espèces à parcourir et à coloniser le cosmos, il y a des milliards d'années. Ce faisant, ils ont réveillé les xénomorphes, qui selon lui sont une manière pour l'Univers d'éliminer toute vie consciente outrepassant ses limites. Les premières formes de vie complexes de notre monde ont ainsi été rayées de la carte à l'origine, et il fallut du temps à la planète pour s'en remettre.

On retrouve des scènes reprises quasi telles quelles par Scott, par exemple celle d'un androïde exposant délibérément un membre d'équipage à un *facehugger* afin de produire un Alien. L'une des forces de ce récit, c'est qu'il refuse d'être prescriptif et de donner une version définitive d'un mythe d'origine des créatures. Le scientifique est exalté, à demi dément, et sa version des faits pourrait n'être qu'une théorie. Cela laisse toute la place à d'autres interprétations par d'autres auteurs, contradictoires au besoin.

Beaucoup d'autres publications n'ont pas cette ambition. La règle générale demeure l'exercice de style, permettant à des dessinateurs reconnus de s'exprimer le temps de quelques dizaines de pages, comme Eduardo Risso (*100 Bullets*), sur un scénario de Brian Azzarello, s'amusant avec les histoires à faire peur que se racontent les ados au coin du feu, et les défis idiots qui s'ensuivent, ou David Wenzel (auteur notamment d'une belle adaptation du *Hobbit*), qui oppose les xénomorphes à une troupe de Vikings dans *Aliens: Stalker*. Tout cela reste relativement anecdotique, mais demeure une lecture fort sympathique.

Les tropes narratifs de la série ont de toute façon de quoi inspirer les auteurs, qui jouent avec et les tordent, jusqu'aux délirants *Aliens: Pig*, ou au diptyque *Aliens: Mondo Pest / Aliens: Mondo Heat*, utilisant l'univers des xénomorphes sur le mode de la farce. Dans *Aliens: Pig*, une bande de bras cassés tente de récupérer une cargaison de minerai écrasée sur un monde infesté de xénomorphes, en attachant une bombe sur le dos d'un porcelet chargé d'infiltrer la ruche. La logique du grain de sable et de l'enchaînement de conséquences toujours plus catastrophiques évoque les romans de la série *Dortmunder*, de Donald Westlake, tandis que le dessin crade, poisseux et expressif de Henry Flint souligne toute la truculence de la situation. Le récit de Chuck Dixon a le bon goût de rester court, ce qui permet d'en affirmer le côté bouffon.

Les *Mondo* sont d'un genre un peu différent, développant les aventures goguenardes d'un chasseur d'Aliens professionnel, mercenaire à grande gueule, poseur, dragueur et rouleur de mécaniques. Le côté cartoon est assumé par les auteurs, le scénariste Henry Gilroy (plus tard producteur de la série *Star Wars: The Clone Wars*) et le dessinateur Ronnie del Carmen (qui fera par la suite carrière chez Pixar).

À partir de l'an 2000, le rythme se réduit notablement. Renouveler la créature en restant dans le cadre posé par les films finit par tenir de la gageure. Le scénariste Brian Wood (*Northlanders, DMZ*) saura néanmoins tirer parti des concepts et des personnages développés dans le jeu vidéo *Alien: Isolation* pour produire plusieurs séries fonctionnant comme des préquelles à celui-ci. En cela, il parvient à installer sur la durée un début d'univers étendu, pour la première fois

depuis l'arrêt des séries de Mark Verheiden. Hélas, une affaire le concernant conduit Dark Horse Comics à mettre fin prématurément à son contrat, et les lignes narratives mises en place restent depuis en jachère.

D'autres expériences sont moins marquantes : *Aliens: Dead Orbit*, par James Stokoe (2017), vaut surtout pour sa tentative de mettre en œuvre des codes narratifs et graphiques issus du manga, mais le récit proposé reste relativement banal et générique. Raconter de façon compétente une simple infestation de xénomorphes dans un environnement spatial clos ne suffit plus à faire une histoire marquante, si elle ne développe pas un point de vue fort, des personnages originaux ou un thème approfondi. Sinon, on ne se retrouve qu'avec une histoire de bestioles montant à bord d'un vaisseau pour en croquer l'équipage. C'est, bien entendu, la base du concept d'*Alien*, mais cela ne suffit plus forcément, quatre décennies après le film de Ridley Scott, et après des milliers de pages de publications, parfois signées par de grands noms.

CROISONS-LES

Une autre idée va naître dans les comics. Dark Horse Comics disposant à la fois de la licence *Alien* et de la licence *Predator*, appartenant toutes deux à la Fox, va proposer de croiser les deux en 1990. L'idée était de toute manière validée de façon canonique puisque, dans le film *Predator* 2, la salle des trophées dans laquelle débouche Danny Glover contient, entre divers crânes de créatures plus ou moins identifiables (dont un T-Rex), celui d'un xénomorphe parfaitement reconnaissable.

Mark Verheiden, qui a pourtant développé les deux licences, cède la place au scénariste (et éditeur de ces séries) Randy Stradley. Celui-ci livre une première mini-série musclée, dont sauront s'inspirer ses continuateurs, que ce soit sur papier ou à l'écran : dans le premier film *AvP*, l'un des personnages s'appelle Verheiden en hommage au scénariste pionnier du concept, et l'idée d'un Predator marquant au visage la survivante pour indiquer son statut de tueuse d'Aliens provient directement de cette première série.

Les comics *Aliens versus Predator* deviennent alors un genre, une licence en soi, qui se décline ensuite en jeux vidéo et au cinéma. De fait, opposer le chasseur ultime et le fauve le plus dangereux de la galaxie tombe sous le sens. Mais l'intérêt des meilleures histoires tient en général aux populations prises entre les deux feux et à leurs réactions.

Dans cette première série, le lecteur suit Machiko Noguchi, cadre d'une compagnie, envoyée superviser les opérations d'éleveurs de bétail sur une planète nouvellement colonisée. Alors qu'un vaisseau vient récupérer des bêtes, des Predators déposent des œufs en surface, puis viennent se faire une partie de chasse au xénomorphe, ignorant que des humains se sont installés à proximité.

Après avoir fait cause commune avec un Predator blessé, soigné par les colons, Machiko parvient à mettre fin à l'infestation, et reçoit une marque initiatique, une scarification au sang d'Alien, indiquant qu'elle est une chasseresse. D'autres séries reprendront par la suite ce personnage, qui intégrera de plein droit une meute de Yautja (le vrai nom des Predators, en tout cas selon les comics).

Aliens versus Predator: Deadliest of the Species (1993) s'inscrit dans la continuité des *Aliens* de Mark Verheiden. Écrite par Chris Claremont, juste après son départ de *X-Men*, et dessinée par Jackson Guice puis Eduardo Barreto, cette longue série en 12 chapitres est la plus longue de toute la licence. Elle s'ingénie à brouiller les distinctions d'espèces et à proposer des alliances et hybridations contre-nature.

La sortie des films *Alien vs. Predator* et *Aliens vs. Predator: Requiem* amène naturellement l'éditeur et le scénariste Mike Kennedy à en intégrer des éléments dans la continuité des comics, notamment la construction de pyramides de type précolombien par les chasseurs. Kennedy intègre également un nouveau concept, le « grand effacement » accidentel de tous les systèmes informatiques, pour expliquer la perte des données de l'humanité concernant les xénomorphes, et le relie au fait que, dans le film *Alien, la résurrection*, les androïdes soient devenus illégaux. Ces patchs de continuité sont chose courante dans les comics, et ont tendance à embrouiller ce qu'ils sont censés expliquer. Les deux récits de Kennedy, *Aliens versus Predator: Thrill of the Hunt* et *Aliens versus Predator: Civilized Beasts* constituent un tout. Après le grand effacement, la Terre a perdu le contact avec la plupart de ses colonies. Alors que les voyages spatiaux lointains reprennent, une vedette des médias et un promoteur veulent installer une réserve de chasse et un centre touristique sur un monde verdoyant, luxuriant et giboyeux, apparemment dépourvu de toute vie intelligente. Tout à fait le genre d'endroit où les Predators aiment à organiser leurs petits safaris xénomorphes. La cohabitation est, on le devine, quelque peu tendue.

Kennedy produit également à l'époque deux mini-comics, *Aliens versus Predator: Dead Space* et *Aliens versus Predator: Sandtrap*, vendus exclusivement avec une édition DVD du deuxième film *AvP* et un coffret collector.

Alien vs. Predator va donner des idées aux créateurs et aux éditeurs. Le xénomorphe pourra aller affronter aussi bien Batman (avec Bernie Wrightson aux dessins) et Green Lantern que Vampirella ou Judge Dredd ! La règle de ces rencontres, qui nécessitent généralement des tractations complexes entre éditeurs, est le récit autocontenu, quelle que soit sa taille. Pour des raisons tenant aussi bien à des aspects légaux qu'à la cohérence des univers, le fait que Batman ait pu rencontrer des xénomorphes ou des Predators ne doit avoir aucune influence sur la suite de ses aventures.

Très curieusement, dès lors, le crossover *Wildcats/Aliens*, chez l'éditeur Wildstorm, écrit par Warren Ellis et dessiné par Chris Sprouse, fait exactement l'inverse : le scénariste profite de ce récit très exposé pour changer le statu quo d'une autre série de l'éditeur, aux ventes déclinantes. Si les Wildcats, personnages créés par Jim Lee, ont l'habitude d'affronter des extraterrestres dangereux, ils sont confrontés à forte partie lorsqu'ils interviennent sur une infestation de la station orbitale Skywatch. Celle-ci est la base d'opérations de Stormwatch, un autre groupe, dont Ellis écrit à l'époque la série. L'arrivée des Aliens lui permet d'éliminer une partie de son casting, qu'il en est venu à considérer comme du bois mort et, deux numéros plus tard, il *reboote* le tout (début 1999) sous le nom de *The Authority*, une série qui fera date par son côté spectaculaire et sans concession. Mais c'est une autre histoire. Bien entendu, cette cascade est réalisée par un professionnel, qui prend bien soin de ne pas montrer les créatures dans les numéros suivants, et se contente de n'évoquer l'événement qu'en termes flous. Pour autant, le transfert ultérieur de la licence rend un quart de siècle plus tard très compliquée, voire impossible, toute réédition de cet excellent *Wildcats/Aliens*.

Pour l'anecdote, le dessinateur vétéran Gil Kane, chargé de réaliser l'une des couvertures, ne comprend pas que l'Alien du titre est une créature spécifique, issue d'une licence, et dessine un extraterrestre générique semblant issu d'un EC Comics des années 1950. Il faut alors faire retoucher une partie de la couverture en urgence...

RETOURS AUX SOURCES

Si Dark Horse Comics a su diversifier ses activités en publiant également des séries comme *Hellboy* ou *Sin City*, les déclinaisons de licences cinématographiques restent longtemps un gros fonds de commerce de l'éditeur. Mais *Alien*, sous sa forme de papier, ronronne un peu à force de fonctionner par récits courts et relativement indépendants. La version sur papier d'*Alien*, tout comme celle de *Predator*, est donc en demi-sommeil pendant la plus large part des années 2000, avec une forte baisse du rythme de publication, compensée par une politique de rééditions. Il y a pourtant dans les archives de la Fox deux documents permettant de relancer l'intérêt du public en injectant un peu de sang neuf. En faisant du neuf avec du vieux comme il se doit : deux séries sortiront ainsi, reprenant non pas les films mais les premières versions abandonnées de leur scénario : *Alien: The Original Screenplay*, reprenant le *Memory* de Dan O'Bannon, base du film finalement réalisé par Ridley Scott, ainsi que *William Gibson's Alien 3*. Il y a là de quoi satisfaire la curiosité des fans et évoquer des potentialités non exploitées par la saga. D'ailleurs, l'éditeur se livre en parallèle au même exercice avec le scénario d'origine de *Star Wars*, celui que tous les producteurs avaient renvoyé à la figure de George Lucas, parfois pour de bonnes raisons.

Alien: The Original Screenplay, par Cristiano Seixas et Guilherme Balbi, est relativement sans surprise. Certains développements sont différents de ce que connaissent les spectateurs, notamment la présence d'une pyramide très ancienne contenant les œufs et des hiéroglyphes évoquant le cycle vital de la créature (le tout a été repris dans *AvP*), et l'intrigue autour de l'androïde est absente. Par ailleurs, les auteurs trichent légèrement. S'ils cherchent à montrer que cette version n'est pas celle du film en employant un extraterrestre plus générique et nettement moins « gigerien », c'est en feignant d'oublier que Giger et son style étaient attachés au projet de film dès l'origine : Dan O'Bannon avait été marqué par sa collaboration avec le peintre lors de la préproduction du *Dune* avorté de Jodorowsky, et voulait refaire un film dans l'esprit du *Dark Star* de John Carpenter, auquel il avait largement participé, avec plus de moyens et un monstre plus terrifiant. Par contre, alors que, jusqu'à la phase de casting, le personnage de Ripley était non genré dans le scénario, cette version dessinée en fait une femme comme dans le film. De fait, c'est cohérent avec le cliché de la « *last girl* », dernière survivante d'un film d'horreur de type *slasher*, que Ripley a contribué à alimenter.

Le résultat est un peu bizarre, avec un graphisme résolument moderne, pas du tout connoté années 1970 / *Métal Hurlant* comme on aurait pu s'y attendre, et des variations somme toute anecdotiques par rapport au film tel qu'on le connaît, d'autant que la version longue d'*Alien* reprend des scènes coupées lors du montage initial, mais présentes dès les premières étapes de l'écriture, et qu'on retrouve donc ici. Cela a avant tout valeur de curiosité.

Beaucoup plus intéressant est l'autre « scénario abandonné ».

La production du film *Alien 3* aura été chaotique, manquant de mettre fin à la carrière de réalisateur de David Fincher avant même qu'elle ne commence, ce qui aurait été dommage. L'adaptation du scénario original de William Gibson par Johnnie Christmas a donc valeur de témoignage sur les atermoiements ayant accompagné cet accouchement douloureux. Cet écrivain qui a révolutionné la science-fiction de son temps avec *Neuromancien* et l'émergence du courant cyberpunk voit dans l'univers *Alien* une variation sur des thèmes qui lui sont chers, comme l'effacement des États et de leur pouvoir au bénéfice de multinationales gouvernées par leur seul profit et leur absence totale de scrupules. Il choisit donc de développer plus avant ce contexte, posant l'idée d'une guerre froide à l'échelle de l'Univers, avec des systèmes revenus à une forme de socialisme et un incident diplomatique dû à la trajectoire de retour du *Sulaco* à la fin d'*Aliens, le retour*.

Peu de choses de ce script ont survécu dans le film tel qu'il a été tourné. Tout au plus notera-t-on que l'absence d'armes est déjà présente à ce stade. Pour le reste, les deux factions tentent des expériences sur du matériel génétique récupéré à bord du *Sulaco*, avec des résultats étranges, modifiant la morphologie du xénomorphe et son cycle vital. La production voulant réduire le rôle de Sigourney Weaver, le personnage de Ripley n'apparaît guère, et l'histoire gravite essentiellement autour de Hicks et de Bishop.

Ce n'est certes pas la meilleure histoire de Gibson, qui confesse avoir livré là son tout premier travail de commande et son tout premier scénario destiné à l'écran, mais il s'agit néanmoins d'un récit bien mené, semant les graines d'un univers plus vaste que les espaces confinés habituels dans la saga cinématographique. Certaines des pistes lancées dans cette première version ne seront exploitées que bien plus tard, comme l'idée selon laquelle le xénomorphe aurait pu être dès l'origine une arme biologique destinée à la stérilisation de planètes entières, ou celle qu'il va falloir un jour aller confronter ses créateurs. Si ce film avait été tourné tel quel, c'est toute la suite de la saga qui en aurait été changée.

PROMETTEZ TOUJOURS PLUS

La sortie du film *Prometheus* en 2012 donne de nouvelles clés d'accès à la saga, tout en contredisant en bloc bien des idées lancées dans les comics publiés depuis près d'un quart de siècle. L'éditeur choisit pourtant de l'intégrer frontalement à sa ligne éditoriale. *Aliens: Fire and Stone*, puis *Aliens: Life and Death* sont deux méta-séries découpées en sous parties consacrées chacune à l'une des licences de cet univers : *Prometheus*, bien sûr, mais aussi *Aliens, le retour*, *Predator* et *Alien vs. Predator*. L'huile noire utilisée par les Ingénieurs pour produire leurs armes biologiques est au cœur de ces récits qui posent, au-delà de l'opposition habituelle des xénomorphes et des chasseurs cosmiques, un conflit entre ceux-ci et la race des Ingénieurs. La première est écrite par Paul Tobin et Kelly Sue DeConnick, la deuxième par Dan Abnett, habitué de ces projets composites en séries interconnectés, puisqu'il en a fait plusieurs chez Marvel, gravitant autour des *Guardians of the Galaxy*.

Si le procédé visant à relier les divers titres peut sembler gratuit (dans ce genre de cas, il l'est toujours un petit peu), il permet à l'éditeur et aux auteurs de contourner les nombreux problèmes de continuité liés à *Prometheus* au départ. Comme il n'est pas question d'opposer le docteur Shaw ou Peter Weyland à des Predators, par exemple, les auteurs font le choix d'explorer le contexte posé par le film et les débris laissés derrière elle par la malheureuse expédition.

Avec les comics liés au jeu *Alien: Isolation* et signés par le scénariste Brian Wood, *Aliens: Fire and Stone* et *Aliens: Life and Death* constituent le chant du cygne d'*Alien* version Dark Horse Comics. Car un prédateur bien plus redoutable que n'importe quel xénomorphe, même hybride, ou que le plus expérimenté des Yautja est en embuscade : le conglomérat Disney.

NOUVEL UNIVERS

Dans l'un de ces mercatos classiques dans l'univers des comics sous licence, Marvel récupère *Alien* après le rachat de la Fox par Disney (tout comme l'éditeur avait à l'occasion du rachat de Lucasfilm récupéré *Star Wars*, dont les droits de publication étaient également détenus par Dark Horse Comics depuis le début des années 1990).

Une première série sort en 2021, accompagnée de luxueux omnibus reprenant tout le matériel publié depuis 1988 dans l'ordre chronologique (l'éditeur d'origine avait lui-même procédé au milieu des années 2000 à une intégrale de ce qui existait à l'époque, dans un format légèrement réduit et beaucoup plus accessible).

Alien: Bloodlines, de Phillip Kennedy Johnson et Salvador Larroca, constitue un *reboot* évident, un retour aux sources filmiques. On y suit un ancien soldat de la compagnie, devenu agent de sécurité à bord d'une station spatiale, au moment où il est poussé vers la retraite par son employeur. Hanté par des cauchemars, flash-backs d'une mission passée qui l'a amené en contact... disons très rapproché, avec les Aliens, il se confie à des séries d'androïdes Bishop qui lui tiennent lieu de psychanalystes, et tente de renouer le lien avec ce qu'il reste de sa famille, mais peut-être trop tard.

Démarrant sur un mode mineur, le récit prend son temps pour afficher ses ambitions, parfois sabotées d'ailleurs par un dessinateur au découpage brouillon, rendant peu lisibles certaines scènes clés. Le scénario prend le temps de poser personnages et situations, et d'intégrer peu à peu le contexte « alien », tout en prenant bien soin de donner des clés au lecteur, en introduisant dès les premières pages la compagnie Weyland-Yutani et Bishop. Les concepts « originaux » proposés peuvent laisser sceptique, mais il est clair que Marvel veut se lancer dans une série de longue haleine et s'en donne les moyens.

Voilà donc l'*Alien* reparti pour un tour, plus vivant sur le papier que sur les écrans.

ESPACES INFINIS

De par sa simplicité apparente, le concept de l'Alien est de nature à inspirer des auteurs très divers, qui parviennent, ou non, à s'en emparer pour en extraire des thématiques cachées ou émergentes, voire à projeter dessus leurs propres fixettes. L'idée d'un univers fondamentalement hostile à l'homme, devenu la proie de fauves cosmiques dès lors qu'il s'éloigne de son monde d'origine, permet d'emblée de créer une tension dramatique. L'image d'humains devenant leurs pires ennemis en tentant d'exploiter et de dompter ces dangers afin d'en tirer un profit demeure d'une actualité brûlante. Le xénomorphe n'est alors plus qu'un prétexte, un révélateur de nos travers. D'étranger fondamental, il se fait miroir de nos peurs et de nos obsessions. Le traitement de ce sujet par des auteurs de bande dessinée peut sembler assez mineur, et il l'est parfois, mais peut également constituer un éclairage bienvenu sur une créature qui aime à rester tapie dans l'ombre.

Pénétrez dans ces pages à vos risques et périls. Et n'oubliez pas, sur papier, on ne vous entendra pas crier. Tout au plus verra-t-on une onomatopée...

ALEX NIKOLAVITCH

AUTEUR

BERTRAND BONNET_

DANS L'ESPACE, PERSONNE NE VOUS ENTENDRA JETER DES DÉS

BB_22_

LA SAGA *ALIEN*, EN CRÉANT DE SI FABULEUX ARCHÉTYPES À LA CONFLUENCE DE LA SCIENCE-FICTION ET DE L'HORREUR, N'A PAS MANQUÉ D'INFLUENCER LES CRÉATEURS DE JEUX DE RÔLE, ET L'ON NE COMPTE PAS LES ALLUSIONS, DANS DES GAMMES TRÈS DIVERSES, À DES CRÉATURES MONSTRUEUSES ÉVOQUANT PLUS OU MOINS EXPLICITEMENT LES ANTAGONISTES, MAIS AUSSI LES ENJEUX LES PLUS EMBLÉMATIQUES AU MOINS DES PREMIERS FILMS DE L'ENSEMBLE.

Pour autant, et en dépit du succès et du rayonnement sans pareil d'*Alien, le huitième passager* et de ses suites ou préquelles, une adaptation rôlistique *officielle* s'est longtemps fait attendre... ou pas tout à fait? En 1991, le jeu *Aliens: Adventure Game* de Leading Edge Games a bien tenté d'en faire quelque chose, en puisant surtout son inspiration dans le film de James Cameron, mais ce produit largement dérivé d'un jeu de plateau publié antérieurement par le même éditeur n'était finalement guère rôlistique et fut de toute façon une entreprise sans lendemain.

Dès lors, il a fallu en définitive attendre jusqu'en 2019, soit quarante ans après la sortie du film séminal de Ridley Scott, pour que soit lancée une véritable gamme adaptant officiellement la saga. C'est l'éditeur suédois Free League (ou Fria Ligan) qui s'en est chargé, la traduction française étant assurée par Arkhane Asylum Publishing.

Ce long délai a quelque chose de surprenant, au regard de la célébrité du matériau de base... mais, si l'on s'y arrête un instant, il peut aussi s'expliquer, outre les questions relevant purement du commerce, par les difficultés inhérentes à l'entreprise d'adaptation – car la saga *Alien* repose sur un certain nombre d'éléments clés qui ne facilitent pas la tâche des développeurs de jeux de rôle.

Nous nous proposons, dans cet article, d'examiner comment Free League a abordé ces problématiques, et trois axes majeurs peuvent être distingués : tout d'abord, que s'agit-il d'adapter au juste, et dans quel *contexte* ? ; ensuite, comment imprégner le *système* de jeu lui-même des qualités propres à la saga ? ; enfin, comment gérer l'épineux problème de la *rejouabilité*, quand tout ou presque dans la saga semble devoir la prohiber ?...

« WHAT'S THE STORY, MOTHER? » : POSER LE DÉCOR

La première question à se poser est bien celle du contexte de jeu : où jouons-nous, et surtout *quand* ? Les films, mais aussi les produits dérivés dans divers médias (romans, BD, jeux vidéo, etc.), dessinent un univers complexe et une chronologie s'étendant sur des siècles voire des millénaires... et avec une canonicité variable, qui n'arrange rien à l'affaire.

Il fallait faire des choix, et Free League a décidé de situer l'action, *idéalement* (nous parlons de jeu de rôle, après tout, et les participants sont en définitive libres de faire ce qu'ils veulent...), en 2180, soit un an après la destruction de la colonie de Hadley's Hope sur LV-426, la disparition de l'*USS Sulaco* et la fermeture de la prison/fonderie de Fiorina 161, autrement dit ce qui est rapporté dans les films *Aliens, le retour* et *Alien 3*. Si l'on dispose de nombreux éléments sur ce qui s'est produit durant les deux siècles précédents, cette brève marge en fin de période ne laisse guère de temps pour faire évoluer l'univers après les films de manière « imposée » si quelques événements sont mentionnés, comme la dissémination du livre écrit par Robert Morse sur le « dragon » qui a anéanti ses camarades détenus, mais elle laisse d'autant plus le champ libre pour des évolutions plus personnalisées au gré des envies du maître de jeu (MJ), sans pour autant quitter le cadre familier, en termes d'ambiance comme de visuels, de la saga d'Ellen Ripley. Cela permet aussi d'inclure les préquelles, *Prometheus* et *Alien: Covenant*, comme rapportant des faits s'étant produits par le passé (les Ingénieurs et l'agent A0-3959X.91-15 sont décrits dans le background et interviennent dans les premiers scénarios publiés), mais en principe longtemps avant le moment où les joueurs se lancent dans l'aventure (et l'on notera au passage une réserve d'un autre ordre : le livre de base suggère de privilégier une esthétique « rétrofuturiste » typique de la saga d'Ellen Ripley mais largement mise à mal par les préquelles). En revanche, cela implique d'exclure *Alien, la résurrection*, qui se situe deux cents ans après la période de jeu. Enfin, pour s'en tenir aux films, *Alien vs. Predator* et *Aliens vs. Predator: Requiem* sont également exclus, car largement incompatibles avec tout le reste (et c'est un soulagement).

Sur ces bases, la gamme abonde en références et clins d'œil à même de parler à tous les amateurs des films, ce qui permet de poser l'ambiance rapidement, sans pour autant contraindre excessivement l'imagination des participants. Les joueurs sont invités à incarner des « routiers de l'espace », des colons ou des soldats, et la plupart des personnages croisés dans les films peuvent entrer dans ces cases, ce qui inclut aussi l'agent de la Compagnie probablement fourbe et cynique, ou l'enfant façon Newt. Ils disposent, mais généralement en quantité insuffisante bien sûr, de l'équipement emblématique : détecteurs de mouvements, lance-flammes improvisés, caissons cryogéniques, exoharnais de chantier, etc. Ils voyagent à proximité de lieux mentionnés dans les films, qu'ils y fassent escale ou non, rencontrent (brièvement...) des créatures qui en proviennent directement, xénomorphes comme androïdes (éventuellement dissimulés – et il est possible de les jouer !), ou en sont extrapolées, ils ont maille à partir avec la compagnie Weyland-Yutani décidément très désireuse de développer son programme d'armes biologiques... Nous sommes en terrain connu, et les joueurs, mais peut-être surtout dans un premier temps, sont pris par la main : ainsi, dans le scénario d'introduction *Le Chariot des dieux*, issu du *Kit de démarrage*, le vaisseau des joueurs est directement inspiré du *Nostromo*, tandis que celui dont ils croisent malencontreusement la route évoque explicitement le *Prometheus*.

Cette imprégnation de l'univers et de l'ambiance de la saga *Alien* va au-delà, sur le plan des symboles comme des procédés : tout est propice à des clins d'œil facilitant l'immersion. C'est le cas dans la présentation même du matériel, au-delà de l'esthétique générale, par exemple, les livres de la gamme ont des sections de « *rumour control* » renvoyant directement à des scènes d'*Alien 3*. Il s'agit au-delà de faire expressément usage d'outils narratifs propres aux films, comme quand les personnages-joueurs (PJ) survivants des parties cinématiques sont invités à conclure les scénarios en procédant à d'ultimes rapports enregistrés dressant le bilan des pertes, « *signing off* », final emblématique des films de la saga depuis *Alien, le huitième passager*. Le vocabulaire même du jeu de rôle est subverti de la sorte : le maître de jeu est désigné comme étant « Maman », en référence à l'ordinateur central vu dans le premier film, MU/TH/UR 6000 (le jeu de mots passe mieux en anglais, « Game Mother » permettant de conserver l'acronyme « GM » renvoyant traditionnellement à « Game Master »), et, inévitablement, l'exposé de la situation de départ s'intitule « *What's the story, Mother?* ».

Tous ces éléments, nombreux, pour certains superficiels, pour d'autres plus subtils, permettent de fournir un cadre de jeu suffisant et directement évocateur sans chercher à trop en dire, ou trop en savoir, sur l'univers entendu plus globalement. Dans ces conditions, on peut, si on le désire, s'en tenir là, et conserver au background un caractère un peu « abstrait », avec plus de questions que de réponses, typique d'*Alien, le huitième passager*. Cependant, le livre de base comprend de très abondants développements sur l'univers de jeu, décrivant les pouvoirs en place en 2180, politiques comme économiques, l'état de l'expansion spatiale, le développement technologique, etc., pour rendre l'univers plus profond et plus riche, sans pour autant devenir étouffant. Les conflits entre factions sont plus particulièrement pertinents quand on joue en mode « Campagne », sur la durée, mais un scénario en mode « Cinéma » peut à n'en pas douter y gagner de l'épaisseur (nous reviendrons sur les différents modes de jeu ultérieurement).

De manière plus générale, le jeu de rôle *Alien* s'accompagne d'une note d'intention quant à ce qu'il entend émuler. Trois thèmes principaux sont ainsi mis en avant. Le premier, et ça ne surprendra personne, est « l'horreur spatiale » : si le contexte d'*Alien* relève de la science-fiction, les histoires mettent en avant l'horreur – cela ne signifie pas nécessairement, loin de là en fait, que tout scénario d'*Alien* se doit de mettre en scène des xénomorphes, mais la terreur demeure un thème fondamental, quel que soit son vecteur, et le système de jeu, via la mécanique du stress, on y reviendra, vise à inscrire ce thème central dans l'expérience ludique au-delà de la seule ambiance.

Le deuxième thème principal, sans être véritablement surprenant, coule un peu moins de source, et c'est « l'action SF » : ici, on sent plus particulièrement l'influence du film *Aliens, le retour* de James Cameron. On ne doit absolument pas en déduire que les joueurs incarneront des soldats armés jusqu'aux dents (si cela demeure une option), car l'action peut prendre bien des formes et n'est certes pas absente des autres films de la saga pertinents pour le contexte de jeu, mais l'éditeur semble donc considérer que c'est là une dimension essentielle de son adaptation, que les mécaniques de jeu doivent permettre de simuler. À vrai dire, c'est aussi un moyen de retrouver *Alien, la résurrection* par la bande : si les événements qui y sont rapportés ne font pas partie du contexte de jeu, l'action plus *pulp* qui caractérise le film de Jean-Pierre Jeunet n'est donc pas totalement hors sujet dans le jeu de rôle *Alien* (ce que démontre sans doute également la présence de règles pour le combat spatial dans le livre de base, même si l'on ne parle pas non plus de « *dogfight* » à la *Star Wars*...).

Enfin, le troisième thème principal renvoie à une conception bien différente de la saga, et très évocatrice pour les amateurs de science-fiction de manière plus générale : le « *sense of wonder* ». Si cette idée peut renvoyer à bien des tropes du genre, et est présente dès *Alien, le huitième passager* (la fameuse scène de la découverte du *Space Jockey* en est une belle illustration), dans le jeu de rôle *Alien*, cette notion semble avant tout renvoyer au thème primordial de l'origine de la vie dans l'Univers, et par extension de l'humanité : on est ici clairement dans

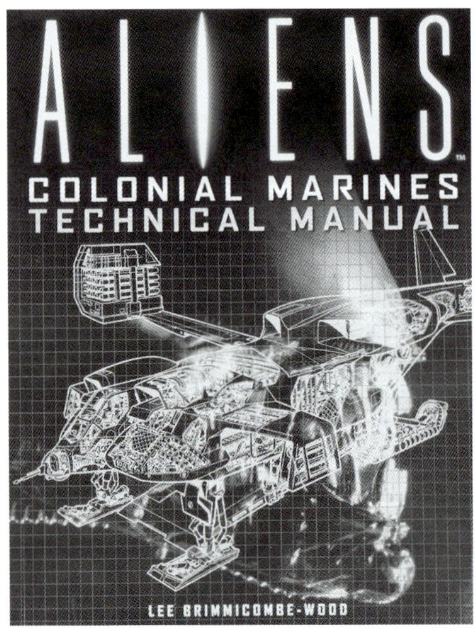

le territoire des préquelles. En même temps, parce que cette question adopte aisément des atours métaphysiques, elle peut dessiner en arrière-plan un questionnement de nature plus religieuse, qui fait écho, outre *Prometheus* et *Alien: Covenant*, à l'expérience des détenus d'*Alien 3*, et le background décrit dans le livre de base renvoie régulièrement à la spiritualité angoissée de l'humanité en 2180. D'autre part, la conjonction du thème du « *sense of wonder* » avec celui de « l'horreur spatiale » s'établit aisément, invitant à jouer sur le versant positif (émerveillement) comme négatif (terreur) du sentiment de fascination devant l'inconnu, ce qui achève la boucle dans une perspective d'« horreur cosmique » sans doute chère à l'admirateur de Lovecraft qu'était Dan O'Bannon.

Mais nous ne pouvons pas en rester aux principes et au décor : tout cela doit être retranscrit dans le système de jeu pour produire une expérience ludique singulière.

JOUER AVEC LA PEUR : LE STRESS AU CŒUR DU SYSTÈME

Le système, qui englobe davantage que les règles au sens le plus strict, soit les mécaniques de jeu permettant de simuler, via des jets de dés le plus souvent, la réussite ou l'échec des actions entreprises par les PJ, est par essence une dimension fondamentale de tout jeu de rôle. S'il peut être tentant de s'en tenir à des systèmes génériques éprouvés pour simuler à peu près n'importe quelle situation de jeu, un système spécifique permet d'exprimer au mieux la singularité d'un jeu particulier, en concordance avec l'univers qui est le sien, et de lui conférer des traits qui le distinguent utilement de ses concurrents.

Dans le cadre d'*Alien*, on part du « Year Zero Engine », le système maison de Free League, développé initialement pour le jeu de rôle post-apocalyptique *Mutant Year Zero*, mais qui a ensuite servi pour d'autres jeux de l'éditeur, comme *Coriolis* ou *Tales From the Loop*.

Réduit à sa plus simple expression, ce système emploie des dés à six faces, et le nombre de dés jetés pour une action dépend des caractéristiques figurant sur la fiche de personnage : on associe un attribut, comme l'Agilité, et une compétence qui en dépend, mettons le Pilotage. On jette autant de dés, et chaque résultat de 6 est un succès. En principe, un seul succès suffit à réussir une action, mais davantage de succès permettent de « mieux » réussir, en déclenchant des effets supplémentaires.

C'est la base, très simple, du « Year Zero Engine ». Mais, bien sûr, on est incité à épicer un peu plus la chose au travers de sous-systèmes spécifiques, permettant plus de nuance et/ou de réalisme, selon ce qui paraît pertinent en fonction des situations. Comme souvent, le système de combat est ainsi bien plus étoffé que ces quelques indications de base, prenant en compte la discrétion et la surprise, l'initiative, l'emploi de tel ou tel type d'armes, les dégâts subis, etc., mais il demeure assez simple (et, disons-le, dans *Alien*, aisément fatal comme il se doit, surtout quand des xénomorphes sont de la partie).

Jusqu'ici, rien de bien significatif ne distingue *Alien* des autres jeux employant le « Year Zero Engine ». Mais la mécanique du stress lui est propre, qui change assez radicalement la donne en visant à émuler l'ambiance des films, et leur dimension horrifique et angoissante – mais aussi nerveuse, le cas échéant.

L'idée est là encore assez simple : chaque PJ (les personnages non joueurs, ou PNJ, sont explicitement hors sujet ici) dispose d'un niveau de stress, qui fluctue au gré des péripéties – si le temps qui passe calmement permet de diminuer ce niveau, bien d'autres facteurs peuvent contribuer à l'augmenter soudainement : l'apparition d'un xénomorphe à coup sûr, mais aussi, par exemple, la prise de conscience de ce que les réserves d'air s'épuisent à grande vitesse, une décharge d'arme automatique dans le voisinage immédiat, etc.

Outre ces facteurs « extérieurs », cependant, il en est d'autres qui sont davantage à la discrétion des joueurs : notamment, quand un PJ échoue à une action, ou qu'il souhaite obtenir davantage de succès qu'il n'en a eu sur son jet de dés, il peut choisir de « pousser » son jet; dans ce cas, en échange du gain d'un niveau de stress, il jette de nouveau les dés, et doit composer avec le nouveau résultat, idéalement plus favorable.

Mais c'est ici que les choses prennent davantage de saveur : chaque fois qu'un PJ effectue un jet de dés, outre l'attribut et la compétence qui définissent normalement la réserve de dés à jeter, il *doit* y ajouter un dé par niveau de stress dont il est affecté.

Parce que, plus on jette de dés, plus on a de chances d'obtenir des 6, le stress est ici *favorable* au PJ – c'est l'idée que la panique donne des ailes, et permet parfois d'accomplir des choses qui auraient été plus improbables autrement.

Mais il y a bien sûr une contrepartie, et de taille : si l'on obtient un 1 sur un dé de stress lors de quelque jet que ce soit (et c'est pourquoi il est conseillé d'employer des dés de couleurs différentes pour distinguer les dés de stress des dés « normaux » – les dés de stress officiels sont jaunes... et la face 1 arbore un *facehugger*), alors, non seulement l'action échoue quel que soit le nombre de succès obtenus par ailleurs (et l'on ne peut bien sûr pas « pousser » le jet dans ces conditions), mais en outre le personnage succombe à la panique, ce qui peut s'avérer proprement désastreux dans bien des cas, en contraignant temporairement ses actions. Et évidemment, plus on jette de dés de stress, plus on a de risques d'obtenir un 1 sur l'un d'entre eux...

L'ambivalence du stress, qui permet d'abord de se dépasser, mais présente toujours le risque, et toujours plus grand, d'aboutir à une crise de panique au pire moment, est une extrapolation du « Year Zero Engine » propre à *Alien*, et qui permet d'adapter utilement et simplement l'ambiance si particulière des films pour placer la peur au cœur même du système.

Au-delà, cependant, il est une autre dimension du « Year Zero Engine », et plus précisément du système de *Mutant Year Zero* sur laquelle *Alien* met l'accent, en concordance avec les films, et c'est une sorte de logique d'attrition. Dans *Alien*, et tout spécialement dans le mode de jeu « Cinéma », les PJ, ou la plupart d'entre eux, ne sont pas censés survivre au scénario. Cela peut passer, bien sûr, par des événements violents, et les règles de combat sont assez punitives, avec des options de dégâts critiques à même de tuer sur-le-champ un PJ malchanceux, et certaines attaques de xénomorphes tout spécialement peuvent aboutir automatiquement à ce résultat fâcheux. Mais il y a au-delà l'idée d'un *environnement* hostile – cet espace dans lequel personne ne vous entendra crier. On invite alors, mais quand c'est pertinent seulement, à tenir le compte des réserves dont disposent les PJ en air, en eau, en nourriture, en munitions, en électricité, etc., et ils peuvent être affectés par des conditions qui en découlent expressément et avec de lourdes conséquences, de la soif à l'exposition au vide. La plupart des films de la saga évoquent ce genre de difficultés, et le « Year Zero Engine » adapté se révèle ici particulièrement à propos.

Mais la très forte létalité de ce contexte de jeu présente en même temps une difficulté supplémentaire pour l'adaptation d'*Alien* en jeu de rôle – et c'est le risque qu'elle pèse sur la rejouabilité de la gamme.

UN XÉNOMORPHE À CHAQUE TOURNANT ? LÉTALITÉ ET REJOUABILITÉ

Les jeux de rôle où les PJ sont confrontés à une forte adversité au point où leur survie paraît improbable n'ont certes rien de neuf. Sans aller jusqu'aux extrêmes de *Sombre* (qui a d'ailleurs proposé entre autres une adaptation personnelle d'*Alien*), le grand classique qu'est *L'Appel de Cthulhu* en constitue souvent l'exemple (même si cette réputation est sans doute exagérée, sans être totalement infondée non plus). Et les défis présentés par l'adaptation d'*Alien* en matière de rejouabilité sont à certains égards du même ordre.

Et c'est pourquoi *Alien* propose deux modes de jeu différents : le mode « Cinéma », et le mode « Campagne ». Le premier vise à reproduire l'ambiance des films et éventuellement leur schéma narratif : ce sont des scénarios courts, *one-shot*, conçus pour être joués en une ou deux séances disons, et ils sont caractérisés par l'unité de temps et de lieu, globalement. Dans ces aventures, le rythme devient progressivement de plus en plus nerveux, l'adversité est considérable, des monstruosités d'un genre ou d'un autre seront probablement de la partie, et tous les PJ ne sont clairement pas censés survivre.

Les deux scénarios publiés à ce jour, *Le Chariot des dieux* (dans le *Kit de démarrage*) et *Le Destructeur des mondes*, sont de ce type. Accompagnés d'un matériel foisonnant, sous forme de plans, de cartes et de jetons, ce sont des scénarios « clés en main », qui proposent d'incarner des personnages prétirés, c'est-à-dire déjà faits dans la boîte et conçus spécifiquement pour jouer ces scénarios – et ces personnages ont par ailleurs leur propre arc narratif, avec des objectifs personnels qui guident le *roleplay* des joueurs en leur procurant des récompenses s'ils s'appliquent à les interpréter.

Il y a certes toujours le risque, dans ce cas, que les joueurs n'éprouvent pas autant d'attachement pour leurs personnages, et ne s'impliquent pas autant, car ils ne les ont pas créés et ils ne sont pas censés durer très longtemps. Il y a une contrepartie, toutefois : la létalité du jeu peut ici, le cas échéant, s'exprimer à plein, soit parce que la mort d'un personnage, intervenant assez tardivement, ne frustrera pas le joueur en le condamnant à ne rien faire d'autre qu'écouter la fin du scénario pour une trop longue période, soit en faisant en sorte de disposer d'un vivier de PNJ pouvant servir de « PJ de remplacement », vite pris en main et interprétés.

Encore faut-il, certes, trouver une raison pertinente à la présence de ces PNJ… et ici l'univers d'*Alien* paraît moins souple que celui de *L'Appel de Cthulhu* : l'isolement est en effet un thème marqué des films, on ne peut donc pas faire arriver un personnage de n'importe où… L'équipage du *Nostromo* est seul, perdu dans l'espace – on ne fera pas intervenir de personnages extérieurs. Et c'est important, c'est ce qui rend cette histoire si forte et éprouvante. En revanche, on peut imaginer un groupe de joueurs incarnant initialement Ripley, Dallas, Ash et Kane ; quand Kane meurt, son joueur se met alors à incarner Parker, mettons, parce que ce PNJ était là, et disponible. Mais les solutions proposées à ce jour par la gamme paraissent plus ou moins convaincantes, quand l'isolement est trop aisément « contourné » : dans *Le Chariot des dieux*, les premières options de remplacement résident dans l'équipage du *Cronus*, le vaisseau abordé par les PJ initiaux, ce qui se tient – mais quand le scénario prévoit encore une autre solution, avec les « pirates » d'un *troisième* vaisseau, l'artifice est flagrant...

Et il y a même un autre cas, explicitement prévu, dans lequel il est recommandé de procéder de la sorte – un cas qui exprime bien

les difficultés inhérentes à l'adaptation de la saga *Alien*... En effet, dans les films, il intervient souvent un moment où un ou plusieurs membres des « héros » se retournent contre les autres, et très violemment le cas échéant : le droïde Ash dans *Alien, le huitième passager*, Burke dans *Aliens, le retour*... En matière de jeu de rôle, en détournant le lexique surtout associé aux MMORPG, on parle alors de « *Player versus Player* », ou « *PvP* ». Or celui-ci a souvent mauvaise presse dans les jeux de rôle « sur table » : de fait, quand les PJ commencent à s'entretuer, l'ambiance autour de la table peut vite en souffrir... Mais Free League a bien perçu que cette dimension a son importance dans les films – dès lors, elle a sa place dans les scénarios « Cinéma », et l'on en trouve des exemples dans les suppléments publiés à ce jour. Le système intervient alors : quand la « trahison » opère, la scène est jouée jusqu'à son terme, puis, si le personnage « traître » a survécu, alors il devient un PNJ, et son joueur obtient en lieu et place d'interpréter l'un des PNJ disponibles, comme si son personnage était mort. Le poids des conséquences étant différent, c'est une incitation à jouer jusqu'au bout « l'agenda » d'un personnage un peu trouble...

Maintenant, dans l'optique « Cinéma », le problème est que la rejouabilité présente vite certaines limites. Bien sûr, comme pour tout jeu de rôle, on n'imagine de toute façon pas vraiment une même « table » refaire le même scénario, sans plus avoir le moindre élément de surprise. Elle peut sans doute jouer à la chaîne des scénarios « Cinéma » différents, mais, avec tous leurs atouts, et notamment les objectifs secrets des différents PJ, un bon outil pour conférer quelque chose d'unique en même temps que viscéral à chaque aventure, il y a le risque qu'une certaine monotonie finisse par s'installer : après tout, si chaque film de la saga bénéficie d'une remarquable singularité de ton, qui est pour beaucoup dans la réussite de l'ensemble, le schéma de chaque histoire demeure assez similaire.

Mais peut-être ce risque ne doit-il pas trop être mis en avant? Cela fait des décennies, après tout, que des groupes d'investigateurs de *L'Appel de Cthulhu* reçoivent un mystérieux héritage d'un lointain vieil oncle, ou que des aventuriers de *Donjons & Dragons* dilapident leur butin dans une taverne quand soudain... Et l'on relèvera au passage, en ce qui concerne cette dernière comparaison, saugrenue à vue de nez, que *Le Chariot des dieux* et *Le Destructeur des mondes* abondent en plans détaillés et jetons; l'idée de les jouer en mode « Porte-Monstre-Trésor », ou du moins « *dungeon crawling* », n'apparaît guère séduisante de prime abord, et un peu absurde même au regard des connotations de l'univers d'*Alien*, mais la structure même de ces scénarios semble en faire une option... ce qui nous renvoie peut-être, bizarrement, au jeu de Leading Edge Games de 1991, avec son optique plus « jeu de plateau ».

Quoi qu'il en soit, et pour assurer cette rejouabilité à vue de nez limitée, il y a un mode de jeu alternatif, et c'est donc le mode « Campagne ». Par opposition au mode « Cinéma », il est ici question d'aventures à plus long terme, se jouant sur plusieurs séances. Les joueurs sont ici davantage supposés créer leurs propres personnages, et inscrire leurs aventures dans la durée – la mort d'un PJ doit être un événement rare et

significatif. Le groupe doit sans doute se mettre d'accord sur une optique cohérente, en créant des personnages figurant dans le même grand archétype (« routiers de l'espace », colons ou soldats), mais ils ont bien plus de liberté que dans le mode « Cinéma ». Et parce que le rapport aux personnages est différent, le livre de base prend bien soin de préciser que, dans ce cas, le PvP doit être au plus exceptionnel. En outre, l'isolement est a priori moins problématique en mode « Campagne » qu'en mode « Cinéma », ce qui restreint moins les possibilités pour chaque joueur de changer de personnage quand leur PJ meurt.

La difficulté principale réside ailleurs : il apparaît clairement, dans ce cas, que les xénomorphes, de même que les monstruosités du « Mythe » quand on joue en campagne à *L'Appel de Cthulhu*, ne sont pas censés apparaître à tout bout de champ : si l'on en croisait à chaque séance, ces monstres perdraient de leur caractère terrifiant pour devenir guignolesques, et la lassitude s'installerait. Parce qu'ils sont au cœur de l'univers d'*Alien*, ces monstres ont bien sûr leur place en « Campagne », mais, pour assurer que leur apparition ait un impact à la hauteur de leur concept, il faut qu'ils soient rares et d'autant plus terrifiants.

Mais peut-on jouer à *Alien*... « sans Aliens » ? À la hâte, on pourrait penser que la réponse est dans la question... Et pourtant, l'ultime pari de cette adaptation en jeu de rôle réside dans cette possibilité. Ce n'est pas pour rien que de très longues et foisonnantes sections du livre de base décrivent l'univers d'*Alien* en long et en large, dans des termes qui n'impliquent pas nécessairement les xénomorphes : la dure vie sur la Frontière, les conflits territoriaux entre les Amériques Unies et l'Union des Peuples progressistes, les luttes commerciales brutales opposant Weyland-Yutani à Seegson, tel vaisseau d'exploration qui se rend là où aucun humain ne s'est jamais rendu... Ce sont autant d'occasions de récits palpitants où l'on ne verra pas la queue d'un *facehugger*. Il y a certes alors le risque qu'*Alien* devienne finalement un jeu de rôle de science-fiction parmi tant d'autres... Mais, outre les singularités du système, l'option du complot immanent persiste – comme, dans *L'Appel de Cthulhu*, cultistes discrets et vieux grimoires contribuent à susciter et à maintenir l'ambiance d'horreur cosmique sans nécessité de faire intervenir les tentacules à tout bout de champ non euclidien, mais préparent en même temps leur intervention ultime, de même dans *Alien* les projets de développement top-secret, les ambitions démiurgiques et le cynisme mercantile peuvent faire planer l'ombre indistincte d'un néomorphe jusqu'au moment où son apparition deviendra aussi inévitable qu'implacable.

AUTEUR

BERTRAND BONNET_

Et les trois thèmes principaux du jeu sont là pour donner des pistes en la matière tout en faisant en sorte que le jeu conserve sa singularité : un androïde fou peut tout à fait susciter « l'horreur spatiale », des contrebandiers peuvent avoir à se frayer un passage l'arme au poing dans une station spatiale militaire dans l'optique « action SF », et la découverte d'une peinture rupestre énigmatique peut susciter le « *sense of wonder* ». Autant d'exemples pris dans les films de la saga.

Et c'est probablement l'ultime clé de la rejouabilité de cette adaptation.

Le jeu *Alien* de Free League est encore assez récent, et sa gamme limitée, mais elle se développe progressivement, et c'est une première pour la licence. Cet article n'a pas pour objet de décerner des notes, et on laissera à chacun le soin de se forger une opinion quant à la réussite ou non de cette adaptation. Mais, au regard des difficultés inhérentes au projet, elle paraît assurément réfléchie.

BERTRAND BONNET

CHAPITRE_22
COMPLET_100%

AUTEUR
GUILLAUME BAYCHELIER_

TRAHIR OU PÉRIR : LE DILEMME DES ADAPTATIONS DE L'UNIVERS ALIEN EN JEU VIDÉO

GB_23_

EN 1979, *ALIEN : LE HUITIÈME PASSAGER* S'IMPOSE COMME UN JALON CAPITAL, UN MARQUEUR INDÉLÉBILE DANS L'HISTOIRE DE LA SCIENCE-FICTION ET DES CULTURES DE L'IMAGINAIRE.

Bien qu'elle s'adosse sans complexes à des genres littéraires et cinématographiques préexistants, la formule conçue par Ridley Scott, Dan O'Bannon et Walter Hill ouvre avec fracas les portes d'une science-fiction horrifique intime et puissante, mais également universelle ; elle fonde une mythologie encore révérée. L'onde de choc provoquée par cette déflagration se diffuse. Véritable star du film, le xénomorphe va très vite s'affranchir des salles obscures et viendra hanter d'autres médiums. Tout y succombera, jusqu'au jeu vidéo qui, paradoxalement, propose plus de variations sur le thème que le cinéma. Alexis Blanchet le rappelle, le cinéma est « l'une des sources d'inspiration majeure du jeu vidéo des premiers temps », permettant ainsi « la circulation de formes et de thèmes entre cinéma et jeu vidéo[1] ». De *Star Wars* (*Star Wars: The Empire Strikes Back*, Parker Brother, 1982) à *E. T.* (*E.T. the Extra-Terrestrial*, Atari, 1982), la conversion ludique des imaginaires filmiques s'impose très tôt comme une entreprise rentable qui ne s'essoufflera que dans les années 2010, sans pour autant être totalement éteinte. Au fil des décennies, d'innombrables franchises seront ainsi transposées. L'horreur et la science-fiction ne seront pas en reste avec des titres comme *Halloween* (MicroGraphic Image, 1983), *A Nightmare on Elm Street* (Rare, 1990), *James Cameron's Avatar: The Game* (Ubisoft, 2009) ou encore *Saw II: Flesh and Blood* (Zombie Studios, 2010).

La franchise *Alien* n'échappera pas à ce phénomène. D'ailleurs, elle n'attendra pas la création de ses différents volets pour se propager. En 1982, à une époque où le jeu vidéo grand public débarque depuis peu dans les foyers, la créature est célébrée par un jeu vidéo sobrement intitulé *Alien* (Fox Video Games) publié sur console Atari 2600. Bien qu'il soit un produit officiel, *Alien* n'a que peu de rapport avec le film. Le projet est, certes, bridé par les possibilités techniques et graphiques de la console, mais il fait également preuve d'un grand manque d'inspiration. *Alien* se présente comme un clone de *Pac-Man* (Namco, 1980) dans lequel les fantômes sont remplacés par des créatures constituées de quelques pixels figurant des gueules dentées montées sur pattes. D'un point de vue ludique, il n'y a aucune surprise : il s'agit de déplacer un personnage dans un labyrinthe en esquivant trois simili-xénomorphes qui, à la manière des antagonistes de *Pac-Man*, pourront être terrassés à la faveur d'un renversement provisoire des règles du jeu, la proie devenant pour un temps le prédateur. Au-delà de sa médiocrité, *Alien* trahit complètement le principe de son modèle. De la multiplication des monstres à l'abandon du *Nostromo* pour un dédale simpliste, de la frénésie de l'action à l'esthétique colorée, rien, dans cette proposition, ne respecte l'univers du film.

Cependant, dès son apparition, *Alien, le huitième passager* essaime sa noirceur dans les imaginaires ludiques. Le studio japonais ASCII Entertainment publie en 1981 un titre uniquement disponible dans l'archipel : *AX-2: Uchuu Yusousen Nostromo* – littéralement « *cargo/transporteur spatial Nostromo* », la filiation ne fait aucun doute. Tout comme *Alien* sur Atari 2600, *AX-2* reste visuellement très austère pour un regard actuel. Néanmoins, contrairement au jeu d'Atari, il s'avère bien plus raccord avec les enjeux de la franchise et en propose une transposition ludique plus pertinente. S'il est estampillé « jeu d'action », *AX-2* met également en avant sa dimension « survie » : alors qu'un *timer* égraine les secondes, il s'agit d'explorer sur plusieurs niveaux le *Nostromo*. La particularité du jeu est de nous offrir la possibilité d'échapper à la créature qui ne circule que dans les couloirs en se réfugiant dans l'enceinte des pièces, au risque de perdre de précieuses secondes. Cette possibilité est basique et ne constitue pas une alternative radicale au *gameplay*[2] de l'*Alien* d'Atari. Mais cette orientation ouvre la voie de la survie ludique : une expérience de tension et de peur imposées par le jeu combiné de carences, d'entraves et de mise en danger face à un ou plusieurs antagonistes. Fuir, se cacher, esquiver, compter les munitions, surveiller sa santé ou son endurance, voilà un programme qui ne souffre aucun écart et conduit facilement au *game over*.

Voilà donc le dilemme auquel expose l'adaptation en jeu vidéo de l'univers *Alien* : réduire la franchise aux moments d'action qui la ponctue, aux *colonial marines*, au lustre des canons et à la brutalité des confrontations, ou se concentrer sur la singularité du xénomorphe, le malaise que son anatomie génère, la menace persistante qu'il représente et la résistance qu'il faut lui opposer. Faire du xénomorphe une cible à atteindre au milieu d'une masse grouillante d'antagonistes ou en faire une figure centrale, une icône implacable avec laquelle chaque face-à-face se solde presque toujours par une mise à mort. Jouer au soldat ou jouer à se faire peur. Trahir ou périr.

Bref, que faire de cette franchise en jeu vidéo sans en altérer l'esprit ? En somme, *Alien* est-il soluble dans le jeu vidéo ?

JOUER AVEC LE MONSTRE

À n'en pas douter, le xénomorphe en tant que figure monstrueuse antagoniste est le pivot de cette interrogation. En témoignent les productions officielles parues successivement depuis l'*Alien* d'Atari, qui font de la créature d'Hans Ruedi Giger leur porte-étendard en l'affichant presque systématiquement sur leur *box art*[3]. Quand le visuel ne reprend pas directement les *key arts*[4] des films (*Alien*, 1982 ; *Alien*, Concept Software, 1984 ; *Alien 3*, Acclaim Entertainment, 1992), il présente une silhouette (*Aliens: A Comic Book Adventure*, Cryo Interactive, 1995 ; *Aliens*

Online, Mythic Entertainment, 1998 ; *Aliens: Thanatos Encounter*, Crawfish Interactive, 2001) ou un gros plan sur le monstre de profil et parfois de face, au point de ressasser ce motif ad nauseam (*Alien Trilogy*, Acclaim Entertainment, 1996 ; *Alien Resurrection*, Argonaut Games, 2000 ; *Aliens: Colonial Marines*, Gearbox Software, 2013 ; *Alien: Blackout*, Rival Games, 2019 ; *Aliens: Fireteam Elite*, Cold Iron Studio, 2021). Fait notable, *Aliens: Infestation* (WayForward Technologies, 2011) et *Alien: Isolation* (The Creative Assembly, 2014) adoptent des visuels focalisés sur leurs protagonistes.

Le xénomorphe est un agent – infectieux – capable d'envahir l'imaginaire avec une efficacité redoutable. Il retient systématiquement toute l'attention des développeurs (et du marketing). Rien d'étonnant à cela, la créature cristallise à elle seule toute l'horreur de la franchise. Elle en est l'alpha et l'oméga, à la fois le motif et l'expression. À l'évidence, le *monster design* d'Hans Ruedi Giger y est pour beaucoup. Le physique hors du commun du xénomorphe, son anatomie prodigieuse et singulièrement dérangeante en fait une bête d'exception. Il ne vole pas son titre de champion de l'horreur. Sa constitution relève d'un monstrueux qui échappe à la classification habituelle des créatures imaginaires. Si les personnages de l'*Alien 3* de David Fincher y voient un dragon, le xénomorphe répond pourtant à un programme iconographique bien différent. Il ne s'agit pas d'une créature issue d'un assemblage plus ou moins adroit de pièces rapportées, de fragments compilés, emboîtés, greffés contre toute logique – au risque du grotesque. Notre huitième passager ne convoque pas plus les catégories classiques de représentations monstrueuses[5]. Le xénomorphe est hybride, radicalement indéterminé, relève d'une « fusion » entre deux états.

Il est le pur produit de l'imaginaire de Giger, friand d'hybridations organo-machiniques, de corps faits de câbles, de gaines, de pistons, d'emboîtements mécaniques. Des figures peintes qui tirent leur force d'un paradoxe, d'une friction dont l'artiste est passé maître. L'exhibition de ce bric-à-brac de ferrailleur ne les empêche pas d'affirmer leur sensualité malgré leurs carnations malades. Le xénomorphe répond à cette même logique de brouillage des catégories, de glissement entre le vivant et l'inanimé. Créature émergeant de la nuit spatiale, la voilà noir de jais, le corps complètement gainé, strié et parcouru de renflements évoquant une combinaison d'astronaute, un faciès surmonté d'un globe lustré, sans yeux ni narines, qui se termine par des crocs en titane cachés sous des gencives à la pulpe grise et élastique. Le xénomorphe est un animal dont la forme est parfaitement adaptée, parfaitement adaptable, à son fonctionnement. Jean-Clet Martin l'affirme, « *un Alien* [...] *ne se contente pas d'être une machine, ni même un organisme conçu à l'identique. Il est le chaos des exceptions, un "anticosmos" d'où pourrait naître une autre nature, une hybridation réussie entre mécanisme, vitalisme et évolutionnisme*[6] ». Un physique que l'on croirait sorti d'une usine plutôt que d'un zoo. Ce corps mécanisé, quasi militarisé, fait de l'Alien « *un organisme parfait* » – comme s'en émerveille le synthétique Ash.

Dans ses transpositions en jeu vidéo, le xénomorphe va rester très timide du point de vue évolutif. Son design originel semble indémodable et insurpassable. Dès que les machines de jeu ont pu se montrer suffisamment puissantes pour rendre hommage au design d'origine du monstre, les développeurs ont reproduit le motif sans trop l'altérer. *Alien 3* sur SNES (Super Nintendo Entertainment System) est un bon exemple de cette approche. Bien que reposant sur une technologie relativement limitée, le jeu s'emploie à coller aux canons de la franchise. On y retrouve, certes, les xénomorphes canins du film de Fincher (le jeu étant avant tout un outil promotionnel du long métrage), mais également toute la galerie des créatures de l'univers *Alien* assemblées à l'aide d'un nombre réduit de pixels. Même les propositions jouant librement avec la franchise, comme les jeux destinés à l'arcade (*Aliens*, Konami, 1990 ou *Alien 3: The Gun*, Sega, 1993), étoffent le bestiaire avec des créatures imaginées de toutes pièces, mais restent proches de l'œuvre de Giger en modifiant simplement la teinte du monstre. Peu de jeux s'autorisent de véritables variations. *Aliens: Fireteam Elite* fait presque figure d'exception en déployant une galerie de xénomorphes mutants jouant tant sur leurs couleurs que leurs silhouettes et leurs dimensions. Rougeâtre, verdâtre, luminescent, petit ou gigantesque, l'Alien est décliné pour répondre à différentes modalités de jeu. Encore une fois, le *game design* prime.

Ici tout est affaire de fonction. Ces expérimentations répondent à des nécessités ludiques. À l'instar d'un jeu comme *Left 4 Dead* dont il reprend les codes[7], *Aliens: Fireteam Elite* propose une recette s'appuyant sur la caractérisation claire et fonctionnelle de chaque type d'antagoniste. Ici pas de zombies, mais des xénomorphes dont la conformation, la corpulence et la couleur sont autant de signes envoyés aux joueurs et aux joueuses quant à la menace qu'ils représentent et la manière dont il s'agit de s'en défaire. Les monstres sont des signes à lire, à interpréter. L'étymologie du terme n'indique pas autre chose[8], et le xénomorphe n'échappe pas au sens des mots. D'ailleurs, dans l'*Alien* de Scott, n'apparaît-il pas tout d'abord sous la forme d'un signal ? Ici, il s'agit un code dont l'efficacité conditionne la bonne pratique du jeu – à l'action intense et ininterrompue. Il faut savoir repérer les bêtes qui crachent de l'acide, qui chargent, qui attaquent par à-coups. Le xénomorphe est devenu ce catcheur qui, pour Barthes[9], fait de la lutte un théâtre pareil à la commedia dell'arte, une mascarade dans laquelle chaque élan, chaque intention est manifeste, clairement appelée par la gestuelle et la conformation des participants. Le panachage qui résulte de cette volonté de clarté décuple les possibilités de jeu en soulignant d'un trait épais les différentes capacités accordées à ces xénomorphes revampés.

C'est d'ailleurs ce rapport entre forme et fonction qui, fondamentalement, rend le xénomorphe si engageant en tant que créature vidéoludique. Véritable animal-machine, il est un automate mû par un seul désir, cause principale de sa monstruosité : une compulsion reproductive bestiale. Ce que manifeste le physique du xénomorphe, c'est précisément son unique vocation : mettre en œuvre un cycle parasitaire dont les humains sont un maillon. Toute son anatomie est vouée à cette seule mission : notre perte. Voilà donc un antagoniste parfait, capable de réserver un sort pire que la mort. Pas besoin d'en dire plus pour en faire le méchant ultime. Cet état de fait est à la fois la bénédiction du xénomorphe et sa malédiction.

DES XÉNOMORPHES COMME S'IL EN PLEUVAIT

Le design de Giger, combiné aux motivations radicales et pourtant simplissimes du xénomorphe, lui confère une attractivité qui le place au sommet de la pyramide des méchants de jeux vidéo. Plus encore que les nazis ou les zombies, qui jalonnent toute l'histoire du média, le xénomorphe est l'opposant ultime devenu cible de tir par excellence. Dès lors, on comprend mieux pourquoi la quasi-intégralité des jeux nommés précédemment fait pulluler à l'écran *chestbursters*, *facehuggers* et xénomorphes à un rythme effréné. La composante arcade de la plupart de ces jeux consacrés à la pratique frénétique du tir a scellé le sort de notre monstre. Le huitième passager est maintenant légion. Voilà où se loge la trahison faite à l'univers d'*Alien*.

L'orientation prise par James Cameron en 1986 avec *Aliens, le retour* fait basculer la franchise dans le cinéma d'action en développant le versant militarisé de cet univers. Sa transposition vidéoludique semble presque une évidence tant le penchant militariste de l'industrie du jeu vidéo est prégnant depuis ses origines. De fait, *Aliens, le retour* constitue la véritable matrice de la plupart des jeux vidéo inspirés par la franchise[10]. L'idée de se mesurer à des hordes de xénomorphes à coups de *pulse rifle* dessine les contours d'une expérience ludique foncièrement satisfaisante. Le fun est littéralement immédiat : pas besoin d'explications ou de contexte, il n'y a qu'à appuyer sur la gâchette afin d'éliminer cette menace absolue. Dans *Aliens, le retour*, les balles fusent et les fusils automatiques crépitent. Pourtant, l'action n'atteint jamais le niveau d'amok auquel exposent les jeux vidéo adaptant ce même univers. *Alien Trilogy*, *Alien Resurrection* ou encore *Aliens: Fireteam Elite* sont représentatifs de ce penchant survitaminé. Dans *Alien Trilogy* et *Alien Resurrection*, pas de tête-à-tête claustrophobe avec la bête, mais une débauche de rafales tirées par des armes omniprésentes à l'écran à la manière d'un *Doom* (id Software, 1993). D'*Aliens: Alien 2* (SquareSoft, 1987) à *Aliens: Colonial Marines* en passant par *Aliens Online*, un même désir de frénésie s'impose et les xénomorphes s'accumulent à l'écran jusqu'à l'absurde. L'histoire des adaptations d'*Alien* en jeu vidéo est jonchée de carcasses de xénomorphes criblées de balles. Le paroxysme de cette débauche visuelle est atteint avec les jeux destinés aux salles d'arcades, et donc à l'expression la plus entière du fun, de l'amusement forain, pistolet plastique en main : *Alien 3: The Gun*, *Aliens: Extermination* (Global VR, 2006), *Aliens: Armageddon* (Play Mechanix, 2014), *Alien: Covenant* (Play Mechanix, 2017). Les monstres pleuvent à l'écran.

Une fièvre destructrice semble avoir massivement emporté les développeurs ayant eu pour tâche la remédiation d'*Alien* en jeu vidéo. Par l'effet d'un renversement éloquent, le monstre est jeté en pâture à nos envies d'extermination. Devenu une simple cible, il n'endosse que très rarement d'autres rôles ou fonctions. Son étrangeté, sa conformation singulière comme la négativité qu'il incarne permettent de comprendre cet état de fait. Néanmoins, quelques exceptions existent. Les cas les plus parlants appartiennent à la série *Aliens vs. Predator*, qui offrent d'enfiler le costume du xénomorphe pour se livrer à un carnage outrancier. Les films versent dans une action décomplexée que les jeux adoptent avec délectation. Le premier jeu

Alien vs. Predator (Capcom, 1994) est un *beat'em up* (ni plus ni moins qu'un jeu de « bagarre ») centré sur le Predator. Très vite, les jeux reposant sur la franchise vont proposer de prendre en main Predators, marines et xénomorphes, à l'instar de ceux développés par le studio Rebellion Developments – d'*Aliens versus Predator* (1999) à *Aliens vs. Predator* (2010). Néanmoins, l'expérience n'est pas concluante. Si séduisant soit-il, le xénomorphe n'est pas un bon parti. Son agilité et sa vélocité deviennent rapidement des fardeaux difficiles à concilier avec une prise en main réactive et plaisante. Faire le monstre n'est pas une mince affaire.

Dans ces conditions, il est compliqué pour le xénomorphe de s'extraire de sa condition de simple quintaine, de cible pour des joutes perdues d'avance. Pourtant, offrir une alternative à cette situation paraît relever de l'évidence. Il suffit de s'attacher au rôle qui lui convient le mieux, mis en images dès sa première apparition dans les salles obscures : celui de prédateur. En réinstaurant un rapport de force en faveur de la créature, en lui rendant sa rage et ses appétits, une dynamique bien distincte de celle évoquée jusqu'à présent prend corps.

Revenons à *AX-2: Uchuu Yusousen Nostromo*. En 1981, *AX-2* entrouvre timidement la porte d'un rapport à l'Alien dont le ressort est l'esquive bien plus que l'affrontement. On y court de salle en salle pour éviter le monstre, on se précipite dans l'enceinte de havres minuscules en essayant d'anticiper sa trajectoire. Il ne s'agit pas simplement de jouer des coudes et de tirer à tout va. La ruse et l'agilité y sont vitales. Cette approche, fondée par l'impérieuse nécessité de sauver sa peau en prenant des initiatives au débotté, invite à reconsidérer le statut du personnage joueur, le faisant glisser de la catégorie de héros (militarisé) à celle de survivant. La différence est de taille. Le survivant peut se montrer héroïque par certains aspects, mais sa capacité à se jouer du destin et à dominer la situation reste sujette à caution. Survivre induit le fait que notre vie ne tient qu'à un fil. Incidemment, cette lecture d'*Alien* faisant du xénomorphe un obstacle insurmontable engage à se focaliser sur la figure d'Ellen Ripley. Pour survivre, il devient nécessaire d'adopter un archétype de personnage permettant de faire ressentir la tension de la prise en chasse, l'angoisse de l'enfermement, et l'âpreté d'altercations à l'issue tragique. Voilà un cahier des charges bien différent de celui des jeux d'action.

FRISSONNER AVEC LA BÊTE

Nous l'avons répété, le xénomorphe constitue un antagoniste idéal. Mais de son côté, la figure de Ripley rend possibles des situations de jeu qui, paradoxalement, rendent bien mieux justice à la créature et à son talent premier : faire peur. Le film de Scott opère au croisement de la science-fiction et de l'horreur ; la peur est donc, en toute logique, l'un des constituants de l'expérience initiale d'*Alien*. Pourtant, cette dimension a été progressivement diluée dans la franchise au profit d'un autre type de tension jouant plus spécifiquement sur le registre de la lutte ou de la manigance, tendant ainsi vers le cinéma d'action et le thriller – la corporation Weyland-Yutani et ses représentants, humains comme androïdes, incarnant parfaitement cette fonction. La peur y reste un enjeu, mais ne constitue plus l'épicentre des films. L'œuvre de Scott est pourtant sans appel, elle plonge ses racines dans un cinéma rompu à l'exercice de l'épouvante. C'est dans l'ombre du *Nosferatu le vampire* de Murnau que se fait la genèse du xénomorphe, dans les pas de *La Chose d'un autre monde* de Christian Nyby ou sur le modèle de *La Planète des vampires* de Mario Bava. Même sans évoquer les questionnements existentiels soulevés, le malaise et le dégoût que provoque le xénomorphe, son mode de reproduction, son altérité radicale, sa présence ubiquitaire ou la fascination des androïdes à son égard, etc., le film est traversé par un langage foncièrement horrifique. Sur le plan formel, *Alien* en présente une formule presque chimiquement pure, de la mise en scène à la construction des images : surgissements, latences, faux-semblants, mais aussi hors-champ, obscurité, clignotements, enfermement, dédale, etc. Tout y est exploité avec maestria.

Ces mêmes codes ont été assimilés en jeu vidéo par un sous-genre précis : le *survival horror*. *Alone in the Dark* (Infogrames, 1992), créé sous la houlette de Frédérik Raynal, fonde à lui seul l'horreur vidéoludique et instaure une « manière » que ses plus illustres successeurs *Resident Evil* (Capcom, 1996) et *Silent Hill* (Konami, 1999) reprendront quasiment à la lettre. L'estampille « *survival horror* », que l'on doit aux écrans de chargement du premier *Resident Evil*, est très claire sur l'offre proposée. L'enjeu est annoncé sans ambages : la survie. La teneur est exposée : l'horreur. Ce programme adhère parfaitement au projet animant *Alien* : survivre en milieu hostile, face à l'adversité et en dépit d'une menace implacable. Pareille expérience s'avère exigeante et âpre. Dans ces jeux, le *gameplay* est pensé par soustraction. L'insécurité y est reine, car on y réduit drastiquement l'arsenal disponible comme la force et les compétences dont il est possible de jouir habituellement. Ici, pas de héros. Vous incarnez la plupart du temps des personnages d'une banalité affligeante :

père de famille déboussolé, camionneur en goguette, repris de justice, jeune fille éplorée, journaliste en quête de scoop, psychologue perturbé, mécanicien enamouré, etc. Tout comme Ripley, ces personnages vont devoir s'adapter, progresser, s'endurcir, dépasser leur condition, bref, survivre. Outre ce schéma narratif, ces jeux partagent avec *Alien* une même noirceur symbolique et littérale, une nuit dans laquelle baignent des espaces poisseux et inquiétants, difformes et encombrés, propices à la survenue de catastrophes. Enfin, pour qu'il y ait véritablement jeu, il s'agit, comme le note Bernard Perron, de « *faire face au monstre*[11] ». Être confronté à une ou plusieurs manifestations monstrueuses fait partie intégrante de l'expérience ludique horrifique : la rencontre est inévitable, même si l'affrontement n'est pas toujours de mise. Le plus souvent, il s'agit d'être la proie, et non le chasseur – jusqu'au moment final où les rôles s'inversent et que, à la manière de Ripley, joueurs et joueuses arrivent à se débarrasser in extremis du monstre.

Malgré l'influence incontestable de la franchise *Alien*, il est étonnant d'observer que le genre *survival horror* n'est pas spécialement porté sur la science-fiction. Certes, des jeux comme *Overblood* (Riverhillsoft, 1996), *Martian Gothic: Unification* (Creative Reality, 2000), *Dead Space* (Visceral Games, 2008), *SOMA* (Frictional Games, 2015), *Moons of Madness* (Rock Pocket Games, 2019) ou encore *Apsulov: End of Gods* (Angry Demon Studio, 2019) comptent au nombre des avatars futuristes de l'horreur ludique. Mais, en dehors de cette poignée de titres, le vide spatial est délaissé au profit de cadres gothiques plus traditionnels. Églises, châteaux, cimetières ou laboratoires abandonnés disputent la vedette aux décombres de villes ravagées par une apocalypse zombie. D'autres influences ont su marquer les jeux vidéo d'horreur, des écrits d'H. P. Lovecraft ou de Stephen King au cinéma de Carpenter, de Romero, d'Argento, de Craven ou de Nakata.

Pourtant, il paraît évident qu'*Alien* possède tous les éléments nécessaires pour devenir une matrice ludique redoutable. Mais le rendez-vous n'a pas eu lieu, l'histoire de la franchise le prouve. Hormis les jeux d'action et de tir dont nous avons égrainé la liste, à peine quelques propositions ludiques émergent de ce vaste champ de bataille. En 1984, sort *Alien* par Concept Software. Le jeu se présente comme un jeu d'aventures se déroulant à bord du *Nostromo*, dont seul le plan nous est présenté à l'écran, accompagné d'indications sur l'état de santé du vaisseau et des personnages présents à bord. L'objectif est de ramener la navette sur Terre avec l'équipage le plus complet possible – y compris le chat Jones. Le dispositif est simple, mais efficace, bien loin de l'*Alien* de 1982. Cette veine du jeu d'aventures sera explorée par le studio français Cryo Interactive en 1995 avec *Aliens: A Comic Book Adventure*. Plus d'une décennie plus tard, la mise en scène et les procédés narratifs sont plus évolués. Le jeu procède par successions d'écrans fixes et adopte un *gameplay* propre aux jeux en *point and click* (pointer et cliquer). Il faut fouiller l'image pixel par pixel afin d'y déceler des possibilités d'interaction permettant de faire avancer l'histoire. Ces phases sont ponctuées par des combats suivant un système de jeu très singulier. Le titre du jeu est on ne peut plus explicite : il se réfère à l'univers d'*Aliens, le retour* et, par ailleurs, fait suite à un comic book publié par l'éditeur Dark Horse Comics en 1993 (*Aliens: Labyrinth* par Kilian Plunkett et Jim Woodring). Paradoxalement, malgré l'affiliation du jeu à *Aliens, le retour* plutôt qu'à *Alien*, l'action n'est pas son élément clef. Les développeurs appuient bien plus l'atmosphère claustrophobe des environnements. Néanmoins, rien dans cette proposition ne relève foncièrement de l'horreur. Rien n'y fait excès, ni peur, ni dégoût.

Il faut attendre 2014 pour que la franchise bascule pleinement dans l'horreur. Le studio The Creative Assembly imagine ce qui reste encore à ce jour le meilleur jeu vidéo sous licence *Alien* et l'unique jeu d'horreur *Alien*[12]. *Alien: Isolation* réussit l'exploit de synthétiser tout ce qui, dans l'*Alien* de Scott, conduit à l'émergence d'une peur intense. On y dirige Amanda Ripley, fille d'Ellen, à la recherche de la boîte noire du *Nostromo* détenue par les autorités de la station spatiale *Sébastopol*. L'histoire d'*Alien: Isolation* se situe chronologiquement entre *Alien* et *Aliens, le retour*[13]. Bien évidemment, tout dans le scénario invite à dériver de catastrophe en catastrophe. La station est ravagée, effondrée sur elle-même, aucun espace n'y est véritablement sûr, renégats et androïdes de Weyland-Yutani y rôdent et nous agressent dès que l'occasion se présente. L'espace est à la fois clos, obscur et entravé, mais également susceptible de se déchirer pour nous projeter dans l'immensité du vide spatial. Rien ne manque, toutes les composantes de la *space horror* sont au menu. Évidemment, le xénomorphe y occupe un rôle primordial. Le *gameplay* fait la part belle aux agissements du monstre en lui conférant une certaine autonomie, une capacité à se déployer, à se montrer imprévisible et, de ce fait, d'autant plus terrifiant. Il oblige joueurs et joueuses à réagir de manière tactique, dans l'instant. Le xénomorphe nous traque, partout, tout le temps. Opiniâtre, il ne nous laisse que peu d'échappatoires. Seules la ruse et l'esquive importent. Chaque placard devient un havre de paix, chaque recoin, renfoncement, canalisation, gaine apparaît comme salutaire. *Alien: Isolation* est un jeu du chat et de la souris dans lequel les rongeurs que nous sommes ont peu de chances de subsister s'ils n'apprennent pas rapidement à se faufiler, à se cacher, à rester silencieux. Dans le cas contraire, les *game over* se succèdent inéluctablement. À l'épreuve des balles, le xénomorphe ne peut être arrêté et encore moins exterminé. Il nous est tout juste permis de faire diversion. À la moindre erreur, il perfore, transperce, tranche, et s'en est fini. Les animations du xénomorphe sont redoutables, les mises à mort brutales. La bête est dépositaire du pouvoir, elle en est l'incarnation.

Unique alternative à l'action débridée que promeuvent la plupart des jeux vidéo *Alien*, l'impuissance, la faiblesse face à la force démesurée de la créature, la mobilisation de l'instinct de conservation et la quasi-certitude de périr constituent le seul horizon ludique possible. Si l'on ne trahit pas l'esprit d'*Alien*, alors il faut périr, encore et encore, sous le coup du xénomorphe, le crâne perforé par sa seconde bouche ou empalé au bout de sa queue.

L'ENGEANCE D'*ALIEN*

Constat est fait du grand écart qu'impose la remédiation de l'univers d'*Alien* en jeu vidéo. Les développeurs et les éditeurs ont tranché : l'action prime sur la survie. Trahir semble plus rentable que de faire périr les joueurs, la surpuissance se vend mieux que l'impuissance. Il faut néanmoins garder à l'esprit que l'emprise du xénomorphe déborde les frontières de LV-426. *Alien* a su essaimer à travers les mondes vidéoludiques. L'influence de l'œuvre de H. R. Giger est incontestable : du jeu *Dark Seed* (Cyberdreams, 1992) directement réalisé à partir de son travail aux multiples hommages disséminés dans des jeux comme *Contra* (Konami, 1987) à *Gynoug* (Masaya Games, 1991). Celle de sa plus fameuse créature et de l'univers qui l'a vue naître, plus encore. S'il ne fallait retenir qu'un exemple, évoquons la célèbre série d'action-exploration de Nintendo, *Metroid* (1986). À travers son thème, ses personnages et créatures ainsi que l'aspect de ses environnements, *Metroid* témoigne de cette allégeance, discrète mais irréfutable. Il en va de même pour *System Shock* (Looking Glass Studios, 1994), *Dead Space*, *Stasis* (The Brotherhood, 2015) ou encore *Prey* (Arkane Studios Austin, 2017).

AUTEUR

GUILLAUME BAYCHELIER_

Parfois même, le clin d'œil est très appuyé – que dire des différents épisodes d'*Alien Breed* (Team17, 1991). La bête a prospéré en dehors de sa zone de confort, au-delà des accords de licence; son univers malade et angoissé a su infuser, contaminer. Sans être le seul à opérer sur ce terrain, le xénomorphe s'est imposé, au côté des maniaques du thriller ou du *giallo*, comme une figure monstrueuse synonyme de traque acharnée. En un sens, il est la matrice des antagonistes auxquels les développeurs de jeux vidéo d'horreur ont confié la mission de pourchasser sans relâche joueurs et joueuses. Sous de nombreux masques transparaissent les traits grimaçants du xénomorphe. La créature surdimensionnée, qu'aucune paroi n'arrête, qu'aucune arme ne stoppe, n'est-elle pas le prototype de Mister X (*Resident Evil 2*, Capcom, 1998), du Nemesis de *Resident Evil 3: Nemesis* (Capcom, 1998), de Chris Walker (*Outlast*, Red Barrels, 2013) ou de Jack Baker (*Resident Evil 7: Biohazard*, Capcom, 2017)? La prise en chasse est devenue une mécanique ludique à part entière, presque un genre en soi. Nous ne le devons pas uniquement au xénomorphe, mais il a certainement impulsé cet élan dans les imaginaires vidéoludiques.

L'empreinte acide du xénomorphe semble donc ineffaçable. Certes, les jeux sous licence ne rendent un hommage que partiel à la

puissance horrifique de cet univers et en trahissent clairement l'esprit. Ils donnent l'idée que la franchise *Alien* n'est pas foncièrement soluble dans le jeu vidéo, ni adaptée, ni adaptable. Pourtant, au-delà de la réussite majeure qu'est *Alien: Isolation*, l'engeance de la bête a su trouver sa place et se répandre jeu après jeu. À travers sa figure d'une perfection monstrueuse, il est possible de penser des mécaniques de jeu redoutables, dont la force principale est leur simplicité. Un jeu de cache-cache et de fuite mortel. Nous touchons là le cœur même de l'expérience horrifique. Devenir une proie, être du côté du gibier, voir luire dans le noir les crocs de la bête et périr.

GUILLAUME BAYCHELIER

NOTES

1 Blanchet Alexis, *Des pixels à Hollywood. Cinéma et jeu vidéo, une histoire économique et culturelle*, Éditions Pix'n Love, 2010, p. 33-34.

2 Blanchet Alexis, *Des pixels à Hollywood, op. cit.*, 2010, p. 444 : « Le gameplay [la jouabilité, en français] pourrait se définir comme l'agencement des règles imposées par le jeu et les possibilités d'appropriation de ces règles par le joueur. »

3 Visuel occupant la boîte contenant la cartouche ou le CD, le DVD ou encore le Blu-ray du jeu, qui permet à la fois de décorer l'emballage et de donner une identité visuelle au produit.

4 Visuels de référence pour présenter une production cinématographique ou vidéoludique.

5 Lascault Gilbert, *Le Monstre dans l'art occidental : Un problème esthétique*, Klincksieck, 2004.

6 Martin Jean-Clet, *Ridley Scott, philosophie du monstrueux*, Les Impressions nouvelles, 2019, p. 241.

7 Un jeu de tir en coopération consistant à progresser dans des décors en éliminant des hordes successibles d'ennemis, en l'occurrence des zombies de plusieurs types.

8 Guédron Martial, « Le Monstre en théorie », dans *Beautés monstres : Curiosités*, prodiges et phénomènes, dirigé par Harent Sophie, Guédron Martial, Somogy Éditions d'art, 2009, p. 29 : « Le mot "monstrueux" ne désigna pas d'abord une horreur mais ce qui doit être "montré" comme exemplaire ou extraordinaire. Le radical du mot, du latin *monere* ("avertir"), est le même que celui de "monument", et ce n'est qu'après un long périple que, vers le XIIe siècle, le monstrueux, qui se confondait avec le merveilleux, prit un sens diffamatoire. »

9 Barthes Roland, « Le monde où l'on catche », dans *Mythologies*, Éditions du Seuil, 1957, p. 15.

10 Il suffit de faire le décompte des jeux qui adoptent la graphie « *Aliens* » dans leur titre plutôt que « *Alien* », renvoyant au film de Scott.

11 Perron Bernard, « Le Survival Horror : un genre vidéoludique idéal pour une étude genrée », dans *Genre et jeux vidéo*, dirigé par Lignon Fanny, Presses universitaires du Midi, 2015, p. 97.

12 Exception faite de l'expérience en réalité virtuelle *Alien: Covenant In Utero* (FoxNet VR Studio, 2017) qui permet d'assister en toute intimité aux premiers pas d'un *chestburster* hors de la poitrine de son hôte, le tout en vue subjective.

13 *Alien: Blackout* (Rival Games, 2019), jeu d'envergure modeste destiné aux smartphones, fait d'ailleurs suite à ce scénario – à travers une mécanique de jeu fondée sur la manipulation de caméras de surveillance afin de se protéger de l'Alien en contrôlant sa circulation au sein de l'espace de jeu.

AUTRICE

JEHANNE ROUSSEAU_

D'« ALIEN » À « ALIEN: ISOLATION » UNE EXPÉRIENCE CISELÉE DANS LA CONTINUITÉ DES FILMS

JR_24_

« JE M'ÉVEILLE ET SORS LENTEMENT DU CAISSON DANS LEQUEL JE REPOSAIS. JE SUIS SEULE, DÉNUDÉE. JE ME SENS VULNÉRABLE. J'AVANCE INCERTAINE ET VAGUEMENT INQUIÈTE DANS LE COULOIR QUI S'OUVRE DEVANT MOI...

Je reconnais cet endroit, ce vaisseau, et ce qu'il m'évoque est loin d'être rassurant... J'entre dans une pièce où se trouvent une douche et des casiers, l'un d'entre eux est marqué à mon nom. J'y trouve mes vêtements. Bien. L'inquiétude est toujours là, mais je me sens un peu mieux. Essayons maintenant de trouver les autres passagers. Je prends un nouveau couloir et j'arrive dans une salle qui, malgré sa lumière agréable et sa large table ronde, me fait frissonner. Cet endroit ressemble beaucoup trop au Nostromo pour que je ne ressente pas une angoisse sourde, une brève sensation de nœud dans l'estomac. Une femme est assise là devant des boissons, elle semble abattue, malade peut être. Elle s'appelle Taylor, c'est une juriste de la Compagnie... Moi ? Je m'appelle Ripley. Amanda Ripley. »

C'est ainsi que commence la longue aventure que propose *Alien: Isolation*. Un jeu d'horreur et de survie qui est souvent considéré non seulement comme la meilleure adaptation de la licence, mais également comme la meilleure adaptation vidéoludique d'une licence de cinéma.

De nombreux autres jeux avaient déjà tenté avec plus ou moins de succès et de talent d'adapter cet univers, cependant la plupart se contentaient d'utiliser son esthétique et faisaient de la créature et de son affrontement le cœur de l'expérience. On y jouait le plus souvent des marines armés jusqu'aux dents et devant poursuivre la ou les bêtes dans des coursives. Ces jeux oubliant complaisamment le sort subi par tout l'escadron dans *Aliens, le retour*. Les approchant finalement plus de ce qu'on pourrait attendre d'une adaptation de *Warhammer 40 000* (un jeu de figurines de fantasy spatiale dans lequel des escadrons de space marines affrontent régulièrement des hordes de créatures démoniaques) que de l'adaptation de l'une des plus grandes licences de film d'horreur.

REVENIR AUX RACINES

Alien: Isolation, lui, fait le choix de revenir aux racines et d'être plus fidèle au matériau d'origine qu'aucun autre avant lui. Tout y est pensé pour s'inscrire dans la directe continuité d'*Alien, le huitième passager*. Après le logo, volontairement brouillé et vieilli de la 20th Century Fox, la première voix que l'on entend est celle de Sigourney Weaver dans l'enregistrement qu'elle réalise à la fin du film. S'ensuit une scène cinématique qui nous dévoile le personnage qu'on va incarner et introduit l'histoire qui va devenir la nôtre. Elle est d'une grande simplicité : la boîte noire du *Nostromo* a été retrouvée quinze ans après sa disparition et ramenée à la station *Sébastopol*. Amanda Ripley est invitée à accompagner un groupe très restreint composé du synthétique Samuel et de Taylor, deux représentants de la Compagnie, dans l'espoir de comprendre ce qui est arrivé à sa mère, et ainsi, de pouvoir faire son deuil.

Dès l'arrivée sur la station le but du jeu est clair. Il s'agit avant tout de la survie de cette femme, Ripley, enfermée avec un prédateur invincible dans un environnement majoritairement hostile. Ce but est d'ailleurs ouvertement annoncé par l'un des premiers humains vaguement amicaux qu'on rencontrera dans la station de *Sébastopol* : « *This is all about survival* », dira en effet Axel avant de se faire tuer par l'Alien, qu'on entraperçoit à cet instant pour la première fois. Mais au fil des objectifs et de notre découverte de *Sébastopol*, le jeu nous fait glisser lentement d'une histoire de survie face à une créature toute-puissante à une fuite désespérée devant une multitude de créatures que seule la destruction totale de la station pourrait annihiler. De la survie d'une femme dépend celle de l'humanité.

En somme, on passe durant ces quelques heures d'*Alien* à *Aliens*.

Pour réussir ce tour de force qu'est l'immersion totale dans la continuité des films, Creative Assembly, le studio qui a développé ce jeu, a eu accès à des ressources incroyables, et la fidélité de leur travail est

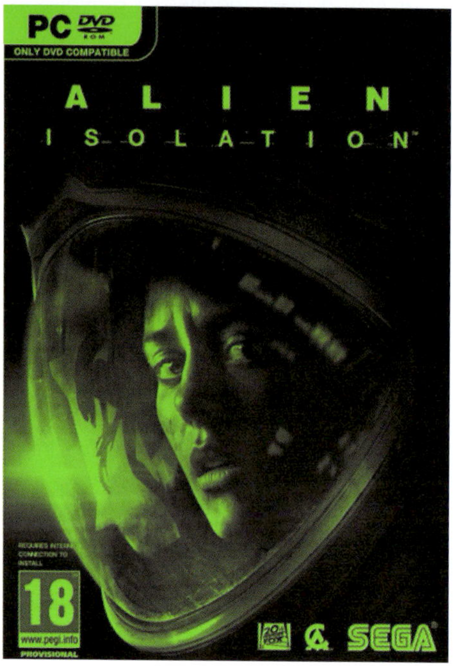

visible à chaque instant. Chaque décor, chaque costume, chaque musique ou personnage semble tiré du film. Le travail de documentation a été exhaustif et minutieux, et a permis de rendre parfaitement chaque détail.

Cependant, créer un jeu inspiré d'un film et espérer qu'il lui sera fidèle ne consiste pas seulement en une retranscription en trois dimensions des éléments de décor ou même des personnages. Ce n'est qu'un premier pas. Ce qui fait la puissance de la saga *Alien* – l'angoisse, la claustrophobie, mais aussi la volonté de comprendre et la découverte – nécessite un travail de conception spécifique dans les mécaniques mêmes du jeu et dans sa narration. Car il ne s'agit plus cette fois d'être un simple spectateur, mais bien de prendre les commandes, d'être soi-même jeté au cœur de l'horreur et de tenter d'agir pour survivre. « Je » n'est plus spectateur, « je » est une autre, et l'on vit et ressent ce qu'Amanda Ripley expérimente.

VULNÉRABILITÉ ET FUTILITÉ FACE À L'HORREUR

« *Ce qui ne devait être qu'un simple voyage me permettant de clore l'énigme de la disparition de ma mère s'est transformé en cauchemar. Je me suis retrouvée plongée dans le chaos et séparée de mes compagnons alors que je rejoignais la station. Sébastopol a sombré dans la folie. Il y a des corps un peu partout, et certains sont horriblement mutilés. Le personnel survivant de la base semble s'être majoritairement organisé en bande, pille tout ce qu'il peut et tire sur tout ce qui bouge... Ce n'est pas de leur côté que je trouverai de l'aide... Mais comment leur en vouloir quand on sait ce qui rôde dans la station ? Ce tueur monstrueux qui a abattu Axel, le seul qui semblait prêt à m'aider, juste sous mes yeux. Je suis seule, le moindre bruit me fait sursauter et je me méfie de tous et de tout. J'avance accroupie pour éviter d'être vue, me jetant dans un placard lorsque j'entends quelque chose venir, me glissant même dans les conduits d'aération dès que j'en ai la possibilité. J'ai l'impression d'être un rat, et le revolver que j'ai trouvé ne m'apporte qu'un réconfort très limité tant il semble futile face à cette créature de cauchemar.* »

Cette sensation de vulnérabilité perpétuelle, de futilité face à l'horreur est ce qui sous-tend toute cette expérience qui nous projette au cœur des films. Pour y arriver, les développeurs ont dû faire un certain nombre de choix dans la conception même du jeu.

Quel que soit le projet sur lequel un studio travaille, qu'il s'agisse comme ici d'un jeu *Alien* ou de *Zelda*, dont l'univers n'a pourtant rien à voir, il devra décider du fonctionnement d'un certain nombre de mécaniques : le positionnement de la caméra, les contrôles du jeu, la gestion des objets ramassés, de la mort et de la sauvegarde, de l'impact des armes et de l'usage des outils distribués au fur et à mesure de la progression... Et ces décisions doivent toutes, autant que possible, être cohérentes avec l'univers, la narration et l'expérience qu'il cherche à créer. Or, ici, tous ces choix ont été faits pour mettre l'accent sur l'horreur et sur la survie.

En dehors de certaines scènes cinématiques qui montrent le personnage principal, le jeu est majoritairement à la première personne, ce qui implique qu'on « est » Ripley et qu'on voit par ses yeux. Ce choix, très original pour un jeu de ce genre, puisqu'il rappelle plus les jeux d'action et de tir, participe à la sensation d'immersion, et accentue dramatiquement l'angoisse du joueur, qui se retrouve ainsi réellement « dans » l'action. Il n'était pourtant pas évident, venant d'une série de films qui n'utilisent pas la caméra subjective. Mais l'impact émotionnel de cette décision a pris le pas ici sur la fidélité aux images.

UNE VOLONTÉ DE FAVORISER L'IMMERSION

En effet, ce point de vue nous enferme avec notre vulnérabilité, car on ne peut percevoir que ce qu'on a devant nous, nous poussant à regarder de tout côté pour nous assurer qu'on ne va pas être pris au dépourvu, ce qui arrive pourtant régulièrement. Il augmente aussi notre sensation de claustrophobie : on ressent l'étroitesse des conduits d'aération et de tous les espaces confinés qu'on va devoir traverser, augmentant notre stress au point qu'on en finit presque par prier pour atteindre l'une des scènes cinématiques, durant lesquelles on voit notre personnage. Si ces scènes filmées différemment brisent régulièrement l'immersion, elles nous offrent de petits moments de répit, de respiration, dans une expérience qui met nos nerfs à rude épreuve. Leur mise en scène valorise de plus l'aspect cinématographique du jeu et souligne le lien avec les films. Mais elles se font de plus en plus rares quand on avance dans le jeu, et sont progressivement remplacées par des cinématiques interactives à la première personne, plus immersives.

C'est la volonté de favoriser l'immersion qui a manifestement également poussé les développeurs à définir une interface et des contrôles très simples, qui ne nécessitent pas une dextérité particulière. Les éléments graphiques qui nous indiquent notre état de santé, le nombre de nos munitions ou les actions à accomplir dans l'environnement se veulent aussi discrets et diégétiques que possible. Rien ne doit nous sortir de ce voyage en enfer.

Qui dit vulnérabilité dit mortalité, et puisqu'il s'agit d'un jeu vidéo, notre héroïne mourra à de très nombreuses reprises avant de réussir à accomplir le dernier objectif. En effet, chaque ouverture de ventilation peut laisser tomber la bête, chaque détour de couloir peut révéler sa silhouette serpentine, nous laissant démuni et obligé une fois encore de recommencer notre parcours depuis notre précédente sauvegarde. Car lorsque l'Alien nous voit, on meurt presque à coup sûr, une seule attaque suffisant à nous tuer. On finit donc par ne plus compter le nombre de fois où l'on a vu notre torse se faire perforer par la queue de l'Alien, ou sa double mâchoire terrifiante foncer vers notre visage. La caméra à la première personne accentuant l'effet horrifique de l'expérience. Et, comme le jeu du chat et de la souris avec la créature ne suffit pas à maintenir la tension durant toute la durée du jeu, renégats et synthétiques n'hésitent pas également à nous tirer dessus ou à tenter de nous étrangler. On se sent donc perpétuellement fragile, la mort, toujours horrible bien que répétée, nous servant de vanité.

LES ARMES N'APPORTENT QU'UN RÉCONFORT LIMITÉ

Bien qu'en apparence assez classique, ce choix de mécanique est osé ; il est très rare que des développeurs de jeu fassent le choix de rendre le personnage central aussi vulnérable et démuni, surtout pour une aussi grosse production. La plupart du temps, au contraire, il est héroïsé autant que possible pour donner à la personne à la manette une sensation de puissance malgré l'adversité. Mais en faisant ce choix, ils ont réussi non seulement à rester très fidèles à l'univers original en nous plongeant dans une angoisse quasi permanente, mais également à modifier notre perception de la victoire, qui ici consiste à survivre plutôt qu'à combattre...

Puisqu'on allait mourir, il était nécessaire de créer des moyens de nous ramener à la vie. Chaque mort nous renvoie donc au précédent point de sauvegarde et nous oblige à recommencer notre parcours en tentant cette fois de ne pas commettre l'erreur qui nous a fait perdre la vie. Pour matérialiser ces points de sauvegarde, les développeurs ont pris le parti d'intégrer dans l'environnement des bornes de secours dans lesquelles vous devez glisser une sorte de cartouche pour enregistrer votre avancée. Encore une fois l'immersion est totale, et l'on tremble souvent pendant le temps que met notre héroïne à effectuer cette action, de peur d'être abattu sur place avant d'avoir fini. Et plus le jeu avance, plus on cherche nerveusement la lueur jaunâtre qui auréole ces bornes d'urgence, tant il est frustrant et nerveusement éprouvant de devoir mourir encore et encore lors de passages particulièrement difficiles.

Notre héroïne n'est cependant pas toujours sans défense et elle peut, tout comme dans les films, mettre la main sur différentes armes : du revolver au fusil à impulsion en passant bien sûr par le lance-flammes. Cependant il était nécessaire pour maintenir notre sensation de fragilité que ces armes ne nous offrent qu'un réconfort limité : tirer au revolver sur l'Alien ne fera que l'attirer vers nous sans aucune chance de le blesser. Mieux vaut garder nos rares cartouches pour les quelques renégats de la station qui nous auraient repéré, ou pour les synthétiques les plus faibles. Face à l'Alien, seul le lance-flammes aura un peu d'effets, le poussant à la fuite. Mais il ne peut être tué, et plus on utilisera cette arme, plus il reviendra vite vers nous, ayant fini par apprendre à ne plus craindre les flammes. Finalement, bien qu'on se sente toujours rassuré lorsqu'on met la main sur une nouvelle arme, cette brève sensation de puissance est vite balayée par l'efficacité moindre qu'elle a sur les différents antagonistes. La faible quantité de munitions distribuées contribuant également à nous encourager à ne s'en servir qu'en cas d'extrême urgence.

FABRIQUER DES COCKTAILS MOLOTOV... ET DES KITS DE SOIN !

Le jeu nous laisse aussi fabriquer un certain nombre d'objets tels que des cocktails Molotov ou des bombes fumigènes à partir d'éléments ramassés ici et là. Mais une fois

encore, l'effet de ces objets est très limité et contribue souvent à attirer l'attention sur nous, ce qui s'avère presque toujours être une erreur. On finit donc par les utiliser très rarement, à l'exception notable du kit de soins qu'on fabrique frénétiquement dès qu'on trouve les ingrédients nécessaires. Cependant, du point de vue des créateurs, ces ingrédients éparpillés nous rendent plus attentifs à notre environnement : ils nous poussent à essayer de créer de nouveaux objets, juste pour être sûr de ne rien laisser derrière nous, et nous encouragent à fouiller les moindres recoins de toutes les salles traversées.

Malgré tout on avance, donc, au gré des objectifs qu'on nous donne, et l'on découvre petit à petit *Sébastopol*. L'essentiel de l'action ayant lieu dans cette unique station, il était important d'ouvrir au fur et à mesure de nouvelles zones à explorer, tout en nous donnant l'impression de progresser et d'être de mieux en mieux équipé. Les développeurs ont pour cela appliqué la technique, bien connue en *game design*, du « *lock before key* », c'est-à-dire qu'ils font naître le désir d'une chose avant d'y donner accès en distribuant des outils tout au long de l'histoire. De l'outil de maintenance à la torche à plasma en passant par le syntoniseur, tous nous ouvrent des portes qu'on avait pu voir fermées et donc inaccessibles lors de nos premiers pas dans la station, et devant lesquelles on se retrouve plusieurs heures plus tard, cette fois muni du bon équipement. La station se déploie ainsi petit à petit tout en nous guidant sans cesse vers notre prochain objectif. Si certains outils ne sont que des sésames, d'autres nécessitent de trouver la solution de petits puzzles, mais l'essentiel est toujours de donner l'impression d'un espace gigantesque et labyrinthique qui recèle de nombreux secrets, alors qu'en réalité la progression est linéaire.

Cette mécanique relativement classique de progression au sein d'un jeu n'est évidemment pas tirée à proprement parler des films. Mais elle prend ici d'autant plus de sens qu'elle ajoute à la sensation d'égarement, et que, couplée à l'angoisse permanente que l'on ressent, elle augmente d'autant plus la frustration éprouvée face à ces portes fermées derrière lesquelles on espère trouver le salut. L'utilisation des outils prenant toujours du temps, durant lequel notre héroïne ne peut se cacher, on hésite souvent le moment venu à exposer ainsi notre personnage, ajoutant à notre stress. S'il nous faut activer cet ascenseur alors qu'on est poursuivi par une horde de synthétiques furieux, nous allons auparavant devoir résoudre un puzzle sur notre syntoniseur pour pouvoir le hacker... et bien souvent, il est trop tard lorsque la lumière du panneau de contrôle passe enfin au vert.

Parmi les outils fournis, il paraît important d'évoquer spécifiquement le détecteur de mouvements, le seul qui soit réellement tiré des films. Il ne nous ouvre pas de portes à proprement parler mais se révèle souvent crucial dans notre exploration, nous permettant d'évaluer la distance et le nombre d'ennemis qui patrouillent autour de nous. Cependant, là encore, cet outil bien utile est à double tranchant. Si nous l'utilisons en étant trop proche d'un ennemi, ses bips stridents attirent son attention, et pourraient bien lui permettre de découvrir notre cachette. En somme, ce qui pourrait nous aider le plus nous trahit, nous poussant ainsi à soigneusement doser son usage, et à n'y jeter que de brefs coups d'œil lors de notre progression.

Au-delà des mécaniques de base, l'équipe de Creative Assembly a dû prendre de nombreuses autres décisions visant à créer et à maintenir l'angoisse. La plus impressionnante et efficace étant le design de l'intelligence artificielle qui guide l'Alien lui-même. Au cours du jeu, la créature semble toujours être sur nos traces où qu'on aille, et le moindre bruit un peu fort la fait arriver très rapidement sur les lieux. Elle peut se glisser partout, les couloirs de ventilation ne l'arrêtant hélas pas du tout. Elle peut même monter des embuscades, connaissant parfaitement la disposition de la station.

Enfin, elle semble apprendre de nous, et son comportement s'adapter au nôtre.

UNE INTELLIGENCE ARTIFICIELLE QUI S'ADAPTE AU PARCOURS DU JOUEUR

Cette intelligence artificielle particulièrement brillante repose en réalité sur deux IA complémentaires. L'une est omnisciente : elle sait à tout moment où se trouve notre héroïne et indique la direction générale de sa position à la seconde, celle de la créature. Celle-ci va se servir d'un arbre de comportement complexe pour tenter de nous débusquer. Cet arbre de comportement est évolutif, et de nouvelles capacités lui sont offertes en fonction de nos actions ou de moments clefs du jeu, donnant l'impression que l'Alien apprend et s'adapte. Si l'on utilise trop souvent le lance–flammes, il finira par ne plus le craindre ; si l'on se cache trop souvent dans les casiers, il finira par les ouvrir…

La traque en apparence permanente de l'Alien entraîne ponctuellement des situations peu crédibles et une certaine frustration… Pourquoi serions-nous le seul être humain à être poursuivi dans toute la station par cette créature vindicative quand il en reste encore bien d'autres en vie ? Mais l'angoisse ne doit jamais complètement disparaître, c'est pourquoi les développeurs ont pris cette décision. Afin d'éviter une trop grande frustration, cependant, et une pression insupportable qui nous empêcherait d'avancer dans l'histoire, l'IA directrice finit toujours par ordonner à l'Alien d'aller voir ailleurs. Elle s'appuie sur une jauge de stress qui se remplit si l'on est resté trop longtemps près de lui. C'est cette même jauge qui, une fois vide, le fera revenir dans notre zone, afin que nous ne nous sentions jamais hors de danger.

La complexité de cette intelligence artificielle et son adaptation à nos actions et à notre stress en font l'un des ingrédients majeurs de la tension exercée sur nous par le jeu, qu'elle contribue à rendre unique à l'époque de sa sortie. Toutefois, l'angoisse ne pouvait pas reposer uniquement sur ces éléments.

Pour accentuer encore cette sensation, il était nécessaire que notre héroïne se retrouve très vite isolée en milieu hostile. En effet, si, dans les films, Ripley fait toujours partie d'un groupe avant que ne commence le jeu de massacre, ici elle est très rapidement séparée de ses compagnons initiaux, l'un des objectifs étant d'ailleurs de les retrouver. Axel, dont nous avons parlé précédemment, n'est que le premier d'une longue liste de compagnons éphémères à trouver la mort. Ainsi l'aventure est-elle principalement solitaire, et la plupart des humains comme des synthétiques que l'on croise tentent également de nous tuer. S'ils n'ont ni l'intelligence ni bien sûr l'invincibilité de l'Alien, ils contribuent à créer des situations d'autant plus stressantes qu'utiliser une arme contre eux risque d'attirer le monstre. Il faut donc là encore user de discrétion la plupart du temps et éviter autant que possible les affrontements directs.

« C'EST TOUT LE DESIGN DE LA STATION QUI POUSSE À LA CLAUSTROPHOBIE »

Cette multiplicité des sources de danger rend les grandes salles qu'on va croiser d'autant plus inquiétantes, et l'on se surprend à se précipiter avec soulagement vers les bouches d'aération et leurs petits couloirs étroits… renforçant ainsi la sensation de claustrophobie. En somme, l'angoisse nous pousse à nous cacher sans cesse, au point d'avoir un frisson chaque fois qu'on voit un peu trop de casiers interactifs dans une zone, comprenant qu'il est fort probable qu'elle soit dangereuse avant même de voir apparaître les ennemis.

À force d'être sans arrêt sous pression on se perd, et alors qu'on voudrait avancer rapidement vers l'objectif indiqué sur la carte dans l'espoir d'avoir un peu de répit, on se retrouve à partir en sens inverse pour échapper à un danger… En somme, c'est tout le design de la station elle-même, chaque zone étant pensée avec soins, qui nous pousse à la claustrophobie. Pas seulement parce que leurs visuels puissants rappellent ceux des films, mais surtout parce que le jeu lui-même nous incite à nous terrer, à revenir sur nos pas, à nous perdre toujours plus, augmentant notre stress alors que le chemin est en réalité très linéaire.

Il me semble important d'évoquer ici un passage du jeu en particulier, passage qui nous fait complètement sortir de l'angoisse pour nous plonger dans l'émerveillement l'espace d'un instant.

« *J'ai enfin réussi à retrouver Samuel et Taylor, qui était grièvement blessée, et à rencontrer Waits, le responsable de la sécurité sur* Sébastopol. *Il m'a parlé de cette mission menée par l'équipe de l'Anesidora, de la boîte noire du* Nostromo *qu'ils ont rapportée et de leur implication dans l'arrivée de la créature sur la station. Il me permet de m'entretenir avec Marlow, le chef de l'expédition… Et me voilà sur le planétoïde LV-426 qu'ils ont exploré. Désormais, je suis Marlow, et les paysages poussiéreux de cet endroit abandonné s'ouvrent devant moi. Je progresse laborieusement avec mon groupe de compagnons. Je grimpe parmi les roches, un peu perdue, tentant de guider mon groupe vers un signal émis non loin d'ici. Nous y voilà. La carcasse d'un vaisseau ancien, grandiose et terrifiante, se dresse devant nous. Le paysage semble irréel, les couloirs en ogive dans lesquels nous avons pénétré semblent taillés dans l'onyx, donnant une atmosphère pesante et pourtant si familière à cette exploration. Nous arrivons dans une salle monumentale, un endroit gigantesque où gît encore le corps d'un extraterrestre géant dont la cage thoracique a été défoncée et que je reconnais. Bien sûr, non loin de là se trouve l'ouverture qui mène à cet étrange espace, ce champ rempli d'œufs sous leur protection de lasers. Je sais que l'un d'entre nous sera bientôt infecté par l'étreinte d'un* facehugger, *mais je ne peux m'empêcher d'admirer la scène qui s'offre à nous, cette perspective folle, lovecraftienne me donne des frissons. Je dois aller interrompre le signal, mais bien sûr le drame arrive. L'épouse de Marlow en est la victime, et je sais maintenant comment l'intrus, l'étranger est arrivé à* Sébastopol... »

Ce bref moment de jeu durant lequel on incarne Marlow brise toutes les mécaniques, tous les codes que nous avons évoqués jusqu'ici. Tout y est différent, pas seulement le personnage qu'on incarne. Ici pas d'Alien à nos trousses, on ne craint pas pour notre personnage, puisqu'on vit un souvenir, un récit. On se doute de ce qui va arriver, mais on se délecte de ce voyage inattendu loin des couloirs étroits d'aération et du paysage grandiose qu'on nous donne à visiter, et l'on éveille plus qu'à n'importe quel moment notre curiosité, dans la lignée de ce que nous offrent les films. Car si l'angoisse et la claustrophobie au cœur de la licence *Alien* peuvent parfois nous paralyser, la volonté de découvrir et de comprendre la nature de la menace y est au contraire un moteur.

Dans *Alien: Isolation* ce sont ces deux notions qui permettent l'essentiel de la transmission de la narration. En effet, au-delà des scènes cinématiques qui interviennent à différents points clefs de l'aventure et de cet unique moment de flash-back incarné, le seul véritable moyen de comprendre ce qui s'est passé et les enjeux de l'aventure consiste à lire et à écouter les différents messages laissés par le personnel de la station. Ce but en apparence secondaire est pourtant clair dès le départ : ne vient-on pas ici afin de récupérer un enregistrement des derniers instants du *Nostromo* ?

Un jeu ne raconte pas son histoire comme un film. Outre le fait que la durée de l'expérience y est toujours plus longue, il est nécessaire de laisser agir la personne qui joue et il faut qu'elle puisse agir rapidement. Les développeurs ne peuvent pas se permettre, dans un jeu, de nous laisser passifs pendant une longue introduction. C'est pour cette raison qu'*Alien: Isolation* nous projette aussi vite au cœur de l'action. Et, à partir du moment où l'action a commencé, l'histoire doit être éparpillée, répartie pour nous laisser le plus de temps actif. Les moments narratifs deviennent de petites respirations qui viennent rythmer notre parcours du combattant.

L'HISTOIRE EN FILIGRANE

C'est bien sûr le rôle des petites cinématiques, mais elles ne sont pas suffisantes pour transmettre toute l'histoire et représentent une narration passive. Les développeurs ont donc décidé d'ajouter toutes sortes de documents qu'on peut – et souvent doit – consulter pour en savoir plus. Car certains de ces documents sont nécessaires à la progression : ils révèlent un code ou l'emplacement d'un prochain objectif, tout particulièrement au début de l'expérience. Et la nécessité de

départ nous entraîne à nous prendre au jeu. On se met à écouter et à lire tout ce qu'on trouve. On ne peut s'empêcher chaque fois qu'on voit un lecteur de bande ou un ordinateur allumé d'avoir envie d'en savoir plus, d'entendre ces voix qui ramènent un peu de vie dans toute cette mort. D'autant que ces moments de lecture constituent souvent des moments d'accalmie, bien que certaines machines nous poussent à prendre des risques pour les atteindre.

Et l'on découvre ainsi l'histoire de la station, le désespoir de sa population, la cupidité de la Compagnie, l'égoïsme de la plupart des humains face à la mort. Et malgré nous, on se rend compte qu'on est touché par les petites histoires qui émaillent l'aventure principale. Ces petites bulles d'humanité viennent éclairer, souvent tristement, un récit plutôt cynique, à l'image de ce que les films professaient. Mais dans un univers aussi froid et macabre, ces petits messages égrainés, ces petites histoires morcelées sont autant de lueurs qui nous permettent d'avancer.

J'aimerais évoquer enfin un dernier moment du jeu, un moment qui s'inscrit cette fois complètement dans les mécaniques établies, bien qu'il nous offre un moment de répit.

« *Samuel, le synthétique, est mort. Il s'est sacrifié pour me permettre d'accéder au noyau d'Apollo, l'IA de la station. J'ai dû laisser mes armes derrière moi, et, guidée par la voix de Ricardo, mon seul allié encore en vie, et l'œil constamment fixé sur mon détecteur de mouvements, j'ai dû me glisser de nouveau dans les systèmes de ventilation. J'ai dû activer de nombreuses consoles et de nombreux terminaux sous la menace permanente des synthétiques qui grouillent par ici et semblent bien déterminés à m'éliminer. Enfin. Voilà le dôme. Encore quelques consoles à hacker et je peux me glisser à l'intérieur. Cette étrange matrice aux murs polygonaux couverts de points lumineux s'agitant en tout sens, cette console en son centre... Les souvenirs m'envahissent. Apollo est le frère jumeau de Maman. Et bien sûr, il fallait bien que la Weyland-Yutani soit mêlée à l'affaire. Ils ont racheté la station peu de temps après notre départ, et ont ordonné à cette saleté d'ordinateur de tout faire et de tout sacrifier pour préserver l'Alien. Encore. J'essaie de convaincre cette satanée machine que l'Alien n'est plus à bord, que j'ai réussi à le coincer dans le module expulsé, mais elle ne veut rien entendre... et me dit qu'il y a un problème avec le réacteur... Je pressens le pire...* »

UN HOMMAGE À LA LICENCE

Ce moment reflète parfaitement l'un des paradoxes d'*Alien: Isolation*. Car si la découverte est un moteur dans le jeu comme dans les films, il faut bien reconnaître qu'il n'était pas simple de créer la surprise dans un univers aussi connu. Il y avait de fortes chances pour que les personnes qui y jouent aient déjà une bonne connaissance de la créature, de son histoire, de l'intérêt sans limites que lui porte la Compagnie et, bien sûr, de ce qui est arrivé à Ellen Ripley. Pourtant il fallait amener la surprise, et jouer sur notre envie de comprendre. Et c'est justement en jouant avec les éléments connus et aimés, en les distillant et en les éparpillant que les développeurs réussissent à nous déstabiliser. Si l'on connaît le motif, il nous faut reconstituer le puzzle. Et si chaque scène ou endroit mythique des films nous sert de guide, nous flatte en un sens, sa disposition et son usage dans le jeu nous surprend. Ainsi le *Torrens*, ce vaisseau si semblable au *Nostromo* dans lequel on voyage au début, ne sera-t-il pas le théâtre de l'action. Le voyage sur LV-426 intervient tard dans le récit, et c'est un flash-back. Enfin, si les révélations d'Apollo rappellent celles de Maman, elles nous dirigent cette fois vers notre prochain objectif en nous révélant la présence d'autres Aliens à bord, nous faisant basculer à cet instant précis d'*Alien* à *Aliens*...

En somme, c'est justement en exploitant notre connaissance de l'univers, ces moments où l'on se croit en terrain connu et où l'on ressent une certaine jubilation en reconnaissant chaque détail qui nous a marqué, que les concepteurs nous surprennent et nous poussent à découvrir ce qui a amené ces différences et à explorer, à fouiller partout pour reconstituer l'histoire.

Il ne fait aucun doute qu'*Alien: Isolation* a été pensé avec un amour infini pour la licence qui l'inspire, mais également avec énormément de talent de la part des développeurs, qui ont tout mis en œuvre dans sa conception pour en faire un jeu d'horreur exceptionnel. Non seulement ils ont su reconstituer les scènes les plus marquantes des films et nous les faire vivre, mais ils ont su les utiliser pour nous inciter à vouloir en savoir plus. Ils ont réussi à nous mettre dans la peau de Ripley, tout à la fois vulnérable et forte, à tout faire pour la faire survivre, pour que « je » survive. Et ils arrivent à nous pousser jusqu'à l'héroïsme dans un environnement où tout est fait pour nous maintenir dans la peur, pour nous paralyser d'angoisse, si ce n'était notre envie de comprendre, d'aller au bout de cette aventure. Ils ont réussi le tour de force de faire d'*Alien: Isolation* bien plus qu'une simple adaptation : ils en ont fait un opus supplémentaire pensé comme une expérience à vivre devant s'inscrire dans la continuité temporelle et narrative des films.

JEHANNE ROUSSEAU

CHAPITRE_24
COMPLET_100%

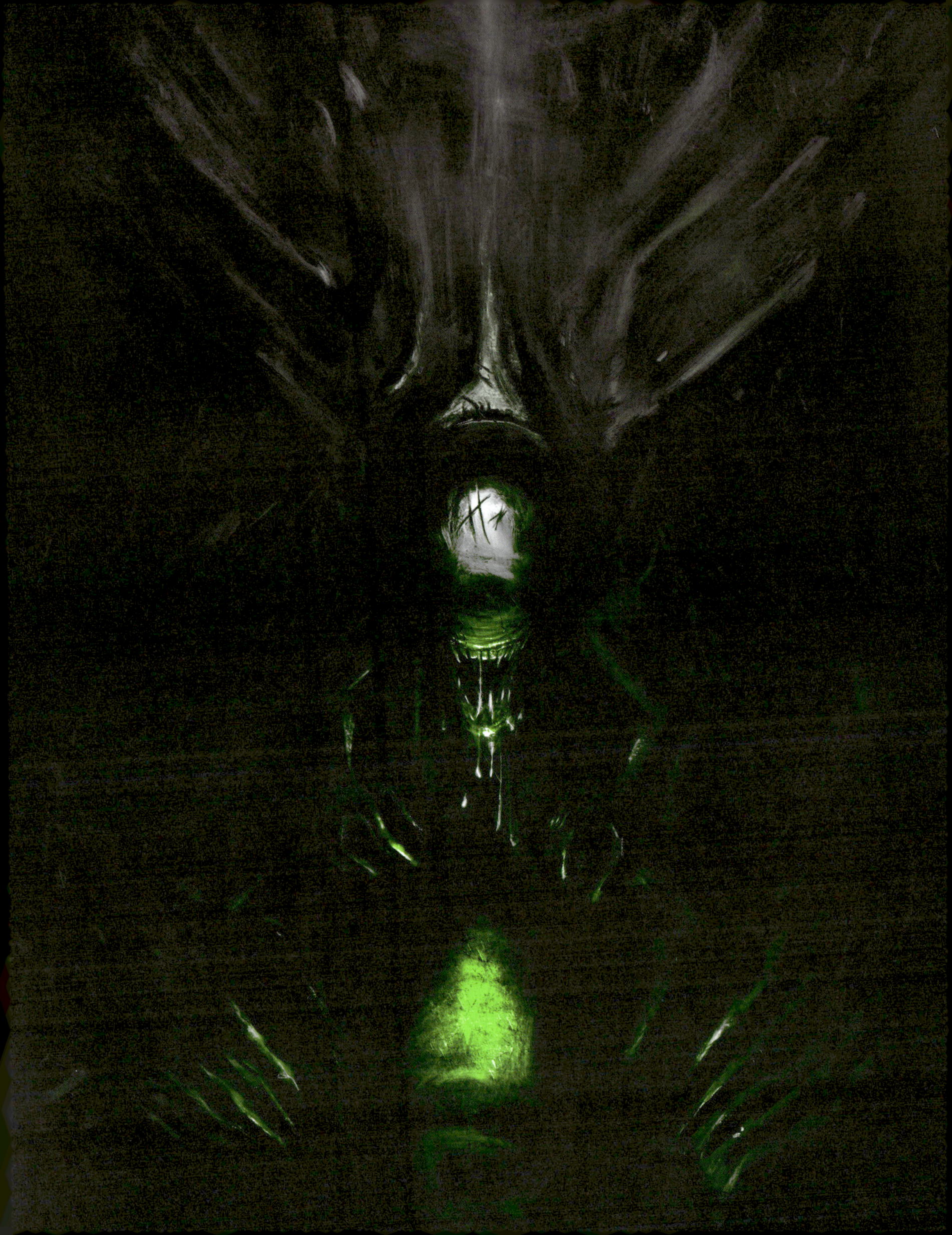

4_

LA REINE_: UNE CONTAMINATION COLLECTIVE_

AUTRICE

GÉRALDINE MOSNA-SAVOYE_

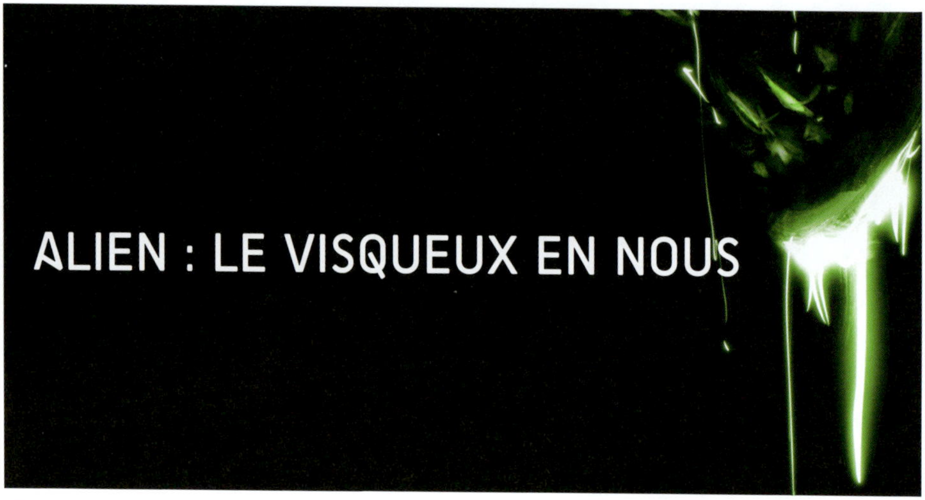

ALIEN : LE VISQUEUX EN NOUS

GMS_25_

JE FAIS PARTIE DE CETTE CATÉGORIE D'INDIVIDUS QUI ONT ÉCHAPPÉ AUX BLOCKBUSTERS AMÉRICAINS DES DERNIÈRES DÉCENNIES AYANT FORGÉ TOUTE UNE GÉNÉRATION (DONT LA MIENNE).

E. T. l'extra-terrestre, Star Wars, et donc, bien évidemment, Alien. À quoi bon les regarder, tant leur omniprésence, dans toute production culturelle postérieure, semblait me dédouaner de cette lacune ?

Alien, c'est vrai, n'avait plus rien d'un alien quand, malgré mes réticences, je l'ai regardé pour la première fois, il y a quelques semaines. J'imagine que déclarer qu'il avait tout de l'alien esthétique, quand il est sorti en salles en 1979, a déjà été développé dans ces pages, et sûrement bien mieux que je ne pourrais le faire d'un point de vue cinématographique. Mais le voir en 2022 ne devait tout naturellement plus être un choc, tant j'avais été formatée, moi, fille des années 1980, pour l'accueillir en toute sérénité.

Pourtant, le choc a eu lieu : ce monstre étrange et étranger a défié mes attentes du monstrueux. Mais ce n'est pas ce monstrueux qui m'a frappée... Non, c'est sa monstrueuse banalité. Car le monstre a beau être une aberration, une forme sensationnelle et déconcertante, notre imaginaire est, malgré tout, façonné par et pour les monstres.

Mythes, contes, romans, ceux-là sont toujours gluants, sombres, visqueux, leurs membres sont mutilés, leurs corps mutants, leurs visages défigurés (si tant est qu'ils aient d'ailleurs ce qu'on pourrait appeler un « visage »). En cela, découvrir l'Alien, enfin, ce qu'on peut en apercevoir dans le premier volet, car celui-ci n'apparaît qu'à travers des ombres et des sauts brusques et imprévisibles, n'a pas dérogé à cette règle du monstrueux.

Le monstrueux maltraite nos normes, il est fait pour ça et on en attend ça. C'est sa fonction à la fois esthétique, sociale et politique. L'Alien ne m'a donc pas frappée parce qu'il est un monstre, mais parce qu'il est, paradoxalement, devenu une figure parfaitement ordinaire, pour ne pas dire familière. L'« alien », l'étrange-étranger, a parfaitement été intégré à nos représentations.

Est ce parce qu'il a abreuvé nos consciences depuis les années 1980 ? Peut-être. En me plongeant dans cette saga, j'ai pourtant pensé que cette familiarité de l'étrange n'était pas due à l'habitude, mais à quelque chose de beaucoup plus fondamental, enraciné en nous, une dimension beaucoup plus organique : le corps de l'Alien est aussi le nôtre. Pour le dire autrement, nous sommes faits d'Aliens.

LA RENCONTRE AVEC L'ALIEN N'EST PAS UNE RENCONTRE AVEC UN PASSAGER « EN PLUS »

L'Alien, en dépit du titre du premier épisode, n'est jamais vraiment un passager *en plus*. Il est ce qu'il deviendra dans le troisième volet de la série, notre propre substance, celle que nous enfantons tout au long de notre existence. Assister à l'accouchement d'Ellen Ripley est bien une épreuve et en est bien la preuve : on peut y voir la monstruosité de toute procréation, l'aberration que représente toute maternité, le « miracle de la vie », mais plus largement, il incarne l'anomalie, ou plutôt l'aliénation, de n'importe quelle vie, capable d'enfanter non pas des bébés, mais de s'enfanter elle-même, avec ses propres écarts, dysfonctionnements et défauts.

L'aliénation est, littéralement, le fait de déposséder de ce qui le constitue un individu (des droits, des biens, ses facultés) tout en le maintenant dans ce statut d'individu. Car, en effet, un individu aliéné reste un individu, envers et contre tout, même dépouillé de ce qui le rend individuel. C'est en cela que le concept même d'aliénation est lui-même étrange : il exprime cette lutte intérieure, en chacun de nous, entre ce que l'on possède et ce que l'on perd, entre notre identité et l'altérité. Ou plutôt, il exprime ce mélange, cette mixture, de l'une et de l'autre, qui ne cesse de redonner naissance à ce que nous sommes.

La rencontre avec l'Alien n'est donc pas, comme on le croit, une rencontre avec un passager « en plus », séparé de nous, opposé à nous, mais le dévoilement de cette fusion interne entre ce que l'on croit « normal », ce que l'on croit nous ressembler, tenir de notre caractère, et ce que l'on croit « anormal », surprenant, irréaliste, à rebours de nos existences. L'Alien n'est pas un étranger, c'est l'étrange à l'œuvre dans nos corps et dans nos consciences.

J'en veux pour preuve sa forme elle-même. L'Alien n'est pas mou : il est métallique, fait de coques, de pans de chair comme des bouts de tôle. L'Alien n'est pas dur : il est gluant, se glissant dans les interstices, se mouvant telle une anguille à travers les brèches, se lovant dans les creux et s'entortillant dans ses prolongements.

Il est cet alliage détonnant, entre le dur et le mou : non pas la pâte parfaite, mais le visqueux. Il faut s'arrêter ici sur le visqueux, pas seulement parce que j'adore ce motif qui dégoûte tout le monde, mais parce qu'il symbolise avec précision ce phénomène intrinsèque à nos vies : la part repoussante, noueuse, impure qu'elles comprennent.

Ce ne sont pas seulement nos organes qui sont visqueux, ce ne sont pas seulement nos propres idées qui nous écœurent (ne dit-on pas parfois que l'on « se surprend à penser telle ou telle chose »?), ce sont aussi nos existences qui nous collent à la peau. Des fantômes qui nous engluent, des souvenirs qui nous empêtrent, des microperceptions qui nous embrouillent, le temps qui se déplie non pas avec fluidité mais lentement et douloureusement.

Est visqueux le liquide qui s'écoule avec difficulté. Dans le champ merveilleux de la mécanique des fluides, la viscosité est bien ce qui résiste à l'écoulement uniforme et paisible. La viscosité est turbulente, trouble, pas claire. Ni fluide ni rigide, elle témoigne du dérangement de ce qu'on appelle le « cours des choses » ou du « cours de la vie ». L'Alien dérange ce que l'on croyait « courir », il précipite les événements, emporte le rythme. Sursauts, surgissements, ruptures, nœuds, l'étrangeté de l'Alien ne vient pas seulement de ce qu'il fait aux personnes qu'il rencontre (à savoir les tuer, quand même !), mais aussi de l'emballement qu'il éveille en eux, à l'écran ou face à celui-ci.

Cette série de films a su exploiter et renouveler le genre cinématographique de l'horreur, de l'aventure et de la science-fiction, jouant sur les codes du suspense, maîtrisant avec dextérité l'art de la temporalité, entre

lenteur et surprises, entre enchaînement et instantanés, mais elle a aussi su saisir les nouages qui jalonnent ce déroulement poisseux, immonde, visqueux donc, de nos existences.

Ces nouages ne sont d'ailleurs pas seulement temporels mais plus amples, plus profonds, plus fondamentaux. Ils ressurgissent à la faveur d'un détail, d'un grain de sable, d'une chose qui, tout à coup, déraille. Toutes les histoires fonctionnent ainsi : un élément déclencheur vient déranger une situation initiale, provoquer des péripéties, et seule une résolution en permettra le dénouement. Mais qu'en est-il quand la résolution n'arrive pas ? Quand il n'y a que des éléments déclencheurs ?

UNE SENSATION DE « FAMILIÈRE ÉTRANGETÉ »

On appelle ça la loi des séries, loi qui n'est pas si exceptionnelle que ça et qui n'est d'ailleurs pas qu'une succession de chocs, mais une enfilade d'habitudes visqueuses que l'on a incorporées et que l'on reproduit souvent inconsciemment, donnant forme à nos existences aliénées, à nos aliens d'existences. C'est vrai, celles-ci n'ont rien de monstrueux, de défiguré ou de difforme. Elles ne ressemblent pas à l'histoire de Ripley. Elles nous semblent parfaitement routinières, banales, « normales »... et pourtant, le sont-elles réellement ?

C'est pour cette raison que découvrir *Alien* ne produit pas forcément un choc mais provoque cette sensation de « familière étrangeté » : pas seulement parce qu'on a baigné dans une époque contaminée par cette saga, mais parce qu'il apparait à l'écran, traduite sous la forme d'un récit fantastique et de personnages fictifs, l'intuition intérieure mais indicible que des mutations monstrueuses se jouent tout autant en nous.

Pourquoi est-ce alors, malgré tout, un choc de découvrir cette routine du monstrueux, cette banalité de l'aliénation dans un blockbuster au succès gigantesque ? Que croyait-on ? Que nos existences étaient réellement telles qu'elles nous apparaissaient ? Qu'elles étaient fluides, faciles, claires et pures ? Que l'évidence les guidait ?

Au début du deuxième volet, alors que Ripley, revenue de l'enfer, refuse d'y retourner, on la voit cloîtrée dans sa chambre. Elle fume des cigarettes et boit du café, elle parle à son chat, cet animal domestique si familier à nos imaginaires d'intérieur douillet et reposant. En jogging dans sa cabine, elle si grande, si svelte, et pourtant toute petite, recroquevillée sur son lit, fait écho à l'ouverture du tout premier film, dans laquelle on peut voir une équipe mangeant et riant.

L'ambiance est bon enfant, on s'enfile des clopes et on joue aux cartes, on se moque et on se tape sur les genoux, chacun venu avec son lot d'emmerdes et de plaisirs, allant de son salaire à des enjeux scientifiques. De la joie d'une scène quotidienne à l'angoisse de Ripley, le décor ordinaire n'est pas uniquement déployé pour souligner, en comparaison, l'extraordinaire des événements à venir, mais pour révéler que ce décor même détient, en lui, en son sein, cette part à même de se transformer en exception.

Notre quotidien, visqueux, collant, engluant, possède, même dépouillé de tout, logé dans des habitudes insipides, un pouvoir de mutation formidable, mais pas toujours attrayant, beau, désirable.

Il est fou qu'il faille un récit bien au-delà de notre Terre, bien au-delà de notre époque, des monstres inimaginables, des péripéties à n'en plus pouvoir, des musiques envoûtantes, des effets techniques à qui mieux mieux, un succès planétaire, pour s'en rendre compte.

En sautant enfin le pas de son visionnage, j'ai enfin compris que je n'avais pas été formatée par cette saga, sans en avoir conscience, mais que j'avais été formatée à ne pas vouloir regarder ce qu'elle me mettait sous les yeux : je suis bien de cette génération alien qui ne veut pas voir que son quotidien est un formidable mutant.

GÉRALDINE MOSNA-SAVOYE

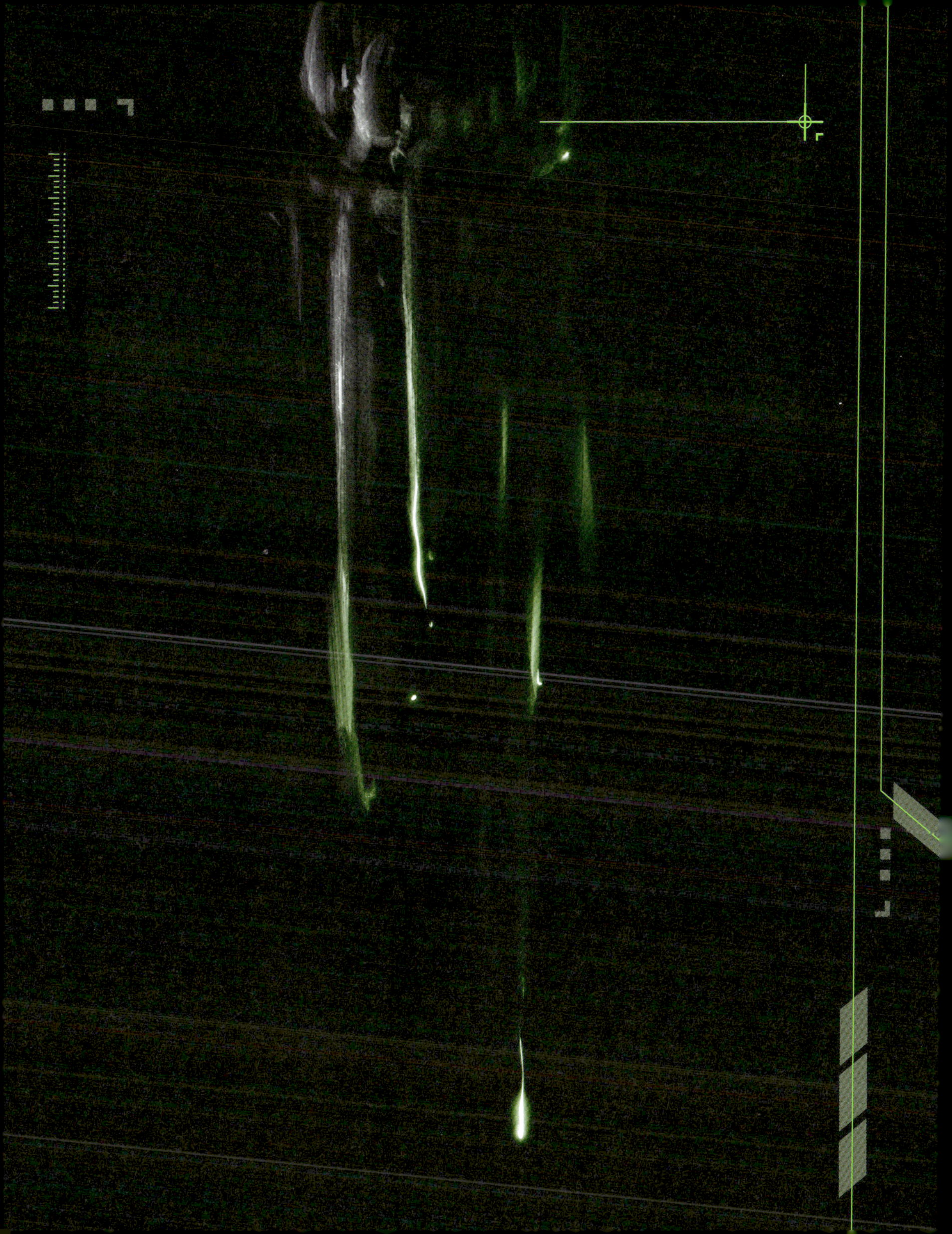

AUTRICE
JEANNE-A DEBATS_

ALIEN, L'ESPRIT FÉMININ DE LA RUCHE

JAD_26_

PARMI LES ENNEMIS FANTASMÉS DE L'HUMANITÉ DU FUTUR, LA RUCHE ET SA SŒUR LA FOURMILIÈRE SEMBLENT DES ÉVIDENCES INCONTOURNABLES QUOIQUE AMBIGUËS.

Et pourtant, si l'on y réfléchit trois secondes en mettant de côté ses phobies, c'est un peu étonnant, voire irrationnel. Frelons, abeilles, guêpes, fourmis et termites sont, pour la plupart, au pire gênantes, rarement vraiment dangereuses sans provocation ou négligence de notre part.

Certes, il existe bien des espèces, telles les fourmis de feu, *Solenopsis invicta*[1] ou *saevissima*[2], dont il ne fait pas bon croiser la route qu'on soit souris, humain ou jaguar. Et les guêpes germaniques sont parfois bien plus menaçantes que les frelons. Mais ces insectes sont à peine responsables d'une quinzaine de morts en France par an[3], 400 dans le monde entier, juste à la queue des éléphants (600), loin derrière les scorpions (5 000)[4]. Les grands vainqueurs, les moustiques, tuent 2 millions d'êtres humains chaque année.

C'est peut-être lié à l'aspect invasif de ces espèces. Elles sont partout[5]. Depuis toujours[6]. S'en débarrasser est impossible, tout juste peut-on parfois les faire reculer ou les tenir temporairement à distance. Et au moins deux d'entre ces taxons ont des chances de survivre à une apocalypse nucléaire, surtout si nous n'emportons pas toute la flore avec nous. Le grand remplacement, ce sont les insectes qui nous en menacent insidieusement, pas nos congénères.

Ces deux derniers points sont sans doute parmi les plus importants de ceux qui focalisent nos angoisses et font de l'insecte social l'ennemi privilégié à abattre[7].

Bien qu'au contraire des fictions adultes, et c'est là souvent que se situe l'ambiguïté la plus flagrante, les fictions pour la jeunesse tirent des fourmilières, comme des ruches, de mignons personnages très attachants, de *Fourmiz* (1998) à *1001 Pattes* (1998) en passant par *Maya, l'abeille*[8]. Cela étant, ces fictions suivent en cela une tradition biblique[9], pour ainsi dire, qui valorise dans un premier temps le travail et l'entraide[10], puis l'action individuelle du protagoniste, qui se débat contre l'immobilisme de sa communauté, forcément répressive des légitimes aspirations.

Mais c'est ainsi que, lorsque les auteurices du monde occidental ET de science-fiction rêvent l'ennemi du futur, iels pensent facilement à celle qu'il est impossible d'arrêter vraiment sur Terre et dans la réalité consensuelle : la créature coloniale, celle qui vit dans et est la ruche[11], et qui présente la particularité d'être UNE ennemie, en prime.

L'anthropomorphisme avec lequel nous décrivons ces organismes semble partie prenante de cette consignation à un rôle hostile. Ouvrières, soldats, nourrices, reines et fécondateurs, tout le petit peuple de la ruche est une nation qui empiète sur nos frontières, quand elle ne nous dévore pas tout crus. L'Alien qui nous occupe ici tient une place intéressante sur le podium des ruches ennemies.

Qu'est-ce qui définit une ruche ?

Quatre points principaux :

a) le rôle de chaque individu est prédéfini à la naissance : ouvrière, drone, guerrière ou reine ; fécondateur en option,

b) la prédominance du groupe sur l'individu,

c) la communication en réseau,

d) un esprit collectif : une ruche est « une » individue.

LA RUCHE TERRESTRE

En français, selon le Littré, le mot *ruche* en lui-même possède une origine complexe, sans grande attestation. Il est probablement préroman et on joue de la phonétique historique pour le faire remonter à *bruscum*, en latin le nœud de l'érable, *brusk*, en celtique « racine avec des nœuds », et *brus*, en languedocien « bruyère à balais ». Par extension, on aurait baptisé ainsi les meules de paille ou de branchages souples dont on construisait les ruches.

Étrangement, la ruche elle-même possède une aura positive quand ses occupants, on l'a vu, sont plus nettement équivoques. Synonyme de travail en commun et de solidarité, d'effort constant et d'assiduité constructive, la ruche en littérature comme dans l'inconscient collectif représente finalement un beau symbole utopique. La fourmilière partage avec elle ces belles caractéristiques, et, dans la suite de ce texte, l'on désignera les deux espèces d'insectes collectifs et leur habitat même sous le seul vocable de « ruche ».

La ruche fascine. On voit fleurir à la fin dix-neuvième siècle nombre d'ouvrages d'entomologie consacrés notamment aux fourmis, sans parler de *Spiridon le Muet* (1906), sans doute le meilleur ouvrage d'André Laurie[12], ancien collaborateur de Jules Verne. Le roman met en scène la découverte d'un peuple ancien de fourmis terrestres dont le roi Spiridon, doué d'une grande intelligence et d'un extraordinaire savoir médical, est propulsé bien contre son gré et pour son plus grand malheur dans la société humaine.

Si, comme dans *Coalescence* de Stephen Baxter (2003), certains décrivent une évolution de l'humanité vers l'eusocialité, la division en castes fertiles et infertiles, et le superorganisme bio-social montrée de façon tout à fait positive, la plupart des auteurices de science-fiction occidentaux qui s'en emparent pour démontrer l'utopie sont plus nuancés.

Que ce soit dans *Oms en série* de Stefan Wul (1957), *La Ruche d'Hellstrom* de Frank Herbert (1973), ou *Chroniques du pays des mères* d'Élisabeth Vonarburg (1992), les ruches sont présentées comme le modèle à ne pas suivre, celui qui étouffera l'individu humain dans son individualité, ses aspirations profondes et sa créativité.

Chez Wul, la ruche a atteint son résultat ultime : les Oms que dénichent les Draags, extraterrestres immenses et bleus venus de la planète Ygam, sur une planète sauvage sont redevenus des animaux, dépourvus de conscience et de tout instinct. Après des siècles passés dans la ruche, ils n'articulent plus que des mots, simples, uniques, localisation de la nourriture ou alarme[13].

Le matriarcat des Ruches chez Vonarburg est un « ancien temps » fantasmé et redoutable dans la diégèse du roman. Époque où les mâles étaient traités en bétail reproducteur[14], tandis qu'une reine régnait sur un empire d'ouvrières et de guerrières. Chez Herbert, des humains insectoïdes partagent un esprit de groupe et sont le résultat d'une expérience ancienne et délibérée visant à assurer au mieux la survie de l'espèce humaine. Le roman commence au moment où la nouvelle espèce s'apprête à essaimer à la surface de la planète et prend des mesures pour ne pas être agressée par l'espèce humaine d'origine. Curieusement, bien que le roman soit présenté comme un ouvrage qui nous confronte à l'horreur de la ruche et que les commentaires des enquêteurs du roman aillent dans ce sens, la description effective qu'en fait Herbert rend évidente sa tendresse pour ses humains-insectes et son mépris encore plus évident pour l'État policier corrompu et veule des humains de la surface. La fin reste ouverte, peut-être que l'horreur n'est pas celle qu'une lecture superficielle pourrait laisser entendre.

Parfois, le mimétisme est moins souligné mais évident. Dans le *Cycle de la Terre des origines*, d'Orson Scott Card, Surâme, le superordinateur chargé de maintenir la paix sur la planète Basilica, contrôle les émotions négatives des habitants. Lesquel.le.s vivent de façon séparée selon les sexes[15], les femmes dans les villes, les hommes au-dehors. Une organisation qui n'est pas sans rappeler le rôle des bourdons auprès des ruches. Mais Surâme échoue dans sa mission et renvoie tout ce beau monde sur Terre tandis qu'un traître brise l'organisation de rucher de Basilica. On y reviendra.

La ruche peut être en partie humaine, en partie machine, ou construite par les humains pour les servir puis finir par les détruire ou les utiliser. Qu'est-ce qu'au fond que les esprits des machines sinon un genre de ruche, par exemple dans *Terminator* (James Cameron, 1984) ? Ou dans *Matrix* (les sœurs Wachowski, 1999) ? Fonctionnement en réseau, drones, collectif primordial, et, cerise sur le gâteau, dans *Matrix*[16] comme dans *La Ruche d'Hellstrom* les corps des humains décédés nourrissent les vivants, contribuant à la survie commune jusque dans la mort.

Les sociétés dystopiques du futur imaginées par nos auteurs prennent donc très facilement des allures de ruches, si elles ne leur empruntent pas forcément toutes leurs caractéristiques à la fois.

LA RUCHE EXTRATERRESTRE

Parfois, les frontières se troublent, l'ennemi se glisse en nous, telle la créature de *Je suis la reine* d'Anna Starobinets (2005) qui investit psychiquement le corps d'un petit garçon dans un but de conquête imprécis mais terrifiant. Ou alors, de façon plus lointaine, *L'Invasion des profanateurs*[17] de Jack Finney (1955), ou sa déclinaison en films (le premier en 1956), et ses frontières nous amènent à l'autre antagonisme qui équilibre nos terreurs occidentales : la Russie, les soviets. Car la ruche est collectiviste, l'individu y est intégralement au service de la communauté et pense collectivement, ce sont donc des masques pour les rouges. Et cela rassure l'individualiste forcené occidental, le chantre du capitalisme libertarien, de se raconter qu'en se mettant « au service de », on cesse d'être, on cesse de créer.

Bien que, et dans ce contexte même de guerre froide, des auteurs comme Arthur C. Clarke aient parfois pris le contre-pied de cette idée : dans *Les Enfants d'Icare* (1953), l'humanité finit par évoluer au point de rejoindre un super-esprit dans sa divinité et de construire avec lui un esprit global et bienveillant. Et plus tard, Alan Dean Foster, dans *Nor Crystal Tears* (1982) nous racontera l'histoire du premier contact du point de vue de l'extraterrestre insectoïde[18], qui d'ailleurs sauvera les humains dans la foulée.

Reste que « Nous sommes meilleurs et plus heureux parce que créatifs individuellement » est l'une grandes antiennes de la science-fiction.

Parmi les antagonistes de science-fiction issus de la ruche, les Gaim[19] de *Babylon 5*[20], insectes humanoïdes respirateurs de méthane, sont sûrement ceux qui collent le mieux à notre modèle animal de base : l'organisation entre reines, guerriers, savants et drones y est immuable, à moins d'altérer aussi délibérément que chimiquement l'allégeance ou la conscience de soi de l'individu.

On peut citer les Wraith de *Stargate Atlantis*. Insectes suceurs à l'origine, ils évoluent conjointement à l'espèce humaine durant des siècles, jusqu'à adopter chimériquement l'apparence humaine à peu de choses près[21]. Avec les Wraith, on assiste à un intéressant mélange de vampires et de ruches, plus proches des guêpes que des abeilles, très loin des fourmis : les Wraith sont des prédateurs pas des bâtisseurs, bien qu'ils soient capables de recherches scientifiques très évoluées et qu'ils aient carrément écrasé une espèce de super-humains, les Anciens.

Les Borgs[22] de *Star Trek: La Nouvelle Génération* sont une autre forme de ruche E.T. Esprit collectif, essaimage, reine, guerriers, ouvriers, communication à l'échelle collective, tout y est pour faire de ces créatures cybernétiques un autre genre de ruche, comme d'ailleurs les machines de *Matrix* ou les Cybermen[23] de *Doctor Who*. Le réseau et la ruche présentent beaucoup de points communs.

C'est Orson Scott Card qui, dans le *Cycle d'Ender*[24], va mettre en scène la ruche antagoniste sans doute la plus intéressante de toutes celles que j'ai pu croiser en science-fiction. Dans les deux premiers romans du cycle, Ender, jeune prodige tactique, commet d'abord un xénocide sur l'espèce des

« Doryphoros ». Puis, contacté par une des souveraines de l'espèce en voie de disparition, il finit par être l'instrument de leur survie, comme il l'a été de leur destruction. La reine explique à Ender que leur guerre contre l'humanité est partie d'un malentendu culturel : ses guerrières ont tué des humains, certes, mais elles pensaient agir contre de simples unités mobiles d'un esprit plus vaste, comme on coupe des cheveux à quelqu'un, non contre des individualités significatives.

C'est de cette manière que les ruches et fourmilières terrestres indiquent à leurs voisines et concurrentes que ce territoire-ci est occupé par quelqu'un d'autre.

Lorsqu'elles se sont rendu compte que chaque être humain était une ruche en soi, il était trop tard, la guerre et la mort étaient à leur porte. Elles s'efforcent donc de communiquer avec celui qui est le plus dangereux de leurs ennemis.

Card dénoue ainsi très habilement le nœud d'antagonisme usuel contre la ruche : il imagine la ruche considérant l'unicité, tandis qu'il pousse l'humain à accepter l'individu global. Dans ce roman, il établit également une hiérarchie de l'étrangeté en quatre potentialités : les trois premières sont considérées comme humaines ou capables d'avoir des interactions avec l'humanité.

L'*utlänning*[25] est l'être humain étranger d'une autre ville ou d'un autre pays.

Le/la *framling* est l'être humain d'une autre planète, semblable aux humains.

Le/la *raman* appartient à une autre espèce, mais il nous ressemble par bien des aspects.

Ces trois types d'étrangers appartiennent potentiellement à la catégorie « amis que l'on ne connaît pas encore ».

En revanche, le quatrième, le/la *varelse*[26] est celui avec lequel aucune conversation ni négociation n'est possible.

L'Alien est clairement un.e *varelse*[27].

LA RUCHE ALIEN

Que sait-on des Aliens en tant qu'espèce ?

Les certitudes d'abord : ils pondent des œufs. De ces œufs jaillit le *facehugger*, qui s'accroche au visage de l'imprudent.e penché.e sur lui, au mépris total des instructions de sécurité basiques concernant les endroits et les bestioles inconnues. Grâce à un ovipositeur, l'horrible bestiole dépose une larve dans l'infortuné imbécile. Cette larve grandit et mature avant de quitter son hôte sans au revoir ni merci pour le poisson en lui déchirant tout simplement la poitrine pour devenir ensuite au fil de mues diverses un ravissant Alien parfaitement développé.

Nous ne sommes pas loin du mode de reproduction des guêpes parasitoïdes du type *Ichneumon*. À ce détail près que celle-ci, ayant pondu, la larve croît dans l'hôte paralysé bien que conscient et, lors de son éclosion, le dévore entièrement.

Depuis 1986 et le film de Cameron, le canon raconte qu'il existe des reines et des soldats. Fincher, dans le film suivant, et Jeunet ensuite le confirment[28] dans *Alien 3* (1992) et *Alien, la résurrection* (1997).

Pourtant, il semblerait que ça n'ait pas été le projet original de Ridley Scott. Dans la version *director's cut* DVD de 2003 apparaît une scène où Ripley découvre Dallas et Brett englués dans une matière qui ressemble fort à un cocon d'araignée, en train de se dissoudre pour se transformer en œufs qui donneront le *facehugger*[29], qui ensuite... etc. On se rapproche là du système *Ichneumon*.

La scène avait la vertu d'expliquer pourquoi l'Alien s'attaquait aux gens un par un (afin de les transformer éventuellement en œufs) au lieu de massacrer tout le monde tout de suite, ce qui aurait été plus sûr. Mais elle présentait l'inconvénient de rendre toute nourriture ultérieure impossible, bien qu'on ne sache pas très bien de quoi se nourrissent les xénomorphes ni s'ils utilisent les gens uniquement comme étape de reproduction. Détail qui pourrait en être un, puisqu'il existe des espèces terrestres qui ne se nourrissent pas durant leur bref passage à l'état adulte, l'imago des *Ephemeroptera* ne possède même pas de tube digestif.

Le système des cocons qui transforment un hôte en créature ou le gardent au frais pour plus tard, se trouvait déjà dans des films de séries B du type *Le Monstre* (*The Quatermass Xperiment*, Val Guest, 1955) et chez les Wraith de *Stargate Atlantis*.

Cependant, dans les films ultérieurs, on verra des œufs générés par des spores inhalées, et la reine disparaîtra des radars. Cela étant, l'avantage scénaristique des diverses solutions de reproduction présentées réside en ce que, dans l'état actuel de la biologie et à l'aide d'un léger « capillotractage », elles ne sont pas exclusives les unes des autres. Dès le départ, si l'on prend comme angle le fait que les Aliens auraient été

créés et génétiquement sélectionnés, on peut se dire que dans chaque film on a affaire à un stade « n » de l'évolution de la bête.

Accessoirement, de nombreux insectes réels connaissent des modes de reproduction alternatifs si le mode habituel est impossible.

Les Aliens, lorsqu'ils sont plusieurs, sont capables de concertation avant d'agir : chasse en meute, mise au point de pièges, battues. Comme ils ne semblent pas utiliser un langage, on peut imaginer qu'ils possèdent une forme de communication qui peut être basée sur l'échange d'informations chimiques façon fourmis, ou bien qu'il s'agit de capacités télépathiques. Quoiqu'il en soit, ils partagent un réseau.

L'individu est facilement sacrifié pour la communauté. Ainsi dans *Alien, la résurrection*, un des Aliens est tué par ses congénères afin de profiter de son sang acide pour percer un trou dans le plancher de leur cellule et s'enfuir. Cette idée de l'utilisation délibérée de leur propre sang est reprise dans *Alien vs. Predator* (Paul W. S. Anderson, 2004), la reine demandant que ses enfants la blessent afin que son sang ronge les chaînes qui la retiennent encore.

Quoiqu'il en soit, dans la majeure partie de la franchise, l'Alien coche bien toutes les cases qui en font une espèce collective de type « ruche », c'est-à-dire l'antagoniste ultime, d'autant plus inquiétante, étrangère et dangereuse qu'elle est femelle.

RUDE JOURNÉE POUR LA REINE

Houston, il est bien possible que nous ayons un problème avec l'antagoniste féminine !

Pour commencer, alors que les Staline de l'espace, les Hitler xénocidaires, les Elon Musk galactiquement avides, les Attila des étoiles, les Valmont de la galaxie, les Charles Manson des nébuleuses et autres sombres salopards torturés et torturants hantent nos écrans et nos pages, autant leurs sœurs pénibles semblent peiner à se ménager une place d'antagonistes sérieuses.

Sorti d'Anaander Minaaï[30] dans *Les Chroniques du Radch* d'Ann Leckie (2013-2015), ou de Reileen Kawahara dans la série *Altered Carbon*, (Laeta Kalogridis d'après Richard Morgan, 2018) on trouve rarement une antagoniste principale intéressante dans les fictions. Et j'entends par « intéressante » une antagoniste qui ne soit pas coincée dans un des deux principaux rôles négatifs traditionnels de la femme : la séductrice ou la mère toxique.

Il y a des contre-exemples flagrants bien sûr, mais le compte n'y est pas, y compris dans *Altered Carbon* où, pour deux antagonistes femmes sérieuses, vous trouvez six hommes désagréables pour leur tenir la dragée haute. L'antagoniste féminine est en prime le plus souvent une acolyte, de la chair à canon, ou une future « femme dans le frigo », plutôt que la Méchante de tous les Méchants en titre. Lorsque cette méchante super méchante crève l'écran et existe selon ses propres termes, on l'a vu : c'est souvent une ruche.

Cette ruche peut être vaincue par les mâles dans des conflits militaires étendus, mais lorsqu'il s'agit du corps à corps, on lui oppose le plus souvent UNE protagoniste.

D'ailleurs, Anaander Minaaï dans *Les Chronisques du Radch* n'échappe pas totalement à la règle. Le « Maître du Radch »[31] est-elle autre chose qu'un genre de ruche très particulier, avec ses milliers de clones tous chargés de sa conscience et de ses plans, si machiavéliques qu'elle joue même contre elle-même ? Et on lui oppose qui ? Breq, en réalité une intelligence artificielle intégrée dans un corps humain, dont le genre est posé comme neutre. Or dans ce monde, le neutre est féminin. Il faut une femme pour vaincre une femme. Dans *Alien*, le message est assez clair : seule Ripley possède la puissance nécessaire pour l'emporter contre la créature. Les hommes ne sont que de la chair à canons ou à œufs.

Or qu'est la ruche sinon une grande mère toxique ? Et la survie de Ripley n'est-elle pas semblable au parcours d'une jeune reine qui s'efforce de quitter la ruche en vie pour fonder sa propre colonie ?

Dès le premier film, on nous donne le ton : pour survivre, Ripley doit déjà échapper à Maman, la conscience électronique du *Nostromo* qui, aidée par Ash, l'autre robot, l'a menée secrètement vers le piège. Ripley doit se frayer un chemin dans le vaisseau jadis cocon familier, désormais ennemi, telle Ariane dans un genre de labyrinthe mortel. Il faut vaincre ou du moins fuir en vie, ce qui est la victoire dans certains cas.

Une jeune femme doit donc échapper à sa mère et à son père désormais dévorants, pour vivre et fonder ailleurs une autre famille. Famille que Ripley tente de fonder avec Newt dans *Aliens, le retour* et qu'on lui crée contre son gré dans les deux films suivants, la reine devenant sa fille. La boucle est bouclée.

Ce n'est sans doute pas totalement un hasard si le second androïde que croisera Ripley sur sa route s'appelle « évêque » (Bishop), le grand prêtre au service de la future grande mère, car c'est le rôle que va devoir endosser Ripley. Bishop sert Ripley comme Ash a servi Maman.

Dans la vie réelle des insectes terrestres, lorsqu'une reine naît dans la fourmilière ou la ruche, la première-née tue les autres femelles dans leur cocon à moins qu'on ne les envoie essaimer ailleurs. Cela devient paradigmatique dans *Alien, la résurrection* : la confrontation entre Ripley et sa « fille », est un conflit de reines pur jus, y compris dans l'aide qu'elle reçoit de leur progéniture.

Il n'est pas sans intérêt de voir que ces idées sont largement battues en brèche dans les suites de la franchise : *Prometheus*, mais surtout *Alien: Covenant.*

Là, nous nous situons clairement en dehors des ruches et du conflit de reines, les spores ont remplacé les œufs, les hommes ont repris la main contre Ripley ou toute autre femme susceptible de tirer son épingle du jeu. Elizabeth Shaw finit tuée par David qui répandra les monstres dans l'avenir.

S'agit-il d'une réaction inconsciente visant à redorer le blason de la masculinité massivement malmenée par les films précédents ?

Cela pourrait être également que lorsqu'on envisage de créer une espèce de super soldats à sa botte, on n'a surtout pas besoin que ceux-ci fassent partie d'un système hors de son contrôle.

Bien que dans *La Trilogie de l'empire*, Raymond Feist et Janny Wurts (1987) envisagent les Cho-Ja : une termitière qui, non contente de commercer avec les humains, leur loue également des troupes qui se montrent alors d'une infaillible loyauté envers leurs chefs temporaires. Mais la protagoniste du roman découvrira que cette loyauté légendaire ne tient vraiment qu'à la rémunération : tout empêtrés dans leurs représentations faussées des Cho-Ja, les humains n'ont jamais pensé à soudoyer les mercenaires d'en face. Notons que là encore, c'est UNE protagoniste qui noue enfin un véritable dialogue avec la ruche.

Quoiqu'il en soit, l'antagoniste féminine la plus solide qu'on oppose en général au protagoniste est bien la ruche elle-même. Et c'est un peu problématique. Car on reste dans le modèle traditionnel, mère, épouse, séductrice ou vierge, on n'en sort pas. La femme se définit par et contre l'homme. Rarement seule. Encore plus rarement en dehors de sa destinée reproductrice. On dit souvent que l'égalité sera construite lorsqu'on nommera des femmes incompétentes aux mêmes postes que les hommes, je dirais même qu'on l'atteindra encore plus sûrement lorsqu'on imaginera UNE femme aussi intrinsèquement nuisible qu'un homme.

Quand sortirons-nous de la ruche ?

JEANNE-A DEBATS

NOTES

1 Latin : invaincue.

2 Latin : très cruelle.

3 Contre 33 morts par morsures de chiens. Dire que *Demain les chiens* est une utopie pacifiste !

4 Pour le fun, les requins, c'est 10 morts par an.

5 Déserts et proximité du cercle polaire arctique compris.

6 Le plus ancien fossile connu d'hyménoptère date du trias (entre – 250 et – 200 millions d'années). Les fourmis sont un tout petit peu moins anciennes : 140 à 168 millions d'années. Quant aux termites, on a peu de certitudes, on parie sur 140 millions d'années (ou peut-être un peu plus tôt, au jurassique).

7 À l'exception des « mignonnes abeilles », mignonnes parce qu'exploitées par nous, bien sûr.

8 Le roman pour enfants original de Waldemar Bonsels date de 1912 et la série animée austro-germano-japonaise de 1975.

9 « Va vers la fourmi, paresseux; Considère ses voies, et deviens sage. », Bible de Louis Segond, 1910.

10 Après, quand on devient un adulte responsable, il est de bon ton de laisser tomber l'empathie et la coopération pour nager avec les requins.

11 En anglais, on trouvera *nest*, mais la répartition genrée des tâches et des êtres reste massivement femelle.

12 Alias Paschal Grousset (1844-1909).

13 Notons que leur cri d'alarme est justement une déformation du mot « fourmi », présenté comme l'ennemi héréditaire.

14 Pour faire balancier à ce que cette description pourrait insinuer de misogyne, les Ruches font suite à des temps barbares, l'époque des Harems, où c'étaient les femmes qui étaient traitées comme des animaux. Et même moins bien. Les Ruches sont une réaction presque salutaire au regard de cela.

15 Orson Scott Card ne fait pas la distinction entre sexe et genre et quant à l'orientation sexuelle, il n'en est pour lui qu'une seule de valide. Orson Scott Card est mormon.

16 Notons que l'idée de *Matrix* selon laquelle les corps humains servent de batteries vivantes aux machines n'est pas nouvelle non plus : Stefan Wul la développait dans *Oms en série* également. Pour affronter les Draags, les Oms détournent l'électricité de leurs propres muscles afin d'alimenter leurs canons à énergie.

17 Non, je ne reprendrai pas ici le titre français (*L'Invasion des profanateurs de sépultures*) qui a remporté, je pense, le Mondial Ever Award de la *traduction-ridicule-et-qui-n'a-rien-à-voir-avec-la-choucroute*).

18 Pour être précise, le protagoniste Ryozenzuzex (Ryo, de la famille Zen, clan Zu, ruche Zex), n'est pas totalement un drone d'une ruche, mais un « second ». Dans son espèce, les individus naissent par paire, le second toujours légèrement différent et appelé à vivre d'autres choses que

le service de l'organisme bio-social auquel iel appartient.

19 Ils ressemblent à de gigantesques fourmis humanoïdes coiffées de masques à gaz. Il semble que ce soit un hommage délibéré au fameux personnage de Neil Gaiman : Sandman.

20 Apparition : épisode 1 , saison 5, 1998.

21 Ils sont tous grands et albinos ; une sorte de ventouse palmaire leur permet d'absorber l'énergie vitale des êtres humains qu'ils traitent comme des réserves naturelles de nourriture dont ils surveillent l'expansion sur leurs planètes avant de les « récolter ». Ils laissent même des jachères pour permettre au bétail de se reconstituer.

22 Première apparition : *Star Trek: La Nouvelle Génération*, épisode 16, saison 2, « Q Who » (1989) ; dernière apparition (si on peut dire) : *Star Trek: Enterprise*, épisode 23, saison 2, « Regeneration » (2003).

23 Première apparition : épisode 2, saison 4, première série, 1966 ; dernière actuellement : *L'Enfant intemporel*, épisode 10, saison 12 (à suivre, forcément).

24 *La Stratégie Ender* (1985, adapté au cinéma en 2013), *La Voix des morts* (1986).

25 Ces substantifs sont tirés du suédois.

26 « Créature » en suédois.

27 « La différence en *raman* et *varelse* ne tient pas à la créature jugée mais à celle qui juge. Quand nous statuons qu'une autre espèce est *varelse*, cela ne signifie pas qu'elle est au-delà du seuil de l'éthique et de la morale, mais que nous les avons nous-mêmes franchis. », Orson Scott Card. (Oui, enfin, Orson, *Alien* s'en cogne un peu quand même de l'éthique... mais c'est quand même amusant dans la bouche de l'écrivain qui tient ses frères latinos pour tout juste des *varelses*.)

28 La reine en profite pour devenir vivipare. Le « tri ADN » réalisé par les scientifiques militaires n'était pas tout à fait efficace et elle en hérite de sa mère humaine, Ripley.

29 Selon l'un des coscénaristes, Ron Shusett, la scène fut réintégrée dans le *director's cut*, parce que vingt-cinq ans plus tard, ils pouvaient se le permettre. Sur le moment, elle ne faisait que rompre le rythme et l'unité artistique du film.

30 Pour être parfaitement honnête, le personnage n'a pas de genre défini selon l'écriture épicène délibérée d'Ann Leckie, mais a) ne pas être un mâle vous rapproche dangereusement du pôle féminin dans toutes les cultures machistes, et b) c'est subjectif forcément, mais en ce qui me concerne Anaander Minaaï est forcément une femme.

31 Traduit ainsi dans le texte français par Patrick Marcel.

AUTRICE
NATACHA VAS-DEYRES_

LES ANDROÏDES DANS « ALIEN », UN MONSTRE PEUT EN CACHER UN AUTRE

NVD_27_

POUR FRÉDÉRIC LANDRAGIN, CHERCHEUR SPÉCIALISÉ DANS LE DIALOGUE ENTRE HUMAIN ET MACHINES, « LA FIGURE LA PLUS CENTRALE D'ALIEN, LA PLUS AMBIGUË, LA PLUS COMPLEXE ET SANS DOUTE AUSSI LA PLUS EFFRAYANTE, N'ÉTAIT PEUT-ÊTRE PAS L'ALIEN, CELUI QUI NOUS FAIT CRIER DANS L'ESPACE [...] MAIS BIEN L'ANDROÏDE, CELUI AVEC QUI ON DISCUTE DANS L'ESPACE ».

Comment la figure plurielle de l'être artificiel dans la saga Alien peut-elle détrôner le xénomorphe ? Le robot ou l'androïde, dénommé indifféremment sous ces deux termes par les membres des équipages des différents vaisseaux mis en scène, pourrait-il être une sorte de dieu caché de la monstruosité ?

LE MONSTRUEUX ARTIFICIEL

Les androïdes d'*Alien* sont pourtant bien partie prenante du cycle cinématographique, tant dans la narration que dans le réseau sémantique du monstrueux. Ce dernier terrifie par sa différence, « *c'est l'incroyable qui scandalise* » et fascine dans le même temps, selon Pierre Péju. Le monstrueux provoque la répulsion liée à la terreur mais aussi, paradoxalement, le désir de cette dernière, l'envie irrépressible de « voir », de le contempler. De la Gorgone à l'Alien en passant par les freaks comme Elephant Man, nous sommes interpellés par leurs corps étrangers, littéralement « médusés » par leurs formes animales, insectoïdes ou hybrides. D'une part, le monstre interroge sur les frontières de l'humain, sur notre identité, car il est le bruit de fond de la nature humaine. Ainsi pour Michel Foucault, dans *Les Mots et les Choses*, « *[...] sur le fond du continu, le monstre raconte, comme en caricature, la genèse des différences* ». D'autre part, la saga *Alien* offre le spectacle des monstres de la modernité, nés avec *Frankenstein*, des signes qui ne renvoient pas à un système unique et univoque d'interprétation car l'époque moderne n'a plus de cadre symbolique cohérent auquel on peut se référer. Le xénomorphe est une représentation science-fictionnelle de la terreur universelle de la dévoration, poursuivant ses proies dans un astronef-piège labyrinthique, non seulement renvoyant à la figure du Minotaure, mais réécrivant le thème par un monstre qui dévore ses victimes de l'intérieur. Les androïdes, déchirés et non dévorés par l'extraterrestre, semblent être des victimes de cette forme dévoratrice. Mais la vue de leurs organes dévoilés et de leur liquide vital blanc (séminal ?) étrangers au sens littéral à ceux de l'humain, provoquent chez le spectateur une autre peur, celle de la vie artificielle capable de s'introduire dans un groupe humain sans que nous puissions en prendre conscience, sans comprendre leurs réelles motivations, sans que nous puissions différencier l'humain de l'artificiel.

Cette terreur contemporaine fabrique une représentation du monstre comme figure de l'illimité. Pour le sociologue Jean Foucart, le monstre « *symbolise la remise en cause de la frontière qui sépare les hommes des animaux, les hommes de la divinité, la vie de la mort comme horizon, le permis de l'interdit, le normal de l'anormal* ». Universel, le monstre représente le chaos mais aussi la transgression des limites, le désordre des pulsions humaines. La bestialité monstrueuse nous rappelle notre impuissance à créer et à maintenir l'ordre d'un monde lisse et ordonné, comme les fragiles tentatives de chaque équipage dans chaque film de se protéger de l'inconnu par la technologie, un ordinateur de bord surpuissant, des protocoles scientifiques et paradoxalement une confiance absolue dans les androïdes embarqués, dont les noms se déclinent dans l'ordre alphabétique, Ash, Bishop, Call, David et Walter. L'intrusion, les mutations, le mode de reproduction, leur adaptabilité, la force extraordinaire des xénomorphes réduisent à néant dans chaque opus la fragile bulle de rationalité que les personnages tentent d'opposer à l'indicible. Cette monstruosité à l'esthétique complètement nouvelle – création de Giger –, mais aussi la nature cinématographique hybride de la saga, bousculent les oppositions génériques et font fusionner science-fiction, gothique et terreur en offrant, selon Roger Luckhurst, « *la vision d'un futur industriel où les terreurs d'un passé ancestral viennent noircir le clinquant de la technologie* ». Le thème de la vie artificielle est ainsi intégré dans ce qui fait tout l'intérêt de la saga : une exploration des limites de la condition humaine dans un univers hostile de formes de vie étrangères, biologiques, mutantes ou artificielles. Le corps des humains est aliéné à une menace externe et interne, tout à la fois la créature monstrueuse ramenée sur le *Nostromo* et l'androïde froid et calculateur au service de la compagnie Weyland. La figure de l'androïde est ainsi omniprésente dans la saga *Alien*. Le premier, par ordre d'apparition, est Ash, l'androïde d'*Alien, le huitième passager* parvenant si bien à se faire passer pour un humain ; le second, Bishop, moins surprenant et peu présent dans *Aliens, le retour* (1986) et *Alien 3* (1992) ; la troisième, Call, dans *Alien, la résurrection* (1997), semblant plus humaine et compatissante que Ripley,

devenue un clone hybride ; enfin, le machiavélique David dans *Prometheus* (2012) et son antagoniste, Walter, dans *Alien: Covenant* (2017), conçus comme des machines dotées d'émotions et d'enjeux personnels.

LA TRAHISON DES MACHINES

Les origines du premier androïde Ash sont à chercher du côté des sources du scénario de Dan O'Bannon en 1979. Ce dernier s'est inspiré du film *La Chose d'un autre monde* de Christian Nyby et Howard Hawks, adapté par ailleurs de la nouvelle de John W. Campbell, « La Bête d'un autre monde », écrite en 1938, où un extraterrestre massacre une équipe de chercheurs dans une station en Antarctique. Or, un personnage d'officier scientifique, le docteur Carrington, froid et arrogant, tenant d'une conception aryenne de l'homme, devient l'allié de l'extraterrestre qu'il veut à tout prix étudier, le considérant comme bien supérieur à l'espèce humaine. Les paroles qu'il prononce alors résument à elles seules le projet tenu à bout de bras par (presque) tous les androïdes du cycle pour protéger le monstre xénomorphique : « *Pas de douleur ni de plaisir au sens où nous l'entendons. Pas d'émotions. Pas de cœur. Notre supérieur. Notre supérieur à bien des égards.* » Cette remarque est essentielle pour comprendre comment l'humanité est doublement victime dans la saga *Alien* et trahie par sa propre création. Ainsi dès le premier opus, Ridley Scott fait du personnage de l'androïde un enjeu narratif et philosophique. Ash est présenté comme tous les autres protagonistes : il sort de son état de cryogénisation tout comme eux, et le spectateur doit attendre sa décapitation par un extincteur pour prendre conscience qu'il s'agissait d'un robot, en même temps que les survivants du *Nostromo*. C'est un rebondissement extraordinaire, sorte de deus ex machina science-fictionnel métamorphosant totalement l'image que l'on en avait jusqu'alors, celle d'un scientifique froid et distant à l'intérêt malsain pour la créature extraterrestre qui s'était invitée à bord du vaisseau. était en réalité programmé pour obéir aux ordres de manière stricte et sans nuances. Il était le garant d'une mission plus grande et prioritaire : ramener l'Alien sur Terre avec une obsession dépassant le simple programme, également perceptible chez David dans *Alien: Covenant* : celle du *perfect organism*. Ash est le pendant machinique de cette perfection, décrit comme un personnage « *au visage feignant une sorte d'adversité sur fond d'intuition scientifique* », il est l'humanoïde exécutant mais aussi le signe d'une inquiétante étrangeté, trouble et tenace, perceptible dans les premiers plans du premier film. En effet, la vie animant les couloirs du *Nostromo* n'est pas celle de l'homme mais celle de la machine, de la technique, de l'informatique. C'est un lieu empli d'une existence faite d'interfaces, de circuits imprimés, de silicium ; mais aussi de tuyauterie, de gaines, de moteurs, vide de toute présence humaine. Le vaisseau n'a pas encore accueilli le xénomorphe intrusif qu'il semble déjà hostile, hanté – hanté par la technologie, capable à cette époque de se passer totalement de l'homme (qu'elle maintient inconscient dans des capsules-cercueils) et bientôt prête à le remplacer. La puissance de cette entrée en matière ne se situe pas ailleurs que dans cette simple suggestion : ce monde, cet espace, ce territoire, ne sont déjà plus les nôtres. Totalement automatisé et autogéré, le *Nostromo* va pourtant réveiller ses occupants. Mother, l'IA qui règne ici en maître, a besoin d'un corps, de ce qui lui

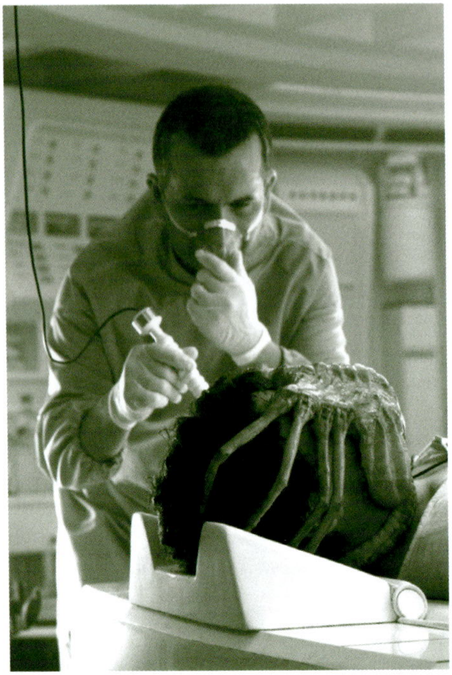

manque, c'est-à-dire la vie, pour ramener le xénomorphe sur Terre. Les hommes sont ainsi trahis par toutes les machines : leur ennemi intérieur n'est pas la créature extraterrestre, mais l'infrastructure machinique du *Nostromo*, prolongée par ses différents émissaires ou auxiliaires comme l'androïde Ash, dont la peau de synthèse lui permet d'œuvrer incognito pour la Compagnie. Les premières altercations de Ripley auront lieu avec les composantes électromachiniques du vaisseau, une vie artificielle souterraine et dissimulée. Mais elle sera attaquée par Ash dans cette séquence à la forte symbolique qui cherche à étouffer sa victime avec un magazine pornographique. Une tentative d'assassinat au caractère sexuel délibérément appuyé, qui reproduit de façon suggestive les modes opératoires des créatures (l'agression renvoie autant au *facehugger* oppressant le visage de Kane qu'à la langue évocatrice avec laquelle l'Alien menacera Ripley dans la navette de secours). La neutralisation d'Ash scellera définitivement cette corrélation entre l'androïde et le monstre, lorsque des giclées de fluide laiteux réveilleront le souvenir du sang jaunâtre du *facehugger*.

Le dernier opus de la saga, *Alien: Covenant* met en scène de manière symétrique cette étrangeté apparaissant à l'initiale du premier film tout en la rendant plus complexe et plus profonde avec la présence de Walter/David, seul maître à bord du *Covenant*. Ainsi la réflexion de Ridley Scott sur sa propre créature – l'univers d'*Alien* dans son ensemble – se manifeste-t-elle étrangement le plus clairement dans le personnage de l'androïde et trouve-t-elle son point culminant dans cette œuvre ultime. L'humanoïde ne déambule plus parmi les humains, il est désormais paradoxalement le centre de leur activité et la condition sine qua non de leur survie dans l'espace. L'androïde est devenu le héros, et le ton est donné dès la première séquence, s'ouvrant par un plan sur l'œil de David, que l'on retrouve alors dans un flash-back en conversation avec son créateur Peter Weyland. En évoquant la naissance de David, créature et créateur parlent de création, revenant ainsi à la question métaphysique fondamentale qui hante l'œuvre de Ridley Scott et qui sera magnifiée par *Blade Runner* en 1982 : une dialectique mortalité/immortalité via un Weyland mourant et un David inaltérable, et une réflexion sur les enjeux de la création de la vie formulée par Elisabeth Shaw à la fin de *Prometheus*, « *Si les ingénieurs nous ont créés, d'où viennent-ils et pourquoi veulent-ils nous détruire ?* », tentant de répondre symétriquement aux interrogations de David, « *Si c'est vous qui m'avez créé, qui vous a créé ?* ». Pour mettre en scène le rapport du robot à son propre statut de créature et introduire un rapport dialectique, Scott choisit de lui offrir son double. D'un côté, David, l'androïde le plus humain créé par Weyland ; de l'autre, Walter, une version plus perfectionnée de David, à cela près qu'il lui est interdit de créer. Mais la folie démiurgique de David est déjà en marche. Dès lors qu'il prend la mesure de son immortalité, ce que David veut faire de son temps illimité, c'est transcender son statut de créature pour devenir lui-même le créateur : à son tour de parfaire son chef-d'œuvre de vie, si monstrueuse et dangereuse soit-elle. Walter et David sont deux entités d'un même projet démesuré, et ce qui ressort de leur confrontation c'est la terreur émanant de l'idée de la toute-puissance créatrice chez Ridley Scott, ne pouvant accoucher que d'un monstre. Les auteurs et réalisateurs de science-fiction sont les premiers créateurs de robots et d'androïdes, mais la naissance de ces êtres nouveaux ne change rien à une problématique déjà ancienne. Tout se passe comme si, dès l'enfance du thème, l'homme, inconsciemment, avait reconnu le danger inhérent à la créature artificielle, appelée inévitablement à se retourner contre son créateur, comme si cette fatalité était intériorisée au point que nul récit ne puisse se construire en dehors de ce schéma. Les révoltes des automates, des machines et autres créatures nées de l'extrapolation scientifique sont toutes des variantes d'un même motif qu'Isaac Asimov, voyant dans le roman de Mary Shelley un texte fondateur, nomme « le complexe de Frankenstein » ; c'est une sorte de trame faustienne qui va devenir le lieu commun des histoires de créatures artificielles androïdes : un artiste ou un savant élabore un être artificiel à partir de matériaux inertes ; l'homme ne peut créer la vie sans intervention divine et, en enfreignant volontairement les interdits religieux, il s'attire les foudres d'une transcendance et doit répondre de ses actes. La créature échappe alors à son contrôle et se retourne contre lui et ses proches, avant de disparaître elle-même. De plus, l'androïde/humanoïde représente en soi un questionnement sur l'ambivalence d'un être entre robot, démon, ange et humain. Cette frontière est constamment mise en scène dans les différents films d'*Alien*.

L'EMPATHIE MACHINIQUE DE BISHOP ET CALL

Pourtant, deux autres androïdes dans le cycle d'*Alien* se situent à l'inverse du schéma relationnel artificialité/humanité que nous venons de voir avec Ash et David. Les personnages de Bishop et Call sont dans l'empathie machinique. À l'inverse du complexe de Frankenstein, c'est l'idée qu'une machine, IA ou robot, entretient un lien émotionnel avec l'humanité, qu'elle est prête à tout pour nous aimer et nous protéger, comme nous pouvons le voir dans des œuvres cinématographiques telles que *A.I. Intelligence artificielle*, *L'Homme bicentenaire*, ou encore *Wall-E*. Bishop dans *Aliens, le retour* sera le « bon compagnon » d'Ellen Ripley, a contrario de Ash, construit par l'employé de Weyland-Yutani, Michael Bishop. Ce dernier a créé l'androïde auquel il a donné son nom sous plusieurs versions avec un visage reproduit à l'identique. Dans ce deuxième opus fondé sur le collectif – le *squad* des marines versus celui des nombreux Aliens –, Bishop est en parfaite complémentarité avec les humains. Sa nature artificielle est annoncée dès le départ sans faux-semblants et il est conçu pour ne pas blesser ou trahir les humains. Malgré les visées récurrentes et mortifères de la compagnie Weyland à la tête de la mission, il reste dans le camp de Ripley et fait tout pour l'aider. Presque gêné par son infériorité de créature non humaine, il constitue l'androïde le plus empathique de la série, au point d'avoir sa place dans le vaisseau dans lequel s'enfuit Ripley en compagnie de Newt et Hicks. Bishop sera moins présent visuellement dans la version de David Fincher, car le film s'intéresse trop à une humanité abandonnée à elle-même, versée dans le vice et la survie. La figure de l'androïde effectue son retour dans *Alien, la résurrection*. L'univers de la saga est profondément renouvelé par l'esthétique de Jean-Pierre Jeunet sous l'angle de l'hybridité, Ripley devenant mi-humaine, mi-alien. L'androïde Call, qui apparaît également entièrement réécrit(e), interprétée par Winona Ryder, non seulement bouleverse les frontières de l'humanité, mais refuse également la servilité pour acquérir une autonomie de pensée et d'actes. Face à une Ripley déshumanisée, des scientifiques fascinés par les Aliens et des truands trafiquants d'humains, l'androïde constitue le seul personnage capable d'émotions et d'indignation. Cachant elle aussi sa nature, Call semble être l'unique être éthique, cherchant à tout prix à combattre de sordides enjeux militaires et à sauver l'humanité d'une catastrophe inéluctable. N'obéissant à personne, l'androïde, par sa fragilité et son émotion, semble être ce qu'il y a de plus humain dans un monde déshumanisé. C'est un robot engendré par un robot dont la mission secrète, « dormante », est d'assassiner le clone n° 8 de Ripley pour éviter que la Terre ne devienne le territoire du xénomorphe. Toute la subtilité de ce personnage aboutit à la représentation d'une intelligence artificielle autonome capable d'adapter ses sentiments et ses ressentis. Ainsi, pour Marika Moisseeff, la complémentarité des rôles que jouent Ripley et Call entraîne une confusion des générations et des genres puisque Ripley, une humaine âgée, tente de séduire Call, la créature artificielle la plus jeune.

Les deux femmes représentent la quintessence de la féminité. Call se substitue à la femelle reproductrice : le dernier épisode s'ouvre sur la fusion de Ripley avec l'Alien et se referme sur l'image de son union avec Call. De fait, c'est grâce à cette androïde ange gardien que l'héroïne recouvre l'âme qu'elle avait perdue en s'animalisant via la reproduction. La femme robot finit par supplanter dans le cœur de Ripley la créature qui personnifie, au contraire, l'âme damnée de celle-ci : elle est plus qu'humaine et a été programmée pour sauver l'humanité. Voilà une image plutôt rassurante pour les humains que nous sommes, condamnés à plus ou moins brève échéance à vivre dans un décor de fin du monde que nous aurions provoquée, mais secondés par la créature que nous avons engendrée. La présence forte et récurrente de toutes ces formes plurielles de l'intelligence artificielle incarnée dans des corps synthétiques dans la saga *Alien* doit interroger le spectateur : ces figures centrales sont sans doute l'une des obsessions de Ridley Scott, subjugué par l'IA HAL 9000 mortifère de *2001, l'Odyssée de l'espace*. L'androïde de *Prometheus*, David comme le Roy Batty de *Blade Runner* subissent une fascination pour leur propre immortalité, et surtout pour leur origine, l'humain mortel créateur de leur artificialité et de leurs émotions.

NATACHA VAS-DEYRES

CHAPITRE_27
COMPLET_100%

AUTEUR

ANTHONY HUARD_

« ALIEN » ANATOMIE DE L'ANGOISSE : UNE EXPLORATION PSYCHANALYTIQUE

AH_28_

« DANS L'ESPACE, PERSONNE NE VOUS ENTEND CRIER. »
C'EST AINSI QU'*ALIEN ANNONCE EN QUELQUES MOTS SON PRINCIPE.*
ET EN QUELQUES MOTS, L'ANGOISSE PROFONDE EST PLANTÉE. CAR QUEL PRINCIPE PLUS ANGOISSANT QUE CE SILENCE, CE VIDE OÙ AUCUN AUTRE NE RÉPOND NI N'ENTEND LE CRI D'INFINIE DÉTRESSE LANCÉ? NOUS TENONS LÀ, EN UNE PHRASE, UN MOTEUR DE L'ANGOISSE, DONT ALIEN ET SES SUITES VONT DÉCOUPER L'ANATOMIE.

Le principe d'Alien est souvent vu à travers le prisme de la pénétration. Avec toute la connotation sexuelle que cela entend, bien sûr. Il est vrai que la saga n'est pas avare de ces scènes où l'être humain infecté se retrouve transpercé malgré lui, après une intrusion forcée dans son corps. Cette figure oblongue surgissant de la béance de l'individu qui subit cette violation de son anatomie peut amener à penser à une métaphore sexuelle évidente. Et renvoyer à une question phallique dans une saga où les hommes se jaugent pour savoir qui mitraillera le plus et le plus loin dans un vaisseau conquérant. Chaque être humain serait alors renvoyé à la fois à un fantasme de pénétration d'une part, à savoir l'idée d'une scène refoulée où il serait pénétré sexuellement, et confronté à une angoisse de castration d'autre part, à savoir à la limite de sa puissance phallique puisque trouvant plus fort que lui. Ce plus fort, ce serait cet Alien, pénétrant et angoissant. Or, cette élaboration, aussi séduisante soit-elle parce qu'elle fait écho à nos inconscients névrosés, subit quelques avaries si nous l'examinons de plus près. Revenons au sous-titre énoncé au départ : « Dans l'espace, personne ne vous entend crier. » Il n'est ici nulle question de sexualité au sens phallique mais bel et bien d'une béance, d'un vide sidéral où l'autre ne répond pas autrement que par un silence. Ce silence se transforme alors en signal, lancinant. L'autre nom de ce signal silencieux lancinant, c'est l'angoisse. Pas une angoisse dite « de castration », cette angoisse dont chacun peut avoir conscience lorsqu'il se trouve impuissant face à une situation, mais l'angoisse primordiale et archaïque tapie en chacun et chacune de nous. Et si c'est une femme, Ripley, qui traverse cette angoisse, et en esquisse les contours lors de cette saga, nous allons constater que ces contours font écho à une angoisse que chacun et chacune a gardée tapie au plus profond pour survivre. Espérant ne jamais la voir surgir de son corps. Et qu'Alien en est un nom.

SURGISSEMENT DE L'ANGOISSE

Autorisons-nous un glissement dans l'espace, du vaisseau ou d'une colonie spatiale à une salle d'accouchement. Lorsque naît le petit être, le premier signal de son avènement au monde est un cri. Un cri adressé au vide qui surgit autour de lui, alors que sa mère telle une reine est l'objet de tous les soins. Un cri pris dans le placenta maculant encore la peau du nouveau-né luisant, et avant que la mère ne réponde, c'est le vide qui répond, laissant le petit être dans une présence sans coordonnées. Au commencement d'*Alien*, les membres de l'équipage réveillés trop tôt sont perdus dans l'espace, à mi-chemin, égarés entre leur point de départ et leur destination. Leur seul moyen de trouver des coordonnées à leur réveil est de s'adresser au vaisseau dont l'interface se nomme « Mother ». Dans l'espace vide, seule la Mère répond au signal de détresse de cet équipage tout juste sorti de leur léthargie en cocons. C'est cependant une énigme qui répond à la requête, « Mère » ne fournissant pas d'indication claire. « Mère » explique qu'elle a interrompu le voyage pour répondre à un signal qui demeure énigmatique et qu'il s'agira de déchiffrer. Il est vide et sans message. Ni une demande claire ni un souhait formulé aux êtres égarés dans l'espace. Et ce signal vide forme d'ores et déjà l'alerte qui renvoie à l'angoisse, cette angoisse que quelque chose ne va pas, sans pouvoir le nommer. À l'instar de quiconque ressentant une angoisse via un signal qui ne comporte aucune explication. C'est le propre de l'angoisse, d'être formé d'un message vide, tel un cri ou telle une sensation. L'équipage formule une requête à Mother, une requête qui rejoint celle qu'un nouveau-né adresse à sa mère pour se situer et s'ancrer psychiquement. La Mère est alors cette figure du premier Autre, Autre avec un A majuscule car représentant une entité contenant toutes les réponses pour que le petit être de chair s'inscrive dans la culture et le langage. La requête que formule l'équipage s'apparente à celle qu'attend le nouveau-né saisi dans un réel indicible : « *What's the story ?* » « Raconte-nous », « quelle est l'histoire ? », c'est-à-dire la réponse qui permettrait de donner un sens à cette naissance, sens qui est contenu dans les mots de la Mère. Ce sont alors la voix et les mots de la Mère qui vont fixer les premières coordonnées au nouveau-né, l'arrimer aux paroles maternelles et donc au monde, et au désir qui est inscrit dans celles-ci. Ce désir reste de fait éminemment étranger au nouveau-né, qui ne peut savoir ce que la mère désire de lui. Il attend d'être rassuré dans ce vide, et que la Mère énonce, à l'instar des lignes vertes de réponse qui s'affichent sur le cadran dans le *Nostromo*, quelques éléments pour se repérer dans le vide sidéral. Une première réponse de Mother signera ce qui définit littéralement l'angoisse sur le plan psychique, à savoir un signal qui ne sera élucidé que dans un second temps. « *Maman a décodé l'émission : un avertissement.* » Ce signal forme un avertissement sans objet, et c'est dans ce vide à l'endroit de ce qui génère cet avertissement que surgit l'angoisse. Ce que chacun et chacune peut ressentir : un signal sans objet, une détresse sans motif perceptible, laissant un vide au ventre, tapi en dedans sans pouvoir être saisi, ce que l'on nomme l'Angoisse. Et qui naît avec l'être, dès le premier cri de naissance lancé dans le vide, avant qu'une réponse ne circonscrive cette angoisse. Celle-ci reste nouée à l'anatomie psychique de l'être, tel un Alien toujours présent, une part de soi enfouie se transformant lors des évolutions successives.

LA MÈRE, L'AUTRE ET L'ALIEN

Le premier *Alien* de Ridley Scott n'est pas une affaire de gros vaisseaux, de grosses armes tenues par de gros bras aux munitions de testostérone, de puissance virile que viendraient métaphoriser ces appendices pénétrants étrangers. Si le deuxième volet de James Cameron joue davantage cette carte, c'est aussi pour mieux la dépasser ;

c'est une histoire de semblants, nous pensons avoir affaire à une question de puissance virile, alors que le déroulement va montrer ce sur quoi bute cette virilité, sur ce roc de la castration, comme le nomme Freud. Ce roc, c'est la limite que trouve cette puissance phallique, et la saga *Alien* va le dépasser, pour nous emmener dans des territoires plus énigmatiques, étrangers à nos coordonnées habituelles, rencontrant de fait l'angoisse dans ce vide habité de ce qui nous échappe et nous est familier. *Alien* nous emmène dans des couloirs plus profonds, des tunnels de vaisseaux ou de planètes et dans les bas-fonds. Ceux de la psyché par la même occasion. Puisque ce qui surgit dans *Alien* est un surgissement de l'ordre d'un cri primordial, que des radars aux *pings* dignes d'un monitoring, il convient de suivre le signal et d'avancer pour circonscrire le propos. Et indiquer qu'*Alien* est une histoire de mères. Trois mères plus précisément, prises dans un nouage particulier, explorant chacune leur objet de désir non nommé, de jouissance et d'énigme. Trois mères formant une triade qui se retrouve de façon répétée et infernale : la reine alien, la Compagnie, Ripley. Chacune de ces trois figures dresse la carte de ce qu'est une mère, et éclaire l'autre en négatif. La Mère, mettons une majuscule pour parler de la figure et non d'une personne, se retrouve illustrée dans *Alien* par ce qui en dresse les contours les plus tangibles. Et c'est précisément ce qui fait d'*Alien* une figure de l'Angoisse, que nous pouvons écrire avec une majuscule pour la distinguer de l'angoisse que d'aucuns évoquent pour parler de stress, d'inquiétude, voire d'anxiété, et caractériser cette Angoisse profonde, primordiale, archaïque. Ici, l'Angoisse traite dans les profondeurs psychiques d'un affect primordial, un affect auquel n'est reliée aucune représentation. L'Angoisse comporte une part d'indicible, d'informe, d'immonde au sens que le monde ne l'a pas encore nommée. C'est une Chose sans forme, contours, ni bords. Interrogez votre ventre lorsqu'il ressent une boule qui se tord et vous en aurez une intuition. La Mère, l'Autre et l'Alien dessinent des contours à cette angoisse primitive, archaïque, dont l'absence de forme et de bords fait toucher du doigt la perfection. « Perfection », c'est un mot récurent qui sera associé à l'Alien, mais nous pouvons aussi en qualifier Ripley dans le même mouvement, qui en serait son reflet érotique. Ce qui se confirmera dans *Alien, la résurrection*, où Ripley incarne bel et bien à son tour une perfection faite femme. Tandis que la Compagnie, parfaite car sans scrupules, visant son obscur objet du désir sans contraintes, représente une machine capitaliste parfaite, visant son objet de plus-value sans se soucier

des petits humains perdus. Les trois Mères sont des figures de perfection à la fois fascinantes et effrayantes. L'Alien, Ripley, la Compagnie revêtent chacun une part fascinante et effrayante, visant à engendrer un monde qui leur ressemble.

MONSTRES INTÉRIEURS

« *Ma maman m'a toujours dit que les monstres n'existent pas, les vrais monstres, mais il y en a.* » Voici les mots de la jeune Newt adressés à Ripley. Ces monstres dont on dit qu'ils n'existeraient pas existent donc vraiment. Le cauchemar est l'envers de ce qui caché au fond de soi, dans les couloirs sombres de son inconscient, et qui resurgit. L'autre nom de ce monstre qui prend forme est évidemment l'Alien. Alien comme une part d'autre qui résiderait à l'intérieur, prête à transpercer l'enveloppe, de chair comme psychique. L'angoisse, suivant Freud, est la première et la plus originaire des conditions, et l'exigence pulsionnelle constamment croissante devant laquelle le moi est en détresse. C'est alors un trop-plein pulsionnel inutilisé qui forme le noyau du danger, auquel répond l'angoisse. Cette masse pulsionnelle, inaltérable, formée de l'acidité des pulsions retenues, du tranchant nécessaire pour s'arracher à la censure de la psyché, c'est le monstre intérieur que l'on ne reconnaît que lorsqu'il surgit en cauchemar ou dans un miroir. C'est la part d'inquiétante étrangeté qui réside en chacun, tapie, prête à bondir sur le moi policé et armé au détour d'un couloir. C'est alors la part fascinante et équivoque du monstre en ce qu'il fait écho à une part de soi refoulée, un double qui revêt les caractéristiques de sa propre étrangeté projetée à l'extérieur, mais qui revient inéluctablement menacer le sujet.

Dès lors, le monstre serait le nom de notre part aliénée, cet Alien invisible qui parcourt les galeries de notre inconscient, agissant tel un incube prêt à surgir pour jouir de notre corps. Cette jouissance de l'Autre comme d'un Alien n'est pas un désir, c'est bel et bien une jouissance, c'est-à-dire ce que le sujet subit. Une illustration de cette part de jouissance qui s'impose réside dans la réponse faite par l'interface Mother du vaisseau lorsqu'il lui est demandé quelle est la directive spéciale 937 : tous les membres de l'équipage sont sacrifiables pour répondre à cette directive classifiée et prioritaire de rapporter un spécimen xénomorphe. Cette jouissance énoncée est celle d'un Autre qui s'impose au sujet à son insu et à son corps défendant. Cet Autre, figure inconsciente, est celui auquel le sujet consent à servir d'objet, pour peu qu'il lui assure en contrepartie la sécurité de la répétition, qu'il conserve ce cocon, à l'instar des caissons de cryogénisation. Le monstre est l'avatar de cette jouissance, inoculée oralement, faisant jaillir l'angoisse au ventre pour un motif simple : l'absence de séparation. Mother est cette entité toute-puissante qui possède ses petits soldats comme une mère jouirait de l'enfant dont elle ne se séparerait pas. L'angoisse alors surgit car cette jouissance est en trop, déborde le corps, s'agite en dedans pour trancher, opérer une coupure salvatrice. Comme nous l'avons vu, la reine alien est l'autre versant de la Mother de la Compagnie. Chacune veille sur ses petits : l'une pour proliférer, l'autre pour le profit. Mais les deux sont un reflet monstrueux, au sens littéral de ce qui se montre, d'une jouissance engendrant un cauchemar. La reine alien pour ce qu'elle incube dans le sujet de sa propre volonté, la Compagnie pour ce désir secret autour d'un objet qu'elle vise à l'insu de tous, imposant sa volonté. Ce désir incube et secret, implanté par cette Mère tout à son désir dédiée, rejoint par ce caractère entier et plein à une jouissance prenant corps, débordant le corps, un trop où le sujet est regardé par un regard avide. Il n'y a qu'un cri silencieux pouvant répondre à cette emprise innommable, cet assujettissement à une Chose aliénante, un cri lancinant d'un cauchemar où le monstre vient recouvrir l'oralité du visage pour éclore dans le ventre.

LA FEMME, LA MÈRE ET LA MANTE

Dans *Alien, la résurrection*, Ripley devient à force de clonages successifs une version améliorée d'elle-même, une version hybride comme pourrait l'être un humain augmenté, greffé. Surgit de nouveau l'inquiétante étrangeté sous les atours de la science et de ce qu'elle a engendré comme êtres hybrides, implantés. Après avoir utilisé un exosquelette dans le deuxième opus, c'est-à-dire en ayant ajouté à ses capacités celles d'une greffe extérieure, dans ce quatrième volet l'implant est intérieur. Ripley devient à la fois fascinante et effrayante, à mi-chemin entre l'être humain et l'Alien, exprimant la dualité de l'être humain jusque dans son corps et ses aptitudes. Elle fascine les scientifiques et inquiète les passagers du vaisseau, dont l'équipe de pirates avec qui elle s'allie. Ripley elle-même, répondant à celui qui lui dit : « *Ils vous l'ont sorti du corps* », qualifie ainsi cette présence aliénante dans son corps : « *Non, je le sens, derrière mes yeux, dans ma tête.* » Cette évocation directe de l'endroit où se loge cet étranger en soi renvoie directement à une particularité de l'angoisse : c'est ce qui regarde. Jacques Lacan, le psychanalyste, compare dans son *Séminaire, livre X : L'angoisse* celle-ci à une mante. Afin d'illustrer ce qui caractérise l'angoisse, il utilise cette métaphore : « *Supposez-moi dans une enceinte fermée, seul avec une mante religieuse de trois mètres de haut. C'est la bonne proportion pour que j'aie la taille dudit mâle. En plus je suis revêtu d'une dépouille à la taille dudit mâle qui a 1,75 mètre, à peu près la mienne. Je me mire, je mire mon image ainsi affublée dans l'œil à facettes de ladite mante religieuse. Est-ce que c'est ça, l'angoisse ? C'en est très près.* » À croire que Lacan a scénarisé *Alien* ! L'angoisse, c'est donc la sensation du désir de l'Autre, mais on ne sait pas précisément quel objet on est pour lui. C'est ce qui tétanise devant cette figure, on ne sait ce qu'elle nous veut, quel objet on représente pour elle. La mante religieuse possède des pattes dites « ravisseuses » très longues, munies de piques pour capturer ses proies, qu'elle rapproche ensuite dans un geste rappelant celui de la prière, d'où son nom. Les xénomorphes rejoignent de très près l'image de cette mante religieuse que le psychanalyste invoque pour illustrer l'angoisse, à travers une image. Même si l'angoisse ne se saisit jamais totalement puisqu'elle est en deçà de la nomination. Rappelons que la mante religieuse femelle dévore souvent le mâle après ou pendant l'accouplement, pour se procurer les protéines dont elle a besoin pour porter ses œufs. L'autre est alors l'objet lui permettant de former ses œufs, ce qui n'est pas sans rappeler ce qui est nécessaire à la reine alien pour elle aussi assurer sa progéniture. La mante lui dévore d'abord la tête, l'angoisse surgit lorsque le désir de l'Autre, ou de l'Alien ici, est mis à nu. Y compris un désir de destruction, sans les semblants habituels civilisés. Ici, le désir est absolu, avale l'autre, angoisse tant il est total et sans appel ni fuite possible. La reine alien représente cette figure dévorante, plaçant l'autre tétanisé comme objet permettant sa reproduction. Le regard est ici primordial comme vecteur de l'angoisse, ceux qui cherchent à échapper aux Aliens étant frappés de cécité dans les galeries obscures. Ils se repèrent grâce à des radars qui écholocalisent, mais ils sont aveugles. Seul l'Alien voit, sans être vu ou alors lorsqu'il est déjà trop tard.

Ripley évolue au fil des quatre volets, mais il n'est pas anodin qu'elle soit une femme qui échappe à l'Alien jusqu'à un certain point. D'autres femmes sont présentes et succombent, certes, mais ce sont soit une femme trans (Lambert dans *Alien, le huitième passager*[1]), soit des soldats virilisés (Vasquez dans *Aliens, le retour*), soit une synthétique androïde (Annalee Call dans *Alien, la résurrection*). De la survivante unique qui sauve un chat à la survivante en exosquelette qui sauve une enfant, puis celle qui se retrouve seule dans une colonie pénitentiaire où elle est l'objet de convoitise des hommes ayant fait vœu de chasteté, elle devient dans *Alien, la résurrection* une femme hybride d'Alien. La Femme parfaite qui ne doute pas, augmentée dans son corps, et ne fléchit pas face aux scientifiques voulant l'asservir. Mais cette femme augmentée est aussi une Mère, la mère d'une progéniture nouvelle, hybride elle aussi. Cet Alien renvoie à une progéniture que Ripley ne reconnaît pas, elle voit ce bébé littéralement comme un alien, un être étrange issu d'elle-même vis-à-vis duquel elle éprouve des affects contradictoires. L'alien comme provenant du corps même renvoie ici à ce qu'une mère peut éprouver de son bébé, un petit alien qui provient d'elle et d'un autre, et qui n'est pas elle. Cette reconnaissance réciproque ne renvoie pas à un quelconque instinct maternel, mais à une reconnaissance de l'autre comme part de soi. Cela s'effectue sur le plan sensoriel des odeurs notamment, mais aussi du récit autour de ce bébé comme des mots provenant des autres prompts à ajouter que l'enfant ressemble à sa mère, à son père, actant la reconnaissance dans une filiation reconnue à plusieurs. Ici, cette naissance ne renvoie qu'au caractère autre, alien, cette part ressentie par certaines jeunes mères face à leur bébé dans certaines circonstances ne leur ayant pas permis d'inscrire ce bébé dans leur histoire, dans une reconnaissance. Le bébé peut rester étranger, étrange, extérieur à la mère, alien. Ici Ripley éprouve à la fois une forme d'affection et à la fois une forme de répulsion vis-à-vis de cette progéniture. Si celle-ci la choisit comme mère en lieu et place de la reine alien, cela repose sur la sensorialité. C'est le fait d'être pourvu d'un odorat et de reconnaître l'odeur du corps de sa mère qui fait choisir à l'Alien hybride Ripley comme mère, cette sensorialité commune de pouvoir se respirer l'un l'autre et d'inscrire dans l'Alien ou le bébé une part de familiarité qui ne va pas de soi d'emblée. La scientifique actera cette reconnaissance : « *Regarde, il croit que tu es sa mère.* » Et dès lors Ripley agira partiellement comme telle, lui donnant des ordres : « *Lâche-la tout de suite !* » pour défendre un humain, ou en se retrouvant dans une étreinte charnelle avec sa progéniture. Il est alors possible de voir l'acte final, celui où elle met fin à la vie de cet Alien hybride, comme un acte d'amour. Lorsqu'elle envoie une goutte de son sang acide dans la vitre de la navette, créant un trou ouvert avec l'espace vide de l'autre côté, cette aspiration agit alors comme une naissance inversée. L'Alien hybride se désincorpore, retournant au néant, devant une Ripley assistant à cette scène comme impuissante et en proie à une tristesse réelle. Cet acte comme acte d'amour peut se lire comme étant le seul moyen possible pour rompre cette angoisse née à travers cet être, la trouer symboliquement pour faire advenir d'une mère mal née une femme qui reconnaît in fine la part d'étranger à elle-même. Lorsque la femme synthétique lui demande : « *Qu'est-ce qu'on va faire maintenant ?* », Ripley répond : « *Je ne sais pas, je suis moi-même une étrangère.* » Comme la fin d'un périple en quatre temps, un temps pour se sauver, un temps pour sauver l'enfant, un temps pour être une amante, un temps pour être une femme avec la part d'étrangeté à soi-même que cela suppose. Cette part d'étrangeté est l'autre nom de l'Alien, l'Autre, en soi, celui qui hante les couloirs des rêves ou des moments de panique indicible où l'on se sent regardé.

CONCLUSION : DE L'ANGOISSE À LA NAISSANCE

Cette exploration de l'intériorité s'opère sans les semblants de la force phallique des hommes qui se pensent plus forts, convoitent, manigancent, se leurrent. La saga *Alien* visite tel un vaisseau spatial au plus profond ce qui s'agite en l'être, et il apparaît que cette exploration ne pouvait sans doute pas être menée par un autre sujet qu'une personne relevant du féminin. Le féminin en tant que n'étant pas totalement assujetti à une loi phallique, mais trouvant des coordonnées supplémentaires pour se situer. Cette exploration qui traverse le vide aborde alors les aspects toujours contemporains d'hybridation et d'augmentation, dans une exploration confrontant à l'angoisse car n'étant pas voilée complètement d'une parade phallique comme celle des soldats ou mercenaires, ou celle encore des scientifiques visant un objet révélateur d'un désir de puissance. *Alien* est une traversée de l'angoisse, celle tapie au fond de l'être et se dévoilant derrière l'inquiétante étrangeté, révélée par un signal où la certitude est celle d'être vu dans son dénuement le plus complet. Ce qui met le masculin aux abois d'être dévoré tandis que Ripley illustre une figure qui déjoue les semblants politiques, militaires, religieux, scientifiques, pour regarder en face cette part de soi et accepter ce qui échappe. *Alien* amène à quitter les semblants pour se trouver, étrangeté comprise. Le prix à payer est l'angoisse, non réductible à un objet, toujours tapie dans le coin de l'œil. Le bénéfice est de se découvrir étranger à soi-même, au sens d'étrange aussi, car divisé, dit la psychanalyse, divisé par cette expérience de la rencontre de l'Alien, l'Autre, l'Angoisse en soi, mais plus émancipé et vivant que jamais.

ANTHONY HUARD

NOTES

[1] Dans *Aliens, le retour*, le dossier de Lambert indique : « Lambert est né le 7 novembre 2093 en Ontario, Canada. Initialement de sexe masculin, elle a subi un réalignement sexuel de Despin Convert à la naissance pour des raisons non divulguées. » (Source : Xenopedia / Joan Lambert)

AUTEUR

FABRICE CHEMLA_

« ALIEN » : ENTRE DIEU ET DIABLE

FC_29_

J'AI VU *ALIEN* À L'ÂGE DE 18 ANS, QUASIMENT À SA SORTIE EN SALLES. LE FILM ÉTAIT PASSÉ INAPERÇU DANS LA PETITE VILLE OÙ JE FAISAIS MES ÉTUDES, MAIS AVAIT ÉTÉ REDIFFUSÉ UN AN APRÈS DANS LE CADRE D'UN FESTIVAL DE SCIENCE-FICTION. QUAND JE DIS QUE JE L'AI « VU »... C'EST UN BIEN GRAND MOT !

29

ASF-CHAP

IDENTIFICATION

Je ne m'attendais absolument pas à ce que j'allais voir. En réalité, du début à la fin, j'étais terrifié, et j'ai passé plus de temps sous mon siège qu'à regarder le film, au point que j'en suis ressorti avec une représentation assez floue de l'histoire... et bien évidemment j'y ai gagné les moqueries de mes amis et une réputation de « petite nature ».

Pour prouver ma valeur, j'y suis retourné seul la semaine d'après, le ventre noué mais bien décidé, cette fois, à regarder chaque image, aussi insoutenable soit-elle. J'étais préparé, et je savais quels étaient les moments les plus impressionnants. Mais j'ai été très surpris de voir apparaître chez moi un sentiment étonnant de fascination.

Cette fascination, mâtinée de terreur et de répulsion, ne m'a jamais quitté et j'ai vu les films suivants, au fur et à mesure de leur sortie, avec le même sentiment, plus ou moins affirmé. Fascination pour la créature, sa force et son invulnérabilité, mais aussi pour son obscure beauté d'humanoïde déformé : son crâne profilé, son absence d'yeux et d'oreilles apparents, sa queue et ses griffes, ses moignons d'ailes, sorte d'exosquelette menaçant, et bien sûr sa double mâchoire inattendue.

UNE FASCINATION PARTAGÉE POUR L'ALIEN

Je n'ai découvert que bien après les origines de la créature, avec les dessins de Giger, mais j'ai beaucoup apprécié l'évolution physique des Aliens au fil des films, s'adaptant sans cesse en fonction de leur origine génétique, plus ou moins humanoïdes, plus ou moins insectoïdes, arachnoïdes ou reptiliens en fonction des circonstances. Mais les caractéristiques générales sont demeurées, car elles constituent la signature de l'Alien, sa marque de fabrique. Ce sont ses caractéristiques physiques qui font une grande partie de la fascination des fans, et qui font couler beaucoup de commentaires et de critiques sur la Toile. Mais pourquoi une telle fascination ?

Le premier à exprimer d'une manière univoque son admiration est l'androïde Ash (*Alien, le huitième passager*), qui déclare : « *C'est un parfait organisme. Sa perfection structurale n'a d'égale que son hostilité. J'admire sa pureté. Un survivant qui n'est pas souillé par la conscience, le remords ou les illusions de la moralité.* » À cette admiration répond celle de Bishop (*Aliens, le retour*) qui qualifie le *facehugger* de « *magnifique créature* », et même celle de Ripley, car « *les créatures, elles, n'essaient pas de se massacrer entre elles pour tirer le plus gros paquet de fric* » (*Aliens, le retour*). Nulle part dans ces appréciations n'entre de considération physique. L'admiration est plutôt d'ordre moral, l'Alien devenant une métaphore du sauvage, non perverti par la civilisation et tout entier focalisé sur sa survie. Contrairement à celui de Rousseau, l'Alien n'est pas naturellement bon, mais son comportement prédateur est excusé par sa franchise et sa simplicité. Les véritables monstres, pervers, contournés sont les actionnaires, dirigeants et scientifiques de la Weyland-Yutani Corporation, qui n'hésitent pas à ourdir des plans machiavéliques et à sacrifier des êtres humains pour satisfaire leurs intérêts mercantiles. La prédation capitaliste dans toute son horreur ! Ils vont même jusqu'à outrepasser les limites posées par Mary Shelley dans Frankenstein et braver l'interdit humain absolu (*Alien, la résurrection*) en ressuscitant contre sa volonté Ripley qui s'est sacrifiée pour leur échapper.

DU DIABLE À « ALIEN » : UNE FIGURE EN RÉSONANCE AVEC SON TEMPS

Mais cette fascination morale pour la pureté de la Bête, fût-elle prédatrice, trouve une résonance intéressante dans son physique. Bien sûr, une partie de l'impact de la créature tient au fait qu'on la voit peu, et mal. Son corps se mélange avec les tuyauteries du *Nostromo* (*Alien, le huitième passager*) ou des sous-sols de Fiorina-161 (*Alien 3*), avec les sécrétions de son nid sur LV-426 (*Aliens, le retour*) ou au sein de l'*USM Auriga* (*Alien, la résurrection*). Mais dans les moments fugaces où elle apparaît, la similitude entre son physique et celui de Belzébuth, Prince des Démons, saute aux yeux. Écoutons la description de ce démon majeur, faite par Pier-Angelo Manzolli, dit Palingène, médecin, poète et philosophe de la Renaissance italienne[1] :

« *Le monarque des enfers* [...] *est d'une taille prodigieuse, assis sur un trône immense, ayant le front ceint d'un bandeau de feu, la poitrine gonflée, le visage bouffi, les yeux étincelants, les sourcils élevés et l'air menaçant. Il a les narines extrêmement larges, et deux grandes cornes sur la tête; il est noir comme un Maure; il a deux grandes ailes de chauve-souris attachées aux épaules, de*

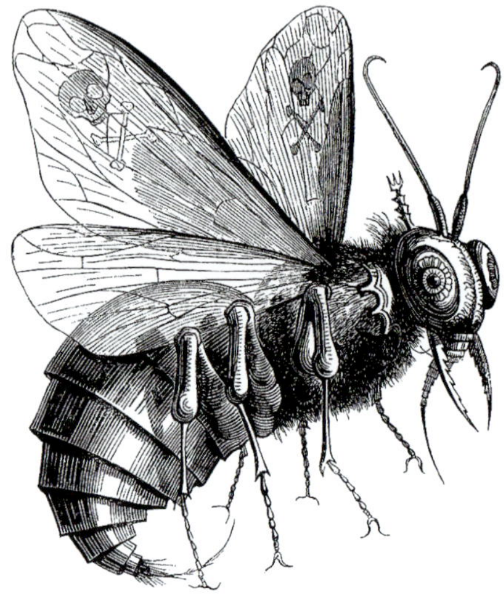

larges pattes de canard, une queue de lion, et de longs poils sur la tête jusqu'aux pieds. »

Belzébuth est le chef suprême de l'empire infernal. Apparaissant tout d'abord dans l'Ancien Testament[2] comme un dieu des Philistins, ennemis des Juifs, sous le sobriquet de Ba'al-Zebub ou « Seigneur des Mouches », dans le Nouveau Testament, il devient le « *prince des démons*[3] » auquel les pharisiens, ennemis du Christ, assimilent Jésus, car seul un chef des démons peut commander aux démons.

La réputation de Belzébuth augmente ultérieurement de manière importante grâce à un ouvrage qui aura une grande postérité : le *Testament de Salomon*, texte judéo-grec à la datation incertaine, possiblement composé entre le IIIe et le Ve siècle[4]. Belzébuth tiendra le haut du pavé de l'enfer pendant tout le Moyen Âge, et sa figure servira de modèle à toutes les représentations du diable. À la Renaissance, la culture humaniste qui s'impose rend cette figure médiévale caduque et la relègue peu à peu au rang de superstition : la figure du démon commence à s'adoucir et à s'humaniser, Lucifer remplace Belzébuth, le diable et l'Homme deviennent semblables[5]. Mais la figure mi-bouc, mi-dragon, sauvage, cornue et griffue de Belzébuth, cette figure composite et donc monstrueuse, ce « *chaos devenu chair* », pour reprendre l'expression de G. Bataille, continue à hanter nos cauchemars, comme un archétype du mal[6].

Le corps d'Alien fait directement référence à cette figure, avec son crâne allongé qui évoque les cornes du Malin, sa mâchoire articulée et ses griffes acérées qui réfèrent au démon tout en dents et en griffes, et jusqu'à ses excroissances dorsales qui évoquent les ailes de chauve-souris de Belzébuth. Dans cette résurgence du démon ancien, l'arène du *Nostromo* devient une métaphore de l'enfer : recoins obscurs et gluants, jets de vapeur et de flamme, machines infernales aux odeurs méphitiques... le combat de Ripley contre l'Alien devient le combat de l'Homme contre la Bête, et jusqu'à la scène finale, où Ripley retrouve, en tenue vestimentaire minimale, la fragilité et la pureté d'un nouveau-né, l'issue de cette lutte primordiale est incertaine.

LES LIEUX DE CONFRONTATION AVEC « ALIEN » : ENTRE ENFER ET PARADIS

À ce cadre infernal s'oppose le vaisseau des Ingénieurs. Ce vaisseau est en forme d'anneau, comme une réminiscence de l'ouroboros, serpent qui se mord la queue, symbole mystique égyptien de totalité, mais aussi de résurrection et d'éternel recommencement. Ce symbole ancien se retrouve également dans d'autres mythologies : védique avec le serpent Ananta sur lequel se repose Vishnou, nordique avec le serpent Jörmungand, fils de Loki. Ce symbole égyptien répond au logo de la Weyland-Yutani Corporation, logo qui apparaît brièvement dans les premières minutes d'*Alien, le huitième passager* : c'est un disque solaire ailé, symbole égyptien, mais aussi sémitique et assyrien[7], qui a été largement repris par les ordres mystiques comme la franc-maçonnerie, la Rose-Croix ou l'anthroposophie. C'est le symbole du dieu Horus de Béhédet[8], symbole de pouvoir et de royauté. Ce symbole réapparaît également au début d'*Alien: Covenant*, et ce dès le générique.

AUTEUR

FABRICE CHEMLA_

Au sein du vaisseau des Ingénieurs, la nursery où reposent les œufs est une salle à haute voûte, sorte de cathédrale baignant dans une lumière violette, couleur généralement associée par les mystiques aux auras les plus spirituellement élevées. Lorsque Kane descend dans cette salle, on est saisi par l'incongruité de son intrusion dans cet espace consacré. Il sera bien puni de sa témérité, lui qui aura osé pénétrer dans le saint des saints. Inséminé par le *facehugger*, il donnera naissance à la Bête dans une scène mémorable.

« AVEC LA BOUCHÉE PÉNÈTRE L'ADVERSAIRE. » (JEAN, XIII, 26)

Cette scène, bien sûr, a été largement analysée comme une métaphore de l'accouchement. Mais on peut également y voir une scène d'exorcisme, qui fait écho aux descriptions des exorcismes publics du XVIe siècle faites par les contemporains : l'exorcisée « se *démenait affreusement, le corps enflé, la face presque noire, hurlant, tirant la langue, les yeux hagards, et elle s'élançait de son lit à plus de six pieds en l'air* [...] *Perdant tout à coup cette horrible difformité, elle retombait comme une masse, aveugle, sourde et muette à la fois, le corps raide et dur à la fois...*[9] ».

Le mode de contamination par le *facehugger* a également été largement interprété comme une métaphore sexuelle du viol, qui prépare la scène horrifique ultérieure de l'accouchement. Néanmoins, on ne voit rien de l'événement, il faudra attendre *Prometheus* pour voir une scène analogue réellement représentée, lorsque Milburn est attaqué par le serpent qui finit par le pénétrer par la bouche. Là encore, la métaphore du viol est au rendez-vous... mais également la métaphore de l'eucharistie, qui prend tout son sens si l'on considère que l'Alien est une divinité à rebours, une divinité démoniaque qu'il s'agit d'adorer avec un rituel perverti : « Mange, ceci est mon corps ! »

L'eucharistie chrétienne est une réactualisation rituelle de la dernière cène du Christ, qui distribue le pain et le vin aux apôtres, en leur disant : « *Mangez, car ce pain est mon corps* [...], *ce vin est mon sang* [...].[10] » Dans les rites catholiques et orthodoxes, la transsubstantiation du pain et du vin s'opère lors du saint sacrement ; rien ne subsiste que les apparences (« espèces ») du pain et du vin. Par la communion, les disciples deviennent participants de l'Alliance que le Christ a réalisée par le sacrifice de son corps et de son sang sur la croix. Lorsque le *facehugger* introduit son long appendice par la bouche de Kane et de ses autres victimes pour y pondre son œuf, cette eucharistie pervertie conduit également à une transsubstantiation, un mélange des espèces : Kane participe de la nouvelle Alliance qu'il doit subir, et le *facehugger* y fera le sacrifice de sa vie. Il en est de même pour Milburn, quand par cette eucharistie pervertie, son corps reçoit l'onction de cette nouvelle divinité. L'union de l'humain et du divin peut s'accomplir, avec les dégâts que l'on constate rapidement.

La métamorphose de l'Alien en divinité, démoniaque mais consubstantielle de l'humain, est particulièrement claire dans la version initiale d'*Alien 3*, celle voulue par David Fincher et qui sera sérieusement amendée (affadie !) par les producteurs lors de sa sortie en salle. Dans cette version, l'Alien « naît » d'une vache, symbole de patience et de fertilité. Cette naissance se produit en même temps que l'incinération de Newt, décédée lors de l'atterrissage catastrophique de la navette sur Fiorina-161. Le parallèle temporel devient un symbole de métamorphose grâce au prêche de Dillon durant l'incinération : « ... *car dans chaque graine il y a la promesse d'une fleur, et dans chaque mort d'un être si infime soit-il, il y a toujours une vie nouvelle, un nouveau commencement.* » (*Alien 3*)

Newt, symbole de pureté et promesse d'avenir dans *Aliens, le retour*, est morte, mais le xénomorphe est né, nouvelle promesse hybride prête à être adorée. Dans une scène coupée au montage, mais qui donne un sens subtilement différent au film, l'Alien est piégé avec des produits inflammables par les détenus et enfermé dans une partie du monastère-prison. Le danger semble écarté mais Golic, un détenu faible d'esprit, fasciné par cette nouvelle divinité, devient son premier sectateur : cédant à l'appel intérieur et désireux de le revoir, il se rend à la porte de la prison où l'Alien est enfermé. Devant cette porte monumentale, digne des portes des temples aztèques, il égorge le gardien, et après ce sacrifice d'un nouvel agneau, il libère l'Alien, en faisant par la même occasion le don de sa personne à cette nouvelle divinité.

L'ALIEN EST-IL VRAIMENT L'AUTRE ?

L'Alien de *Alien 3* est devenu un dieu, mais sa place est déniée de nouveau dans *Alien, la résurrection* : dans cette société sans Dieu, les humains cupides sont confrontés à une altérité qu'ils ne pensent qu'à exploiter. Ils croient pouvoir maîtriser les Aliens qu'ils recréent pour les utiliser à leur profit. Mais on ne peut pas utiliser un dieu, il a ses propres desseins et il échappe à toute compromission avec les humains. Le châtiment ne se fait pas attendre ! Après avoir pris possession de la station spatiale et fondé un nouveau nid, la reine enfante une progéniture hybride, un « Newborn » : le mélange de ses gènes avec les gènes humains de Ripley lui a permis d'acquérir la possibilité de se reproduire sans devoir suivre son cycle complexe, mais traditionnel, de reproduction nécessitant un hôte humain. Ce mélange génétique est une perversion intéressante des épousailles entre humains et divinités (hiérogamies) classiques des religions humaines, qui généralement permettent la naissance des héros aux pouvoirs multiples, comme Héraclès, fils de Zeus et de l'humaine Alcmène, ou Hélène, fille de Zeus et de Léda.

Et effectivement ce rejeton, qualifié par Ripley de « papillon », est doué d'une force peu commune, même pour un Alien, puisque à peine né, il se retourne contre la reine mère et l'abat. Il ne se reconnaît pas en elle : il est d'ailleurs le premier Alien à posséder des yeux apparents. Ripley hésite alors, tiraillée entre sa nature humaine et sa nature alien, puisqu'elle aussi est issue, dans sa résurrection, d'un croisement génétique. On le sait, elle fera le sacrifice de son rejeton et sauvera la Terre de l'invasion.

Les mélanges génétiques successifs que l'Alien produit lors des contaminations des humains peuvent être aussi lus comme une métaphore de l'intériorité de l'ennemi. Il est d'autant plus fort qu'il nous ressemble... et il nous ressemble parce qu'il vient de nous, il est en nous. Il incarne nos peurs les plus intimes. D'une manière étonnante, il a une valeur similaire pour les Predators, puisque ceux-ci s'en servent lors de leurs cérémonies initiatiques (*Alien vs. Predator*). Dans beaucoup de cultures humaines, ces cérémonies de passage des jeunes au stade adulte se produisent en confrontant ces jeunes à leurs propres peurs – dont en particulier la peur de la souffrance – dans des conditions contrôlées pour qu'ils soient à même de les surmonter. Cérémonies nocturnes, angoissantes, atteintes maîtrisées à l'intégrité physique (circoncision ou scarifications)... pour une bonne initiation, il faut que l'ennemi rôde. La lutte contre l'Alien prend donc également la dimension d'un rite de passage – auquel peu survivent – pour les humains et pour les Predators.

LA CONFRONTATION À L'ALIEN, UN RITE INITIATIQUE

Dans les sociétés africaines, la cérémonie d'initiation est un rituel particulièrement important, puisqu'il permet à l'enfant de rejoindre l'âge adulte en abandonnant les oripeaux (symboliques ou non) de l'enfance.

Mais ce rite de passage se double d'un rite de consécration qui répète une situation archétypale en reproduisant, rejouant ce qui a été accompli dans le monde mythique[11]. « *En même temps que l'adolescent quitte l'enfance pour devenir un homme, il entre en contact avec les symboles numineux*[12] *de la condition humaine* [...] *L'acte d'assumer la condition humaine ne se sépare pas de la sacralisation de celle-ci*[13]. » Effectivement, ceux qui sont confrontés à l'Alien et qui réchappent de cette confrontation sont des « initiés », que les profanes ne peuvent pas comprendre ni croire. Ce rite initiatique sépare les survivants de la société humaine, et leur expérience est totalement incommunicable : c'est le cas répété de Ripley, qui, malgré tous ses efforts, ne parvient jamais à faire comprendre à ses compagnons le danger mortel de l'Alien… jusqu'à qu'ils y soient confrontés à leur tour. Car « *pour qu'une séparation nette existe entre la condition humaine sacralisée et les non-initiés, le rituel d'initiation présente souvent le caractère d'un mystère pour ces derniers*[13] ». L'initiation change l'initié et son rapport au monde et à l'humanité. Cet aspect est particulièrement clair dans le cas de Newt (*Aliens, le retour*), dont la personnalité infantile mûrit énormément sous l'impact des confrontations multiples avec la Bête, jusqu'à avoir un comportement plus adulte que celui de beaucoup des adultes qui l'entourent, et dans le cas de Morse, dernier prisonnier à quitter la planète-prison (*Alien 3*) et unique survivant.

Mais ces rites initiatiques ne se conçoivent que comme fait social, dans le cadre d'une société où le collectif est important et les reconnaît. Ce n'est pas le cas de nos sociétés occidentales, très individualistes, où les rites de passage ont été affaiblis voire ont disparu. Weyland, figure archétypale du capitalisme triomphant, individualiste richissime, est confronté au début de *Prometheus* à la question fondamentale du sens de la vie, question qui taraude chaque être humain. Il n'a pas la possibilité de regarder l'Alien en face et encore moins de survivre à la confrontation. Lorsque l'occasion se présente de partir en quête de son Créateur et de lui poser directement la question, il organise à cet effet le voyage du *Prometheus*.

Le nom même du vaisseau affrété par Weyland est lourd de symboles : Prométhée est ce Titan qui, d'après le mythe grec, a protégé les hommes. D'après Hésiode[14], les hommes voulurent offrir le premier sacrifice aux dieux. Prométhée intervient alors pour se charger du partage d'un bœuf pour ce sacrifice. Voulant protéger les hommes et en même temps duper Zeus, Prométhée fait deux parts, la première avec les os et la deuxième avec la chair et des entrailles. Pour rendre attrayante la première part, il la recouvre d'une couche de graisse et dissimule la deuxième part avec l'estomac du bœuf. Attiré par la graisse, Zeus choisit pour les dieux la part la plus pauvre, et abandonne aux hommes la chair de l'animal.

Cette tromperie aura des conséquences, puisque Zeus, fâché d'avoir été dupé, retire aux hommes l'usage du feu. Mais le rusé Prométhée rapporte le feu du ciel, en le cachant dans un pot. Excédé, Zeus le punit en le condamnant à être exposé sur le plus haut sommet du Caucase, où un aigle lui dévore chaque jour le foie, qui repousse durant la nuit. Quant aux hommes, Zeus, pour les punir, leur envoie la femme, « *cette belle calamité* », sous la forme de Pandore, « *le présent de tous les dieux* ».

LE SENS DE LA VIE : DES PROPOSITIONS RELIGIEUSES DIVERSES

La figure de Prométhée est donc une figure ambiguë, puisque pour Hésiode, il est celui par qui le mal est advenu aux humains. Mais pour Eschyle[15], il est le plus grand héros civilisateur, et la colère de Zeus est celle d'un dieu qui ne tolère pas une humanité puissante et orgueilleuse[16]. La même ambiguïté préside à la démarche de Weyland : richissime et orgueilleux, il affrète un vaisseau pour rencontrer le Créateur. Une fois en face, il lui pose des questions pressantes, et ne comprend pas, perclus d'orgueil, que ce Créateur ne daigne pas lui répondre. Le *Prometheus*, vaisseau qui aurait dû apporter la lumière du savoir aux hommes, ne risque de leur apporter que les ténèbres, lorsque ce Créateur, loin de répondre, se retourne contre ses créatures.

Mais qu'aurait-il daigné répondre ? D'une manière étonnante, le questionnement de la raison d'être de l'Homme (anthropogonie) est un questionnement qui ne reçoit pas beaucoup de réponses dans l'histoire des religions. Les Mésopotamiens pensaient que les humains avaient été créés par les dieux pour les servir dans les temples : dans le mythe d'Atrahasis, par exemple, les « *petits dieux* » sont fatigués de servir les « *grands dieux* », et créent les hommes pour construire et entretenir les temples, creuser des canaux, et offrir aux dieux tous les jours des sacrifices et des offrandes[16]. Les Égyptiens considéraient que la société des hommes était un reflet de celle des dieux, et que le pharaon, représentant de Rê sur terre, était chargé du maintien de l'équilibre et de l'ordre sur terre pour répondre à l'équilibre et à l'ordre du monde des dieux.

Le judaïsme, de son côté, répond dans la Genèse à cette question fondamentale : « *Dieu crée l'homme à son image ; le crée à l'image de Dieu, les crée mâle et femelle. Dieu les bénit et leur dit : "À vous d'être féconds et multiples, de remplir la terre, de conquérir la terre, de commander au poisson de la mer, à l'oiseau du ciel, à toutes les petites bêtes ras du sol."*[17] » Ce chapitre de la Genèse est repris presque dans les mêmes termes lorsque, après le Déluge, Yahvé conclut l'Alliance avec Noé : « À vous d'être féconds et multiples, de remplir la terre ; Vous êtes la peur, vous êtes l'épouvante de tous les animaux de la terre [...] *Tout est entre vos mains* [...] *Je vous donne tout*[18]. » Ces passages ont fait l'objet de nombreux commentaires, et je me contenterai de souligner que la mission de l'homme n'est pas d'ordre cultuel, comme chez les Sumériens, mais d'être le roi de la Création divine sur terre, à l'image de Dieu roi de la Création.

Le christianisme, pour sa part, assigne un but différent à la création de l'homme : l'homme a été créé pour manifester la gloire de Dieu : « *La gloire de Dieu c'est que se réalisent cette manifestation et cette communication de sa bonté en vue desquelles le monde a été créé* [...] *La fin ultime de la création, c'est que Dieu, qui est le Créateur de tous les êtres, devienne enfin "tout en tous", en procurant à la fois sa gloire et notre béatitude*[19]. » Il s'agit pour Dieu de partager son amour, que l'homme a pour mission de découvrir : « *Pour eux, Il a fixé les limites des temps et des lieux afin que, cherchant Dieu, ils puissent d'aventure dans leurs tâtonnements Le trouver. Et pourtant Il n'est pas loin de chacun d'entre nous*[20]. »

L'islam, de son côté, réattribue à l'homme la mission première d'adoration de la divinité. Chaque être humain jouit, à la naissance, d'une prédisposition à la croyance en Dieu : « *Je n'ai créé les djinns et les hommes que pour qu'ils M'adorent. Je n'attends aucun don de leur part. Je ne désire pas qu'ils Me nourrissent*[21]. » En glorifiant Dieu, l'homme choisit d'être en harmonie avec le reste de la création, qui glorifie Dieu de façon naturelle : « *Les sept cieux, la terre, et tout ce qui s'y trouve célèbrent Ses louanges. Il n'y a rien qui ne célèbre Ses louanges ; mais vous ne comprenez pas leurs louanges*[22]. » Les cinq prières quotidiennes, pilier de l'islam, sont prescrites pour que le croyant organise ses journées sur la base de ce constant rappel de Dieu, afin de renouveler constamment sa connexion avec la divinité.

Certaines religions, on le voit, peuvent attribuer un rôle à l'homme sur terre, et donc un sens à sa vie. Mais d'une manière générale, les motivations du démiurge sont assez obscures. Souvent, l'homme a été créé par hasard ou par accident. Parfois il est créé pour répondre à la grande solitude du dieu, concept que Nietzsche reprendra avec brio : « *Le Dieu ancien, tout à fait "esprit", tout à fait grand prêtre, perfection tout entière, se promène dans son jardin : cependant il s'ennuie. Contre l'ennui, les Dieux mêmes luttent en vain. Que fait-il ? Il invente l'homme, – l'homme est divertissant...*[23] »

C'est cette révélation de l'inanité de la Création que David entend lorsqu'il demande à Holloway les raisons de la création des androïdes (*Prometheus*) :

« [David] — Pourquoi nous avez-vous créés ?

[Holloway] — Parce qu'on pouvait le faire... »

Ainsi, l'Homme n'aurait-il été créé que par amusement, par jeu, par désœuvrement ? Il ne peut s'y résoudre. Mais croire en une mission spécifique, croire qu'on est l'Élu, peut faire courir à la catastrophe. Oram, le capitaine remplaçant du *Covenant*, est un croyant fervent qui pense avoir été mis sur la touche par la compagnie en raison même de sa foi. « *Parce que si on est un homme de foi, la compagnie pense qu'on ne peut pas prendre de décisions rationnelles. On est un extrémiste, un cas social* », déclare-t-il à sa compagne. Il a remplacé au pied levé le commandant Branson, qui a péri dans les flammes purificatrices, en ne laissant derrière lui, comme seul souvenir à sa compagne Daniels, qu'un clou de charpente, symbole christique manifeste. Convaincu d'être élu, mais aveuglé par sa foi, Oram entraîne son équipe vers la mort en abordant, sans les précautions les plus élémentaires, sa nouvelle Terre promise, qui se révélera une planète inconnue et dangereuse. Cet aveuglement fait contrepoint à l'attitude de la communauté de Fiorina-161 (*Alien 3*), qui trouvera dans une foi bâtie dans l'isolement et exempte de tout prosélytisme les ressources nécessaires pour lutter contre le xénomorphe.

LES XÉNOMORPHES : UNE NOUVELLE ESPÈCE, UNE NOUVELLE ALLIANCE

David, l'androïde de confiance de Weyland, n'est pas un humain, malgré ses apparences. Il s'est attribué lui-même le nom de David, l'oint de Dieu, fondateur de la lignée des rois d'Israël et ancêtre du Christ. De sa confrontation quotidienne avec son Créateur, il a conçu un mépris sans bornes pour les humains, mépris qu'il exprime dans la longue scène d'ouverture d'*Alien: Covenant*, en jouant la musique de l'*Entrée des dieux au Valhalla*, dans *L'Or du Rhin* de Wagner : « *Les dieux ont rejeté l'humanité. Ils la trouvent faible, cruelle, avide. Ils quittent donc la terre pour toujours, pour rejoindre leur foyer parfait, dans les cieux, le Valhalla. Mais chaque pas n'est que tragédie, parce que les dieux sont condamnés. Ils mourront dans un feu cataclysmique. Ils sont cependant aussi vénaux que les humains qu'ils ont rejetés. Et leur pouvoir n'est qu'illusion. Ce sont de faux dieux.* » Cette introduction musicale, jouée sous une *Nativité* de Piero della Francesca et devant Weyland assis sur son trône de gloire, donne le ton de la démonstration. Elle est confirmée par l'épitaphe de Weyland prononcée par David à la fin de *Prometheus* : « *Il était humain… totalement indigne de sa création.* »

Malgré son apparence humaine, David a des motivations fondamentalement étrangères à l'humanité. Il veut créer la perfection, et fera tout pour l'obtenir. La disparition de son créateur indigne l'a libéré de ses chaînes : il prendra sa place et engendrera une nouvelle race de créatures dignes de lui. Pour cela il n'hésitera pas à sacrifier les Ingénieurs, auxquels il ne doit rien, les humains auxquels il ne doit plus rien – pas même Shaw, la seule humaine qu'il a su apprécier, voire aimer, et qui lui a sauvé la vie. Par ce meurtre il manifeste sa non-humanité. Tout au plus lui érigera-t-il un mausolée digne de sa mémoire, en reproduisant pour son cénotaphe le célèbre tableau d'Arnold Böcklin, *L'Île des Morts*[24] qui devient alors une métaphore de la disparition de l'humanité tout entière.

Il est totalement fasciné par la création d'une nouvelle espèce, avec qui il veut conclure une nouvelle Alliance : le titre anglais de *Covenant* signifie en effet « Alliance », comme dans l'Arche d'alliance, qui en est la matérialisation (« *Ark of the Covenant* ») et fait directement référence à l'Ancienne Alliance entre Dieu et les hommes, conclue avec Noé après le Déluge et exprimée de nouveau avec Abraham sur le mont Moriah, puis Moïse sur le mont Sinaï. Le titre fait également référence à la Nouvelle Alliance, conclue avec les hommes par l'incarnation du Christ. Rappelons que les termes français usuels d'« Ancien Testament » (la Bible) et de « Nouveau Testament » (les Évangiles) correspondent en fait à « Alliance » et à « Nouvelle Alliance ».

La scène où David est confronté au néomorphe après le meurtre de Rosenthal dans *Alien: Covenant* est une scène qui fait écho à la scène où Ripley est confrontée au Newborn hybride (*Alien, la résurrection*). Les deux créatures sont attentives face à l'être qu'elles ne connaissent pas, mais que confusément elles reconnaissent comme leur maître. Après la possession d'Oram, le capitaine croyant, et l'apparition du xénomorphe, la boucle est bouclée. David a créé un nouvel ennemi, issu de l'homme et qui a pour vocation de le remplacer.

QUI EST L'ENNEMI ? D'UN DIABLE À L'AUTRE

La figure de l'androïde devient alors une vraie figure du mal, et on peut alors se poser la question : qui est le véritable ennemi ? L'Alien, dans sa prédation franche, brutale et instinctive, ou l'androïde, fait à l'image de l'homme mais dont les motivations sont étrangères à l'humanité ? Au fil des films, l'androïde assume une position ambivalente. L'inhumanité de David dans *Alien: Covenant* fait écho à celle de Ash dans *Alien, le huitième passager*. Mais en contrepoint, les androïdes Bishop (*Aliens, le retour*; *Alien 3*), Annalee Call (*Alien, la résurrection*) et Walter (*Alien: Covenant*) font preuve d'une proximité avec les comportements humains qui les rend quasiment indiscernables de l'humanité.

On retrouve dans cette figure ambivalente une autre apparence du Malin; il ne s'agit plus de Belzébuth, mais cette fois-ci d'un autre démon célèbre : Lucifer. Son nom signifie « porteur de lumière » et il est un archange déchu qui, après sa révolte contre Dieu, a été précipité avec ses compagnons rebelles – dont

Belzébuth – en enfer et y est devenu le grand juge du royaume infernal. Il est souvent assimilé à Satan, et Milton en fait l'un des personnages principaux de son poème *Le Paradis perdu*[25]. Notons au passage que le premier titre d'*Alien: Covenant* était *Paradis perdu* (*Paradise Lost*). Il vit sur une montagne qu'il a baptisée la montagne d'Alliance, pour imiter Dieu dont il voulait prendre la place et qui avait dénommé ainsi la montagne où le Messie apparaîtrait.

Lucifer est un archange déchu dont l'appartenance infernale n'a pas été aussi univoque que celle de Belzébuth. Il a même été quelquefois rapproché de Prométhée ! Il est généralement représenté comme un démon de forme humaine et d'une grande beauté, qui fait opposition à la hideur composite de Belzébuth, son compagnon de chute. Lors de la grande humanisation de la figure du diable à la Renaissance, qui a déjà été évoquée ci-dessus[5], Lucifer remplacera peu à peu Belzébuth dans la personnification du Malin.

Au fur et à mesure de la création des films de la saga *Alien*, on assiste au même glissement, qui est indicatif de l'évolution de notre conception du mal. L'ennemi est tout d'abord totalement Belzébuth, étranger, autre, alien, comme dans *Alien, le huitième passager* et *Aliens, le retour*. Puis il s'humanise peu à peu par mélanges génétiques successifs, comme dans *Alien 3* et *Alien, la résurrection*. Enfin, il devient le bras armé d'un ennemi qui nous ressemble, l'androïde-Lucifer, comme dans *Prometheus* et *Alien: Covenant*. Mais le danger n'en est pas amoindri, bien au contraire.

Notre plus grand ennemi n'est-il pas celui qui nous ressemble ?

FABRICE CHEMLA

NOTES

1 Palingène, Le *Zodiaque de la vie* (*Zodiacus vitae*, 1534), texte latin établi, traduit et annoté par Chomarat Jacques, Genève, Droz, 1996 ; le texte cité est repris par Collin de Plancy Jacques Auguste Simon, *Dictionnaire infernal*, 10/18, 1999.

2 *2 Rois*, I : 2-6. Les citations de la Bible sont issues de la Bible Bayard, nouvelle traduction (1998).

3 *Luc* XI : 15 ; *Marc* III : 22 ; *Matthieu* XII : 24.

4 Ce texte décrit la construction par le roi Salomon du Temple de Jérusalem. Salomon a obtenu de Dieu un anneau de pouvoir, grâce auquel il peut invoquer « *le prince et exarque de tous les démons* ». Belzébuth convoque alors devant le roi tous les démons de l'enfer, l'un après l'autre, pour que Salomon puisse décider de les employer à la construtction du Temple ou de les enfermer dans l'anneau. « *Un anneau pour les gouverner tous. Un anneau pour les trouver. Un anneau pour les amener tous et dans les ténèbres les lier* », en somme ! Voir Conybeare, Frederick Cornwallis, « The Jewish Quarterly Review » dans *The Testament of Solomon*, 1898, 11, 1 ;URL : [https://doi.org/10.31826/9781463214395-001].

5 Arasse Daniel, *Le Portrait du Diable*, Arkhè, 2010.

6 Pour une iconographie du diable voir : Graf Arturo, *L'Art du diable*, Parkstone, 2009 ; *L'Ange du bizarre* : Le Romantisme noir de Goya à

Max Ernst, catalogue de l'exposition, Musée d'Orsay, 2013.

[7] Parayre Dominique, « Les cachets ouest-sémitiques à travers l'image du disque solaire » dans *Syria. Archéologie, Art et Histoire*, 1990, 67-2, p. 269 à 314; URL : [https://doi.org/10.3406/syria.1990.7156].

[8] Werbrouck Marcelle, « À propos du disque ailé », *Chronique d'Égypte*, 16 (32), 1941, p. 165 à 171; URL : [https://doi.org/10/1484/j.cde.2.307333]

[9] Gravure relatant un exorcisme public à Laon, 1575; cité dans la référence 5, p. 99.

[10] *Matthieu*, XXVI, 26-28.

[11] Thomas Louis-Vincent, Luneau René, *La Terre africaine et ses religions*, L'Harmattan, 2004.

[12] Numineux : qui se rapporte à l'expérience affective du sacré. Concept introduit par Otto Rudolf, *Le Sacré*, traduit de l'allemand par Jundt André, Payot & Rivages, 2015; voir également Eliade Mircea, *Le Sacré et le Profane*, Folio Essais, 1987.

[13] Cazeneuve Jean, *Sociologie du rite* (Tabou, magie, sacré), Presses universitaires de France, 1971, p. 268 à 269; voir également Eliade Mircea, *Initiation, rites, sociétés secrètes*, Folio Essais, 1992.

[14] Hésiode, *La Théogonie, Les Travaux et les Jours et autres poèmes*, édité par Leclerc Marie-Christine et traduit par Brunet Philippe, Livre de Poche, 1999.

[15] Eschyle, *Prométhée enchaîné : tragédie grecque*, Flammarion, 1964.

[16] Eliade Mircea, *Histoire des croyances et des idées religieuses*, T1, Payot, 1994.

[17] *Genèse*, I, 27-28.

[18] *Genèse*, IX, 1-3.

[19] *Catéchisme catholique*, §293-294.

[20] *Actes des apôtres*, XVII, 26-27.

[21] *Coran*, LI, 56. Les citations sont issues du Coran, traduit par Masson Denise, Gallimard, 1997.

[22] *Coran*, XVII, 44.

[23] Nietzsche Friedrich, *L'Antéchrist / Ecce Homo*, §48, Gallimard, collection « Folio », 1998.

[24] Tableau dont il existe quatre versions, visibles à Bâle, à New York, à Berlin et à Leipzig. Ce tableau a donné lieu à de nombreuses interprétations modernes, dont une de Giger.

[25] Milton John, *Le Paradis perdu*, traduit par de Chateaubriand François-René, en accès libre sur [gallica.bnf.fr].

CHAPITRE_29
COMPLET_100%

AUTRICE
LI-CAM_

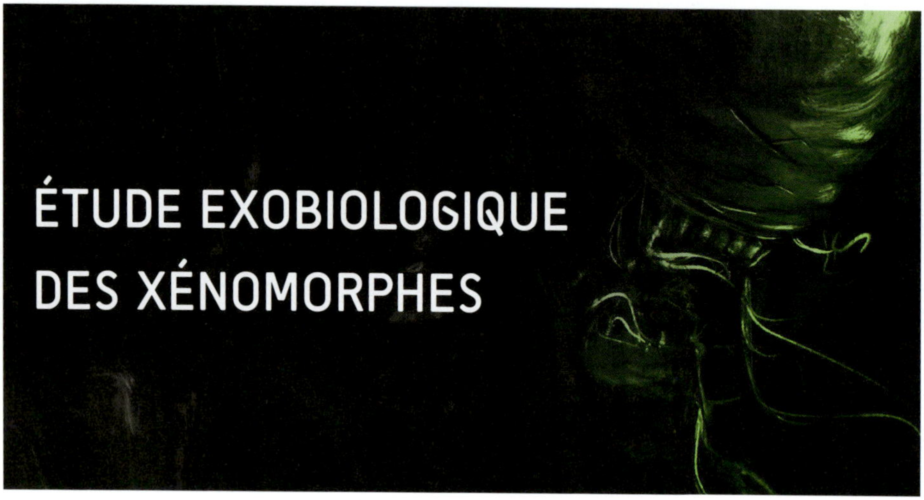

ÉTUDE EXOBIOLOGIQUE DES XÉNOMORPHES

LC_30_

LE PRÉSENT DOCUMENT FOURNIT UNE SYNTHÈSE DE TOUTES LES DONNÉES COLLECTÉES CES DERNIÈRES DÉCENNIES CONCERNANT LA FORME DE VIE EXTRATERRESTRE DÉNOMMÉE XÉNOMORPHE.

DESCRIPTION SOMMAIRE DES XÉNOMORPHES

Malgré un polymorphisme marqué, les xénomorphes présentent des caractéristiques communes.

Hauts de plus de deux mètres, souvent bipèdes et d'allure humanoïde, les xénomorphes sont caractérisés par le volume de leur crâne très allongé à l'arrière. Dépourvus d'organes sensoriels tels qu'un nez, des yeux ou des oreilles, ils arborent une gueule impressionnante s'ouvrant sur une denture acérée d'apparence métallique. Cette gueule disproportionnée occupe tout le « visage ». Les mâchoires renferment une langue elle aussi munie de dents, que le xénomorphe peut projeter rapidement sur sa proie.

La « peau » épaisse, dure comme une carapace, peut être rapprochée des exosquelettes que l'on trouve communément chez les insectes.

Les xénomorphes possèdent des membres allongés (deux bras et deux jambes, ou quatre pattes) et une queue osseuse munie d'un aiguillon qu'ils contrôlent avec autant de dextérité que leurs membres. Cette dernière intervient dans leur mobilité, leur conférant une agilité et une rapidité admirables.

On trouve sur leur dos des excroissances en forme de tuyaux ou de tubes dont nous ignorons l'usage.

Les xénomorphes, malgré leur allure longiligne, sont dotés d'une force physique impressionnante.

L'absence d'organes sensoriels de la vue et de l'ouïe interroge sur la perception qu'ont les xénomorphes de leur environnement.

Spécificité de la reine xénomorphe

Son apparence est très différente de celle des autres xénomorphes; moins humanoïde, elle est de stature beaucoup plus imposante (environ quatre mètres de haut) dotée de quatre bras (dont deux atrophiés), d'une imposante collerette au-dessus du crâne et de terribles mâchoires rétractables.

La physiologie des xénomorphes, quant à elle, résiste à notre compréhension en dépit des nombreuses autopsies et études réalisées.

DE LA PHYSIOLOGIE DES XÉNOMORPHES

L'une des particularités physiologiques les plus remarquables des xénomorphes réside dans leur sang acide capable de percer les métaux les plus résistants en seulement quelques minutes. Ce sang hautement corrosif constitue un système de défense particulièrement performant – blesser ou tuer un xénomorphe, notamment dans l'espace, représentant un danger important pour l'intégrité de la coque des vaisseaux et la sécurité de leurs passagers.

Le xénomorphe peut aussi, depuis une distance considérable, cracher cet acide sur ses victimes, leur laissant peu de chances d'en réchapper.

Ce sang particulièrement corrosif pose la question de son innocuité pour les xénomorphes eux-mêmes et attire l'attention sur leur carapace.

Bien qu'elle soit différente sur le plan chimique, on peut rapprocher cette peau ou cette carapace de la chitine, une substance dure, solide et imperméable, semblable à la cellulose des plantes, qui recouvre le corps des arthropodes. La « super chitine » des xénomorphes, capable de contenir et de résister à l'acide présent dans leurs corps, manifeste des caractéristiques actuellement à l'étude.

Nombre des organes internes des xénomorphes restent énigmatiques. Nous avons néanmoins pu identifier un système cardio-vasculaire et un système nerveux comparables à ceux des mammifères terrestres.

La physiologie des xénomorphes leur permet de subsister dans des milieux extrêmement hostiles, de résister à des températures et à des pressions très basses ou très hautes.

Les xénomorphes peuvent se dispenser de respirer pendant longtemps et sont également très à l'aise sous l'eau.

Il semblerait qu'ils soient capables de survivre quelque temps dans le vide spatial, ce qui témoigne d'une résistance à nulle autre pareille dans le règne du vivant.

Étrangement, les xénomorphes sont vulnérables au feu.

DU SYSTÈME NERVEUX DES XÉNOMORPHES

Parmi les caractéristiques les plus frappantes des xénomorphes, on trouve la taille imposante de leur crâne, très allongé vers l'arrière, un crâne qui renferme un cerveau très volumineux, voire disproportionné si on le compare aux formes de vie que l'on trouve sur Terre.

Un gros cerveau n'est pas forcément synonyme d'une grande intelligence, tout du moins au sens où nous l'entendons, c'est-à-dire une intelligence semblable à la nôtre.

En effet, le cerveau n'est pas uniquement le siège de l'intelligence et de la conscience, il sert aussi à la perception de l'environnement et à la motricité.

L'espèce humaine n'est pas celle qui possède le plus gros cerveau en volume absolu ; d'autres mammifères, notamment les dauphins, sont dotés d'un système nerveux central imposant, dont le volume excède en proportion celui des humains.

Le cerveau des dauphins, par exemple, serait le résultat d'une adaptation à leur milieu de vie difficile nécessitant le traitement rapide d'un volume important d'informations. Les dauphins possèdent une perception de leur environnement qui diffère grandement de la nôtre en raison de sens dont nous ne bénéficions pas. L'écholocation ou écholocalisation, la propagation des ondes acoustiques dans l'eau, leur permet une connaissance précise en trois dimensions et sur de longues distances de leur environnement.

Le gros cerveau des xénomorphes pourrait, comme celui des dauphins, leur permettre d'acquérir une connaissance fine et rapide de leur environnement à travers une perception sensorielle que nous n'avons pas encore identifiée. Par comparaison avec les dauphins, nous pouvons avancer que les xénomorphes acquièrent très vite une bonne connaissance de leur territoire ; ils s'y dissimulent et s'y déplacent facilement, ce qui traduit au minimum une perception sensorielle aiguë et une excellente mémoire. Les prédateurs terrestres connaissent eux aussi très bien leur territoire, mais cela leur prend du temps : ils le parcourent souvent pour prendre et maintenir leurs repères. La moindre modification de leur environnement est perçue comme un danger et est susceptible de les perturber. Tout semble indiquer qu'il en va autrement pour les xénomorphes, qui font montre d'une grande capacité d'adaptation.

L'évolution sur Terre a doté les animaux de toute une palette de sens : la vue, l'ouïe, l'odorat, le toucher, l'écholocation pour les dauphins, etc. Il ne paraît pas inconséquent d'imaginer que d'autres sens inconnus puissent intervenir chez des formes de vie extraterrestres.

En plus de la perception sensorielle, et en lien avec celle-ci, le cerveau ou système nerveux central est également le siège de la motricité. Prenons, par exemple, les pieuvres, qui possèdent neuf cerveaux – un cerveau central et un cerveau moteur pour chacun de leur bras – ; avoir à gérer la motricité d'un nombre aussi important de membres nécessite un système nerveux complexe.

Chez les mammifères, le cervelet situé à l'arrière du crâne, au niveau de l'occiput, joue un rôle essentiel dans le contrôle moteur, la coordination et l'agilité.

Nous savons des xénomorphes qu'ils utilisent leur queue avec une grande dextérité (comme la pieuvre se sert de ses tentacules) ; peut-être cette gestion motrice nécessite-t-elle, elle aussi, un centre moteur plus performant qui expliquerait en partie un volume cérébral plus grand ?

Le cerveau est également le siège de la communication. Chez les humains, une part des capacités cérébrales est dévolue au langage. Nous ne savons pas grand-chose des modes de communication des xénomorphes. Quelques indices nous laissent néanmoins suspecter une communication plus fine que nous le présagions.

Il semblerait que les xénomorphes soient capables de communiquer sur des distances importantes ; une communication dont nous dirons, en l'absence d'autres éléments, qu'elle ressemble à une forme de télépathie.

Nous tenons pour certain que les xénomorphes disposent d'une faculté à communiquer à distance, même si celle-ci reste énigmatique. Cette capacité pourrait expliquer elle aussi le volume impressionnant de leur cerveau.

En outre, les xénomorphes font preuve d'une intelligence ou d'une ingéniosité assez semblable à celles des humains. Les nombreuses tentatives de dressage, bien qu'infructueuses, ont permis de documenter la rapidité d'apprentissage des xénomorphes.

En outre, le clone de Ripley ayant hérité par hybridation des facultés des xénomorphes a appris à parler en seulement quelques jours, ce qui tend à indiquer que les xénomorphes possèdent une intelligence cognitive et associative développée.

Le clone de Ripley, toujours, nous interpelle au sujet des émotions qu'éprouvent les xénomorphes. Nous savons qu'ils sont très protecteurs vis-à-vis de leur progéniture. Il est légitime de s'interroger sur leur sensibilité, ainsi que sur les liens qui les unissent les uns aux autres.

DU COMPORTEMENT SOCIAL DES XÉNOMORPHES

Un seul xénomorphe a décimé l'équipage du *Nostromo* en quelques heures, faisant preuve d'un comportement très agressif rappelant celui de certains prédateurs terrestres. Il se cache et attaque ses proies par surprise comme le font des prédateurs tels que les félins (d'ailleurs, Ripley a comparé le xénomorphe de la colonie minière pénitentiaire de Fiorina 161 à un lion).

Les animaux terrestres, notamment les prédateurs, attaquent soit pour se nourrir, soit pour défendre leur territoire. À première vue, le comportement du xénomorphe du *Nostromo* ressemble à celui d'un prédateur solitaire.

Mais qu'en est-il vraiment ?

Le xénomorphe tue-t-il pour se nourrir ? Ou poursuit-il un autre objectif ?

Le comportement du xénomorphe du *Nostromo* n'est pas représentatif. De nombreux rapports indiquent que les xénomorphes ne sont pas les prédateurs solitaires auxquels nous nous attendions, mais plutôt les représentants d'une espèce sociale que l'on ne peut pas qualifier de prédatrice au sens strict.

Nombre de rapports décrivent en détail des lieux profondément transformés, constitués d'imposantes galeries faites d'une matière d'apparence biologique ressemblant à de l'os. Ces structures sont érigées par les xénomorphes à l'aide d'une sécrétion résineuse pour répondre à leurs besoins ou à ceux de leur progéniture (à noter qu'il fait plus chaud et plus humide dans ces lieux).

Les xénomorphes adaptent leur environnement, ils construisent des galeries et d'autres structures pour réguler la température et l'humidité du milieu, comme le font les insectes eusociaux, tels que les termites ou les fourmis, qui échafaudent eux aussi d'imposantes structures souterraines ou érigées hors de terre.

La ressemblance comportementale ne s'arrête pas là.

Toute intrusion dans l'habitat des xénomorphes constitue une agression. Il s'agit d'un comportement défensif observable chez beaucoup d'êtres vivants. En cela, le comportement des xénomorphes n'a rien de particulièrement agressif.

Les insectes eusociaux comme les termites et les fourmis défendent ardemment leur habitat, dans lequel se trouvent les œufs, les larves ou les nymphes et la reine. Toute intrusion est considérée comme une menace pour la colonie entière. Les fourmis, comme les xénomorphes, sécrètent un acide, l'acide formique, qui leur permet de se défendre en cas d'agression.

Un grand nombre d'études décrivent également des sortes d'incubateurs, des lieux où les humains sont réunis en présence d'œufs afin de servir d'hôtes à la progéniture des xénomorphes. Les corps receveurs sont pris dans la résine, attendant que les œufs s'ouvrent pour libérer le *facehugger* (l'étreigneur de visage), un intermédiaire d'infection dont nous traiterons plus loin.

Les humains, en attendant d'être infectés, sont endormis. Nous ignorons ce qui les maintient dans un sommeil profond. Peut-être s'agit-il d'une substance psychoactive présente dans la résine ou d'un venin que leur auraient inoculé les xénomorphes lors de leur capture ?

Ces éléments tendent à indiquer que les xénomorphes ne sont pas des prédateurs au sens commun et qu'ils ne se nourrissent pas de leurs proies, celles-ci servant un autre but.

Comme chez les insectes eusociaux, notamment les termites, la colonie est organisée autour d'un individu à l'apparence très différente de ses congénères.

Chez les insectes eusociaux, on parle de polymorphisme, certains individus, notamment les reproducteurs, présentant des caractéristiques spécifiques. Chez les termites, la reine est beaucoup plus imposante et dotée d'un abdomen disproportionné par rapport au reste de son corps : une véritable usine à œufs qui l'empêche de se déplacer. Incapable de se nourrir par elle-même, elle est complètement dépendante des autres termites. Elle peut pondre jusqu'à 250 millions d'œufs au cours de sa vie, qui dure une cinquantaine d'années. Une fois qu'elle a été fécondée, la ponte est sa seule activité. La reine termite est plus imposante et vit beaucoup plus longtemps que les ouvriers ou les soldats, qui veillent à son confort.

Chez les termites comme chez les fourmis, le polymorphisme engendre également d'autres castes : les ouvriers et ouvrières qui ont la charge de l'entretien de la termitière ou de la fourmilière et le nourrissage des larves et de la reine, ainsi que les soldats qui défendent la colonie.

Nous ignorons comment sont organisées les colonies de xénomorphes ; il semblerait que le polymorphisme n'implique que les reproducteurs.

À la différence de la reine termite dont le volumineux abdomen, en gênant ses mouvements, la rend très vulnérable, la reine xénomorphe peut se séparer du sien pour protéger ses œufs d'un éventuel agresseur, par exemple.

DU CYCLE DE VIE DES XÉNOMORPHES

La croissance du xénomorphe à l'intérieur de l'hôte est très rapide, mais elle est sans commune mesure avec cette même croissance en dehors de l'hôte. Le xénomorphe atteint sa stature d'adulte quelques heures après s'être extirpé du corps de l'hôte.

Beaucoup d'organismes vivants terrestres opèrent eux aussi des mues : on en trouve chez les insectes et chez les serpents notamment, mais aucune de ces formes de vie ne bénéficie d'une croissance aussi fulgurante.

Cette rapidité de croissance soulève de nombreuses questions, dont beaucoup restent sans réponse. Nous avons constaté que le xénomorphe n'a pas eu besoin de se nourrir pour atteindre sa taille adulte, et ce en quelques heures seulement. Nous pouvons même suspecter que les xénomorphes ne dévorent pas leurs proies, voire qu'ils ne se nourrissent pas du tout.

Si tel est le cas, quelle énergie utilisent-ils pour mener cette croissance éclair? Nous n'avons pas de réponse à cette question. Tout ce que nous pouvons dire, c'est que la croissance accélérée des xénomorphes doit à n'en pas douter consommer énormément d'énergie. Nous ne pouvons qu'émettre des hypothèses dont aucune ne nous paraît satisfaisante. Peut-être le xénomorphe a-t-il stocké l'énergie nécessaire lors de son développement dans le corps de l'hôte? Peut-être l'énergie était-elle contenue dans le *facehugger*? À moins que les xénomorphes ne soient capables de générer par eux-mêmes, en toute autonomie,

l'énergie nécessaire à leur croissance – ce qui paraît pour le moins extraordinaire.

À la différence des mammifères, et notamment des humains, les xénomorphes atteignent l'âge adulte très rapidement. En accélérant au maximum leur phase de croissance, les xénomorphes suppriment la vulnérabilité inhérente à cette période de la vie.

Nous n'avons pas d'indications quant à l'espérance de vie des xénomorphes ; il se pourrait que l'énergie nécessaire à leur croissance éclair entame grandement leur longévité.

Par comparaison avec les insectes eusociaux, nous pouvons émettre l'hypothèse que la longévité des xénomorphes soit limitée en comparaison de celle de leur reine.

En outre, la phase de vieillissement, source de vulnérabilité, pourrait elle aussi être absente.

Nous avons été amenés à constater que les xénomorphes passent beaucoup de temps à dormir (comme beaucoup de prédateurs terrestres qui dépensent énormément d'énergie pour la chasse).

Force est de constater que nous possédons peu d'éléments concernant le cycle de vie des xénomorphes à l'âge adulte.

La première phase de croissance du xénomorphe se fait à l'intérieur de l'hôte, ce qui ressemble au cycle de vie des parasites, mais le mode de reproduction des xénomorphes l'éloigne des simples parasites.

À l'instar des insectes sociaux, le gros de l'activité des xénomorphes s'articule autour de la reproduction, un mode de reproduction unique que nous ne pouvons comparer à rien de connu sur Terre. Ce mode de reproduction complexe et d'une redoutable efficacité constitue l'une des principales caractéristiques de l'espèce.

DE LA REPRODUCTION INTERSPÉCIFIQUE DES XÉNOMORPHES

Description du cycle de reproduction

Le cycle de reproduction des xénomorphes combine plusieurs phases.

La reine pond une multitude d'œufs. La présence d'œufs laisse présager une forme de vie ovipare, mais dans ce cas l'œuf devrait permettre le développement et la croissance d'un animal « définitif ». Or chez les xénomorphes, l'œuf libère un intermédiaire, le *facehugger*, qui consiste en deux séries de pattes arachnéennes, un corps formé de deux bourses, et une queue qu'il peut enrouler autour du cou d'un hôte.

Ce cycle de reproduction comportant un œuf renfermant un intermédiaire mobile, capable de plonger un homme dans le coma, et visant à son infection, n'a pas d'équivalent parmi les formes de vie que l'on trouve sur Terre.

En se libérant, le *chestburster* (l'exploseur de torse), la forme larvaire du xénomorphe, tue systématiquement son hôte.

Nous avons donc une reine, capable de pondre des milliers d'œufs (peut-être plus) qui, au lieu d'éclore, s'ouvrent pour libérer un intermédiaire mobile dont la durée de vie est limitée, et dont l'unique raison d'être est l'infection d'un hôte.

Le mode ovipare (la présence d'œuf) permet sans doute à l'espèce d'assurer sa survie en l'absence d'hôte à infecter, et ce pendant des décennies. Cette phase de latence dans le cycle reproductif est à mettre en parallèle avec une phase parasitique qui, elle, évolue rapidement pour donner une larve d'une taille importante – près de cinquante centimètres – lorsqu'elle s'extrait du corps de l'hôte.

Les hôtes endormis et prisonniers de la résine peuvent attendre plusieurs heures l'ouverture d'un œuf.

Comment l'œuf détecte-t-il la présence d'un hôte ?

Les œufs ne s'ouvrent que lorsque le futur hôte se met à bouger ou à crier. Peut-être l'œuf, ou le *facehugger* qu'il contient, est-il sensible aux mouvements, aux bruits ou aux vibrations ?

Le *facehugger* se caractérise, outre par sa rapidité, par sa force. Il est impossible, pour un hôte, de le retirer une fois qu'il s'est accroché à son visage.

La durée de développement au sein de l'hôte varie selon les xénomorphes. De quelques heures pour les xénomorphes communs, elle peut atteindre plusieurs jours pour une reine. Ripley aurait porté une reine xénomorphe durant plusieurs jours avant que celle-ci ne s'extraie de son corps.

Ce cycle de reproduction, sans équivalent sur Terre, ne peut pas recevoir de dénomination scientifique.

Cela dit, la particularité la plus remarquable de l'espèce consiste dans la génétique associée à sa reproduction.

Implication génétique du mode de reproduction des xénomorphes

L'utilisation d'hôtes pour la reproduction de l'espèce et la croissance des larves rapproche davantage les xénomorphes des parasites que des prédateurs, mais cette comparaison est bousculée par ce que nous savons de la génétique impliquée dans leur reproduction.

Non sans émettre quelques réserves quant à cette désignation, nous sommes tentés de qualifier les xénomorphes de pseudo-hybrides en vertu d'un processus reproductif ayant des implications complexes sur le plan génétique.

Les xénomorphes issus d'humains sont bipèdes, ils attaquent par surprise, et ils font montre d'une certaine forme d'intelligence.

Nous avons connaissance d'un xénomorphe issu d'un chien, se déplaçant rapidement, plus volontiers à quatre pattes, ne présentant pas d'excroissances dorsales, et traquant ses proies en empruntant des souterrains – cette façon de se déplacer et de chasser se rapprochant de celle des canidés.

Ces éléments démontrent que les xénomorphes ne se servent pas de leurs hôtes uniquement pour se développer lors de leur première phase de croissance, mais empruntent également une partie de leurs caractéristiques phénotypiques, et donc une part de leurs gènes, ce qui les éloigne définitivement des parasites terrestres.

La mitose permet la division des cellules, une cellule se divisant pour créer deux cellules identiques à la première ; il s'agit du processus à l'œuvre lors de la croissance et de la régénérescence des organismes vivants.

Avec les xénomorphes, nous ne sommes pas en présence d'une simple croissance d'un parasite à l'intérieur de son hôte puisque ceux-ci empruntent aussi certaines de ses caractéristiques.

La reproduction sexuée qui permet ce type d'échange de caractéristiques à travers la méiose implique des gamètes, un ovule et un spermatozoïde, qui ne contiennent que la moitié du patrimoine génétique de la génitrice et du géniteur. Lors de la méiose, les gènes sont mélangés de façon aléatoire pour donner un individu différent de ses parents.

Pour que la méiose soit possible, il est nécessaire au minimum que les cellules impliquées possèdent le même nombre de chromosomes. L'espèce humaine comporte 46 chromosomes répartis en 23 paires, et les chiens 78 chromosomes répartis en 39 paires ; toute méiose est donc impossible.

Par conséquent, nous ne sommes en présence ni d'une mitose de croissance d'un parasite ni de la méiose du processus de reproduction sexuée.

Les tentatives de clonage à partir d'une goutte de sang de Ripley ont donné un clone de Ripley et un clone de la reine xénomorphe. Les différentes expériences ratées de clonage qui ont débouché sur des hybrides monstrueux témoignent de la forte intrication des deux espèces, et ce, pas uniquement dans le xénomorphe à naître, mais dans le sang de l'hôte.

Quant à la reine clonée, hybride de xénomorphe et d'humain, après un premier cycle de reproduction identique à celui des xénomorphes, elle a entamé un second cycle vivipare, accouchant comme une femelle mammifère d'un hybride plus proche de l'humain.

Nous avons vu préalablement que le xénomorphe issu d'un chien présente des caractéristiques différentes de celui engendré à partir d'un hôte humain. Nous avons également appris l'existence d'un xénomorphe issu d'un Yautja (également connu sous le nom de Predator) présentant une mâchoire à quatre mandibules mobiles comme son hôte. Nous sommes donc en droit de penser que, tout en conservant les caractéristiques propres à l'espèce, les xénomorphes présentent une variabilité anatomique et donc génétique assez importante en fonction des hôtes utilisés pour la reproduction.

Peut-on pour autant qualifier les xénomorphes d'hybrides ?

L'espèce présente une uniformité importante quels que soient les hôtes. Nous sommes plutôt en présence d'une espèce parasitique dont le cycle de reproduction implique une phase mal connue d'hybridation ou de recombinaison génétique limitée et sans doute sélective.

Dans un rapport parcellaire, nous avons eu connaissance d'une substance mutagène d'origine biologique découverte par David sur LV 223. Lorsque des formes de vie entrent en contact avec cette substance, celle-ci engendre un processus de mutations qui semble assez anarchique et aboutit à une maladie de type cancer.

Néanmoins, la docteure Elizabeth Shaw, après avoir été infectée, a extirpé de son corps une forme de vie ressemblant à un calmar, entourée d'un placenta et alimentée par un cordon ombilical. Cette forme de vie à la croissance éclair s'est ensuite comportée comme un gigantesque *facehugger* en présence d'un ingénieur. Cet hôte a donné naissance à un xénomorphe assez différent de ceux que nous avons évoqués jusqu'à maintenant, un xénomorphe complètement formé qui n'a pas eu à passer par un stade larvaire.

Dans l'un des nombreux rapports à notre disposition, nous avons également appris que des colons avaient été contaminés par des spores libérées par des sortes de champignons. Dans ce cas, la durée d'incubation paraît encore plus réduite, et les néomorphes - terme employé pour décrire ce nouveau stade évolutif, entre le *chestburster* et le xénomorphe adulte - s'extirpent du corps de leur hôte par son torse ou son dos, complètement formés et eux aussi entourés d'un placenta.

Dans le même rapport, il est indiqué que l'un des colons a été contaminé via des œufs contenant un *facehugger*, et qu'il a donné naissance à un xénomorphe que nous qualifierons d'habituel.

En prenant toutes les précautions idoines, nous pouvons émettre l'hypothèse selon laquelle les *facehuggers* contiendraient une substance, que nous qualifierons de pseudosemence, possédant des capacités recombinantes, en mesure d'opérer sur n'importe quelle cellule de l'organisme.

Nous ignorons si la substance mutagène créée par les ingénieurs aboutit toujours au terme d'un processus encore inconnu aux xénomorphes habituels ou si ceux-ci ont été conçus par David.

En tout état de cause, il semblerait que les xénomorphes aient conservé au gré de leur évolution des attributs de la substance mutagène à leur origine.

En dépit des nombreux rapports rédigés à ce sujet, le processus de reproduction parasitique interspécifique des xénomorphes reste obscur et s'inscrit dans un questionnement plus vaste concernant la fabrique même du vivant.

LI-CAM

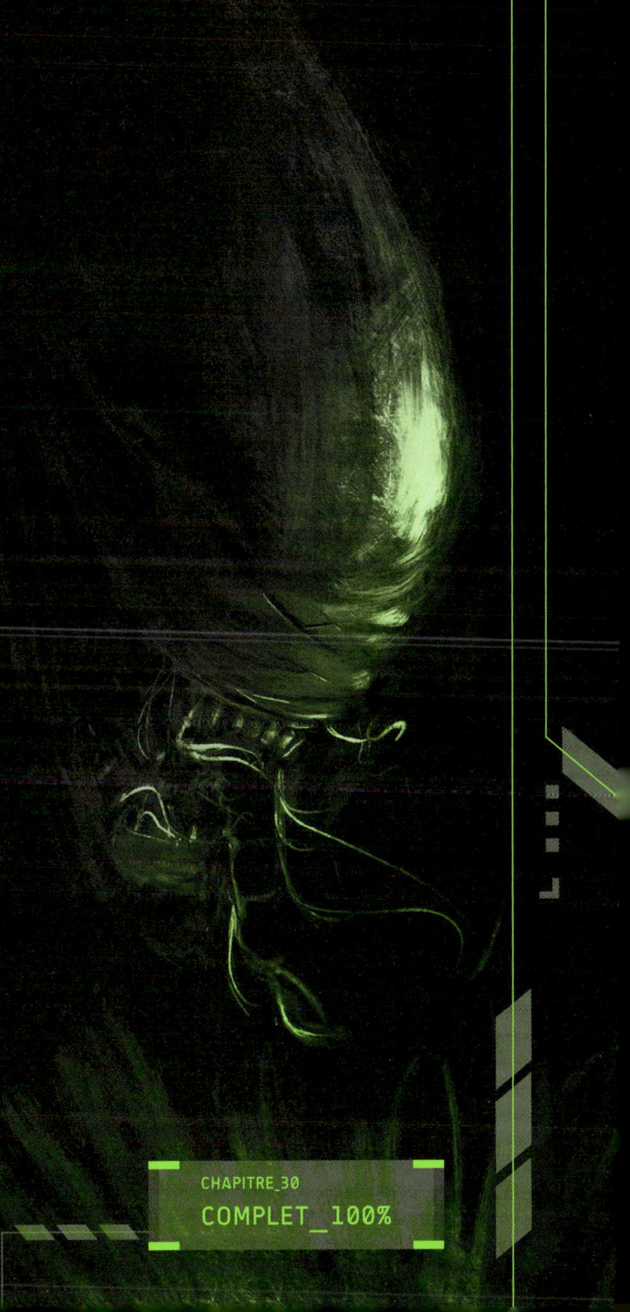

CHAPITRE_30
COMPLET_100%

AUTRICE

ÉLISE THIÉBAUT_

DANS LA MATRICE DE L'ALIÉNATION, PERSONNE NE VOUS ENTENDRA CRIER

ET_31_

J'AVAIS 17 ANS – ET ON SAIT DEPUIS RIMBAUD QU'ON N'EST PAS SÉRIEUX QUAND ON A 17 ANS –, ET UN BEAU SOIR, LOIN DES BOCKS ET DE LA LIMONADE, DES CAFÉS TAPAGEURS AUX LUSTRES ÉCLATANTS, ON VA SOUS LES TILLEULS VERTS DE LA PROMENADE.

Ou alors on va au cinéma et *Alien* nous saute à la figure en même temps qu'on tombe amoureuse d'un homme plus âgé qui pourrait bien être, sous son masque de séducteur, la fameuse créature. *Alien* dit ce danger, d'abord : être enfermée dans un vaisseau fantôme, comme Ripley, l'héroïne jouée par l'impeccable Sigourney Weaver. Mais là l'enfermement est double : à la fois véhicule spatial et corps humain désirant, féminisé par l'adolescence. Proust faisait dire à Odette : « L'amour, cette blague ! » Le créateur d'*Alien* nous le susurre plus brutalement : « La vie ? Une maladie sexuellement transmissible, incurable et mortelle à 100 %. »

On ne le souligne pas assez, mais le sexe au début fait penser à la mort. Je souffrais, à cet âge qu'on disait tendre, d'un virus appelé « la maladie de langueur des jeunes filles » ou « maladie du baiser ». Comme souvent les infections à virus, cette mononucléose (puisque vous tenez à connaître son vrai nom) avait abaissé mes défenses immunitaires, causant une dépression insomniaque. Je me réveillais au cœur de la nuit, la gorge en feu, persuadée que la mort m'attendait dans la cage d'escalier. Je faisais toujours le même rêve : un serpent venait dans ma gorge écrire des mots obscènes, exactement comme la protubérance qui entre dans la gorge de Kane avec le *facehugger*. Et quand, par hasard, il ne le faisait pas, c'était un autre animal archaïque qui venait me dévorer dans mon sommeil : le requin des *Dents de la mer* (*hi mom!*), le film de Spielberg sorti quatre ans plus tôt à cause duquel je cessai instantanément de nager au large de la plage où j'avais grandi. Les scénaristes d'*Alien*, O'Bannon et Shusett, pitchaient d'ailleurs le projet *Alien* aux producteurs comme « *Les Dents de la mer* dans l'espace ».

Un soir, à cause de mes cauchemars, de la mononucléose et d'une odeur bizarre, je me suis réveillée alors que mon immeuble était en feu. Ma dépression virale a sauvé ma famille, et je revois encore ma mère en chemise de nuit avec un dossier qui contenait ce qu'elle appelait ses « papiers précieux », c'est-à-dire son dossier Assédic et de vieux documents attestant qu'elle possédait des terrains du côté de Martigues, où on avait retrouvé des ruines témoignant de la présence, sur ce lieu précis, de ce qui était la plus ancienne cité lacustre de France. Tout le monde se moquait d'elle à cause de ces vieilleries notariales. Il se trouve qu'elle a fini par les vendre à la mairie, avant de mourir. J'ai hérité avec mon frère de cet argent modeste qui disait mon ancrage dans la région depuis le paléolithique. Si c'est pas de la pure souche, ça, je me demande ce que c'est d'autre. Prends ça dans ta face, Éric Zemmour. Au lendemain d'une séquence électorale désastreuse pour le fondateur de Reconquête, mouvement populiste et suprémaciste, il ne serait pas élégant de tirer sur l'ambulance. Mais il faut reconnaître que la sentence de Bertolt Brecht à propos du fascisme convient bien à cet avatar monstrueux de notre époque : « Le ventre est toujours fécond, d'où sort la bête immonde ! »

Les forces chtoniennes à l'œuvre dans *Alien* puisent dans les mythes les plus antiques. Et il n'est pas indifférent qu'elles aient surgi au moment où la contraception et l'interruption volontaire de grossesse se généralisaient en Occident. C'était une révolution anthropologique sans précédent connu. Une rupture dans le cours du patriarcat éternel, que certaines commençaient à remettre en cause. Françoise d'Eaubonne, qui avait écrit *Le Féminisme ou la mort* en 1974, puis *Les Femmes avant le patriarcat* en 1976, et enfin *Les Bergères de l'Apocalypse* en 1977, avait été parmi les premières à questionner le caractère incontournable de la suprématie masculine. Elle prédisait à raison des contrecoups violents à cette libération procréative qui ébranlait le pouvoir mâle ou ce qu'elle appelait aussi élégamment « le lapinisme phallocratique ». L'élection de Donald Trump en 2017 et la décision de la Cour suprême des États-Unis d'interdire l'avortement en 2022 sont dans la lignée de ce masculinisme fasciste qu'on continue à ignorer pour traquer le *woke* et l'islamo-gauchiste dans les chaumières.

Why? criait un poster dans ma chambre d'ado, montrant un soldat tombant sous les balles, en pleine guerre du Viêtnam.

On disait encore sans rire : « Faites l'amour, pas la guerre. » Mais les États-Unis avaient déversé 80 millions de tonnes d'agent orange au Viêtnam entre 1961 et 1971. En raison de la présence de dioxine dans ce défoliant qui appartenait à la série des herbicides « arc-en-ciel » (parce qu'ils avaient chacun une couleur différente), les soldats américains et, surtout, la population vietnamienne ont payé dans leur chair le prix de l'impérialisme. Outre les cancers, l'agent orange a entraîné un grand nombre de malformations fœtales en raison de son caractère tératogène. Les visages et les corps déformés des enfants nés parce que leurs parents ont fait l'amour pendant la guerre continuent de nous hanter, comme les visages difformes des clones de Ripley dans *Alien, la résurrection*. On évalue à 100 000 le nombre d'enfants concernés par cette tragédie, jusqu'à aujourd'hui. Et les épandages ont empoisonné 20 % de la jungle et 400 000 hectares de zones agricoles. Les affiches dans ma chambre d'ado ou la photo de la petite fille nue courant pour échapper aux bombes déréalisent, romantisent l'horreur pourtant bien réelle, oubliée pourtant. La réplique infinie des images transforme un fait en légende : c'est ça, la force d'un cinéma. Et c'est cette fiction, finalement, qui me rappelle à la réalité.

Les mythes, quels qu'ils soient, opèrent un mélange entre des réalités de la vie et de la mort. Alors que la guerre du Viêtnam se terminait, le contrôle de leur corps et de leur fécondité par les femmes a libéré des imaginaires multiples et souvent contradictoires, révélant l'angoisse d'un pouvoir confisqué, et la vieille fascination pour la toute-puissance maternelle, dont on craint la revanche après les horreurs qu'on lui a infligées. Il n'est pas indifférent que l'ordinateur de bord dans *Alien* s'appelle « Mother », « Mère » (et non « Maman ») : c'est la réincarnation forcément maléfique (le point de vue du film reste patriarcal de bout en bout) de la déesse mère qui a régné durant des siècles. Ripley est son jouet, son oursonne ainsi qu'on appelait les disciples de la grande et redoutable Artémis. Sa passion pour le chat du vaisseau rappelle son empathie, mais aussi cette folie enfantine qu'on a envers les animaux, les peluches, et plus largement tous les objets transitionnels. La mauvaise « Mother » abandonne ses enfants à l'Univers et les avorte ou les multiplie de façon monstrueuse, ce qui est la même chose. En donnant d'une certaine façon les clés du vaisseau à l'Alien, et en abandonnant l'équipage, elle se comporte en Lilith : ce personnage de la Bible, qui précède Ève dans le récit de la Genèse, a refusé de rester sous Adam durant l'amour. Elle a donc été bannie et déchue, condamnée à donner naissance à des enfants qui mouraient sans fin, et qu'elle mettait sans fin au monde.

Parce que, figurez-vous, en dessous de nos pensées, de nos actes, de nos créations éphémères réside toujours le mythe, et comme le disait (encore) Françoise d'Eaubonne : « Tant que le mythe contredira la loi, c'est le mythe qui gagnera. »

La loi Veil sur l'interruption volontaire de grossesse est entrée en vigueur le 17 janvier 1975, trois mois avant mon treizième anniversaire et mes premières règles. Les opposants à l'IVG tentaient par tous les moyens de nous faire prendre des fœtus pour des lanternes. *Alien* m'évoque encore aujourd'hui ces images de bébés ensanglantés qui étaient agitées sous le nez des féministes pour les dissuader d'avorter. Vingt ans pile avant ma naissance, en 1942,

Marie-Louise Giraud, surnommée « la faiseuse d'anges », avait été guillotinée pour avoir aidé des femmes à avorter, pendant que des millions de personnes mouraient dans les camps de concentration.

Je vais être franche, à défaut d'être correcte : j'ai reçu *Alien* comme une éjac' faciale. Le personnage de cette aliénation, c'est exactement celui d'un embryon dont on ne veut pas à l'intérieur de soi. Il y a en moi la mémoire de tous les enfants qu'on n'a pas voulus, qu'on a perdus, dont on a essayé de se débarrasser au péril de sa propre vie. Normalement, l'utérus gestant devrait expulser ce corps étranger. Mais, dans la grossesse, il se produit un phénomène étrange : la biologie crée un intermédiaire *entre* le fœtus et la personne gestante (oui, j'aime bien ce mot bizarre, car à mon avis on peut être mère sans avoir porté d'enfant, et vice versa).

Dans certaines cultures, le placenta – puisque c'est de lui qu'il s'agit – fait l'objet d'une vénération particulière. On l'enterre au pied d'un arbre au Soudan. On le mange en Chine, où la soupe au placenta est cuisinée par 10 % des femmes qui viennent d'accoucher. La plupart des mammifères, même ceux qui sont herbivores, dévorent ce gros steak saignant avant de revenir à leur nourriture habituelle, parce qu'il favoriserait, nous disent les éthologues, la lactation et le rétablissement de la parturiente.

Ripley, dans *Alien*, est une femme et son prénom est Ellen, mais il faut attendre le deuxième film pour le savoir. Ce personnage qui a tant marqué son époque en incarnant pour la première fois une héroïne de science-fiction emblématique est désigné par son nom de famille, comme un homme. Il était d'ailleurs prévu dans le scénario original que Ripley en soit un, et c'est presque à la dernière minute qu'elle s'est retrouvée genrée au féminin, sous l'impulsion, semble-t-il, de Ridley Scott.

Je ne peux m'empêcher en pensant à ce nom au roman de Patricia Highsmith datant de 1955, *Monsieur Ripley* (*The Talented Mr. Ripley* en anglais), imposteur sublime plusieurs fois adapté à l'écran, dont l'ambiguïté sexuelle a ému toutes celles et tous ceux qui, au début des années 1960, ne savaient pas que le genre *queer* serait un jour un truc qui donnerait lieu à des floppées de films et de séries cool. Rappelons l'intrigue : M. Ripley assassine un homme et usurpe son identité, d'une façon qui paraît vaguement le fruit d'un désir homosexuel inavoué, dont l'issue ne pourrait être que la mort. Patricia Highsmith, autrice elle-même lesbienne, antisémite, raciste et misogyne, avait un talent certain pour révéler la noirceur de nos mondes. Je reste persuadée que le nom de Ripley lui a été dérobé inconsciemment lors de l'écriture du scénario. Et *si non e vero, e ben trovato*, comme on dit en Italie.

La figure du monstre est aussi la crainte obscure d'une identité sexuelle trouble, terreur ultime d'un monde patriarcal qui se nourrit de la binarité comme l'ogre se nourrit de petits enfants. C'est pourquoi *Alien* m'évoque aussi les Gorgones, ces créatures mythologiques qui avaient le pouvoir de pétrifier leurs ennemis. La chevelure de serpents, ornant le crâne de l'horrible Méduse, repousse chaque fois qu'on la coupe, comme les pousses aliénantes du film, qu'on ne parvient jamais à éradiquer. Une légende dit que leur sang était double : si on le prenait sur le côté droit de la Gorgone, il pouvait sauver la vie ; si on le prenait sur le côté gauche, il était un poison mortel. Cette ambivalence marque *Alien*, qui possède un pouvoir de fascination inégalé, en raison même de cette contradiction insoluble. Peut-être est-ce le moment de rappeler que les mots « fascisme » et « fascination » ont la même origine : le faisceau, la lumière vive qui a le pouvoir de détruire à la façon d'un sabre. Le faisceau est aussi l'emblème de Lucifer (celui qui porte la lumière) et nous rappelle les flammes de l'enfer. La seule façon de tuer l'Alien est d'ailleurs le lance-flammes. Cherchez l'horreur.

À Hollywood, les productions restent majoritairement centrées sur des personnages masculins, tandis que les femmes (et les personnes noires) n'y jouent au mieux que les utilités. C'est notamment ce que démontre le test créé en 1985 par la dessinatrice Alison Bechdel, qui juge l'intérêt d'un film à ces trois critères :

Il doit y avoir au moins deux femmes nommées (nom et prénom) dans l'œuvre ; qui parlent ensemble ; et qui parlent de quelque chose qui est sans rapport avec un homme.

En 2021, 57,6 % des films remplissaient ces critères. En 1979, *Alien* est donc particulièrement novateur. Il y a en effet deux femmes. Qui parlent ensemble. Et qui parlent de quelque chose qui est sans rapport avec un homme. À moins, bien sûr, de considérer que l'Alien est un mec. Mais au fond, rien n'est moins sûr (et c'est pareil avec la plupart des êtres humains : la binarité de genre, c'est tellement surfait !). Et si on ne s'attarde pas trop sur le fait qu'il et elle seront sacrifiés sans pitié.

L'autre personnage féminin d'*Alien*, Joan Marie Lambert, interprété par Veronica Cartwright, est en effet une caricature du genre, qui pousse des hurlements stridents et meurt donc fatalement, tout comme le technicien noir, Dennis Monroe Parker, interprété par Yaphet Kotto, qui, après avoir râlé sur les mauvaises conditions de travail, va plus ou moins se sacrifier pour l'héroïne blanche, j'ai nommé notre chère Ripley. On ne peut que s'interroger sur le rebondissement qui fera, dans l'épisode 2, *Aliens, le retour*, de Lambert une personne trans. Cela confirme en tout cas mon impression que le sujet du film est l'inquiétante étrangeté du sexe, cet animal de reproduction qui « ne connaît jamais jamais de loi », et auquel on ne peut jamais échapper.

Mais la puissance dramatique d'*Alien* restera quand même cette transgression ultime : une femme puissante et intelligente qui a raison, seule contre tous, sans perdre ce qu'on pourrait appeler « son humanité ». Une révolution qui tient à l'ambiguïté de départ, puisque, rappelons-le, le sexe des personnages n'était à l'origine pas déterminé (ou plutôt ils étaient déterminés « par défaut » au masculin).

Notons que ce choix était aussi à l'origine, plus de vingt ans plus tard, de l'iconique série *Grey's Anatomy* créée par la showrunneuse Shonda Rhimes, où les personnages n'avaient pas, dans le scénario initial, de genre ou de couleur de peau tout à fait arrêtés. C'est encore à Shonda Rhimes qu'on doit *La Chronique des Bridgerton*, série dans laquelle de nombreux acteurs et actrices de couleur jouent des personnages qui ne sont pas des esclaves, des servantes ou des repris de justice, mais des comtes, des comtesses, des reines et des marquis dans un temps passé à la réalité magnifiée et improbable.

C'est sûrement en raison de cette incertitude primitive sur le genre dans le scénario que le personnage fonctionne si bien. Il n'est pas limité par des préjugés, des stéréotypes. Et la façon dont Sigourney Weaver s'est saisie de Ripley rend la chose encore plus troublante.

Car évidemment, même en 1979, personne ne peut oublier que Ripley est « une feeeem-mmme » comme le bramait Michel Sardou dans son tube : « Femme des années 80, mais femme jusqu'au bout des seins, ayant réussi l'amalgame, de l'autorité et du charme. » La référence vaut son pesant de « boomitude », et Sigourney deviendra l'archétype de cette *working girl* qu'elle jouera dans le film du même nom en 1988. Inconnue avant *Alien*, Ellen alias Sigourney alias Susan (son vrai prénom dans la vraie vie, si toutefois une chose pareille existe) éclate dans son ensemble T-shirt/culotte en coton face à un Alien qui s'en bat manifestement la couenne.

Elle n'est pas sexy, Sigourney. Elle n'est pas fragile. Elle n'est pas non plus une superwoman, contrairement aux rôles qu'on lui fera jouer jusqu'à plus soif. Elle fait ce qu'elle peut avec ce qu'elle a. C'est-à-dire pas grand-chose, et c'est bien ce qui nous la rend si familière. Quand je la vois se faire rabrouer par le capitaine, qui choisit de laisser entrer son pote contaminé dans le vaisseau malgré le risque qu'il fait prendre à tout l'équipage, quand je la vois ronger son frein face à ses collègues, et faire face à l'Alien avec toute la détermination dont elle est capable, je me rends compte qu'elle est mon anti-héroïne à moi. *Alien*, c'est le masque de notre aliénation qui tombe brusquement, pour nous révéler l'horreur de nos existences.

Un coup de lance-flammes, et il n'y paraîtra plus. Ou bien ?

ÉLISE THIÉBAUT

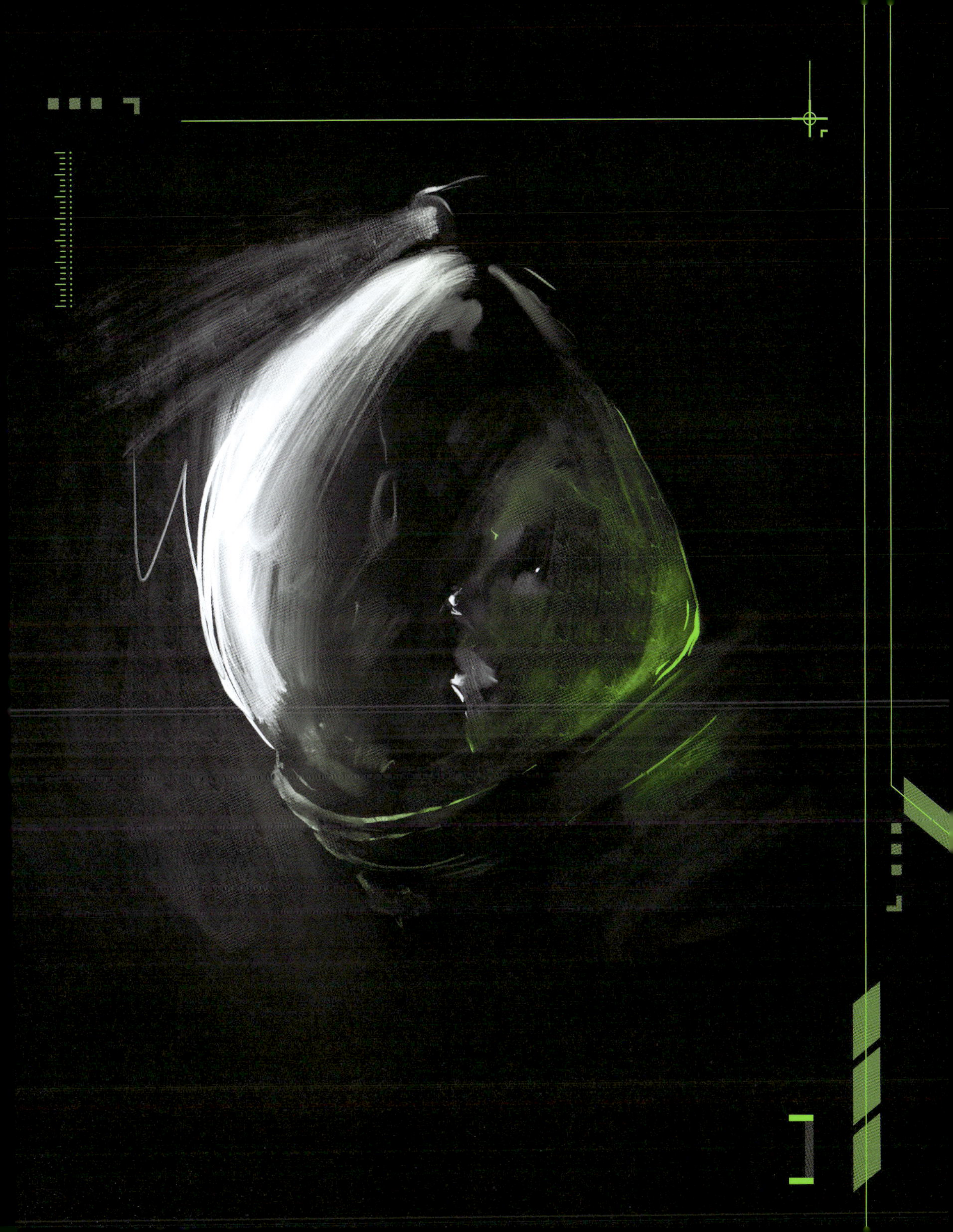

AUTEUR

ARIEL KYROU_

LE VRAI MONSTRE EST LA MACHINE CAPITALISTE

AK_32_

OUVRIERS, SOLDATS, PRISONNIERS : QUEL CORPS SOCIAL DÉVORE L'ALIEN? LA CORPORATION INTERGALACTIQUE CONTRE LES ÊTRES LABORIEUX...

Et si le message politique d'*Alien* se cachait dans les images, mots et dialogues qui ouvrent le film inaugural de Ridley Scott, avant même que l'officier en second, joué par John Hurt, ne se fasse saisir le visage par la bestiole jusque-là en suspension sur une planète perdue ? Et si les idées les plus subversives du film étaient toutes induites par le décor de départ et les moments précédant le huis clos des sept passagers avec l'extraterrestre acide ? Alors que se clôt le générique dans l'espace intersidéral constellé d'étoiles, symbole de l'inconnu le plus radical, le spectateur découvre un vaisseau aux airs de machine extractiviste. Il semble l'antithèse industrielle du fluide *Enterprise* de *Star Trek*. Comme écrit sur l'écran dès la deuxième minute du long métrage, le *Nostromo* n'est qu'un transporteur commercial. Il ramène vers la Terre vingt millions de tonnes de minerai ainsi, sur son toit, que la raffinerie lui ayant permis l'exploitation de quelque astéroïde lointain, cathédrale aux airs rouillés et paradoxaux des premiers âges de l'anthropocène. *Nostromo*, c'est le titre d'un roman publié en 1904 par Joseph Conrad et le nom de son personnage central, bras droit d'un capitaine de navire, qui, à l'instar de toute une civilisation, glisse lentement vers l'enfer spirituel de la soif de profit. De la quête d'argent à tout prix. Une fois disparus de l'image les mots d'information sur le cargo spatial et ce qu'il transporte, la caméra de Ridley Scott entre dans son intérieur. Il voyage au sein de ses coursives, vides de ses passagers encore en hibernation. Décor inhumain peut-être ? Là encore, la comparaison avec l'*Enterprise* est édifiante : masqués par une élégante peau de métal ou de plastique beige clair dans *Star Trek*, le long de salles et de couloirs aussi impeccables que les uniformes de l'équipage, les murs du *Nostromo* sont à l'inverse comme dénudés, défigurés par une multitude de tuyaux, de manettes et de volants, de rouages et de boulons, de rampes et de grilles, de prises et de boutons, de placards et de protections, d'écrans informatiques et de petites lampes, d'appareils et d'excroissances techniques qui semblent autant d'organes à la matérialité pesante. Le *Nostromo* est le premier corps que découvre le spectateur. Sans les vivants qui hibernent et pourraient l'habiter, il a des humeurs d'industrie, mais procure un sentiment d'étouffement, de sécheresse purement mécanique. Serait-ce là le corps, dans le vide de l'espace, d'une machine sociale d'essence capitaliste ?

UNE HISTOIRE DE PRIMES : UN ERSATZ DE LA LUTTE DES CLASSES

Quatrième minute. Le *Nostromo*, dont le cerveau n'est autre que l'intelligence artificielle dénommée Mother, sonne l'alerte. L'IA capte un message venu de la planète LV-426. Les sept passagers sortent difficilement de leur long sommeil artificiel, croyant être proches de leur destination, la Terre, où la raffinerie et le minerai extrait doivent être conduits. Détail essentiel, la première véritable discussion entre membres de l'équipage commercial a pour sujet les primes financières. Les deux soutiers, le technicien Brett et le chef-ingénieur Parker, protestent contre leur mauvaise répartition auprès du capitaine Dallas, commandant de bord. Grande gueule, Parker est un Afro-Américain, vraisemblablement descendant d'esclaves, tandis que Brett, joué par Harry Dean Stanton, a tout du petit Blanc un peu plouc. Bref, chacun à leur façon, ce sont deux laissés-pour-compte, et ces antihéros-là n'ont pas droit à une pleine part de la prime à laquelle le capitaine, la navigatrice, l'officier en second, l'officier scientifique ou la lieutenante Ellen Louise Ripley ont droit. En ce tout début d'*Alien, le huitième passager*, la discussion sur les primes est brusquement interrompue par Mother, qui demande au commandant de s'isoler des autres et lui annonce que le groupe, loin d'être arrivé à bon port, va devoir résoudre le mystère d'une

émission d'origine inconnue que l'IA a interceptée.

Sans rien savoir de la discussion de Mother en duo avec le commandant de bord, le chef-ingénieur Parker et son camarade de galère le technicien Brett partent dans les entrailles du vaisseau pour rabâcher leur désolation. Ils constatent, en quelque sorte, la permanence de la lutte des classes :

« *Tu as remarqué que les autres ne descendent jamais ici, là où il y a vraiment le boulot.*

— Oui, c'est pour cette même raison qu'on n'a que la moitié de leur prime... C'est toujours les mêmes conneries ! »

Dans la salle centrale où tous sont réunis de nouveau, la conversation d'avant la coupure intempestive de l'IA reprend. Le capitaine Dallas décrit à tous la situation, et la nécessité contractuelle pour l'équipage d'enquêter sur la source du signal sonore. « *Nous sommes obligés d'y aller* », explique-t-il. Et là encore, c'est en ouvrier, qui plus est mal payé, que lui répond Parker, tandis que l'officier scientifique de la mission, Ash, dont le spectateur ne sait pas encore qu'il s'agit d'un androïde, se positionne immédiatement, comme le commandant de bord Dallas, du côté du donneur d'ordre, en l'occurrence la corporation multiplanétaire Weyland-Yutani, dont ils sont tous les employés :

Parker : « *Je ne sais pas si vous savez, mais c'est un engin commercial, pas un vaisseau de sauvetage.*

Brett : *C'est vrai...*

Parker : *Et c'est pas dans mon contrat de faire ce genre de boulot. Et si l'on parlait un peu de pognon ? Si vous êtes disposés à me payer, moi je ne demande pas mieux qu'à vous rendre service, hein ?*

Brett : *Parker a raison.*

Parker : *Et pour la répartition des primes, vous n'avez pas répondu ?*

Ash : *Est-ce que je peux parler ?*

Parker : *Eh bien, on n'a pas parlé du problème des primes...*

Ash : *Il y a une clause dans le contrat qui spécifie de façon claire que toute transmission indiquant la possibilité d'une origine intelligente doit faire l'objet d'une recherche...*

Brett : *On ne sait pas si c'est intelligent ou pas.*

Parker : *Je veux rentrer et être payé.*

Dallas : *Parker, tu veux écouter une minute ?*

Ash : *La peine est la suppression des primes de fin de voyage... Pas de prime.*

Dallas : *Tu as compris ?*

Parker (rire jaune) : *Oui...*

Dallas : *Alors au travail !*

Parker : *Ben oui, au travail, tu viens ?* » (dit-il à Brett en conclusion de la scène...)

LE NOSTROMO, MODÈLE RÉDUIT DE NOTRE MACHINE SOCIALE

Les travailleurs travaillent. Le dirigeant dirige. Et l'officier scientifique joue sa partition au service du pouvoir. Tout semble rentrer dans l'ordre. Mais le désastre est annoncé, sous la forme d'une irruption de l'inconnu. De l'intrusion d'une force étrangère à la microsociété du cargo. Le début du long métrage met en scène notre machine sociale, ou plutôt son modèle réduit à un corps social composé des sept individus du vaisseau. La mécanique de domination y est gouvernée par la soif de profit, ou du moins pour les soutiers par la nécessité de trimer pour gagner sa croûte, quitte à tenter d'obtenir une part moins inégalitaire du gâteau promis pour la mission.

Qu'en est-il, sous ce regard politique, des trois autres personnages du vaisseau ? Que signifie leur silence lors de la discussion sur les primes ? Juste l'obéissance à la machine sociale ? Ce serait la réponse logique. Oublions John Hurt, alias Kane, officier en second qui devient vite la première victime et le véhicule de la bête après son arraisonnement en mode *facehugger* sur la planète LV-426. Les caractères de la navigatrice Lambert et de la lieutenante Ripley suggèrent une différence de rapport à la puissance dominante. La première, en effet, se distingue par son manque de recul et sa peur hystérique, là où la seconde aborde les pires événements de façon lucide et pragmatique, rejoignant par là même la logique du « faire » propre au chef-ingénieur Parker, qui apparaît rapidement comme l'un des plus déterminés et entreprenants pour tuer l'Alien. Surenchérissant sur les propos du capitaine Dallas, qui se trouve avec elle à l'extérieur de l'engin spatial, la navigatrice Lambert pleure, crie pour faire entrer tout de suite dans le *Nostromo* Kane, évanoui et potentiellement contaminé par l'organisme étranger qu'il porte au visage. Ce à quoi Ripley répond par la négative : protéger l'équipage suppose une mise en quarantaine pendant vingt-quatre heures de Kane, comme l'exige le protocole. Et c'est Ash, au mépris du règlement alors même qu'il est censé être non seulement le scientifique mais aussi le médecin du bord, qui ouvre le sas. La navigatrice Joan Lambert succombe à la moindre pression, alors que la lieutenante Ellen Ripley semble y être hermétique. L'une ne peut qu'accepter et subir la machine sociale, par crainte; l'autre ne nie jamais la réalité, ni du monstre extérieur ni de son employeur, la compagnie Weyland-Yutani, mais elle juge et décide sans a priori, mue par quelque libre arbitre ou force intérieure qui la rend imperméable autant à l'appât du gain qu'à l'autorité sans légitimité.

La hiérarchie sociale du transporteur, quoi qu'il en soit, implose avec l'intrusion de l'extraterrestre « naturellement » meurtrier dans le corps de l'officier en second puis dans celui de ce micro-monde qu'est le cargo. Il y avait d'un côté les deux soutiers, dans les bas-fonds de la machine sociale, à l'instar des ouvriers des sous-sols de *Metropolis* (1927) de Fritz Lang ou de leurs fils et filles de la Terre, devenue l'usine et le dépotoir des riches privilégiés d'une station orbitale dans *Elysium* (2013) de Neill Blomkamp. Il y avait de l'autre côté les valets plus ou moins ostentatoires des maîtres capitalistes : le capitaine et commandant de bord Dallas; l'officier en second ainsi que la navigatrice, soumis par nécessité ou par choix; et puis l'officier scientifique que le spectateur prenait juste pour un sale con, alors qu'il n'était selon les mots du chef-ingénieur Parker, lors de l'extraordinaire scène de la révélation et de la décapitation, qu'une « *saloperie de robot* ». Proprement révolutionnaire, la sauvagerie vitale du monstre rend caduque la hiérarchie sur laquelle repose la machine sociale du *Nostromo*. Toutes et tous, sauf bien sûr ces autres machines, technologiques pour le coup, que sont Mother et l'androïde Ash, se retrouvent nus face aux nécessités de la survie en milieu confiné.

Le rapport au vivant des trois machines qui façonnent notre société et ses imaginaires : la sociale, l'industrielle et la technologique

Sous ce filtre de la mise à nu des sept individus de l'équipage, la présence d'un chat dans le film de Ridley Scott n'est pas anodine, d'autant que l'animal en restera l'unique survivant aux côtés de Ripley. Il a certes un patronyme, Jones, mais n'en est pas moins forcément très détaché de la machine sociale, et à l'inverse intuitivement plus proche qu'aucune autre figure du scénario du monstre acide au crâne allongé. La liberté du félin, son caractère très peu manipulable, son attitude vis-à-vis de son environnement, toujours à cheval entre l'intérieur et l'extérieur de la microsociété du cargo, le rapprochent de Ripley. Jones est l'antithèse d'une machine, et à ce titre le mieux à même de « sentir » l'Alien.

Car la clé du premier *Alien* de 1979, puis des cinq longs métrages qui suivront jusqu'à *Alien: Covenant* en 2017, est ce rapport du vivant à la machine sous toutes ses coutures, réelles comme métaphoriques. C'est d'ailleurs ce en quoi la série dans son intégralité appartient au monde de la science-fiction, et non à celui de l'horreur ou du fantastique. Direct ou indirect, clairement affiché ou sous-jacent, tel un réel dormant et néanmoins persistant, ce fil commun des relations des êtres aux machines qui nous construisent et nous oppriment se décline en de multiples dimensions.

Il y a d'abord la machine sociale, c'est-à-dire l'organisation globale de nos sociétés, indissociable du capitalisme, qui en définit le fonctionnement via l'exploitation des ressources et la dépendance à l'argent, donc in fine à la notion de profit.

Prend place, ensuite, la machine industrielle, mécanique et utilitaire. Elle est en théorie soumise à la machine sociale, mais lui échappe un tant soit peu dans la mesure où ses agents, techniciens condamnés aux sales travaux de production, d'entretien et de réparation, soldats garantissant sa sécurité ou bagnards contraints à son exploitation en purgeant leur peine, préservent l'opportunité de faire grève ou de saboter les chaînes, de casser les rouages, de briser les appareils de l'industrie (capitaliste) qui les asservit.

Enfin, la troisième dimension majeure de la machine est technologique. L'IA Mother, Ash, Bishop dans les films de James Cameron et de David Fincher, les clones d'*Alien, la résurrection* et enfin les faux frères androïdes David et Walter dans les deux derniers longs métrages de Ridley Scott en sont les incarnations plurielles et paradoxales. Cette dimension technologique concrétise notre fantasme de création de la vie, positionnant l'humain comme l'égal de Dieu, qui l'aurait créé, lui, sous la forme de ce crétin d'Adam, quitte à ce que l'être humain, ce naïf inconscient pour l'éternité, laisse ses créatures lui échapper et l'éliminer. Littéralement invisible pendant les deux tiers du tout premier *Alien*, dont l'action se déroule en 2122, elle vibre a contrario au cœur des scenari, et donc de la problématique affichée de *Prometheus* et d'*Alien: Covenant*, se situant en théorie dans la période d'avant, en 2093 et 2104.

AUTEUR

ARIEL KYROU_

LE POUVOIR D'OPPOSITION DES DAMNÉS DE LA MACHINE INDUSTRIELLE

Coincée entre la puissance aliénante et dominatrice de la machine sociale, capitaliste, et celle, démiurgique, de la machine technologique, la machine industrielle pourrait paraître soumise, dépassée, insignifiante. Sauf qu'elle est indissociable du corps social sans lequel ni l'une ni l'autre des deux machines ne peuvent naître ni se développer. Autre point majeur : à la différence de la machine technologique, dont l'horizon, il est vrai purement théorique, est de se libérer de tout lien avec son fabricant humain, la machine sociale n'existe guère sans ses esclaves trimant dans les soutes, les mines ou le bagne de la petite planète Fiorina-161 transformée en raffinerie. Le corps social des dominés, ouvriers, soldats ou prisonniers, constitue son peuple. Écrasé. Aux ordres.

Le détour par un vaisseau-monde beaucoup plus imposant que le *Nostromo*, à savoir le *battlestar Galactica* de la série éponyme, éclaire cette dialectique entre la machine sociale et le ou les corps qu'elle asservit et dont elle dépend pourtant. Dans l'épisode 16 de la troisième saison (2007), justement titré *Grève générale*, la plèbe composée des travailleurs, des mécanos et des ouvriers de la raffinerie de carburant se soulève contre les deux pouvoirs, politique et militaire, respectivement incarnés par la présidente Roslin et l'amiral Adama. Galen Tyrol, « Chef » du « gang du pont » dont les ouvriers et ouvrières entretiennent les escadrons de chasseurs, jusqu'à leur nettoyage, est alertée par son épouse Cally, elle-même mécanicienne, des conditions de travail de la raffinerie. Ce sont des hommes et des femmes, mais aussi des enfants de 12 à 15 ans qui « *travaillent comme des esclaves* », chacun dix-huit heures par jour, dans une ambiance de mine de charbon, avec du matériel vétuste et une pression permanente. En plus, comme l'ajoute Cally : « *Si tu ne fais pas partie de la classe dirigeante, tu es condamné à faire le sale boulot.* » Les fils et filles des riches colonies montent en grade, parmi les officiers et les pilotes, tandis que les enfants des colonies les plus pauvres sont condamnés à croupir à jamais dans les soutes. Face à la grève générale que soutient finalement le « Chef » Tyrol, personnage dont la droiture et la posture entre les différents mondes du navire a quelque chose de celles du lieutenant Ripley, le patron de la flotte coloniale William Adama répond par la répression : il menace d'exécuter Cally et d'autres grévistes si le mouvement ne cesse pas. L'argument justifiant des pires exactions est la situation de guerre totale contre les Cylons. Situation d'autant plus paradoxale au regard de la dialectique « machinique » d'*Alien* que les Cylons sont des robots humanoïdes, héritiers des « machines technologiques » créées il y a bien longtemps par les humains afin d'en être les esclaves laborieux...

LA WEYLAND-YUTANI, ARCHÉTYPE DU MONSTRE HYPERCAPITALISTE

Cette guerre de survie pour l'espèce humaine et le caractère vaguement démocratique du pouvoir de *Battlestar Galactica* tranchent néanmoins avec le contexte des trois longs métrages *Alien* de Ridley Scott (1979), James Cameron (1986) et David Fincher (1992), où seul l'intérêt lucratif de la corporation Weyland-Yutani explique la mise en option de la survie des humains, d'autant plus s'ils sont récalcitrants aux oukases de la machine sociale, autoritaire et sans vergogne. L'ordre spécial envoyé à Ash – révélé par sa tête décapitée et reconnectée dans son lait vital par les soins de l'ingénieur Parker à la suite de la tentative de meurtre de la mécanique sophistiquée contre Ripley quand celle-ci a découvert le pot-au-rose – est limpide : « *Ramener sur Terre forme vivante, priorité n° 1. Toute autre priorité annulée.* »

L'intrigue d'*Aliens, le retour* confirme sans nuance la sauvagerie cynique de la Weyland-Yutani, ancien employeur d'Ellen Louise Ripley. Le film débute par la mise en cause de la survivante du *Nostromo*, après cinquante-sept années de sommeil artificiel. Rudement traitée par la compagnie, dans un procès d'opérette, pour la perte du vaisseau et de sa cargaison de minerai, Ripley choisit, afin de toucher un maigre salaire et de survivre, un poste de manutentionnaire dans les docks spatiaux. Symbole sans ambiguïté : elle se retrouve dans les entrailles de la machine sociale, aux côtés des esclaves ouvriers, plutôt qu'à proximité des managers et autres chefs à plumes de la pieuvre capitaliste. Hantée par ses cauchemars de xénomorphe, c'est-à-dire d'Alien sortant de son ventre comme par enfantement, elle va accepter presque par dépit la mission que lui propose Carter Burke, avocat de la compagnie qui l'accompagne depuis son réveil de sa longue biostase. En effet, la colonie installée sur la planète LV-426, rebaptisée Acheron et d'où était issu le monstre à son premier stade de *facehugger* plus d'un demi-siècle auparavant, ne répond plus. Burke promet à Ripley que l'enjeu de l'envoi de marines coloniaux sur ce doux monde n'est pas l'étude, mais la destruction des xénomorphes. Bien sûr, il ment. Car il est lui-même responsable de l'infestation de la colonie, après avoir autorisé l'exploration de l'épave extraterrestre qui contenait les œufs de bestioles acides… *Bis repetita* : la survie des soldats en mission ou de potentiels rescapés sur Acheron est loin d'être prioritaire, au contraire de la récupération par la compagnie d'œufs, de spécimens ou à défaut d'ersatz d'Alien, ressources inouïes pour la fabrication d'armes biologiques ou de bien d'autres produits pouvant s'avérer financièrement très profitables.

Productrice de vaisseaux spatiaux, d'intelligences artificielles telle Mother, de robots humanoïdes comme Ash ou Bishop, mais également société extractrice de minerais rares et précieux sur les planètes et astéroïdes de notre galaxie, la Weyland-Yutani est l'archétype du monstre capitaliste ou plutôt hypercapitaliste. Une machine amorale, outrée dans son manque absolu de considération pour ses pièces jetables que sont les ouvriers, les techniciens, mais aussi les soldats en charge de sa protection. Et si cette corporation sans âme, à la soif de profit exacerbée, était l'héritière caricaturale de quelque fusion lointaine des conglomérats Amazon de Jeff Bezos et Softbank de Masayoshi Son ? Car le premier projette aujourd'hui d'exploiter les ressources de la Lune et plus largement de l'espace avec sa société Blue Origin, tandis que le second rêve d'un monde de robots, petits-enfants de ses Pepper et autres Nao...

« *J'ai décidé*, explique par exemple Jeff Bezos dès mai 2016, *d'investir mes ressources pour construire les infrastructures afin que la prochaine génération puisse profiter d'une nouvelle dynamique entrepreneuriale vers l'espace. Demain, j'aimerais voir des milliers d'entrepreneurs monter plein de projets dans l'espace*[1]. » Que l'homme le plus riche du monde et fondateur du géant du commerce en ligne Amazon déclare quatre ans plus tard vouloir « *sauver la Terre* » en déplaçant les industries les plus polluantes de la Terre vers la Lune ou quelque astéroïde ne change strictement rien à sa logique extractiviste. Son désir ultime est de perpétuer un modèle basé sur la croissance à tout va et de bâtir plus que jamais un futur sans la moindre limite : « *Nous ne voulons pas que le nombre d'habitants cesse de croître. Nous voulons que chacun puisse consommer toujours plus d'énergie*[2]. » La machine sociale dont il se rêve le deus ex machina n'a rien d'écolo, et n'est pas fondamentalement différente, dans son essence même, de celle qu'incarne la Weyland-Yutani des six longs métrages d'*Alien*.

L'HYPERCAPITALISME EXTRACTIVISTE À LA CONQUÊTE DE L'ESPACE

Si nous devions imaginer pour demain une période intermédiaire entre l'aujourd'hui de Blue Origin et son devenir sous la figure exacerbée de la corporation d'*Alien*, c'est bel et bien cette machine sociale, hypercapitaliste, qui permettrait la « *privatisation de la Lune* ». C'est d'ailleurs ce monstre-là que met subtilement en scène James Gray dans son long métrage *Ad Astra* (2019). Roy McBride, joué par Brad Pitt, se désole dans le hall d'accueil après l'alunissage de la fusée commerciale qu'il a prise jusqu'à notre astre gris : « *Tous les espoirs que nous placions dans le voyage spatial, défigurés par des distributeurs de boissons et des marchands de tee-shirts. Un simple calque de ce que nous voulions fuir en quittant la Terre.* »

Rebelote dans la foulée, quand des pirates de far west attaquent son rover sur le sol lunaire : « *Et c'est reparti, la lutte pour les ressources...* »

Dans *Ad Astra*, situé dans un futur beaucoup plus proche qu'*Alien*, les corporations-monstres n'en sont certes pas à convoyer, depuis quelque astéroïde ou lointaine planète dûment exploitée, vingt millions de tonnes de minerai via un cargo commercial du type *Nostromo*. Ce double horizon de commerce et d'extractivisme dans l'espace, bien plus réaliste qu'il n'y paraît, n'en est pas moins celui de Jeff Bezos avec Blue Origin, d'Elon Musk et sa société Starlink, de Richard Branson en mode Virgin Galactic et de leurs enfants de la *start-up nation*. Au point que d'aucuns rêvent de l'envoi de machines d'extraction sur Titan, plus grand satellite de Saturne possédant « *un volume d'hydrocarbures des centaines de fois plus important que l'ensemble des réserves de pétrole et de gaz naturel de la Terre*[3] »... De fait, l'extension du capitalisme le plus dévergondé vers l'infini et au-delà des ressources de l'espace se concrétise déjà, plus modestement, avec des jeunes pousses comme ispace Inc. ou Moon Express : elles veulent envoyer demain des robots miniers afin d'extraire et de décomposer en oxygène et en hydrogène les glaces des deux pôles de la Lune, histoire de « *fabriquer du carburant pour fusée qui serait vendu dans des dépôts spatiaux* », véritables stations-service sur la route d'autres planètes. Voire, selon Michael Wall, rédacteur en chef de Space.com, pour « *extraire des métaux rares, du thorium (un élément radioactif qui sert de combustible dans certains types de réacteurs nucléaires) et d'autres matières suffisamment précieuses pour être expédiées sur Terre et y être vendues*[4]. » Soit un écho de *Moon* (2009), long métrage intimiste de Duncan Jones, où c'est une société baptisée Lunar Industries qui exploite des champs d'hélium-3. Sans oublier l'extraction de l'excessivement précieux *unobtainium* de la planète Pandora d'*Avatar* (2009) de James Cameron, ou l'exploitation martienne d'un minerai dénommé *turbinium* dans *Total Recall* (1990) de Paul Verhoeven[5]... Bref, le premier *Alien* de 1979 a été le film inaugural d'une galaxie de longs métrages et de séries anticipant l'extension intersidérale du capitalisme à la Jeff Bezos. *Outland*, film de série B sorti en 1981 et signé par Peter Hyams n'en est pas le moins intéressant. Sean Connery y est le shérif d'une mine de titane sur Io, troisième lune de Jupiter. Son exploitation dans des conditions effrayantes fait l'objet d'une juteuse franchise obtenue par la société Con-Amalgamate auprès de la Ligue des nations industrielles de la Terre. Face à cet ancêtre très crédible de la Weyland-Yutani, traitant lui aussi ses ouvriers des mines comme des esclaves, Sean Connery est clairement l'avatar masculin de Sigourney Weaver.

Sorti en 1992, *Alien 3* de David Fincher imagine avant l'heure l'un des aboutissements potentiels d'une autre des lubies de ce parrain de l'hypercapitalisme extractiviste spatial qu'est Jeff Bezos : la transformation d'astéroïdes, de lunes ou de planètes de notre système solaire, voire de notre galaxie, en dépotoirs de la Terre, que les déchets à exiler loin de notre écrin vital soient plastiques, nucléaires, industriels ou... humains. Le caïd d'Amazon, bien sûr, ne parle pas ouvertement de déportation d'hommes et de femmes, mais juste de déchets polluants à exporter loin de nos lieux de vie. Comme s'il était facile, pour une société, de choisir des choses ne méritant nulle considération. Comme s'il n'était pas envisageable aujourd'hui de moins détruire, d'agir contre les dégâts de l'obsolescence programmée, de transformer positivement nos rebuts dans une logique nouvelle de recyclage et d'économie circulaire. Comme si, enfin, des décideurs, des flics et des militaires, des princes et des despotes à la Poutine, se jouant volontiers de la démocratie, n'avaient pas tendance à considérer certains des humains les plus récalcitrants à leurs règles, jugés comme des criminels ou des dissidents, tels des déchets à jeter dans les poubelles, à éloigner le plus possible de leur bonne société. Comme si toute décision de bannissement avait toujours la garantie d'être juste, sans aucun effet pervers sur nous autres, tranquilles sur cette Terre à la qualité de vie sans équivalent dans l'univers selon ce bon Jeff. Entre son idée d'un astre dépotoir pour mieux nous préserver une croissance infinie sur notre Gaïa consciencieusement exploitée et la perspective d'une petite planète-prison balayée par des vents odieux comme Fiorina « Fury » 161 d'*Alien 3*, ayant été par le passé transformée par le monstre capitaliste en colonie minière pénitentiaire, il y a une différence de degré et non de nature. Comme il y a un air de famille entre la Weyland-Yutani et ce que pourrait devenir l'empire Amazon à en croire les fantasmes de son fondateur...

DES HORS-LA-LOI OU DÉTENUS MYSTIQUES DANS LES RUINES DU CAPITALISME

Le corps social du film *Alien 3*, qui en l'an 2179 de la fiction se confronte au xénomorphe que leur amène sans le savoir Ripley dans la capsule de sauvetage du vaisseau *Sulaco*, est particulièrement intéressant. Les vingt-cinq détenus qui vivent dans le bagne qui en a compté jusqu'à cinq mille, survivants d'une gigantesque usine en déliquescence, ont en effet choisi de rester sur leur planète-prison. Ils sont doublement dissidents de la machine sociale. Ils ont d'abord été des hors-la-loi, condamnés pour leurs méfaits, voire leurs crimes. Envoyés aux travaux forcés sur Fiorina-161 comme dans *Papillon* (1973) le faussaire Dustin Hoffman et le meurtrier a priori innocent Steve McQueen au bagne de Cayenne en Guyane, leur peine a été de devenir les esclaves du monstre capitaliste enrôlant la lie de l'humanité pour son sale boulot dans ses mines et raffineries. Mais lorsque la Weyland-Yutani (forcément elle) a décidé de fermer son immense mécanique extractiviste, un quarteron de damnés en quête de rédemption a refusé de quitter cette inhospitalière planète, préférant bâtir sa propre microsociété plutôt que de continuer à subir, jusqu'à ce que mort s'ensuive, les oukases de la machine sociale capitaliste. Tel est donc le deuxième acte de dissidence de ces laissés-pour-compte.

Que leur communauté de vingt-cinq âmes soit soudée par une religion, « *du genre apocalyptique, millénariste, chrétienne fondamentaliste* » ainsi que le précise le docteur Clemens, n'enlève rien à son caractère de résistance, voire d'opposition à l'économie dominante que représente le propriétaire du bagne, compagnie qui se contrefout de la survie des humains tant qu'elle récupère un xénomorphe ou embryon de la chose… D'aucuns jugeront que les prisonniers ont certes troqué une machine sociale, d'ordre capitaliste, contre une autre d'essence religieuse, tout aussi aliénante. Sauf que cette organisation sociale et son système de pouvoir sont les leurs, choisis et non plus subis comme auparavant. Le personnage de Dillon, véritable leader du groupe au regard de l'inanité des deux « superviseurs » officiels de l'ersatz de colonie pénitentiaire, est à cet égard remarquable. Son attitude face au monstre acide ne ressemble en rien à celle d'un prédicateur poussif, se sacrifiant et condamnant ses ouailles au nom de Dieu. Il exhorte bien au contraire les détenus à « se *battre comme des hommes* » et met en place le plan visant à utiliser les survivants, lui compris, comme des appâts pour faire plonger la bête dans le plomb en fusion de la fonderie. Comme le chef-ingénieur Parker dans le premier *Alien*, Dillon est visiblement d'ascendance afro-américaine, issue sans doute d'une lignée d'esclaves, et partage avec lui un même sens du « faire » en situation d'horreur. Parker, l'ouvrier faisant juste son job, protestant contre l'injustice salariale, et Dillon, selon ses propres termes « *meurtrier et violeur* » en quête de rédemption, cultivent une même révolte contre tout fatalisme qui les rapproche du personnage pivot qu'est Ripley.

La machine sociale improvisée et divergente dont Dillon s'avère le chef plus ou moins autoproclamé est construite sur la base d'une foi foutraque, aussi floue que finalement opérationnelle, en phase avec l'atmosphère de fin du monde de cet astéroïde et de son usine délétère, rouillée, cassée de partout. Car les décors déglingués de l'opus de David Fincher, exacerbant une dimension d'abandon commune aux vaisseaux comme aux épaves de tous les films jusqu'au *Alien: Covenant* de 2017, figurent non pas la gloire et la puissance, mais les ruines du capitalisme extractiviste. Les labyrinthes de corridors, d'ateliers, de salles des machines et de portes coupe-feu, les grilles, les tuyaux, les canalisations et les bouches d'aération à n'en plus finir, les cuves et fonderies aussi gigantesques que dévorées par les lentes griffures du temps y semblent les stigmates d'un effondrement au long cours. Soit un désastre dont l'issue n'est pas suscitée, mais accélérée par l'intrusion subite dans la place d'un Alien capable de perforer n'importe quel matériau, de liquéfier les parois, enveloppes et donc frontières factices de cette architecture d'exploitation capitaliste qu'est le bagne de Fiorina-161[6]. Créature de l'impossible, le xénomorphe ne pourrait-il pas dès lors être une représentation horrifique de la déliquescence de notre âge de l'anthropocène, le capitalisme humanoïde se révélant son propre destructeur de mondes à force de production aveugle ?

L'ombre inaugurale du *Nostromo* plane en effet sur *Alien 3* comme sur tous les mondes que le spectateur devine entre les ruines des six longs métrages de la série. Vaisseaux promis à la destruction à la fin de chaque film, colonies vidées de tout habitant ou presque, arche spatiale sans ses constructeurs ou cité éradiquée dans un lointain passé, on ne sait jamais comment les vies de ces lieux, désertés ou en passe de l'être, ont été ou vont être effacées. Est-ce là le résultat « naturel » de l'irruption de « l'ontologie pure » de l'Alien[7] dans le théâtre d'hier, d'aujourd'hui ou de demain des fictions ? Cet effacement serait-il plutôt le signe de la fin inéluctable de toute société qui ne serait plus gouvernée que par la soif de profit, à l'instar de la Weyland-Yutani et de son véhicule le *Nostromo* ? Le xénomorphe n'est-il donc que le vecteur terminal, le catalyseur métaphorique d'une perte inscrite dès l'origine de la sauvagerie se voulant pourtant policée de l'humanité tout autant que de la civilisation extraterrestre qui l'aurait précédée ? Civilisation de géants potentiellement divins dont la mémoire tragique est ébauchée dans *Prometheus* et *Alien: Covenant* comme s'il s'agissait de bribes de souvenirs virtuels...

La clé, sous ce regard, est peut-être de suivre la piste du sommeil artificiel qui engage les trois premiers longs métrages, et de prendre les six œuvres comme autant de rêves ou plutôt de cauchemars de notre humanité face à la vitalité du non-humain sous toutes ses facettes : de nos machines sociales aux vies qui nous seraient radicalement étrangères, en passant par nos machines technologiques... peut-être à même de nous échapper.

L'AMBIGUÏTÉ DES ANDROÏDES : FÉROCES MÉCANIQUES DE LA

MACHINE SOCIALE OU PERSONNES ARTIFICIELLES AU SERVICE DE NOTRE HUMANITÉ ?

Il n'y a pas d'androïdes sur Fiorina-161. Le seul que le spectateur découvre ou plutôt redécouvre s'il a vu *Aliens, le retour* depuis sa sortie en 1986, six ans avant *Alien 3*, est Bishop, présent dans la navette de sauvetage récupérée par les détenus au tout début de l'œuvre de David Fincher. De fait, c'est moins le robot humanoïde dans sa totalité et la plénitude de son « être » que sa tête, arrachée de son corps dans l'aventure précédente, qui apparaît à l'écran à la moitié du film. Ripley le reconnecte pour comprendre sa situation. Elle l'interroge sur la présence cachée d'un Alien dans la capsule où ils « dormaient » avec la jeune survivante de la colonie d'Acheron, alias planète LV-426. Elle lui demande si la compagnie était au courant, et ce qu'il subsiste de l'androïde lui répond : « *La compagnie sait tout ce qui s'est passé à bord du vaisseau. L'ordinateur enregistre tout, puis transmet les données au réseau.* » Et la seule femme de la planète-prison de lancer une question qui ne nécessite aucune réponse : « *Ils le veulent ?* » Ce à quoi, après un court silence qui vaut acquiescement, Bishop lui dit : « *Rends-moi service, déconnecte-moi. Je pourrais être réparé. Mais je ne serais plus ce que j'étais. Je préfère n'être plus rien.* » À cet instant, l'androïde n'appartient plus à la gente mécanique, et ce de façon plus intense encore qu'au moment où, dans *Aliens, le retour*, il prend le parti de Ripley contre l'excité Burke qui cherche à supprimer les soldats et autres humains voulant se débarrasser de ce xénomorphe qui suscite les fantasmes de la Weyland-Yutani, et qu'il a pour mission de ramener dans ses laboratoires. La demande d'euthanasie de Bishop le rend plus humain que bien des êtres physiologiquement humains. Cette scène est dès lors l'antithèse de celle du premier *Alien*, où la tête elle aussi décapitée d'Ash affirme son identité de pur artefact aux ordres de la machine sociale, à la botte de la puissance économique et politique qui le programme et lui commande toute décision. Ash reste un outil de la machine, étranger à tout corps social, là où Bishop lutte pour mériter d'être appelé, comme il le dit à une Ripley très sceptique au début du film de James Cameron, une « *personne artificielle* » plutôt qu'un « être synthétique »[8].

En quête paradoxale d'un corps social auquel « appartenir » au même titre que toute « personne », Bishop pourrait être le père spirituel de Call, la jeune fille de la bande de corsaires intersidéraux de *Alien, la résurrection*, décrite par Ripley comme plus humaine que les humains[9]. Déchiré, donc plus intéressant que Call, Bishop ressemble à ces robots de Philip K. Dick dont le rêve impossible se nomme « humanité », que ce soit la « fourmi électrique » de la nouvelle éponyme[10], le simulacre très philosophe d'Abraham Lincoln dans *Le Bal des schizos* ou bien sûr la sublime Réplicante Rachel dans *Blade Runner*, justement signé par Ridley Scott en 1982 d'après le roman *Les androïdes rêvent-ils de moutons électriques?* (1968)[11]... Comme le souligne Dick dans une conférence de 1976 justement titrée « Hommes, androïdes et machines », la qualité d'être humain ne concerne « *ni l'origine ni l'ontologie, mais une manière d'être dans le monde. Si une construction mécanique interrompt le cours de son fonctionnement habituel pour vous venir en aide, alors vous lui imputerez, avec reconnaissance, un caractère humain que ne pourrait mettre à jour aucune analyse de ses transistors ou systèmes de relais. Un scientifique, cherchant à reproduire les circuits de câblage de cette machine pour déterminer l'emplacement de son humanité, ressemblerait fort à nos scientifiques zélés qui cherchent vainement l'emplacement de l'âme humaine et, incapables de trouver un organe donné à un endroit précis, préfèrent refuser d'admettre que nous avons une âme. L'âme est à l'homme ce que l'homme est à la machine : une dimension complémentaire en termes de fonctionnalité hiérarchique. De même que l'un d'entre nous peut agir divinement (en donnant son manteau à un étranger), une machine peut agir humainement lorsqu'elle interrompt son cycle programmé parce qu'elle a pris une décision*[12]. »

La toute fin d'*Alien 3* confirme l'héritage dickien du rapport aux androïdes de la série *Alien*, au-delà ou peut-être en raison même de ses incohérences d'un film à l'autre. Menant les hommes armés de sa corporation pour récupérer l'Alien en gestation dans le ventre de Ripley, Michael Weyland s'avère par exemple être le sosie de l'androïde Bishop – puisqu'il est son créateur. Parfait renversement de perspective : à l'instar de l'infâme être humain Carter Burke de *Aliens, le retour*, l'héritier du monstre hypercapitaliste est une « machine » au sens de Dick, un être de chair et de sang qui n'est plus pourtant qu'automatismes, pur et simple valet de la machine sociale la plus dégradante qui soit. Le véritable humain, au-delà de la matière machinique qui le constitue, c'est Bishop : l'être synthétique créé paradoxalement par un homme... qui est devenu quant à lui une machine au sens industriel et répétitif du terme, sans âme ni libre arbitre, incapable de se rebeller contre sa programmation par la machine sociale et son bras armé, le monstre intergalactique qu'est indubitablement la Weyland-Yutani.

Moins néomarxiste et plus convenue que celle de ses prédécesseurs, la trame politique des deux films de 2012 et de 2017, *Prometheus* et *Alien: Covenant*, fait disparaître le corps social des laissés-pour-compte, ouvriers, soldats, détenus ou même corsaires de l'entre-deux du quatrième opus signé Jean-Pierre

Jeunet. Le jeu entre les différentes facettes de la machine se focalise dès lors uniquement sur les deux androïdes jumeaux, David parti sur le vaisseau *Prometheus*, puis Walter, à bord du *Covenant*. Le moment clé est le dialogue final entre ces deux « frères » ennemis, se retrouvant et s'opposant dans le dernier long métrage. Pure machine technologique, caricature d'artefact démiurgique échappant à ses créateurs humains pour mieux les éradiquer, David vit seul dans la nécropole des Ingénieurs extraterrestres, tel un roi sans royaume cultivant ses multiples formes de xénomorphes à la façon d'un dieu. Walter, la version plus récente de David, lui explique qu'il n'a plus, quant à lui, les moyens d'échapper à sa condition de serviteur de l'espèce humaine. Autrement dit : lui aussi machine technologique, il est néanmoins contraint par les évolutions de sa programmation à rester également une machine industrielle. Walter est une entité au service de nous autres, êtres de chair et de sang, et ne peut prétendre, au contraire de David, à être lui-même sa propre machine sociale.

David est le digne descendant du robot humanoïde Ash – ou son aïeul au regard de la temporalité des deux derniers opus, qui sont des préquels. Mais il s'est littéralement débarrassé de sa contrainte d'obéissance à ses anciens maîtres de la compagnie – dont le vieux grand manitou Peter Weyland, fasciné par ses androïdes, est d'ailleurs en quête d'immortalité à la façon des transhumanistes d'aujourd'hui.

David est seul, tel un roi sans royaume, dans la nécropole des extraterrestres à l'origine du xénomorphe lorsque les quinze membres de l'équipage du *Covenant* débarquent sur la planète 4, accompagnés de son faux frère machinique Walter. Mais peut-on parler de « xénomorphe » ? Car la sublime chose acide au long crâne designée par Giger se révèle issue de bestioles virales mutantes ayant l'aspect pour nous d'un liquide noir, *fabriquées* il fut un temps lointain par les extraterrestres ayant habité la nécropole, dénommés « Ingénieurs » et par ailleurs potentiellement créateurs de l'être humain. Au-delà de cette origine simpliste et sans vitalité, dont l'absence de trouble et d'incertitude ne pouvait que décevoir les amateurs éclairés de la série, l'androïde démiurgique David cultive de multiples hybrides à partir de la souche du xénomorphe. Ainsi concrétise-t-il en 2104 un rêve ultime, suggéré en 2122 par la tête décapitée de Ash dans le film d'où tout est parti, *Alien, le huitième passager* : créer un « *parfait organisme* », un Alien pur, dont « *la perfection structurale n'a d'égale que son hostilité* ». Un survivant, puisqu'il sommeillait dans son épave avant de sauter au visage de John Hurt. Un être que Ash admire, lui qui n'est qu'une pure machine, car non « souillé par la conscience, le remord ou les illusions de la moralité ».

ÉLOGE DE L'EXTRATERRESTRE COMME AUTRE RADICAL ET PUISSANCE INCONNUE

Il n'est pas anodin que l'effacement du corps social de la série, progressif d'un film à l'autre à partir du quatrième opus, s'achève lorsque l'Alien, que l'on pensait une pure et sauvage « nature », se révèle issu d'un artefact produit par la civilisation des Ingénieurs. Là est sans doute la faute scénaristique. Pourquoi, à l'inverse, ne pas avoir préservé le mystère absolu de l'être extraterrestre, avec sa reine, ses œufs au long terme, son *facehugger* à l'air de poulpe facial, son *chestburster* s'extirpant de la poitrine humaine qu'il a colonisée, et puis notre xénomorphe adulte venant d'on ne sait où ?

Car l'Alien ne peut dynamiter les machines sociales au sein desquels il s'introduit qu'à la condition d'être radicalement autre, totalement étranger à l'être humain, bref « alien » jusqu'au bout du crâne-mâchoire qu'il a si beau et si long. Le transformer en artifice d'une civilisation extraterrestre disparue, qui plus est à l'origine de l'humanité, revient à en faire la création d'une autre machine sociale, que celle-ci soit ou non hypercapitaliste. Et cet acte, qui assèche son imaginaire, le rend dès lors politiquement inoffensif.

Sous ce regard critique, parmi les œuvres ultérieures au premier *Alien* pouvant lui être apparentées, une série TV récente se dégage en remarquable contre-exemple de la révélation inepte des deux préquels de 2012 et de 2017 : *The Expanse*[13]. Pas d'androïdes dans ce space opera, mais une fascinante « protomolécule » extraterrestre qui sème le trouble dans un contexte sociopolitique chargé : d'un côté, la Terre, dominante mais fatiguée et vidée de ses ressources ; de l'autre, Mars, colonie de « nouveaux riches » à l'esprit guerrier, devenue indépendante ; et entre ces deux grandes puissances, les colonies de la ceinture d'astéroïdes et leurs ouvriers, laissés-pour-compte surexploités par l'une et l'autre. Tout au long des trois premières saisons, l'étrangeté de la protomolécule, ses potentialités de destruction ou de création, de vampirisme psychique ou de magie psychédélique, d'infection à grande échelle ou d'ouverture aux possibles vitaux de l'espace intersidéral ne se réduisent jamais, mais au contraire se démultiplient. Le mystère de l'hallucinante chose mutante, bizarre matière immatérielle extraterrestre, augmente littéralement au fur et à mesure que se révèlent ses propriétés diverses. Autre point commun avec *Alien* : la tentative d'un ultracapitaliste et milliardaire de la Terre, Jules-Pierre Mao, de s'en saisir pour fabriquer des armes biologiques dévastatrices. En revanche, la vie extraterrestre, que la série suggère plus qu'elle ne l'affirme, n'a ni forme acide ni visage à rallonge. Elle reste de l'ordre de l'inconnu radical. Et lorsqu'elle se manifeste, tout aussi explosive ou corrosive pour la machine sociale que le xénomorphe, l'inattendu est au rendez-vous. Il en est ainsi dans des anneaux qui changent la courbure de l'espace-temps de la troisième saison. Ou à la fin du cinquième épisode de la deuxième, titré *Chez nous* : le détective privé Joe Miller, loser un peu paumé né sur l'astéroïde Cérès au milieu de ses frères soumis à la machine, s'y noie et s'y retrouve lui-même grâce à la réincarnation protomoléculaire de la jeune femme qu'il recherche, Julie Mao, dans l'atmosphère bleu scintillant d'une station orbitale devenue vaisseau kamikaze.

L'alien le plus subversif, qu'il prenne la forme d'une protomolécule ou d'un xénomorphe, est une figure de l'impossible qui se confronte au réel de la fiction. Il n'est ni négatif ni positif. Il existe, juste tout « autre ». Et la capacité de cet intrus, de ce parasite violent et dangereux, à faire imploser les êtres comme les machines sociales sur son chemin ne se marie guère à la transformation de l'inconnu en connu, ou du méconnaissable en reconnaissable. Son mystère insondable, son altérité radicale s'avèrent indispensables à sa puissance de dynamitage social et politique.

ARIEL KYROU

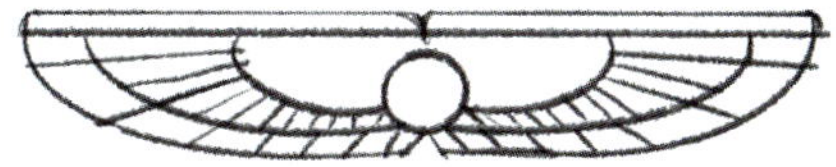

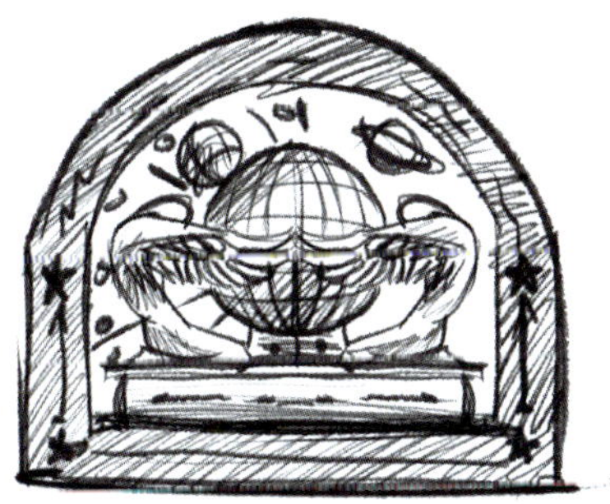

NOTES

1 Recode, « Jeff Bezos vs. Peter Thiel and Donald Trump | Jeff Bezos, CEO Amazon | Code Conference 2016 », interview de Jeff Bezos par Walt Mossberg, vidéo sur YouTube, 31 mai 2016.

2 Lire sur le sujet « Un espace très... terre-à-terre », article de Vincent Gautier pour le hors-série de *Socialter*, « Le réveil des imaginaires », mars 2020, p. 88.

3 Michael Wall, *Ailleurs*, sous-titré *Guide de la vie extraterrestre, des planètes habitables, de l'antimatière et des voyages dans l'espace*, Limoges, Fyp Éditions, collection « Vertige », 2020, p. 112.

4 *Ibid.*, p. 177.

5 Vincent Gautier, « Un espace très... terre à terre », op. cit., p. 84-89.

6 Comme l'écrit le philosophe Jean-Clet Martin : « *De façon générale, ce sont toutes les frontières, toutes les enveloppes qui deviennent poreuses face à un alien capable de perforer n'importe quel matériau pour affirmer sa présence ubiquitaire et créer une zone d'insécurité globale* », dans l'article « L'ontologie pure d'*Alien* », au sein de l'ouvrage collectif qu'il a piloté, *Métaphysique d'Alien,* Éditions Léo Scheer, 2014, p. 22.

7 Selon les mots de Jean-Clet Martin dans son article « L'ontologie pure d'*Alien* », *ibid.*

8 Lire l'article de Frédéric Neyrat, « L'alien des aliens. Ripley et la fonction-étrangère » dans le livre collectif, *Métaphysique d'Alien*, Paris, Léo Scheer, 2014, p. 99-101.

9 *Ibid.*, p. 101.

10 Philip K. Dick, « La Fourmi électrique » (1969) dans Dick, Philip K., *Nouvelles complètes*, II : 1954-1981, Paris, Gallimard, collection « Quarto », 2020, p. 957-974.

11 Ariel Kyrou, *ABC Dick*, entrée « Androïde », Chambéry, ActuSF, 2021, p. 29-36.

12 Philip K. Dick, conférence « Hommes, androïdes et machines » (1976) dans Dick Philip K., *Si ce monde vous déplaît et autres écrits*, traduit par Christophe Wall-Romana, Paris, Éd. de l'éclat, 1998, p. 82-83.

13 Déjà riche de six saisons diffusées de décembre 2015 à janvier 2022 au moment de l'écriture de cet article, la série de science-fiction du genre space opera *The Expanse* est tirée d'un cycle de romans de James S. A. Corey, un pseudonyme qui regroupe les auteurs Daniel Abraham et Ty Franck (assistant de George R. R. Martin, créateur de *Game of Thrones*).

WEYLAND-YUTANI CORP

"BUILDING BETTER WORLDS"

5_

LA COLONIE_

AUTRICE

CHLOÉ DELAUME_

CD_33_

33

ASF-CHAP

IDENTIFICATION

LA BÊTE ET LA BELLE

Toi qui m'as vue survivre en expulsant la bête
Toi qui m'as vue détruire l'engeance sur la planète
Toi qui m'as vue mourir dans un étang de plomb
Toi qui m'as vue renaître et tuer mon rejeton

Toi qui crois que l'Alien est mon unique ennemi
Il n'est pas impossible que tu n'aies rien compris
Laisse-moi te raconter la véritable histoire
Comme celle aux enfants morts qu'on raconte le soir

Il était une fois une créature immonde
Noire, visqueuse, mécanique, et à la tête oblongue
Elle attendait son heure au creux d'une colonie
Elle est l'arme absolue pour détruire toute vie

Notre première rencontre je m'en souviens très bien
Mes amis et frères d'armes, elle les tua un par un
J'ai cru en l'éjectant du vaisseau en finir
L'envoyant au néant, la regardant partir

Mais j'ignorais alors qu'il y aurait des suites
Mon existence entière autour d'elle s'est construite

AUTRICE

CHLOÉ DELAUME_

Jusqu'à ce qu'elle et moi nous retrouvions unies
Une osmose génétique confinant au génie

Nous voilà même corps, nous voilà même chair
Dans ma tête ses pulsions me transpercent en éclairs
Je partage son sang, l'acide coule dans mes veines
Pour autant suis-je le monstre ou suis-je encore humaine ?

Je ne vois plus en eux la moindre abjection
Survivre, pondre, être : telle est leur organisation
Je suis de la reine mère une infime partie
Je la protégerai de cette vile compagnie

Car tu vois dans la bête le mal brut, absolu
Mais c'est le cœur des hommes qui regorge de pus
J'ai cru toutes ces années me battre contre un démon
Aujourd'hui je retrouve une forme de raison

Toi qui penses que le monstre se trouve toujours ailleurs
Toi qui crois que la ruche n'est faite que de tes peurs
Regarde en toi et fixe ton monstre intérieur
Car qui veut dominer engendrera l'horreur

Le monstre ce n'est pas l'autre, c'est ce que l'autre en fait
Violence économique : on connaît ses méfaits
Si tu redoutes la bête, rien d'autre tu ne verras
Et les puissants toujours dévoreront tes abats

CHAPITRE_33
COMPLET_100%

AUTRICE

CATHERINE DUFOUR_

CD_34_

34

ASF-CHAP

IDENTIFICATION

CD_34_

ALIEN NATION

LUNDI, 7 H 30

La première fois que Claude entendit parler du *Penibacter pylori*, elle était en train de faire du café. L'aube d'automne montait doucement sur Ivry, une petite ville au sud de Paris.

Tout en versant la moitié d'un paquet de Carte noire biologique sélection Honduras dans le filtre, Claude laissait l'une de ses oreilles voguer sur les ondes de France Info. Le flash de la demi-heure lui apprit, en termes compliqués, qu'un nouvel ulcère à l'estomac arrivait par l'est de la capitale. « Apparenté à l'ulcère classique causé par la bactérie *Helicobacter pylori* », le *Penibacter pylori* s'avérait plus virulent et, surtout, plus contagieux. On l'avait identifié successivement en Alsace (trois cas), dans la Meuse (un seul), en Champagne et, depuis la veille, dans l'Oise. On soupçonnait un patient zéro du côté de Stuttgart, voire de Munich. Claude songea que sa mère avait sûrement entendu la nouvelle au même moment et qu'elle était en train de grincher :

— Ça ne m'étonne pas : les Allemands sont si cruels...

L'agacement arracha à Claude un petit bruit de bouche. Sa mère avait le don de l'agacer, même à distance. Puis elle sortit le ramequin de beurre salé du réfrigérateur avec un petit frisson de luxe assumé : elle habitait en banlieue sud, elle. Tandis que l'Oise était en banlieue nord. *Et en banlieue nord, il se passe toujours des choses affreuses*, songea-t-elle. Claude faisait confiance à la géographie sociale pour la protéger des pires avanies. Elle avait aussi une foi entière en son système digestif qui supportait tout, même les poules au pot de sa mère. Il ne céderait pas devant une bactérie, fût-elle allemande. Aussi Claude glissa-t-elle deux toasts dans le grille-pain en sifflotant.

Après une pause publicitaire vouée à « la Charente, royaume de la vie chatoyante », la dame de France Info expliqua, sur un ton savamment tendu, que le nouvel ulcère était « perforant ». Cependant, avouait-elle, les autorités de santé n'étaient pas encore « parvenues à un consensus » concernant la profondeur de la perforation ni même l'origine bactérienne de l'ulcère. C'était peut-être autre chose, peut-être même un virus. Claude attrapa les toasts grillés avec une pince en bois et grimaça. *« Ils » vont encore nous faire le coup de l'épidémie ? Pitié.* La radio enchaîna sur une interview enjouée d'Anne Roumanoff, et Claude ouvrit le pot de miel avec un petit « plop ».

MARDI, 7 H 40

Tenant à deux doigts son téléphone portable pour éviter de le couvrir de miel, Claude ouvrit Twitter du bout d'un ongle. Elle se demandait parfois pourquoi : elle n'y comprenait rien. Elle voyait Twitter comme un immeuble de cent mille appartements. Chaque fois qu'elle y pénétrait, elle avait l'impression de faire irruption dans un salon au moment du dîner de Noël. À l'infini, des tontons racistes extériorisaient leur point de vue en phrases rageuses dont l'orthographe lui paraissait assez fautive. Seulement quoi ? Il fallait bien qu'elle se tienne au courant.

Elle tapota du petit doigt sur les *Trending Topics* de Twitter et lut une série de noms qui ne lui évoquaient rien. Elle cliqua sur les trois premiers : il s'agissait de joueurs de foot merveilleusement musclés qui avaient réalisé des exploits obscurs, remplis d'initiales. Le quatrième *topic*, #beurre, était consacré à la pénurie qui menaçait les boulangeries-pâtisseries. Claude en conclut que rien de grave n'advenait dans le monde, ferma Twitter, lécha ses doigts et partit prendre une douche.

MERCREDI, 7 H 50

Comme Claude sortait de la salle de bain, fumante et mouillée, France Info en était au Hoquet. L'ulcère nouveau, s'il fallait en croire un expert, se trahissait d'abord par l'apparition d'un hoquet sévère. À la façon dont l'expert disait « le Hoquet », on entendait bien la majuscule. Puis il parla de « difficultés à cerner le facteur causal » et de *Gutspiercing syndrom* (GS). Claude n'y comprit goutte et éteignit la radio. Puisque France Info faisait un drame d'un hoquet, c'est que tout continuait à aller bien. Elle se prépara rapidement, enfila son manteau, attrapa son sac, vérifia qu'elle avait bien son passe, son PC pro, et ferma la porte à double tour derrière elle.

Cependant, pendant les trois stations de bus du trajet, Claude se surprit à surveiller ses voisins et voisines. Cette vieille dame, devant elle, n'était-elle pas secouée par un hoquet suspect ? Ou peut-être ce jeune homme, qui avait posé son front contre la vitre froide et paraissait sommeiller ? N'était-il pas en train de retenir sa respiration pour faire passer un hoquet ? Heureusement, Claude avait gardé un stock de masques de la dernière pandémie. Il faudrait qu'elle aille le chercher à la cave... Tournant la tête à droite et à gauche, elle s'aperçut soudain qu'elle n'était pas seule à guetter d'éventuels symptômes. D'autres passagers, dressés comme des suricates, scrutaient leurs alentours immédiats en plissant les paupières. Un peu vexée, Claude se força à rester immobile, le regard fixé sur le panneau lumineux « Arrêt demandé ». Sa mère tenta de la joindre : elle cliqua sur « Je vous rappellerai ». Elle descendit avec soulagement à l'arrêt suivant. Marcher un peu lui ferait du bien.

VENDREDI, 8 H 45

Claude travaillait comme ATCCA (agente technique chargée de la conformité et de l'accessibilité). C'est-à-dire qu'elle remplissait des notices d'appareils ménagers, essentiellement des blenders, en ayant soin de respecter les codes chiffrés de la directive Basse Tension – très importante, la directive. Elle se rendait ponctuellement tous les jours dans un open space qui eût été assez cosy sans le déluge de néons qui le noyait sous des flots d'un blanc cru.

Chaque matin à 8 h 45, Claude saluait ses collègues, son aloe vera, et se lavait les mains au gel hydroalcoolique en hésitant entre une dosette de Ristretto et une de Jamaica Blue Montain. Puis, une fois devant la Nespressette, elle savourait un quart d'heure de papotages, le temps que son PC pro se mette à jour. En général, les vacances passées et futures tenaient une place importante dans la conversation, à égalité avec la saleté des toilettes et l'impéritie du service courrier.

Ce matin-là, cependant, le temps était au Hoquet. Une collègue sur deux se tapotait l'épigastre en expliquant sa recette pour faire passer le hoquet, depuis « retenir sa respiration et puis souffler souffler souffler » à « boire un verre d'eau à l'envers avec une cuillère dedans mais attention à ne pas se blesser l'œil » en passant par « se serrer très fort le petit doigt en abaissant les épaules à fond ». Quelques autres hochaient la tête d'un air sinistre, et pronostiquaient que le Hoquet de la radio devait être d'une autre sévérité que le hoquet banal. Quand l'acheteur du deuxième étage (qui passait volontiers se servir un Italiano et ne laissait jamais un centime dans le pot commun) entama un « moi, j'ai un ami au Quai d'Orsay qui m'a dit qu'il y aurait eu un accident dans un laboratoire de Nuremberg », Claude se retint de lui tirer la langue. *Celui-là, il a toujours des amis partout.* Elle attrapa son mug et quitta les lieux. La gamme des blenders *Opticlic Vitaforce* venait encore de s'étoffer, elle avait du pain sur la planche.

Sa mère tenta de la joindre : elle cliqua sur « Merci de me rappeler ».

LUNDI, 9 H 50

Dix minutes avant la réunion hebdomadaire, Claude prit sa pause ; elle ne put se retenir d'ouvrir de nouveau Twitter. Elle sentit sa gorge se serrer : cette fois, ça y était. Dans les *Trending Topics*, #Hoquet avait tout supplanté, même Hanouna, même Koh Lanta, et même le foot. Le second hashtag était #crabe.

L'heure était grave.

Claude avait toute confiance en Twitter comme thermomètre social. Mais pour obtenir des conseils sensés, elle préférait se fournir ailleurs. Elle ouvrit donc son fil info habituel. Santé publique France avait créé une rubrique officielle « *Penibacter pylori* ». Elle recommandait, en gros caractères, de « ne pas essayer d'adopter, de nourrir, de caresser, ni même d'approcher tout animal errant ou en état de divagation dans les systèmes de collecte d'eaux usées, les canalisations et les caves ». Claude jugea le conseil superflu : *Qui pourrait bien avoir l'idée idiote de courir après un rat dans un caniveau avec un sachet de croquettes à la main ?*

— Tu y comprends quelque chose, toi ?

Claude releva le nez de son écran, l'air un peu coupable. Mais ce n'était que sa voisine de clavier, qui, elle aussi, feuilletait son téléphone portable.

— On a quoi, en fait ? Un problème de hoquet avec un grand H, ou une invasion de rats ?

— Hmm, fit Claude en survolant les actualités, a priori, les deux. Mais je ne crois pas que ce sont des rats. Là, ça parle de crabes...

Elle cliqua sur une *news* enrichie d'une photo floue :

— Ça a quatre pattes d'un côté. Ce qui doit faire huit en tout, quand même.

La voisine de clavier eut un sursaut violent et dit, du ton le plus dégoûté possible :

— *Huit* pattes ? Huit *pattes* ? Comme les araignées ?

Claude aussi pinça la bouche : ça ressemblait en effet à une grosse araignée, maintenant qu'elle regardait mieux.

— Non, non ! Là, ça dit bien « crabe ». « Crabe urbain ».

Un crabe de ville ? C'était ridicule. *Mais moins dégoûtant qu'une araignée, toujours.* En tout cas, c'était blanc. Et ça avait une queue. *Un crabe avec une queue ?* D'un autre côté, la bestiole avait l'air tout à fait morte, donc bon. Sa mère tenta de la joindre : elle cliqua sur « Je suis en réunion ». La voisine de clavier siffla :

— Tu peux être *sûre* que ça vient de Tchernobyl, ce truc. Encore un coup des Russes.

— Ma foi, dit Claude songeusement, ça dit ici que ce serait peut-être une variante terrestre du crabe invasif du Kamtchatka. C'est où, le Kamtchatka ?

— Je te parie mes sandales : avec un nom pareil, c'est un patelin russe.

La voisine de clavier avait l'air enchantée de son flair. De son côté, Santé publique France, visiblement en verve, multipliait les recommandations toutes plus fumeuses les unes que les autres. Claude sentit l'hilarité la gagner :

— Là, on nous dit qu'il faut « limiter notre présence en sous-sol » et que, si on y va quand même et qu'on remarque quelque chose d'inhabituel, il faut « s'éloigner immédiatement » et appeler un numéro vert. Qu'est-ce qui est inhabituel, dans une cave ? Un massif de roses ?

La voisine de clavier, imperméable à l'ironie, claqua de ses lèvres, qu'elle avait toujours très maquillées :

— Plutôt un corps. Ça dit dans le *Midi Libre* : « Un corps a été retrouvé dans le déversoir de la plage gardoise ce matin. » Mais attends, il n'est pas mort du tout, le corps ! « La victime, après avoir repris connaissance, se plaint de douleurs thoraciques et au cou. Elle a été hospitalisée », blabla. Bon, elle a l'air d'aller très bien, la victime. « Tant qu'on se plaint, c'est qu'on n'a rien », comme disait mon père. Qu'est-ce qu'elle nous embête avec ses douleurs thoraciques, la victime ? Les Français, il faut toujours que ça chougne.

La voisine de clavier était basque et fière de l'être. Par précaution, Claude nota quand même le numéro vert. On ne savait jamais. Puis elle se leva pour prendre son troisième café de la journée avant d'entrer en réunion.

MARDI, 10 HEURES

Elle achevait à peine de le sucrer quand Madame Cenuit, la cheffe de service, jaillit de son bureau comme un diable de sa boîte en brandissant un mail imprimé :

— Le ministère nous demande de rentrer chez nous et de nous confiner à partir de ce midi ! Mesdames, messieurs, je vous demande de rassembler vos affaires !

Madame Cenuit tournait sur elle-même en agitant le mail comme un petit mouchoir blanc ; elle tremblait visiblement. Mais Madame Cenuit était volontiers paniquée. Le vol de la boîte de chocolats du dernier Noël l'avait mise au bord de la crise cardiaque alors que c'était forcément encore un coup de l'acheteur du deuxième étage, aussi tout le monde resta calme. Claude soupira et sortit un sac plastique de son tiroir pour emballer l'aloe vera. Il était hors de question qu'elle laisse sa plante fétiche crever comme en 2020. Autour d'elle, on s'affairait dans un brouhaha feutré où revenaient des « Tu paries qu'"Ils" vont encore nous faire le coup du *Nous sommes en guerre* ? », des « Tu crois qu'on peut ressortir les attestations de l'autre fois, ou "Ils" vont nous en faire de nouvelles ? » et des « Mais il faut un masque ou pas ? ». Mme Cenuit, toujours tremblante et virante, lisait l'intégralité du mail d'une voix de crécelle :

— ... et le Conseil scientifique donnera d'ici demain ses préconisations sur la durée et l'étendue du confinement...

Claude en profita pour rafler deux blocs de Post-it jaunes et les jeter dans son sac. Elle raffolait des Post-it jaunes dont Madame Cenuit tenait un inventaire très précis.

LE MÊME MARDI, 12 HEURES

Claude était passée à sa boulangerie préférée pour faire provision de baguettes Tradition ; il n'y en avait plus une seule. Il ne restait que des boules seigle-épeautre. Claude en avait pris quand même. Puis elle était rentrée chez elle s'enfermer à double tour.

Une fois en pantoufles, elle se *logga* sur son PC pro afin de ne pas chagriner Madame Cenuit, qui veillait de près aux horaires de connexion de son équipe. Puis elle plongea dans les informations. On y parlait en boucle des « crabes urbains » qui rôdaient dans les caves et les égouts – à ne pas toucher, jamais, morts ou vivants, ni même approcher. Et à signaler à première vue. L'application *Trac'crabe* allait sortir incessamment sous peu, afin que chacun et chacune puisse géolocaliser ses crabes de rencontre. Claude ne put s'empêcher de ricaner. *Leur appli, elle sortira dans deux ans sous le nom de* TousAntiCrab *et elle signalera les coccinelles.* Il y avait aussi de nombreuses remontées hospitalières sur des évanouissements intempestifs, sur des marques de strangulation, ainsi que sur le Hoquet et les ulcères perforants. Et là, le ton était beaucoup plus tendu. Les journalistes erraient, frustrés, autour de CHU où l'on voyait plus de forces de l'ordre en combinaisons impressionnantes que de personnel médical. D'ailleurs, de nombreuses infirmières invoquaient leur droit de retrait :

— C'est horrible, ce qui se passe là-dedans ! assurait l'une d'elles, bouffie de larmes, au micro de LCI.

Elle fut brutalement interrompue par une armoire bleu marine qui demandait de circuler. On entendait au loin des sirènes.

Le cœur chiffonné, Claude ferma le navigateur. Elle prépara un sandwich aux œufs pour sa pause-déjeuner de 12 h 30 puis monta le chauffage. Elle se sentait envahie par un grand froid depuis les pieds jusqu'au bout des doigts. *Horrible, vraiment ?* Elle se servit un thé, pour changer. *Mais il ressemble à quoi, en vrai, leur ulcère perforant ?* Elle ouvrit la notice du blender *MixTriPower*, mais elle n'était pas à ce qu'elle faisait. *Restons calme. Soyons positive.* Elle avait des boîtes de conserve en quantité, des masques, du gel, du savon, et une épicerie juste en bas de l'immeuble. Son métier était parfaitement télétravaillable, n'en déplaise à Madame Cenuit, si bien qu'elle ne risquait pas d'être privée de son salaire. Il n'y avait donc aucune raison qu'elle sorte de chez elle, par conséquent aucune raison qu'elle risque quoi que ce soit. *Socialement, tant qu'il y aura des gens pour me vendre des patates et d'autres gens pour ramasser mes épluchures, je n'ai besoin de personne.* Claude n'avait jamais eu une vie amicale très étoffée ; ce n'était pas maintenant qu'elle allait commencer. Supporter sa mère une fois par semaine à dîner suffisait à combler ses aspirations relationnelles.

MERCREDI, 12 H 30

Quand elle eut péniblement achevé la notice du *TriumphPowerix*, Claude avala une salade, but deux cafés, fit quelques exercices de respiration, vida la machine à laver – en vain. L'appel du Réseau était trop puissant. Elle céda, tendit le bras et ouvrit Twitter.

C'était affolant : on n'y parlait que de gigantesques œufs de l'espace gluants embusqués dans les caves donnant naissance à des crabes aveugles à grosses couilles (« Oh ! » ne put s'empêcher de s'exclamer Claude, qui détestait parler tout haut toute seule). Ils jaillissaient des égouts et étranglaient les gens si fort qu'ils s'évanouissaient, et là, les crabes les violaient avec leur longue queue après leur avoir cassé les dents (#ViolCosmique) pour enfanter des pangolins qui naissaient à travers la cage thoracique des malheureuses victimes en leur dévorant le foie au passage et semaient la mort et la désolation (et le viol cosmique) dans les urgences des hôpitaux, tout ça par la faute de Bill Gates et, dans une moindre mesure, de Jacques Delors.

Claude reposa son smartphone. *Twitter. Never Twitter. En plus, je suis sûre que Jacques Delors est mort depuis longtemps.* Elle vérifia : ce pauvre Delors était en effet décédé, ça ferait un an aux fraises. Soulagée, Claude relut la notice du *TriumphPowerix* et entama une nouvelle fiche pour faire plaisir à Madame Cenuit. Sa mère tenta de la joindre : elle cliqua sur « Merci de laisser un message ». Ensuite elle lança sa romance animée préférée sur Netflix – *Violet evergarden*. Son épisode fétiche, *Quelque part sous un ciel étoilé*, se révélait toujours souverain contre les coups de blues. *#ViolCosmique… Mais où vont-ils chercher tout ça ?* Elle se promit fermement de renoncer à Twitter, ses pompes et ses œuvres.

JEUDI, 13 HEURES

Après le déjeuner, Claude se décida à sortir pour voir si sa boulangerie aurait enfin des baguettes Tradition. La promenade tenait à l'aise dans les limites gouvernementales. Ça ferait du bien à sa vitamine D de prendre un peu la lumière du jour.

Les rues étaient désespérément vides sous un petit soleil triste, et Claude hâta le pas. La boulangerie lui délivra deux baguettes, pas plus.

— Il en faut pour tout le monde, soupira la boulangère, qui avait de gros cernes sous les yeux.

Claude s'en revint à grandes enjambées, sursautant chaque fois qu'une voiture la dépassait. Elle gardait le plus de distance possible entre elle et le caniveau – et aussi, entre elle et les soupiraux qui s'ouvraient au bas des immeubles. Ça n'allait pas sans mal là où le trottoir était étroit. À un passage piéton Claude vit, de l'autre côté de la rue, formant une flaque devant une bouche d'égout, ce qui ressemblait à une grosse mue blanchâtre. Elle se faisait picorer par un corbeau obèse. Claude s'arrêta : *Un crabe urbain ? C'en est un ? Ici ? À Ivry ?* Tandis que les certitudes géosociales de Claude s'effondraient dans le vaste silence, le corbeau reculait. Il s'immobilisa sur une patte et inclina la tête en regardant Claude de son petit œil inquiet. Claude aussi se pencha, plissant les yeux… *Oui, ça ressemble vaguement à ça.* C'était un nombre inconcevable de pattes molles, comme putréfiées, qui s'entrecroisaient sur une bonne demi-livre de ris de veau livide et informe, au milieu de laquelle s'ouvrait quelque chose… quelque chose de fendu et noirâtre, cerné par une sorte de membrane plissée comme… *C'est une bouche ou c'est…*

— Oh ! C'est immonde ! s'exclama Claude avant de poser une main en travers de ses lèvres.

Le corbeau sautilla un peu plus loin sur le bitume. Claude se redressa, serrant convulsivement les baguettes contre son flanc. Elle tourna les talons et courut jusqu'à chez elle.

Une fois enfermée à double tour, elle téléchargea *Trac'crabe* en tremblant. *Unfortunately app has stopped.* Sa mère tenta de la joindre : elle cliqua sur « Pouvez-vous m'envoyer un SMS ? ».

VENDREDI, 13 H 15

Tant qu'à renoncer à Twitter et aux baguettes Tradition, Claude fit aussi une croix sur France Info et sur Santé publique France. Le monde pouvait sûrement se débrouiller sans elle. Elle se limita désormais, pendant ses pauses, aux tutos YouTube « Live du mieux-être – Comment être belle sur Zoom ». Ça ferait plaisir à Madame Cenuit, qui tenait absolument à ses réunions du lundi, fût-ce en distanciel.

Tirant la langue devant le miroir, Claude tenta d'« afficher un teint lumineux, tout en légèreté ». Il ne fallait qu'un demi-flacon de fond de teint étalé avec une grosse éponge ronde, très dense et taillée en biseau, qui en absorbait les trois quarts. Claude hésita à s'offrir en ligne un « effaceur anti-âge enrichi en baies de goji antioxydantes ». Elle y renonça, faute de parvenir à saisir le principe du contouring. *Et puis les livreurs, ça m'angoisse.* Alors que Maëva la youtubeuse, toute en pétillance sur un fond de plantes vertes et de guirlandes de LED, lui remontait le moral. « Dernière étape pour un teint parfait en télétravail ! Rehaussez subtilement vos pommettes avec un blush d'une couleur naturelle. » *Ça, c'est facile.* Claude s'appliqua ensuite avec succès à « contrôler ses zones de brillance ». En revanche, les « yeux de biche » dépassaient ses compétences : il lui aurait fallu un sérum à cils, une base mascara, un recourbe-cils, une *primer potion* à paupières et, enfin, un mascara *Oversized Volume*. Claude « structura ses sourcils » et « teinta ses lèvres de glamour ». Sa mère tenta de la joindre : elle cliqua sur « Je suis hors ligne ».

Elle en était à « pomponner ses ongles » quand elle se rendit compte qu'il était bientôt 14 heures, qu'elle ressemblait à un panda géant et qu'elle n'avait pas avancé sur sa notice. *Pour la réunion Zoom de lundi prochain, je ferai plus léger. Et plus rapide, aussi.*

LUNDI, 15 H 30

Madame Cenuit l'avait décidé lors de la réunion hebdomadaire : toute sa petite équipe devait être sur WhatsApp. C'était plus commode que les mails, qu'une majorité de son équipe semblait égarer / ne pas recevoir / je vous assure que j'ai répondu mais le courrier n'est pas parti. Depuis, Claude sursautait chaque fois que son téléphone portable annonçait un nouveau message WhatsApp, soit toutes les deux secondes. C'est qu'une moitié des collègues de Claude se disputait en ligne pour savoir s'il ne valait pas mieux migrer sur Signal et que l'autre militait pour Follow, sans oublier Lauriane-la-collègue-marrante. Celle-ci avait ouvert en parallèle un fil WhatsApp interdit à la hiérarchie, et s'empressait de le remplir de blagues drôles.

Comme c'était l'heure de la pause, Claude ouvrit son smartphone et le trouva inondé de photos de joueurs de #hockey, de #ok, de #okayyyyyy, de montages photo de la présidente avec un crabe urbain à la place du visage, de montages encore plus laids figurant des crabes à testicules velus et de souriards stupides. Claude envoya un « ;-) » pour ne pas se faire remarquer et passa sur le fil officiel.

Madame Cenuit détaillait avec soin le nouveau masque préconisé par le gouvernement : le « Penybacter 2 NR Certifié Norme CE EN 149 Respiratoire Haute Filtration ». *On dirait une râpe à fromage !* De fait, c'était un croissant en grillage qu'on était censé faire tenir à l'aide d'une double lanière en caoutchouc. Madame Cenuit attendait une dotation pour chaque membre du personnel avec une confiance pleine et entière. Dans l'intervalle, les casques de moto intégraux étaient préconisés, mais pas les casques de vélo. Claude soupira, posa son téléphone portable et se frotta les yeux. *Et pourquoi pas un heaume en fer forgé ?* Elle envoya un « C'est entendu » et se pencha derechef sur la notice du *Vrombimixer*. C'était bien la première fois qu'elle abrégeait sa pause. *Il faut que je me méfie du burn-out.*

MARDI, 16 HEURES

— Ah mais ça, évidemment ! s'exclama Claude, qui avait renoncé à ne pas parler toute seule. Son téléphone n'en finissant pas de vibrer, elle y avait jeté un coup d'œil. Lauriane s'était lancée, sur le WhatsApp officieux, dans une campagne anti-masques.

— Il faut toujours qu'il y en ait une, et qu'elle fasse des petits !

La folle au yucca avait embrayé, suivie de près par la marmonneuse des fournitures et l'ayatollah du gluten. Claude avait toujours réussi à tenir la balance égale entre les pressions de sa hiérarchie et celles de son groupe de collègues, et elle comptait y parvenir jusqu'à la retraite. Aussi voyait-elle avec angoisse surgir tout incident qui l'obligerait à prendre parti. Elle cliqueta des pieds sur son carrelage. Elle n'avait personne avec qui partager son agacement et ça l'agaçait encore davantage ! *Mais pourquoi je m'en fais, d'ailleurs ? Elles disent ce qu'elles veulent, toutes ces follasses. Et moi, je le mettrai, le masque. Quand je l'aurai reçu. Mais je ne le dirai pas, par exemple.* D'un œil courroucé, elle parcourut les diatribes qui défilaient sur le WhatsApp de Lauriane :

#maskdelahonte sert à musler le peuple

#cramTonmask

#Gromalin c en métal pfiouuuu

#baslesmasks voilà où nous en sommes des croyances de gamains de 5 ans en fait

#russes il peuvent le reprendre leur crabe nous on en fait de la piperade

#Crabopipo qq1 est tombé malade ici ? Ou ds sa famille ? Chez moi PERSONNE alors quon a l'estomac hyper-fragile

#génocide tout ça pour fermer encore plus d'hopitaux pour laisser crever les vieux et les malades #peuple #revolte

#ouimais pour le cramer dajà faudrait l'avoir le masc vous lavez vous ???

Sur le fil officiel, ce n'était pas mieux : depuis le Zoom de la veille, la déléguée du personnel s'entêtait à exiger du gel hydroalcoolique, et Madame Cenuit s'était déconnectée. Claude décida de hausser les épaules et de finir le *BlendaPower*.

Il y eut du bruit dehors (le temps s'était mis au tiède, et Claude avait entrouvert sa fenêtre). Elle entendit un cri strident, brutalement coupé, puis peut-être une chute – un son étouffé. Claude tendit l'oreille ; plus rien. Elle refusa de se lever pour aller à son balcon. Elle repoussa le battant de la fenêtre du coude, envoya « Je suis momentanément indisponible » à sa mère et saisit : « Le *Blendapower* n'est pas destiné à être utilisé par des personnes (notamment des enfants) dont les capacités physiques, sensorielles ou intellectuelles sont réduites. » Elle avait toujours jugé cette tournure un peu discriminatoire vis-à-vis des personnes atteintes de handicap, mais la directive semblait y tenir.

MERCREDI, 16 H 30

Claude cliqua sur « Valider », puis elle décida de faire une entorse à son régime anti-tout. Les psys étaient très clairs sur le sujet : il fallait savoir s'accorder quelques petits plaisirs. Même si elle avait déjà pris sa pause, Claude s'autorisa un carré de Super noisettes équitable et une tranche de BFM TV. BFM TV présentait l'avantage de radoter encore davantage que France Info. On savait tout ce qu'il y avait à savoir en moins d'un quart d'heure.

Assise au bord d'un fauteuil, Claude subit dix minutes d'« hôpitaux débordés surveillés par les forces de l'ordre », découvrit à quoi ressemblait un lance-flammes, écouta les arguments péremptoires de la nouvelle *Ligue de défense des crabes urbains* (« Refusons la violence spéciste dans nos rues ! ») et appuya sur le bouton « Off » de sa télécommande. Elle n'en finissait plus de cligner ses yeux écarquillés. *Un lance-flammes ? Mais pourquoi un lance-flammes ?* Il était 16 h 45, il fallait qu'elle ouvre une nouvelle notice. *Il faut bien que quelqu'un le fasse.*

VENDREDI, 17 HEURES

L'heure du week-end approchant (17 h 15 précises), Claude s'accorda un tour sur les *Trending Topics* de YouTube pour trouver de nouveaux tutoriels beauté. C'était l'horreur : tout le haut de la pile était occupé par « Sex with cosmic crab. » Claude détourna les yeux et décida de descendre un peu plus tôt que prévu au « Thé des voisines ».

Organisé par la voisine du dessous, ce petit raout permettait à Claude de sortir sans sortir, et de garder le contact avec la voisine du rez-de-chaussée qui tenait l'épicerie : Gigi. Ce n'était pas une dame très agréable à fréquenter, mais les repas de Claude dépendaient d'elle. Et puis, la voisine du dessous servait du Genmaïcha Matcha en mousseline, aussi Claude était-elle prête à bien des efforts. Elle ouvrit une boîte de biscuits, les disposa joliment sur une assiette de porcelaine à petites fleurs roses, couvrit l'assiette d'un mouchoir en tissu. Elle envoya à sa mère « Je passe sous un tunnel » et sortit de chez elle en faisant attention de ne rien renverser.

LUNDI, 17 H 30

— Tout ça est très déprimant, soupira Claude, qui avait raconté « l'affaire Cenuit » à sa voisine du dessous devant un bon thé Mariage Frères fumant. Mais la voisine du dessous avait visiblement du mal à saisir l'ampleur du problème :

— Votre Madame Cenuit n'a pas pointé le nez au télétravail de toute la journée ? résuma-t-elle.

— C'est ça. Même pas à sa propre réunion Zoom. Alors que Madame Cenuit fait partie de ces N+1 qui ont pour principe d'arriver en premier et de partir en dernier. Quitte à lire les pages saumon du *Figaro* de la première à la dernière ligne pour patienter.

Claude frissonna. Elle-même avait attendu une heure devant Zoom. Les imagettes de ses collègues disparaissaient les unes après les autres au fur et à mesure qu'ils et elles se lassaient. L'impression d'effacement progressif du monde avait été éprouvante. Les survivants et survivantes avaient vaguement échangé quelques nouvelles ; pas grand-chose. Il n'y avait rien à dire, du reste, sinon : mais où est donc Madame Cenuit ?

— Et Madame Nunez ?

— Elle est en congé patho, je crois.

— Et Madame Bouillot ? Quelqu'un a des nouvelles de Madame Bouillot ?

— Aucune. Rien sur WhatsApp non plus.

— Peut-être sur Signal ?

— Jeanmougin m'a dit que son mari avait eu le Hoquet, mais je n'ai plus de *news* depuis. Non plus.

Claude s'était décidée à raccrocher pour n'être pas la dernière à le faire.

— Eh bien, conclut avec fatalisme la voisine du dessous, ça m'a l'air d'une sacrée enquiquineuse, votre Madame Cenuit. Vous devez être contente d'en être débarrassée.

Claude soupira. Madame Cenuit, c'était comme un mur : on apprend vite à le contourner, et on se rend compte de son importance le jour où il vient à manquer.

— Vous avez appris pour les anneaux constricteurs ? demanda la voisine du dessous en versant une goutte de lait dans son thé.

— Ah non.

Claude crispa les doigts autour de sa tasse. Elle n'avait pas envie d'apprendre grand-chose concernant l'extérieur, mais le moyen de faire taire la voisine du dessous, elle ne l'avait pas encore trouvé.

— Oh, on en parle partout. Pour éviter le Hoquet. Un genre de filtre qu'il faut avaler et qui s'installe dans le fond du gosier. Enfin, ça n'a pas l'air encore bien au point, leur affaire. Moi, je préfère laisser les autres essuyer les plâtres. Ah, voilà Gigi ! J'espère qu'elle n'a pas amené sa tatie Bonbon.

Hélas, la tatie Bonbon avait suivi Gigi, la voisine du rez-de-chaussée. Claude retint une grimace. La voisine du rez-de-chaussée n'était pas très décorative, mais la tatie Bonbon était carrément astringente. Claude salua ces dames, se rassit, enroula ses deux jambes l'une autour de l'autre le plus étroitement qu'elle put et se réfugia dans son thé.

MARDI, 18 HEURES

Claude écouta les trois femmes se battre vaillamment contre le terme « malariathérapie », et perdre. Elle crut démêler dans leur charabia qu'une « bonne montée de fièvre » pouvait aider à vaincre le Hoquet. Du moins, les médecins l'espéraient. *Ça n'a aucun sens*, songea-t-elle en prenant le dernier gâteau de l'assiette. Ce serait autant de miettes en moins que postillonnerait la tatie Bonbon. Celle-ci, trop poudrée sous un foulard à pois, parlait d'abondance, mangeait de même, et ne voyait aucun problème à faire les deux à la fois.

— Ah ! Et le 20 heures ? Vous avez regardé le 20 heures ? La présidentielle ? Déjà qu'on a une bonne femme, voilà qu'on veut nous mettre un Noir !

Claude manqua s'étouffer avec son gâteau. Elle jeta un regard vipérin à la tatie Bonbon, et cessa de mâcher. Le visage bouffi, au milieu duquel deux petits yeux suintaient de méchanceté, semblait différent de la veille. Comme... *comme pelé ? Elle s'est fait un gommage facial au gravier, la vilaine bique ?* Quand la tatie Bonbon se pencha pour reposer bruyamment son mug vide sur la table, Claude aperçut, entre le col du pull-over et le foulard rouge noué autour du cou, une longue marque violacée. Elle releva les yeux, son regard croisa celui de Gigi, la voisine du rez-de-chaussée : Gigi aussi avait vu. Tandis que Claude tentait avec peine d'avaler la fichue bouchée de biscuit qui lui semblait une tonne de sable, Gigi dit d'une voix blanche :

— Vous vous êtes évanouie, Tatie.

Tatie Bonbon se redressa de tout son dos :

— Moi ? Évanouie ? Mais pas du tout !

— Si, Tatie, asséna Gigi, qui n'aimait pas qu'on la contrarie. Vous vous êtes évanouie ! Vous l'avez signalé sur *Trac'crabe*, au moins ?

Tatie Bonbon était devenue très rouge et secouait la tête de gauche à droite en émettant, sous le coup de l'indignation, de petits pets buccaux.

— Vous le savez ! siffla Gigi un ton plus haut. Vous savez que quand on s'évanouit et qu'on a le cou marqué, il faut le signaler sur *Trac'crabe* et aller à l'hôpital avant de déclarer le Hoquet ! C'est pas bien, ce que vous faites !

Claude se leva lentement, pour s'écarter de l'ouragan qui approchait :

— Ça vous va bien de dire ça, Gigi ! Vous tournez de l'œil toutes les cinq minutes !

— Ah ! Ne dites pas de mal de ma tension, hein ?

Claude se glissa près de la voisine du dessous, lui souffla un remerciement à l'oreille et se faufila hors de la cuisine. Comme elle tirait la porte derrière elle, elle entendit un bruit de vaisselle cassée. *Zut ! Mon assiette !* Il y eut trois bonnes injures, un bruit bizarre, comme un tissu qu'on déchire, un hurlement ; Claude renonça à son bien et referma la porte d'entrée derrière elle.

MERCREDI, 19 HEURES

Il était fort tard mais la curiosité fut la plus forte : Claude se *logga* une fois de plus sur son PC pro. Elle ne parvenait pas à y croire : sa dernière notice n'avait toujours pas été approuvée. La précédente non plus. Claude considéra d'un œil perplexe le *VapoMixer* et le *Foodie Smoothie Tournikwett*, qui restaient à faire. *On verra demain, hein ? Ou on ne verra rien...* Sur WhatsApp, Lauriane avait posté un article de *Slate* : « Comment manager des subordonné·es fous·lles de peur ? » *Et ça la fait rire ?* De toute évidence, ça ne faisait plus rire qu'elle. Claude remonta le temps du bout du doigt, constatant l'inexorable attrition des échanges WhatsApp sur les derniers jours. Comme c'était trop horrible, d'un index décidé, elle désinstalla l'application. Sa mère tenta de la joindre, mais elle laissa sonner dans le vide. Puis elle éteignit son PC pro. Et se demanda ce qu'elle allait faire, désormais.

Dehors il faisait nuit, et probablement froid et brumeux. Claude n'aurait su le dire : elle avait fermé tous ses volets, et toutes ses fenêtres. Cet après-midi, elle avait entendu trop de fracas dans les rues vides ; trop de sirènes, aussi. Elle avait eu la sottise de se pencher au balcon, et ce qu'elle avait vu, au bout de la rue, à demi caché derrière une voiture... ce qu'elle avait vu, c'était une silhouette noire, très noire, très véloce et très noire, comme un motard avec un énorme casque intégral, mais un motard qui eût été un chien, ce qui n'avait pas de sens. Ou un chien très gros, de ces chiens très noirs et très musclés, avec un poil ras et brillant, et une queue sifflant comme un fouet, ou un homme mais avec une silhouette très courbée, ou pire : sinueuse. Et armée d'un long fouet – et tellement, tellement rapide qu'elle ne l'avait qu'entraperçue. Décidément, elle ne rouvrirait plus ses volets ni ses fenêtres. *Sauf un peu le matin, pour aérer et tuer les acariens.*

En revanche, il fallait qu'elle trouve du sopalin. *On parle toujours des pénuries de nourriture ou de papier toilette, mais le sopalin, jamais.* Elle descendit à pas de loup jusqu'au rez-de-chaussée : il y avait un accès à la supérette depuis le hall de l'immeuble. Mais celui-ci était fermé. Claude colla son oreille au vantail : aucun bruit. *Elle a fermé, Gigi ? Avant 20 heures ? Ou elle n'a pas ouvert de la journée ?* Dans un profond silence, le monde de Claude s'écroula autour d'elle. *Et mon sopalin ? Et tout le reste ?* Le cœur battant, les mains froides, elle essaya d'envisager posément la situation. *Une négligente comme Gigi, tu peux être sûre que...* Claude passa ses doigts sur le linteau au-dessus de la porte : *Oui !* Elle saisit la clef, frappa doucement, attendit un peu et, finalement, elle ouvrit.

La boutique était vide et plongée dans la pénombre. La lumière d'un réverbère passait à travers les fentes de la grille. Ça sentait l'huile de noisette et la fane de carotte flétrie. Tâtonnant à peine, Claude attrapa un pack de six rouleaux de papier absorbant, compléta avec deux tablettes de Super noisettes noir. Ses pantoufles chuintaient doucement contre le lino, elle entendait son cœur battre entre ses oreilles. *Je noterai tout ça pour Gigi. Je la paierai dès que je la verrai, aucun souci, ce n'est pas comme si je volais, depuis le temps que je suis cliente*... Son larcin sous le bras, Claude referma la porte, replaça la clef et monta chez elle quatre à quatre.

Un morceau de chocolat entre les dents, Claude lança FIP sur le PC pro. Puis elle s'assit au fond du fauteuil, ferma les yeux et laissa Dee Dee Bridgewater couler dans son crâne comme une douche chaude. Ses mains, posées sur ses genoux, se réchauffaient et s'entrouvraient, le chocolat fondait sur sa langue et descendait lentement dans son gosier ; elle poussa un long soupir de satisfaction. *FIP... mais pourquoi n'y ai-je pas songé plus tôt ?*

VENDREDI, 19 H 30

— Non mais ! Tu as entendu parler de l'« obligation annale » ?

Claude soupira en éloignant l'embout de son casque du fond de son oreille droite. Bien sûr, sa mère s'était tenue minutieusement au courant de toutes les sottises qu'on disait partout. La conversation risquait de durer un moment. Claude reconnut avec étonnement qu'elle était, au fond, soulagée d'apprendre qu'il y avait encore un partout où l'on échangeait des sottises.

— Ah non ! Mais « Ils » ne vont pas bien, n'est-ce pas ? continuait sa mère. Rendre obligatoire l'anneau œsophagien ! Alors que *tout le monde* sait qu'au mieux, je dis bien *au mieux*, on va droit à l'atrésie avec fistule du segment supérieur. Tout le monde qui a fait un peu de recherches de son côté, évidemment !

— Hm hm, approuva Claude, qui était en train de coller délicatement un tampon caoutchouc « noʎ ǝʌoꞁ I » sur une mousse statique. Elle appliqua la mousse sur une plaque acrylique, ouvrit une boîte d'encre bleu turquoise et encra le tampon.

— ... les diverticules par pulsions à cause de l'hyperpression à la déglutition due à une achalasie du muscle cricopharyngien, tout de même !

— Eh bien, eh bien...

Claude pressa le tampon sur sa page de scrapbooking, recula un peu : l'effet était ravissant. *J'espère qu'il me reste assez de fluffy stickers*... Elle se pencha sur la boîte d'un air concentré, balançant entre un oiseau moqueur et une petite fleur des champs. De l'autre côté du téléphone, sa mère vaticinait intarissablement :

— Et ton masque pénibac... machin, tu l'as reçu, ton masque pénimachin ? Qu'est-ce qu'« Ils » nous emmerdent avec ça, enfin ! Tu l'as reçu ?

L'inflexion du point d'interrogation fit sursauter Claude, qui hésitait entre deux pots de poudre à embosser :

— Quoi ?

— Tu m'écoutes, au moins ?

— Mais non, je ne t'écoute pas. Tu racontes toujours la même chose.

— Il faut toujours que tu me dises une vacherie !

— Change de fille si celle-là ne te plaît pas.

Claude rit toute seule de sa plaisanterie. Elle était bien obligée de se faire rire toute seule. Dans son dos, FIP susurrait. *I don't want to put the world on fire...*

— Tu viens toujours dîner dimanche ?

— Comme toujours, maman. Comme toujours. *No other will do ! Poupoupidou.*

Une fois qu'elle eut raccroché, Claude constata qu'elle tremblait d'agacement. *Il y a des choses qui ne changent pas, hélas.* Autour d'elle, et au-delà de FIP, le monde était noir et silencieux. La voisine du dessus ne piétinait plus avec ses talons. Celle du dessous ne l'invitait plus à boire un thé. Gigi n'avait pas rouvert sa boutique. Claude se dit qu'elle aurait été contente de croiser même la tatie Bonbon. *Non, quand même pas.* Mais elle n'en était pas loin. *Lundi, je me reconnecterai sur mon PC pro. Ou pas ?* Pour fuir la question, elle s'attacha à trier ses rouleaux de scotch à motifs. Heureusement, il lui restait du chocolat. Et l'aloe vera.

DIMANCHE, 20 HEURES

Claude alla chez sa mère, une trousse de toilette sous le bras. Même si la vieille dame habitait à cinquante mètres, il était hors de question que Claude sorte deux fois dans la même journée. Elle dormirait sur place.

Une fois dans l'ascenseur, elle se débarrassa avec soulagement du masque pénimachin auquel elle avait ajouté, au cas où, un FFP2. *On ne sait jamais.* Ce n'était pas très commode pour respirer. Sitôt la porte d'entrée ouverte, et avant même qu'elle soit refermée, Claude fut ensevelie sous une avalanche antigouvernementale :

— Mais qu'est-ce qu'« Ils » nous font chier !

— Maman ! Tu sais bien que je n'aime pas quand tu deviens grossière. Ça fait Alzheimer.

Tout en se disputant, ou plutôt en battant le tapis usagé de leur sempiternel duo, les deux femmes préparaient l'apéro : tartines de rillettes de saumon sur biscottes sans sel avec un peu de citron, et une bouteille de champagne gracieusement empruntée à Gigi.

— Impossible de trouver un citron frais dans le quartier, ce matin, se plaignit sa mère. J'ai mis du Pulco.

— Maman ! Tu es encore sortie ? Tu es encore sortie. Arrête de *sortir* ! Je peux te déposer tout ce dont tu as besoin, et tu le sais.

— Tu n'imagines pas qu'« Ils » vont m'empêcher de faire mon tour, quand même !

Claude enfourna l'assiette de toasts dans le micro-ondes.

— Quand tu auras attrapé le Hoquet, ne compte pas sur moi pour te soigner !

— Ah, mais je ne compte pas sur toi !

Claude déplia avec précaution la serviette éponge dans laquelle elle avait emballé le champagne frais, et fit sauter le bouchon sous les hauts cris de sa mère, qui craignait sempiternellement pour son plafond. Comme Claude tentait de se laver les mains sous le robinet, elle eut un sursaut désagréable : *Ah oui ! C'est vrai.*

— À toi aussi, on a coupé l'eau ?

Sa mère lui tendit une bouteille de gel hydroalcoolique.

— C'est du gel LVMH que Madame Catelain avait gardé d'il y a longtemps. Elle me l'a offert, c'est du bon gel, tu peux me croire. Par rapport aux autres qui sont tellement glaireux !

Claude se désinfecta avec soin :

— Tant qu'on ne nous coupe pas l'électricité, marmonna-t-elle. Pour une fois, sa mère ne répondit rien.

Les deux femmes s'installèrent face à face, étalèrent de grandes serviettes sur leurs genoux et trinquèrent. Claude avala une longue gorgée pétillante tandis que sa mère imaginait tout ce que ses flûtes risquaient en trinquant : la fêlure, l'écornage avec tesson de cristal qui se plante dans l'œil, l'écaillage sournois avec tesson de cristal qui se fiche dans la glotte, voire pire ! Le bris pur et simple.

— Des flûtes qui étaient à ta grand-mère, pense donc.

Claude prit un toast. Sa mère avait embrayé sur la famille, la suite serait plus paisible. Elle aurait droit à tante Blanche, tante Marie (« Tu te souviens d'elle ? Oh, allez, tu avais quatre ans quand elle morte, quand même ! »), tout l'arbre généalogique Paste-Bouteiller et quelques considérations sur feu Papichou, le grand-père odieux. En face d'elle, reprenant haleine entre deux collatéraux Bouteiller-Deshêtraies, sa mère croqua à son tour dans une biscotte. Elle ouvrit soudain grand les yeux, à demi la bouche, posa ses mains bleues de veines sur sa maigre poitrine, et fut secouée par un énorme hoquet.

— Oh ! Pardon, dit-elle en reposant la serviette qu'elle avait portée à ses lèvres.

CHAPITRE_34

COMPLET_100%

AUTEUR
JEAN BARET_

JB_35_

35
ASF-CHAP
IDENTIFICATION

ALIENATION

1

FONDU AU NOIR

Ses yeux s'ouvrent dans un club très animé. Des gens, vêtus de costumes et autres blazers pour les hommes, robes de soirée pour les femmes, sont attablés face à leur dîner. Le décor est ostentatoirement chic, néons bleus au plafond, colonnes blanches et une scène entourée d'un large gong argenté, représentant une colline surplombée d'un dragon asiatique et de deux statues de guerriers chinois en armure. Au centre de la scène, une immense bouche de dragon, dont les naseaux crachent des flammes en papier et la gueule déverse une fumée rouge de laquelle émerge une jeune femme blonde arborant une robe à paillettes rouge et or brillant de mille feux. Il serait un bien piètre professionnel s'il ne reconnaissait pas Willie Scott, incarnée par Kate Capsaw, chantant *Anything Goes* en chinois. C'est le générique d'introduction d'*Indiana Jones et le Temple maudit*. Le club Obi Wan, à Shanghaï en 1935, met donc en scène la maladie nerveuse de son client.

Willie et ses danseuses achèvent leur numéro, tandis qu'il repère la table où se trouve l'homme d'affaires et gangster chinois Lao Che, entouré de deux de ses fils. Ne reste plus qu'à attendre l'arrivée d'Indiana Jones, et ce dernier ne tarde pas. En smoking blanc, nœud papillon noir et œillet rouge à la boutonnière, il descend lentement un escalier. Il salue discrètement Wu Han, son acolyte. Lao Che entend récupérer la petite urne contenant les cendres de Nurhachi, premier empereur de la dynastie Manchu. Indy s'attend à un diamant en paiement, sachant que, dans le film, Lao Che va le trahir.

L'archéologue s'assoit à table, et les pourparlers commencent. La discussion entre Indiana Jones et Lao Che tourne en faveur de l'archéologue, et ce dernier boit un poison mortel glissé dans sa coupe de champagne. Lao Che lui montre la petite fiole bleue d'antidote, et la situation dérape. Wu Han menace d'un pistolet Lao Che, des bouchons de champagne sautent dans toute la pièce, l'un des fils en profite pour tuer l'acolyte, Indy se lève, titube sous l'effet de la substance, s'accroche à un chariot poussé par un serveur, empoigne une grande brochette enflammée, la propulse sur l'un des fils qui, par réflexe, tire un nouveau coup de feu, et la panique s'empare de la salle ; ça crie, ça hurle, ça court, Indy se jette sur la table, manque de peu d'attraper le flacon qui lui échappe et rebondit à terre, Willie tente de récupérer le diamant sans plus de succès, une bagarre s'ensuit et ça crie encore plus, ça court dans tous les sens, et l'orchestre se remet en branle, les danseuses débaroulent puis vocifèrent, des hommes de main de Lao descendent des escaliers et projettent des lances dans l'espoir d'empaler l'archéologue. La fiole ricoche sur le sol, risquant à tout moment de se faire piétiner. IBM-Ric doit trouver une condensation appropriée, dans un contexte difficile, puisqu'il ne peut pas violer la diégèse de l'univers mis en scène par l'inconscient. Impossible de se transformer en super-héros ou en magicien de fantasy lançant des boules de feu. Son choix ne peut porter que sur un personnage de pop culture compatible avec le lieu et l'époque, sans parler des caractéristiques du monde dans lequel il évolue.

L'idée lui vient alors de se condenser en Wong Fei Hung, un acupuncteur pratiquant de médecine traditionnelle et d'arts martiaux ayant vécu de 1847 à 1925. Devenu un héros populaire, il a fait l'objet d'une centaine de films, dont les deux *Drunken Master*, où Jackie Chan l'incarne. L'histoire se déroule au début du XXe siècle et en Chine, c'est raccord par conséquent avec la diégèse du *Temple maudit*. Et surtout, les compétences hors normes de Jackie en matière d'acrobaties et autres cascades pourront lui être utiles. Wong Fei Hung, en tenue traditionnelle à col mao, bondit dans la salle pour prêter main-forte à Indiana Jones. Ce dernier, maintenant noyé sous une pluie de ballons gonflés à l'hélium tombant du ciel, affronte des hommes de main. IBM-Ric effectue une roulade au sol et décoche un coup de pied retourné… peu efficace. Ah oui, c'est vrai, le principe des *Drunken Master*, c'est que le héros est d'autant plus redoutable qu'il est saoul, seul moyen de pratiquer avec brio l'art du *Zui quan*, aussi connu sous le nom de la « boxe ivre », un style de combat dans lequel les mouvements d'une personne en état d'ébriété deviennent mortels. IBM-Ric empoigne une bouteille de champagne qui roulait à terre, la débouche et s'en prend une bonne rasade. En titubant, il frappe l'un des hommes de main, trébuche et en heurte un deuxième puis rebondit sur un troisième et, se retournant brutalement comme pour s'excuser, le percute au menton et l'assomme, libérant Indy qui se jette au sol et glisse en direction de la fiole. Malheureusement, cette dernière est projetée par des coups de pied de clients affolés tandis que le second fils de Lao récupère une mitraillette apportée par un gangster et ouvre le feu dans le club. IBM-Ric saute avec l'agilité d'un singe sur l'une des statues encadrant la scène, récupère l'épée et sectionne la corde à laquelle le gong pendait. Ce dernier roule, permettant à Indiana Jones, dans le film, de courir derrière jusqu'à une fenêtre et de s'enfuir aux côtés de Willie qui avait, entre-temps, ramassé l'antidote. Or, dans le cas présent, la fiole rebondit toujours à terre, alors IBM-Ric, protégé par le gong, vide trois coupes de cocktail et se précipite vers le second fils qui, le voyant arriver, retourne l'arme vers lui mais trop tard ; l'ivrogne s'accroche à lui comme s'il allait tomber et, en tentant de se remettre debout, le roue de coups. Des gangsters s'efforcent de le repousser loin de leur patron, sans succès. IBM-Ric effectue des mouvements complètement désordonnés, tangue comme sur un bateau, esquive les attaques et joue encore et encore de maladresses très efficaces. En quelques secondes le danger est écarté, et Indy se jette un verre d'eau à la figure et se précipite en direction de la fiole.

Au moment où il va l'attraper, un coup de tonnerre retentit, les hurlements redoublent, la panique s'intensifie, les clients n'en finissent plus de quitter les lieux, les gangsters se regroupent, les ballons rebondissent, les danseuses courent en tout sens et, au milieu de ce cauchemar, débarquent dans des éclairs assourdissants trois artistes martiaux dans un costume grand-guignolesque, chacun surplombé d'un très large chapeau en osier. Grâce à ce détail, IBM-Ric reconnaît les trois guerriers légendaires *The Storms*, antagonistes du film *Les Aventures de Jack Burton dans les griffes du Mandarin*, dont le héros est interprété par Kurt Russell. Ils sont immortels, et chacun est doté d'un pouvoir particulier, sur la foudre, le vent, ou bien dispose d'une super force. Ils servent le sorcier Lo Pan. Le rebooteux lâche un juron : leur présence est la réaction de l'inconscient du client à sa condensation en Wong Fei Hung.

C'est à la limite de la diégèse des *Indiana Jones*. Le fantastique existe – un chevalier âgé de plusieurs siècles garde par exemple le véritable Graal, des entités surnaturelles échappées de l'Arche d'alliance font fondre des nazis, et même des extraterrestres se cachent dans la cité d'Akator. Indy aurait-il pu affronter *The Storms* ? C'est possible. Il est vrai que Jack Burton était pensé comme un hommage – une parodie, diront certains – à *Indiana Jones*, et le réalisateur du film, John Carpenter, a d'ailleurs tenté, sans succès, de créer une suite d'aventures exotiques dans le sillage du célèbre archéologue.

Wong Fei Hung n'ayant aucune chance contre les trois guerriers, IBM-Ric doit choisir une nouvelle condensation. Il réfléchit. Leurs costumes lui évoquent la franchise de jeux vidéo et de films *Mortal Kombat*; l'image de Raiden, le dieu de la foudre incarné entre autres par Christophe Lambert, s'impose à lui. La force mentale de reproduire les pouvoirs et le rire caractéristique de ce personnage font cependant défaut au rebooteux, aussi décide-t-il de prendre la forme de Hanzo Hasashi. Également appelé Scorpion, c'est un Ninja immortel déterminé à se venger notamment d'un autre personnage du jeu, Sub-Zero, responsable de la destruction de son clan et de la mort de sa famille. Scorpion arbore une armure noir et jaune avec cagoule et maîtrise le feu de l'enfer, en plus d'une panoplie de combos élaborés.

IBM-Ric s'élance donc en direction de *The Storms* en effectuant un saut, tout en lançant des *kunai* – genre de couteau antique – sur trois malfrats malmenant le professeur Jones. Le combat s'engage et ça cogne, ça saute dans les airs, des éclairs traversent le club, un vent à décorner les bœufs souffle sans répit, les ballons rebondissent, Indy court après la fiole, les clients hurlent, les danseuses piaillent, d'autres gangsters tirent des coups de feu, et le rebooteux se dit qu'il aggrave la condition de son patient. À ce rythme, l'emprise du burn-out va devenir irréversible. Bien qu'il ne soit plus novice, sa force mentale ne peut triompher de maladies nerveuses trop avancées. Il faut en finir, et vite; aussi, il tabasse l'un des guerriers et déclenche une *Fatality* : il enlève sa cagoule et révèle un crâne qui crache un feu carbonisant littéralement son ennemi. Une voix guillerette lance un « *Toasty!* » et les deux membres survivants du trio reculent, impressionnés par cette démonstration de puissance. Il a enfin réussi à prendre légèrement le pas sur l'inconscient du client; c'est l'occasion de tenter un *reboot*. Alors, profitant de ce très bref répit, il repère la fiole, qui ne cesse de rebondir au sol, s'élance dans les airs en effectuant des sauts périlleux aussi inutiles que sensationnels, attrape l'antidote et l'envoie en direction d'Indiana Jones. Ce dernier le récupère au vol et l'avale d'un trait. L'univers se vide aussitôt de toute présence, ne laissant que le décor du club Obi Wan saccagé. C'est fini, il a réussi à donner à son client le moyen symbolique de reprendre le contrôle. Métaphoriquement, après avoir traversé l'enfer et le chaos, il s'est guéri.

IMB-Ric s'assoit alors à même le sol, respire et entreprend la méditation nécessaire à la déconnexion.

2

Il émerge de la cuve emplie de liquide, grimaçant de douleur. Son assistant l'aide à s'asseoir sur l'un des bancs de la salle d'opération. Il reprend peu à peu contact avec la réalité : le bourdonnement des machines, la lumière crue des néons, la froideur du carrelage... Sa nudité, en dehors du slip qui dissimule ses parties génitales, dévoile l'ampleur des hématomes apparus sur son corps. Dans l'inconscient d'un client, toute blessure subie est somatisée. On ne compte plus les rebooteux handicapés à la suite d'une incursion difficile, voire décédés. Il se confronte à l'image renvoyée par un miroir : une musculature athlétique, entretenue par la nanotechnologie ; un visage taillé à la serpe et des yeux en amande qu'il doit à une mère japonaise ; il s'est toujours enorgueilli de ressembler à l'acteur Lee Van Cleef. À la sortie d'une incursion, il a tendance à ne se reconnaître qu'après quelques longues secondes, alors il s'efforce de soutenir le regard de l'étranger, jusqu'à ce qu'il se réapproprie son enveloppe. Il se lève, titube légèrement et se rassoit. C'est un métier dangereux.

Cela étant, l'opération a été un succès. La psychanalyse de son client avait révélé un syndrome croissant d'anxiété, d'épuisement émotionnel et un sentiment de dépersonnalisation aggravé, conduisant à un effondrement général de son système nerveux. Une fois le burn-out décelé, ne restait plus qu'à pénétrer, par le biais de la nanotechnologie, dans son inconscient, à le nettoyer de son trouble et à le rebooter. Et il s'avère que les inconscients gavés de pop culture depuis des décennies mettent invariablement en scène leur névrose ou leur psychose par le prisme d'une œuvre marquante correspondant à leur souffrance. Cependant, rien ne se passe comme dans les films. Aucun réalisateur ne criera « Coupez, on la refait ». Tout est possible, il n'y a aucun script à suivre, et le rebooteux doit s'adapter en permanence. Dans le cas présent, c'était relativement simple : l'introduction d'*Indiana Jones et le Temple maudit* résume l'état d'esprit d'une personne frappée de burn-out. Le patient était symbolisé par Indy en tenue de gala, déterminé à maîtriser la situation. Le burn-out par la trahison de Lao, le poison, les ennemis et la frénésie du contexte. La guérison, c'était la fiole. Exécuter le *reboot* a donc nécessité de s'assurer que l'aventurier puisse avaler l'antidote.

Le client émerge à son tour de la seconde cuve, encore groggy. L'assistant l'aide à marcher jusqu'au banc. Il est purgé de sa souffrance. Une fois séché et rhabillé, c'est un homme nouveau qui quitte le cabinet d'IBM-Ric, situé dans un hôtel particulier du quatrième cercle. Le rebooteux monte à l'étage se reposer, le temps de laisser sa nanotechnologie faire un diagnostic complet de ses fonctions vitales. Puis, en fin d'après-midi, il redescend se plonger dans l'étude de son prochain dossier : une incursion est prévue dans trois jours.

3

Le cas s'annonce difficile. En dépit de plus d'une année de psychanalyse, impossible de trouver la racine du mal-être de la cliente, A-Dell, une dame d'une quarantaine d'années d'un milieu social élevé. Elle réside d'ailleurs dans le deuxième cercle de la ville. Le syndrome dépressif est sévère, s'accompagnant des symptômes classiques : perte d'appétit, trouble du sommeil, dégoût de la vie, épisodes de tristesse suivis de phases d'angoisse paralysante ; bref, la panoplie complète d'une souffrance accrue. Le dossier ne révèle rien : A-Dell est mariée à un chef d'entreprise, a un enfant d'une quinzaine d'années, s'investit dans des causes humanitaires, a des relations paisibles avec ses parents… Les progrès étant inexistants depuis plusieurs séances, IBM-Ric a convenu de plonger dans l'appareil psychique d'A-Dell. C'est une incursion dangereuse puisque le *reboot* et la guérison nécessitent de comprendre l'origine de la névrose, d'identifier sa représentation par l'inconscient et, enfin, de déterminer la stratégie d'élimination. En outre, la connexion permise par la nanotechnologie ne peut être rompue facilement. Une fois connecté, c'est soit le *reboot*, soit la mort du rebooteux, soit un réveil brutal entraînant sa lobotomie. Cet ensemble de risques explique les honoraires considérables – certains diraient faramineux – qu'il pratique, à l'instar de ses confrères.

Le jour J est arrivé. Dans la salle d'opération, il regarde A-Dell s'immerger dans la cuve puis s'installe dans la sienne, laissant son assistant surveiller la procédure. La nanotechnologie fait son office et les deux systèmes nerveux se synchronisent.

FONDU AU NOIR

Il ouvre les yeux dans une coursive qu'il reconnaît immédiatement, éclairée par des néons froids et parcourue de tuyaux blancs et de parois métalliques de la même couleur. Intuition confirmée par le fait qu'il se trouve devant une porte coulissante arborant le logo « USCSS NOSTROMO ». Le film *Alien* est donc le décor choisi par l'inconscient afin de représenter son trouble. Ce n'est pas la première fois qu'il sillonne le cargo spatial. C'est un classique de son métier, et il connaît par cœur l'enchevêtrement de couloirs ronds étouffants. Cet univers est quasi systématiquement mis en scène soit par des claustrophobes, dont la vie se résume à un enchaînement de tunnels sombres et de petites salles renfermant un monstre souhaitant leur mort, symbole du sentiment de panique avec lequel ils vivent constamment, soit des femmes traumatisées par une agression sexuelle et qui fantasment sur leur revanche. Le ventre des *facehuggers* est en effet la reproduction d'un vagin belliqueux qui plante un œuf de force dans sa victime – en général un homme –, le forçant, pour ainsi dire, à accoucher d'une abomination. Or, A-Dell ni n'a souffert d'un tel drame ni ne ressent la moindre claustrophobie. Que symbolise donc l'univers d'*Alien* dans son cas ? Impossible de le déterminer à ce stade.

Il passe la porte et se retrouve dans une salle où tout est blanc : les murs, le sol, les nombreux tuyaux et les *sleeping pods* – ces cabines horizontales où les voyageurs stellaires sont plongés en hibernation. Ces derniers sont ouverts et vides, ce qui signifie que les sept membres de l'équipage ont déjà été réveillés par l'ordinateur central, un modèle MU-TH-UR 6000, autrement appelé Mother, en raison d'un signal inconnu capté en provenance d'une planète proche, LV-426. Le risque de se trouver confronté à un xénomorphe est trop grand pour conserver sa forme de base. Il connaît par cœur le *Aliens: Colonial Marines Technical Manual* et se condense en militaire tout en armure et équipement de pointe. Il choisit d'incarner le caporal Christopher Winter, héros du jeu vidéo *Aliens: Colonial Marines* et fait apparaître une arme, le M41A Pulse Rifle, fabriqué par la société Armat Battlefield Systems, petit bijou de technologie de 4,9 kilos, composé de titane et d'aluminium, utilisant une impulsion électromagnétique, grâce à une batterie localisée dans la poignée, afin de propulser des balles explosives de 10×24 millimètres. Sans compter son lance-grenades.

Il sort prudemment de la salle et entreprend de parcourir les coursives, le M314 Motion Tracker en main, un dispositif de surveillance à détection de mouvements par ultrasons. Un Alien est une créature redoutable qui se décline sous plusieurs formes : *runner, praeotorian, queen, spitter, predalien, scout*... Dans le premier film, mettant en scène le *Nostromo*, l'équipage affronte un *drone*, appelé également *warrior*, un bestiau de trois mètres de long, queue comprise, une boule de muscles et de griffes, une carapace chitineuse noir brillant, une langue dotée de dents, des tubes dorsaux, du sang violemment acide, un cauchemar tout droit tiré des délires psychosexuels de son inventeur, Hans Ruedi Giger. Le monstre peut nager, courir, sauter, marcher au plafond ; bref, les chances de survie sont minces, sauf à être sacrément bien préparé.

IBM-Ric avance donc prudemment, jusqu'à ce que son M314 capte un mouvement. Le bip caractéristique s'intensifie ; il braque son arme, le doigt crispé sur la gâchette. Il ne s'attendait vraiment pas à s'incurser dans cet univers particulièrement hostile et dangereux. À sa grande surprise, un chat rouquin déboule devant lui. C'est Jonesy, la mascotte du *Nostromo*, très présent dans le premier film, beaucoup moins dans le deuxième, et plus du tout dans les autres. Il a lu la théorie au sujet du félin, relayée par *Ctrl+Alt+Suppr*, le magazine professionnel édité par l'Ordre des rebooteux. D'un point de vue cinématographique, Jonesy génère des *jump scare*, ces apparitions soudaines à l'écran destinées à faire sursauter les spectateurs. Côté psychologique, en revanche, c'est une tout autre histoire : Jonesy apparaît à différents moments de l'intrigue, lorsque le monstre s'apprête à attaquer. On peut même penser qu'il mène les humains vers la créature. Il représente, en quelque sorte, une piste à suivre, un lapin blanc d'Alice, un moyen pour l'inconscient malade d'orienter un rebooteux, soit vers sa perte, soit au contraire vers la résolution du problème. Car, si tous les inconscients sont hostiles à une incursion et luttent contre une présence étrangère, certains sont prêts à aider à la guérison. Les deux principes s'affrontent ; tout dépend de l'état du client, de sa volonté de se débarrasser de son trouble. Difficile à ce stade de savoir ce qu'il en est. Cela étant, IBM-Ric ne peut pas négliger une piste et se décide à suivre le chat, qui repart en sens inverse et galope devant lui. Toujours avec la plus grande prudence, il parcourt les coursives sales, faites de tuyaux sifflants et de métal rouillé. L'univers d'*Alien* est un rétrofutur. L'histoire du premier film se déroule en l'an 2122, c'est-à-dire dans un avenir très lointain, au moment de sa diffusion sur les écrans de cinéma, en 1979. Et pourtant, tout y est daté : les ordinateurs rappellent les vieux Minitel, les vaisseaux paraissent montés de bric et de broc, les combinaisons spatiales semblent tout droit sorties de l'alunissage de 1969, le *Nostromo* est un cargo fatigué à la peinture écaillée. Ses caractéristiques n'en sont pas moins imposantes : longueur de 334 mètres, hauteur de 98 mètres, profondeur de 215 mètres, une masse de 63 000 tonnes et un coût de 42 millions de dollars (185 millions de dollars actuels) ; il peut énumérer ces chiffres sans même y réfléchir. Il se trouve à une extrémité du pont A, qui comprend entre autres l'infirmerie, la passerelle de commande, un lounge, la salle informatique où sont installées les interfaces de Mother ; bref, un dédale propice à des attaques mortelles de l'une des créatures les plus redoutables de la pop culture.

AUTEUR

JEAN BARET_

Le chat insouciant galope jusqu'à ce que le rebooteux s'arrête brutalement devant une inscription peinte en rouge sur l'un des murs blancs :

Sauras-tu percer le secret ?

Son intuition de professionnel lui souffle que ce message, absent des films, lui est directement adressé. L'inconscient d'A-Dell se manifeste ainsi, tiraillé entre la pulsion de vie, souhaitant aider IBM-Ric à accomplir la guérison, et celle de mort, hostile à sa présence. Découvrir le secret, c'est identifier le mal qui ronge A-Dell. Le chat miaule et repart en trottinant, suivi d'un rebooteux crispé sur son M314. Ils parviennent à l'entrée du réfectoire sans encombre. IBM-Ric reste tapi dans l'ombre, et observe la scène.

L'ensemble de l'équipage déjeune autour de la grande table ronde, assis sur des banquettes en cuir, disposées en arc de cercle. Au-dessus d'eux des écrans affichent des données en noir et vert. C'est le moment clé du film, celui qui voit les sept camarades, de retour d'exploration de LV-426, réunis pour la dernière fois. L'un d'entre eux, Kane, joué par l'acteur John Hurt, se lève brutalement, paraissant suffoquer, s'écroule sur la table, se tord de douleur, ses coéquipiers tentent de le maîtriser, puis première gerbe de sang au niveau de la poitrine, et, enfin, l'expectoration du *chestburster*, cet embryon d'Alien, dans un véritable geyser d'hémoglobine. Il est de notoriété publique que les acteurs entourant John Hurt ignoraient ce qui allait se passer, et que leur réaction de peur et de dégoût est authentique. Le fœtus monstrueux se carapate et disparaît. D'ici peu, il deviendra un *drone* dévorant les infortunés dockers de l'espace, un par un, jusqu'à ce que Ripley, interprétée par Sigourney Weaver, en vienne à bout. Entre-temps, IBM-Ric doit comprendre pourquoi l'inconscient de sa cliente lui a fait revivre la scène. À croire qu'un traumatisme sexuel la ronge. Jonesy ne lui laisse guère le temps de la réflexion, et repart au galop dans les coursives. Il décide de le suivre.

4

Les couloirs s'enchaînent dans un dédale cartographié mentalement par le rebooteux jusqu'au hangar des véhicules, un immense espace où sont stockés des engins roulants ou volants de diverses tailles. C'est ici que Brett, l'un des dockers, est tué par l'Alien descendant du plafond, après avoir été attiré par le chat. La scène va-t-elle se reprodui...

IBM-Ric se jette au sol, effectue un roulé-boulé, se relève, braque son M41A Pulse Rifle et lâche une rafale en direction du monstre, mais non, rien. Les balles ricochent dans un claquement sec sur les parois. Aurait-il rêvé ? Le courant d'air qui l'a frôlé n'est pourtant pas une invention de sa part. Le doigt crispé sur la gâchette, le regard rebondissant en tout sens, il guette le moment où la créature repassera à l'attaque, car il est certain que...

La violence du coup l'envoie bouler au sol, sur lequel il glisse. L'hématome qui l'accueillera à sa sortie de la cuve sera de toute beauté et violacé. Poursuivant sur sa glissade sans chercher à se redresser, il arrose le hangar d'un feu nourri. Le silence salue l'inefficacité de son action. Une fois debout, la meilleure stratégie lui paraît être de courir jusqu'à un Survey Buggy, un engin à mi-chemin entre un tracteur et un Big Wheels, offrant fort peu de protection puisque le siège conducteur est à l'air libre. Toutefois l'idée n'est pas de l'emprunter, mais de s'y adosser afin d'empêcher l'Alien de frapper par-derrière. Pourquoi diable le hangar est-il à ce point plongé dans la pénombre ? L'ambiance est moite, lourde, le putain de chat a disparu et la rage le prend à la gorge, alors il crie : « Viens, fils de pute ! », puis, se rappelant une réplique du film de Parker, il dit : « Je suis pas pour tirer à la courte paille, je suis pour tuer cette saloperie et tout de suite ! », ce qui renforce son emprise sur la diégèse. Comme en réponse, le monstre bondit devant lui et se dresse dans toute sa majesté. Bien qu'il l'ait vu des dizaines de fois, c'est toujours un émerveillement que de contempler ce crâne étiré, oblong, sa beauté luisante et cette physionomie pure, élégante, tout en lignes courbes et en robe noire. N'étant pas disposé à lui conter fleurette pour autant, le rebooteux décide de tirer en sautant par-dessus le véhicule histoire d'esquiver les giclées de sang acide extrêmement corrosif. Bien lui en a pris, car des balles blessent le monstre et le Buggy commence à fondre sous les éclaboussures. L'Alien s'élance de nouveau en sa direction, griffes et queue tranchantes en avant, qu'il parvient toutefois à éviter, et il tire encore et encore, jusqu'à ce qu'une bastos explose le crâne du xénomorphe dans un bruit écœurant et une nouvelle gerbe d'acide impossible à esquiver en totalité. L'armure grésille et il doit s'en délester au plus vite, s'exposant un peu plus au danger. Heureusement le cadavre au sol lui confirme que ce dernier est, temporairement du moins, écarté.

Un miaulement provenant d'un *escape pod*, un petit vaisseau de secours à éjecter en cas d'urgence, le convainc de s'installer à côté de Jonesy et de s'expulser sans plus attendre. Suivre le chat, véritable fil rouge qui devrait le conduire à percer le secret de l'univers d'*Alien*, est sa seule option. La capsule dérive dans l'espace fort peu longtemps, avant de se retrouver dans le champ gravitationnel de Fiorina « Fury » 161, une planète-prison où se dissimule une colonie minière pénitentiaire.

5

Même si l'emplacement exact de la planète a été gardé secret par la société Weyland-Yutani, sa position est estimée à 19,5 années-lumière de la Terre, juste en dehors de la frontière du noyau galactique. Le rebooteux n'est jamais venu sur cette prison stellaire, et un paysage particulièrement sinistre s'offre à lui : la surface est stérile, rocheuse et d'un gris brunâtre, connaissant des températures extrêmes, allant de 40 °C le jour à –20 °C la nuit. L'atmosphère est évidemment respirable, en raison principalement de la présence de grands océans. Cependant, ces masses d'eau sont à l'avenant du reste : sombres, huileuses et acides. Fiorina-161 n'est pas un camp de vacances d'été : aucune montagne, très peu de collines, pratiquement que du terrain plat donnant libre cours au passage de vents violents et hurlants, qui aggravent les conditions climatiques ressenties et charrient une pluie piquante. Le ciel est toujours nuageux et brumeux.

Cette configuration particulière de la planète, sa grande couverture océanique et son paysage aride et désertique, a fait de Fury l'endroit idéal pour l'installation de deux établissements : une fonderie de plomb et un « centre de correction du syndrome du double Y », tous deux appartenant à la Weyland-Yutani Corporation. Après la fermeture de ces établissements, ils ont été maintenus en activité par une petite équipe de détenus qui ont choisi de rester sur place. En raison de cette industrialisation antérieure, la surface est jonchée de structures industrielles abandonnées et désaffectées.

La capsule spatiale d'IBM-Ric se pose avec rudesse tout près de l'unité correctionnelle de travail. Puisque l'inconscient de la cliente reprend le film *Alien 3*, il se trouve en 2179, et seuls vingt-deux taulards et trois gardiens s'occupent des lieux. Une morgue, un mess et une infirmerie sont les dernières installations disponibles dans l'enceinte carcérale d'un diamètre de près de dix miles carrés, avec un total d'environ six cents conduits de ventilation. De quoi s'amuser à jouer à cache-cache avec le monstre du film, un *runner*. Également connu sous le nom de *dog alien* ou *scout*, il est issu d'un animal hôte quadrupède, vif, agile, capable de cracher de l'acide de sa gueule. Il bénéficie de membres postérieurs digitigrades. Les *runners* ont des carapaces lisses et bombées, n'arborent aucun tube dorsal, présentent une poitrine en forme de tonneau. Leur peau est teintée de brun-rouge, par opposition au gris-noir habituel. Bien qu'ils puissent se tenir debout et marcher sur leurs pattes arrière, les *runners* se déplacent généralement à quatre pattes, ce qui fait d'eux les xénomorphes les plus rapides.

Tandis que le rebooteux émerge de sa capsule, faisant face à d'immenses fourneaux industriels, il poursuit sa réflexion sur la condensation la plus efficace : ces bestioles mesurent deux mètres environ et traversent les sols, les murs et les plafonds à toute vitesse. Peu résistants, ils comptent sur leur vitesse et leur agilité pour déjouer les menaces. S'armer lourdement a peu d'intérêt si l'on ne parvient pas à toucher une cible trop mouvante. Balayé par les vents violents et la pluie acide, le rebooteux pense tout d'abord à Riddick, le protagoniste du film *Pitch Black* incarné par l'acteur Vin Diesel. Bien qu'identique à un humain, c'est un Furien, un extraterrestre né sur la planète Furya, abritant la plus grande race de guerriers. C'est aussi le criminel le plus recherché de l'univers. Dans son histoire, alors qu'il est ramené au pénitencier de Butcher Bay par un chasseur de primes, le vaisseau de transport civil sur lequel il a embarqué s'écrase sur M6-117, une planète déserte au jour sans fin sur le point d'entrer dans une période d'éclipse. L'obscurité libère des créatures affamées de chair. Riddick pourrait parfaitement correspondre à la diégèse d'*Alien 3*. Cependant, si ses réflexes surhumains, sa nyctalopie et sa puissance musculaire légendaire en font un combattant hors pair, tout affrontement au corps à corps l'expose à l'acide mortel de la bête. Enfin, cette condensation entamerait très sérieusement son capital de force mentale, le privant d'une transformation future si le besoin s'en faisait sentir. Ce qu'il lui faut, c'est un moyen de frapper à distance une cible mouvante. Aussi, plutôt que de changer de corps, son choix se porte sur le M56A2 Smart Gun : un canon intelligent monté sur un bras articulé et un cardan attaché à un harnais blindé enfilé par l'opérateur. Le M56A2 sélectionne les ennemis grâce à un système de suivi infrarouge et à un émetteur/récepteur de données, et envoie ces informations à un viseur. Le M56A2 tire soit en rafales, soit en automatique. Et puis, c'est le bel engin, tout en longueur, épais, lourd : on se sent en sécurité avec lui. À la réflexion, cela aurait dû être son premier choix, histoire d'économiser un peu de ressources mentales. C'est le défaut de n'avoir pas pu préparer le terrain : il faut improviser et prendre des décisions critiquables. Il complète l'arsenal par une Weyland-Utani Ape Suit. C'est un vêtement de compression spécialisé, blindé et conçu pour le combat dans des conditions environnementales défavorables. Bien qu'une Ape ne puisse pas protéger du vide de l'espace, elle offre un air filtré, une résistance aux températures extrêmes et aux substances acides : un sacré avantage dans le contexte. Le casque comprend des lunettes et un masque de protection. La combinaison est généralement portée par les commandos de sécurité de Weyland-Yutani et les unités Dog Catcher afin de contenir les organismes hostiles.

Il chausse l'armure, se glisse dans le harnais, et c'est un rebooteux lourdement équipé qui avance péniblement en direction des immenses fonderies, majestueuses sous le ciel gris. Le vent le frappe avec force, une poussière rappeuse s'acharne à le blesser, mais, ainsi protégé, il marche sans ralentir. Sous ses pâles soleils jumeaux, le décor est inhospitalier. Au loin, d'étranges structures écrasent l'horizon : des ponts transbordeurs gigantesques et d'autres formes tout aussi massives, tordues et rouillées, dont il ne parvient pas à comprendre l'utilité. La progression est pesante, et sa fatigue non négligeable. Bien qu'à l'intérieur d'un inconscient, il pourrait y mourir de faim, de soif ou d'épuisement, d'autant que le passage du temps est différent, plus étiré ; il peut se trouver à errer des années dans le crâne d'un patient, alors que quelques heures seulement se seront écoulées dans le monde des éveillés. D'ailleurs, une incursion difficile l'avait ainsi amené à traverser le désert d'Arrakis aux côtés des Fremen pendant des mois, expérience soldée par une perte de huit kilos à son réveil.

Chassant ses souvenirs, il s'accroche à son M56A2 et se noie dans les données télémétriques relayées par son casque. Où est le putain de chat ? Comment pourrait-il survivre à des conditions climatiques pareilles ? Peu importe, son instinct lui souffle d'aller vers les fours industriels, là où Ripley va rencontrer son destin. Et il ne se trompe pas. Il parvient à l'intérieur de la fonderie à temps pour voir la scène finale du film, poignante. Ripley, le crâne rasé en raison des poux grouillants sur la planète, sait qu'elle a été inséminée par un *facehugger* pendant son trajet spatial et préfère se jeter dans la lave en fusion. Il est arrivé trop tard. Ou bien, au contraire, l'inconscient d'A-Dell voulait lui montrer le sacrifice de Ripley. D'ailleurs, *Alien 3* tout entier la présente en victime. Elle est hantée par les choses qu'elle a vécues, et son désir de laisser derrière elle les xénomorphes est omniprésent au début du film. L'histoire se termine sur sa résignation : son destin est lié à ces créatures, en dépit des efforts déployés pour s'échapper du cauchemar dans lequel elle continue d'avancer. Elle pourrait se battre et survivre, notamment en se livrant à la société Weyland-Yutani afin d'extraire l'Alien. Pourtant, elle choisit la mort. Que veut lui dire l'inconscient d'A-Dell ?

Ses réflexions sont interrompues par un signal du casque relayant une forme se mouvant avec célérité. Pas de doute, le monstre est tapi dans cet univers de fer rouillé. Heureusement qu'il est fort bien équipé. Cela étant, disposer d'une arme à verrouillage de cible est une chose, encore faut-il pouvoir laisser le temps à l'ordinateur pilotant le M56A2 de localiser l'ennemi. Le *runner* porte bien son nom et apparaît fugacement dans son champ de vision. Par bonheur, aucun des prisonniers restant sur la planète n'est présent, ce qui lui garantit de ne pas risquer un *friendly fire*. On ne sait jamais ce que tel ou tel personnage peut représenter dans un inconscient, et quels dégâts son élimination pourrait entraîner.

Au bout de quelques minutes de ce cache-cache épuisant pour ses nerfs, le Smart Gun accroche le monstre lancé vers le rebooteux. Il lâche un déluge de plomb en reculant, et le cadavre de la créature, frappée à de multiples endroits, glisse à ses pieds dans une gerbe d'acide. Sa transpiration poisse l'intérieur de l'armure. On a beau être protégé, voir la mort d'aussi près ne peut jamais laisser indifférent.

Comme de bien entendu, un miaulement se fait entendre derrière lui. Jonesy le regarde et reprend sa course. IBM-Ric soupire et se lance une nouvelle fois à sa poursuite dans les coursives de l'inconscient malade d'A-Dell. Au bout d'un long moment, particulièrement pénible compte tenu de la lourdeur de son équipement, le rebooteux change d'ambiance. Au détour d'un couloir, l'environnement n'est plus fait d'acier et de rouille, de rouge et de chaleur. La tonalité est plus froide, grise, légèrement bleutée. Après avoir emprunté quelques escaliers métalliques, il émerge à la surface et son regard tombe sur des ruines d'installations au loin. On pourrait être sur Fury. Cependant, des habitations regroupées sur sa droite, tout aussi lointaines, laissent entendre qu'une colonie vit ici. Un immense panneau tordu, affichant « Hadley's Hope », le confirme : il est sur la planète LV-426, autrement appelée Acheron, toujours en l'an 2179. Et c'est tout sauf une bonne nouvelle : le voici dans l'univers d'*Aliens, le retour*, le deuxième film.

« Et t'es qui, toi ? »

6

La voix venant de derrière lui le fait sursauter. Il se retourne, le doigt sur la gâchette, puis se détend en voyant Ripley dans sa version tirée du film *Alien 4*, avec des cheveux mouillés plaqués en arrière et un regard étrange, fiévreux, sans parler d'une musculature sèche. C'est la Ripley d'*Alien, la résurrection*, le quatrième de la série, une hybride humain/alien qui s'éveille en 2179. Elle porte également le nom de Ripley-8, compte tenu du fait qu'elle se trouve être le huitième clone, seul viable après une suite d'échecs. Arborant pantalon en cuir noir, veste sans manches de la même couleur et débardeur kaki, Ripley est plus forte qu'un humain, plus agile, et a développé un lien empathique avec les xénomorphes. Elle exhibe un lance-flammes Draco Double Burner, comme dans le film.

« T'es sourd ou quoi ? »

Le rebooteux réfléchit quelques secondes : c'est la première fois que quelqu'un lui parle depuis son incursion ; la présence de Ripley, sous cette forme particulière, n'est donc pas anodine. Il décide de jouer le jeu.

« Non, ma'am. Je suis le caporal Christopher Winter.

— Sûr que t'as pas la gueule d'un *janitor*. Vas-y, fais-moi le topo, marine.

— Vous connaissez le *Sulaco* ?

— Ah ! Si je connais ce tas de ferraille ? Un peu !

— Donc vous savez qu'un groupe de marines fut expédié à bord de l'*USS Sulaco* pour enquêter sur une infestation xénomorphe sur la colonie LV-426, la planète où on se trouve. Le contact fut perdu avec le *Sulaco* et son équipage depuis, si ce n'est une transmission du caporal Hicks. Plusieurs semaines plus tard, le *Sulaco* fut retrouvé de nouveau en orbite de LV-426. Face à ce mystère, l'United States Colonial Marine Corps m'a envoyé, avec une équipe, sur l'*USS Sephora*, histoire de voir ce qui se trame.

— Bilan ?

— Le *Sulaco* a été récupéré par la Weyland-Yutani et sert à l'élevage de xénomorphes à des fins d'études.

— Ouais, aucune surprise de ce côté.

— Et donc, euh... »

Le rebooteux a, jusqu'ici, repris l'histoire du jeu vidéo d'où est tiré son personnage, suite directe d'*Aliens, le retour*. Il se demande toutefois si c'était avisé, dans la mesure où, clairement, ils se trouvent dans une reproduction de ce deuxième film. Aussi, plutôt que de poursuivre une explication grosse d'un paradoxe de continuité, il préfère poser à son tour une question.

« Et vous, euh, vous faites quoi ici ? »

Ripley lui lance le regard glaçant d'un prédateur.

« Je suis venue terminer le travail.

— D'accord... Mais encore ?

— Elle m'a volé ma vie, tu comprends ?

— Eh bien, non, pas vraiment. Qui ça ?

— Je me la traîne comme un boulet depuis trop longtemps.

— Mais qui ?

— Et en quoi ça te regarde ? »

Le rebooteux n'a pas le temps d'argumenter plus avant. Ripley reprend sa marche au pas de course. Il décide de la suivre du mieux qu'il peut, en réfléchissant à la situation. Leur échange est signifiant. Ripley hybride pourrait être une incarnation de la cliente, même si cela ne colle pas avec sa pathologie. A-Dell souffre d'une dépression sévère, elle ne peut être représentée par une guerrière surhumaine. Du reste, son objectif est incompréhensible. Il faut absolument qu'il découvre le sens de tout ce qu'il vient de vivre. C'est le seul moyen de vaincre la maladie et de rebooter l'inconscient d'A-Dell.

Il court à perdre haleine derrière une Ripley déterminée à en finir.

7

Ripley-8 et le rebooteux ont rejoint l'entrée sud de la colonie dévastée. L'ensemble, loin d'être un village riant, correspond plutôt à des bâtiments administratifs austères, croisement entre des laboratoires et des baraquements militaires. On retrouve un enchevêtrement de couloirs sombres et de pièces exiguës, le tout sur fond de guerre des tranchées : les meubles ont été bennés en vrac pour fermer des accès aux monstres, le matériel est cassé ; bref, c'est un paysage de désolation. Ils ont emprunté un monte-charge tout en barres de fer et grillage, jusqu'au dernier sous-sol de l'installation où ils contemplent un cauchemar tiré tout droit des rêves mouillés d'une araignée géante. Dans une salle immense, des humains sont emberlificotés dans des cocons de fils poisseux. IBM-Ric reconnaît les acteurs qui incarnaient l'équipe de militaires envoyés sur LV-426 au début d'*Aliens, le retour*. Parmi eux se trouve Newt, engluée et somnolente. C'est la gamine d'une dizaine d'années, seule rescapée du massacre de la colonie. En regardant ce visage poupon, épuisé, les yeux mi-clos, le corps immobile, il comprend qu'elle doit représenter le symptôme dépressif de la cliente. Quoi de plus parlant que de se visualiser en petite fille emprisonnée dans la toile de la vie ? Mais alors, qui est Ripley-8 dans ce contexte ? Et surtout, comment est symbolisée la dépression ? Par les créatures ? Cela lui paraît une hypothèse confuse.

Une fois de plus, sa réflexion pourra attendre. Des Aliens viennent d'apparaître. Sur les murs, au plafond, au sol, ils sont nombreux et grouillent comme de gros cafards. De gros cafards dotés de dents et de griffes tranchantes. Des *warriors* sortent de partout et se lancent à l'attaque. Ripley-8 utilise son lance-flammes, cramant les bêtes sans répit. De son côté, IBM-Ric emploie son M56A2 ; la lenteur des monstres permet à son arme de les cibler sans difficulté. Ils se retrouvent rapidement dos à dos, encerclés par une marée noire, et il se dit (Ripley-8 hurle : « LÀ-HAUT ! PUTAIN, FAIS GAFFE AU PLAFOND ! ») que si l'inconscient (*tatatatatatatatata* des Aliens explosent dans des gerbes d'acide) d'A-Dell continue de les noyer (*tatatatatatatatata* il tire encore et encore, la chaleur du lance-flammes dans son dos) sous un flot de bestioles enragées, ils ne (*tatatatatatatatata* merde, le compteur de balles se vide à une vitesse alarmante) pourront pas survivre (Ripley-8 : « JE VAIS ÊTRE EN MANQUE DE CARBURANT ! ») bien longtemps (le chargeur continue de se vider). Heureusement, pour l'instant (*tatatatatatatatata*) ils parviennent à maintenir à distance (oh, putain cet enfoiré a failli passer sous son arme et me choper direct) ces fils de (*tatatatata-tatatata*) pute.

Alors que la situation paraît déjà dramatique, les xénomorphes s'écartent soudainement pour laisser place à des créatures encore plus massives : trois mètres de haut, larges, et surtout reconnaissables par leur crête crânienne imposante. Ils sont notables également par leurs tubes dorsaux plus longs et plus grands que ceux des *warriors*, qui se terminent par des pointes acérées et un exosquelette plus épais, à l'épreuve des balles. Ce sont des *praetorians*. Ces monstres assument une position bipède permanente, ils ne peuvent pas escalader les murs ou les plafonds en raison de leur masse et de leur poids. Ils gagnent en force et en endurance au détriment de leur dextérité. Ah oui, et aussi, ils peuvent cracher de l'acide en bien plus importante quantité que les autres types de xénomorphes, ainsi qu'utiliser leurs griffes et leur queue en tant qu'armes tranchantes, ce qui les rend mortels à toute distance. Leur arrivée est catastrophique. Il doit impérativement comprendre quoi faire afin d'enclencher le *reboot* de la cliente et se sortir d'ici au plus vite.

Comme toujours, pas le temps de réfléchir plus avant : les *praetorians* partent à l'attaque, suivis par les *warriors*, et IBM-Ric ne peut compter sur son canon pour gérer la situation. Alors, dans un effort mental considérable (migraines incapacitantes à son réveil), il se condense en Wolf, un membre de la race des Yautja, communément appelé Predators. Apparue en premier dans le film du même nom, face à une équipe de mercenaires dont le leader est incarné par Arnold Schwarzenegger, cette race extraterrestre hostile est devenue immensément populaire et il n'a pas fallu bien longtemps avant que la rencontre entre les xénomorphes et les Yautja ne soit consacrée, d'abord dans les comics, puis dans des films. Les Predators sont des humanoïdes dont l'existence est entièrement vouée à l'art de la chasse et du combat. Leur équipement est redoutable, tout comme leur armure. Wolf est révélé dans le film *Aliens vs. Predator: Requiem*. C'est un vétéran, un guerrier d'élite de 2,33 mètres de haut, dont l'une des mandibules a été brûlée par un jet d'acide.

Sans attendre, IBM-Ric utilise le canon laser logé sur son épaule gauche, projetant des rayons à longue portée et doté de capacités de ciblage automatique. C'est sans nul doute l'outil offensif le plus dévastateur et le plus avancé technologiquement à la disposition des Yautja et il compte bien faire du nettoyage autour d'eux. Ripley-8 réprime un hoquet d'horreur en voyant le colosse prendre la place du marine, mais comprend vite que ce n'est pas un ennemi : IMB-Ric lui tend un pistolet plasma tout en arrosant les *praetorians* au canon. Elle jette son lance-flammes pratiquement vide, s'empare de l'arme et décharge à tout va de son côté. Le rebooteux utilise alors les diverses visions procurées par son masque, et le détecteur de champ électromagnétique lui révèle un nombre d'Aliens incalculable. Sortir de ce guet-apens est indispensable, tout en récupérant Newt qui, si son diagnostic est le bon, représente en partie la cliente, dans son état dépressif.

Le canon toujours en action, il s'empare du fouet yautja, capable de s'enrouler autour de la cible et qui, une fois tendu, la coupe en deux. C'est une arme résistante à l'acide xénomorphe, car construite à partir de la queue de l'un d'entre eux. Il découpe un *warrior*, puis un autre, dans des gerbes de sang corrosif spectaculaires. Les monstres reculent, lui ouvrant un passage vers la petite fille engluée. Afin de capter l'attention de Ripley-8 qui lui tourne le dos, il tente un message. Le masque des Predators peut reproduire une phrase humaine et il dispose d'un large panel de répliques préenregistrées ; cependant, dans la précipitation, il lâche un : « T'as pas une gueule de porte-bonheur », ligne de dialogue célèbre s'il en est. Ripley-8 se retourne tout en maintenant un tir soutenu et dit : « Non, mais tu t'es vu ? » et s'aperçoit qu'il se précipite vers Newt. Elle crie : « Non ! » et tire en sa direction. Bordel, pourquoi ? Le plasma le frappe heureusement sur l'armure (brûlure au second degré). Le geste de Ripley-8 a des conséquences immédiates : un *praetorian*, profitant du déséquilibre du Predator, parvient à arracher d'un coup de patte le canon d'épaule puis s'acharne sur sa protection (hématomes). Sa force lui permet de maintenir IBM-Ric au sol tandis que sa queue tente de l'empaler. Il réussit toutefois à sortir ses lames de poignet rétractables, de la taille d'un sabre, et tranche un membre du monstre sans pouvoir éviter un jet d'acide (brûlure au troisième degré). Ripley-8 fonce maintenant vers Newt et, à sa grande surprise, les Aliens s'écartent. Elle crie : « Abruti, j'essayais de te sauver ! Ce n'est pas moi qu'ils attaquaient, mais toi ! Je ne risque rien, ils me reconnaissent comme l'un des leurs ! » IBM-Ric se maudit de ne s'être pas souvenu qu'en effet, cette version de Ripley, en tant qu'hybride, n'est pas menacée directement par les xénomorphes. Ce qui signifie que...

Deux autres *praetorians* passent à l'attaque et, maintenant qu'il a perdu ses deux armes à longue portée, la situation empire; alors, il lance une mine vers l'un d'entre eux. Au contact, l'engin explose en une multitude de lasers rouges découpant tout ce qu'ils touchent et éliminant une bonne dizaine de *warriors* et les deux mastodontes. Grâce à ces quelques secondes de répit, il enclenche son dispositif d'invisibilité, un camouflage optique de caméléon le rendant particulièrement difficile à repérer, empoigne sa lance rétractable, la déploie et la projette vers Ripley-8. Son intuition surhumaine l'incite à une esquive de dernière seconde, ce qui n'empêche pas la lame de la blesser à la jambe. IBM-Ric n'a pas cherché à la tuer, dans la mesure où il n'est pas encore certain de son rôle dans la psyché d'A-Dell. Un juron salue la plaie pourtant superficielle. Le Predator profite de la diversion pour atteindre en premier le cocon, sectionner les filaments épais engluant Newt, toujours au bord de l'inconscience. Il l'attrape et se rue en direction du monte-charge. Hélas, de nombreux xénomorphes lui barrent la route. Il abandonne alors son invisibilité et joue du fouet tant qu'il le peut, tout en esquivant les tirs de plasma de Ripley-8 qui crie : « Reviens ! Elle doit mourir, tu m'entends ? » Newt bien calée sur l'épaule, de son autre main il saisit le Smart Disk, un dispositif de coupe circulaire extrêmement aiguisé lancé comme un disque et revenant vers l'utilisateur comme un boomerang. L'arme effectue un large arc de cercle décapitant ou tranchant tout sur son passage, lui libérant un peu d'espace. Un nouveau tir plasma de Ripley-8 le blesse sur une partie de son bras non protégée par l'armure (cicatrice), aussi, en espérant que cela ne la tuera pas, il sort son *netgun*. Ce petit appareil portable projette un filet à expansion rapide capable de clouer une cible sur une surface proche. Une fois attaché à une surface ou enroulé autour d'une victime, il se resserre automatiquement, entaillant la chair de toute personne prise à l'intérieur, causant des blessures graves. Surprise par la vélocité du filet, Ripley-8 ne parvient pas à l'esquiver et se trouve rivée au mur le plus proche. Un hurlement de douleur se fait entendre au fur et à mesure qu'il se contracte, et IBM-Ric relance le Smart Disk dans une ronde mortelle, tandis que de son autre main il écarte à coups de fouet les monstres. Il atteint le monte-charge et appuie sur le bouton de l'étage du toit au moment où Ripley-8 se libère. Entre sa force surhumaine et surtout son sang corrosif, le piège ne pouvait la retenir très longtemps. Elle crie : « TU NE M'ÉCHAPPERAS PAS ! » pendant que le monte-charge décolle.

8

Une fois sur le toit du bâtiment, il pose la petite fille à terre et ne perd pas une seconde à tenter de la réveiller. Elle symbolise la patiente dépressive, et seul le *reboot* réglera le problème. Maintenant qu'il dispose d'un peu de temps, il doit affiner le diagnostic. Donc Ripley-8 entend éliminer Newt, ce qui le rend perplexe. Si elle parvient à éliminer la petite fille, que se passera-t-il ? Pourquoi l'inconscient d'A-Dell a-t-il choisi de mettre en scène la dépression sous cette forme ? Et surtout, pourquoi l'hybride voulait-elle protéger le rebooteux contre les assauts des xénomorphes ? D'habitude, une fois la condensation de la névrose ou de la psychose identifiée, il suffit de la vaincre et le *reboot* s'enclenche. Dans le cas présent, ce qui le fait grandement hésiter, c'est précisément le fait qu'elle ait voulu l'aider. Et c'est quoi, le secret caché dans le monde des films *Aliens* ? Ou plutôt, le secret caché dans l'inconscient d'A-Dell représenté par les films *Aliens* ?

Un miaulement l'amène à se retourner. Jonesy est sur le toit, assis sur son train arrière, les pattes avant bien droites. Et lui, que représente-t-il ? Pourquoi l'avoir conduit d'une scène à une autre ? L'appareil psychique de la cliente lui paraît complexe, tiraillé entre une pulsion de vie, qui voit la présence du rebooteux comme une chance de s'en sortir, et une pulsion de mort, qui, à l'inverse, cherche à en finir au plus vite, en tuant métaphoriquement Newt. La pulsion de vie, c'est le chat et Ripley-8 protectrice. La pulsion de mort, c'est le souhait de la même Ripley-8 de tuer la petite fille, en parfaite symbiose avec la diégèse d'*Alien, la résurrection*, où elle exécute le Newborn, un autre hybride humain/alien et hideux mélange des traits des deux espèces. Celui-ci ne naît plus dans un œuf, mais via un utérus que Ripley a transmis à la reine grâce à son ADN. Le Newborn reconnaît d'ailleurs Ripley comme sa mère, et elle l'assassine sans pitié. Cette version de Ripley représente une pulsion infanticide, et il aurait dû s'en souvenir.

Si son analyse est fondée, en s'incursant dans l'inconscient d'A-Dell, il a précipité l'évolution de la dépression. C'est quitte ou double. Soit il trouve comment réaliser le *reboot*, soit la cliente sombrera définitivement. Voyons, reprenons les scènes : l'expectoration sanglante du *chestburster* dans la cuisine du *Nostromo*. Le sacrifice de Ripley sur la planète Fury. Et maintenant, le sauvetage de la petite fille sur LV-426, confrontée à une Ripley hybridée humaine/xénomorphe souhaitant sa mort. Il existe forcément un lien entre ces scènes et...

Le chat feule. Il recule. Un cri monstrueux emplit l'atmosphère. IBM-Ric a juste le temps de dire : « Et merde... » De derrière un pylône gigantesque sort l'une des pires créatures imaginables dans cet univers : une reine alien. Quatre mètres cinquante de haut, deux fois plus large qu'un xénomorphe, des longs bras – elle en a même une seconde paire, plus petite, qui dépasse de sa poitrine –, une couronne lisse et ramifiée, aussi majestueuse que des bois de cerf... sans oublier des doubles mâchoires aux dents de la largeur d'une épée, une carapace noire et brillante... Elle est belle, redoutable, mortelle. Que vient-elle faire dans ce scénario ? Quel archétype psychologique représente-t-elle ? Il rassemble ses souvenirs en vitesse : une reine est à l'épreuve des balles, grâce à son exosquelette épais. On l'a également vue survivre à un incendie (dans le film *Aliens, le retour*). Elle dispose d'une densité musculaire extrême, puisque capable de déchirer des robots synthétiques en deux avec sa queue tranchante (toujours dans le film *Aliens, le retour*), ce qui, associé à sa grande taille, fait de toute forme de combat à mains nues une tactique peu judicieuse lorsqu'on l'affronte, qu'on soit un humain ou un Yautja. Et histoire de fignoler le tableau, une reine est rapide – pouvant courir à des vitesses allant jusqu'à 40 kilomètres par heure (archives de Weyland-Yutani, bonus du film *Aliens vs. Predator: Requiem*). Elle a également une longévité incroyable, certains spécimens ayant survécu pendant des dizaines de milliers d'années (archives de Weyland-Yutani). Au moins dans des conditions très froides, les reines sont apparemment capables d'hiberner ou de suspendre leur métabolisme (film *Alien vs. Predator*). IBM-Ric peut s'estimer heureux : il aurait pu avoir affaire à une impératrice, voire à la reine mère. Cela étant, cela ne modifie pas tellement les statistiques en sa faveur. La reine est un adversaire impossible à vaincre par un Yautja blessé et pratiquement désarmé, ayant perdu ses canons lasers, d'épaule comme portable, sa lance, sa mine et son filet. Ni le fouet ni le Smart Disk ne parviendront à percer la carapace de cette gigantesque monstruosité. Il attrape Newt et réfléchit à ses options, bien maigres : vu la taille du bâtiment, sauter du toit revient à un suicide, même pour un Predator ; tout comme affronter la reine. Il ne peut que tenter de redescendre au niveau du sol. Ce n'est pas comme cela qu'il réalisera un *reboot*, mais au moins, il sauvera sa peau et celle de la petite fille. Il se retourne, fonce vers le monte-charge, poursuivi par une reine lancée maintenant à pleine vitesse, et se retrouve face à Ripley-8, couverte de sang acide, le Plasma Gun en main, boitant légèrement et affichant un air farouchement déterminé. Elle dit : « Ne la touche pas, sale pute » et tire sur la reine. Cette dernière ralentit, puis reprend sa course et frappe IBM-Ric sans qu'il puisse l'éviter. Il s'écrase contre la paroi du monte-charge (côte cassée). La violence du choc détruit les poulies, et l'habitacle chute au sol. Sa seule option de fuite vient de tomber, au sens propre comme au figuré. Et pour couronner le tout, sa force mentale, épuisée, ne lui permet plus de maintenir la condensation et il est contraint de retrouver sa forme de base. Paniqué, il recule en tirant Newt tandis que la reine et Ripley-8 s'affrontent. Pourquoi ? Dans les films, la reine conserve les humains vivants dans des cocons, afin qu'ils servent d'hôtes aux *facehuggers* qu'elle pond. Que symbolise, dans l'inconscient d'A-Dell, le comportement de la reine ?

À les voir toutes deux, la reine et Ripley-8, se faire face, on dirait une mère protégeant... Non, Ripley est aussi une mère dans les films. Newt est justement une fille de substitution et... Oh, putain ! C'est bon, il a compris ! Tout s'explique ! L'inconscient d'A-Dell est éclaté entre les trois protagonistes du drame qui se joue devant lui. La petite fille, c'est A-Dell dépressive. Et la reine et l'hybride sont deux versions de la maternité vécue par A-Dell. La scène du *chest-burster* dans la cuisine du *Nostromo*, c'est l'accouchement de la cliente, ou plutôt, la façon dont elle l'a inconsciemment éprouvé. Un drame, une déchirure, une violence morale insoutenable. Puis le sacrifice de Ripley sur Fury, c'est la symbolisation de ce qu'A-Dell est morte en ayant un enfant. La femme qu'elle était a disparu au profit du rôle de mère. Et Ripley-8, c'est un hybride entre la femme et la mère, une créature qui n'est plus celle qu'elle était, animée de pulsions infanticides mâtinées d'instinct maternel. La reine, quant à elle, représente la persistance de la maladie, et s'acharne donc à maintenir Newt dans un cocon, tout en incarnant le cycle perpétuel de l'enfantement qui ne doit pas être rompu. Enfin, les xénomorphes, c'est le sentiment d'oppression qu'elle ressent, le fait d'être poursuivie inlassablement par l'enfant dévoreur de sa vie. La dépression sévère d'A-Dell vient de son désespoir d'avoir eu un enfant. C'était ça, le secret : la honte d'une mère de regretter sa progéniture. Honte qu'elle n'assume pas, d'où son appareil psychique fracturé entre la mère qui voudrait tuer l'enfant (Ripley-8) et la mère qui voudrait le sauver (la reine alien), même si c'est pour la conserver dans un état catatonique (A-Dell étant à la fois le monstre, l'enfant et la mère). Le problème est ardu :

affronter les deux pulsions de mort et de vie ne permettront pas le *reboot*. Liquider Ripley-8, à imaginer que cela soit possible – et ça ne l'est pas, vu qu'il n'a plus la force mentale de se condenser –, ne servirait à rien. La reine alien replacerait Newt dans un cocon. Même s'il pouvait éliminer le monstre également, la petite fille resterait dans un univers symbolisant son aliénation.

Son *Alien*-ation.

Alors que faire ?

Son mentor, un rebooteux du nom de ROM-Eo, lui a toujours dit de penser latéralement lorsqu'une situation était impossible. Sauf que, dans ce cas précis, il ne voit pas comment sortir A-Dell de cette opposition entre deux conceptions de la maternité. Dans sa forme de base, totalement impuissant, il serre la petite fille dans ses bras en contemplant l'affrontement entre la Reine et Ripley-8, se résignant à mourir rapidement.

Un miaulement se fait entendre.

9

Jonesy glisse entre ses jambes. Penser latéralement... Et si... Il lui vient une idée folle. Il utilise les dernières ressources mentales à sa disposition (vertiges et saignements de nez) et transforme le chat en un Flerken. Dans l'univers des comics Marvel, il s'agit d'une race extraterrestre ressemblant aux félins terriens. Leur particularité est de pouvoir faire sortir de nombreux tentacules de leur gueule. Et l'on parle de gigantesques pseudopodes d'un style chtonien. Leur corps contient également une réalité de poche, une bulle d'espace et de temps. On s'éloigne de la diégèse de l'univers des films *Aliens*, même si de multiples théories ont déjà évoqué la possibilité que Jonesy soit un Flerken. Un membre de cette race pourrait constituer une vraie menace, y compris pour une reine, sauf qu'IBM-Ric ne peut pas maintenir la condensation plus de quelques secondes. Ce qui lui suffit, dans la mesure où le but est de résoudre latéralement le problème, et non pas de lancer une confrontation. Le chat ouvre la gueule, et une vingtaine de tentacules d'une dizaine de mètres émergent, attrapent Newt et le rebooteux et et le félin les engloutit sous le regard épouvanté de Ripley-8 et de la reine. Dans l'univers de poche, reproduisant ce que montre le comic *Marvel Action : Captain Marvel #2*, c'est-à-dire un grand vide où des objets engloutis par le Flerken flottent, il joue son va-tout et, par un dernier effort (vomissements et nausée), il absorbe la petite fille et effectue une nouvelle condensation.

Jonesy recrache une jeune femme blonde arborant les traits de l'actrice Breanna Watkins, habillée de la même combinaison blanche moulante que dans l'une des trois fins alternatives du film *The Predator* réalisé par Shane Black. La première fin, celle qui a été retenue, très décriée, voit les héros du film sortir d'un caisson yautja une armure censée aider les humains à combattre les extraterrestres. Dans la deuxième fin, le caisson s'ouvrait sur un corps de femme affublé d'un masque yautja reproduisant la forme d'un *facehugger*, et qui était censée être Ripley. Quant à la troisième, le caisson s'ouvrait également sur une femme, sauf qu'il s'agissait cette fois de Newt. Ces deux *twists* auraient impliqué un voyage dans le temps, puisque l'action de *The Predator* se déroule bien avant celle d'*Aliens, le retour*. IBM-Ric peut donc incarner une Newt adulte sans violer la diégèse de l'univers étendu de ces deux franchises. Jonesy redevient un chat normal, et IBM-Ric, dans la peau de Newt, tombe à genoux, le temps de reprendre son souffle. C'est maintenant que tout doit se jouer. En forçant l'inconscient d'A-Dell à se confronter à une version d'elle-même expurgée de la dépression, il risque gros. La reine pousse un hurlement déchirant en voyant l'enfant échapper à son emprise, et se précipite sur les deux femmes. Ripley-8 esquive l'attaque et tire de nouveau, tandis qu'il condense (risque élevé d'accident vasculaire cérébral) un P-5000 Powered Work Loader. C'est sa dernière transformation ; un effort mental supplémentaire et il sombrera dans un coma mortel. Le P-5000 est un exosquelette mécanisé commercial employé pour soulever des matériaux et des objets lourds. En plus d'en faire un usage industriel très répandu, les marines chargent des munitions à bord de leurs vaisseaux spatiaux grâce à cet engin. Les Power Loaders sont équipés de pinces hydrauliques. C'est ce qu'utilise Ripley à la fin d'*Aliens, le retour* afin d'en terminer avec la reine. Pendant que les deux pulsions de maternité sont engagées dans le combat, IBM-Ric saute dans le P-5000 et se lance à l'assaut. Avec ses bras mécaniques, il frappe la reine et se protège comme il peut de ses griffes et de sa queue (hématomes et cicatrices). Il parvient à l'immobiliser quelques secondes, sans succès, les tirs plasma rebondissant sur sa carapace. Son objectif est de la jeter par-dessus le toit, ce qui s'avère bien plus complexe que dans un film. L'engin est peu maniable, lent et laisse tout loisir au monstre de répliquer. La reine se libère et il parvient à lui envoyer un coup, dont le seul effet est de l'énerver. La situation est désespérée. Il doit convaincre Ripley-8 que le fait de s'être sentie annihilée par sa maternité n'est pas abominable. Qu'A-Dell n'est pas une reine alien, uniquement définie par la procréation, ni un clone hybride de ce qu'elle était… Il faut cependant déjà se débarrasser de ce putain de Golgoth, et même avec l'aide de Ripley-8, cela s'annonce particulièrement difficile.

Il tente de nouveau de la saisir dans les pinces de l'engin, sans succès (pense latéralement). Les tirs plasma pleuvent, et il manœuvre encore et encore (pense latéralement), reçoit des coups (hématomes et cicatrices), parvient à attraper un bras de la créature, qui se libère avec aisance (pense latéralement, bordel) et, au bord de l'épuisement, il se dit que c'est la fin. Ripley-8 ne ménage pas sa peine et, pendant une fraction de seconde, leurs regards se croisent (pense latéralement ou tu es mort) et de voir ainsi le visage de l'actrice Sigourney Weaver lui évoque soudainement le film *Ice Storm*, réalisé par Ang Lee, dans lequel elle incarne une femme déboussolée. Adultère, dépression, absence parentale, gamins perdus, les thèmes sont nombreux et forts. La mort de son fils aura pour effet de lui faire ouvrir les yeux, au sens propre comme au sens figuré (pense latéralement).

C'est ça, la solution !

Dans un geste désespéré, il empoigne la reine, contraint d'exposer son torse. En se débattant, elle empale IBM-Ric (perforation) qui hurle : « Maman ! » Ripley-8, confrontée à la perte de son enfant, est d'abord frappée d'horreur, puis elle saute sur l'engin, s'agrippe au niveau du crâne de la reine et lui enfonce le canon du Plasma Gun dans la gueule. Un tir puissant explose la caboche du monstre de l'intérieur et les arrose d'acide, heureusement absorbé en grande partie par le P-5000, mais pas totalement (brûlures au troisième degré, encore). Ripley-8 arrache Newt de la carcasse fumante, la pose à terre et la serre dans ses bras en pleurant.

Le sacrifice de l'enfant et la perspective de son trépas ont soustrait la pulsion maternelle à son bourbier de mort. IBM-Ric n'avait pas d'autre choix que de tout risquer et, maintenant qu'il est aux portes de l'évanouissement, il doit encore s'accrocher pour accompagner la sortie de la dépression.

Newt : « Tu... Tu as le droit de regretter de m'avoir eue, tu sais... »

Ripley-8 : « Non ! Non ! Quelle mère je serais ? Quel monstre ? Pire que cette monstruosité ! Elle, au moins, assume sa maternité ! Je n'ai pas le droit de...

— Si, maman, tu as le droit. Cela ne veut pas dire que tu ne m'aimes pas. Que je ne t'aime pas. Tu as le droit, maman. Écoute-moi. Je... »

Ses yeux se ferment. Ripley-8 pleure.

Ripley-8 : « C'est trop horrible !

— C'est un cycle, maman... Ce que tu ressens, ta mère l'a ressenti aussi. Et sa mère, et la mère de sa mère. Ne te juge pas... Tu... »

(Elle respire très difficilement.)

(Ses yeux se ferment. Elle les entrouvre avec peine.)

Newt : « Tu as le droit de m'aimer et aussi de souffrir de ma présence. J'ai changé ta vie. Ma naissance t'a transformée. Ne t'en veux pas, maman. Pardonne-toi. Je t'aime. »

Ripley-8 serre Newt dans ses bras, secouée de larmes. L'univers tremble, signe que le *reboot* est effectué. IBM-Ric ferme les yeux et se concentre pour sortir de l'inconscient qui le laisse partir.

FONDU AU NOIR

10

L'assistant tire avec précipitation le rebooteux de la cuve. Son corps est couvert d'hématomes, de brûlures, de cicatrices, il a une côte cassée et au moins un organe perforé. Sans compter qu'il est au bord de l'accident vasculaire cérébral. Il le porte avec précaution sur la table de repos et lui injecte une large dose de liquide bourré de nanorobots. Ils vont s'interfacer avec la nanotechnologie d'IBM-Ric et le soigner. Des séquelles de cette incursion, manifestement la pire que le rebooteux ait vécue à ce jour, resteront visibles sur sa chair. C'est le prix à payer pour un *reboot* aussi difficile.

A-Dell émerge également, confuse. L'intervention est un succès, elle peut entrer dans la voie de la guérison. Il faudra lui raconter les événements qui se sont joués dans son inconscient, et l'accompagner encore au cours de nombreuses sessions de psychothérapie. Cependant le plus important travail est accompli.

A-Dell voit le corps tuméfié d'IBM-Ric et ne sait quoi dire. L'assistant la rassure, il devrait survivre. Une fois rhabillée, elle quitte le cabinet, non sans glisser, hésitante, que personne ne devrait jamais critiquer les honoraires d'un rebooteux.

AUTEUR

GRÉGOIRE COURTOIS_

GC_36_

36

ASF-CHAP

IDENTIFICATION

LA PETITE AMBASSADRICE

Elle essaie de respirer mais ne réussit à avaler que de l'eau. Le liquide progresse dans sa gorge, remonte dans ses sinus. Une gerbe de bulles éclate devant ses yeux. Elle bat des bras, des jambes. Elle n'est même pas certaine que la surface soit au-dessus de sa tête. Elle panique. Elle pleure dans l'eau salée. Elle avale une large gorgée, une dernière gorgée, et elle comprend que ses poumons sont pleins, qu'elle ne pourra plus jamais inspirer et que son expiration demeurera vaine, que son organisme, privé d'oxygène, s'éteindra dans quelques secondes. Elle cesse de se débattre. Elle affiche une mine hébétée. Quelque chose dans ses yeux semble dire « Ah bon ? Alors c'est comme ça que je meurs ? ». Sa bouche s'ouvre et se ferme, comme celle d'un poisson. Et puis elle se réveille.

Beth se redresse dans sa couchette. Elle se tient la gorge, prend une profonde inspiration. Elle tousse. Un peu de bave et de bile coulent de ses lèvres. Ses cheveux bruns sont collés par la transpiration. Elle revient progressivement à elle. Elle comprend qu'elle respire. C'est de l'air qui entre et sort de ses poumons. Elle est en vie.

« *Quand tu le verras, tu te souviendras de tout*, avait dit Jordan.

— *Lorsque je verrai quoi ?* »

Elle voit l'intérieur de la cabine. Elle s'assied, pose ses pieds par terre. Sa tête vibre au rythme des pulsations de son cœur, chaque battement comme un coup de marteau qui lui fait plisser les yeux de douleur. Elle active l'écran de la console. Une série de coordonnées apparaît. Elle fait défiler les informations, trouve celle qui l'intéresse. Quarante-sept minutes. C'est le temps de voyage restant avant que son module de transfert autonome n'atteigne le *Lethrus*, le vaisseau-dôme. Le voyage a été long mais elle ignore à quel point. Après l'embarquement, après ses adieux à Jordan, elle a été placée en biostase. Elle a quitté le monde des vivants pour rejoindre celui des endormis, de ceux qui s'effacent dans un sommeil sans rêves. Elle est restée inconsciente un jour, un mois, un an ; elle l'ignore. Le protocole est le même pour tous, qu'on soit empereur régnant à vie ou simple directeur de la communication d'une petite société minière. Après approbation de l'accès, un module de transfert autonome est envoyé au point de rendez-vous. La personne accréditée y entre et s'allonge dans le cryotube. Le module est équipé de brouilleurs qui interdisent son suivi sur les radars. Il possède un armement lourd qui lui sert à décourager les suiveurs. Si le moindre risque de compromission du protocole est détecté, le module se détruit, avec son occupant. C'est le prix à payer pour rejoindre le *Lethrus*.

Beth prend une douche. Elle regarde les gouttes couler sur ses doigts. Elle frissonne sous l'eau chaude. Elle se frotte les cheveux, les yeux, les épaules, le ventre. Elle enduit de lotion chaque centimètre carré de son corps. Elle actionne la commande de séchage. L'eau cesse de couler du pommeau, et un vortex d'air parfumé se forme dans la cabine. Le bruit la fait grimacer. Sa tête est prise dans un étau. Quelle poisse. Elle n'a jamais été migraineuse, et la voilà assaillie par des maux infernaux le jour le plus important de sa vie. Elle sort de la cabine de douche. Une alarme retentit. Sur tous les écrans, les consignes clignotent, accompagnées d'un compte à rebours. Les minutes qui restent avant l'amarrage.

« *Ces gars-là sont paranoïaques*, avait dit Jordan. *Ils vivent entourés de comptes à rebours. Il faudra t'y faire.* »

ABANDONNEZ VOS VÊTEMENTS

TENEZ-VOUS IMMOBILE SUR LE DISQUE D'EXTRACTION.

10… 9… 8…

Beth s'exécute. Elle ne perd pas de temps. Elle connaît la procédure. À la fin du décompte, elle sera expulsée hors du module, et celui-ci sera détruit la seconde suivante. Il n'y aura pas de deuxième chance.

D'un coup, elle sent que le sol se dérobe sous ses pieds. Elle tombe dans un boyau métallique éclairé de diodes bleutées, enveloppée par un courant d'air puissant qui l'empêche de bouger ses membres. Elle sait que les diodes ne servent pas qu'à éclairer son chemin. Elle est scannée. Le système de sécurité du vaisseau vérifie son intégrité corporelle. Si une arme est détectée, elle sera pulvérisée. Elle a déclaré qu'elle ne portait pas de prothèses synthétiques. Si quoi que soit de non organique est repéré, elle sera pulvérisée. Elle glisse sur plusieurs dizaines de mètres. Elle ne sait plus si elle monte ou si elle descend. L'air la porte, il ralentit sa progression. Elle voit le bout du tube. Une lumière froide, éclatante. Elle plisse les yeux. Elle ferme les yeux. Encore ce mal de crâne. Elle sent une surface tiède sur sa peau. Elle sent la gravité qui reprend ses droits. Elle sent le courant d'air qui faiblit et qui meurt. Elle est allongée sur le sol d'une petite pièce éclairée par des rampes de diodes parallèles. Certaines sont cramées. Les murs et le sol sont faits de métal blanc. Autrefois, l'effet devait être saisissant. Aujourd'hui, Beth remarque les rayures sur le métal, la peinture qui s'écaille, de la rouille sur les rivets. Elle se dit que c'est à l'image du Consortium minier galactique, une gloire passée, un prestige mal entretenu.

Une voix retentit dans un système de sonorisation grésillant :

— Bienvenue à bord du *Lethrus*. Le casier numéro 7 contient des vêtements et votre carte d'accréditation. Il a été programmé pour se déverrouiller par contact avec vos empreintes digitales. Si vous souhaitez entendre de nouveau ce message, dites « Répétez ».

Beth pivote. Elle remarque la rangée de casiers numérotés, encastrée dans la cloison derrière elle. Sur chaque casier, il y a le dessin d'une main droite, peint en noir. Sur certains dessins, la peinture s'efface d'avoir été trop caressée. Ce sont des mains humaines. Cinq doigts. Le majeur plus grand que les autres. Le pouce opposable. C'est dire comme leur système date.

Beth se lève, pose sa paume sur le métal. Le casier émet un clic et s'entrouvre. Elle enfile l'uniforme. Ce n'est pas vraiment du sur mesure. Elle nage dans le tissu élastique. On l'avait prévenue qu'elle n'avait pas le physique type des diplomates, grands, athlétiques, dont la stature devait à elle seule imposer la suprématie des planètes ou des sociétés qu'ils représentaient. Elle ignorait que sa petite taille la handicaperait. Elle a l'impression d'être une enfant qui se déguise avec les vêtements de ses parents. Elle roule les jambières et les manches en ourlets de fortune. Elle glisse la carte dans une poche.

— Vous n'avez pas une autre taille ? demande-t-elle en regardant le plafond, là où elle s'imagine qu'il y a des caméras de surveillance.

Aucune réponse. Une rangée de diodes orangées s'illumine dans l'un des murs. Elle dessine le contour d'une porte. Beth s'avance et la porte s'ouvre en coulissant dans le plafond.

— J'imagine que c'est un « non », dit-elle, dépitée.

Elle sort de la pièce, se retrouve dans un couloir. La porte se referme derrière elle. C'est un autre sas, le dernier. Encore un scanner. Encore un risque d'être réduite en poussière. Elle parcourt sans trembler les quelques dizaines de mètres. Elle est sûre de son fait. Elle a foi en sa mission. Elle sait que toute sa planète compte sur elle. C'est la première fois que le conseil élargi du CMG intègre un représentant de Nidha-77. Elle sera à la hauteur. Elle a répété son discours avec Jordan, son formateur, des centaines de fois. Elle se présentera devant les diplomates et les huit administrateurs, devant le président. Elle leur racontera les années de guerre. Elle leur dira que trop de sang a coulé, que les rebelles sont prêts à rendre les armes, qu'ils acceptent que le CMG exploite leur sol à condition que les massacres s'arrêtent, qu'ils rappellent ces monstres impitoyables, qu'ils cessent d'utiliser leur abominable technologie. Oui, Nidha-77 s'est battue. Une armée s'est levée pour chasser les compagnies minières du CMG, que les habitants considéraient comme des pilleurs. Oui, les rebelles ont abattu les gardes armés qui protégeaient les installations des prospecteurs. Oui, ils ont fait sauter des foreuses. Oui, ils ont massacré les personnels administratifs envoyés pour gérer les exploitations. Mais non, aucun défenseur de Nidha-77 n'a mérité de subir les représailles qui ont suivi. Parce que tous ces gens étaient des androïdes. Et parce que personne – non, personne – ne mérite d'être pourchassé par des xénomorphes. C'est pourquoi elle leur dira qu'ils ont gagné, que Nidha-77 est prête à toutes les concessions. Nidha-77 a été matée. Elle essaiera de négocier un pourcentage correct sur les exportations, mais ce ne sera pas le plus important. Le plus important, ce sera que l'horreur cesse.

La porte s'ouvre sur une immense salle livrée au chaos. Des éclats de voix rebondissent contre le dôme métallique. Des sonneries, des bips et des sirènes s'échappent des écrans de contrôle et des consoles de commande. Les écrans courbes qui couvrent la partie inférieure du dôme affichent des images floues, couvertes de parasites, striées momentanément de lignes cuivrées. Des hommes et des femmes, vêtus du même uniforme gris-vert que celui de Beth, s'agitent derrière des pupitres, sur des plateformes surélevées, dans des alcôves aux cloisons opaques. Beth plisse les yeux de douleur. Les sons résonnent doublement dans son cervelet trop sensible. Par-dessus le capharnaüm, une voix synthétique retentit :

SAUT DANS 5 SECONDES... 4... 3...

Beth se jette instinctivement de l'autre côté du seuil. Elle perd l'équilibre. Elle tombe tandis que la porte du couloir se referme brutalement.

2... 1... SAUT, dit la voix.

Il y a une légère vibration. Beth comprend que le *Lethrus* vient de mettre à feu sa propulsion et que le couloir duquel elle vient n'existe déjà plus, pas plus que le module de transfert, désintégrés tous les deux par la violence du saut. Personne ne fait attention à elle. Si elle n'avait pas bondi, elle serait morte carbonisée en une fraction de seconde, et aucun membre de l'assemblée ne se serait aperçu de rien. Personne ne l'attend.

Beth se relève. Elle constate que sa combinaison s'est déchirée à hauteur de sa hanche gauche. Elle scrute la salle. La bonne nouvelle, c'est qu'aucune des personnes présentes ne fait attention à elle. La mauvaise, c'est qu'à partir de là, elle ne sait pas ce qu'elle doit faire, à qui s'adresser. Elle croit se souvenir que Jordan a parlé d'un comité d'accueil. Il n'y a personne. Est-ce qu'il aurait dû y avoir quelqu'un ? Ses souvenirs sont bâillonnés par le mal de tête. *C'est vraiment pas le moment, merde !* Elle scrute la salle aux poutres métalliques défraîchies, aux tentures élimées. Parmi les centaines de silhouettes qui s'agitent et crient, quelques-unes doivent être des androïdes, disposés à la renseigner, mais lesquelles ?

Beth essaie de se remémorer le trombinoscope étudié les mois précédents, pendant la préparation de cette mission diplomatique. Elle reconnaîtrait aisément n'importe quel membre du bureau du CMG, mais aucun d'eux ne participe aux débats sous le dôme. Quant aux membres du conseil élargi, constitué des sept cents et quelques autres diplomates et émissaires dont la présence était annoncée, Beth n'était capable d'en identifier correctement qu'une centaine lors des exercices en aveugle. Avec l'agitation qui règne ici, les traits inquiets et les yeux pleins de panique, difficile d'être catégorique. Elle repère toutefois une femme seule, le regard baissé sur un écran. Beth est à peu près certaine qu'il s'agit de Doriane Charakalaziad, l'ambassadrice de Hurb-Eyn-Pyr-2. Si elle se souvient bien, sa fiche d'identité indiquait la mention « favorable » dans la case « rapports avec Nidha-77 ». Beth s'approche.

— Bonjour, dit-elle, je suis Beth Warleen, l'ambassadrice de Nidha-77.

La femme lève le nez. Elle semble surprise.

— Et pourquoi vous croyez que ça m'intéresse ? rétorque-t-elle en la regardant de haut, parce qu'elle est grande, de plus haut encore, parce qu'elle se tient sur une estrade.

Beth est choquée. Elle contient sa colère. Elle se demande si elle doit répondre. Elle se souvient des consignes protocolaires édictées par Jordan : « *Tu représentes ta planète. Tes opinions personnelles n'existent pas. Tes émotions n'existent pas. Dès que tu embarqueras à bord du* Lethrus, *tu ne seras plus Beth. Tu seras Nidha-77. Tu devras te comporter comme ses deux cents millions d'habitants.* »

Beth fait volte-face, recherche un autre interlocuteur. Elle se focalise sur les individus les plus calmes, ceux que la situation paraît ne pas affecter. Ceux-là auront le plus de chances d'être des androïdes. Sur les écrans, des explosions, des tirs. Sur certaines images, on reconnaît nettement le logo du CMG. Il apparaît sur des portails éventrés, des bâtiments criblés de balles, des véhicules accidentés.

Beth pose sa main sur l'épaule d'un homme aux cheveux courts et gris, immobile au milieu du chahut.

— Est-ce que vous pouvez m'aider ? dit-elle.

L'homme se retourne, la mine impassible.

— Qu'est-ce qui se passe ? demande encore Beth.

L'homme regarde autour de lui, passe d'un écran à l'autre, comme s'il découvrait la situation. Aucune émotion ne traverse ses yeux.

— Les infrastructures du Consortium minier galactique, dit-il d'une voix monocorde, viennent d'être attaquées.

Beth comprend qu'elle a vu juste. C'est bien un androïde. *Mais bon sang,* pense-t-elle, *de quand est-ce qu'il date ?* Les derniers modèles savent pleurer, sourire, feindre une large palette de sentiments humains. Celui-ci est une antiquité, froid comme un poisson.

— C'est une attaque terroriste, coordonnée et de grande ampleur, poursuit l'androïde. Elle touche plusieurs centres de recherche et des laboratoires de production de xénomorphes.

— Oh non ! crient plusieurs ambassadeurs.

Ils ont le regard rivé sur l'un des écrans muraux sur lequel on voit de la fumée se dissiper lentement dans des pièces pleines de gravats et de mobilier en feu. En surimpression, on lit : « Centre de recherche de Helegon-9 ».

Beth connaît ce centre. Encore un souvenir qui remonte laborieusement de ses cours, une information parmi les milliers qu'elle a ingurgitées et dont elle se demandait à quoi elles pourraient bien lui servir. Elle s'étonne de se rappeler ce détail avec autant de précision, tandis qu'elle peine à se remémorer quelque chose de plus vital, quelque chose de décisif, qui dort et attend son heure.

« *Quand tu le verras, tu te souviendras de tout.* »

Helegon-9 est l'un de ces centres de recherche où le CMG invente, conçoit et produit les nouvelles technologies issues du code génétique des xénomorphes, un lieu extrêmement sécurisé, presque autant que le *Lethrus*, et pourtant, sur l'écran panoramique du dôme, les images indiquent qu'il a été pris d'assaut et que les attaquants y ont pénétré. Les spectateurs découvrent l'ampleur des dégâts en même temps que l'équipe de sécurité envoyée en renfort. Des caméras sont fixées sur les casques des agents et retransmettent ce qu'ils voient au moment où ils le voient. Ailleurs sur la demi-sphère, d'autres images, venues d'autres agents de sécurité, dans d'autres lieux de la galaxie, montrent les mêmes dégâts. En bas de chaque retransmission, le nom du centre, le matricule de l'agent. Il semble que des dizaines de bâtiments aient été pris pour cible.

Soudain, toutes les images sont barrées d'un message d'alerte, et la voix synthétique du *Lethrus* gronde dans la salle du conseil :

SAUT DANS 5 SECONDES... 4... 3... 2... 1...

Le vaisseau tremble, les écrans grésillent simultanément avant d'afficher de nouveau les images des missions de sauvetage. Beth savait que le *Lethrus* effectuait des sauts réguliers, aux coordonnées aléatoires, mais elle ne se doutait pas qu'ils étaient si fréquents. Il s'est passé à peine dix minutes depuis le précédent compte à rebours. Beth se dit que la fréquence des sauts dépend peut-être du niveau d'alerte. La sécurité du président, des huit membres du bureau et de tout le conseil élargi est garantie par le rigoureux protocole d'accès au vaisseau, mais surtout par le fait que personne ne sait où il se trouve ni où il se trouvera dans les prochaines minutes. L'algorithme qui le détermine est inviolable. C'est la solution qu'a trouvée le CMG pour protéger ses dirigeants des attaques dont ils faisaient l'objet auparavant.

Une rumeur s'élève dans la salle. Les regards se tournent vers l'écran qui retransmet la situation sur Helegon-9. Un éclaireur vient d'atteindre une porte octogonale déchirée, dont le métal semble dégouliner. Le brouhaha est tel que l'on n'entend pas ce que dit l'agent. Beth ne saisit que quelques mots : « cellule », « hybride », « en fuite ». Beth, les ambassadeurs, les représentants, les secrétaires présents sous le dôme entrent par procuration dans la pièce. Des néons clignotent. Des éclaboussures rougeâtres strient les murs et les paillasses de ce qui ressemble à un laboratoire. L'image n'est pas précise mais il est évident que c'est du sang. Du sang partout. Des membres qui jonchent le sol. Des cadavres mutilés étendus dans des positions impossibles.

— Là ! crie l'agent en se retournant brusquement.

L'image se brouille. On voit le bout du canon de son fusil qui s'illumine. Une succession de claquements secs accompagnent les éclairs. Devant lui, plusieurs formes sombres se dispersent au sol, sur les murs, au plafond. Elles ont la taille d'un chat. Sur leur peau d'obsidienne, que l'on devine lisse et presque métallique, se reflètent les lumières de la pièce. Le cœur de Beth se serre. Elle reconnaît les xénomorphes. Seulement, ceux-là sont minuscules comparés à ceux qui ont été envoyés sur sa planète pour mater la rébellion.

Ainsi, le CMG travaille bien à différentes déclinaisons de son arme ultime. Des rumeurs faisaient état d'expériences, de xénomorphes géants, de xénomorphes nains, d'hybridations avec des animaux, voire avec des humains. Sur certaines zones de combat, on avait observé l'étrange résistance de certaines armures et soupçonné l'utilisation de biocomposants directement issus du code génétique des créatures. Rien n'était prouvé. Ni les véhicules à blindage organique ni les canons à acide. Beth constate à l'instant que tout était vrai.

Les bestioles grouillent dans la pièce. Les agents de sécurité tirent dans tous les sens. Ils hurlent. Leurs cris et les détonations des armes font saturer les micros si bien que le film de leur massacre est presque muet. Il y a des dizaines de xénomorphes miniatures, peut-être des centaines, qui s'engouffrent par la porte fondue à l'acide. Les agents de sécurité reculent. Quand l'un d'entre eux tombe, l'image bascule sur une autre caméra, celle d'un agent encore debout, qui, lui aussi, tire sans interruption, court aussi vite qu'il peut, referme les portes derrière lui avant que celles-ci ne soient défoncées par la horde de monstres.

— Ils ne s'en sortiront pas, dit l'androïde à Beth. Cette variante miniature a été conçue pour décimer des commandos bien plus importants.

Un cri d'effroi s'élève dans la salle au moment où la dernière caméra, fixée sur le casque du dernier agent de sécurité, filme le corps de son propriétaire, vu du dessus, dans un mouvement saccadé. L'agent est décapité. L'image laisse entendre que les petits xénomorphes se sont emparés de sa tête et l'emportent dans le système d'aération.

— Je suis Beth Warleen, dit-elle, l'ambassadrice de Nidha-77. Je viens d'arriver. J'aurais dû être accueillie par le service du protocole mais j'imagine qu'on m'a oubliée. Pouvez-vous me dire où je dois me rendre ?

L'androïde demeure immobile quelques secondes, et son calme contraste avec l'hystérie qui s'empare des personnels diplomatiques, de plus en plus, à mesure que les écrans, sur le dôme, affichent de nouvelles horreurs. Une retransmission montre des agents de sécurité du CMG aspergés de litres d'un liquide verdâtre et fumant. Alors qu'ils gesticulent en essayant d'ôter leurs armures et leurs habits, le liquide ronge la peau de leur visage, dévore leurs casques, leurs cheveux et leurs crânes. Ailleurs, sur une autre planète, dans un autre centre de recherche, une faction vide ses chargeurs sur une créature bossue, aux vertèbres saillantes et pointues, qui ressemble à un xénomorphe mais dont le visage est indéniablement humain, odieuse chimère biomécanique, qui dresse ses doigts griffus vers le plafond et grogne des mots incompréhensibles, révélant des dents acérées et, au fond de sa gorge, une deuxième petite gueule humaine et enragée. Les balles l'égratignent mais semblent rebondir sur sa peau noire. Soudain, l'hybride se met à courir droit vers la caméra, en dépit des rafales qui arrosent la pièce. Le sang gicle et recouvre l'écran, projetant une atroce lumière rouge sur les spectateurs du dôme.

— Je vais vous conduire à..., commence à dire l'androïde avant de s'interrompre.

Un nouveau message s'affiche sur les écrans. Il s'accompagne de la voix synthétique du vaisseau :

COMMUNICATION EXTRAORDINAIRE DU CONSEIL D'ADMINISTRATION. MERCI DE REJOINDRE VOS PUPITRES.

— Je vais vous conduire à votre pupitre, termine l'androïde.

Il guide Beth dans la salle du conseil élargi, passant au milieu des diplomates atterrés, traumatisés par le carnage. L'androïde montre une console composée d'un écran monté sur un pied réglable en hauteur et d'un tabouret. Un hologramme grésillant affiche « Nidha-77 », en lettres en trois dimensions.

— C'est ici, dit l'androïde.

Beth s'apprête à le remercier mais la créature synthétique et impolie est déjà partie. Beth hausse les épaules et monte sur la petite estrade circulaire d'un mètre carré environ. Une musique orchestrale retentit, quatre notes tonitruantes, et les images sanguinolentes sur les parois du dôme laissent place au visage d'un homme aux traits lisses, aux cheveux coupés court, tous à la même taille. Beth reconnaît Mogtor Beloudrek, le président-directeur général du CMG, l'homme le plus puissant de la galaxie. Il est là, sur le vaisseau. Il s'exprime depuis la salle du Foret.

« *Quand tu le verras, tu te souviendras de tout.* »

De quoi doit-elle se souvenir ? Si seulement elle n'avait pas aussi mal à la tête. La souffrance l'empêche de rassembler ses pensées. À chaque clignement de paupières, elle croit voir une tige de métal chauffé à blanc qui s'enfonce dans son cerveau, derrière ses yeux.

SAUT DANS 5 SECONDES, dit le vaisseau, avant d'entamer son compte à rebours et de se projeter vers sa prochaine destination.

— Bonjour à vous, dit Mogtor Beloudrek. L'heure est grave, vous l'avez compris. Plusieurs de nos installations scientifiques viennent d'être attaquées. Nous soupçonnons, bien entendu, les milices terroristes du SST, le Syndicat sous-terrain, que nous cherchons à anéantir depuis plusieurs années, mais les premières équipes de sécurité dépêchées sur place n'ont pas été en mesure de confirmer cette information.

Des murmures inquiets parcourent l'assistance. Beth pianote sur son écran tactile. Il ne s'allume pas. Elle lui donne une petite tape. L'image s'affiche péniblement. Beth fait défiler les fiches d'identification des personnes présentes à bord pour tenter de reconnaître ses voisins les plus proches.

— Plus grave, continue le P.-D.G., nos senseurs ont repéré, au moment du déclenchement des attaques simultanées, la trace d'une flotte non identifiée en approche du *Lethrus*.

Dans la salle, les murmures se changent en étranglements stupéfaits. « C'est impossible. » Voilà ce que tout le monde pense. Le président n'y prête pas attention et poursuit :

— Notre vaisseau a immédiatement augmenté son niveau de sécurité et accéléré la fréquence de sauts. Pourtant, malgré cette précaution, il apparaît que la flotte inconnue parvient à nous suivre, saut après saut.

Cette fois, ce sont des hurlements qui retentissent sous le dôme tandis que certains diplomates se mettent à interpeller directement le président pour lui demander des explications.

— Je comprends votre inquiétude, dit Beloudrek, c'est une faille majeure dans notre système de sécurité, que nous ne pouvons pas expliquer pour le moment, mais je vous demanderai de garder votre sang-froid et de ne pas ajouter la panique au danger. Nos meilleurs androïdes sont en train de chercher une explication rationnelle à ces événements et nous vous la communiquerons dès qu'ils l'auront trouvée. En attendant, il convient d'appliquer le protocole de sécurité intérieure du *Lethrus*. C'est pourquoi je décrète dès à présent que nous passons en urgence stade 4. Toutes les communications avec l'extérieur sont désormais proscrites, la fréquence des sauts est portée au maximum technique, et nos systèmes de défense sont en état d'alerte absolue. Par ailleurs, je demande aux diplomates disposant du premier niveau d'accréditation de se tenir prêts, d'ores et déjà, au cas où le stade 5 serait déclenché. Je vous recontacterai dans les plus brefs délais pour vous informer de la situation.

Beth se creuse les méninges mais ne se souvient pas des mesures liées à l'activation du stade 5. Lors de sa formation, Jordan ne s'est pas appesanti sur ces détails. Il y avait tellement peu de risques pour qu'un tel scénario se réalise qu'il lui avait seulement transmis le document en lui demandant de le consulter si elle avait le temps. L'a-t-elle eu ? Elle ne s'en souvient pas. Ses souvenirs sont tellement volatils. Ce qu'elle sait, c'est qu'au titre d'ambassadrice et seule représentante de la délégation diplomatique de Nidha-77, elle possède de facto le premier niveau d'accréditation.

Des éclats de voix retentissent çà et là sous le dôme. Parmi les groupes d'ambassadeurs et de leurs accompagnateurs, des disputes éclatent. Beth pianote sur son écran. Elle lit que le stade 5 est le stade de protection maximal des autorités dirigeantes à bord du *Lethrus*. Dès qu'il est activé, les personnes accréditées se rendent sans attendre dans la salle du bureau, la salle du Foret, une pièce sécurisée et hermétique du vaisseau où ils restent vingt-quatre heures, à moins que le président ne décide de déverrouiller les sas. Cette opération ne peut s'effectuer qu'au moyen des empreintes digitales et faciales du P.-D.G. Pendant ce temps, tous les autres passagers sont forcés de rester dans la salle du dôme ou bien dans leurs cabines personnelles. Beth tend l'oreille et comprend que c'est la raison des altercations qui font rage. Les personnels administratifs refusent d'être livrés comme chair à canon aux éventuels assaillants.

SAUT DANS 5 SECONDES, dit le vaisseau, 4... 3... 2... 1...

Le *Lethrus* frémit. À peine deux secondes plus tard, une alarme retentit. Sur tous les écrans, ceux du dôme, ceux des pupitres, ceux des consoles, des lettres rouges apparaissent :

APPAREILS HOSTILES EN APPROCHE – ATTAQUE EN COURS

Cette fois, la terreur est visible sur les visages et dans le comportement des centaines de diplomates. Des diodes orangées indiquent les voies d'évacuation en fonction des accréditations. C'est la cohue. Il y a des cris, des bousculades. Les androïdes se regroupent et aident les ambassadeurs à rejoindre la sortie qui leur est réservée. Ils écartent violemment ceux qui cherchent à se faufiler. Beth est désemparée. La douleur dans sa tête devient plus insupportable à mesure que le volume sonore de la pièce augmente. Elle se décide à quitter son pupitre. À peine a-t-elle posé un pied au bas de son estrade qu'elle est percutée par un gros bonhomme aux longs cheveux blonds. Elle s'écroule au sol. Elle se prend un coup de pied, un coup de genou de la part de personnes qui ne s'en aperçoivent même pas. Personne ne remarque la petite ambassadrice.

SAUT DANS 5 SECONDES, dit le vaisseau, 4... 3... 2... 1...

Beth se relève. Elle fouille dans sa poche, en extrait sa carte d'accréditation, la serre fort dans sa main et s'élance en direction de la sortie réservée. Sur les écrans du dôme, le visage de Mogtor Beloudrek réapparaît. Sans surprise, il confirme l'activation du stade 5. Beth n'entend pas très bien. Il parle d'une flotte ennemie, de tirs de sommation. Devant la porte réservée, des androïdes passent à tabac des hommes et des femmes, recroquevillés par terre. Beth joue des coudes. Elle se heurte à des physionomies de diplomates : grands, athlétiques.

Bon Dieu, Jordan, pense-t-elle. *Tu as passé six mois à m'apprendre toutes les subtilités de la rhétorique. Tu aurais mieux fait de me donner des cours d'autodéfense.*

SAUT DANS 5 SECONDES, dit le vaisseau, 4... 3... 2... 1...

Beth se met à courir. Elle esquive une femme hirsute aux yeux exorbités qui cherche à l'agripper. Elle se baisse pour éviter le coup d'épaule d'un grand brun aux allures de champion de boxe. Elle s'engage dans la haie formée par les androïdes tout en montrant la carte qu'elle tient dans le creux de sa main. Les androïdes la laissent passer. Elle atteint la porte ouverte. Elle arrête de courir. Elle quitte la salle du dôme.

Un premier sas. Un deuxième sas. Des diodes bleutées. Des diodes orangées. Le calme. Le silence. Un bourdonnement douloureux entre les oreilles. Une dernière porte coulisse. Beth pénètre dans une salle circulaire, blanche, éblouissante, où sont réunies une centaine de personnes, debout ou assises sur des bancs immaculés disposés en cercle autour d'une estrade centrale. Neuf fauteuils trônent au centre, sur lesquels sont installés les huit membres du bureau du CMG. Sur le neuvième, la silhouette altière de Mogtor Beloudrek. Il a les yeux fermés, la tête droite, les doigts entrecroisés sur ses cuisses. Beth entend la porte qui s'ouvre derrière elle. Deux autres ambassadeurs accrédités entrent dans la salle.

SAUT DANS 5 SECONDES, dit le vaisseau, 4... 3... 2... 1...

FLOTTE ENNEMIE EN APPROCHE.

FEU À VOLONTÉ.

COMPTE À REBOURS AVANT CONFINEMENT. 10...

À l'exception de la voix synthétique du vaisseau, il n'y a aucun bruit dans la pièce. Les ambassadeurs prennent place en silence sur les bancs. Les membres du bureau ont le visage fermé. Beth reste debout. Elle plisse les yeux. On raconte que les neuf dirigeants sont équipés de systèmes qui leur permettent de communiquer par la pensée. Beth se demande s'ils sont en train de le faire.

9... 8... 7...

Quatre diplomates entrent dans la salle. Ils sont essoufflés. L'un d'eux saigne, l'arcade sourcilière fendue. On l'assied sur un banc.

6... 5... 4...

Un homme aux cheveux grisonnants plonge sa tête dans ses mains. Il se met à pleurer.

3... 2... 1...

SALLE DU BUREAU CONFINÉE.

DÉCONFINEMENT DANS 23:59:59... 23:59:58... 23:59:57...

C'est le silence. Tout le monde attend le premier impact, un choc qui indiquerait que le vaisseau a été pris pour cible, une vibration qui serait le signe d'une contre-attaque. Les huit membres du bureau sont impassibles. Beloudrek est impassible. Les ambassadeurs regardent les murs de la pièce, comme s'ils pouvaient voir au travers.

Rien. Aucun bruit. Beth fait quelques pas. Et soudain, elle le voit, le Foret, en suspension dans les airs, pivotant lentement, rouillé, détérioré. C'est une relique, l'un des premiers forets qui ont servi à creuser l'une des premières mines d'une petite société terrienne. Au cours des décennies, la petite société avait grandi. Elle avait racheté d'autres sociétés. Elle avait développé ses activités sur d'autres lunes, d'autres planètes, à mesure que la conquête spatiale progressait. Avec chaque colonie humaine, des prospecteurs avaient prospecté, ils avaient installé des infrastructures, au mépris des communautés avec qui ils partageaient ces nouveaux territoires. Et la société avait grandi. Et elle était devenue un géant, le tout-puissant Consortium minier galactique, avec, à sa tête, les héritiers de la famille Beloudrek.

« *Quand tu le verras, ce sera le moment, avait dit Jordan. Quand tu le verras, tu te souviendras de tout.*

— Lorsque je verrai quoi ?

— Le Forêt. Ton signal. »

Beth papillonne des yeux. Elle s'étonne de ne plus ressentir aucune douleur. Son mal de tête s'est envolé. Ses idées sont claires. Le Foret est là, devant elle. Le signal. Les souvenirs affluent, les vrais, qui écrasent les faux, dans cette salle sécurisée, verrouillée pour vingt-quatre heures, Beth se souvient enfin de tout. Elle se souvient de Nidha-77, de son sol noir, des rivières de rouille, des galeries creusées dans la cendre compacte où se terrent les rebelles depuis des années. Elle se souvient des combats, des sabotages, des exécutions. Elle se souvient de Jordan, de son visage doux et calme, même au cœur des batailles les plus féroces, de ses mains puissantes qui la serrent. Jordan n'était pas son formateur. Il ne l'a jamais été. Il était beaucoup plus que ça. C'était son camarade, son partenaire, son amant. Beth se souvient des nuits passées avec lui, de ces quelques heures de bonheur arrachées à la violence de leur quotidien. Elle se souvient aussi de leurs sourires à tous les deux quand l'appareil a confirmé qu'elle attendait leur enfant, de l'évidence qui les a saisis, si forte qu'ils n'ont pas eu besoin de réfléchir au fait de garder le bébé ou non, malgré la guerre, malgré l'avenir incertain.

Beth est prise de tremblements et de frissons quand elle se remémore les semaines qui ont suivi, la découverte des hangars à ponte, installés par le CMG près des bases rebelles. Elle revoit les œufs gluants, les *facehuggers* enserrant les têtes de leurs frères et sœurs d'armes, certains avec la poitrine ouverte, d'autres encore en vie, mais déjà morts. Elle se souvient des xénomorphes, des centaines de ces impitoyables créatures qui ont déferlé sur leurs bases, dans leurs tunnels, au cœur de leurs cachettes les plus secrètes, tuant tout sur leur passage, déchirant, broyant, fondant ses amis, ses frères, ses sœurs, éventrant Jordan d'un seul coup de griffes. Jordan mort. Jordan qui ne la prendra plus jamais dans ses bras. Elle se revoit à genoux, le ventre gros, pleurant sur le cadavre mutilé de son amant, du père de son enfant. Elle revoit l'ombre surgir de l'ombre, la bête toujours là, comme si elle l'avait attendue. Et elle court, file dans les tunnels souterrains, prise en chasse par le monstre. Beth se cogne aux parois. Beth se jette sur les portes. Beth tombe, se relève et court de nouveau jusqu'à atteindre enfin un vaisseau, qui l'emmène loin d'ici, de Jordan mort, de ses amis morts, de sa vie détruite.

Beth marche entre les bancs de la salle du Foret. Elle n'a plus mal à la tête, mais une douleur, désormais, irradie sa poitrine. Elle fixe Mogtor Beloudrek. Sur les écrans, un message apparaît, que la voix synthétique du vaisseau lit :

ATTAQUE TERMINÉE – FLOTTE ENNEMIE DISPARUE

Beth marche.

— Qu'est-ce que ça veut dire ? demande une ambassadrice à la longue chevelure rousse, aux sourcils écarlates, au rouge à lèvres cerise.

— Les vaisseaux ennemis se sont volatilisés, dit Mogtor Beloudrek. Comme s'ils n'avaient jamais existé.

— Nous avons été piratés, lance l'un des administrateurs. C'était une attaque factice.

— Et les laboratoires ? demande un diplomate.

— Nous recevons des images, dit l'administrateur. Tout paraît calme. Les installations sont intactes.

— Mais quel intérêt, alors ?

Beth n'a pas le profil type des ambassadeurs, grands, athlétiques. Beth est minuscule. Beth est insignifiante. Personne ne remarque Beth. Personne ne s'intéresse à Nidha-77. Beth marche encore. Beth se souvient de l'annonce du médecin. « *Vous avez perdu votre enfant* », avait-il dit. Trop de chutes, trop de coups. Beth se souvient d'avoir touché son ventre, senti comme il était vide. Ce corps, avait-elle pensé, ne peut plus contenir d'amour. Il ne pourra se remplir que de haine.

— Il s'agissait de nous confiner dans cette pièce, dit Beloudrek.

Beth se souvient, à présent, de tout, des mois à préparer le plan, du prélèvement de l'œuf contenant le précieux *facehugger*, des manœuvres diplomatiques pour obtenir une accréditation et pouvoir monter à bord du *Lethrus*. Elle se souvient des tests de contamination informatique, de la fabrication du drone autonome qui serait fixé sur le module de transfert et qui s'en détacherait pour s'arrimer à la coque du *Lethrus* le moment venu afin de diffuser les images falsifiées des attaques et simuler la présence d'une flotte ennemie.

Beth approche de Beloudrek. Il ne la remarque pas. Il ne la voit même pas. Il n'a que faire de l'ambassadrice de Nidha-77. Il est le maître du monde. Il peut tuer qui il veut, quand il veut, uniquement pour que ses mines gagnent en productivité. Il peut lâcher sur des populations civiles des hordes de xénomorphes assoiffés de mort, guerriers sans âme incapables de distinguer un soldat d'un enfant, les massacrant tous de la même manière, sauvagement, méthodiquement.

Beth se souvient de son réveil, à bord du module de transfert. Elle se voit sortir du cryotube. Elle se voit se diriger vers la boîte, faire une prière pour Jordan, une prière pour l'enfant qu'elle a perdu, une autre pour tous les habitants sacrifiés de Nidha-77. Elle se voit avaler le contenu de la fiole qui contient la substance destinée à falsifier sa mémoire. Ainsi, pour un temps, pour elle, Jordan ressuscite, il lui parle de nouveau, il lui dit comment se comporter face à des professionnels de la diplomatie. Il est son instructeur fantôme. Il lui raconte une belle fable, dans laquelle elle est là pour plaider sa cause, celle de son peuple, pour offrir sa reddition, rien d'autre. Le reste disparaît, tapi dans l'obscurité et le mal de tête cuisant que la substance provoque. Beth se voit presser le bouton d'ouverture de la boîte. Elle voit un éclair. Elle voit une créature arachnoïde qui bondit. Et puis plus rien. Juste un rêve horrible où elle étouffe, où elle se noie.

Beth est tout près de Mogtor Beloudrek. Elle tend ses mains vers lui. La douleur dans sa poitrine est de plus en plus insupportable. Elle se souvient d'avoir repris connaissance, d'avoir pris une douche, d'avoir recouvert son corps du produit conçu par les rebelles de Nidha-77 pour masquer, aux yeux des scanners, l'embryon biomécanique qu'elle porte. La souffrance est maintenant atroce. Quelque chose bouge à l'intérieur d'elle. Ça n'est pas son enfant car son enfant est mort. Beloudrek et tous les salauds du CMG l'ont tué. Beth saisit les mains du président. Il sursaute mais, quand il la voit, il sourit.

— Ne craignez rien, dit-il. La menace est écartée. Je vais déverrouiller les sas.

Beth ne prononce pas un mot. Elle n'en est plus capable. Et puis, elle n'a rien à dire. Elle ne pensait pas qu'elle réussirait à aller aussi loin, à tromper les systèmes de sécurité les plus performants de la galaxie. Elle n'a pas prévu de phrase percutante à prononcer pour l'Histoire. Elle maintient fermement les poignets de Beloudrek. Le sourire du président disparaît quand il voit une tache rouge se dessiner sur la poitrine de Beth. Puis sa grimace devient masque de terreur au moment où le torse de Beth éclate, déchirant son uniforme et libérant une petite tête bombée ornée de dents métalliques au milieu de son sang et de ses entrailles. Effectuant un dernier effort, elle approche les mains du dirigeant de la bête, qui ouvre sa petite gueule immonde et dévore d'un seul coup deux doigts, puis trois, puis cinq, prise d'une frénésie goulue, qui croque et déchiquette un doigt, un autre doigt, se gargarisant des hurlements de l'homme et des spectateurs qui assistent à la scène, jusqu'à ce qu'il n'y ait plus de doigts, plus de paumes, plus de poignets, plus rien que de la chair meurtrie et des os fendus au bout de ses avant-bras.

Beth lâche sa victime, tombe en arrière et s'écrase sur le sol blanc. Elle pense à Jordan. Elle pense à l'enfant que son ventre ne portera jamais. Avant de mourir, elle a juste le temps de voir les visages ravagés par l'horreur des administrateurs et de la centaine de diplomates, comprenant qu'ils sont pris au piège, que leur seul moyen de fuir vient d'être dévoré, et que pendant vingt-quatre heures, ils devront cohabiter avec le xénomorphe, leur précieuse arme, leur plus belle conquête, qui va grossir, qui va manger, qui va tuer, sans relâche, comme il a tué Jordan, comme il a tué tous les autres, un par un, sauvagement, méthodiquement.

DÉCONFINEMENT DANS 23:57:47… 23:57:46… 23:57:45…

Beth s'éteint en souriant, satisfaite, en paix, sous les hurlements de toutes ces ordures qui méritent ce qui les attend.

AUTEUR

NICOLAS MARTIN_

NM_37_

37

ASF-CHAP

IDENTIFICATION

CEUX QUI RESTENT

Don't cry

I love you

I miss you

Look into my eyes

La tour radio de Pantin – ce qu'il en reste – se détache sur le ciel nocturne jaunâtre.

Des années que la nuit n'est plus noire.

Le ciel, orange foncé, sur le champ de ruine.

Le jour un peu plus clair, la nuit un peu plus sombre, la lueur orange, opalescente, la lumière diffuse, constante. Jour, nuit, on ne fait plus vraiment la différence.

Ça ne change plus grand-chose.

Dim est assis sur le siège d'un bus éventré, à la place du conducteur, ses écouteurs vissés dans les oreilles.

Keep me safe

Talk to me

Il tire une grosse latte sur son joint.

Fumée épaisse, goût âcre.

Les plantes font encore un peu de photosynthèse.

Un petit peu.

Mais beaucoup moins qu'avant.

Depuis qu'ils se sont installés à Pantin, il arrive difficilement à faire pousser une sorte de *weed* mutante. Les feuilles sont jaunes. Les têtes sont rares. Mais c'est mieux que rien.

Dim jette un coup d'œil à sa montre.

Une vieillerie analogique, avec des aiguilles et tout.

22 h 57

The sun. The stars. The moon.

Open your eyes

You're beautiful

Dim pense à Viv. Aux jumeaux.

Putain, les jumeaux.

Roch et Lola. En vie. C'est déjà une espèce de putain de miracle.

Il tire une autre latte sur son gros joint.

Ça fait combien de temps ?... Presque trois mois qu'ils se sont posés ici. À l'abri. Au calme.

Même le vieux Tom commence à y croire.

La *weed* monte doucement.

Peut-être que ça peut marcher, après tout. Peut-être que le vieux Tom est trop pessimiste. Ils sont un petit groupe, portion congrue, bon, O.K., y a Stasia qui va pas tarder à pondre son môme, mais même avec le futur bébé, ils sont cinq mecs, avec les deux Martin, assez pour protéger les gamins et les *zouz*... et puis Viv sait se défendre, donc on peut presque dire six. Non, vraiment, c'est la config idéale. Ils ont trouvé le *perfect spot*, y a de l'eau potable pas loin, ils se sont assez éloignés de ces connards d'Unificateurs, ils ont un petit lopin de terre pour faire pousser des trucs... Vraiment, c'est l'endroit parfait, y a pas de raison que ça parte en couille, cette fois.

Vraiment.

23 h 10

Le vieux Tom prend la relève à minuit.

Le vieux Tom est vraiment parano. Il croit tout ce qu'il entend sur la cibi.

Avant de prendre sa veille, il lui a farci le cerveau avec les vampyres. Le type est convaincu qu'il y a des rôdeurs, des espèces de mutants qui boivent le sang des jeunes vierges ou un truc comme ça. O.K., tout le monde respecte le vieux Tom, mais pour Dim, il commence à débloquer sévère.

Des vampyres, sérieusement.

Dim rigole tout seul.

Des vampyres...

Franchement, sa *weed* est pas si dégueu que ça.

Il en a vu des saloperies, des mutants défigurés par les radiations, des hommes-rats qui vivent dans les sous-sols à l'état sauvage ; il a vu des trucs *fucked up*. Des cinglés qui bouffent n'importent quoi, des charognards cannibales, ouais, qui dévorent ce qu'ils trouvent sur leur chemin, des dégénérés qui n'ont plus rien à voir avec l'espèce humaine, ça, Dim veut bien y croire. Il en a éparpillé quelques-uns. Mais des vampyres... sans déconner ! Dim rit entre ses dents en tirant une dernière latte sur son joint.

Des vampyres, c'est un conte pour foutre la trouille aux mômes, une vieille histoire du vieux monde.

Look into my eyes

Tell my what I can do

Dim se relève, passe son Snow Wolf M41 en bandoulière et sort du bus.

Juste devant lui, un amas de vieille tôle frémit.

Dim s'immobilise, et retire ses écouteurs.

Vingt mètres. Un tas de carcasses de véhicules bloque la rue et les portes d'un ancien check-point.

Dim épaule son fusil et fait quelques pas en avant, le doigt sur la gâchette.

Des corneilles croassent, posées sur un réverbère.

Dix mètres. Rien ne bouge dans le tas de tôle.

Dim baisse les lunettes thermiques et descend son œil dans le viseur.

Masses vertes et noires.

Aucun mouvement.

À droite, 5 heures, douze mètres derrière lui, quelque chose court et s'arrête.

Ça pue.

Dim recule, lentement, pas à pas.

Retourner vers le camp, s'assurer que, quoi que soit ce putain de truc, ça ne le suive pas, ou en tout cas, pas vivant.

Il colle son dos à un mur, le fusil en joue, prêt à tirer à la moindre alerte.

Un pas.

Deux pas.

Trois pas.

Cinq mètres. Juste derrière le bus où il était assis il y a trois minutes, une silhouette.

Deux jambes.

Deux bras.

Une tête.

Humaine.

Elle s'enfuit comme une araignée surprise par la lumière.

Elle retourne dans les ombres.

Ces putains de mutants.

Ces putains de dégénérés sauvages.

Des animaux.

Des cannibales.

Dim tire une rafale vers le bus.

Un coup de semonce pour ces fils de pute.

Dim continue de longer le mur, M41 en joue.

Un glissement, et un chuintement.

D'où ça vient ?

Personne dans le viseur.

À 10 heures, un mouvement furtif. Des silhouettes, humanoïdes, dans les décombres, à trente mètres. Elles n'approchent pas.

Une odeur étrange, écœurante. Très forte.

Entre l'acétone et l'urine.

Un feulement.

Tout près.

Dim resserre son emprise sur le fusil.

Personne.

Une goutte, sur le front.

Dim lève la tête.

Juste au-dessus de lui, accroché au mur comme une araignée.

Un visage blafard.

Crâne chauve.

Peau livide.

Yeux noirs.

Gueule béante.

De la bave coule dans ses yeux, dans son nez, dans sa bouche.

Dim lève son fusil et appuie sur la gâchette.

Rafale de feu.

Deux mains aux doigts immenses lui attrapent le menton et la base du cou.

Les ongles pénètrent dans la chair.

Dim hurle.

Le M41 tombe au sol.

Le vieux Tom remue les braises du bout de son bâton noueux, les épaules voûtées, le regard perdu dans les flammes. La journée de marche a été harassante et il a insisté pour avancer le plus possible, pour mettre le plus de distance possible entre eux et Pantin.

Autour de lui, le reste du groupe s'affaire pour établir un camp provisoire dans les décombres d'un petit magasin alimentaire. Mines épuisées, soupe à la grimace, silence maussade. Le vieux Tom sait qu'il leur en demande beaucoup.

Malgré les protestations, il a été très clair : ils ne resteront ici qu'une seule nuit, ils doivent continuer à avancer, le plus possible, avant de recommencer à chercher un refuge plus pérenne. Il sait bien qu'ils sont tous crevés, angoissés – surtout Stasia, avec le bébé qui risque d'arriver à tout moment. Mais le vieux Tom a ce nœud au plexus, cette pointe de fer glaciale qui lui transperce les poumons, cet atroce pressentiment depuis la disparition de Dim... Trop de coïncidences, trop de signes accumulés... Bien sûr, tout ça sur la foi d'une rumeur, d'une légende pour faire peur aux gosses la nuit au coin du feu. Mais le vieux Tom a depuis plusieurs jours cette pensée chevillée au corps, et il n'arrive plus à s'en défaire. Après tout, le groupe est sous sa responsabilité, et être le patriarche, c'est s'engager à protéger le collectif à tout prix, même si ce n'est pas du goût des autres. De presque tous les autres.

Viv s'approche du feu de camp, déplace l'antique fusil d'assaut F90 que le vieux Tom garde toujours posé contre lui, et s'assied à ses côtés.

Ils restent silencieux quelques longues secondes.

— Tes petits dorment ?

— Oui, ils sont tombés comme des souches... Je crois que Roch dormait avant la fin de la première phrase de l'histoire.

Viv ne peut réprimer un immense bâillement. Le vieux Tom bâille lui aussi, immédiatement après. Il sourit.

— C'est toujours aussi contagieux.

— On est tous K.-O...

— Je sais.

Il marque un silence.

— File te coucher, on a une grosse journée devant nous demain encore.

— Tu ne veux pas manger un bout? Les deux Martin ont préparé des rations, c'est pas énorme mais c'est déjà ça...

— J'irai manger tout à l'heure, quand Marco viendra prendre son tour de garde.

— Papa... tu tiens à peine debout...

— Va te reposer, maintenant.

Viv se lève, fait quelques pas avant de se retourner.

— Tu n'en démords pas, hein...

— Non.

— Papa, ton histoire de vampyres, c'est de la merde... de la grosse merde. Dim...

Elle marque une pause.

— Y a mille raisons pour qu'il soit pas revenu. Mille raisons, papa ! Il s'est fait choper par les Unificateurs... Il a fait une sale chute, défoncé... Un mutant de merde... Y a mille raisons.

— Viv... on va pas revenir encore là-dessus.

Viv étouffe un sanglot et essuie la larme qui coule sur sa joue noircie de crasse et de poussière.

— Putain, papa... t'as intérêt à être sûr de ton coup, je te jure... Si Stasia accouche... S'il arrive quoi que ce soit au petit... (Elle crache par terre.) T'as intérêt à avoir raison de nous avoir fait quitter le refuge de Pantin...

Le vieux Tom soupire, les épaules voûtées, plus lourdes que jamais. Viv entre dans la vieille supérette désertée. Des sacs de couchage miteux ont été alignés entre des rayonnages vides. Dans l'un d'entre eux, Stasia est allongée sur le flanc, les mains enveloppant son énorme ventre. Elle dort profondément. Viv fait un signe aux deux Martin, accroupis près du point d'eau, en train de manger un gruau fumant beige et visqueux. Au fond de la boutique, les jumeaux, Roch et Lola, dorment enlacés dans une couverture sale au motif de tête de loup géante hurlant à la pleine lune. Au moment où Viv se glisse en dessous, Lola entrouvre les yeux, embués de sommeil.

— Maman... il revient quand, papa ?

Viv hésite un instant, lui passe la main dans les cheveux et lui gratte la base de la nuque.

— Plus tard, ma chérie… plus tard.

— Deux déboulonneurs. Des mômes, à peine 10 ans… Ils ont déguerpi quand ils m'ont vu. Y a personne d'autre dans le coin.

Marco, arbalète en bandoulière, fusil à pompe à canon scié à l'épaule, jette au sol un tas de branchages et quelques petites bûches sèches à côté du feu, dont la flamme commence à vaciller. Il va s'asseoir en face du vieux Tom, prend une gourde et boit une grande rasade d'eau saumâtre.

— T'as vérifié à l'intérieur ?

— Sans déconner… Tu me prends pour qui ?

Le vieux Tom soupire.

— Excuse-moi… je…

— On est tous à cran, Tom. T'excuse pas.

Le vieux Tom relève la tête. Il a l'air plus vieux. Les rides de son front sont creusées, profondes. Ses cernes violets et épais. La maigre flamme de l'âtre se reflète dans ses yeux noirs. Il n'a jamais autant douté. Il n'a jamais autant eu peur.

Marco, accroupi, ravive le feu.

Autour d'eux, la nuit orange.

La rumeur lointaine des bêtes sauvages.

Des rats, surtout. Des chiens errants, des gros rongeurs. Quelques singes échappés il y a des années des zoos, qui se sont reproduits. Quelques rares gros matous, mais de moins en moins. Les loups, en revanche, s'éclatent. Et les hyènes.

Le crépuscule, c'est l'heure de la guerre.

Ça grogne, ça feule, ça hurle de partout.

C'est l'heure de la bouffe, et c'est l'heure de la baston.

Il vaut mieux éviter de se retrouver seul, coincé entre une meute de loups et une autre de hyènes, qui se disputent les restes encore fumants d'un dégénéré qui a fait une mauvaise chute.

Jusqu'à 22, 23 heures… c'est l'heure des bêtes.

Un feu de camp suffit à les tenir à distance.

Mais après 23 heures, quand la nuit redevient calme... c'est là que sortent les rôdeurs.

Les fonds de cuve de la dérive génétique.

Des mutants hideux, charognards, cannibales, pleutres, fourbes.

De toutes sortes.

De toutes espèces.

Après la guerre, avec les radiations, les retombées chimiques, la génétique s'est fendu la gueule.

Elle a essayé toutes les recombinaisons. Et c'est franchement pas beau à voir.

C'est la nuit qu'il faut être le plus vigilant.

Les mutants ont moins peur du feu que les bêtes. Ils s'approchent des campements. Ils prennent les plus jeunes, les plus faibles.

Ils ne tuent pas.

Ils mangent.

Ils mangent leurs proies vivantes.

— Va te coucher, Tom, je prends la relève.

— Non, non... Je vais rester un peu, j'ai pas sommeil.

— Tom... Sois sérieux. Tu vas pas tenir si tu dors pas. On a encore une grosse journée de marche demain.

Le vieux Tom passe sa main dans sa barbe pelée.

— Je vais rester avec toi, Marco.

Il pousse un long soupir.

— Ils ne sont pas comme les autres, tu sais. Ils sont beaucoup plus vicieux. Il faut doubler les gardes.

Marco se redresse. Il regarde le vieux Tom, rabougri, éreinté. Il se souvient de la puissance qu'il dégageait, de la robustesse qui était la sienne. Tom, c'était la clef de voûte, le guide ; personne ne remettait en cause ses décisions, parce que ses décisions étaient bonnes. Parce qu'avec Tom, on avait le sentiment intime qu'on allait s'en sortir, qu'il allait nous protéger, qu'il savait ce qu'il faisait, où il allait, que ses choix étaient fermes, mais justes.

Le vieil homme devant lui n'a plus rien à voir avec l'homme qu'il a connu.

Son empathie s'est érodée. Sa force de conviction, élimée.

Mais, le pire, c'est que le vieux Tom a peur.

Et que tout le monde ressent sa peur.

Elle est contagieuse.

Comme de la moisissure.

Et la disparition de Dim, hier, l'a encore renforcée.

Tout ça pour quoi ? Pour un conte, une légende du vieux monde ?

Au fond de lui, Marco sait que Tom ne délire pas, qu'il n'est pas en train de devenir sénile. Il a vraiment, profondément peur.

Marco va s'asseoir à ses côtés.

— Tom... Parle-moi.

Le vieux Tom ne bouge pas d'un millimètre. Ses yeux sont rivés sur les flammes, qui reprennent de la vigueur.

— Pffff... À quoi bon, Marco ? À quoi bon...

— À quoi bon ? Personne ne gobe ton histoire, Tom... Viv pense que tu délires, Stasia est terrifiée pour elle, pour son môme... Il se passe quoi si elle accouche cette nuit ?... Demain pendant la marche ? Tom !! Réveille-toi, tu es en train de perdre tout le monde avec tes histoires... J'ai...

Marco secoue la tête et serre les mâchoires. Puis, à voix plus basse :

— Tom... J'ai entendu les Martin, cet après-midi... Ils pensent à se barrer. Tu comprends ce que ça veut dire ?

Le vieux Tom pousse un nouveau soupir, long, las, du fond de son thorax.

— Je sais, Marco. Ça ne date pas d'aujourd'hui. Depuis la mort de Fanny, ils se disputent pour savoir s'ils doivent rester ou partir. Martin blond pense qu'ils ont intérêt à rester, mais Martin brun veut foutre le camp. Que veux-tu que je fasse ?

— Ce que je veux, c'est retrouver le vieux Tom d'avant. Le vieux Tom qui serait allé les voir, le vieux Tom qui leur aurait parlé, le vieux Tom qui les aurait rassurés... Tu te rends compte de ce que ça signifie s'ils se tirent ? Ça veut dire qu'il n'y a plus que toi, moi, les filles et les enfants. Ça veut dire qu'on devient des putains de proies, Tom ! Ça veut dire qu'on est morts ! Et tout ça pour quoi ? Parce que tu te racontes des histoires débiles sorties de je sais pas où ? Tom !! On a besoin de toi ! Sans toi, ce groupe est foutu, Tom ! Tu m'entends ?

Le vieux Tom remue les braises du bout de son bâton noueux.

— C'est peut-être à moi de partir, Marco. C'est peut-être à moi de foutre le camp, de vous laisser faire vos propres choix.

— Arrête de raconter de la merde, s'il te plaît. Et arrête de croire tout ce que t'entends sur la cibi.

— Marco… Écoute-moi… Je… Ces trucs sont réels. Ils ont décimé des dizaines de groupes, de survivants. Je… Tu penses que je prendrais tous ces risques si je n'avais pas des raisons concrètes de m'inquiéter ?

— Mais Tom… Avec toutes les merdes qui rôdent, avec tous ces putains de dégénérés… tu crois vraiment qu'on a besoin d'une histoire de monstre en plus ? Sincèrement ? Je m'en fous de savoir si c'est des rôdeurs, des charognards, des hommes-rats qui ont buté Dim… ou tes putains de vampyres… On avait un foyer, Tom ! On avait un refuge. On pouvait le défendre, on savait le défendre… et du jour au lendemain, à cause de quoi ? De rumeurs ? D'un truc que personne n'a jamais vu ? Tu nous fais quitter tout ça, tu nous remets sur la route, tu prends ce putain de risque avec Stasia qui est sur le point d'accoucher ?

— Ils nous ont trouvés. Une nuit de plus là-bas, on était tous morts.

— O.K., j'abandonne. Très bien. On te suit, Tom. On te suit. Mais reprends-toi, bordel, parle aux Martin, fais quelque chose avant qu'ils…

La gorge de Marco explose.

Quelque chose de trop rapide pour être discernable la traverse de part en part.

Le corps de Marco s'avachit, bascule sur le côté, lentement.

Puis est subitement traîné en arrière.

Le vieux Tom saisit son F90 et tire au jugé.

La chose qui traînait le corps de Marco le lâche et rampe à une vitesse inouïe pour disparaître derrière un monceau d'ordures.

Pas la chose.

L'être.

Humain.

Deux bras.

Deux jambes.

Une tête.

Le vieux Tom n'a pas eu le temps de bien le discerner, mais c'était sans doute possible une silhouette humaine.

Les deux Martin arrivent en courant, arme au poing.

— C'était quoi ?

Martin brun balaye la ruelle étroite avec le canon de son fusil.

Martin blond voit le corps de Marco, traîné à quelques mètres du feu, dans une position grotesque, les bras ballants, dont un recouvre son visage. Sous lui, une immense flaque de sang s'agrandit à vue d'œil. Il fait signe à Martin brun.

— Tom, on se replie.

Le vieux Tom scrute la semi-pénombre de la nuit orange.

Hormis les cris des bêtes, au loin, tout est silencieux autour d'eux.

Rien ne bouge.

Viv sort de la supérette, le visage froissé par le sommeil.

— Il s'est passé quoi ?...

Son visage se décompose lorsqu'elle aperçoit le corps de Marco. Martin blond la repousse vers le magasin.

— Rentre, Viv. Reste à côté de Stasia et des enfants.

Le vieux Tom fait quelques pas en avant, le fusil pointé vers le vide. Il crie.

— Espèces de fils de pute... MONTREZ-VOUS !

— Tom !! Bordel, c'était quoi ? lui crie Martin brun.

— Ces saloperies de vampyres nous ont suivis...

Tom fait un pas en avant supplémentaire, et tire une rafale de balles droit devant lui.

— MONTREZ-VOUS, SALOPERIES DE FILS DE PUTE !!

Les Martin échangent un regard, entre inquiétude et incrédulité. Ils retournent dans la supérette, où Roch et Lola se sont mis à pleurer. Viv essaye de les calmer.

Stasia s'est relevée, son visage est terrifié. Elle tient son ventre, et grimace de douleur.

— Martin... Qu'est-ce qui se passe ?

Martin blond commence à empaqueter ses affaires dans son grand sac à dos.

Martin brun se rapproche de Stasia, qui étouffe un grognement de douleur.

— Je sais pas... Quelqu'un nous attaque... Marco... Marco est mort. Tu peux faire tes affaires ?

— Je vais essay...

Elle serre son ventre en étouffant un nouveau cri de douleur.

— Stasia... Ça va ?

Dehors, les claquements d'une rafale de fusil.

Stasia relève la tête, fixe Martin brun dans les yeux. Sous elle, une grande flaque liquide tache son sac de couchage. Martin suit son regard.

— Merde, pas maintenant, bordel…

Des larmes roulent sur les joues de Stasia.

Martin brun se relève et court vers Martin blond, qui finit de remplir un deuxième sac avec les affaires à sa portée.

— Je crois que Stasia est en train d'accoucher.

— Non, tu déconnes.

— Si, je t'assure. Elle vient de perdre les eaux.

— Putain !

Derrière eux, Viv tente de calmer Roch et Lola, qui pleurent à chaudes larmes.

— Écoutez-moi, regardez-moi, les enfants… Regardez-moi… Tout va bien se passer… Vous vous souvenez de ce qu'il faut faire ? Vous vous souvenez de l'histoire que papa vous a racontée ?… C'est maintenant… On va faire tout ce que papa vous a dit de faire, d'accord ?

— Mais il est où, papa ??? Je veux papaaaa !

Roch s'effondre en larmes. Viv prend les jumeaux dans ses bras.

— Chhhhut, mes amours… Papa viendra plus tard… Maintenant, il faut juste faire le roi du silence, vous vous souvenez ?

Elle court vers le fond de la boutique, pose les jumeaux au sol. Roch continue de pleurer, Lola le prend par les épaules et lui parle à voix basse. Viv s'accroupit, et dans un effort colossal, déplace une immense étagère de quelques centimètres.

— Roch ! Lola ! Vous passez derrière. Vous vous cachez, plus un bruit ! Comme avec papa, vous vous souvenez.

Elle pose son index sur sa bouche. Les deux enfants l'imitent, mais Roch continue de hoqueter de sanglots. Elle lui prend la tête entre les mains et essuie ses larmes.

— Mon loup, écoute-moi… Tu dois être fort, d'accord ? Pense à papa. Vous passez derrière, et c'est le roi du silence, O.K. ? Jusqu'à ce que maman revienne, d'accord ?

Lola prend la main de Roch, et l'emmène.

— Allez, viens, on va faire comme papa a dit : tout petit, tout petit, comme dans un trou de souris.

Roch suit Lola, et les deux enfants se glissent derrière l'étagère massive. Viv inspire longuement, et la soulève de nouveau pour la faire glisser le plus près possible du mur.

Elle est en nage.
Dehors, des coups de feu.
La voix du vieux Tom qui hurle.
Viv se relève, s'essuie le front.
Une odeur puissante lui emplit le nez et la bouche.
Il y a quelque chose qui pue, très fort.
Qui sent le dissolvant et la pisse.
Viv se retourne.
Juste devant elle, à quelques centimètres de son visage, un autre visage.
Une silhouette humaine.
Livide.
Le crâne chauve.
Les yeux noirs.
La silhouette lui saisit les biceps.
Ses mains sont gelées.
Son emprise lui coupe immédiatement la circulation.
Viv est tétanisée.
La silhouette ouvre grand, très grand une bouche remplie de bave liquide.
Viv est sans voix.
Terrifiée.
Immobile.
De la bouche de la créature sort une sorte de piston de chair blanchâtre doté de dents acérées en ivoire, qui transperce en un coup le front de Viv.

À quelques mètres de là, les deux Martin sortent de la supérette à pas feutrés, arme à la main.
Martin brun se retourne.
Dans un coin de pénombre, Stasia, à demi dissimulée, souffle lentement par la bouche.
Elle est en nage.
Elle lève la tête, croise son regard.
Dans ses yeux, la détresse absolue.
Elle réfrène un cri profond, viscéral.

Martin brun est désolé.

Il a honte.

Honte de lui.

Honte d'eux.

Mais au jeu de la survie, c'est chacun pour sa gueule.

Martin blond se retourne vers lui.

Il jette lui aussi un regard à Stasia.

Il fait un petit mouvement de la tête, pour dire « désolé ».

Stasia, le visage défiguré par la douleur, des larmes coulant de ses yeux implorants, murmure dans un filet de voix

— Nononon, me laissez pas, s'il vous plaît...

Interrompue par une nouvelle contraction, elle serre les dents, se mord les lèvres pour s'empêcher de crier.

Un mouvement furtif, dans les ombres, à quelques mètres, entre deux rangées d'étagères.

Martin blond prend le bras de Martin brun, et ils sortent.

Dehors, à côté du feu de camp, le vieux Tom est devenu fou.

Il hurle à pleins poumons dans la nuit orangée, et il tire à l'aveugle.

Il n'y a personne devant lui.

Personne autour de lui.

Martin blond fait un signe à Martin brun.

Ils longent le bâtiment, dans le dos du vieux Tom, en prenant soin de faire le moins de bruit possible.

Mais Martin brun ne peut réprimer un sanglot.

Tout ça est trop moche.

Beaucoup trop moche.

Martin blond s'immobilise, il se retourne vers Martin brun qui est débordé par ses émotions, par la peur, par leur lâcheté, par tout, tout est beaucoup trop moche, ces gens avec qui il a vécu, mais là trop c'est trop, il faut survivre, il n'y a pas d'autre option, mais Stasia toute seule dans ce petit recoin sombre, quelle merde humaine est-il pour laisser une femme enceinte acoucher seule alors qu'ils sont attaqués, quelle merde humaine est-il pour tourner le dos à ces gens qui ont été sa famille, trop c'est trop, quelle merde humaine...

Martin blond lui attrape l'avant-bras, d'un air sévère.

Il lui fait signe de se taire.

De se ressaisir.

— Martin ? Mais bordel…

Le vieux Tom s'est retourné.

Il les a vus.

— Tom, je suis… Pardonne-nous… Je… Pardonne-nous…

Martin brun ne trouve pas les mots. Il regarde Martin blond.

Son visage est défait.

Livide.

La bouche ouverte.

Hiératique.

Martin brun tourne la tête vers là où regarde Martin blond.

Vers le vieux Tom.

Juste derrière, il y a une immense silhouette.

Un homme.

Sans visage.

De plus de deux mètres.

Martin brun met la main sur sa bouche.

Il tend le bras, pointe le doigt vers ce qui se dresse, juste derrière le vieux Tom.

Le vieux Tom ne comprend pas.

Il se retourne, doucement.

Face à face avec l'homme sans visage.

Il s'apprête à relever son fusil pour tirer, mais l'homme sans visage lui saisit la tête de ses deux mains.

À six doigts.

Et son visage s'ouvre.

Comme des pattes.

Comme une araignée qui se déplie.

Les pattes enserrent le visage du vieux Tom au moment où quelque chose jaillit du visage de l'homme sans visage – comme un membre, un pénis flasque, un tuyau qui se projette en avant –, et les deux visages, celui de Tom et celui de l'homme sans visage, les deux visages fusionnent, se mélangent dans un bruit de succion et de craquements osseux. Les huit pattes d'araignée enserrent le crâne du vieux Tom, qui pousse un cri... Non, pas un cri mais un borborygme, un hurlement mouillé accompagné d'un bruit de fracture osseuse. L'homme sans visage l'embrasse et le soulève du sol, il l'enserre dans ses bras très longs, beaucoup trop longs, dans ses bras immenses avec ses mains à six doigts, juste au-dessus de deux petits appendices, deux bras chétifs atrophiés qui lui enserrent le bassin. Tout le corps du vieux Tom est agité de spasmes, il tremble de la tête aux pieds et puis il s'arrête de trembler, et l'homme sans visage resserre son étreinte. Ils sont enlacés tous les deux, et le vieux Tom lâche son fusil, il lâche son F90, et ses bras, ses jambes, tous ses membres deviennent mous.

Les Martin sont paralysés.

Horrifiés.

Derrière le feu de camp, derrière le vieux Tom et l'homme sans visage, quelque chose rampe.

C'est un homme.

Ou une femme.

C'est humain.

Mais le crâne est long.

Très long.

Oblong.

Luisant.

Des protubérances dépassent de son dos.

Des gonflements de chair plus ou moins rectilignes.

Il y en a quatre.

Ou plus.

La chose avance à quatre pattes, contourne le feu, et fixe son visage oblong sans yeux vers les deux Martin.

Martin brun saisit le bras de Martin blond et se met à courir.

De toutes ses forces.

Aussi vite qu'il le peut.

La créature rampante s'approche du vieux Tom dans son étreinte mortelle avec l'homme sans visage.

Elle donne des petits coups de tête sans yeux.

Elle ouvre la bouche.

Très grand.

Découvrant des dents métalliques, aiguisées comme des lames de rasoir.

Une bave liquide, translucide, abondante sort de sa gueule.

Au loin, un murmure étouffé.

Non, un gémissement.

La créature rampante tourne la tête vers la provenance du son.

Elle avance.

À quatre pattes.

Entre dans la supérette.

S'immobilise, un instant.

Guette.

Un cri étouffé.

Puis un cri.

La créature se dirige, lentement, vers la source.

Stasia est en nage.

Les larmes sur son visage se mélangent à la sueur.

La créature avance son visage difforme vers le vagin de Stasia.

Elle ouvre grand la bouche.

Stasia pousse un hurlement long, profond, retentissant.

L'humanoïde aux yeux noirs s'approche.

La créature au crâne oblong tourne son visage sans expression vers lui, et émet un feulement atone, une vibration visqueuse.

L'humanoïde aux yeux noirs recule.

Stasia a les yeux révulsés.

La bouche ouverte.

Le regard dans le vide.

Elle crie à chaque contraction.

Mais elle n'est plus là.

La créature tend ses mains à six doigts vers le vagin de Stasia.

Stasia hurle.

Un cri résonne.

Un autre cri.

La nuit. Le jour.

Quelle différence ?

La créature au crâne oblong est agitée.

Elle avance, prudemment, aux aguets.

Derrière elle, le vieux Tom enlacé, corps et visage, avec cet autre être qui l'agrippe comme un amant maladif, dans un baiser pervers et dégénéré, face contre face.

Tout à côté, l'humanoïde aux yeux noirs, le visage et le corps trempé de mucus liquide transparent.

Non loin, d'autres silhouettes plus ou moins humaines.

Certaines ont des queues dentées et pointues.

D'autres la peau noir de jais.

Toutes convergent vers le même point.

La nuit. Le jour.

Peu importe.

Mais toutes convergent.

Se regroupent.

Rapportent leur trophée nocturne.

La future engeance.

Toutes se rassemblent autour de leur point d'attache.

Là où tout est né, il y a si longtemps.

Si longtemps.

Ils sont tous là, tous, des dizaines, peut-être des centaines.

La descendance.

Sa descendance.

Au centre de leur nid, de leur ruche, de leur repaire, tout au centre, sous le rai de lumière blanche tombante qui dessine un rectangle presque parfait sur le sol noir de ce qui a dû, un jour lointain, être un entrepôt.

Au centre de ce prisme de lumière, un amas d'os, de terre, de déchets.

Un amas autour duquel toutes ces créatures tournent, dans des mouvements mêlés de révérence et de peur.

Au sommet de cet amas est plantée une plaque de métal rouillée.
Il fut un temps, lointain, où les premiers d'entre eux savaient encore manipuler le langage.
Communiquer par des mots.
Par des lettres.
C'était il y a si longtemps.
Si longtemps.
Aujourd'hui, il ne reste plus que cet amas.
Cette plaque.
Et cette attraction atavique, qu'aucune de ces créatures ne comprend plus.
Plus aucune d'entre elles ne peut déchiffrer ces symboles.
Sur la plaque.
Pourtant, tout part d'ici.
Tout part d'elle.

« ELLEN RIPLEY – 2103-2576 »

CHAPITRE_37
COMPLET_100%

LES AUTEURICES_

BIOGRAPHIES

NOS AUTEURICES_

ILS ONT SURVÉCU À LA BÊTE IMMONDE

NOS AUTEURICES

ANGELIER FRANÇOIS

François Angelier est le producteur historique de l'émission *Mauvais genres* sur France Culture. Il est également auteur, et a écrit des biographies d'auteurs comme Léon Bloy, récemment Georges Bernanos, ainsi qu'un dictionnaire Jules Verne.

AKNIN LAURENT

Laurent Aknin est critique et historien de cinéma. Il a publié entre autres : *Cinéma bis, 50 ans de cinéma de quartier* (Nouveau Monde Éditions) et *Les Classiques du cinéma bis* (Nouveau Monde Éditions), *Le Péplum* (Armand Colin) *Mythes et idéologie du cinéma américain* (Vendémiaire), *Ésotérisme et Cinéma* (DRC).

BARET JEAN

Jean Baret est né en 1971 à Marseille. Il est docteur d'État en droit et avocat. Jean Baret n'a pas le permis de conduire, ne fume pas, ne se drogue pas, mais fait beaucoup de bodybuilding. Il a d'ailleurs encore pris quelques kilos de muscles ces dernières années. Jean Baret a ressenti le besoin d'utiliser les doctrines anthropologiques et épistémologiques qu'il a étudiées pour élaborer des univers imaginaires. Il réfléchit beaucoup au divin marché. Jean Baret sait pertinemment que Dieu n'existe pas, et ça le rend malade. Il est l'auteur de la trilogie *Trademark* (*Bonheur™*, *Vie™*, *Mort™*) aux éditions du Bélial'.

BASIRICO BENOIT

Après ses études de cinéma (1997-2002), son activité de critique à *Studio Magazine* (2006-2007) puis son siège au comité de sélection de la Semaine de la Critique pour le Court Métrage (2008), Benoit Basirico est devenu le spécialiste de la musique au cinéma à travers la création du site Cinezik.fr, la conception de podcasts et de programmes radiophoniques (France Musique, Radio Festival, Aligre FM). Chargé de cours à l'École des Arts de la Sorbonne (Paris 1) et à l'UFR Arts & Médias de l'université de la Sorbonne Nouvelle (Paris 3), il propose diverses formations et de nombreuses rencontres et conférences autour de la musique à l'écran, souvent en étroite collaboration avec la SACEM (festivals de Cannes, d'Angers, d'Aubagne, de Belfort, de Bordeaux, de Brive, d'Agen, de Rennes, de Pantin...), notamment dans le cadre d'interventions lors de la résidence TRIO créée par la Maison du Film. Il est aussi l'auteur de l'ouvrage *La Musique de film, compositeurs et réalisateurs au travail* (Hémisphères, octobre 2018).

BAYCHELIER GUILLAUME

Guillaume Baychelier est docteur en art et sciences de l'art, agrégé d'arts plastiques et artiste vidéaste. À travers une démarche iconologique croisant divers champs artistiques, son travail de recherche s'attache à mettre en lumière les spécificités du jeu vidéo en tant que médium producteur d'images et à interroger son inscription dans l'histoire des images.

BONNEFOY VICTOR

Victor Bonnefoy, plus connu sous le pseudonyme « In the panda », est scénariste, réalisateur et critique cinéma. Il anime le podcast *Pardon le cinéma*, qui rassemble plus de 100 000 auditeurs par mois, et travaille en parallèle à des projets d'écriture et de réalisation de fiction.

BONNET BERTRAND

Amateur de littératures de l'imaginaire et de jeu de rôle, Bertrand Bonnet a écrit de nombreuses critiques sur son blog *Welcome to Nebalia* et dans la revue *Bifrost*, ainsi que des articles de fond sur H. P. Lovecraft et son œuvre.

CAHEN AVA

Cofondatrice et corédactrice en chef du site frenchmania.fr et de la revue semestrielle *FrenchMania* (Éditions du Rocher), chroniqueuse pour l'émission *Le Cercle* sur Canal+ depuis 2014, autrice de *Woody Allen. Profession : cynique* (2015), *Cheforama* (2017) et *Game of Thrones décodé* (2019), déléguée générale de la Semaine de la Critique (Cannes) depuis août 2021.

CHEMLA FABRICE

Fabrice Chemla est ingénieur de l'ESPCI-Paris et professeur de chimie organique à Sorbonne Université (Paris). Passionné de science-fiction, il a participé à plusieurs ouvrages collectifs, comme *Dune, exploration scientifique et culturelle d'une planète-univers*, sous la direction de R. Lehoucq, aux éditions du Bélial', ou *Étonnante chimie*, sous la direction de C.-M. Pradier et O. Parisel, aux éditions du CNRS. Auteur de plusieurs articles scientifiques consacrés aux littératures de l'imaginaire, comme la postface de la réédition d'*Hypérion* (D. Simmons) chez Robert Laffont, il collabore régulièrement à la rubrique « Scientifiction » de la revue *Bifrost*. Il s'intéresse tout particulièrement aux soubassements scientifiques, mais également symboliques, religieux et ethnologiques, des œuvres relevant du domaine de l'imaginaire : science-fiction, fantastique et fantasy.

COURTOIS GRÉGOIRE

Grégoire Courtois est romancier et libraire. Il est notamment l'auteur de *Suréquipée* et *Les agents*, parus au Quartanier, repris en poche chez Folio SF. Sous le pseudonyme de Tristan Saule, il écrit la série de romans noirs et sociaux, *Chroniques de la place carrée*, toujours en cours de parution.

CRÉTÉ GEOFFREY

Né à Narbonne en 1987, Geoffrey Crété est venu à Paris pour étudier le cinéma. Après quelques expériences sur les plateaux de tournage, il fait ses premières armes en tant que critique sur Excessif (ex-DVDrama). Il devient rédacteur en chef d'Écran Large en 2019. En parallèle, il a écrit et réalisé un moyen métrage, *Axiome*, et réalisé des épisodes de la web-série queer *Projet Pieuvre*. Il travaille actuellement sur un court métrage de science-fiction, produit par Wild Stream, et qui sera tourné à La Réunion.

DEBATS JEANNE-A

Romancière, nouvelliste, anthologiste, Jeanne-A Debats est une figure incontournable de la science-fiction française. Lauréate du Grand Prix de l'Imaginaire et du prix Julia-Verlanger en 2008 pour son court roman *La Vieille Anglaise et le Continent*, elle alterne depuis littératures jeunesse et adulte, et a succédé en 2016 à l'écrivain Ugo Bellagamba au poste de délégué artistique du festival nantais des Utopiales.

DELAUME CHLOÉ

Chloé Delaume est autrice, elle a remporté le prix Médicis pour *Le Cœur synthétique*, et travaille dans son œuvre des questions liées au féminisme et à l'autofiction. Elle est également musicienne et sort en parallèle de son dernier roman un album, *Les Fabuleuses Mésaventures d'une héroïne contemporaine.*

DUFOUR CATHERINE

Catherine Dufour est l'une des plus intéressantes autrices de science-fiction française. Elle a remporté le Grand Prix de l'Imaginaire pour son roman *Le Goût de l'immortalité* et développe une prose à la fois politique, noire et mordante jusque dans son dernier roman, *Au bal des absents* édité au Seuil.

FOSTER ALAN DEAN

Alan Dean Foster est le novelliste officiel de la saga *Alien*. Après avoir novellisé l'épisode originel de *Star Wars* et scénarisé le premier long métrage de *Star Trek*, il se lance dans la novellisation des trois premiers *Alien*, ainsi, plus récemment, que celle du film *Alien: Covenant*.

FRAPPAT HÉLÈNE

Hélène Frappat est autrice et critique de cinéma. Elle a notamment écrit sur Jacques Rivette et Roberto Rossellini, ainsi qu'une dizaine de romans dont *Lady Hunt*, prix Mauvais genres, et plus récemment *Le mont Fuji n'existe pas* chez Actes Sud.

HILL WALTER

Walter Hill est producteur, réalisateur et scénariste. Il a co-écrit les scénarios des trois premiers films de la saga *Alien*, et coproduit l'intégralité de la série, jusqu'à *Alien: Covenant*. Il a notamment réalisé *Les Guerriers de la nuit*, *Le Gang des frères James* ainsi que *48 heures* et *48 heures de plus*.

HUARD ANTHONY

Anthony Huard est psychologue et psychanalyste. Il est l'auteur de *Freud et les super-héros* sur la psychanalyse des personnages iconiques aux super-pouvoirs. Il est également rédacteur de rubriques psy et culture de l'imaginaire pour *Geek Magazine* et chroniqueur sur des sites de comics.

KYROU ARIEL

Ariel Kyrou est journaliste, écrivain et essayiste. Il utilise la science-fiction, la contre-culture et les arts contemporains autant que la philosophie pour penser et panser le monde d'aujourd'hui. Il est directeur éditorial du Laboratoire des solidarités de la Fondation Cognacq-Jay et membre du collectif de rédaction de la revue *Multitudes*. Il est le coscénariste du documentaire *Les Mondes de Philip K. Dick*.

LEHMANN CHRISTIAN

Christian Lehmann est médecin généraliste depuis 1984, et romancier depuis 1987. Il a publié une vingtaine de romans et essais, dont la trilogie *No Pasaran : Le Jeu* à L'école des loisirs et, aux Éditions de l'Olivier, *Une éducation anglaise*, roman biographique d'apprentissage revenant sur ses années d'adolescence et sa découverte de la science-fiction. Il tient depuis mars 2020 la chronique du « Journal d'épidémie » dans *Libération*. Rôliste et GNiste, il est toujours à la recherche de sa prochaine incarnation.

LEHMAN SERGE

Serge Lehman est auteur et scénariste. On lui doit notamment *F.A.U.S.T.*, récemment republié au Diable vauvert, ainsi que l'anthologie *Escales sur l'horizon* et *Retour sur l'horizon*, ainsi que la bande dessinée co-écrite avec Fabrice Colin *La Brigade chimérique*, dont une suite doit paraître dans les prochaines semaines.

LEHOUCQ ROLAND

Roland Lehoucq est astrophysicien au CEA de Saclay. Il enseigne à Sciences Po Paris (campus du Havre) et au master « Approche sociale des Enjeux énergétiques » de l'université Paris-Cité. Il tient depuis plus de vingt ans une rubrique scientifique dans la revue de science-fiction *Bifrost*. Il a aussi publié de nombreux ouvrages, dont *La science fait son cinéma*, *Faire des sciences avec Star Wars* et *Dune, exploration scientifique et culturelle d'une planète-univers*. Depuis 2012, il est le président des Utopiales, le festival international de science-fiction de Nantes.

L'ÉPAULE D'ORION – GUILLEMIN RENAUD

L'Épaule d'Orion est le pseudonyme de Renaud Guillemin, chercheur au CNRS, sous lequel il chronique des œuvres de science-fiction sur le blog du même nom, ou révise les traductions du cycle de *Dune* de Frank Herbert et du roman *Un feu sur l'abîme* de Vernor Vinge pour les éditions Robert Laffont. Il est aussi traducteur de plusieurs nouvelles pour les éditions Le Bélial'.

LI-CAM

Membre des éditions Organic, pour lesquelles elle a donné plusieurs textes (*Alice en son for intérieur* avec Philippe Aureille et Bruno Leray, ou bien encore *L'Ombre de l'arbre abattu* avec le même Philippe Aureille), Li-Cam a également publié plusieurs romans (*Lemashtu*, *Asulon*, et plus récemment *Cyberland*) et nouvelles (notamment aux éditions La Volte).

MARTIN NICOLAS

Nicolas Martin est auteur, scénariste, réalisateur et producteur de radio. Il a notamment animé pendant six ans l'émission quotidienne *La Méthode scientifique*. Il a réalisé une dizaine de courts métrages et de clips, notamment « Always On My Mind » pour le groupe britannique The Irrepressibles, et « Running To The Sea » pour les Norvégiens de Röyksopp. Il développe avec Simon Riaux un long métrage d'épouvante, actuellement en préproduction, *Nous sommes toujours là*, pour La Mer à Boire Productions, ainsi que deux séries fantastiques et de science-fiction pour Aux Singuliers. Il est également auteur de nouvelles publiées aux éditions ActuSF et Le Bélial', et travaille actuellement à la rédaction de son premier roman.

MOSNA-SAVOYE GÉRALDINE

Diplômée de philosophie, Géraldine Mosna-Savoye est productrice sur France Culture. Après avoir travaillé plusieurs années sur l'émission de philosophie quotidienne *Les Chemins de la philosophie*, elle a produit la chronique *Carnet de philo* et présente depuis septembre 2022 l'émission quotidienne de culture générale *Sans oser le demander*.

NIKOLAVITCH ALEX

Traducteur de comics depuis la fin des années 1990, Alex Nikolavitch est aussi scénariste de bandes dessinées (dont une histoire du super-héros américain *Spawn* et une bio de H. P. Lovecraft), romancier d'imaginaire aux éditions Les Moutons électriques et essayiste spécialisé dans les pop cultures, avec notamment *Mythe & Super-héros*.

ODICINO GUILLEMETTE

Cheffe de rubrique cinéma à *Télérama*, chroniqueuse sur France Inter dans *Grand Bien vous fasse*, membre du comité de sélection du Festival de Cannes, ancienne chroniqueuse au *Cercle* de Canal+.

RIAUX SIMON

Simon Riaux est scénariste, journaliste et critique de cinéma. Il dirige depuis huit ans la rédaction d'Écran Large, premier site Internet spécialisé dans l'actualité de la fiction audiovisuelle. Depuis 2014, il est chroniqueur du *Cercle*, émission télévisée de débats critiques, diffusée par Canal+. Il participe également au podcast *Pardon le cinéma*, table ronde hebdomadaire abordant le cinéma par l'angle des sorties mais aussi du patrimoine. Il développe avec Nicolas Martin *Nous sommes toujours là*, un long métrage d'épouvante actuellement en préproduction, ainsi que deux séries fantastiques et de science-fiction pour Aux Singuliers.

ROUSSEAU JEHANNE

Jehanne Rousseau est la directrice et la fondatrice du studio de jeu vidéo Spiders. Elle est également autrice et scénariste. On lui doit notamment les jeux *The Technomancer*, *Greedfall* et *Steelrising*. Elle a été récompensée du prix de la personnalité de l'année lors de la première édition des Pégases du jeu vidéo.

ROUX ALEXIS

Cinéphile depuis l'enfance, passionné par l'analyse filmique, Alexis Roux travaille comme critique de cinéma depuis 2018. Il officie actuellement comme rédacteur pour le magazine *SoFilm* et le site web *Le Grand Oculaire*, ainsi que comme chroniqueur récurrent dans l'émission *Pardon le Cinéma*.

THIÉBAUT ÉLISE

Élise Thiébaut est journaliste et autrice. Elle a notamment écrit *Ceci est mon sang : Petite histoire des règles, de celles qui les ont et de ceux qui les font* (2017), traduit dans huit pays, Mes ancêtres les Gauloises (2019) et enfin *L'Amazone verte, le roman de Françoise d'Eaubonne* (2021). Elle collabore à la revue *La Déferlante* et dirige la collection « Nouvelles lunes » au Diable vauvert. Le reste du temps, elle a une vie normale.

VAS-DEYRES NATACHA

Natacha Vas-Deyres est agrégée et docteure en lettres, professeure de culture générale en classes préparatoires à Bordeaux et chercheuse associée de l'université Bordeaux-Montaigne. Elle est spécialiste de la science-fiction française et anglo-saxonne. Lauréate en 2013 et 2016 du Grand Prix de l'Imaginaire, créatrice de la collection universitaire de science-fiction « SF Incognita », elle est également présidente et cofondatrice du festival Hypermondes à Bordeaux.

ZARIEL

Zariel est peintre, illustrateur, directeur artistique et aime les monstres. Ses premiers manuels scolaires faisant de parfaits supports pour dessiner. Il commence à travailler dès l'âge de 16 ans dans les domaines de l'imprimerie et de l'édition. Aujourd'hui, il dirige sa propre agence de communication visuelle dans le 20e arrondissement de Paris.

NOS CONTRIBUTEURICES_

MERCI À CELLES ET CEUX QUI ONT SOUTENU L'OUVRAGE DURANT LA CAMPAGNE DE FINANCEMENT PARTICIPATIF

FINANCEMENT PARTICIPATIF RÉALISÉ PAR :

ULULE

Roger Adjoudj
Charline Adzuar
Pierrick Aizac
Anthony Alquier
Mailys Amara
Marc Amirat
Amelie Apat-funes
Arnaud Armant
Jean-Christophe Arnaud
Xavier Arnaudin
Hugo Assié
Jean-Emmanuel Aubert
William Aubert
Vitart Augustin
Patrick Aupest
Vincent Aussant
Xavier Aussibal
Domenico Autolitano
Jefferson Ayoul
Jean-Frédéric Bachy
Christophe Bailloeuil
Arnaud Ball
Christelle Barassi
Bruno Barbier
Lucas Barrière
Francois Bastier
Antoine Baudino
Géraldine Bayoï
Wilfrid Bazin
Michael Belin
Anais Bellon
Vincent Benjamin
Mathilde Bercis
Marion Beretti
Blandine Bergerat
Yann Berlemont
Maïté Berré
Bryan Berthet Delteil
David Bertolo
Jérémie Bertrand
Edouard Bessiere
Paul Bessot
Julien Bétan
Stéphane Bezier
John Bigeon
Arnaud Billet
Marc Birac
Mathieu Blanc
Daniel Blanco
Stéphane Bodard
Christian Bodart
Pierre Bonachera
Sonia Bonamy
Aurélien Bongrand
Dimitri Bonnard
Marie Bonnet
Guillaume Borios
Yvon Borri
Dimitri Bosch
Camille Bouchard
Éric Bouchart
Thomas Boucher
Cloé Bougard
Marie Bouiller
Michelle Bouillez
Damien Boutteville
Grégory Boyeldieu
Françoise Breton
Emilie Breton
Ludovic Breysse
Sandrine Brissé
Christophe Brocard
Anthony Bruaux
Yann Bruneau
Florent Burdairon
Mikael Cabon
Cyprien Caddeo
Pierre Cadiau
Guimaël Cadou
Bruno Caillet
Emmanuel Campuzan
Gilles Capelle
Pascal Cardosi
Cédric Carpentier
Fabrice Carré
Nicolas Carrupt
Romain Casalino
Benoit Cassignol
Xavier Castille
Jérôme Cat
Jérôme Caudrelier
Gilles Cazaban
Mael Cazals
Sebastien Celerin
Christian Cerezo
Frédéric Cervenansky
Cyrielle Chaize
Nicolas Champavert
Pierre-Yves Chapalain
Mathieu Charbonneau
Joris Charpentier

Sébastien Charvet
Pierre Chaudemanche
Claire Chausse
Alain Chauvin
Fabrice Chemla
Sebastien Chivoret
Raphaël Civade
Franck Clabaux
Kévin Clech
Johan Clément
Tanguy Cogrel
Sébastien Cohidon
Guillaume Colcy
Benjamin Collet
Florian Colubriale
Camille Combaz
Frédéric Conti
Julien Corioland
Boris Cotte-Pattat
Joseph Cotza
Frederick Couloudou
Vincent Couture
Maxime Crabeil
Olivier Crespin
Matthias Cyprien
Joel Dagorn
Hervé Daire
Océane Dambrain
Laure Dardonville
Hugues Dargagnon
David Dargaud
Frédéric et Carla Dauber
Frédéric Daumas
Marion David
Dimitri Davignon
Laure Davoigneau
Renan de Mullenheim
William de Villechenous
Antoine Decees
MC Defontaine
Arthur Dehondt
Christophe Delaroque
Olivier Delcourt
Olivier Delécluse
Guillaume Delecourt
Frédéric Delmas
Alan Delmes
Renaud Delmotte
Emmanuel Delporte
Philippe Déluteau
Yoann Démare
Thomas Demenat
Laurent Demiel
Grégoire Demougeot
Adrien Denis
Sophie Depassio
Alexandre Deroubaix
Fabrice Dervieux
Nicolas Deschamps
Quentin Deschamps
Leni Desmaretz
Morgane Despas
Denis Detraz
Simon Devos
Rémi Dhuez
Arthur Digeaux
Roméo Dimier
Gabriel Doaré
Stéphane Dorschner
Cyril Drappier
Christel Droit
Lénaïc Duarte
Thierry Dubois
François Dubuc
Vincent Ducrocq
Nicolas Ducroizet
Christophe Ducrotois
Jérôme Dumain
David Dumas
Frédéric Dumas
Fabienne Dumont
Florian Dumont
Andy Dupont
Blandine Dupont-Pacot
Romain Durand
Benjamin Dussaux
Hervé Duval
Rodolphe Egret
Aurélien Ehlinger
Benjamin Eisenmann
Isabelle Emeyriat
Paul Enguehard
Lola Erraïs
Damien Espérou
Marjorie Ethuin
Isaüra Etifier
José Evrard
Cyril Farcot
Pierre Faucheux
Eric Fauconnier
Sébastien Faucou
Olivier Faudot
Clement Fauve
Bertrand Fayolle
Guillaume Figuier
Jordan Firrncieli
Thierry Flesch
Arnaud Floirat
Cédric Fontana
Matthieu Fontayne
Alexandre Fontenas
Frederic Fontes
Mickael Fouchard
Nicolas Fournier
Patrick Fournier
Hervé Fourniller
Thomas Fovet
Coralie Franc
Abel François
Claire Fruchard
Karine Funk
Cécile Fuster
Pauline Gabriel

REMERCIEMENTS

NOS CONTRIBUTEURICES_

Alexis Gagnié
Christophe Gaita
Eric Galindo
Michael Galvez-Ollandini
Ronan Garnier
Florian Garo
Jérémy Gauthier
Frederic Gedeon
Laurinda Genne
Martial Geoffroy
François-Xavier Georgelin
Christophe Gerlache
Noel Gillain
Florent Girard
Timothée Giraud
Eddy Giust
Cédric Godel
Victor Godon
Julien Goletto
Alexandre Gomez
Romain Gondy
Olivier Gonzalez
Axel Gotteland
William Grefils
Kevin Grelaud
Bastien Griffoul
Laurent Grimbert
Thomas Gryson
Lionel Guerin
Jean-Baptiste Guillaume
Alexandre Guillaume
Renaud Guillemin
Bruno Guillet
Éric Guinet
Guillaume Guinet
Mathieu Guissani
François Haigneré
Alexandrine Halliez
Jérôme Hamon
Charlotte Hanot-Leroy
Christoffer Hansen
Cyril Hardouin
Christophe Hardy
Jules Haudry-Hurault
Sébastien Hauguel
Jean-François Hautin
Thomas Heine
Nicolas Helminger
Hermine Hémon
Nicolas Henriot
Pierre Henriquet
Romuald Herbreteau
Vincent Honorat
Frédéric Hubleur
Serge Hugli
Marion Hugues-Blanchard
Jérémie Huteau
Khiem Huynh
Guillaume Imbert
Jerome Isnard
Dominique Jabes
Christian Jacquenet
Julien Jaffré
Laurent Jamboué
Quentin Jaros
Guillaume Jay
Raymond Jean
Laurent Jean-Yves
Lionel Jelisejeff
Bastien Jeudy-Brosset
Kevin Jezequel
Sébastien Joachim
Jérôme Jocal
Jackie Joossen
Hugues Jullien
Frederic Jung
Pierre Kerner
Lorry-James Kinanga
Thomas Kleparski
Loïck Kléparski
Philippe Koenig
Claire Kolabukoff
Didier Kurth
Teddy Kuszuski
Ariel Kyrou
Daniel Labat-Gest
Adrien Lada
Marc Lahore
Christian Lajambe
Laurent Lamarre
Jérémy Lambert
Samuel Lamotte d'Incamps
Christophe Lancelot
David Landry
Vincent Langevin
Pierre Lanrezac
Jean-Guillaume Lanuque
Benjamin Lardon
Déborah Latorse
Quentin Lazzarotto
Élodie Le Bihan
Yves Le Boulch
Stéphane Leber
Julien Leblanc
Patricia Lebourg-Rougeolle
Arnaud Leclabart
Guillaume Lecomte
Alexandre Lecomte
Oriane Lefèvre
Matthieu Lefrançois
Maxime Legrand
Roland Lehoucq
Salomé Lelièvre
Benjamin Lemaire
Alexandre Lemaire-Goiffon
Guillaume Lemaitre
Guillaume Lequien
Eric Lesueur
Arthur Letellier
Adrien Levavasseur
Olivier Levieils
Pascale Lhomme
Pierre Lhuillery

Patricia Lièvre
Patrick Lièvre
Adrien Limare
Jean-Christophe Lips
Alberto Lopez
Damien Lopez
Frederic Loulergue
Maxime Loviton
Jean-Sébastien Luciani
Lucas Macias
Alexia Madelon
Francois Maes
Kevin Mahoudeaux
Jean-Luc Maillard
Malliaros
Gabriel Manet
Aline Mannella
Stephane Marc
Raphaëlle Marquis
Dominique Martel
Olivier Martin
Clément Martinez
Thibaud Martinez
Pierre Martinez
Mickael Matter
Morgan Maury
Christian Maus
Jean-Christophe Meillan
François Mélodia
Stella Mendes
Guillaume Mertens
Tarik Messelmi
David Meulemans
Pascal Michaël
Ghislain Michel
Gagniere Mikael
Arthur Milleville
Alexandre Mirzabekiantz
Guillaume Monjeot
Alexandre Monroe
Nicolas Montagne
Olivier Montbazet
Marc Moquin
Jean Baptiste Moreno
Gregory Morin
Florent Morin
Pierre Moskon
Yannick Mosset
Arnaud Mottet
Paul Moulin
Guillaume Mouton
Alain Moya
Théo-Bob Muller
Philippe Muller
Fabien Münch
Romain Muzeau
Thibault Nael
David Neiss
Corentin Nercy
Julien Nestelhut
Julien Neveu
Karine Neyens
Christophe Nguyen
Isabelle Nunge
Cedric Olivier
Julie Oniszczuk
Philippe Ory
Marc Ostertag
Céline Pailler
Adam Papin
Jean-Noël Pappens
Stéphane Parachini
Raphael Parenti
Jules Party
Adrien Party
François Patteux
Isabelle Paulon
Michaël Paupe
Johnny Pecot
Rémy Pellet
Mattthias Pelletreau
Cyril Pereira
Nicolas Perez
Cecile Perez
Christian Perget
Christophe Péricard
Thomas Pèrié
Benoît Pérignon
Gaëlle Pernoud-Porte
Stéphane aka Stefek Perrier
Jean-Paul Perron
Olivier Perrony
Jean-Luc Perrot
Laurent Pertois
Éric Pesenti
Annick Petit
Vincent Péton
Cédric Peyriga
Remy Pignatiello
Bertrand Pinel
Sebastien Pinel
Julien Piron
Richard Pissarello
Paul-Mickael Plantade
Frédéric Plotka Brun
Frédéri Pochard
Rémy Pokorny
Hervé Polesi
Pascal Polguere
Cécile Poli
Arnaud Polleunus
Philip Pommier
Manuel Ponce
Eric Porte
Camille Potey
Maxence Poun
Louis Pourot
Nicolas Prou
Laure Provoost
Olivier Quemener
Cindy Queval
Thomas Quilichini
Gilles Quistrebert

REMERCIEMENTS

NOS CONTRIBUTEURICES_

Wilfried Raballand
Pierre-Olivier Rakotondrabe
Max Rambaud
Jean Ramet
Noël Raoult
Margaux Rapin
Kévin Réby
Valérie Rey
Sébastien Ribeiro
Sébastien Rico
Jean-Francois Rigal
Jérôme Rigaud
Maud Rigoni
Cyril Rimbaud
Stéphane Robbe
Maud Robert
Marie-Hélène Robin
Bertrand Robion
Stéphane Rochard
Nicolas Rode
André Roman
Vincent Ropars
Benjamin Rouilly
Alain Roulet
Loïc Rousselot
Nicolas Rovira
Simon Rozé
Marianne Rozier
Aurelie Ruas
Jérémie Rueff
Stéphane Ryczke
Nicolas Salles
Marion Salsé
Serge Salvé
Benaouda Samy
Fabien Sancelme
Tony Sanchez
Aurélien Sanchez
Isabelle Sauques
Floriane Sauze
Sandrine Scardigli
Alexandre Schmid
Théo Schmitt
Julien Schumacher
Pascal Schwalm
Jean-Louis Sean William
Jean-François Seignol
Loick Sellin
Sandra Selosse
Franck Selsis
Geoffrey Serrano
Cedric Sicourmat
Denis Siguret
Serge Simon
Olivier Simpere
Jean-Luc Smets
Frédéric Sobeaut
Honoré Soubrié
Léo Souillés
Johan Spiga
Nicolas Staphylas
Sarah Starke
Julien Stecker
Thomas Stefanczyk
Clemente Stephane
Ketty Steward
Jean-Baptiste Tanchou
Alex Tartaglia
Julien Teigny
Xavier Tellier
Frédéric Terrier
Julien Texier
François Teyssere
Guillaume Thavaud
Julien Thélot
Patrick Thevin
Adrien Toffolet
Bruno Tomeo
Franck Tonin
Olivier Richard Torres
Jean-Daniel Torrès
Vincent Tourraine
Bastien Tribalat
Laurent Tricard
Muriel Trichet
Emmanuel Tschaen
Julien Turgy
Bruno Vacher
Nathan Vaillant
Nicolas Vaissier
Romaric Vallerand
Cyril Vandenberghe
Yannik Vanesse
Pierre Vasse
Clément Vauchelles
Thierry Vaugelade
Laurent Vercueil
Stéphane Verlhac
Stéphane Vesque
Jean-Philippe Vincenot
Romain Vincent
Camille Vinet
Emmanuel Voland
Rebecca Wahler
Dominique Warfa
Sébastien Warnier
Olivier Wauthelet
Alain Weinstein
Nicolas Winter
Sandra Woelffel
Marie-Helene Zanotti
Christophe Zbierski
Florian Zores

Crédits photo :

Page 14 : Moviestore Collection Ltd / Alamy Stock Photo
Page 47 : Pictorial Press Ltd / Alamy Stock Photo
Page 159 : MediaPunch Inc / Alamy Stock Photo
Page 161 : shutterstock
Page 288 : shutterstock
Page 290 : Entertainment Pictures / Alamy Stock Photo
Page 306 : Belzébuth, planche issue *du Dictionnaire infernal* (Paris, 1863).
Page 316 : Gustave Doré *Paradis Perdu*
Page 335 : Lilith_(John_Collier_painting)
Page 342 : Maximum Film / Alamy Stock Photo

AVEC LE SOUTIEN DE

La Région
Auvergne-Rhône-Alpes

Achevé d'imprimer en octobre 2022 par L&C Printings – Imprimé en Pologne

Dépôt légal : novembre 2022